VIENNA PANNONIE

ANNA FUCHS

Der blaue Liebesknoten

SAKRAMENT! Wien im Jahr 1384. Eingesperrt in einem Vogelkäfig am Hohen Markt wartet die Büßerin Johanna »Hannerl« Maipelt darauf, bei lebendigem Leibe am Stephansfriedhof begraben zu werden. Dieses Todesurteil ist in der mittelalterlichen Stadt für Giftmischerinnen vorgesehen. Nur, dass in diesem Fall die Klosterköchin keinen blassen Schimmer hat, wie der Mönch in ihrer Küche an tödliches Gift geraten ist. Noch viel ratloser ist sie, was den Anschlag auf den jungen Spross der Herzogsfamilie anlangt. Damit, dass Wien jetzt Sitz einer theologischen Universität und einmal mehr Ziel politischer Ränkeleien ist, kann sie nichts anfangen. Hilfe kommt von völlig unerwarteter Seite und als klar ist, dass die Verdächtigen sich in den Kreisen der Studenten, der Apotheker und der Günstlinge des Hofes befinden können, wird es nicht nur für Hannerl gefährlich. Der Knoten löst sich erst im November, am Tag des heiligen Martin, völlig auf. Wie gut, dass da die Wiener Keller übervoll vom heurigen Wein sind!

Anna Fuchs wurde 1965 in Niederösterreich geboren. Ihre Jugendzeit verbrachte sie in Wien. Parallel zu ihrem Studium der Vergleichenden Literaturwissenschaft und Romanistik arbeitete sie im Tourismus. Auch heute verteilt sie ihre Energien gleichmäßig: Hauptberuflich als Bibliothekarin und nebenbei als Fremdenführerin. Ihre Stadtführungen rund um die Klosterköchin Johanna Maipelt, genannt Hannerl, garantieren nicht nur Informatives über das mittelalterliche Wien, sondern vor allem amüsante Einblicke in die Wiener Lebensart über die Jahrhunderte hinweg. Die Autorin lebt mit ihrem Mann und ihren drei Kindern in Wien.

Bisherige Veröffentlichungen im Gmeiner-Verlag:
Das gelbe Hurentuch (2013)

ANNA FUCHS

Der blaue Liebesknoten

Hannerl ermittelt

GMEINER *Original*

Besuchen Sie uns im Internet:
www.gmeiner-verlag.de

Im Ehnried 5, 88605 Meßkirch
Telefon 07575/2095-0
info@gmeiner-verlag.de

1. Auflage 2014

Lektorat: Claudia Senghaas, Kirchardt
Herstellung: Mirjam Hecht
Umschlaggestaltung: U.O.R.G. Lutz Eberle, Stuttgart
unter Verwendung eines Bildes von: © Kunsthistorisches Museum Wien
sowie eines Stiches von: © http://commons.wikimedia.org/wiki/File:Nuremberg_chronicles_f_098v99r_1.png
Druck: GGP Media GmbH, Pößneck
Printed in Germany
ISBN 978-3-8392-1575-3

Hannerls Welt – Wien im Spätmittelalter

Die Verwicklungen rund um ein gemaltes blaues, kunstvoll verschlungenes Tuch beginnen im Winter 1383 und dauern fast ein ganzes Jahr. Dann löst sich der Knoten. Die geschichtliche Ebene im Buch entspricht den historischen Tatsachen, die Personen könnten so gesprochen, gelebt und gehandelt haben, wahrscheinlich ist es aber nicht.

Die Figur der Johanna Maipelt, Klosterköchin im Büßerinnenkloster Sankt Hieronymus ist frei erfunden. Das mittelalterliche Wien in der geschilderten Art und Weise, die Straßen, Gassen, Plätze und Kirchen haben so ausgesehen. Und gibt es noch immer, meist gut verborgen unter den Annehmlichkeiten der modernen Stadt.

Johanna Maipelt
Genannt Hannerl oder Hanna. Eine ehemalige Hübschlerin, Dirne, Fensterhenne, die ihr gelbes Hurentuch an den Nagel gehängt hat und sich jetzt mit einem blauen gemalten Stofffetzen herumschlagen muss. Recht sauer macht sie sich an die Zubereitung süßer Marmeladen und Kompotte, weil ihr für die pikanten Köstlichkeiten der Essig ausgegangen ist.

Weiberleut, mit denen Hannerl immer wieder zu tun hat

MEISTERIN SUSANNA Eine Art Schutzmantelmadonna, die dieses Mal versagt und Johanna nicht vor den Folgen ihrer eigenen Dreistigkeit bewahren kann.

BARBEL Kräuterweibel und Wahrsagerin, die für alle, die es haben wollen, das richtige Kräutel bereithält.

YRMEL Die Küchenhilfe des Klosters, die sich bisher stumm im Verborgenen gehalten hat, aber nun hinaus ins Licht treten muss.

ELA Die zweite Küchenhilfe, ein fröhliches, bezauberndes Mädchen, das jedes Mal, wenn sie hereinstolpert, den Frühlingswind mitbringt.

Büßerinnen im Kloster, die eher nix mit der Hannerl zu tun haben möchten:

MARLEN Eigentlich Magdalena Apollonia, Schwester des Ordens der Magdalenerinnen, deren Schwatzhaftigkeit ihr mehr schadet, als ihr guttut.

AGNES Eine Pförtnerin, die gute Gedanken ins Kloster lässt, die schlechten aussperrt.

MARTHA UND WUCKERL

ELSE UND SIGRID

Mannsbilder, die Hanna das Leben schwer machen

BARTHEL Ein verliebter Hauerknecht, der unermüdlich um Hannas Gust buhlt und wohl selbst am meisten überrascht wäre, wenn er Erfolg hätte.

KRISPIN Hauerknecht und Laufbursche

WENZESLAUS VON WITTINGAU Ein durch und durch sanfter Student der Theologie und junger Augustinerpater aus Böhmen, der lieber malt als predigt. Doch ausgerechnet er muss den Büßerinnen das Wort Gottes näher bringen.

CONRAD EYSFOGL Bettelstudent und arme Verwandtschaft der großen Baumeisterfamilie Parler, der es jedem zeigen will, doch so nach und nach seine besten Freunde verliert.

ROLF THYRNAU Ein vom Leben gezeichneter melancholischer Medizinstudent, der den Interessen der Reichen und Mächtigen immer wieder in die Quere kommt und den selbst seine eigene Heilkunst nicht retten kann.

Historische Personen, die für Hannerl unerreichbar sind

WENZEL VON LUXEMBURG Römisch-deutscher König (1361–1419)

JOBST VON MÄHREN Sein Vetter (1351–1411)

ALBRECHT III. MIT DEM ZOPF (1349–1395) Herzog von Österreich

BEATRIX VON HOHENZOLLERN (1362–1414) Seine zweite Gattin

JOHANN VON HOHENZOLLERN Genannt Janik, Bruder von Beatrix

KATHARINA Äbtissin im Kloster der Klarissen, Schwester von Albrecht III.

Böhmische Herren, die der Hannerl ganz und gar fremd sind

Herr von Rosenberg
Herr von Neuhaus

Figuren am Prager Hof, die Hannerl nur vom Hören und Sagen kennt

Thimo von Kolditz Der Hofmeister
Peter von Wartenberg Der Burggraf
Martin Rotlöw Der Münzmeister
Peter Parler Der Baumeister

Personen am Wiener Hof, über die Hannerl hie und da ›stolpert‹

Berthold von Wehingen Domprobst und Hofkanzler
Johann Fichtenstein Hofmeister
Hans von Thyrnau Ehemaliger Bürgermeister und Münzmeister
Adalbert von Ala Hofarzt
Mathias Bonus Apotheker
Wenzel Parler Baumeister des Südturmes
Leopold von Wien Hofkaplan
Mathis von Kreusbach Jägermeister
Michael Hirssmann Hofmarschall

Geschöpfe aus Hannerls Vergangenheit

DORTHE Eine erfahrene Hübschlerin, die auf der Karriereleiter geklettert und jetzt sogar Frauenwirtin ist.

URSEL UND TRUDE, MARIE UND LENA Freie Töchter, die am liebsten zeigen, was sie haben und das, was sie nicht haben, vortäuschen.

Alles, was Hannerl sonst noch so unterkommt:

IGNAZ MITTERLEHNER Der Henker, der seine schmutzige Arbeit mit schöner Kleidung erledigt.

VALENTIN FRÜHAUF Der Stadtrichter, dem schon so einiges untergekommen ist.

Eine PFARRERSKÖCHIN in Maria Lanzendorf.

MICHAEL CNAB Ein enttäuschter Baumeister und gottbegnadeter Steinmetz.

PAUL THYRNAU Ein verwirrter Jüngling.

PERCHTOLD SCHUTZBERGER Ein Apotheker auf Abwegen.

KNECHT MARTIN Sein Diener mit dem Herz am rechten Fleck.

Cola di Rienzo Ein italienischer Kaufmann, der nicht nur Olivenöl über die Alpen karrt.

Zofe Anna Ein keckes junges Mädchen.

Maroni Eine räudige, schon recht betagte Hündin, die aus lauter Futterneid einen Bissen zu viel macht.

Janus Ein Querdenker unter den Hunden, der denkt, sein Lebenszweck ist es, quer durch die Stadt zu seinen Hündinnen zu laufen.

Viele Wienerinnen und Wiener, die feiern, saufen, essen, lamentieren, granteln, schimpfen und dabei recht glücklich sind, dass sie in der schönsten Stadt des Abendlandes leben.

Es gibt Geschöpfe, die der Sonne Pracht
Mit ihrem stolzen Blick ertragen können,
Vom Lichtschein müssen sich die andern trennen
Und ziehn aus ihrem Dunkel erst bei Nacht.

(16. Sonett von Francesco Petrarca 1304–1374 nach einer Übersetzung von Bettina Jacobson)

Prag, Tag des Heiligen Jodokus (13. Dezember) 1378

Das aufgeregte Wiehern der Klagerösser klang noch immer in seinen Ohren, der gleichförmige Schritt der vermummten Sargträger pochte in seinem Inneren, und das Echo des Singsangs aus über 7000 Kehlen ließen ihn nicht zur Ruhe kommen. Verzweifelt presste er seine schmalen Lippen zusammen, dass sie so weiß wurden wie seine zarte Haut. Seine blonden Locken klebten ihm verschwitzt im Nacken und gaben ihm das Aussehen eines kleinen Jungen, der, erhitzt vom Herumtollen, eine kurze Rast einlegt. Obwohl er nun schon 17 Lenze zählte, sah er bedeutend jünger aus und er wirkte verletzlicher, als es bei einem Jüngling seines Alters üblich war. Seine knochigen Knie schmerzten, und seine hellgrauen Augen tränten vom Rauch der unzähligen Kerzen, die das Innere der Sankt-Peter-und-Paul-Kirche erhellten. Kurz hob er seinen vor Müdigkeit schweren Kopf und horchte auf das Mitternachtsgebet, die Matutin, das die Geistlichen eben anstimmten. Noch ganze sechs Stunden bis zur Prim, bis sich der Leichenzug wieder in Bewegung setzen würde! Sein Blick fiel auf die Regenmadonna, das Gnadenbild, zu dem alle beteten, wenn Dürre die Ernte zu vernichten drohte, und dann schaute er gleich wieder auf den aufgebahrten Leichnam, vor dem er nun schon seit Stunden kniete. Ein grimmiges Lächeln umspielte seine Lippen, denn größer konnte der Gegensatz wohl kaum sein: Die stillende Muttergottes mit ihrem nackten Busen einerseits und die eingefallenen Wangen des Toten andrerseits, umkränzt von Symbolen der Macht. Leben und Tod, Geburt und Sterben, zusammengepfercht auf wenige Zoll. Beschämt über seine unziemlichen Gedanken lehnte er die heiße Stirn in seine verschränkten Finger, die gepflegt und samtweich noch für keinerlei körperliche Arbeit herhalten mussten. Ein Kälteschauer ließ ihn erzittern, wenn er an die nächsten Tage dachte, wo der Leichnam weitergeschleppt werden würde. Von der Prager Hochburg zum Konvent des Heiligen Jakob, von dort in die Johanniterkirche und dann zum Veitsdom, wo bereits der Erzbischof und sieben weitere Bischöfe warteten, um die sterblichen Überreste in einer pompösen Zeremonie in Empfang nehmen zu können. Viel Vergnügen dabei, dachte er grimmig, denn nach den vergangenen 15 Tagen Trauerzeremoniell hatte der Leichnam, obwohl gewaschen, von Herz und Eingeweiden befreit und einbalsamiert, schon einen sehr eigentümlichen Geruch angenommen. Genauer gesagt bereitete dem Knienden der Verwesungsgestank, der sich im kerzenerhellten Inneren der Kirche nur umso schneller seinen Weg bahnte, bereits Brechreiz. Kurz hob er wieder seinen Kopf, um etwas durchzuatmen, und konnte gerade noch die Umrisse zweier hoher Herren ausmachen, die sich demütig dem Aufgebahrten näherten. Schnell senkte er wieder den Blick auf seine gefalteten Hände, denn alles andere käme einer Verhöhnung des Toten gleich und würde, von Hunderten von Augenpaaren beobachtet, hämischen Gesprächsstoff für Wochen geben. Aber das würde ihm nicht passieren, denn er wusste genau, wie er sich zu benehmen hatte, was von ihm verlangt wurde, und an erster Stelle stand der uneingeschränkte Respekt vor dem, der da lag und vor sich hin stank. Doch der kurze Blick auf seine französische Verwandtschaft, die sich näherte, um dem Verstorbenen ihre Referenz zu erweisen, reichte völlig, um ihn gedanklich in den vergangenen Sommer zu tragen, in den unermesslich großen Park, die acht voneinander getrennten Gärten, die Menagerie, die Volieren und Aquarien. Dorthin, wo einst Ludwig der Heilige seine Burg baute, war er an der Seite seiner beiden Vettern durch die neu errichteten Räume mit kostbaren Hölzern, Malereien und Wandteppichen geschritten. Hier am Rande der Stadt Paris, deren von Gestank und Krankheit benetzten Arme die Idylle von Hotel Saint-Paul nicht erreichen konnten, fühlte er sich sicher und unbeschwert wie noch nie in seinem Leben. Er vergaß damals schnell, dass sie zu politischen Gesprächen angereist waren, dass die Polenfrage erörtert werden musste, die gegenseitige Wertschätzung erneuert und gesichert, all das trat in den Hintergrund, als er vor der Büchersammlung von Karl und Johann stand. Während er jetzt in der Kirche kniete, und die Nacht nicht enden wollte, während immer wiederkehrende Gesänge der Nonnen und Mönche an sein Ohr drangen, trugen ihn seine Gedanken mit aller Kraft und Herrlichkeit in die Bibliothek des Königs von Frankreich. Er konnte ihn direkt erschnuppern, den süßen Duft der Ledereinbände. Er konnte das vornehme Knistern des Pergaments hören, die Erhabenheit der goldunterlegten Malereien an seinen Fingerkuppen spüren und die gestochen schwarzen Buchstaben mit seinen Augen gierig aufsaugen. Als wäre er gestern erst im warmen sonnenbeschienenen Frankreich gewandert und nicht auf der Brücke über die dezemberkalte und graue Moldau inmitten des Leichenzuges dahin getrottet, so unmittelbar und intensiv war die Erinnerung an diese kostbare Zeit. Den Kopf tief gesenkt, stöhnte er, nicht aus Gram und Kummer, wie die Umstehenden durch bedächtiges Kopfnicken und mitleidige Blicke zu bemerken schienen, sondern aus purer Lust. Das Gedenken an die kostbaren Stundenbücher Johanns, des Herzogs von Berry, trieb ihm einen wohligen Schauer über den Rücken. Diese Horarien, die für jede dritte Stunde des Tages Merkverse und Gebete in prächtigster Schrift und ausdrucksvollsten Illustrationen bereithielten, waren das Schönste, was er bisher an Kunstvollem gesehen hatte. Noch bedeutungsvoller war es für seine junge Seele, dass die Liebe zu den Büchern ein Vertrauen zu seinen Anverwandten schaffte, das er bislang in Hofkreisen vermissen musste. Karl, der König, und Johann, der Herzog von Berry, waren genauso bezaubert und hingerissen von den kostbaren Handschriften wie er selbst. Unermüdlich erklärten und beschrieben sie einander das, was das feine Pergament ihnen offenbarte: die Farbigkeit der Miniatur, den Kontrast der Goldtöne, die aufgesetzten Weißhöhungen und das unendlich tiefe Blau des Hintergrundes. Sie betrachteten es als ergötzliches Spiel, all die Andeutungen aufzudecken, die die geknoteten Tücher, Spruchbänder und Randfiguren demjenigen eröffneten, der die Symbole zu deuten verstand. Hier ein Anfangsbuchstabe des Stifters, dort ein kleiner Vogel auf einer Ranke aus weißen Lilien. Es war wie Rätselraten, aufregend und amüsant und sehr befriedigend, wenn sich all die Anspielungen, der Text und die Illustration zu einem Ganzen formten. Es schien, als ob die abgebildeten, kunstvoll verknoteten Tücher auch die drei Seelen verbinden würden und sie in ihrer innigen Liebe zu den Büchern einem Minneknoten gleich in ewiger Freundschaft vereinten.

Berauscht von der Erinnerung hob er leicht seinen Kopf und versuchte, sie auszumachen in der Schar des Klerus und der Höflinge. Hier unter den allerhöchsten Gästen, denen die Ehre der Totenwache in vorderster Reihe zuteil wurde, mussten sie sein, seine Bücherfreunde. Heiße Freude stieg von seiner Brust auf und prickelte auf seiner Kopfhaut, als sich endlich seine Blicke geradewegs mit denen des Herzogs von Berry, seinem Vetter Johann, kreuzten. Kindlich naiv wollte er da weitermachen, wo sie unter der französischen Sonne geendet hatten, in schönen Handschriften blättern und sich an der Kunstfertigkeit in einem intellektuellen Spiel erfreuen, vereint und heiter. Umso unerwarteter und härter traf ihn dessen Mienenspiel bis ins Mark. Keine Freude des Wiedersehens, sondern Habgier, nicht Besorgnis über den Tod, sondern blanke Gewalt, nicht Toleranz mit der Jugend, sondern Rebellion sah er im Antlitz seines Verwandten. Da legte sich die Gewissheit, dass nichts mehr so sein würde wie bisher einem schweren Leichentuch gleich auf seine federleichte Seele und erdrückte sie. Denn wie die Aasgeier warteten sein Vetter und all seine Mitstreiter darauf, dass sie sich einen großen Brocken des reichen Erbes für sich selbst sichern konnten. Um ihn, den kunstsinnigen Jüngling, ging es längst nicht mehr, er war nur der, der ihnen kurzzeitig im Weg stehen würde. Da barst etwas in seiner Brust, die Erschütterung drang bis in die kleinste Ader vor, umspülte seinen Kopf, lähmte kurz all sein Denken. Aber er verstand und blickte angeekelt in die entstellten Gesichtszüge der Leiche, in der noch vor etwas mehr als zwei Wochen das Herz eines Löwen geschlagen hatte und unter dessen Schutz er seine ihm innewohnende Zartheit und Empfindsamkeit ausleben konnte. Nichts als eine graugrüne stinkende Hülle war übrig geblieben, verbrämt mit den Insignien des Herrschers des Heiligen Römischen Reiches. Und da sah er sich selbst knien, bar jedes Schutzschildes, ausgeliefert den Launen seiner Gegner, die keinen Augenblick zögern würden, ihn mit Waffengewalt und Intrige zu knechten. Nie wieder würde er sich seiner Liebe zu den Büchern so uneingeschränkt hingeben können wie bisher. Wenzel, Wenzel, du hast deine Liebe verloren, sie war der Preis für die Macht. Diese Einsicht traf ihn mit aller Wucht, und tief in seinem Inneren riss das zarte Band seiner Seele in einem qualvollen Schmerz entzwei, und er weinte laut und hemmungslos über das Bild, das sich vor seinem geistigen Auge auftat. Die losen Enden des gesprengten Liebesknotens baumelten verwirrt umher. Aus einem Ganzen waren zwei Hälften geworden, die nicht zueinander passten, die sich ewig bekämpfen und nicht mehr finden würden. Krieg um ihn herum, Rebellion und Blut, aber – was viel schlimmer war – erbitterter Kampf auch in seinem innersten Wesen, der ihn einmal in diese und einmal in jene Richtung taumeln lassen würde. Kein festes Band würde ihm helfen, kein sicherer Knoten Halt geben. Langsam und stetig war König Wenzel, Herrscher über das Heilige Römische Reich von Gottes Gnaden bereits jetzt dabei, sich selbst zu verlieren und in einem bedrohlichen, undurchschaubaren Blau zu ertrinken.

Burg Kreuzenstein, eine Tagesreise von Wien entfernt zu Maria Empfängnis (8. Dezember) 1383

»Kennst du die Stephansminne?«, fragte er so heiter und unbeschwert, als sei er bei einer Festlichkeit an einem Herzogshof und nicht in diesem stinkenden Loch.

»Verschon mich bloß mit deinem elenden Geschwätz!«, kam es unwirsch vom anderen.

»Schön, ich will ich dir darüber erzählen, es ist wieder so ein lächerliches Zauberzeugs!«, meinte er mit einem Grinsen, als habe er die Bösartigkeit in der Stimme seines Gegenübers schlichtweg überhört.

»Ich will dein Gewäsch nicht hören, elendes Gequassel …«

»Die Stephansminne soll ein wundersames Mittel sein, du wirst dich sicherlich fragen …«

»Nein, du irrst, ich frage mich nicht …«

»Es ist ein Wein, ein besonderer. Ein Wein, so rot wie das Blut des Märtyrers Stephan – das alleine ist ja schon ein Witz …«

»Ich pfeif auf deine Witzchen, Alter …«

»Gesegnet und geweiht soll er vor Zauberei, Vergiftung, Blitzschlag, und Ertrinken helfen, gar vortrefflich in …«

Zornig stampfte der andere nun mit dem Fuß auf den kalten Boden: »Ich hab gesagt, du sollst aufhören damit, ich will nichts davon hören, ich …«

Unbeeindruckt setzte der Alte mit seiner ruhigen Stimme fort: »Dieser Wein soll so mächtig sein, dass er Männer stark macht, Frauen schön, dass er helfen soll in allen erdenklichen mühevollen Lasten des Lebens. Wenn er gar nichts bei den Lebenden bewirken kann, so …«

»Sei still, ich bitte dich, sei still …«

»… bringt er wenigstens einen schönen Tod.« Ruhig und fest blickte der Alte dem Jüngeren in dessen dunkle Augen. »Glaubst du an diesen Unsinn, oder bist du bereit, dich eines Besseren belehren zu lassen?«

Da brach der junge Mann schluchzend zusammen und krallte seine schmutzigen Finger in sein schwarzes Haar. Der Alte erhob sich langsam, kauerte sich neben ihn und legte seinen Arm schützend um die bebenden Schultern des Weinenden. Beruhigend strich er über das grobe Leinenhemd. Doch auf einmal nahm etwas anderes seine Aufmerksamkeit gefangen. Witternd wie ein Hund sog er plötzlich die Luft ein und wandte seinen Blick starr geradeaus. Angestrengt horchte er in die Stille, die sich, nur unterbrochen von vereinzelten Schluchzern des Jüngeren, wie ein schweres feuchtes Tuch über die beiden senkte. Dennoch schien er etwas zu hören.

»Na endlich, sie kommen«, murmelte er und setzte sich gerade hin, um zu warten, dass das eintrat, was sein Verstand längst als beschlossen erachtete.

Denn keine 1000 Schritte entfernt kämpfte sich eine kleine erschöpfte Gruppe von Reisenden, die mit einem Maulesel und einem Handpferd unterwegs war, durch den nasskalten Dezembertag. Allesamt froren sie erbärmlich. Jetzt, als der Morgen dämmerte, wappneten sie sich, um die letzte Etappe zur Burg zu erklimmen. Wie schweres Gewicht legte sich die kalte Luft bei jedem Atemzug auf die Lungen der stumpf dahinstapfenden Männer. Niemand von ihnen verstand, warum sie mitten in der Nacht aufbrechen mussten, um den im Winter sowieso schon gefahrvollen Weg durch die undurchdringlichen Donauauen mit lächerlichen Laternen, die gegen die Dunkelheit nicht viel ausrichten konnten, zurückzulegen. Von höchster höfischer Stelle, sagte man, und das musste genug sein. Schimpfend und fluchend kämpften sie sich über zugefrorene Pfützen, stolperten über mit Eis überzogene Wurzeln und rutschten mit ihren dünnen Sohlen über vereinzelte Schneebretter. Dann, zunehmend erleichtert und völlig ausgefroren, sahen sie im blaugrauen Licht des frühen Morgens schemenhaft den alten Palas mit den zwei rundbogigen Fenstern und die flankierenden Türme mit den Erker-Aufbauten auf der Anhöhe. Jenseits der Zwingermauer erhob sich der gewaltige Bergfried mit seinen bis zu drei Klafter dicken Mauern. »Hier entlang«, murmelte der Anführer und deutete hinter die Burgkapelle, wo sich neben Gesindehäusern auch die Stallungen und Speicher befanden. »Lebt nicht schlecht, unser Landrichter«, bemerkte der alte Mann und pfiff durch die Zähne. Doch weil er wegen der bitteren Kälte sein Gesicht hinter einem dicken Tuch aus Wolle verborgen hatte, konnte ihn keiner seiner Mitreisenden hören. Müde sattelten sie ihre Tiere ab, setzten sich gleich zu ihnen ins Stroh und bemühten sich, vor lauter Müdigkeit nicht sofort wegzudämmern. Fast lautlos betrat ein Knecht der Burg die Stallungen, beladen mit Eimern voll Hafer für Pferd und Maultier und einem kleinen Korb, wo ein karges Frühstück, bestehend aus Graubrot und warmem Met, für die Reisenden in grobe Tücher gewickelt war.

»Der Herr lässt euch ausrichten, dass ihr ein wenig rasten könnt, bevor es wieder zurück geht.« So schnell, wie er gekommen war, verschwand der Knecht und ließ die übermüdete Reisegruppe fassungslos zurück. In ihrer Bestürzung vergaßen sie kurz auf gefrorene Zehen und klamme Finger, auf die bleierne Müdigkeit und ihre schweren Beine. Wie ein mächtiges Gebirge, schwarz und unbezwingbar, tat sich der Gedanke an den beschwerlichen Rückweg durch den kalten Wintertag vor ihnen auf. Verzweifelt ließen sie den Kopf in die Knie sinken.

Indessen dort, wo der Palas in Wohnräume unterteilt war, weit weg von der müden Gruppe, lächelte der Alte im finsteren Loch. Siegessicher grinste er in sich hinein und sah dann wieder mitleidig zu seinem jüngeren Mitgefangenen.

»Diese feigen Schweine, wenn ich sie in die Finger bekomme, ich bring sie um …«, ertönte es sogleich von diesem. Polternd erhob sich dessen schlanke Gestalt vom feuchten Stroh, das in der dunklen Ecke aufgeschüttet war. »Er kommt und kommt nicht, ich versteh das nicht!« Unruhig durchmaß der junge dunkelhaarige Mann, der sich offensichtlich von seinem Weinkrampf erholt hatte, nun die kleine muffige Kammer in wenigen langen Schritten, bevor er sich umdrehte und händeringend wieder zu seinem Ausgangspunkt zurückkehrte. Mit seinen dunklen Augen starrte er durch die Schlitze des kleinen, mit groben Holzlatten vernagelten Fensters und zischte: »Es graut schon der Morgen, mein Gott, so lange haben sie ihn ja noch nie da drüben festgehalten.« Wieder nahm er seine unruhige Wanderung auf, verharrte und fasste sich mit Daumen und Zeigefinger an seine Nasenwurzel. Plötzlich war wieder leises Schluchzen zu hören: »Ich halte das nicht mehr aus. Was machen sie nur mit ihm? Wie soll ich ihm denn nur helfen?« Wieder ging er auf und ab, wehklagend und sich mit den Händen durch die struppigen Haare fahrend. Dann mit einem Mal drehte er sich um und trat mit solcher Wucht gegen die massive Holztür, dass der schwere Riegel, der von außen vorgelegt war, erzitterte. »Lasst mich raus, hört ihr, nehmt mich, ihr feigen Schweine, nicht ihn …« Immer wieder trat er mit seinem groben, an einer Stelle der Sohle bereits eingerissenen Stiefel an die Tür und schrie wie ein Besessener: »Nehmt mich, wenn ihr euch traut, da und da …« Die Tür erbebte unter den massiven Schlägen, die Angeln quietschten leise, doch das Holz war zu stark, um nachzugeben. Da packten ihn unversehens zwei starke Hände von hinten und rissen ihn zurück in die Mitte der Kammer: »Lass gut sein, mein Junge, lass gut sein!«, murmelte der alte Mann, der seine Arme gleich ehernen Klammern um den Oberkörper des Wütenden geschlungen hatte. Doch der junge Mann wehrte sich, stieß weiter mit seinem Stiefel nach vorne, obwohl er nun zu weit weg war, um die Tür erneut zu treffen. Wie von Sinnen schlug er weiter in die Luft, versuchte, sich von den starken fremden Armen zu befreien, schüttelte seinen Kopf und spürte doch, dass der Griff des anderen zu fest war, um sich zu befreien. Da ließ er nach, und sein Körper erschlaffte von einem Augenblick auf den anderen. Er sank in sich zusammen und weinte wieder hemmungslos. Nur langsam lockerte der andere seinen Griff und ließ sich mit dem Jungen zu Boden gleiten. Ihn weiter von hinten umfassend, murmelte er: »Hör auf zu toben, so kannst du ihm nicht helfen!«

»Aber wie, wie denn?«, stammelte dieser unter weiteren Schluchzern mühsam.

»Indem du Ruhe bewahrst und deinen Verstand benutzt!«, antwortete der Ältere, überzeugte sich noch einmal, dass der Anfall von Jähzorn verebbt war, und hockte sich ihm gegenüber auf den kalten Boden aus gestampftem Lehm.

»Wie kann ich ruhig sein, wenn ich mir vorstelle …, nein, wenn ich weiß, was diese Schweine mit ihm da unten im Bad anstellen, wie …« Weinend verstummte er und vergrub sein Gesicht in den schmutzigen Handflächen.

»Bleib ruhig, mehr kann ich dir nicht sagen!« Seufzend erhob sich der Ältere, fasste sich mit der Hand in den Rücken und richtete sich schwerfällig gerade auf. Wie wenn nichts passiert wäre, murmelte er belanglos: »Verdammte Kälte, die mir in die Knochen fährt, und erst Maria Empfängnis, da dauert es noch so lang …«

»Zur Hölle sollst du fahren, du und alle anderen hier mit deinem blöden Geschwätz!« Mit vor Wut heiserer Stimme stemmte sich nun auch der junge Mann in die Höhe und lehnte sich an das kalte Mauerwerk gegenüber der Tür, die er nicht aus den Augen ließ.

»Dass du deine ganze Wut an mir auslassen willst, wird dir auch nicht helfen, mein Sohn!«, antwortete der Ältere gelassen und blickte ihm ruhig in die Augen.

Verzweifelt flüsterte dieser: »Ich komm ja zurecht, aber der Kleine, der jetzt da drüben …«

»Ach hör doch auf damit!«, entnervt schüttelte der Ältere seinen Kopf, »natürlich suchen sie sich den Schwächeren aus, wen denn sonst? Was kann man denn von denen schon erwarten, diesen Speichelleckern, die auf die Unteren treten und die Oberen hoffieren. Ist doch immer dasselbe. Ich bin froh, wenn ich da raus bin, das kann ich dir sagen!«

»Was macht dich denn so sicher, dass du freikommst?«, fragte ihn der Jüngere und sah ihn verdattert an.

»Weil ich meinen Kopf benutze und nicht so wie du deine Fäuste oder was sonst noch!«, damit zeigte er auf die Stiefel, »du musst nur eins und eins zusammenzählen. Mein Wissen hat gestört bei dunklen Machenschaften, also wurde ich sicher verwahrt. Jetzt dürften sie ihre Geschäfte mit den Dummen unter Dach und Fach haben, also darf ich wieder gehen. So einfach ist das!«

»Über wen sprichst du jetzt?«

»Ich bin nicht so dumm, hier in der Burg des Landrichters seinen Namen zu nennen, mein Sohn. Und außerdem, denk nach, du weißt es ja ohnehin. Ich spreche über ihn, der glaubt allmächtig zu sein, weil er im Dunstkreis des Herzogs agiert, weil er ihm seine Schuhe putzen darf, ihm seinen Trank reichen, seinen Holzlöffel abwaschen oder sonst etwas Wichtiges …«

»Was macht dich so sicher?«, ungehalten unterbrach ihn der junge Mann.

»Ich störe ihn nicht mehr, ich kann bald gehen.«

»Und wenn er beschließt, dich länger hierzubehalten, dich einfach hier wie Dreck verfaulen zu lassen? Was ist, wenn er dich einfach … vergisst?«

Grimmig lächelte der Ältere und fuhr sich über seinen viel zu großen Mund: »Das würde er nicht wagen, dieser feige Schnösel! Dafür hat er zu wenig Mumm in den Knochen und ich zu viel Wissen in meinem Kopf! Schau, nicht einmal in den Kerker zu den anderen armen Seelen hat er uns geworfen, sondern uns eine eigene feine Kemenate gegeben. Wir sind etwas Besonderes!« Grinsend sah der Ältere auf das faulige Stroh, den schmutzigen Aborteimer, den kalten Boden und die rauen Wände.

Unbeteiligt nickte der junge Mann. »Wenn du meinst«, seufzend fuhr er fort, »so sieht es vielleicht bei dir aus.

Bei uns, meinem Bruder und mir, da liegt die Sache freilich anders. Ich glaube nicht, dass er da nachgeben wird, dafür ist die Gefahr, selbst unter die Räder zu kommen, zu hoch.«

»Wart's ab«, antwortete der Ältere.

»Ich hab es verlernt, zu warten, mein Freund«, seufzte der junge Mann, und Stille breitete sich zwischen den beiden aus, belastende und unheilschwangere Ruhe in der kleinen finsteren Kammer, die mehr Verlies als Wohnraum, mehr Kerker als Schlafstatt war. Die Gedanken des jungen Mannes wanderten Monate zurück, als sie festgenommen in einem Kaff inmitten von Böhmen ihrer Verurteilung harrten. Bis jetzt wussten sie nicht, wer ihren Zufluchtsort verraten hatte. Als sie zurückgebracht wurden nach Wien, die Stadt, wo ihrer aller Verderben den Anfang genommen hatte, wo die Intrigen bei Hof Gewalt und Unrecht für jene bedeuteten, die unabsichtlich in den Weg der Mächtigen traten, konnten sie bereits erahnen, was ihnen bevorstand. Da fragte niemand mehr nach dem Verräter, da galt es nur mehr, das Leben, so erbärmlich und armselig es auch war, zu retten. Unbarmherzig wurden sie gefoltert und gequält, um dann wie ein lebloser Sack beiseite geschafft zu werden. Mit Schaudern dachte er an die Tage im Kärntnerturm, als der Pöbel an ihrem Gefängnis vorbeimarschierte, Schimpftiraden brüllend, spuckend und grölend. Angstschweiß trat noch heute auf seine Stirn, als die Bilder der Überstellung ins Schergenhaus in der Rauhensteingasse in sein Gedächtnis traten. Das völlige Ausgeliefertsein an den Henker und seine Knechte verursachte dem jungen Mann, der sich inzwischen wieder auf das Lager aus schmutzigem Stroh begeben hatte, schon bei der Erinnerung wieder Beklemmungen, und er griff sich unweigerlich an den Hals. Aber er konnte die Gedanken nicht bremsen, wie Giftstachel drangen sie in sein Bewusstsein und ließen ihn den Gang über den Lichtensteg zur Schranne immer wieder von Neuem durchleben, ließen ihn das Urteil, das von der Balustrade aus verlesen wurde, immer wieder hören. Wie sie dastanden, er und sein junger Bruder, mit der Schandfiedel um den Hals, kaltes Eisen, das sie nur keuchend atmen ließ. Als die Leute sie geifernd anstarrten, als sie mehr gestoßen und getreten als geführt, mehr geschlagen und geschunden als gelenkt wurden. Dann die schneidende Stimme des Henkers, des Hochverrats angeklagt und dem Landesgericht zugewiesen. Nach fünf Stunden in einem offenen Wagen erreichten sie schließlich halb erfroren die Burg und warteten seitdem in diesem stinkenden Loch. Wieder verbarg er sein Gesicht in den Händen und weinte leise um seinen jüngeren Bruder, der immer ein wenig mehr angespuckt, geschlagen, getreten und gequält wurde als er selbst, und er erkannte, dass allein diese Tatsache ihn mehr schmerzte als alle Demütigungen und Schläge, die er einstecken musste.

»Aber mein Junge, das bringt dich nicht weiter, sieh nach vorne«, der Ältere war zu seiner Lagerstatt gekommen und tätschelte ihm die Schulter. Einmal mehr vermeinte der Angesprochene, die Aura des Unheimlichen um diesen alten Mann zu spüren, und er war fest überzeugt, dass dieser seine Gedanken lesen konnte. Umso heftiger entzog er sich dieser Erkenntnis durch Wut und Zorn.

»Du … du hast ja keine Ahnung, was mein Bruder und ich durchgemacht haben!«

»Oh doch, mein Lieber. Oh doch!«

Um ihn abzulenken, fragte ihn der Ältere, obwohl er die Antwort bereits kannte: »Wie hoch ist das Bußgeld?

Sag es mir noch einmal und alles, was dir dazu noch einfällt, es könnte wichtig sein! Gebrauch deinen Verstand, das ist alles, was du noch hast!«

Seufzend begann der junge Mann: »100 Pfund. Wenn nicht bezahlt wird, trennen sie uns nacheinander Körperteile ab, eines nach dem anderen. So lautete das Urteil. Bei den Händen beginnen sie und arbeiten sich dann bis zu den Füßen weiter. Aber das ist ihnen nicht genug. Sie wollen nicht warten und vertreiben sich die Zeit, inzwischen meinen Bruder seelisch zu verstümmeln.«

»100 Pfund, sagst du?«, der Ältere ging bewusst nicht auf die weiteren Worte ein und senkte nachdenklich seinen Kopf, »eine nicht unerhebliche Summe.«

»Zu hoch für unseren Vater, denn er hat bereits all seine Pfründe verkauft. Es ist nichts mehr da.« Abwesend rupfte der junge Mann die graubraunen Strohhalme. »Nur mehr das Haus für die Familie und ein kleineres unter den Goldschmieden.«

»Warum hast du mir das nicht schon früher erzählt?«, fragte der Ältere überrascht.

»Das habe ich doch! Ich erzähle doch dauernd nur davon! Mein Vater hin, mein Bruder her. Ich dreh mich im Kreis …«

»Das mit dem Bußgeld hast du erzählt, das mit deinem Vater, dem Elternhaus, ja. Aber von dem kleineren höre ich zum ersten Mal! Was sagst du da, unter den Goldschmieden, nahe dem Dom und dem Stock im Eisen?«, fragte der Ältere interessiert.

Der junge Mann nickte gleichgültig, um gleich darauf auf die Beine zu springen und sich eng an die Wand zu drücken. Lautes Poltern war von draußen zu hören, grölendes Lachen und dazwischen Jammern und Wehklagen, das er nur zu gut kannte. »Oh mein Gott, sie bringen ihn, oh mein Gott!« Wütend wollte er zur Tür stürzen, dessen Riegel mit einem Ruck zurückgeschoben wurde. Aber der Ältere war schneller und fasste ihn einmal mehr an den Armen. Dicht an seinem Ohr zischte er: »Mäßige dich, mach euch beide nicht unglücklich! Bleib stehen!« Unerbittlich fest war sein Griff, und beide sahen schwer atmend zu, wie die Tür geöffnet und ein schmächtiger Jüngling, etwa 14 Lenze zählend, bei dieser Kälte nur mit einem groben Hemd bekleidet, das gerade einmal sein nacktes Gesäß bedeckte, wie ein Bündel Heu von zwei Knechten hereingeworfen wurde.

»So, jetzt ruh' dich ein wenig aus, du Lustknabe, dass du abends wieder zu gebrauchen bist!« Lachend nickten sie den beiden Männern in der Kammer zu und grinsten frech, als sie die zornerfüllten Blicke des einen sahen und das beschwichtigende Murmeln des anderen hörten. Als der junge Mann Anstalten machte, sich vom Griff des Älteren zu befreien, zogen sie es jedoch vor, sich schnell umzudrehen, die Tür von außen wieder zu verriegeln und polternd das Weite zu suchen. Vorsichtig näherten sich der Alte und der junge Mann dem am Boden Liegenden. Als ihm sein Bruder helfen wollte, sich umzudrehen, begann der Jüngling zu schreien: »Fass mich nicht an, geh weg!« Zitternd und unter großer Anstrengung ging er in die Hocke und umfasste mit seinen Armen seine Oberschenkel. Mit stumpfem Blick starrte er zu Boden und begann, sich hin und her zu wiegen. Doch sobald einer der beiden Anstalten machte, auf ihn zu zu gehen, begann er wieder laut zu schreien. Der Jüngere blickte auf den Älteren und deutete entsetzt auf die Würgemale am Hals, die

Blutergüsse an den Schenkeln und die Druckmale an den Handgelenken. »Heiliger Morandus, hilf!«, murmelte er, schlug ein Kreuzzeichen und wandte sich wimmernd von seinem Bruder ab. Da hielt ihn der Ältere mit festem Griff zurück und widersprach zornentbrannt: »Dieses ewige Heiligengeschwätz von euch Stümpern, das niemandem hilft. Hör mir nur ja auf damit! Was habe ich dir die letzten Wochen hier unentwegt gepredigt? Hast du das schon vergessen? Hilf dir selbst, *dann* hilft dir Gott!« Verdutzt starrte ihn der junge Mann an. Nur selten wurde der Alte so laut. Und noch immer hatte er sich nicht beruhigt und schimpfte etwas von »nutzloser Knochenverehrung« und »Schindluder treiben«. Dann sah der Junge zu, wie dieser in einem ledernen Reisebeutel, den er unter dem Stroh versteckt hatte, kramte und ihm ein kleines Fläschchen Tinktur in die Hand drückte. Der Alte deutete auf den am kalten Boden hockenden Bruder. »Da – sieh zu, dass er das nimmt.«

Unsicher ergriff der junge Mann das kleine, fein gearbeitete irdene Fläschchen und fragte leise. »Melisse? Oder Baldrian?«

»Nein«, erwiderte der Ältere unwirsch, »da hilft kein Melissenkraut mehr. Schlafmohn. Schau, dass du es ihm irgendwie einflößt, sonst kommt er gar nicht mehr zur Ruhe.«

Damit drehte er sich schroff um und überließ es dem anderen, dem Jüngling ein paar Tropfen der Tinktur auf die aufgesprungenen Lippen zu träufeln. Unter aller Aufbietung von Geduld und sanftem Zureden gelang es diesem endlich, seinem jungen Bruder etwas mehr von dem Zeug einzuflößen. Nach kurzer Zeit wurden die Lider des Jungen schwer, und gemeinsam machten sich die beiden

Männer daran, ihn, so gut es ging, auf das Stroh zu betten und seine Wunden anzusehen. Während der Ältere Honig und Hanfstücke aus seinem Beutel zutage förderte und die offenen Schürfwunden versorgte, säuberte der Jüngere den geschundenen Körper mit ausgefransten Lappen. Dabei schimpfte der Ältere unentwegt und meinte ernst: »Lange wird dein Bruder dem nicht mehr standhalten können. Diese Schweine werden ihn nicht in Ruhe lassen.« Damit strich er dem Schlafenden den blonden Haarschopf zurück und fluchte, als er eine große Beule hinter dessen Ohr bemerkte. »Abgesehen von solchen Blessuren hat er bereits Angstzustände, verbunden mit Atemnot und Schweißausbrüchen.«

»Was soll ich machen?«, fragte der junge Mann verzweifelt.

»Auf keinen Fall den Heiligen Morandus oder wen auch immer anrufen, auch wenn er gegen Besessenheit wirken soll!« Wieder mischte sich Zorn in seine Stimme, der aber sofort verschwand, als er dem Jüngling über den aufgeschürften Hals strich und sich daran machte, eine Heilsalbe aufzutragen. »Der hier ist nicht besessen, der ist geschunden und geschändet, da hilft kein Kreuzzeichen, sondern nur dein Verstand.«

Betreten schwieg der junge Mann.

»Jetzt sag mir, wo dein Vater dieses Haus hat!«, polterte der Ältere weiter.

»Unter den Goldschmieden gleich gegenüber …«

»Wo erreiche ich deinen Vater?«, unterbrach ihn der Alte schroff, »in deinem Elternhaus?«

»Ja, dort hat er sich verkrochen, bei Hof ist er ja längst nicht mehr zugelassen«, meinte der junge Mann resigniert.

»Gut, ich werde sehen, wie schnell ich das Geld auftreiben kann«, murmelte der Ältere eher zu sich selbst als zu seinem Gegenüber.

»Ich hoffe, du hast ein wenig von dem, was ich dir gezeigt habe, behalten. Merke: Gegen alles ist ein Kraut gewachsen. Gegen *fast* alles, nur nicht gegen die Dummheit der Menschen. Du hast Talent, mein Guter, nutze die Macht der Säfte und Salben! Mach dir die Wirkung der Pflanzen und Kräuter zu eigen! Du willst dich rächen?«

Entschlossen nickte der junge Mann.

»Nur zu, aber mit deinem Verstand, mit deinem Wissen, denn das fürchten die Dummen dieser Welt mehr, als alle Waffengewalt es vermögen könnte! Merkst du dir das?«, fragte er drängend.

Der Jüngere nickte stumm.

»Gut. Denn es würde mir leidtun, wenn ich die Zeit, die ich hier absitzen musste, gänzlich vergeudet hätte! Und hör mir zu: Ich habe hier«, damit zog er einen Tiegel aus seiner Tasche, »ein ganz spezielles Fett zum Einreiben. Es macht die Haut warm und hitzig, und so, wie ich es bei deinem Bruder einschätze«, hier strich er dem Schlafenden über die helle, zarte Haut, »wird er ziemlich stark darauf reagieren.«

»Was heißt das?«, fragte der junge Mann argwöhnisch.

»Er wird Pusteln und Quaddeln bekommen, die hitzen und jucken werden! Fürchterlich jucken! Er wird sich andauern kratzen, wird jammern und wehklagen …«

»Aber …«

Ungeduldig unterbrach ihn da der Ältere: »Das musst du in Kauf nehmen. Lass dir was einfallen, erfinde irgendeinen Aussatz. Die haben ja sowieso keine Ahnung, aber es wird diese Schweine auf Abstand halten, nicht lange, aber doch einige Zeit.«

»Du meinst, ich soll sagen, dass er krank ist, mein Bruder?«

»Schwerkrank. Aussatz und Fieber. So, und jetzt lass mich machen. Ich werde mich um eure Belange kümmern. Verlass dich auf mich und auf deinen Verstand und lass mir die Heiligen in der Kirche. Dort, wo sie hingehören!«

Dann nahm er seelenruhig seine Tasche und trommelte mit den Fäusten so lange an die Tür, bis sie von einem finster dreinschauenden Knecht geöffnet wurde. Der Junge traute seinen Augen nicht und hörte den Alten sprechen: »Ich war jetzt lange genug hier. So wahr ich Mathias Bonus von Venedig bin, führe mich auf der Stelle zu deinem Dienstherrn. Ich gedenke, deine Gastfreundschaft nicht länger in Anspruch zu nehmen.« Verdutzt starrte ihn der Knecht an. »Na, wird's?«, donnerte der Alte und gab – der junge Mann hielt den Atem an – dem Knecht eine schallende Ohrfeige. »Wenn du nicht auf der Stelle das tust, was ich verlange, dann wird dich der Fluch des Heiligen Rochus treffen, und ich wünsche dir die Pest an den Hals!« Augenzwinkernd drehte sich der Ältere um und grinste den jungen Mann, der über seinen Bruder gebeugt war, an. Der Knecht indessen bekreuzigte sich und trat beflissen zur Seite, um den Alten vorbei zu lassen. Sprachlos blickte der Jüngere dem Älteren nach, als dieser sich umdrehte und ihm schnell noch ein kleines Fläschchen zuwarf. Ungeschickt konnte er es gerade noch auffangen, bevor es zu Boden fiel. Lächelnd winkte ihm der Alte zu und verschwand, den verdutzten Knecht hinter sich her ziehend. Der junge Mann sah nach seinem schlafenden Bruder und stellte sich in Gedanken versunken zum Fenster. Nach einer geraumen Zeit konnte er zwischen den fingerbreiten Ritzen gerade noch einen Trupp Reisender sehen, die, von den Stallungen kommend, die Burg verließen. Auf einem Pferd vermeinte er, seinen ehemaligen Mitgefangenen zu erkennen. Nachdenklich drehte er das Fläschchen in seiner Hand und, als ob er erst jetzt gewahr wurde, dass er etwas in seinen Händen hielt, starrte er auf das Etikett. *Stephansminne* stand darauf in schönen, schnörkeligen Buchstaben geschrieben, *für einen schönen Tod.*

Darunter stand dann noch in weniger gestochener Schrift: *Nur für die, die daran glauben! Alle anderen müssen so ihr Leben meistern!*

In diesem Augenblick verfluchte der junge Mann seinen scharfen Verstand, nur zu gerne wollte er nach einem Schluck aus dem Fläschchen selig dahintreiben und sich leise fortstehlen aus dieser Welt, bar jeder Verantwortung, frei von der erdrückenden Last seiner Sorgen.

Wien, am Tag des Heiligen Blasius (3. Februar) 1384

»Des brauch i nimmer, des konnst da sonst wohin stecken!« Die ganz und gar nicht mehr junge Frau im grauen Habit der Büßerinnen lief geduckt über den Wirtschaftshof des Klosters. Es war später Vormittag, doch noch immer hatte sich die Sonne nicht durch den dichten, kalten Nebel gekämpft. Es würde heute den ganzen Tag bewölkt und grau bleiben, was aber die geringste Sorge der Flüchtenden war. Knapp neben ihr fiel nämlich ein irdener Krug, der schon einmal bessere Zeiten gesehen hatte und dessen Henkel auf einer Seite abgebrochen war, mit einem lauten Krachen zu Boden und zerbarst in lauter kleine rote Tonsplitter. Schützend hielt die Frau die Arme über den Kopf und lief noch ein wenig schneller, denn das nächste irdene Trumm war bereits im Anflug und verfehlte ihre abgetretenen ledernen Sandalen nur um wenige Zoll. Bestürzt kam ihr eine weitere Büßerin zu Hilfe und schrie in Richtung Küchentür, aus der schon wieder etwas angeflogen kam: »Ja spinnst jetzt endgültig, Hanna, haben sie dir ins Hirn g'macht, oder bist von selber wo angrennt!« Damit half sie der alten Büßerin weiter, indem sie beherzt deren welke Unterarme ergriff und sie schnell aus der Wurflinie zog. »Ach lass gut sein, Wuckerl!«, meinte diese abwehrend, »kennst doch unsere Hanna!« Damit retteten sich beide Frauen in den nächsten Durchlass, der zum großen Schlafsaal der Büßerinnen führte. Schnaufend sahen sie sich an. Als sie wieder halbwegs zu Atem gekommen waren, bemerkte Wuckerl trocken: »Weißt, Martha, nur weil die Johanna gut wirtschaften kann und eine vortreffliche Köchin ist, kann sie sich nicht alles erlauben. Mir stinkt es jetzt langsam, wie sie uns alle herumkommandiert, und von ihren Wutausbrüchen hab ich erst recht die Nase voll!«

»Aber, aber«, winkte Martha erneut ab und ließ sich schwerfällig auf den kalten Steinboden sinken, »die weiß zurzeit ja gar ned, was sie macht!«

»Ein Grund mehr, um es ihr einmal tüchtig zu mischen. Ich werd's der Meisterin stecken, dass sie sich aufführt wie das ärgste Marktweib, so was kann man nicht durchgehen lassen!«, entrüstete sich Wuckerl mit hochrotem Gesicht und steckte sich ein paar ihrer inzwischen angegrauten widerspenstigen Locken unter die Haube, was aber wenig Sinn hatte, denn umso resoluter sie diese hineinstopfte, umso mehr Haare kringelten sich wieder heraus. Entnervt strich sie sich über die Stirn und seufzte.

Mit einem kleinen Lächeln schaute Martha zu ihrer alten Freundin auf: »Ach lass, Wuckerl, die Hannerl kannst genauso wenig ändern wie dein Haar. Machen beide, was sie wollen. Und schwer hat sie es ja auch zurzeit unsere Hannerl …« Nachdenklich wiegte sie den Kopf.

»Aber geh!«, wischte Wuckerl die Bemerkung Marthas mit einer eindeutigen Handbewegung weg, »nur weil ihr der Essig ausgegangen ist, braucht sie nicht das ganze Kloster zu tyrannisieren. Du siehst das durch die nachsichtigen Augen einer langjährigen Freundin, Martha.«

»Nein, du siehst das durch deinen engstirnigen Blick!«, unterbrach Martha heftiger als beabsichtigt, und fuhr versöhnlicher fort: »Schau, Wuckerl, die Hanna hat es geschafft, uns Frauen hier im Kloster der Reuigen Büßerinnen mitsamt unseren Bälgern, die wir von Berufs wegen gleich dazu bekommen haben, Arbeit zu geben! Das ist schon was!«

»Ja mei«, lenkte Wuckerl ein, »wir haben mit dem Wein auch so genug verdient, die ganze Essigbrauerei, ich weiß nicht … auch die jungen Frauen unter uns meinen, dass dieses saure Gebräu …«

»Nein und nochmals nein«, Martha reagierte nun eher zornig als heftig, »du müsstest es wirklich besser wissen, als die dazugekommenen jungen Dinger, die keine Ahnung haben. Uns ehemaligen Dirnen im Kloster Sankt Hieronymus ist der Ausschank von Wein bei Strafe verboten!«

»Wer sagt das?«

»Niemand Geringerer als der Herzog und der Bürgermeister. Es steht in unseren Satzungen, schwarz auf weiß.«

»Aber warum haben wir dann so weitläufige Weingärten in Grinzing als Stiftungen? Sollen wir den ganzen Rebensaft selber saufen?«

Verzweifelt schüttelte Martha den Kopf: »Du hast gar nix verstanden, Wuckerl. Schau, die Stiftungen sollen uns helfen, über die Runden zu kommen. Die Trauben haben wir vor der Essigbrauerei den bestbietenden Weinbauern verkauft und davon haben wir recht und schlecht gewirtschaftet.«

»Eben!«

»Nix eben. Die haben uns das Weiße aus den Augen genommen, uns über den Tisch gezogen, weil sie genau gewusst haben, dass wir keinen Ausschank betreiben dürfen. Erst als unsere Hannerl aus dem Wein Essig gemacht hat, haben wir gute Geschäfte gemacht. Wir müssen uns selbst erhalten, Wuckerl, bis auf ein paar milde Zuwendungen von hohen Bürgern aus dem Rat, ein Fass Heringe da, ein paar Ziegen und Geflügel dort, spielt sich nix ab. Das ist zum Sterben zu viel und zum Leben zu wenig.«

»Schön. Aber findest du nicht, dass die Johanna übertreibt? Wir legen ja schon alles in den Essig, nicht nur Gurken, Knoblauch, Fleisch, Fisch, jedes Kraut, das es gibt, sondern Äpfel, Birnen, Marillen und Kirschen. Und dieses Mailufterl, der Gurgelsaft mit Salbei und Veilchen, also weißt du …«

»Ja, des Mailufterl!«, lachte da Martha, als sie daran dachte, wie Johanna sich ihr Hirn zermartert hatte, bis ihr eine Essigzubereitung eingefallen war, die Gretlin, ein junges Mädchen, das ihr gleich einem Haufen Unrat in die Küche geschwemmt worden war, im Kloster mit Arbeit versorgen könnte. »Des Mailufterl hat der Gretlin die Möglichkeit gegeben, schöne Tücher für die Verpackung zu sticken, und den Wienern ein bisserl einen angenehmeren Atem beschert. Da ist der Hannerl schon was Gutes eingefallen, und das war bei der geizigen Meisterin, der Cäcilie, unter deren Fuchtel wir alle gestanden haben, gar nicht so einfach!«

»Da haben wir es jetzt mit der Susanna schon besser!«, lenkte Wuckerl ein.

»Na, besser schon, aber die ist zurzeit auch ein wenig sauer auf uns.«

»Warum?«

»Sag mal, Wuckerl«, entgegnete Martha scharf, »träumst du den ganzen Tag oder denkst du auch ein bisschen praktisch? Es ist alles wegen dem Essig!«

»Wegen dem Essig is jeder sauer! Da hammas.« Wuckerl grinste verhalten.

»Bist du jetzt ganz dumm oder stellst du dich nur so?« Unsanft rempelte Martha die Büßerin, die schon wieder an ihren Haaren herumnestelte, an. »Aus ist er – der Essig!«

»Warum?«

»Warum, warum, warum. Weil der Barthel im Herbst den ganzen Wein ausgeschenkt hat. Darum!«

»Warum schenkt der alte Barthel den Wein aus, der soll ihn doch lesen und keltern, der ist doch der Hauerknecht!«

»Kruzifix, Wuckerl«, schnell bekreuzigte sich Martha und fuhr leise, aber eindringlich fort, »weil sie um ein Haar die Gretlin unten bei der Donau ersäuft hätten, wegen Wiederbetätigung – also weil sie angeblich wieder um die Männer herumscharwenzelt ist. Aber Wuckerl, das müsstest du doch wissen, du warst doch dabei?« Zweifelnd sah Martha zur Büßerin.

»Ja, jetzt isses mir wieder vor Augen, der Henker, der Pfarrer, wir haben alle gewartet, bis der junge …, wie hieß er doch gleich?«, fragte diese und kratzte sich am Kopf.

»Sander.«

»Ja genau, bis der junge Sander mit der Begnadigung vom Herzog gekommen is. Mei, war des knapp!«

»Eben und da hat der Barthel unsern ganzen Wein und den vom Regensburger Hof auch noch ausgeschenkt, um alle bei Laune zu halten.«

»Mei, waren die alle besoffen. Der Pfarrer am meisten, und dann kam schon der Barthel.«

»Genau, und jetzt verstehst auch, warum die Johanna mit leeren Essigkrügen um sich schmeißt.«

»Du meinst, dass der Barthel auch da drin is?«, damit zeigte Wuckerl auf den Eingang zur Küche, »der Arme!«

»Na, ich glaub, lange ist der nicht mehr da drinnen!«, grinste Martha, als just in diesem Augenblick ein alter Mann, bekleidet mit einem groben Hemd, einer löchrigen Hose und mit nur einem Schuh krumm und humpelnd herausgestürzt kam.

»Ja da siehst, dass er immer noch mehr als unten durch is bei der Hannerl.« Belustigt traten die beiden Frauen ein paar Schritte in den Hof und machten dem Hauerknecht ein Zeichen, dass er sich hierher zu ihnen flüchten konnte. Mit knapper Not entkam er einem weiteren Tonscherben, der mit Wucht in seine Richtung geschleudert wurde, und wankte völlig außer Atem auf die beiden zu.

»So wüd wie heit hob i mei Hannerl no gor nia gsegn.« Verschwitzt wischte er sich mit zittrigen, von der harten Arbeit schwieligen und geröteten Händen über seine in tiefe Höhlen gebetteten Augen. Martha betrachtete den Alten schweigend. War sie auch so in die Jahre gekommen wie Barthel? Sah man das Alter nur an den anderen und nicht an einem selbst? Fast erschrocken registrierte sie Barthels krumme Glieder, seine faltige Haut, die sich über einen kahlen Schädel spannte, aber sie sah auch das spitzbübische Lächeln, das er seinem mittlerweile fast zahnlosen Mund entrang, als er bemerkte:

»Seit sie dieses Gebräu nicht mehr pantschen kann, is ned gut Kirschen essen mit meiner Hannerl. Recht gschiacht ihr, hot eh kana mögn, des graupate Zeigs. Jedes Mal hot's ma den Magen umdraht, wann i gsehn hob, dass sie mein Wein in die pralle Sunn gstöd hot. So a Verschwendung.«

Wuckerl nickte, Martha stöhnte, und Barthel fuhr ungeniert fort: »Spinnat is halt a scho, de oide Schastrommel. Amoi zwickts sie's da, amol dort, dann regt sa si wieder unnedig auf. Mei, is halt a scho a oide Gleschn …« Barthel grinste schief und stemmte die Hände in seine Hüften, wohl um sein Kreuz, das ihm immer höllisch weh tat, zu entlasten.

»Und du, du wirst ja sowieso immer jünger!«, meinte Martha zwinkernd.

»Scho, i konservier mi ja auch im Rebensaft!«

»Woher kriegst denn jetzt an Becher Wein, wennst im Herbst alles ausgeschenkt hast?«, fragte Wuckerl interessiert.

»Mei, da gibt's scho a ganze Menge Leit, die no a guats Tröpferl im Keller haben. Aber ned dem Hannerl sogn.« Listig wackelte er mit seinem ausgestreckten Zeigefinger vor Marthas Nase hin und her.

»Wenn die erfährt, dass du weitersaufst, als wär nix gwesen, während ihr selbst der Wein für ihren Essig fehlt, dann hängt sie dich am nächsten Hollerbusch auf, Barthel. Aber ned so wie den Heiligen Koloman, sondern kopfüber! Des sag i dir!«

»Waas i doch eh, oba wos sie ned waas, des mocht sie ned haas.«

»Jetzt bist mutig, Barthel, aber wart nur, bis sie dir auf die Schliche kommt, dann kannst was erleben!«, Martha wollte gerade zu einem Lachen ansetzen, als sie sich vorstellte, wie der alte Hauerknecht vor der lauten Hannerl Reißaus nehmen würde, als ihr das Grinsen im Gesicht gefror. Sich immer wieder nach hinten drehend und Ausdrucke wie »Spinnate«, »blödes Weib« oder »Rutsch mir doch runter« schreiend kam eine weitere Büßerin über den Hof gelaufen, um etliche Jahre jünger als Martha und Wuckerl. Mit Spannung warteten die drei, zitternd vor Kälte, zu erfahren, was denn jetzt schon wieder in der Küche vorgefallen war. Verschwitzt vom Dunst des Herdes und vor Wut spuckend kam die kleine, quirlige Gestalt im grauen Habit um die Ecke gehastet und schrie: »Also wenn der jetzt nicht bald einer sagt, wo es lang geht, dann dreh ich ihr eigenhändig den Hals um, der blöden Kuh, was bildet die sich eigentlich ein?«

»Wen meinst denn?«, fragte Barthel scheinheilig.

»Die Johanna mein ich, die, die mir nichts anderes als Schimpfereien an den Kopf werfen kann!«, schrie die Büßerin und schüttelte ihren Kopf vehement, wie um alles, was sie eben gehört hatte, abzuschütteln wie ein nasser Hund das Wasser.

»Also beim Schimpfen bleibt ihr beide euch wohl nichts schuldig«, grinste Wuckerl.

»Pahh«, rief die neu Angekommene und band sich mit unterdrückter Wut ihre Haube fester, »so eine Laune, wie die nun schon seit Tagen hat, da ist eine trächtige Hündin ein Lamm dagegen.« Etwas ruhiger fuhr sie fort: »Nichts passt ihr, einfach gar nichts. Einmal schneide ich die Rüben zu groß, plötzlich braucht sie die kleineren Stücke doch nicht, dann knete ich den Teig zu fest, dann wieder soll ich aufpassen, dass er nicht patzert zusammenfällt. Mein Gott, ich wünschte, ich wär nicht mehr im Küchendienst, das halt ich nicht aus, diese alte Schreckschraube sitzt mir ständig im Nacken und nörgelt und schimpft und wirft mit Geschirr herum!«

»Aber geh, Marlen, du hast dich nach der Abreise von der Gretlin doch förmlich darum gerissen, die Küchenarbeit zu übernehmen«, entgegnete Martha, die nur zu gut wusste, warum. Magdalena Apollonia, die bereits blutjung nach Sankt Hieronymus gekommen war, war eine der drei Regelschwestern vom Orden der Reuerinnen vor dem Schottentor, die Dienst bei den Büßerinnen versahen. Doch es gab schon immer etwas, was Marlen, wie die kleine, unentwegt lauter wichtige Sachen plaudernde Nonne genannt wurde, mehr als ihr keusches Nonnenleben interessierte: Männer. Männer in allen nur erdenklichen Erscheinungsformen. Wie eine graue Katze schlich sie um die Beine eines jeden, der sich zufällig ins Kloster verirrte, mit Ausnahme des Domprobstes Berthold, der die Bücher der Meisterin prüfte und durchdringend nach Weihrauch und Schweiß roch, und dem alten Barthel, der sowieso nur Augen für die Hanna hatte, was überhaupt keiner so recht verstehen konnte. Keiner der Zulieferer von Gemüse und Getreide, niemand von den Handwerkern, die dies und das instand zu setzen hatten, war vor Marlens Avancen sicher. Da konnte sie Hanna noch so oft an ihr Gelübde der Keuschheit, der Gottesliebe und vor allem der Schweigsamkeit erinnern: Kaum betrat ein Mann ihren Dunstkreis, benahm sich Marlen wie eine der Laufenten im Gemüsegarten des Klosters. Laut quakend watschelte sie hinter demjenigen her und ließ nichts unversucht, Aufmerksamkeit zu erhaschen. Deswegen kam ihr die frei gewordene Stelle als Küchenhilfe damals gerade recht, denn nirgends sonst im Kloster gingen Lieferanten, Kaufleute und Knechte aus und ein, und nirgends war die Wahrscheinlichkeit größer, einem Mannsbild über den Weg zu laufen als bei Johanna in der Küche. Verwunderlich war es daher umso mehr, dass Marlen freiwillig den Dienst quittieren und sich vermehrt den Messen und dem Singen der frommen deutschen Hymnen widmen wollte – eine lästige Pflicht, von der das Küchenpersonal weitgehend befreit war. Denn was könnte alles passieren, während die Köchin und ihre Helferinnen in der Kapelle waren: die Milch überkochen, der Kochwein verdunsten – Johanna wurde nicht müde, all diese Möglichkeiten immer wieder aufzuzählen, wenn sich die Meisterin beschwerte, dass im Küchentrakt allzu weltliche Sitten einzogen, und anregte, dass Johanna sich einmal wieder die Kapelle von innen anschauen sollte.

Auch Wuckerl staunte nicht schlecht, als sie vernahm, dass Marlen nicht mehr bei Johanna arbeiten wollte. »Was heißt, dass es nicht mehr auszuhalten ist, die Yrmel schafft das doch auch!«, bemerkte sie entrüstet und meinte damit niemand anderen als die zweite Küchenhilfe Johannas, die vor über neun Jahren als junges Ding in einem bedauernswerten Zustand ins Kloster gekommen war. Niemand wusste genau, was der damals etwa Zwölfjährigen passiert war, und man konnte sie auch nicht fragen, denn dem Mädchen kam nicht ein Wort über die Lippen. Mit unerwarteter Sanftmut und großem Einfühlungsvermögen hatte sich Johanna der Kleinen angenommen, ihre krampfartigen Anfälle wurden weniger und ihre Angst kleiner. Doch bis heute hat sie ihre Sprache nicht wieder gefunden.

»Was geht das alles die Yrmel an? Der ist das wurscht, die ist *stumm«*, schrie Marlen zornig, denn schon von Anfang an hatte die männerjagende Nonne den Verdacht, von der inzwischen jungen Frau mit den sanften braunen Augen völlig durchschaut zu werden.

»Aha. Stumm. Na des ko ma von dir ja ned unbedingt behaupten, Marlen, dir geht die Pappn jo andauernd wia a Wirtshaustir. Imma auf und zua, auf und zua …«*, Barthel zeigte sein zahnloses Kiefer und klopfte sich mit der Hand auf den Oberschenkel.

»Aber Schmarrn«, antwortete Marlen resolut, »lasst mich auch da in den Durchgang, macht ein bisserl Platz, wie komm ich dazu, mir den Arsch abzufrieren, nur weil die Johanna schlechte Laune hat!« Damit zwängte sie sich zwischen Barthel und die beiden anderen Büßerinnen. Da vernahmen alle vier ein Jaulen, und ein alter rachitisch gebeugter Hund kam schnellen Schrittes zu ihnen gelaufen. Plötzlich zeigten sich auf der ohnehin schon sehr zerfurchten Stirne Barthels Zornesfalten. »Oiso, wenn's jetzt ihren Gift an der Maroni auslässt, dann schlogts 13, alles was Recht ist, so a spinnate Gurkn!«** Damit ging er stöhnend und ächzend in die Knie und umfing mit seinen großen Pranken die alte Hündin, die schnurstracks zu ihm gelaufen war und ihre schon ganz und gar weiße Schnauze an seine Brust drückte. Langsam wurde es eng in diesem Gang zu den Schlafgemächern, doch niemand der Anwesenden hatte Lust, in die Küche zu gehen, die ansonsten an einem so kalten Tag nicht nur die gefrorenen Glieder, sondern auch die Seele wärmte. Nach einer Zeit müßigen Herumstehens wurde ihnen die Entscheidung, was sie

* Als stumm könnte man dich nicht bezeichnen, Marlen, im Gegenteil, dein Mundwerk steht doch nie still.

** Wenn Johanna gedenkt, ihren Ärger an dieser armen Kreatur auszulassen, dann gnade ihr Gott!

denn nun machen sollten, abgenommen. Deutlich waren hinter ihnen schnelle Schritte zu hören und wenig später erschien die Meisterin Susanna. Sie war so in Eile, dass sie um ein Haar in die kleine Menschengruppe hineingelaufen wäre. Abrupt blieb sie stehen, und ihre wachen Augen verengten sich zu Schlitzen. »Was ist da los?«, fragte sie halblaut, und jeder der Anwesenden wusste, dass lügen zwecklos war. Susanna schien einen direkten Draht zum Himmel zu haben, denn sie sah es jedem, der die Unwahrheit sagte, an der Nasenspitze an. Oder – was Johanna immer behauptete – sie wartete so lange, bis sich der bedauernswerte Erdenwurm in seinen eigenen Ausflüchten und Lügen verhedderte und von selbst zu Fall kam. Wie auch immer, Susanna wartete und fixierte einen nach dem andern. Obwohl es vorerst schien, dass sie sehr in Eile war, hatte sie plötzlich Muße, sich das gesenkte, peinlich berührte Gesicht von Martha anzusehen, Wuckerls widerspenstige Haare zu begutachten, Barthels Loch in der Hose missbilligend zu taxieren und Marlens trotzigen Blick zu erwidern. Nur Maroni bekam ungefragt Streicheleinheiten. »Na?«, war alles, was sie von sich gab, und schon begannen alle vier gleichzeitig zu sprechen.

»Die schmeißt mit Tonkrügen herum!«

»Alles nur wegen dem Essig!«

»Spinnat is hoit.«

»Das lass ich mir nicht gefallen!«

Seufzend sandte Susanna einen theatralischen Blick gen Himmel und trat über die Schwelle hinaus in den kalten ungepflasterten Hof. Als ihr niemand folgte, drehte sie sich um und rief beherrscht, aber eindringlich: »Worauf wartet ihr noch? Ich wollte sowieso gerade zur Johanna, also kommt mit!« Nach einem verwunderten Zaudern ihrer Zuhörer fügte sie noch ein bestimmtes »Ja alle und jetzt gleich!«, an, und schon setzte sich die Fünfpersonengruppe in Bewegung, im Schlepptau die alte Hündin. Niemand sprach, niemand, bis auf Marlen natürlich: »Warum weiß die schon wieder, dass es um die Hanna geht? Warum?« Ungeduldig stieß sie Martha weiter nach vorne: »Warum ist die Sonne gelb, das Gras grün – ich weiß es nicht, Marlen. Und jetzt spute dich und halt einfach einmal deinen Mund!« Niemand sah, wie Susanna sich auf die Lippen biss, um nicht laut zu lachen. Endlich erreichte die Prozession die Tür zur Küche, die nur halb angelehnt war und schon ein wenig schief in den Angeln hing. Kein Wunder, wenn sie Johanna regelmäßig grob zudrosch, dachte Susanna und griff beherzt zum Riegel. Mit einem lauten Quietschen öffnete sich der Durchlass in die weitläufige, mit grobem Bretterfußboden versehene Klosterküche. So wütend Johanna sein konnte, so behaglich und sauber hielt sie ihren Bereich, dachte die Meisterin und war schon viel milder gestimmt. Wohlwollend sah sie auf den sauber geschrubbten großen Tisch, auf die lange Holzbank mit den blauen Sitzkissen, die an der einen Wand stand, und auf die kürzere Bank auf der anderen Seite, die als Zwischenlager auf dem Weg vom Keller zur Küche und umgekehrt diente. Ein großer Korb Rüben, ein Schaff Hirse und – eingewickelt in ein grobes Tuch – eine Speckseite – verrieten, was heute bei den Büßerinnen auf dem Mittagstisch stehen würde. Weiter hinten, dort, wo die beiden kleinen mit Haut bespannten Fenster fast kein Licht mehr hereinließen, war die Feuerstelle. Susanna war stolz, dass das Kloster nicht mehr eine der sogenannten Rauchküchen hatte, wo der Ruß die Decke schwarz färbte, sondern die Köchin auf einem offenen Herd mit einem großen Kamin hantieren konnte. Das war viel angenehmer und gesünder. Die Ausmaße des Herdes waren enorm, mussten doch an die 30 Erwachsene und fast halb so viele Kinder tagtäglich mit warmen Mahlzeiten versorgt werden. Munter prasselte das Feuer, und in den beiden Kesseln, die an großen Haken darüber hingen, blubberte es vielversprechend. Inmitten vom Kochdunst schwang eine kleinere, gedrungene, mit etlichen Pfunden Übergewicht beladene Frau um die 40 ihren überdimensionalen Kochlöffel. Johanna Maipelt, Klosterköchin und Wirtschafterin, Herrin über den Weinkeller, die Vorratsräume und die gesamte Kuchlwirtschaft, stand mit ihrem breiten Rücken zu den Besuchern und hatte nur am Quietschen der Tür überhaupt wahrgenommen, dass jemand eingetreten war. »Nett, dass d' wieder einmal vorbeischaust, Marlen, du faules Aas. Ich brauch jede Menge Brennholz. Kannst scho amal anfangen, welches holen«, keifte sie los und rührte weiter im Hirsebrei, ohne sich umzudrehen. Marlen, die bereits wieder vor Zorn rot anlief, wollte gerade losplärren, als ihr die Meisterin durch einen schnellen Wink zu verstehen gab, dass sie gefälligst den Mund halten sollte. »Und wenn dir der Barthel, dieses elendige Mannsbild, übern Weg rennt, dann sag ihm, dass ich genau weiß, dass er schon wieder fest am Saufen is! Ganz Wien pfeift es schon von den Dächern, dass er ständig bei den Laurenzerinnen herumlungert und um an Becher Wein sudert.« Susanna sah strafend zu Barthel, der den Kopf gesenkt hielt und an seinem ausgefransten Hemdsärmel zupfte. Nur seine knallroten Ohren verrieten, dass Johanna mit ihrer Vermutung richtig lag. »Meint der, i bin deppat, oder was? Mir macht er vor, er kann keinen Wein für meinen Essig auftreiben, und er sauft ihn selbst am Laurenzerberg, so a Falott a damischer!« Mit einem lauten Platsch versenkte die Köchin die geputzten Rüben in das Kochwasser. »Und solltest du, Marlen, die Martha sehen, dann richt ihr aus, dass i scho selber weiß, wie viel ich zu kochen hab und auf ihre guten Ratschläge ned angwiesen bin. Die soll sich gefälligst um die jungen Büßerinnen kümmern und denen klarmachen, dass mir denen earnere Bangerten ned die Ohren vollplärren sollen. I hob weiß Gott scho auf genug Kinder aufpasst. Mir langt's! Kaum wird ane wegg'heirat, kommen wieder drei nach, und mindestens zwa davon mit an dicken Bauch, meiner Seel!« Wütend rührte sie im Kessel und machte immer noch keine Anstalten, sich endlich umzudrehen. »Is ja gut, wenn's heiraten dürfen, die ehemaligen freien Töchter, aber meistens kommen's wieder ins Elend rein und die Kinder noch dazu, mei, wie mich dieses elendige Schlamassel miad macht!« Betroffen hörte Susanna, wie die Köchin in ihren Kessel schluchzte. Da löste sich eine schlanke Gestalt von der rechten Seite der Küche, um die Ältere zu trösten. Yrmel hatte die Angekommenen längst bemerkt, als Stumme verfügte sie über die Gabe, verschiedene Situationen viel früher zu erfassen als manch Sprechender. Aber wie es ihre Art war, hielt sie sich bis jetzt im Hintergrund. Sie formte weiter Zöpfe aus einem schön aufgegangenen Germteig auf einem kleinen Arbeitstisch gleich in der dem Herd gegenüberliegenden Ecke, dort wo früher Gretlin gesessen hatte und mit Nadel und Strickgarn wahre Wunder vollbrachte. Dazwischen lag ein Haufen Lumpen, auf den die alte Hündin zugeschlichen kam und sich fast lautlos zum Dösen hinlegte, nicht ohne sich vorher mit einem treuen Blick zu Yrmel zu versichern, dass alles in Ordnung war. Yrmel strich dem alten Tier über die Schnauze und wandte sich mit fragendem Blick zur Meisterin. Susanna deutete der schlanken jungen Frau, die ihren grauen Habit mit Würde und Demut trug, die Anwesenheit der fünf Menschen nicht zu verraten. Gerne wollte sie Zeugin sein, wenn Johanna ihre Sorgen in den Hirsebrei schluchzte, denn es war immer gut zu wissen, was wirklich unter dem Panzer aus Schimpfen und Fluchen steckte. Meist war es nicht einmal zu erahnen, was Johanna wirklich bewegte. So nickte Yrmel nur und sah besorgt zum Herd, wo die Köchin wieder leise weinte. »Mei, wie mir mei Gretlin fehlt!«, jammerte sie. »So viel haben wir durchgemacht mit ihr, und jetzt is sie auf und davon mit diesem Randegg. Ja, wo die Liebe hinfällt, da is ka Kraut dagegen g'wachsen«, schniefte sie. Dann aber richtete sich Johanna mit einem Ruck auf, begann sich langsam umzudrehen, nicht ohne den Brei aus den Augen zu lassen und keifte wieder: »Des is aber noch lang ka Grund, dass i ma von dir, Marlen, auf der Nasen herumtanzen lass, i werd dir …« Abrupt unterbrach sie ihre Tirade, als sie sich plötzlich fünf Personen, die von niemand Geringerem als der Meisterin persönlich angeführt wurden, gegenüberstand. Nur kurz blieb ihr vor Verblüffung der Mund offen, doch sehr schnell hatte sie sich wieder gefangen: »Is da a Aufmarsch, a Kirchweih, a Prozession, von der ich nix weiß?«, äußerte sie wie nebenbei und stemmte ihre kurzen, aber kräftigen Unterarme dorthin, wo sich irgendwann einmal ihre Taille befunden hatte. Kampflustig blitzte sie einen nach dem anderen an. Barthel gluckste und meinte mit einem verklärten Grinsen: »Des is mei Hannerl, de lasst sie von nix und niemandem ins Bockshorn jagen!«*

»Ja, pass nur auf, du Depp, du bleda, dass i di ned gleich rausjag aus der Kuchl. Kannst dann ja wieder bei den Laurenzerinnen sudern gehen!«**

Doch Barthels Bewunderung für seine Johanna tat auch dieser Seitenhieb keinen Abbruch, und er strahlte sie weiter verliebt an. Susanna, die befürchtete, dass sie ihre Autorität doch nicht so unterstreichen konnte, wie sie es ursprünglich vorgehabt hatte, mischte sich nun resolut in das Geplänkel: »Ich hab was Wichtiges mit dir zu bereden, Johanna, und würde vorschlagen, dass du, Marlen, sehr viel Brennholz von draußen holst und dir dabei wirklich viel Zeit lässt, du, Johanna, dich von deinem Hauerknecht ohne zu schimpfen verabschiedest und dir ruhig und sachlich von Martha sagen lässt, wie viele Portionen Essen wir heute brauchen. Wenn du das alles erledigt hast, dann möchte ich mich gerne bei einem Becher Würzwein mit dir zusammensetzen und dir ein paar wichtige Dinge darlegen.« Johanna setzte bereits an, die Meisterin zu unterbrechen, aber diese fuhr weiter ruhig fort: »Nein, mir brauchst du nichts zu erzählen, für Essig mag zu wenig Rebensaft da sein, aber für deinen Würzwein hast du noch genug Vorrat. Vergiss eines nicht, Johanna, auch ich höre die Spatzen vom Dach pfeifen«, hier grinste sie leicht, »und mir haben sie zugezwitschert, dass dir die Himmelpförtnerinnen immer wieder

* Meine Johanna fürchtet sich vor nichts und niemanden.

** Pass nur auf, dass ich dich nicht zum Teufel jage, denn dann müsstest du wieder bei den frommen Frauen vom Laurenzerberg als Bittsteller vorstellig werden.

gerne einen guten Tropfen überlassen.« Johanna senkte beschämt den Blick und murmelte: »Is ja nur als Kochwein gedacht.«

»Ja sicherlich, aber jetzt tu, was ich dir gesagt habe, ich schau mir inzwischen an, wie die Yrmel den Germteig flicht!« Damit drehte Susanna allen den Rücken zu und unterhielt sich leise flüsternd mit Yrmel, deren Augen und Hände mehr Begeisterung vermittelten, als es Worte je vermögen konnten.

Nachdem etwas Ruhe eingekehrt war, Wuckerl und Martha wieder zurück bei ihrer Arbeit waren, der Barthel sich unter leisem Schimpfen verkrümelt hatte und Marlen laut lamentierend Richtung Holzplatz ging, begann Johanna mit dem größten Messer, das sie finden konnte, die Speckseite zu bearbeiten. Dabei hantierte sie mit mehr Kraft, als nötig, und die kleinen Speckwürfel, die sie zu den Rüben geben wollte, sprangen Flöhen gleich in alle Richtungen, was Maroni, der Hündin, gleich wieder Anlass gab, sich winselnd von ihren Lumpen zu erheben und schnüffelnd auf die Suche zu gehen. »Ja, bledes Viech, jetzt schau aber, dass du weiterkommst«, schimpfte Johanna und gab sich betont streng. Jeder aber wusste, auch die Hündin, dass das nur Fassade war, denn in Wirklichkeit verbarg sich unter der Hundehassermiene Johannas eine echte Zuneigung zu allem, was vier Pfoten hatte. Auch Susanna lächelte nachsichtig und schlenderte langsam von Yrmel und dem Germteig zum Küchentisch. Beschwichtigend legte sie ihre Hand auf den Unterarm Johannas, der wie verrückt auf die Speckseite einstach, als gelte es nicht, ein Mittagessen zu kochen, sondern den siebenköpfigen Höllenhund zu Gulasch zu verarbeiten.

»Lass gut sein, Johanna«, meinte Susanna versöhnlich, »setz dich einen Augenblick zu mir!«

»Ich hör mir heute keine Vorwürfe an, Meisterin. Heute kann ich nicht mehr, mir tut das Kreuz weh, es sticht mich in der Seite und Luft krieg ich auch wenig und …«

»Keine Angst, Johanna, ich will dich nicht tadeln. Dazu ist es hier in deiner Küche zu gemütlich, und es riecht zu gut nach Essen!«

Schon viel entspannter brachte Johanna sogar ein kleines Lächeln zustande, als sie sich schwerfällig auf einen Sessel fallen ließ und Yrmel dankend zunickte, als diese zwei Becher Würzwein kredenzte.

»Nun, Johanna – du weißt, dass ich immer auf deiner Seite bin, das habe ich dir schon des Öfteren bewiesen, oder?«, begann die Meisterin leise, aber bestimmt.

Die Köchin, der bei dieser Einleitung nichts Gutes schwante, nickte nur stumm. Sie erinnerte sich sehr gut an den Herbst des vorigen Jahres, wo in dem ganzen Durcheinander rund um den Sohn des Schaunbergers, der sich letztendlich als Mörder entpuppte, Yrmel über zwei Wochen lang verschwunden war. Eigentlich hätte man ihr wegen mutwilligen Verlassens des Klosters der Büßerinnen eine Hand abhacken können – die Wiener waren in dieser Beziehung nicht zimperlich. Sie gaben den ehemaligen freien Töchtern wohl eine Gelegenheit, ihr Leben zu ändern, Buße zu tun und vielleicht auch einen ehrbaren Mann zu heiraten. Falls diese aber die Gelegenheit ausnützten und wieder ihrem alten Lebenswandel anhingen, standen harte Strafen an. Die Meisterin hatte da ihre Hand schützend über Yrmel gehalten und hatte zugewartet, bis man die Arme im Siechenhaus gefunden hatte. Genauso schützte sie Johanna, wo immer sie konnte, ließ ihr alle möglichen Freiheiten, wie das Verkaufen ihrer Essigprodukte auf den öffentlichen Märkten oder das persönliche Ausliefern ihrer Ware. So konnte sich Johanna uneingeschränkt in der Stadt bewegen und ihre Essiggurkerln und ihr saures Obst in fast allen Wiener Haushalten anbieten, sei das nun eine Nonne, ein reicher Bürger oder sogar ein Mitglied des Hofes. Susanna tat dies nicht nur, weil sie die schroffe und resolute Art ihrer Wirtschafterin mochte, sondern vor allem, weil es dem Kloster Sankt Hieronymus finanziell besser ging denn je. Hannas Essigerzeugnisse waren das Öl, das die Räder des Klosters, die Versorgung der Frauen und Kinder am Laufen hielt. Es war ja nicht nur die Essigbrauerei alleine, das Gemüse putzen, das Obst einlegen, viele der ehemaligen freien Töchter waren mit dem Töpfern der Krüge, dem Besticken der Tücher, dem Bestellen des Gemüse- und Obstgartens und der Pflege des weitläufigen Kräutergartens beschäftigt. Mittlerweile stellte Sankt Hieronymus auch Reinigungsmittel aus Essig, Verdauungstrunke und nicht zu vergessen, das berühmte Gurgelwasser, das Mailufterl, her. Beten und Singen deutscher Hymnen allein würde nicht reichen, und dank Johannas Ideenreichtum konnten die Frauen ihre Tage mit ehrlicher Arbeit füllen und Susanna ihre Wirtschaftsbücher mit erfreulichen schwarzen Zahlen.

»Wie gesagt, Hanna«, begann die Meisterin vorsichtig von Neuem, »ich schätze sehr, was du für das Kloster leistest, aber ich muss mich auch gegenüber den Stiftern verantworten!«

»Dem Herzog?«, fragte Johanna unsicher und machte große Augen.

»Nicht nur Albrecht, dem Herzog, auch unserem Bürgermeister Holzkäufl und, nicht zu vergessen, dem Domprobst von Sankt Stephan!«

»Ach dem …«, bemerkte Johanna und schüttelte sich leicht, wenn sie an den Schweißgeruch und den durchdringenden Weihrauchgestank dieses Mannes dachte.

»Ja, er wurde vom Allerheiligenkapitel entsandt, kommt also direkt vom Herzog. Er prüft nicht nur unsere Bücher, sondern auch unseren – wie soll ich sagen – religiösen Eifer.«

»Welchen Eifer denn?«, fragte Johanna entrüstet.

Susanna lächelte. »Eben. Das fragte Probst Berthold bei seinem letzten Besuch auch. Wo ist unser Eifer, Gott zu preisen und ihm zu dienen, nur abgeblieben, das fragte er mich.«

»Und?«

»Ja, ich wusste nicht so recht, was er damit meinte, aber letztendlich ist er dann doch herausgerückt damit. Es kam ihm zu Ohren, dass bei uns die Männer aus und ein gehen, wie sie möchten.«

»Welche Männer?«, fragte Johanna scheinbar arglos.

»Na, der Barthel zum Beispiel.«

»Der ist doch kein Mann, das ist ein alter Depp.«

»Wie auch immer, Johanna«, tapfer verbiss sich Susanna ihr Lächeln und blieb weiter ernst, »er erzählte auch von Kaufleuten und Adeligen, die sich hier die Klinke in die Hand geben.«

»Aber das war doch nur der junge Sander, also Alexander von Randegg, der kam immer wegen der Gretlin, und mit Kaufmann meint sie wohl den Wickerl, also den Ludwig Fütterer, der bringt mir immer allerlei Gewürze für meinen ganz raffinierten Essigsud, der …«

»Ja eben, Johanna, hier ist ein Kloster der Büßerinnen. Da sollten die einzigen Männer der Probst und vielleicht ein Kaplan sein, aber mehr auch nicht.« Auf das erboste Schnauben der Köchin antwortete sie bestimmt: »Ich weiß das, ich kenn mich in anderen Klöstern aus. Was wir hier veranstalten, hat mit Leben von und für Gott nur sehr entfernt zu tun.« Johanna wusste, dass Susanna recht hatte. Als geborene von Schweinbart kannte sich die große und stattliche Frau in den anderen Nonnenklöstern gut aus, die Oberin der Klarissen beim Kärntnertor, Klara von Reichin, war eine enge Vertraute Susannas und einige andere Äbtissinnen auch, wie die von den Himmelpförtnerinnen, denn wie sonst hätte sie das mit dem Kochwein so schnell herausfinden können!

Etwas kleinlauter fragte Johanna nach: »Und was hat das jetzt alles mit mir zu tun?«

»Also«, hier machte die Meisterin eine kleine Pause, straffte sich, strich sich über ihr silbergetriebenes Kruzifix, das sie um den Hals trug, und setzte fort, »zuerst einmal müssen deine Zornausbrüche aufhören!«

»Aber …«, unterbrach sie die Köchin.

»Nix aber! Ich rede, du hörst zu. Es geht nicht, dass man dein Zetern von der Küche über den ganzen Klosterhof bis zu mir hinauf in das Besuchszimmer hört, wo der Propst gerade die Wirtschaftsbücher einsieht.«

Johanna wurde krebsrot im Gesicht und senkte den Kopf.

»*Das kannst du dir weiß Gott wohin stecken* ist nicht gerade das, was er in einem Nonnenkloster hören will, das kannst du mir glauben.«

Entschuldigend meinte Johanna: »Es ist ja nur, weil

der Essig aus ist. Ohne dieses Gebräu bin ich nur ein halber Mensch. Das ist mir richtig in Fleisch und Blut übergegangen, und jetzt weiß ich gar nicht, wie es weitergehen soll, und die Gretlin fehlt mir und überhaupt tut mir alles weh und außerdem glaub ich«, hier blickte Johanna wie ertappt hoch, »dass ich schon eine richtige alte Bisgurn werd!«

Susanna, der die Verlegenheit der Köchin ganz recht war, setzte fort: »Ganz genau … wenn du so weitermachst. Aber du kannst dich ja auch ein wenig bremsen. Ich will keine Töpfe herumfliegen sehen, keine Wutausbrüche in der Küche haben und vor allem möchte ich, dass du etwas mehr Gottgefälligkeit zeigst!«

Johannas Kinnlade klappte herunter: »Was? Ich? Gottgefällig?«

»Ja, du!«

»Aber ich kann nicht in die Messe, wer soll sich um das Essen kümmern, für die Yrmel allein ist das zu viel und die Marlen – also die kannst vergessen, weil …«

»Da wären wir beim nächsten Problem, Johanna. Marlen wird nicht mehr in der Küche arbeiten. Sie will sich nicht mehr von dir beschimpfen lassen!«

»Aber dieses blöde, rotzfreche, immer hinter den Männern herumscharwenzelnde …«

»Eben.«

Ertappt verstummte Johanna.

»Ich spreche jetzt offiziell als deine Meisterin zu dir, Johanna Maipelt, und gebe dir folgende Weisung: Du wirst wie alle Büßerinnen in den nächsten Wochen an einem Theologieunterricht teilnehmen.«

»Ich? An einem Unterricht?«

»Ja. Genaueres teile ich dir noch mit.«

»Aber wer soll denn dann in der Küche … das Essen, die Mahlzeiten, der Keller, die Vorräte!«

»Nun, auch da hat sich bereits eine Lösung gefunden, verlass dich auf mich, Johanna, und auf Gottes Fügungen, wir wissen schon, was gut für dich ist!«

Dessen war sich Hanna aber gar nicht sicher und seufzte schwer. Noch einmal versuchte sie, sich aufzulehnen und meinte leidend: »Weißt, Susanna, i hobs auch a bisserl mit dem Hals heute und da tät i ma gern heute nach der Abendmess drüben in Sankt Stephan den Blasiussegen holen!«

Susanna, die bereits den Braten roch, antwortete mitfühlend: »Das kommt vielleicht auch von deinem lauten Herumplärren, aber ja gern, Johanna, wenn's dir dann leichter ist mit den Halsschmerzen. Der Heilige Blasius schenke dir Gesundheit und Heil!«

»Also Susanna … reicht das nicht auch für die Gottgefälligkeit, der Segen, mein ich, könnt ich dann den Unterricht nicht … auslassen?«

Bestimmt und unerbittlich schüttelte die Meisterin den Kopf und beeilte sich, die Küche zu verlassen, um schnell den Klosterhof zu durchqueren und die Stufen hinaufzulaufen. Erst oben in ihrer Kammer begann sie schallend zu lachen.

Wittingau in Böhmen, Agathentag (5. Februar) 1384

Der Prior des Klosters der Augustiner Eremiten stand in Erwartung eines Besuches an sein hölzernes Schreibpult gelehnt und ließ seine Gedanken wandern zu einer Zeit, wo er selbst noch Novize gewesen war, wo es nicht so kalt war, wie an diesem Wintertag, sondern heiß und stickig, denn es war am Ende eines schwülen Augusttages hier in Wittingau gewesen. In der Stadt der Teiche war das Fischerfest unter eifrigem Zuspruch der Bevölkerung in vollem Gange, und die Augustinermönche strebten damals müde mit schmerzenden Beinen vom langsamen Gehen in der Prozession und vom stundenlangen Stehen in der Kirche ihren Zellen im erst drei Jahre bestehenden Konvent zu. Nur vage erkannten er und seine Mitbrüder den kleinen Knaben am Steinbrunnen im Klosterhof. Umringt von Kräutern und allerlei anderem Grünzeug starrte er in das Wasser. »Garten Eden« nannte der Gärtner etwas hochtrabend sein Wirkungsfeld, was ihm schon so manches leise Lächeln seiner Mitbrüder eingebracht hatte. Heute gingen sie aber trotz des anwesenden Kindes ohne Interesse weiter, einerseits waren sie zu erschöpft und andrerseits wollten sie sich wohl um die Aufgabe herumdrücken, diese ungewöhnliche Konstellation aufzuklären: Ein etwa vier Jahre altes Kind in einem Klostergarten, der, schützend vom Kreuzgang umschlossen, nahezu unzugänglich war für ordensfremde Menschen. Nur Bruder Bohdan, ein älterer, schon gebeugt gehender Mann, dessen Stärke darin bestand, dass er seinen Glauben mit Pinsel, Stift und jeder Menge leuchtender Farben auf das Vortrefflichste zum Ausdruck bringen konnte, verharrte in seinem schlurfenden Gang, legte seine Handfläche wie ein Dach schützend über die Augen, die von der Abendsonne geblendet wurden, und beobachtete den kleinen Jungen. Der sah, scheinbar unbeeindruckt von den heimkehrenden Mönchen, wie gebannt auf die Lichtreflexionen, die die untergehende Sonne auf den Wasserstrahl, der aus dem Brunnen kam, zauberte. Lächelnd humpelte Bohdan auf das Kind zu und meinte flüsternd: »Einmal blinkt es wie flüssiges Silber, dann wieder glitzert es wie Eis, und auf einmal siehst du das Grün von Moos und das Blau des Himmels.« Nur kurz blickte der Junge mit seinen graublauen Augen in das Antlitz des Alten, nickte beiläufig und sagte mit einer Selbstverständlichkeit: »Und das Gold der Sonne sehe ich so wie das Abendrot und das Braun der Erde!« Wissend strich Bruder Bohdan dem Kleinen über den dunkelblonden Schopf. Mehr wurde nicht gesprochen zwischen den beiden, mehr war auch gar nicht nötig. Von diesem Augenblick an gewöhnte sich nicht nur der zukünftige Prior, sondern alle im Kloster an das ewig gleiche Bild. Bruder Bohdan humpelnd und gestikulierend, in den Himmel, auf den Boden, auf Pflanzen und Kleintiere zeigend, und dahinter, gleichsam als Schatten, der Kleine, beladen mit Pergament, Staffelei und Malutensilien. Keiner wusste, woher das Kind kam, halbherzig durchgeführte Befragungen und Nachforschungen blieben ohne Ergebnis. Niemand vermisste den Knaben oder fand es offenbar wert, nach ihm zu suchen. Er hatte nicht einmal einen Namen oder konnte sich nicht daran erinnern. So nannten ihn die Mönche einfach Waclaw und fanden, dass Waclaw von Wittingau ein sehr passender Name für einen kleinen Jungen war, der in einem neu gegründeten Augustinerkonvent in Böhmen gleich einem kleinen Kätzchen aufgelesen und durchgefüttert wurde. Zufrieden und auch ein wenig gleichgültig akzeptierten sie die Gegenwart des Knaben, der geleitet und behütet von Bruder Bohdan seine angeborene Fantasie, seine Sanftmut und Empfindsamkeit in Form von Naturskizzen, von kleinen Malereien und Illustrationen auslebte und diese auch nicht verlor, als sich auf seiner Oberlippe ein Bartflaum zeigte und seine Stimme – falls er sie einmal erhob, was selten genug vorkam – kippte. Nun, ein wenig befremdlich war es schon anzusehen, als der inzwischen herangewachsene Jüngling stundenlang mit dem Studium der zackigen Hinterbeine eines Mistkäfers am Komposthaufen zubrachte oder die welken Blätter einer Schwertlilie in annähernd 20 Schattierungen von Blau, Braun und Grau auf ein Pergament bannte. Doch, so waren sich die Mönche einig, solange Waclaw seine unaufdringliche und sanfte Art beibehielt, solange er am Gemeinschaftsleben und vor allem regelmäßig an den Laudes teilnahm und tiefe Frömmigkeit zeigte, sollte er weiter Insekten, Käfer, Blumen, Bäume und Gräser mit Inbrunst und Ausdauer betrachten und malen dürfen, auch wenn Pergament teuer war! Eines hatte sich jedoch geändert, Bruder Bohdan, inzwischen schon sehr in die Jahre gekommen, tappte nun zitternd hinter seinem jungen Freund her, so wie dieser einstmals als Kind ihm. Der Alte, keine Zähne mehr im Mund, die Haut grau und welk, ließ aber weiter keine Gelegenheit aus, Waclaw auf ein besonders grünes Kohlblatt, auf ein sehr gelungenes Wirrwarr von Küchenabfällen oder ein Gottes Schöpfung unendlich nahes blühendes Wiesenstück hinzuweisen, was dieser auch immer mit anerkennendem Nicken guthieß und sich anschickte, sogleich mit einem Kohlestift zu skizzieren. Irgendwann in den nächsten Jahren wurde Bruder Bohdan so alt und hinfällig, dass man ihn nur mehr als trockenen, alten Stock wahrnahm, an dem seine Gliedmaßen raschelten wie welke Blätter. Und so geschah es, dass Bruder Bohdan eines Tages beschloss, zu sterben, gleichsam zu Staub zu zerfallen, und Waclaw nun allein durch Gottes Schöpfung wandelte und diese mehr oder weniger bunt abbildete. Inzwischen hatte er auch alle Weihen empfangen und studierte eifrig an der Lateinschule, was seinen Mitbrüdern ein gefälliges Lächeln entlockte und ein ganz und gar nachsichtiges Nicken, was dessen Malerei und Naturbeobachtungen betraf.

Waclaw als schwierig oder eingesponnen zu bezeichnen, wäre aber grundfalsch gewesen, denn er lächelte den anderen oft zu, grüßte bei jeder Gelegenheit höflich und sprach gerne mit seinesgleichen. Nur waren es die Mönche, die seinen Plaudereien, die oft in Vorträge ausarteten, aus dem Weg gingen. Es war ihnen nicht zu verdenken, denn es konnte schon ein wenig ermüdend sein, sich mit Waclaw über die Maserungen und Brauntöne des Hauses der Weinbergschnecke zu unterhalten, sich am eigenwilligen Braun und Gelb im Gefieder der Meise zu begeistern, und so richtig konnten sie auch nicht sein Entzücken über die Wassertropfen teilen, die in einem Spinnennetz an der Tür des geheimen Gemachs glitzerten. Mit den Jahren, Waclaw zählte nun schon über 17 Lenze – wenn man davon ausging, dass sein geschätztes Alter auch stimmte, denn schriftliche Zeugnisse gab es ja keine – wurde seine Sanftmut von einem gewissen Übereifer und Idealismus abgelöst. Waclaw wurde zunehmend unruhiger und fand sich jetzt in diesem Augenblick im Hauskapitel vor dem Prior wieder. Gehorsam hielt er seinen Kopf gesenkt und seine großen, derben Hände im schwarzen Habit verborgen. Doch trotz der Demutshaltung konnte er nicht verbergen, was für ein Riese von einem Mann er geworden war. Er überragte seine Mitbrüder um mehr als einen Kopf, seine großen Füße ragten bis über die Knöchel aus seinem Ordensgewand, denn für seine mächtige Erscheinung hatte man nicht genug Stoff auftreiben können. Zwar waren seine Schultern nicht kantig, sondern eher hängend und rund, doch sein Brustkorb war mächtig, sein Bauchansatz unter dem breiten Ledergurt nicht zu übersehen und seine dicken Oberschenkel und strammen Waden mehr als zu erahnen, wenn er weit ausschreitend durch die Gänge stampfte. Der Prior bedachte ihn mit einem gütigen Lächeln und forderte ihn auf, den Blick vom Boden zu erheben und ihn direkt anzusehen. Sein Lächeln vertiefte sich, als er im Antlitz Waclaws die Unverdorbenheit der Jugend sah. Seine graublauen Augen blickten ruhig und erwartungsvoll, seine Stirn legte sich in drei dicke Falten, seine Nase, die ziemlich breit und deren Nasenflügel sehr ausgeprägt waren, zierten ein paar Pusteln und Pickel, und sein Mund mit den wulstigen Lippen öffnete sich leicht und ließ Vorderzähne sehen, die entfernt an ein Pferdegebiss erinnerten. Das runde Kinn vorgereckt, seufzte Waclaw und ließ seine brummende, aus den Tiefen seines massigen Brustkorb kommende Stimme hören: »Ich möchte etwas ganz und gar Gottgefälliges tun!« Ernst nickte ihm der Prior zu und meinte nur: »Natürlich.« Er war nicht unbedingt ein Freund großer Worte, der Prior von Wittingau, und es bedurfte auch gar keiner weiteren Unterhaltung, um den unterdrückten Eifer zu erkennen, der von der Seele des Jünglings Besitz ergriffen hatte.

»Nur abzubilden und zu malen, ist zu wenig, Herr, ich möchte mit meiner Kunst etwas bewegen, Menschen helfen, eine Saite zum Klingen bringen …« Wieder nickte der Prior dem vor Aufregung schwitzenden, um Worte ringenden Waclaw zu und erwiderte: »Natürlich.« Der Jüngling verlagerte sein Gewicht auf den anderen Fuß, entspannte sich ein wenig und wischte sich den feinen Schweißfilm, der sich auf seiner bleichen, etwas teigigen Haut gebildet hatte, kurzerhand mit dem Ärmel ab. Der Prior staunte einmal mehr über die Pranken Waclaws, über seine kurzen dicken Finger mit den derben Fingernägeln und wunderte sich, dass er mit diesen physischen Voraussetzungen so wundersam filigrane Zeichnungen und Malereien anfertigen konnte. Nun – Gottes Wege sind unergründlich – natürlich, dachte er bei sich und entließ mit einem kurzen Nicken den Jüngling. Der Besuch war nur der Form halber geschehen, der Weg Waclaws war bereits vorgezeichnet, er hatte die Lateinschule hinter sich gebracht. In den nächsten Tagen schon würde er sein Noviziat beenden und die einfache Profess ablegen. Neu eingekleidet mit hoffentlich ausreichend langem Ordenskleid, und versehen mit seinem Ordensnamen *Bruder Wenzeslaus* würde er sich nun drei Jahre als Kleriker auf sein Priesteramt vorbereiten. Das geschah, wie bei allen Augustinereremiten, in Form eines Theologiestudiums. Der Prior wusste, dass Waclaw, oder besser *Bruder Wenzeslaus*, die nötigen Voraussetzungen wie Gehorsam, Demut und Eifer in sich trug, und seinem Namenspatron, dem Märtyrer und Heiligen, der in Böhmen höchste Verehrung genoss, alle Ehre machen würde.

Wer diese Eigenschaften zur vollen Entfaltung bringen und wo das geschehen würde, das freilich hatte er selbst erst vor wenigen Tagen erfahren. Er würde den Wünschen der hohen Herren Genüge tun, so viel stand fest, wie er es immer getan hatte. Auf den Prior von Wittingau war Verlass, und Waclaw war geeignet für diese Mission, vor allem deshalb, weil er selbst gar nicht wusste, dass er sich überhaupt auf einer befand. So soll es sein, so ist der Wille Gottes, dem wir alle ganz natürlich unterworfen sind, dachte er und entließ den Novizen endgültig, indem er ihn noch einmal zum Abschied mit einem besonders liebevollen Streicheln der Wange bedachte. Dass der Prior sich dabei auf die Zehenspitzen stellen musste, und Waclaw etwas linkisch seinen Kopf neigte, tat der Innigkeit und Spiritualität dieser Szene im erhabenen Augustinerkonvent nicht den geringsten Abbruch.

Wien, am Tag der Heiligen Apollonia (11. Februar) 1384

Lächelnd strich er über die weiche Haut auf ihrer Hüfte, doch sie schlief tief und fest, nur ihre Finger, die auf der groben, zerschlissenen Decke lagen, zuckten leicht. Langsam lehnte er sich in das muffige Polster zurück und zog sie sanft an sich, um sie zu wärmen. Etwas würde es noch dauern, bis ein langer Arbeitstag für sie beide beginnen würde. Hellwach und gleichzeitig angenehm müde sah er sich in der kleinen Kammer um, keinen Augenblick dieser kostbaren Zeit wollte er vergeuden. Denn er liebte sie, diese blaue Stunde, den Übergang von der Nacht zum Tag. Diese kurze Zeitspanne, wo die Dunkelheit der Dämmerung wich, war ihm zur Zuflucht geworden. Hier konnten sie ihn nicht erreichen, die Albträume der Nacht und die Mühsal des Tages, hier war er sicher vor seinen Sorgen und entbunden von seiner Verantwortung. Sein Gesicht, das er sonst angestrengt unter Kontrolle halten musste, um seinen Wunsch nach Rache und Vergeltung nicht gleich für jeden sichtbar zu machen, war jetzt sanft und gelöst. Tief atmete er ein und genoss die Ruhe und Sicherheit dieser frühen Stunde. Leise seufzend strich er dem Mädchen neben ihm über den Rücken. Ihre Lider zitterten, und sie reckte sich wohlig, ohne wirklich aufzuwachen. Ihr langes gewelltes Haar bedeckte wie ein unordentlicher Wirrwarr von Kordeln ihr Gesicht. Es war von unbestimmter Farbe, weder brünett noch kupferrot noch dunkelblond. Das Mädchen selbst war ja selbst weder das eine noch das andere, dachte er lächelnd und spielte mit einer Haarlocke. Sie war weder groß noch klein, weder schlank noch mollig, ihre Augen waren weder blau noch grün, und ihre Haut fühlte sich nicht trocken, nicht feucht, sondern nur unsagbar weich und zart an. Wie um sich zu überzeugen, streichelte er ihren Oberarm. Dankbar sah er sie an, dass sie so einfach und leicht in sein Leben getreten war. Schwebend wie eine Daunenfeder setzte sie sich auf seine Seele, und es kam ihm vor wie ein Wunder, denn gerade er, der ein schweres Joch zu tragen hatte, musste sich sonst alles unter schweren Mühen erkämpfen. Dieses Mädchen war ihm in den Schoß gefallen wie ein kostbares Geschenk. Er wollte sie nicht binden, er wollte gar nicht zu genau über sie und ihre Gefühle Bescheid wissen, aus Angst, dass sie sich verflüchtigen könnte wie der Duft von Rosen, der zuerst alle Sinne in Beschlag nahm und dann nur mehr als Ahnung im Raum stand. Ja, sie war alles für ihn, nicht nur in diesem Augenblick, sondern seit dem Tag, als er sie hier im Schilcherbad am Rossmarkt getroffen hatte. Sie war einfach bezaubernd, selbst grobe Arbeit wie das Auffüllen der Badezuber, das Ausräumen der Asche aus den Holzöfen oder das Reiben der Holzbänke in der Dampfkammer konnte ihrer natürlichen Anmut nichts anhaben. Er hätte alles getan, Brennholz geschleppt, die Buckel der Badenden abgeschrubbt, Bier und Wein ausgeschenkt, nur um in ihrer Nähe bleiben zu können. Wie gut, dass Jockel, der Bader, einen Helfer brauchte! Er hätte nie gedacht, dass ihm seine Kenntnisse in der Körperpflege, im Haareschneiden und Rasieren, im Anlegen von Schröpfköpfen, im Aderlass und nicht zuletzt seine Fähigkeit, kleine Wunden zu versorgen, zu einem einträglichen Beruf verhelfen könnten! Wie hätte er denn sagen können, dass ihm diese Tätigkeiten so geläufig waren wie essen und schlafen, musste er sich doch schon seit geraumer Zeit um seinen kranken Bruder und den alten Vater kümmern! Nein, dachte er und legte seine Stirn in Falten, diese Geschichten gingen niemanden etwas an, damit musste er selbst zurechtkommen! Genauso wie mit seiner Wut und seiner Ohnmacht jenen gegenüber, die ihm dieses Leben angetan hatten! Wie um diesen Zorn, der seinen Blick vernebelte und seine Kehle zuschnürte, wegatmen zu wollen, holte er tief Luft und füllte seine Lungen. Neben ihm blinzelte die junge Frau, richtete sich leicht auf und murmelte verschlafen: »Rolf, du bist schon wach?« Er küsste sie behutsam auf die Nase, die klein und in der Mitte etwas platt war. Er liebte alles in ihrem Gesicht, die großen Augen, den schön geschwungenen Mund und ganz besonders ihre niedliche Nase. Fest deckte er das Mädchen mit der Decke zu. Noch einmal atmete er tief, und die finsteren Geister, die ihn sonst belagerten, lösten sich auf im liebreizenden Anblick dieser jungen Frau.

»Schlaf noch ein wenig, Ela, dein Tag wird lang genug!«, meinte er zärtlich.

»Recht hast du, Rolf …«, damit rollte sie sich ein wie eine Katze und schlummerte wieder ein. Er mochte es, wenn sie ihn »Rolf« nannte. Nicht dieses kindische »Rudi« wie sein Vater und sein Bruder, das wienerische »Rudl«, das er hasste, oder das formelle »Rudolph«, das so gar nicht zu ihm passen wollte. Er streckte seine langen muskulösen Arme aus der Decke und verschränkte sie hinter seinem Kopf. »Rolf«, einfach zielstrebig und mit einer gewissen Härte zu sich selbst, das war er und so wollte er sich selbst sehen. Er gähnte herzhaft und fuhr sich fest immer wieder durch sein dunkles, struppiges Haar, bis es wie Igelstacheln nach allen Seiten abstand. Ein halbes Jahr war er nun schon der Assistent des Baders und in unmittelbarer Nähe seiner Ela. Er wollte gar nicht genau wissen, was eigentlich ihre Aufgaben waren, ob sie zu den Badedirnen gehörte, die die Ankommenden erst einmal mit Seife wuschen, ob sie ihnen dann mit Laubwedeln nach dem Dampfbad zur Hand ging oder ob sie etwa zur Bewirtung der Badegäste abgestellt war, wenn diese in ihren Badezubern saßen und tafelten, dass sich das Brett, das darüber gelegt wurde, bog. Nein, er wollte auch gar nicht wissen, wie weit Ela ging, um die Wünsche der männlichen Badegäste zu erfüllen, das war nicht seine Welt. Nicht einmal vorstellen wollte er sich, wie sie fremde Rücken wusch, Beine abtrocknete, Teller mit Speisen servierte … er wollte es nicht wissen. Oder machte er sich etwa nur vor, es nicht erfahren zu wollen? Hatte er Angst vor der Wahrheit? Sein breiter Brustkorb hob und senkte sich, als er an diesen Zwiespalt in seinem Inneren dachte. Doch schnell beruhigte er sich wieder. Er hatte gelernt, nur von einem Tag auf den anderen zu leben, einen Handgriff nach dem anderen zu tun, nicht zu planen, nicht zu hoffen. Und jetzt in diesem Augenblick gefiel ihm alles, so wie es war. Er hatte eine gute Übereinkunft mit sich und seinen Aufgaben gefunden. Tagsüber half er dem Bader hier am Rossmarkt, machte sich unentbehrlich und lebte von den raren Augenblicken, wo ihm Ela im Vorbeihasten ein kleines Lächeln oder gar eine kleine Berührung schenkte. Abends, wenn das Bad geschlossen hatte, ging er heim zu Vater und Bruder in den Tirnahof nahe der Bäckerstraße, um sie zu versorgen und ihnen nachts, wenn Albträume und Schmerzen sie quälten, beizustehen. Noch in der Dunkelheit verließ er dann sein Elternhaus und stahl sich hier in die kleine Kammer, die an das Badehaus für die Männer anschloss und in der sich allerlei Gerümpel, wie ausgediente Wasserkrüge, zerborstene Badezuber, Bartscheren und Bürsten aller Art, angesammelt hatten. Lange vor Tagesanbruch flüchtete er sich in den ausgedienten Bettkasten, um mit der schlaftrunkenen, warmen und aufregend schönen Ela unter die Decke zu schlüpfen und den neuen Tag gebührend zu feiern. Mit seinen braunen, fast schwarzen Augen, die von dichten Wimpern umkränzt etwas zu tief in den Höhlen lagen, blickte Rolf zum kleinen Fenster der Kammer, das mit drei groben Brettern vernagelt war und nur zwei dünne Streifen Licht auf die beiden warf. Kein Zweifel, seine geliebte blaue Stunde hatte einem milchiggrauen Tageslicht Platz gemacht. Er rieb sich seine Adlernase und fuhr sich über den schmalen, schön geschnittenen Mund. Mit einem Seufzen schwang er seine langen Beine aus dem Bettkasten und stellte seine großen, schmalen Füße auf den fleckigen kalten Holzboden. Da spürte er Elas Hand, die ihn am Oberarm zurückhielt. Mit einem schelmischen Lächeln drehte er sich zu ihr und küsste sie auf das wirre Haar: »Es ist schon hell draußen, Mädchen, ich muss jetzt wirklich aufstehen, auch wenn es dir nicht gefällt …« Ela, die inzwischen ganz wach geworden war, flüsterte ihm ins Ohr: »Bleib noch ein wenig da, der Jockel hat gestern so viel eingenommen, da wird er heute selbst ein wenig später sein Tagwerk beginnen! Glaub mir!«

Rolf wollte gar nicht wissen, woher Ela so genau über die Einkünfte des Baders informiert war, und brummte undeutlich: »Ich muss wirklich, Schatz …«

Doch Ela ließ nicht locker, kletterte nackt, wie sie war, über Rolfs Beine und setzte sich kurzerhand auf seine Oberschenkel. Er blickte spitzbübisch zu ihr auf und meinte: »So kannst du mich natürlich gerne aufhalten, da habe ich nichts dagegen.« Mit einer raschen Bewegung streifte sie ihr Haar in den Nacken, drehte es zusammen und nahm dann Rolfs Kopf in beide Hände. Nach einem langen Kuss drückte sie ihn zwischen ihre Brüste und legte ihr Kinn auf seinen Scheitel. »Ich muss dir etwas sagen, Liebster«, murmelte sie. Als Rolf keine Anstalten machte, ihr zuzuhören, sondern bereits mit ganz anderen Gedanken beschäftigt war, nahm sie ihn kurzerhand an seinem starken Kinn und zwang ihn so mit festem Griff, ihr in die Augen zu sehen. »Heute sind sie grün wie Moos«, murmelte er verzückt, »gestern waren sie blau wie Vergissmeinnicht …«

»Du Schmeichler«, setzte sie lachend an, wurde aber gleich wieder ernst, »Rolf, ich muss dir etwas sagen!«

In ihrer sonst so dunklen und sanften Stimme schwang ein scharfer Ton mit, der ihn beunruhigte und sich wie ein Gewicht auf seine Brust legte. Sollte die schöne Zeit vorbei sein, die gemeinsame blaue Stunde der Vergangenheit angehören? Tiefe Traurigkeit bemächtigte sich seiner, wie eine alte Bekannte, die sich immer dann einstellte, wenn er glaubte, ein wenig Lebensfreude zu spüren. Ela sah ihm besorgt in die dunklen Augen: »Was ist denn, Rolf, warum siehst du mich denn gar so finster an?« Lächelnd küsste sie ihn auf beide Augenlider. »Ich möchte dir nur sagen, dass ich bald nicht mehr hier arbeiten kann.« Als würde ihm jemand einen Faustschlag in den Magen geben, krümmte sich Rolf zusammen. Es war also wahr, wieder einmal hatte sich das Schicksal gegen ihn entschieden. Unbändige Wut spürte er in seinem Inneren aufsteigen, aber nur ganz kurz. Er ballte die Fäuste, um gleich darauf resignierend aufzugeben. Wie konnte es denn anders sein? Ängstlich sah er über die nackte Gestalt der Frau, die auf seinem Schoß saß, ängstlich und traurig zugleich. »Dann magst du mich also nicht mehr …« Wie um Abschied zu nehmen, strich er ihr über den langen, zarten Rücken, die ausladenden Brüste und spielte abwesend mit dem braunen Lederband und dem kleinen Amulett, das das Mädchen immer um den Hals trug. Resolut nahm sie ihm das Band aus den Fingern, drehte es weg und fasste seine Hand. Langsam und ihn mit ihren grünen Augen fesselnd führte sie seine Handfläche zu ihrem Bauch. »Deswegen, Rolf, kann ich bald nicht mehr arbeiten. Deswegen, und nicht, weil ich dich nicht mag. Eher, weil ich dich zu gern hatte und habe«, damit lachte sie glockenhell und sah, wie sich Rudolphs Miene vom anfänglichen Zorn über grenzenlose Angst und Trauer zu unbändiger Freude wandelte, als er endlich verstand, was sie ihm sagen wollte.

»Du bist wirklich so ein Dummkopf, Rolf. Ich will dich doch nicht verlieren, ich will dir nur sagen, dass ich schwanger bin!« Damit fasste sie wieder seinen Kopf, drückte ihn fest an sich, um ihn gleich wieder loszulassen. »Ach, Ela«, seufzte er erleichtert, »ich dachte schon …«

»Komm jetzt, lass deine Leidermiene eingesteckt und hör mir zu!«, meinte sie forsch. »Ich werde im Herbst niederkommen. Hier im Schilcherbad kann ich nur mehr ein paar Monate bleiben. Ich habe mich umgehört, Rolf, und ich habe mich entschieden, ins Kloster zu gehen!«

»Aber«, unterbrach sie Rolf verdattert, »ich kann doch für dich – also für euch beide – sorgen, wir werden heiraten und …«

Mitleidig sah Ela ihn an, verzog ihren hübschen Mund zu einer Grimasse: »Aber freilich, ganz ausgezeichnet werden wir drei leben können von den paar Groschen, die du als Helfer des Baders bekommst! Mach dich doch nicht lächerlich! Heiraten kostet Geld, und dann – wo sollen wir wohnen?«

»Ich kann aber doch Vater fragen …« Rolf blieben die Worte in der Kehle stecken, wenn er an das dumpfe von Angst und Krankheit durchdrungene Haus nahe der Bäckerstraße dachte. Nein, da konnte er sich seine schöne junge Frau und sein Kind beim besten Willen nicht vorstellen! »Aber gleich ins Kloster, Ela …«

»Schau«, geschäftig kletterte Ela von Rolfs Schoß und setzte sich auf den kalten Boden zu seinen Füßen. Sofort zog er sie wieder herauf und wickelte die Decke um ihre nackten Schultern. Sie ließ ihn schulterzuckend gewähren und war mit den Gedanken bereits ganz woanders. »Also, ich habe mir das so überlegt. Jockel ist ja ganz begeistert von deinen Fähigkeiten in der Wundbehandlung. Er schwärmt ja förmlich von deinen Heilkünsten!«

»Nana, ich mach halt die kleinen Wehwehchen wieder heil, schneide ein paar Abszesse, lasse wen zur Ader, das ist nichts Besonderes!« Wie sollte Rolf seinem Mädchen sagen, dass er es zu Hause mit viel schwierigeren Patienten zu tun hatte, mit Wunden, die man nicht sah, die man nicht schneiden und verbinden konnte, weil sie die Seele befallen hatten und den Menschen allmählich von innen her auffraßen.

»Nichts Besonderes? Was ist mit den Massagen?«, setzte Ela geschäftig fort.

»Keine Kunst …«, er wusste, dass in Momenten der äußersten Seelenpein nur mehr sanfte Berührung Linderung verschaffen konnte.

»Und deine Kräuteressenzen?«

»Nichts dabei, ich kenn mich ein wenig aus, ich hatte eine Zeit lang nicht besonders viel zu tun und da habe ich halt so herumprobiert.« Verschämt brach Rolf ab, damit wollte er sich weder brüsten, noch sich etwas darauf einbilden. Genauer betrachtet wollte er nicht einmal daran erinnert werden.

»Mein lieber Mann«, Ela war aufgesprungen, stand nackt vor ihm und drohte ihm mit dem Zeigefinger, »ich würde dich wirklich bitten, dein Licht nicht zu sehr unter den Scheffel zu stellen!«

Rolf lächelte und bewunderte Ela, als sie so völlig im Einklang mit ihrer Nacktheit, so selbstbewusst und sich ihrer Kraft sicher, vor ihm stand. Neckend antwortete er: »Was, meine liebe Frau, würdest du mir dann raten?«

»Da du hier schon den Ruf eines guten Wundarztes genießt«, Rolf wollte sie mit einer abwehrenden Handbewegung unterbrechen, doch Ela setzte noch leidenschaftlicher fort, »würde ich meinen, du schreibst dich an der Universität ein und wirst ein Bucharzt. Das Zeug dazu hast du allemal!«

»Aber Ela, was für ein absurder Einfall! Das dauert Jahre!« Rolf fühlte sich, als hätte man ihm einen Eimer kalten Wassers über den Kopf geleert. Er und ein Studium, er und Arzt! Obwohl, und Ela sah es sofort an seiner veränderten Mimik, die von Überraschung zum Grübeln schwenkte, schön wäre es schon. Durfte er träumen, durfte er so frei sein und sich einen Lebensweg *aussuchen*? Nun, er besaß die einem freien Mann geziemende Bildung, er war der Sieben Freien Künste mächtig, dafür hatte sein Vater, als er noch Herr seiner selbst war, geachtet und einflussreich gesorgt. Rolf war sowohl des Triviums, der Grammatik, Rhetorik und Dialektik als auch des Quadriviums, also der Arithmetik, Geometrie, Musik und Astronomie mächtig. Freilich, er durfte die Universität besuchen, aber konnte er es auch, ließ es sich vereinbaren, war er denn mutig genug, sich diesem Leben zu stellen? Ela, die unablässig sein Mienenspiel beobachtet hatte, küsste ihn kurz. Flüchtig dachte er noch, woher sie denn wusste, dass er ein gebildeter Mann war, erzählt hatte er es ihr nicht, denn er sprach nicht gerne über sich und sein Leben. Aber genauso plötzlich, wie ihm der Gedanke gekommen war, verwarf er ihn wieder, war doch gleichgültig, woher sie ihre Kenntnisse hatte. Plötzlich machte sich Freude in ihm breit, überschwemmte ihn gleich einer Welle in der nahen Donau. Sollte er es wirklich wagen? War so etwas auch für ihn möglich?

»Wir werden warten. Alle beide werden wir auf dich warten. Du schaffst das«, meinte Ela ruhig.

Noch einmal bäumte er sich auf, voll von Zweifeln. »Aber wie stellst du dir das denn vor? Was willst du inzwischen machen? Was wollt ihr beide machen?« Damit deutete Rolf auf Elas Bauch.

»Wir werden im Kloster leben, was sonst?«

»Welches Kloster, Ela?«

»Eines, wo gefallene Mädchen wie ich aufgenommen werden, um zu büßen, wo ich das Kind zur Welt bringe, dort arbeiten und leben kann, bis du genug Geld verdienst, um mich zu heiraten!« Leise lächelte Ela.

Rolf wollte diese Worte »gefallenes Mädchen« nicht hören, und er meinte: »Aber so einen Ort gibt es nicht. Ich kann dich doch nicht zur Frau nehmen, so direkt aus dem Kloster heraus. Das gibt es wirklich nicht, Ela! Da hast du etwas falsch verstanden. Wir werden es anders machen, ich werde mir noch zusätzliche Arbeit suchen, mehr Geld verdienen, sparen …« Rolf bekräftigte seine Rede durch ein beruhigendes Streicheln über Elas Schulter, was diese ungeduldig abschüttelte. Trotzig reckte sie das Kinn in die Höhe und blitzte Rolf aus blauen Augen an: »Ach was, sparen! Gar nichts habe ich falsch verstanden, mein Lieber! *Du* kennst dich nicht aus, so ist das! Oder weißt *du* vielleicht von einem Büßerinnenhaus in der Singerstraße? Na eben!« Triumphierend verschränkte sie die Arme vor der Brust: »Lieber Rolf, ich kann dir nur raten, dich möglichst schnell an den Gedanken zu gewöhnen! Denn in wenigen Wochen schon bin *ich* Reuerin im Kloster zu Sankt Hieronymus und *du* Student der Medizin!«

Erst zweifelnd, dann immer überzeugter starrte Rolf Ela an. »Ich, ein Student an der Alma Mater Rudolfina!«, langsam nahm der Gedanke Gestalt an, »… warum nicht?«, murmelte er ergriffen und wiegte seinen Kopf hin und her, dann umarmte er Ela stürmisch und flüsterte tränenerstickt in ihr Ohr: »Danke.«

Prag, Tag des Heiligen Barbatus (19. Februar) 1384

Er flüchte leise und riss wütend an der einen Ecke des Pergaments, um es glatt am großen Zeichentisch ausbreiten zu können. Mit einer unwirschen Handbewegung wischte er sich ein kleines Rotzglöckchen von seiner kurzen dicken Nase. »Was schaust du so?«, zischte der grobschlächtige Mann mittleren Alters zwischen den Zähnen hervor und blitzte mit seinen ungewöhnlich grünen Augen herausfordernd zu dem schmalbrüstigen Jüngling, der gelangweilt sein geringes Körpergewicht von einem dünnen Bein auf das andere verlagerte.

»Muss ich mich denn jetzt schon um alles kümmern?«, donnerte er weiter. Die befehlsgewohnte Stimme von Peter Parler, dem Dombaumeister, der sich tagtäglich mit Maurern, Steinmetzen und Bildhauern quer über die Baugerüste in voller Lautstärke unterhielt, hallte von den kahlen, unverputzten Wänden wider. Hier in dieser doch sehr kleinen Werkstatt, die dem Baumeister und seinen Arbeitern wegen der unmittelbaren Nähe zum Dom als Aufwärmstube und für Arbeitsbesprechungen diente, dröhnten die Worte in den Ohren des Jünglings derart, dass er merklich zusammenzuckte.

»Nein«, flüsterte der Angesprochene umso leiser, straffte danach die schmalen Schultern und blickte offen und frei dem Älteren ins Antlitz, »Nein, Oheim. Natürlich nicht.« Die kornblumenblauen Augen blieben ruhig und lauernd auf den Mann gerichtet.

»Na, warum muss ich mich dann mit diesem Mist hier herumschlagen?« Wütend strich Parler am vor sich ausgebreiteten Pergament entlang. »Lauter Schrammen und Wülste. Schlecht gegerbt, miese Qualität. Was soll ich damit anfangen? Wenn ich hier mit Reißnadel und Stechzirkel zu Werke gehe, dann kann keiner meiner Steinmetze diesem Geschmiere nacharbeiten. Sie werden aus meinen Gesimsen und aus der gestaffelten Wendeltreppe bestenfalls einen Donnerbalken für die Tauben bauen können. Ja, so schief wird das alles werden!«

Scheinbar gleichgültig zuckte der Jüngling mit den Schultern: »Du wolltest ja keine Kalbshaut mehr aus Nürnberg beziehen, was weiß ich, woher dieser Dreck hier stammt«, damit schnippte er abfällig eine Ecke des Pergaments zur Seite.

»Du weißt auch ganz genau, mein lieber Neffe Conrad«, jetzt schrie Parler dermaßen, dass sein Gesicht sich rot färbte und Speicheltropfen auf seinem Kinn landeten, »*warum* ich keine gegerbten Häute mehr von den Eysfogls aus Nürnberg beziehe? Oder?«

Wieder zuckte der Jüngling mit den Schultern, was den Baumeister nur noch mehr ärgerte. »Dein Vater, dieser verdammte Hurenbock, kann mir gestohlen bleiben mit seinem Pergament. Lieber zeichne ich auf Holzplatten, hast du mich verstanden?«

Mühsam um Fassung ringend, antwortete der Jüngere: »Laut genug gesprochen hast du ja, Oheim. Dann zeichne deine Wendeltreppe, deine Gesimse und Vorbauten eben auf Holzlatten, doppelt und dreifach, wie es dir beliebt!« Damit machte er eine elegante Kehrtwendung Richtung Tür und drehte sich, bevor er endgültig die Werkstatt verließ, noch einmal um. Seine blauen Augen blitzten jetzt zornig und kalt: »Wenn du dich wieder beruhigt hast und Hilfe brauchst, dann weißt du ja, wo du mich findest, Oheim. Ich bin der, der wie ein räudiger Hund auf deine Befehle wartet. Der auf den leisesten Pfiff von dir losläuft und hechelnd alles herbeischafft, was du dir wünschst. So wie meine Mutter es getan hat!« Damit drehte er sich endgültig um und verließ den Raum. Parler schrie ihm hinterher und lief zornentbrannt ein paar Schritte auf die Tür zu: »Lass Gertrud aus dem Spiel, Bürschchen, lass bloß meine Schwester in Frieden ruhen! Gott hab sie selig!« Damit rammte er noch mit Nachdruck eine Faust auf die bereits geschlossene Tür. Aus der gegenüberliegenden Ecke der Werkstatt löste sich fast geisterhaft ein junger Mann aus dem Schatten, der wie eine sanftere und jüngere Kopie von Peter Parler wirkte. Seine Haare waren noch nicht so schütter wie die des Alten, hellbraun und ohne graue Strähnen fielen sie ihm aber im gleichen Wirbel in die Stirn. Die Augen wirkten noch nicht so müde, hatten aber dieselbe grüne Farbe, und seine Statur, stämmig und gedrungen wie die des Baumeisters, wirkte noch nicht so schwerfällig, sondern kraftvoll und vital.

Mit einer Stimme, die ähnlich befehlsgewohnt und doch viel sanfter war, sprach er: »Vater, nun lass gut sein.« Damit ging er mit festem Schritt zur Tür und packte den Alten, der gebeugt dastand, an der Schulter und drehte ihn zu sich um. »Ewig krachst du mit Conrad zusammen. Ich sehe dem nicht mehr länger zu! So geht das nicht!«

Ein unwilliges Murren war die Antwort.

»Er tut doch, was er kann, um dir zu Diensten zu sein! Dieses eine Jahr, das er unter unserer Obhut ist, hat er schon viel gelernt!«

»Aber Blödsinn. Was heißt hier *gelernt*! Er ist ungeschickt. Nirgends passt er hin. Die Steinmetze jammern schon, wenn er nur in der Nähe ist, die Bildhauer haben mich angefleht, ihn nicht mehr zu ihnen zu lassen, der Glaser will sogar wegen ihm die Baustelle verlassen, und die Zimmerleute, die ihn anlernen sollen, stöhnen bereits jetzt.«

»Er ist doch erst im 16. Jahr, Vater. Er kann doch nicht schon alles können, was ich schon kann. Ich habe schließlich bereits meine sechs Jahre Lehre hinter mir! Du verlangst Unmögliches!«

Der Alte schüttelte stur den Kopf: »Conrad ist zu nichts nutze. Wenn ich da an seine Mutter denke …«

»Lass deine Schwester in Frieden ruhen, hast du das denn nicht selbst vor ein paar Augenblicken gefordert, Vater?«

Seufzend wandte sich Peter Parler ab und drehte sich zur dunklen Ecke der Werkstatt, sein Sohn vernahm nur ein verräterisches Schniefen.

»Ach Wenzel, mein Junge. Du weißt nicht, wie weh mir ums Herz ist.« Mit zitternden Beinen schlurfte Parler zum Tisch. Schwer ließ er sich in einen abgewetzten, wackeligen Sessel fallen und streichelte abwesend das Pergament, das er kurz zuvor noch als Mist bezeichnet hatte. »Diese dumme Gertrud. So ein nettes Mädchen, so talentiert, und dann kommt dieser Martin Eysfogl, dieser Gerber aus Nürnberg, und verdreht ihr derart ihren hübschen Kopf.«

Wenzel Parler, der genau wusste, was jetzt kommen würde, hatte er die Litanei doch schon viele Male gehört, verdrehte kurz die Augen und wandte seine Aufmerksamkeit den ersten Entwürfen, die sein Vater auf das Pergament skizziert hatte, zu. Unbeirrt setzte Peter Parler fort: »Kommt der daher mit wildem Blick aus diesen blauen Augen – so blau wie die von Conrad – beladen mit seinen Häuten. Gut, er verstand sein Geschäft. Wir hatten vortreffliches Material, als wir die Frauenkirche in Nürnberg planten, dein Großvater Heinrich und ich. Schließlich brauchten wir ja für den Aufriss des Turmes schon sechs Kalbshäute …«

»Ich weiß, Vater, ich bin vom Fach, falls du das vergessen hast«, Wenzel verdrehte ungeduldig seinen Blick nach oben, bevor er sich wieder den Plänen am Tisch zuwandte.

»Ja, und dieser Eysfogl, der schaffte es, unsere Gertrud so zu umgarnen, dass selbst unser Vater sie nicht wieder wegbringen konnte aus Nürnberg. Sie ist einfach dort geblieben, kannst du dir das vorstellen, Wenzel?«

»Ja, Vater, du hast es mir ja schon oft genug erzählt, wie das so war vor fast 20 Jahren.«

»Überall hat sie uns gefehlt, die Gertrud. Bei all unserer Arbeit! Stattdessen hat sie einen Balg nach dem anderen mit diesem Eysfogl bekommen, bis sie verreckt ist!«

Peter Parler wischte sich über die Augen.

»Vater, bitte beruhig dich doch. Da kann doch der Eysfogl nichts dafür, dass sie bei der Geburt …«

»Freilich, freilich«, Parler hob entrüstet seine Stimme, »das Gerberhandwerk ist doch nichts gewesen für unsere zarte Gertrud. Dahingerafft haben sie die giftigen Dämpfe, ausgehöhlt hat sie der bestialische Gestank nach Verwesung. Weißt du denn, Wenzel, zuerst wird die Haut in Kalklösung getaucht, dann werden mit dem Schabeisen Oberhaut, Haare und Fleischreste heruntergearbeitet …«

»Vater, es reicht jetzt! Ich weiß, wie man Pergament herstellt«, rief Wenzel entrüstet.

»Und dann noch die vielen Kinder, fünf an der Zahl, und dann noch das Kleine, das ihr das Leben gekostet hat! Das hat noch sein müssen, in ihrem Alter, also weißt du …«

»Vater komm, jetzt hör auf mit dieser Geschichte, ich …«

»Aber nachdem sie ihm weggestorben ist, da waren wir dann gut genug«, Peter schüttelte den Kopf und grinste böse, »da wusste der feine Eysfogl, wo die Verwandtschaft zu finden ist, als er seine Kinder verteilte wie der Pfarrer das Brot unter den Bettlern!«

Ungeduldig schnalzte Wenzel mit der Zunge und wandte sich eindringlich an den Älteren: »Was hätte er denn tun sollen, Vater? Es ist ihm sicher schwergefallen, seine Kinder wegzugeben, aber was sollte er denn mit ihnen in der Gerberei?«

»Aber die Gertrud …«

»Die ist freiwillig bei ihm geblieben, Vater, von Anfang an. Meine Tante hatte ihren eigenen Kopf, und sie wollte so leben. Weißt du, warum? Sie hat ihren Mann geliebt, sehr sogar, auch wenn er Tierhäute abschabte, spannte und trocknete. Ich denke, es ist an der Zeit, dass du das endlich respektierst.«

Verdutzt sah Peter seinen Sohn an: »Ich hätte nicht gedacht, dass du mir so in den Rücken fällst.«

»Aber Unsinn, Vater. Ich falle dir doch nicht in den Rücken.« Damit umarmte Wenzel kurz den Alten, um sich dann zu ihm herunterzubeugen und weiter auf ihn einzureden: »Sei froh, dass wir das älteste der sechs Eysfogl-Kinder bekommen haben. Mit Conrad kann man doch schon etwas anfangen! Denk nur an die Familie in Nürnberg, an die Schwestern und Brüder von Martin. Die haben die fünf kleineren Kinder aufgenommen, kleine Bälger, Heulerei und Windelwaschen! Also komm, Vater! Es geht nicht an, dass du aus lauter Trauer um Gertrud den Conrad so schlecht behandelst!«

»Aber ich behandle ihn doch nicht schlecht, er ist nur so unnütz, dauernd im Weg, ungeschickt und ...«

Wenzel lächelte nachsichtig. »Conrad ist blitzgescheit, Vater. Er ist lustig und aufgeweckt. Er ist bemüht und aufmerksam. Er hat nur einen Fehler!«

»Ja gell, verschlagen ist er und ...«

»Nein, Vater, das auch nicht. Er ist eben Conrad und nicht Gertrud – das ist sein einziger Fehler!«

Peter Parler starrte seinen Sohn entgeistert an: »Willst du damit sagen, dass du ihn gut leiden kannst? Du *magst* Conrad?«

Jetzt lachte Wenzel rundheraus über das verdutzte Gesicht seines Vaters und ließ dabei eine Reihe weißer Zähne sehen: »Ja, ich komme gut mit ihm aus, und jetzt möchte ich dir in aller Form einen Vorschlag unterbreiten. Eigentlich wollte ich es dir erst in ein paar Tagen sagen, wenn wir mit den Entwürfen hier«, damit zeigte Wenzel auf die doppelte Wendeltreppe, die Peter Parler auf das Pergament skizziert hatte, »fertig sind. Aber da wir schon dabei sind ...«

»Wobei?«, fragte der Baumeister argwöhnisch. »Wenn du meinst, dass es mit dieser Treppe getan ist, dann muss ich dich enttäuschen. Da wäre noch die eine Langhauswand, die mir Sorgen macht, und die blockhaften Bündelpfeiler im Nordchor, die gefallen mir nicht so recht, da müsste der Sockel höher sein. Danach sollten wir uns überlegen, ob wir an den herkömmlichen Birnstabprofilen wirklich festhalten, ich habe da aus Münster ein paar Entwürfe, die …«

Mit einer forschen Handbewegung unterbrach Wenzel den Redeschwall seines Vaters und Lehrmeisters und begann vorsichtig von Neuem: »Das, was ich dir sagen wollte, Vater, betrifft nicht den Veitsdom«, verlegen hielt er inne und setzte leiser fort, »es geht um eine andere Baustelle!«

»Welche Baustelle meinst du? Wenn du glaubst, du kannst dich in Kuttenberg beim Dom der Heiligen Barbara wichtigmachen, Wenzel, da muss ich dich enttäuschen. Ich habe Pläne für die Arkaden erstellt, und die Bauleitung habe ich bereits deinem Bruder versprochen. Johann wird dort arbeiten!«

»Ist ja schon gut, reg dich nicht gleich so auf«, wiegelte Wenzel ab und setzte eindringlich nach, »ich will gar nicht nach Kuttenberg, und Johann soll sich ruhig seine Sporen dort verdienen. Ich …«, hier zögerte Wenzel und wandte sich etwas verlegen ab, »ich werde in Wien arbeiten, Vater. So, nun ist es heraus!«

»Aber …«

»Ja, vielleicht passt es dir nicht ins Konzept, aber meine Wanderschaft steht an, und ich möchte nicht in irgendeiner Provinzstadt versauern, sondern mein Glück dort versuchen, wo viele hochherrschaftliche Augen auf mich gerichtet sind. Und nach unserem Goldenen Prag ist nun einmal Wien die Stadt mit der größten Bedeutung.«

»Aber …«

»Ja, Vater, ich weiß, ich sollte dir hier beim Dom helfen, aber du hast ja eine ganze Handvoll gut ausgebildeter

Steinmetze. Albrecht der Habsburger sucht einen neuen Polier. Er hat große Pläne, nachdem er ein Allerheiligenkapitel im Dom installiert hat. Er hat ja auch eine theologische Fakultät an seiner Universität eingerichtet. Er will Prag überflügeln!«

»Was?«

»Ja, du weißt ja, die alte Geschichte! Geht ja noch auf unseren Kaiser Karl und auf Rudolf, den älteren Bruder von Albrecht, zurück. Wien soll nicht nur so schön werden wie Prag, sondern viel prächtiger. Die Universität bedeutender, der Herrscher mächtiger, der Dom größer, der Turm höher ... Ich will da dabei sein, Vater, ich will!«

»Aber ...«

»Ja, ich weiß, was du mir sagen willst. Es ist kein leichter Auftrag. Die Habsburger sind schwer zufriedenzustellen.« Zerknirscht hielt Wenzel inne.

Peter Parler fasste seinen Sohn am Oberarm, zog sich vom Sessel auf und betrachtete ihn wohlgefällig: »Möchtest du mich endlich ausreden lassen, Wenzel. Ich möchte dir nicht abraten, im Gegenteil!«

»Nein?«

»Nein, ich finde es einen guten Einfall, nach Wien zu gehen und als Polier den Stephansdom ein wenig prächtiger zu machen. Doch eines muss dir klar sein, schöner als der Veitsdom wird er nicht werden!« Peter Parler lächelte.

»Wer weiß?«, feixte Wenzel und wirkte erleichtert.

»Ich weiß es. Doch«, hier wurde Peter Parler wieder ernst, »eine Bedingung muss ich an deine Reise knüpfen!«

»Welche?«

Peter Parler fasste sich mit Daumen und Zeigefinger an seine Nasenwurzel und schloss die Augen. Mit gesenktem Kopf murmelte er: »Conrad kommt mit dir. Nimm deinen Vetter mit nach Wien und schaffe ihn mir aus den Augen. Und mach schnell, sobald der Winter vorbei ist, geht ihr auf die Reise – das ist meine Bedingung!«

»Aber Vater!«, warf Wenzel betroffen ein.

Parler hob ruckartig sein Kinn und zischte wütend: »Aus dem wird kein Steinmetz, kein Bildhauer, kein Glaser, kein Schmied und schon gar kein Zimmermann, das sage ich dir. Meine Geduld ist wirklich am Ende. Ich will ihn nicht mehr hier haben.«

Der wahre Grund, den Peter Parler wusste, aber niemals zugeben würde, war, dass ihn Conrad jeden Tag aufs Neue an das Schicksal seiner geliebten Gertrud erinnerte, und dass er den Blick aus seinen blauen Augen, die den der verstorbenen Schwester in allem glichen, nicht mehr ertrug, ohne eine unbändige Wut auf Martin Eysfogl, den Gerber, zu bekommen. Trauer und Wut waren schlecht für das Geschäft, und Peter Parler hatte noch viel vor. Daher baute er sich mit seiner ganzen stämmigen Gestalt vor seinem Sohn auf und meinte mit vor der Brust verschränkten Armen: »Entweder du nimmst Conrad mit nach Wien, oder ihr bleibt beide in Prag, das ist mein letztes Wort!«

Laut polternd öffnete sich die Tür zur Werkstatt. Beide Parler, die sich mit finsteren Mienen gegenüber gestanden waren, blickten erstaunt auf den jungen Mann, der mit raschen ausgreifenden Schritten zu ihnen trat. Wenzel fing sich als Erster: »Du hast gelauscht, Conrad, gib es zu!«, murmelte er ein wenig verlegen.

»Ganz recht!«, konterte der Angesprochene frech, »habt ihr vergessen, dass ich der räudige Hund auf der Türschwelle bin, der nur auf die Befehle des hohen Dombaumeisters Peter Parler wartet? Da bekommt man unweigerlich etwas mit, ob man will oder nicht, vor allem, wenn mit so lauter Stimme wie eben über mein Schicksal bestimmt wird!«

Wenzel blickte verlegen zu Boden, und sein Vater brauste auf: »Ich werde doch sehen können, dass aus dir kein Steinmetz, kein Schmied, kein Zimmerm…«

»Aber halts Maul, Oheim«, blaffte Conrad Peter Parler zornig an, »ich pfeif sowieso auf dein ganzes Baumeistergetue. Die Besten sind die Parler, selbstredend. Du würdest ja gar nicht wollen, dass ein Eysfogl wie ich sich in die Höhen der Steinmetzkunst aufschwingt. Dein Vater Heinrich, dein Bruder, du selbst, deine beiden Söhne, die sind die wahren Baumeister, hab ich recht? Nur ihr könnt wahrhaft Großes vollbringen! Doch nicht so eine arme Verwandtschaft wie ich, so ein Dahergelaufener, der Sohn eines stinkenden Gerbers, aber sicher nicht!«

Peter Parler hielt betroffen inne, und Conrad, dessen Wut und Enttäuschung wie eine Welle seine sonstige Selbstbeherrschung überflutete, fuhr fort: »Ich habe es satt, den Laufburschen für dich zu spielen, nur weil ich der Sohn meines Vaters bin. Gerne gehe ich nach Wien, aber nicht, um dort einen weiteren Dom in die Höhe zu ziehen, das überlasse ich euch großen Baumeistern, den Parlers! Ich habe Besseres zu tun, ich werde mich in der Universität einschreiben!«

Wenzel ruckte mit dem Kopf nach vorne und glaubte, sich verhört zu haben: »Was willst du? Studieren? Aber Conrad!«

Peter Parler kicherte gekünstelt und wandte sich kopfschüttelnd ab.

»Ja, stellt euch vor, auch ich habe Träume, und die haben nichts mit Krabben, Diensten, Fialen oder Bündelpfeilern zu tun!« Conrad spie Vater und Sohn die Worte förmlich entgegen. Dann aber besann er sich eines Besseren, atmete tief durch und sammelte sich. Die Beherrschung schien wieder Stück für Stück Besitz von ihm zu ergreifen. Schon bedeutend ruhiger wandte er sich an Wenzel, nicht ohne vorher einen kurzen zornigen Blick zu Peter gesandt zu haben: »Ich wäre dir dankbar, Wenzel, wenn ich dich nach Wien begleiten dürfte. Ich möchte dich wirklich von Herzen gern begleiten!« Als dieser vorsichtig, aber freundlich nickte, sprach Conrad weiter. »Ich werde mich an der Artistenfakultät eintragen, um Grundkenntnisse zu erlangen, Latein, Grammatik, weißt du …«

»Ja und dann?«, fragte Wenzel interessiert.

Conrad lächelte und wirkte gelöst, als er feststellte: »Wien hat schon seit Rudolf dem Habsburger eine ausgezeichnete Fakultät der Jurisprudenz!«

Peter Parler verzog spöttisch den Mund und meinte scharf: »Keinen Pfennig wirst du von mir erhalten, Conrad. Du kannst als Bettelstudent dahinvegetieren!«

»Etwas anderes habe ich von dir gar nicht erwartet« konterte Conrad, verließ mit einem sanften Lächeln die Werkstatt und ließ Vater und Sohn sprachlos zurück. Es schien ihm, als sei ein zentnerschwerer Bündelpfeiler von seinen Schultern genommen, als drücke das Gewicht von zwei Wasserspeiern nicht mehr länger auf seinen Kopf und als hätte er sich eben aus einem beengenden Korsett aus Kreuzrippen befreit. Nach Langem fühlte er sich stark und bereit, die Trauer über den Tod seiner Mutter und den Verlust seiner Familie abzuschütteln. Er spürte sich nicht mehr länger von seinem Vater verraten und von seinem Oheim gedemütigt, das alles lag hinter ihm. Seine kornblumenblauen Augen blitzten vor Unternehmungslust, und in seiner Brust fühlte er sich stark und frei. Leicht und unbeschwert sprang er behände hinaus in einen klaren kalten Wintertag. Conrad wandte seinen Blick ab vom Veitsdom und verließ den Hradschin gegen Osten in Richtung des neu erbauten Königspalastes. Er sah nicht die Pracht des Goldenen Prags, das Leuchten der Dächer in der blassen Wintersonne, denn in Gedanken weilte er bereits in Wien. Kein räudiger Hund mehr, der auf den Pfiff hört, dachte er und lachte in sich hinein, sondern frei und flink wie ein Vogel, wie ein Eysfogl!

LAUTLOS UND STARR lag das Kind in seinem Bettchen und wagte nicht, zu atmen. Es wartete mit Grauen auf das, was unweigerlich auf die bösen, zornigen Worte, die aus der Kammer gleich daneben drangen, folgen würde. Eine Nacht jener Nächte, durchdrungen von Angst und Sorge. Der Kopf des Kindes schmerzte, es wollte das flehentliche Bitten der Frauenstimme nicht hören und das wütende Poltern des Mannes, aber es musste zuhören, war gefangen in einem seltsamen Bann aus Neugier und Panik. Das Flehen wurde leiser, das Schreien noch lauter, nicht lange und es würde ein neues Geräusch dazukommen, das Kind wusste nur zu genau, wie sich die dumpfen Schläge anhören würden. Dann würde die Frauenstimme noch leiser werden, schluchzen, weinen und ganz verstummen.

Beten, dachte das Kind, beten hilft immer, und es erinnerte sich an die Worte der Frau, als sie gestern die kleinen kalten Hände in ihre warmen nahm und zauberhafte Bilder heraufbeschwor. »Das Leben ist wie ein großer, weiter See«, sagte sie mit ruhiger Stimme, »einmal dunkel und geheimnisvoll, dann wieder hell und fröhlich. Worauf wartest du, spring hinein! Hinein ins Leben, mein Kind, versteck dich nicht!« Lächelnd erinnerte sich das Kind an den schönen Stein, den ihm die Frau in die Hand drückte und an die bunten Blumen, die sie gepflückt hatten.

Da – der erste dumpfe Schlag durchbrach die Stille, riss das Kind grob aus seinen Gedanken. Ein Aufstöhnen folgte. Das Kind krümmte sich wie im Fieber. Es wusste, dass die Geschlagene nun alles tat, damit kein Schmerzensschrei ihre Kehle verließ, zu groß war die Scham, größer noch als die Qual. Nur ein leises Wimmern war zu hören und ein wütender Schrei des Mannes, dann der nächste Schlag. Das Kind presste sein Gesicht in die dicke

Winterdecke und weinte lautlos heiße Tränen. »Bitte stirb nicht, bitte nicht, bitte, mein Gott, lass nicht zu, dass sie mich verlässt. Bitte, lieber Gott, hilf!« Und wieder rief es sich ihre Worte ins Gedächtnis: »Lebe und lass dich treiben, mein Kind, häng nicht deiner Angst nach, verschwende keine Zeit mit Melancholie. Lege den Traumstein auf deine Stirn, er wird deine Gedanken beruhigen.« Es erinnerte sich mit aller Kraft an die Kühle dieses ungewöhnlichen Steins auf der heißen Stirn, an diesen hellen, sonnigen Tag. »Schule deinen Willen!«, sagte die Stimme. Ein weiterer Schlag folgte, und lautlos schlug das Kind nun die Decke zurück, sprang zitternd wie Espenlaub vom hohen Bettkasten herunter und tapste barfuß zur Tür, die einen Spalt offen war. »Du musst stärker werden, um in diesem See wirklich schwimmen zu können! Meide den Selbstbetrug, vermeine nicht, schwach zu sein, denn du bist stark!«, hörte es die Stimme in seiner Erinnerung und lugte durch den Spalt. Gerade noch konnte es erkennen, wie ein starker Arm ausfuhr, das volle kastanienrote Haar der Frau packte, es mit aller Kraft zurückzog, sodass sie ihren Kopf nicht mehr bewegen konnte. Sie presste die Hand über den Mund, um nicht zu schreien. Im nächsten Augenblick traf sie ein Tritt in die Nieren, dass sie vornüberkippte, wegen dem stählernen Griff im Haar aber nicht weit kam und vor Pein wimmerte. Das Kind hinter der Tür verkrampfte sich, bohrte seine kleinen Nägel in das Holz des Türstockes. Aber es konnte seinen Blick nicht abwenden von der leidenden Frauengestalt und dem Ausdruck blinder Wut auf dem Gesicht des Mannes, der das Haar plötzlich losließ, als hätte er sich daran verbrannt, und der zu Boden Sinkenden noch einen Tritt in die Seite verpasste. Eine Zeitlang war es still, totenstill. Sie atmet nicht, dachte das Kind voll Angst und vergaß dabei, selbst zu atmen, schluckte nur und zog seinen Bauch ganz fest ein, presste das Gesäß zusammen, wollte nicht da sein, nicht vorhanden sein und wollte doch keinen Moment versäumen, aufpassen, da sein, helfen, verhindern. Bitte, mein Gott, hilf uns!, dachte es nur, so etwas kannst du nicht zulassen! Du bist doch ein lieber Gott!

Der Mann spuckte noch auf die leblose Gestalt am Boden, nahm einen tiefen Schluck Bier aus seinem Becher, kippte den Rest auf das schöne Kleid der Frau und verließ die Kammer. Ganz leise öffnete das Kind den Spalt so weit, dass es durchschlüpfen konnte, vergewisserte sich ängstlich, dass der Mann nicht zurückkam und lief flink zu der am Boden liegenden Frau »Bitte stirb nicht«, flüsterte es und strich unbeholfen mit der Hand über die Wange, auf der sich Blut aus der verletzten Nase befand. »Bitte«, flüsterte es weiter und wischte ungeschickt und zitternd mit seinen Fingern das Gesicht sauber, doch die Frau bewegte sich nicht. Da verfiel es vor lauter Angst in einen eigenartigen Singsang: »Versenke dich in das Blau, Türkisblau, Himmelblau, Dunkelblau, Nachtblau. Blau des Sees, Blau des Himmels.« Ganz starr und verkrampft vor und zurückwippend flüsterte es immer wieder: »Türkisblau, Himmelblau, Nachtblau …« Nach einer halben Ewigkeit, als die Glieder des Kindes schon steifgefroren, seine Stimme heiser und krächzend war, regte sich die Frau und schlug die geschwollenen Augen auf, so gut es ging. Da fiel mit einem Schlag alle Anspannung ab und das Kind begann zu weinen. »Du bist nicht tot, Gott sei Dank«, flüsterte es unter heftigen Schluchzern. Mühsam richtete sich die Frau auf, fasste sich an die blutende, geschwollene Nase, zog lose ausgerissene Strähnen aus ihrem Haar und griff sich stöhnend in den Rücken. Erst dann sah sie das völlig aufgelöste Kind an ihrer Seite. Nachdem sie einen angstvollen Blick in alle Ecken der Kammer geworfen und sich vergewissert hatte, dass niemand außer ihnen beiden anwesend war, nahm sie das Kind grob an der Schulter und schüttelte es: »Du hast nichts gesehen. Es ist nichts passiert. Hast du mich verstanden?« Weinend und erschrocken zugleich nickte es. Aber es wagte einen kleinen Einwand und legte zitternd seine Hand auf die Wange der Frau: »Ist er weg, ist der böse Mann jetzt weg?«

Unruhig und angstvoll erwiderte die Frau: »Der Mann ist nicht böse, mein Kind. Es ist meine Schuld, hörst du, ganz allein meine. Niemand darf davon erfahren, niemand darf es wissen, lass dir nichts anmerken! Hast du verstanden?« Ungläubig nickte das Kind und presste die zitternden Lippen zusammen.

»Wir machen es so wie immer, ganz so wie immer«, fuhr die Frau eindringlich fort, und strich dem Kind nun behutsam über das gelockte Haar »du hast alles nur geträumt, Kleines, geh jetzt wieder in dein Bett, denke daran, was ich dir gestern erzählt habe: Erinnere dich immer an das Glückliche. Alles andere ist gar nicht da, weil es nicht da sein darf.«

Kurz umarmte die Frau das Kind, kam mühsam auf die Beine und legte einen Arm um die schmale Schulter. Bestimmt drängte sie es in die kleine Kammer, half ihm in das Bettchen, deckte es zu und flüsterte: »Du hast alles nur geträumt, ein böser Traum war das, aber jetzt empfinde mit allen Sinnen, lausche und schau dich um, denke an die Wiese und den Wald, rieche dich satt am Duft der Kräuter und Blumen. Kannst du dich noch erinnern an das Geißblatt? Lass die Ranken des Vergessens über dein

Gesicht streichen. Vergiss das Dunkle. Spürst du die Kraft der Steine? Vergiss diesen Traum, er war gar nicht, nur das Schöne wird sein. Was du dir wünschst, wird kommen, vertrau mir.«

Wien, am Tag des Heiligen Cyrill (18. März) 1384

FEUCHT UND KALT senkte sich die Dämmerung über das Kloster Sankt Hieronymus. Zwar hatte das neue Jahr schon längst Einzug gehalten, und die klirrende Januarkälte und der strenge Februarfrost schienen bis auf Weiteres gebrochen, doch jetzt im März legten sich Nässe und kalter Nebel unangenehm auf den grauen Habit der schlanken Gestalt, die mit schnellen Schritten aus dem Küchentrakt gelaufen kam und beide Arme schützend um ihren Körper geschlungen hatte. Ein heller Lichtstreifen, der aus der offenen Tür drang, wurde plötzlich von einem massigen Schatten verschluckt. »Lass doch die Tür ned offen, i heiz doch ned für die Vogerl! Und vergiss mir den Kohl nicht auf der Stellage und die Karotten, die sind im Sand ganz hinten eingegraben«, keifte der Schatten und knallte die Holztür zu. Der Klosterhof lag nun im Dunkeln. Die davoneilende Gestalt drehte sich kurz um, winkte abfällig mit der Hand und brummte widerwillig. Nur noch wenige Schritte trennten sie von der Tür, die in den Erdkeller führte, wo die Büßerinnen normalerweise die Fässer mit Wein lagerten, um sie nach und nach zu Essig vergären zu lassen. Aber da kein Tropfen mehr übrig war, waren umso mehr Wurzelwerk, Wintergemüse, Sauerkraut und Rüben eingelagert worden. Zitternd vor Kälte streckte die Gestalt die Hand nach der Tür aus und wartete auf das vertraute Knarren, als plötzlich ein Arm vorschoss und sie von hinten packte. Mit einer schnellen Bewegung riss sie sich los, lehnte sich gegen die geschlossene Kellertür, suchte sich einen festen Stand, zog ihr Bein an und trat mit voller Wucht auf den dunklen Berg, der sich vor ihr aufgebaut hatte. Augenblicklich ertönte ein heftiges Stöhnen, der Berg krümmte sich zusammen und war nur mehr halb so hoch.

Ja, und sprechen konnte er auch: »Trittst du jeden gleich wie einen Esel?«, kam es schwer schnaufend, »Sybille, ich bin's doch, der Ewald!«

Nach einem erstaunten »Was? Ewald, du!« fasste sich die Angesprochene mit der Hand an den Mund und kicherte verhalten. Der Berg, nichts anderes als ein vierschrötiges Mannsbild, hatte sich inzwischen wieder aufgerichtet und meinte sanft: »Wusste ich doch, dass ich dir ein paar Worte entlocken kann!« Sie fühlte mehr das Lächeln in seiner Stimme, als dass sie es wahrnehmen konnte, denn inzwischen war es so dunkel geworden, dass man die Hand nicht mehr vor den Augen erkennen konnte. Wie überrascht war sie, als sie plötzlich zwei starke Arme spürte, die sie umarmten, kurz drückten, und ein stoppeliges Kinn, das sich ganz schnell an sie schmiegte, und ein Mund, der ihr einen zarten Kuss auf die Wange hauchte. So schnell, wie Ewald sie umarmt hatte, ließ er sie auch wieder los. »So, das musste jetzt sein!«, meinte er bestimmt, doch sie hörte die Verlegenheit aus seiner Stimme. Es erstaunte sie, dass diese kurze, innige Geste sie weit mehr entzückte, als es eine feste Umarmung und ein langer Kuss je hätten bewirken können. Ehrliche Freude und tiefe Verbundenheit breiteten sich in ihr aus, wie ein Schluck warmer süßer Met. Kurz nur zog die Erinnerung an die im letzten Jahr ausgestandenen Qualen sie in ihren Bann, die Sorge und die Angst um Gretlin, die fast in den Fluten der Donau ertränkt worden war. Nur der Entschlossenheit Ewalds und ihrer eigenen Unterstützung war es zu verdanken gewesen, dass die Hinrichtung so weit hinausgeschoben werden konnte, bis die Rettung in Form einer herzoglichen Begnadigung kam. Doch sie unterdrückte vehement diese starken Gefühle, die einer Büßerin nicht würdig waren, und auch – was sie zutiefst verstörte – das angenehme Kribbeln, das ihr die körperliche Nähe und die seelische Verbundenheit mit Ewald bescherte. Eher, um sich selbst zu maßregeln, fuhr sie den Sänger schroff an: »Was machst du hier zu nachtschlafender Zeit? Bist du verrückt, mich so zu erschrecken? Ich werde kein Wort mehr mit dir reden, ist das klar?« Als sie das melodische Lachen Ewalds hörte, lächelte sie unwillkürlich und dankte der Dunkelheit, dass er es ihr nicht ansehen konnte. Doch anscheinend wurde er auch so ihrer Stimmung gewahr, denn er nahm sie einfach bei der Hand und stellte belustigt fest: »Eines nach dem anderen, Sybille. Ich komme gerade von einem Herzogsempfang, wo ich meine neuesten Lieder vortragen durfte, und wenn Albrecht in Feierlaune ist, da wird es eben spät. Nein, ich bin nicht verrückt, ich wollte dir nur alleine begegnen, weil ich deine Stimme vermisst habe. Sobald Dritte auftauchen, verstummst du ja. Und ich liege schon etliche Zeit hier auf der Lauer und sehe mir das Fenster und die Küchentür an. Ganz steif gefroren bin ich schon und ich dachte, Hannerl schickt dich gar nicht mehr raus! So, damit sind wohl alle deine Fragen beantwortet!« Da musste sie dann doch laut lachen, stellte sie sich doch den Sänger vor, wie er hier draußen in der Kälte wartete und immer wieder durch das kleine Fenster lugte. »Meine Stimme hast du vermisst, Ewald, was du nicht sagst?«, scherzte sie weiter. Er nahm ihre Hand etwas fester und meinte viel ernster als zuvor: »Ja, deine schöne, melodische, wohltönende Stimme.« Eindringlich nahm er sie nun auch bei der zweiten Hand und sagte so dicht an ihrem Ohr, dass sie seinen warmen Atem spüren konnte: »Warum versteckst du dich denn hier als stumme Yrmel, wenn du dir als Sybille die Seele aus dem Leib singen könntest. Fehlt dir denn nicht die Musik, ich verstehe das nicht, ich könnte nicht leben, ohne zu singen!« Forsch entriss sie ihm beide Hände und verschränkte ihre Arme vor der Brust: »Das kannst du nicht verstehen, Ewald. Aber siehst du«, setzte sie versöhnlicher fort, »ich habe meine Musik immer bei mir und ich singe auch, in mir drinnen, ohne Ton, die Lieder in der Kapelle, auch deine Lieder, so grauslich die auch sind«, hier lachte sie, wurde aber sogleich wieder ernst »aber ich kann mir meine Seele nicht aus dem Leibe singen, weil da keine mehr ist …« Sanft spürte sie seine Fingerspitzen auf ihrer Wange, und obwohl sie fest entschlossen war, das nicht zu erlauben, zuckte sie nicht zurück und ließ ihn gewähren. »Du hast mehr Seele, als dir lieb ist, Sybille, und ich frage mich, wann sie sich einen Weg bahnt und du dich aus deinem Schneckenhaus herauswagen wirst.«

»Das wird nicht geschehen, Ewald«, meinte sie verzagt. Quälende Stille breitete sich zwischen den beiden aus.

»Ich soll dich von Sander grüßen!«, sagte Ewald bewusst munter, um dem Augenblick ein wenig Traurigkeit und Ernst zu nehmen.

»Du warst mit ihm auf Reisen?«, fragte sie interessiert.

»Da sei Gott davor, dass ich mit diesem Nörgler noch einmal in einem Tross unterwegs sein muss, so ein elender Jammerlappen.« Ewald schüttelte sich, als er an die

Alpenüberquerung dachte, die er in seinen Jugendjahren mit dem jungen Herrn Alexander von Randegg unternommen hatte und sich Meile um Meile die ewige Raunzerei über das schlechte Wetter, die Nässe, die Pferde, das Essen, die Unterkunft und sonst noch alles Mögliche anhören musste. Gott sei Dank kehrte er mit seiner Braut Gretlin, die niemand anderer als eine Enkelin der Margarete von Tirol war, ohne ihn zurück über die Alpen und nach Hause.

»Hat er von Gretlin erzählt?«, fragte sie erwartungsvoll.

»Ja, es geht ihr gut!«

»Schön«, meinte sie mit ihrer sanften Stimme.

»Sander erzählte, von der welschen Sonne sei ihr Haar wie gesponnener Flachs so hell, ihre Haut so braun wie knuspriges Weizenbrot und ihre Augen so blau wie das Meer.«

»Das klingt wirklich sehr schön. Willst du nicht ein Lied daraus machen?«, scherzte sie übermütig.

»Nur wenn du es singst!«, warf er ein.

»Aber Ewald«, seufzte sie, lenkte sogleich vom Thema ab und fragte: »Wo hast du ihn denn gesprochen, den Sander?«

»Er ist ja jetzt schon ein ganz hohes Tier am Hof von Herzog Leopold, und ich war auch dort. Da haben wir uns dann getroffen, rein zufällig.«

»Du warst am Hof von Leopold, dem Bruder von unserem Herzog Albrecht?«

»Ja, ich war eingeladen von seinem neuen Hofmeister.«

»Von Hugo von Montfort«, sagte sie knapp, weniger als Frage, sondern mehr als Feststellung.

»Ja, von deinem Bruder, Sybille. Ich bin von meinem alten Freund, Kollegen und Gönner eingeladen worden und konnte es mir nicht verkneifen, ihn über seine Schwester auszuhorchen!«

»Hör auf, mich Sybille zu nennen, ich bin Yrmel.« Jegliche Freundlichkeit und Heiterkeit war aus ihrer Stimme gewichen. Hart und klar schleuderte sie ihm die Frage entgegen: »Und was hast du erfahren?«, spöttisch setzte sie noch nach, »über seine Schwester?«

»Nichts.«

Sie meinte, Verzweiflung in seiner Stimme zu hören, was ihr dann doch sehr zu schaffen machte, und beschwichtigte ihn: »War zu erwarten, das braucht dich nicht zu kränken.«

»Ich bin nicht gekränkt, Sybille …«

»Yrmel!«

»Ich mache mir Sorgen um dich, Sybille!«

»Yrmel!«

»Hör auf damit!«

»Hör *du* auf! Du weißt gar nicht, wovon du redest!«

»Eben! Sag es mir, damit ich weiß, was mit dir ist. Warum du dich im Kloster der Büßerinnen versteckst. Du, die singt wie ein Engel, die des Lesens und Schreibens mächtig ist, die keine Geringere als die Schwester des Hofmeisters von Herzog Leopold und gleichzeitig seine Base ist! Wie soll ich denn verstehen, dass du dich wie eine bessere Küchenhilfe von Johanna herumkommandieren lässt? Warum nur … *Sybille*?«

»*Yrmel.* Und lass Hanna aus dem Spiel, sie ist eine der wenigen, die mir geholfen hat um meinetwillen, die mich so sein lässt, wie ich bin, die mich nicht drängt, etwas zu tun, das ich nicht möchte.«

»Wenn du wüsstest, wie gerne ich mehr über dich erfahren würde«, murmelte der Sänger und trat noch näher an die junge Frau heran.

Wie auf ein Stichwort wurde plötzlich die Tür zur Küche aufgerissen, und eine eher übergewichtige Frau in den besten Jahren schrie heraus: »Yrmel, bist du die Stiegen runtergefallen oder kochst du den Kohl hier heraußen? Ich warte! Beweg dich!«

Sofort sprang Yrmel ein gutes Stück von Ewald weg, eilte zu Hanna und erklärte ihr ohne Worte, aber mit ausladenden Gesten, welch gern gesehener Besuch sich eingefunden hatte. Fast gegen seinen Willen schleppte sie Ewald zur Tür und Johanna kreischte vor Freude: »Mei, der Sänger is do! Mei, wie i mi freu. Da tut mir mei Kreuz gleich gor nimmamehr so weh!« Damit hüpfte sie Ewald mit voller Kraft entgegen, wuchtete ihre Oberarme um seinen Hals und schmatzte ihm links und rechts einen nassen Kuss auf die Wangen. Im Licht, das aus der Küche drang, konnte er sehen, wie sich ein schelmisches Lächeln auf Yrmels Gesicht ausbreitete, und er, dessen rechtes Augenlid wegen einer angeborenen Lähmung herunterhing und sowieso immer zu zwinkern schien, lachte ebenfalls belustigt und wischte sich Hannas feuchte Schmatzer von der Wange.

»So komm rein, Ewald, hier draußen is es ja saukalt.« Damit schnappte ihn die Köchin beim Unterarm und zog ihn Richtung Küche. Im Gehen schwatzte sie weiter: »Ich würd dir ja gerne einen warmen Würzwein anbieten, aber das geht nicht. Is eine leidige Geschichte, komm rein, am besten, du hörst es dir drinnen an!« Dann drehte sie sich zu Yrmel um: »Weißt was, Mädchen, lass den Kohl und die Karotten im Sand stecken! Nach Kochen is mir heute sowieso nimma! Wir feiern lieber! Mei, so a Freid!« Damit klatschte sie in die Hände und deutete Yrmel, ihr zu folgen. Munter quasselte sie weiter: »Wirst ja nix erfahren haben von unserer Yrmel, also werd ich dir alles erzählen«, meinte sie zu Ewald. Der Sänger wandte sich nach einem Seitenblick auf Yrmel zu Johanna: »Nein, ich hab nichts erfahren von der Yrmel! Aber wenn sie sprechen könnte, ja dann ...«

»Ja«, seufzte Hanna, griff nach hinten und zog die junge Frau in die warme Küche und an ihre andere Seite, »wenn, dann, wäre, vielleicht – davon halt i gar nix.« Liebevoll setzte sie nach: »Außerdem is unsere Yrmel ja eh so ein Plappermaul, schau dir nur ihre Hände und ihre Augen an, dauernd am Keppeln.« Als ihr die junge Frau dann den Gefallen tat und gespielt ernst die braunen Augen rollen ließ und mit den Händen fuchtelte, wurde sie schnell von Hanna umarmt und fest und herzlich gedrückt. Yrmel, ganz perplex über so viel körperliche Zuneigung, die ihr in den letzten Augenblicken zuteil geworden war, hörte Hanna nur mit halbem Ohr zu: »Auch wenn ich in letzter Zeit so grantig bin, vergiss nicht, wie froh i bin, dass ich dich hab, und ... stumm oder ned, des is mir so was von wurscht!« Über Johannas Schulter hinweg blickte Yrmel Ewald fest in die Augen, und beide waren wieder einmal erstaunt, wie weit der angeborene Scharfsinn der Köchin eigentlich ging. Das Beste war, dass sie selbst es überhaupt nicht zu merken schien, wenn sie wieder einmal einen Volltreffer gelandet hatte.

Wittingau, am Tag des Nährvaters Josef (19. März) 1384

Mit gesenktem Kopf kniete er auf dem kalten Steinboden der Kirche, die einem der 14 Nothelfer, dem Heiligen Ägidius, geweiht war. Seine dünnen Arme hatte er auf den mit Ornamenten geschmückten marmornen Rand der Grabplatte gestützt, seine gefalteten Hände mit den langen Fingern zuckten leicht. Wäre er nicht so in sich zusammengesunken gewesen und hätte er nicht einen völlig abwesenden und verzweifelten Eindruck gemacht, hätte man in Johann von Rosenberg einen durchaus attraktiven Mann in den besten Jahren erkennen können. Doch nun zerfurchten Kummerfalten sein ebenmäßiges slawisches Gesicht mit den breiten Wangenknochen, Grau hatte sich in den ehemals schwarzen Bart geschlichen, und seine Stirn, früher hoch und glatt, verunstaltete nun eine steile Falte. Seine breiten Schultern waren vornüber gebeugt, und als er sich letztendlich ächzend aus dem Kniestand erhob, bewegte er sich krumm und schwerfällig. Noch einmal blickte er auf die lange Reihe der Grabplatten, die allesamt Mitglieder der hochherrschaftlichen Familie der Rosenberger die letzte Ruhe sicherten, sein Vater, seine Mutter, seine Schwester, bis sein Blick wieder auf dieser letzten, vor der er gekniet hatte, verharrte. Müde fuhr er sich mit der Hand über die beschatteten Augen und wankte vor zum Altar. Die Farbe auf den Tafelbildern scheint noch nicht getrocknet zu sein, dachte er. Aber hatte der Meister nicht schon längst seine Pinsel eingepackt und war zum nächsten Auftrag gereist? Nein, stellte er mit Entzücken und Ehrfurcht fest, die Farben waren schon längst trocken, sie blieben so frisch, das Gelb und Weiß, die Gewänder der Frauen, so edel das Gold der Apostel, so eindringlich das Rot des Blutes, das aus den Wundmalen Jesu Christi hervorfloss. »Hätte Peter das nur erleben können«, murmelte Johann von Rosenberg und dachte voller Wehmut an die Begeisterung und Freude, die sein Bruder empfunden hatte, als er dem Meister von Wittingau den Auftrag für die Ausstattung der Kirche gegeben hatte. »Du wirst schon sehen, Hans, das wird ein ganz vortrefflicher Altar werden, dem Maler eilt sein Ruf voraus, der malt nicht einfach so die Auferstehung Christi, nein, der fängt das himmlische Licht dazu auch gleich ein, er malt weich und empfindsam, gleich einem wertvollen byzantinischen Schleier, der sich mit seinem goldfarbenen Glanz um das Antlitz einer schönen Frau legt!« Noch heute hörte Johann die Worte seines Bruders Peter und vernahm sein ansteckendes Lachen nach diesem für einen Mann der Kirche völlig unziemlichen Vergleich. Wer konnte wissen, dass die Vollendung der Grablege Christi mit dem Tod ihres Stifters Hand in Hand gehen würde? Wer konnte denn ahnen, dass dessen Körper nach einem Reitunfall ähnlich von Wunden und Blut übersät zur letzten Ruhe gebettet wurde? Niemand hätte dem Domherrn von Passau, Olmütz und Regensburg und dem Probst des Kollegiatsstifts auf der Prager Burg so einen unwürdigen Tod vergönnt. Denn Peter von Rosenberg machte sich zu einem seiner geliebten Ritte auf, fiel vom Pferd, als er einen der Dämme, die die unzähligen Teiche in Wittingau befestigten, überspringen wollte. Er wurde von dem in Raserei geratenen Pferd fast eine Meile mitgeschleift, über den Morast am Rand der Teiche, über Wurzeln im nahen Eichenwald, bis er längst tot und verstümmelt irgendwo mitten auf einem Feld gefunden wurde. Ein trockener Schluchzer entrang sich Johann, war doch Peter ein ruhender Pol in dieser mächtigen böhmischen Familie der Rosenberger, die sich immer als Reibeklotz zwischen den Habsburgern und den Luxemburgern befand, ständig in zweifelhafte Bündnisse mit anderen böhmischen Adeligen verstrickt, immer bereit, auch mit Waffen für die eigene Machtentfaltung zu kämpfen. Johann war es leid, nun alleine diesen Hunger nach Einfluss und Reichtum, mit dem alle seine zahlreichen Geschwister, Neffen und Nichten behaftet waren, auf seinen Schultern mitzutragen. Und doch wusste er, dass ihm nichts anderes übrig bleiben würde, zu eng waren schon die verwandtschaftlichen Bande zu den aufrührerischen Schaunbergern geknüpft, zu den hohen Herren von Neuhaus und Wallsee. Umkehren war nicht möglich, sich entweder für den Luxemburger Wenzel oder für den Habsburger Albrecht zu entscheiden, schlichtweg unmöglich. Also weiterhin das Ränkespiel der Mitte, dort ein paar Intrigen, hier ein paar falsche Versprechungen, da eine Täuschung, hier eine Lüge – weitermachen wie bisher, nur ohne die Macht und das Gewicht eines hohen kirchlichen Amtes, so wie das des Propstes Peter von Rosenberg. Johanns Blick schweifte zur nächsten Tafel des Meisters, der Auferstehung. Vor seinem geistigen Auge sah er aber nicht die Soldaten und Apostel, die sich um Jesus Christus scharten, der sich aufrecht und in strahlendes Rot gekleidet über seinen eigenen Sarg erhob. Nein, Johann sah in den ungläubigen und zum Teil verkniffenen Gesichtern niemand anderen als seine Brüder und deren zweifelhafte Verbündete. Hier vorne, in voller

Rüstung, kampfbereit und mit dornenbewehrtem Schild, Ulrich, seit dem Tod des Vaters und des Bruders Jobst seit 15 Jahren Oberhaupt der Familie. Eng verschwägert mit den Schaunbergern war Ulrich unentwegt im Kampf gegen Albrecht den Habsburger verstrickt, und sprach man nur den Namen des Herzogs laut aus, spuckte Ulrich Gift und Galle. Diese Art der Besessenheit, wie Johann es insgeheim nannte, hatte Ulrich eins zu eins auf seinen Sohn, den 23 Lenze zählenden Heinrich von Rosenberg übertragen. Sogar bei der Trauerfeier für Peter konnte sich der jüngste Spross der Rosenberger, der in absehbarer Zeit die Geschicke der Familie leiten würde, die Schmähreden auf den Habsburger und seine Sippe nicht verkneifen. Wieder betrachtete Johann das Bild des Meisters und erkannte mit einem grimmigen Schmunzeln in der männlichen Figur, die abwehrend und geziert mit überlangen Armen und Spinnenfingern das Haupt, geschmückt mit einem Helm aus kleinen metallenen Plättchen, schützte, niemand anderen als Heinrich von Neuhaus. Diesem Emporkömmling aus einem der reichsten Adelsgeschlechter Böhmens war schwer anzukommen, verfügte er doch nicht nur über Unmengen von Geld und Besitz, sondern auch über beste Beziehungen zu den Hardeggs, den Hals', den Schaunbergern und den Leuchtenbergs. Der junge Heinrich, der sich nach außen hin stets gelangweilt und blasiert gab, schaffte es, den Mächtigen Honig ums Maul zu schmieren, und würde es – nach Einschätzung von Johann – noch sehr weit bringen in Böhmen. Da machte es auch nichts aus, dass er seine kindlich naiven Züge unter einem blonden Bartflaum versteckte, und sein Adamsapfel, so er nervös und angespannt war, wie ein Buchfink im Frühling auf und ab hüpfte. Auch seine Stimme war ähnlich, hell, fordernd und anstrengend. Langsam begann Johann das Spiel, in den gemalten Figuren bekannte Gesichter zu erkennen, Spaß zu machen, und der nächste Mann, der unmittelbar neben dem behelmten Jüngling zu sehen war, machte es ihm nicht wirklich schwer. Ein älterer, kleiner, beleibter, in seiner Überraschung höchst seltsam dreinblickender Genosse konnte für Johann niemand anderer als Martin Rotlöw sein. Der erfolgreiche Kaufmann und Münzmeister des Kaisers Wenzel wollte zwar seinem Namen des *roten Löwen* alle Ehre zuteilwerden lassen, seine körperlichen Voraussetzungen jedoch machten ihm einen Strich durch die Rechnung. Bei seiner zu kleinen, kugeligen, wegen seiner Völlerei sehr unvorteilhaften Gestalt war nur der rotblonde, etwas räudig wirkende Vollbart ein Zugeständnis an seinen edlen Namen. Seine heiser krächzende Stimme, die gichtigen Verknotungen an seinen Fingergelenken, die Tränensäcke und die rot geäderten Wangen ließen eher auf eine ungesunde Lebensweise als auf hohe und edle Herkunft schließen. Nichtsdestotrotz war Rotlöw ein Mann, vor dem sich jeder in acht nehmen sollte, seine Rücksichtslosigkeit im Umgang mit seinen Mitmenschen war legendär, so viel wusste Johann. Obwohl … bei diesem Gedanken fasste der Rosenberger an sein Kinn und betrachtete nachdenklich die Figur mit der spitz zulaufenden Sturmhaube, den halb geöffneten Augen, der klobigen Nase und dem spöttisch verzogenen Mund … jener konnte es allemal mit Rotlöw in Sachen Brutalität und Respektlosigkeit aufnehmen! Dieser allgegenwärtige übellaunige Kerl, diese Ausgeburt an Bösartigkeit, der jedoch so viel Einfluss besaß, dass man unweigerlich mit ihm zusammenarbeiten musste! Was hat er meiner Familie schon alles angetan, dachte Johann bitter. Mit offenen Augen mussten sie alle zusehen, was er mit ihrer Schwester angestellt hatte. Niemand hatte ihr helfen können, keiner ihrer Brüder. So lange hat er sie gequält, bis ihre Kraft ausging, bis er sie endgültig zerstört hatte! Und was sagte er dazu? Einen Scherz hatte er das genannt, einen lustigen Zeitvertreib! Dieser schändliche, von Gier und Neid durchdrungene ... Johanns Gedanken wurden jäh durch den Prior des Klosters, der mit eiligen Schritten aus dem Kreuzgang gelaufen kam und etwas atemlos den Altar erreichte, unterbrochen.

»Edler Herr! Ich habe gute Nachricht für Euch!«, bemerkte er etwas zu laut und bekreuzigte sich schnell.

»Was führt Euch so eilig hierher nach Sankt Ägidius, werter Prior?«, fragte Johann überrascht.

Nun druckste der Angesprochene etwas herum: »Nun, die von Ihnen erwähnte etwas delikate Angelegenheit ... nun ... ich wollte nur sagen ...«

»Was denn?«, half der Rosenberger wohlwollend diesem Mann der Kirche, der stets loyal zu seiner Familie gestanden war und das Augustinerkonvent vorbildlich leitete, »was liegt Euch so brennend am Herzen?«

»Nun ... ich wollte Euch berichten, dass ich alles in die Wege geleitet habe, die Reise meine ich und derjenige, der ... nun ... diese Dinge, von denen Ihr gesprochen habt, mitnehmen soll ...«

Da erhellten sich die Züge Johanns, und er ergriff herzlich die Hände des Geistlichen und drückte sie: »Danke, das ist eine gute Nachricht!«

Etwas bedrückter fuhr er fort: »Und weiß Gott, ich kann gute Nachrichten wahrlich gebrauchen in der folgenden Zusammenkunft!«

Mitfühlend antwortete der Prior: »Die Herren warten bereits auf Euch, Herr von Rosenberg.«

»Was? Alle?«

»Euer Bruder Ulrich ist bereits eingetroffen!«

»Was, nur einer, wo ist der andere?«

»Lässt sich entschuldigen, meinte der Herr Ulrich.«

»Typisch …«, Johann sah missmutig zu Boden.

»Dafür reitet Euer Neffe Heinrich eben in den Klosterhof ein, er folgt direkt hinter der Karosse des Münzmeisters.« Der Prior versuchte, aufmunternd zu klingen, was aber in Anbetracht des feisten Rotlöw, der, kaum ausgestiegen, die Stallburschen anschnauzte, nicht eben leichtfiel.

»Und der andere Heinrich?«, fragte Johann zögerlich.

Der Prior wand sich beschämt: »Der Herr von Neuhaus zog es vor, nicht im Kloster zu residieren, er wählte ein anderes, wie sein Laufbursche uns mitteilte, annehmlicheres Quartier, was nichts anderes als seine eigene Burg sein kann. Ist ja nicht einmal einen Tagesritt entfernt.« Scheinbar unbeteiligt setzte er fort: »Er lässt jedoch ausrichten, dass er pünktlich zur angegebenen Stunde erscheinen wird.«

»*Erscheinen* ist wohl das richtige Wort für seinen stets glanzvollen Auftritt«, murmelte Johann. Beunruhigt sah er den Prior dann von unten an: »Was ist mit *ihm*? Ist *er* auch schon eingetroffen?«

Stumm schüttelte der Prior der Augustiner den Kopf. Erleichtert atmete Johann von Rosenberg auf, klopfte dem Geistlichen aufmunternd auf die Schulter und meinte: »Ja, dann ist alles doch gar nicht so schlimm! Dann haben wir ja *nur* meine Familie, den von Neuhaus und den Münzmeister zu überreden, mehr nicht. Das wird ein Leichtes sein!«

»Mit Gottes Hilfe, ja!«, beteuerte der Prior und konnte doch nicht vermeiden, dass ihm die erzwungene Heiterkeit des hohen Herrn mehr ans Herz griff, als er zulassen wollte.

So unbeteiligt er sich auch gab, so genau wusste er Bescheid über die furchterregenden Pläne, die in den Mauern seines gottgefälligen Klosters beschlossen werden sollten, auf der einen Seite, und die große Verzweiflung Johanns von Rosenberg über den Tod seines Bruders auf der anderen. Es würde große Überzeugungskraft vonnöten sein, um die anwesenden Herren von ihrem allzu dreisten Ansinnen abzubringen. Im Stillen bezweifelte der Prior jedoch, dass Johann von Rosenberg diese Kraft überhaupt besaß. Er kannte diesen Spross des Hauses Rosenberg allzu gut und gedachte noch immer des Tages, als Johann zusammen mit seinem Bruder in Wittingau ein Heim für verarmte Priester gründete. Das war noch nicht so lange her, und der Eindruck, den Johanns freudiges Gesicht beim Prior hinterlassen hatte, als er seinen Reichtum caritativ einsetzen konnte, war noch ganz frisch. Johann von Rosenberg war kein gerissener Politiker, der die Rivalität zwischen den Mächtigen zu seinen Gunsten ausnutzen konnte, so viel stand fest. Aber in seiner Position musste er wohl so tun als ob. Gefangen in diesen düsteren Gedanken seufzte der Prior schwer und begnügte sich damit, dem Rosenberger, der mildtätiger war, als ihm guttat, höflich den Weg ins Kloster zu den versammelten Herrschaften zu weisen und tief in seinem Herzen auf die Allmacht und Wohltätigkeit Gottes zu vertrauen.

Wien, Tag des Heiligen Wulfram (21. März) 1384

»DIE ALLMACHT GOTTES ist wahrlich zu spüren, mein lieber Berthold, wie prächtig ist der Ausbau des Domes doch bisher geraten.« Der Herzog rieb seine Handflächen aneinander, um sich gleich darauf seinen warmen Atem in die hohlen Hände zu blasen. »Und es wird noch viel besser werden! Der Sohn des Parler ist unterwegs, er soll schon bald eintreffen und hat mir versichert, dass er den Turm zu einer Höhe aufziehen will, dass denen in Münster, Ulm und Prag die Ohren wackeln. So hoch soll der werden!« Damit sprang Albrecht der Dritte, genannt Albrecht mit dem Zopf, gänzlich unherzöglich ein paar Mal in die Höhe wie ein kleines Kind, einerseits vor lauter Vorfreude, dass der Turm seines Domes schon bald das ganze Reich in Erstaunen versetzen würde, und andrerseits, um Blut in seine kalten Füße zu bringen.

Besorgt blickte der Domprobst Berthold von Wehingen zu Albrecht in seinem prachtvollen, aber sehr dünnen Wams und Beinkleid und meinte fröstelnd: »Ein wenig frisch ist es hier schon, wenn Euer Gnaden es wünscht, können wir unsere Besprechung gerne irgendwo anders abhalten. Diese kalte, feuchte Baustelle hier ist Eurer Gesundheit gewiss nicht zuträglich!« Damit zeigte er auf den Boden und die unverputzten Wände der Kreuzkapelle im Dom.

Der Herzog winkte ab: »Nein, dieser Platz ist so gut wie jeder andere. Was sage ich, er ist viel besser! Denn bei Euch, Berthold, haben die Wände mehr als nur zwei

Ohren, und in der Hofburg ebenso, abgesehen davon geht es dort zurzeit zu wie in einem Durchhaus.«

»Warum denn das?«, fragte Berthold erstaunt, war er doch bislang der Ansicht gewesen, dass die Herzogsgattin Beatrix von Hohenzollern es nur zu gut verstand, ihren Mann von allen unwillkommenen Angelegenheiten abzuschotten.

»Nun«, hier lächelte Albrecht unmerklich, »wir bekommen hohen Besuch aus Nürnberg!«

»Aus Nürnberg? Gibt uns Euer Schwiegervater Burggraf Friedrich die Ehre?« In dem Augenblick, wo der Dompropst die Frage gestellt hatte, biss er sich sogleich auf die Lippen und setzte unsicher fort: »Entschuldigt meine unziemliche Neugier, Euer Gnaden. Ich scheine während meiner Abwesenheit von Wien zu einem richtigen Marktweib geworden zu sein, das nach Neuigkeiten so giert wie ein Verdurstender in der Wüste nach Wasser.«

»Aber nein, Berthold«, winkte Albrecht lächelnd ab, »im Gegenteil. Ihr beginnt Euch langsam wieder einzuleben. In Wien ist die Klatschsucht ja ein weitverbreiteter Zeitvertreib. Das hat Euch gefehlt, und Ihr habt viel nachzuholen!« Dann sah er dem Domprobst ernst ins Gesicht: »Nein, mein Schwiegervater hat im Moment andere Sorgen, als seine Tochter in Wien zu besuchen. Es gibt Schwierigkeiten mit dem Städtebund und mit dem Luxemburger.«

»Wenzel?«

»Ja, Wenzel. Der Prager Hof ist nicht mehr der sichere Hafen so wie einst unter Kaiser Karl, und schon gar nicht mehr golden glänzt die Stadt. Niemand weiß genau, was dem Sohn als Nächstes einfällt. Es ist schwierig.« Damit machte Albrecht eine abwehrende Handbewegung, die

Berthold zu verstehen gab, dass der Herzog nicht weiter über die Prager Zustände sprechen wollte. Nach ein paar Augenblicken der Stille, in denen die beiden die eben fertiggestellten Kreuzrippen der Kapelle bewunderten, meinte Albrecht plötzlich: »Janik kommt zu Besuch, also eigentlich Johann von Nürnberg, nur dass den Bengel niemand bei diesem Namen nennt. Er ist einfach nur *der* Janik, was ja völlig ausreichend ist.« Damit lachte der Herzog herzlich, und Berthold, der den jüngsten Bruder von Beatrix aus seiner Zeit in Freising kannte, stimmte in das Lachen ein. Jener Janik also, dem der Ruf, keine Narretei auszulassen und übermütig und froh durchs Leben zu gehen, vorauseilte! Berthold zwinkerte lustig: »Da wird es in der Hofburg in der nächsten Zeit kaum langweilig werden.«

»Ja, das glaube ich auch«, Albrecht nickte und machte ein scheinbar gequältes Gesicht, konnte aber das Grinsen nicht ganz verbergen, »wir werden es recht lustig haben, und Beatrix ist jetzt schon ganz geschäftig, um nur alles zur Zufriedenheit dieses Bengels einzurichten. Dabei wäre es so einfach. Ein Stall voll feuriger Pferde, ein Zwinger voll mit Jagdhunden und ein Tisch, der sich vor lauter Essen biegt. Mehr braucht Janik nicht zu seinem Glück!«

»Wunderbar!«, erwiderte der Domprobst gut gelaunt, »so soll das Leben eines jungen Menschen auch aussehen, er soll sich nur austoben!«

»Seinem Vater scheint es bisweilen aber etwas zu viel zu werden«, setzte Albrecht nach, »so schickt er ihn gerne in der Verwandtschaft herum. Sollen alle etwas von seinem Übermut haben, denkt er sich. Dabei sollte er sich mäßigen, die Familie hat viel mit ihm vor, er ist ja bereits seit Jahren mit Margarethe, der Schwester von Wenzel, verlobt.«

Der Dompropst, der bezweifelte, dass sich ein 15 Lenze zählender Junge um ein politisches Arrangement mit den Luxemburgern kümmerte, wenn er die Möglichkeit hatte, nach Herzenslust zu reiten und auf die Jagd zu gehen, enthielt sich eines Kommentars. Was er in seinen Auslandsjahren gelernt hatte, war, im Gespräch mit den Mächtigen zur rechten Zeit den Mund zu halten, auch wenn sie sich, so wie Albrecht heute, recht leutselig gaben. Man konnte nie wissen, was ihnen als Nächstes einfallen würde. So begnügte er sich mit einem stillen Lächeln und wechselte gekonnt das Thema.

»Auf den heutigen Tag genau ist es einen Monat her, seit Seine Heiligkeit, Papst Urban, in Neapel die Errichtungsbulle für die theologische Fakultät ausgestellt hat, das muss Euch mit unendlicher Freude erfüllen!«

»Ja, es ist gut, wenn man die angefangenen Taten des älteren Bruders zu einem guten Ende bringen kann«, meinte Albrecht nachdenklich und strich sich über seinen gestickten Kragen, »Rudolf hätte es eine große Genugtuung bereitet, dass nun auch die Theologie in Wien ihr Heim gefunden hat und nicht nur die Medizin und die Juristerei. Ich habe heute extra eine Messe zu Ehren des Heiligen Stephanus und allen Heiligen lesen lassen.«

Berthold nickte, er hatte die Zeremonie mit den 24 Chorherren und den 26 Kaplänen schon in aller Herrgottsfrühe geleitet und war selbst jetzt noch in die klerikale Tracht, die eigens für die Mitglieder des Allerheiligenkapitels vorgesehen war, gekleidet. Dass dieses Kapitel aus der Zuständigkeit des Bistums Passau und Salzburg herausgenommen wurde, galt als Geniestreich Rudolf des

Stifters und als wichtiger Schritt in Richtung Eigenständigkeit Wiens. Nicht umsonst übernahm Berthold von Wehingen auch eine wichtige Funktion in der neu gegründeten theologischen Fakultät. Er war Kanzler, Berater und Reformator in einer Person. Vor allem aber war er ein getreuer Diener der Familie Habsburg und als solcher zutiefst traurig über den plötzlichen Tod Rudolfs, der, nur 26 Lenze zählend, einem hitzigen Fieber zum Opfer gefallen war. Nicht nur, dass die Familie und das Reich damit einen zwar eigensinnigen, aber ungemein durchschlagskräftigen und tüchtigen Kaiser verloren hatten, so blieb die Alma Mater Rudolfina, die Wiener Universität, einem unmündigen Waisenkind gleich, unfertig und verwirrt zurück. Erst heuer konnte Albrecht die Einrichtung der letzten fehlenden Fakultät, die Theologie, erringen. Berthold sah es als seine Pflicht an, für diese junge wissenschaftliche Einrichtung das Beste zu geben, und demnach hatte er auch die Mitglieder des Kollegiatskapitels, die im Zwettlerhof gleich gegenüber dem Dom ihre Bleibe gefunden hatten, angewiesen, sie sollten ihre ganze Kraft und ihren ganzen Glauben zum Lob Christi und zum Wohlergehen der jungen Universität einsetzen, war doch ein guter Teil von ihnen Dozenten an der Universität. Er würde Eigenmächtigkeiten oder gar Versagen nicht dulden. Das galt auch für alle anderen religiösen Vereinigungen in Wien. Sämtliche Orden sollten spüren, dass er, der Kanzler und Dompropst, ein Auge auf sie hatte, ein strenges und wenn nötig auch unerbittliches. Berthold stand in tiefer Kontemplation und ließ seinen Gedanken freien Lauf, Albrecht, der den verschlossenen Gesichtsausdruck seines Kanzlers sah, wähnte ihn im Gebet versunken und begab sich leise und unauffällig hinter einen Strebepfeiler, der bereits in halber Höhe eine kleine, mit Krabben und Blattwerk geschmückte Konsole eingearbeitet hatte, um in Bälde eine steinerne Heiligenfigur aufzunehmen zu können.

Von draußen, möglicherweise vom Steinmetzbetrieb, dachte der Herzog, waren Stimmen zu hören. Er verbarg sich weiter hinter der Säule, nicht aus Angst, sondern eher, um seine Ruhe zu haben. Und er tat gut damit, sich unsichtbar zu machen, denn mit hölzernen Schottereimern beladen stampften ein paar schmutzige Gesellen in den Dom. Drei Maurer trieben ihre Helfer an, die ungehobelte Latten schulterten und laut fluchend ihren Weg durch das zum großen Teil eingerüstete Langhaus suchten. Vor der Kreuzkapelle angekommen, wurden sie der Anwesenheit des Domprobstes gewahr und verstummten. Beschämt senkten die einfachen Männer ihren Blick zu Boden.

»Welch unziemliche Art, sich in einem Gotteshaus zu benehmen!«, donnerte Berthold und fuhr fort, »wer ist der Partieführer?« Ein hellhäutiger, fast rotblonder junger Mann trat vor, setzte eine trotzige Miene auf und antwortete laut: »Ich bin das. Ich habe das Sagen hier!« Dann setzte er ein kaum hörbares »noch …« dazu.

»Wie heißt du?«, fragte Berthold von Wehingen ungehalten.

»Michael Cnab, Hochwürden«, der Angesprochene verbeugte sich geziert, »zu Euren Diensten!«

»Was hast du hier zu suchen?«

»Nun«, Michael Cnab lächelte frech, » soviel ich weiß, soll hier eines der größten und schönsten Häuser Gottes entstehen, und ich armer Wicht leiste nur meinen bescheidenen Beitrag! So man mich lässt.« Damit gab er seinen

Helfern ein Zeichen, die sofort all ihre Last laut polternd zu Boden fallen ließen und sich anschickten, mit ziemlich schweren Peckhammern und großen Schlegeln ein Stück des Estrichs aus dem Boden zu brechen. Zwischen den ohrenbetäubend lauten Schlägen schlich der Herzog fast lautlos an die Seite seines Kanzlers und schrie nahe an seinem Ohr: »Das ist ein spezieller Auftrag des Hofes an die Bauhütte.«

Der Dompropst klopfte den Staub von seiner dunklen Tracht und erwiderte skeptisch: »Warum lasst Ihr denn ein so großes Loch in den Boden hacken? Um Gottes willen, wie das staubt!« Der Herzog, dem der Dreck weniger auszumachen schien, strahlte und zeigte auf den Boden der Kapelle, wo gerade der Schotter aus der entstandenen Grube in die Eimer geschaufelt wurde. »Da hinein«, Albrecht lächelte wieder freudig, »werde ich höchstpersönlich die Gebeine des Heiligen Morandus legen! Gar nicht mehr lange, am Ostersonntag ist es so weit!« Mit tränenden Augen wandte sich der Propst zum Gehen und zog kurzerhand den Herzog mit sich, nicht ohne vorher einen eisigen Blick zu Michael Cnab zu senden, der grinsend seine Männer zu noch festeren Schlägen anfeuerte. Vor dem Riesentor angelangt, rang Berthold nach Luft und deutete dann zum Kirchenmeisteramt gegenüber. »Ihr wollt tatsächlich die wertvolle Reliquie des Morandus in die Kreuzkapelle legen lassen? Am Ostersonntag? Seine Gebeine, seinen Schädel, alles?«

»Ja, das ist meine Absicht. In Gegenwart meiner Gattin und ihres Bruders Johann, also … Janik wird auch dabei sein. Als mein Bruder Rudolf seinerzeit die sterblichen Überreste dieses Pilgers aus dem Elsass mit nach Hause brachte, hatte er Ähnliches damit vor. Ich möchte, so wie auch bei der Universität, das Vermächtnis in seinem Sinne vollenden.«

»Nun gut«, murmelte der Domprobst, »aber als Schutzheiliger der Winzer und der Besessenen wird Morandus alsbald zum Lieblingsheiligen avancieren. Hat ja jeder Weinfässer im Keller und ein paar Verrückte in der Verwandtschaft! Euer Gnaden, seid Euch bewusst, dass die Wiener in Scharen kommen werden, um ein Bittgebet abzuhalten! Zum Heiligen Koloman sind anfangs auch so viele gekommen, dass wir Absperrungen errichten mussten und die Gläubigen nur gruppenweise in den Dom ließen.« Berthold dachte wehmütig daran, dass er mit nicht einmal 20 Jahren der Zeremonie beiwohnen durfte, wo Rudolf den Kolomanistein von Stockerau nach Wien verfrachten und ihn neben dem Bischofstor einmauern ließ. Auf diesem Stein sollten nach der Legende die Knochen des Märtyrers zersägt worden sein. Schon ein Berühren des Steins sollte Glück bringen, von dem die Wiener bis heute nicht genug bekommen konnten.

»Jetzt werden sie zu Dutzenden zu Morandus pilgern und um ihr Seelenheil bitten!«, warf der Domprobst nachdenklich ein und sah sich schon wieder Absperrungen in Auftrag geben.

»Na, das hoffe ich doch«, meinte Albrecht und wandte sich Richtung Singertor, wo bereits zwei seiner Diener mit dem prachtvoll gesattelten Pferd warteten. Mit einem Nicken entließ der Herzog seinen Kanzler und winkte die Diener herbei. Berthold von Wehingen ging raschen Schrittes am Kirchenmeisteramt vorbei in den Zwettlerhof nahe der Wollzeile. Er hatte Ruhe nötig und ein neues, sauberes Gewand.

Indes war im Inneren des Doms wieder Ruhe eingekehrt, die Kreuzkapelle erzitterte schon lange nicht mehr unter den groben Schlägen der Maurergehilfen. Im Boden war ein rechteckiges Loch eingelassen und der Schutt rundherum fein säuberlich zusammengefegt worden. Die Arbeiter saßen schon in der an der Südseite angebrachten Werkstatt, spülten ihre staubigen Kehlen mit verdünntem Wein und aßen ihr kärgliches Jausenbrot. Michael Cnab war nicht unter ihnen. Er ging nach Beendigung der Arbeiten schnurstracks in die Katharinenkapelle, wo er sich einem hochgewachsenen, überschlanken Herrn, ganz in Schwarz bekleidet, zuwandte und nur ein Wort sagte: »Ostersonntag.« Als er sich dann endlich auch in die Werkstatt setzte und sein Essen auspackte, war sein freches Lächeln breit geworden, und das Leder seines Geldbeutels dehnte sich durch das Gewicht der vielen Münzen, die erst seit Kurzem darin lagen.

Wien, Katharinentag (24. März) 1384

»Kruzifix, scho wieder regnets!«, Johanna lehnte sich unwillig aus dem hölzernen Türrahmen ihrer Küche, der vom vielen Heraus- und Hereintragen schon ganz zerschrammt war. Abwesend strich sie über das in die Jahre gekommene Holz und dachte bei sich: Zerkratzt und voller Narben, abgehalftert und alt – so wie ich … Seufzend blinzelte sie mit ihren graublauen Augen gegen den wolkenverhangenen Himmel, aus dem nun immer wieder einige Regentropfen in den ohnedies schon verschlammten Innenhof klatschten. »Sauwetter, verdammtes«, murmelte sie, trat dann aber beherzt hinaus, sodass sich ihre hölzernen Überschuhe tief in den Lehm gruben. Mit einem schmatzenden Geräusch, sobald sie einen Fuß vor den anderen setzte, wackelte sie rechts über den Hof zu den Gebäudetrakten, die die Schlafräume der Büßerinnen und die Kemenate der Meisterin beherbergten und sich entlang der Singerstraße erstreckten. Dann aber überlegte sie es sich plötzlich anders und wandte sich nach links Richtung Weihburggasse, wo sich die Kapelle der Büßerinnen, dem Heiligen Hieronymus geweiht, befand. Resolut öffnete sie die schwere Holztür, rauschte am Weihwasserbrunnen vorbei, ließ den Gottesleichnamsaltar zur ihrer Rechten unbeachtet, ignorierte den Hochaltar und fiel endlich vor dem Liebfrauenaltar auf die Knie. Johanna war schon immer überzeugt, dass einem in wirklich schwierigen Momenten des Lebens wahrlich nur eine Frau helfen konnte, denn »auf die Mannsbilder is ja sowieso gor kaa Verlass ned«, selbst wenn es sich um niemand Geringeren als den Herrgott handelte. Da hielt sie sich doch lieber an die Muttergottes. »Ein schnelles ›Gegrüßet seist du, Maria‹ schad nix!«, dachte Johanna, betete inbrünstig, schlug mit einer forschen Handbewegung das Kreuzzeichen und verließ festen Schrittes die Kapelle, eine Schlammspur hinter sich lassend. Etwas gestärkt raffte sie ihre Kutte, die am Saum ebenfalls schon schmutzig geworden war, und eilte weiter den Hof entlang. Aus den Wohngebäuden der Büßerinnen drangen vornehmlich Kindergeschrei und Arbeitsgeräusche. Es wurde geklopft, geschrubbt und mit allerlei Haushaltszeug herumhantiert. In gar nicht allzu langer Zeit würde wieder das nächste Stundengebet beginnen, wo die Büßerinnen angehalten waren, sich in die Kapelle zu begeben, laut zu beten und zu singen. Johanna graute es bei dem Gedanken daran und sie hoffte inständig, weiter von dieser lästigen Pflicht befreit zu bleiben! Vor dem Eingang zum Trakt, der der Meisterin Susanna vorbehalten war, zog sie sich die schmutzigen Schuhe von den Füßen und bedauerte zutiefst, dass die Büßerinnen im Hof keinen so rundum verlaufenden Kreuzgang besaßen, wie zum Beispiel die Laurenzerinnen droben am Berg beim Fleischmarkt. Da würde man trocken bleiben und sich solche Sauereien ersparen! Flink bewegte sie ihren monströsen Hintern die paar Stufen hinauf. Johannas leises Klopfen an der Tür wurde sofort mit einem lauten »Herein« beantwortet, und sie betrat etwas außer Atem diesen schönen Raum. Ein leises Lächeln spielte da auf einmal um ihre vollen Lippen, als sie sich erinnerte, wie sie einst mit der jungen Gretlin in dieser Kemenate war. Damals, vor mehr als acht Jahren, wohnte noch die strenge und geizige Meisterin Cäcilie hier. Johanna dachte daran, wie eng zusammen sie hier gestanden waren, wie zwei verschreckte Küken. Wie hatte sich das Mädchen über die Fenster mit Waldglas gefreut, wie zärtlich strich sie über die edlen Polster und Kissen, wie bewunderte sie die Truhen und das hohe Bett! Wie schön, dachte Johanna. Wahrscheinlich dürfte es sich um eine Alterserscheinung handeln, dass die Köchin derartig rosaroten Erinnerungen nachhing, denn gar so harmonisch war es freilich nicht. Sie strich dabei nämlich ganz und gar aus ihrem Gedächtnis, wie stinksauer sie selbst damals war. Der unbändige Ärger, den sie über Gretlins Naivität und Unbedarftheit empfunden hatte, war im Rückblick verflogen, ebenso der Gram darüber, dass das Mädchen nichts über den Ernst der Lage wusste und keine Ahnung davon hatte, was mit ihr passieren würde. Konnten sie beide die Meisterin Cäcilie nicht überzeugen, dass Gretlin sehr wohl für ihren eigenen Unterhalt arbeiten konnte, sah es schlecht aus. Letztendlich war es dann doch gelungen, dem Mädchen den Aufenthalt im Kloster Sankt Hieronymus zu ermöglichen, nicht zuletzt deswegen, weil sie sich völlig unerwartet als eine wahre Künstlerin im Umgang mit Nadel und Faden erwies und in Windeseile die schönsten Stickereien zaubern konnte. Da hatte selbst die Cäcilie erkannt, dass man daraus viel Kapital schlagen konnte, und behandelte Gretlin seither wie die berühmte Magd, die Stroh zu Gold spinnen konnte.

Mit einer unwirschen Handbewegung und einem »Lang ist's her und vorbei!«, wischte Johanna ihre Gedanken beiseite und kam langsam auf die jetzige Meisterin Susanna zu, die, hinter ihrem Schreibpult sitzend, die Köchin schon die längste Zeit besorgt musterte. Heute würde sie ihr einmal ordentlich ins Gewissen reden müssen, sagte sie sich. Die Beschwerden über das ruppige Benehmen von Johanna häuften sich. Deswegen hatte sie sie auch in ihr Zimmer kommen lassen, weil ihr eine Strafpredigt in ihren eigenen Räumen leichter fallen würde. In der Küche würde sie ja doch den kulinarischen Verführungen ihrer tüchtigen Wirtschafterin erliegen, und Johanna würde wieder ungeschoren davonkommen. Doch nun, wo die füllige 40erin mit der großen Schürze vor ihr stand, wankte Susanna in ihrem Entschluss. Offensichtlich hatte die resolute Johanna mit einem Problem zu kämpfen, das sie nicht wie sonst mit heftigem Kneten eines zähen Teiges oder ausholenden Schlägen mit dem Beil auf einen Haufen Knochen lösen konnte! Sie sah wirklich nicht gut aus, und ein paar scharfe Falten von der Nase bis zu den Mundwinkeln fielen ihr heute erst richtig im runden Gesicht der Alten auf. Deswegen fiel die erste Frage der Meisterin auch lange nicht so grimmig und verärgert aus, wie sie es sich vorgenommen hatte. Fast mitfühlend erkundigte sie sich: »Was ist los, Hanna?«

Nur kurz blickten die Augen der Köchin sie an, aber das genügte. Johanna, die alles andere als dumm war, wusste genau, dass sie in den letzten Tagen mit ihrer Keiferei den Bogen überspannt hatte, und rechnete sich bereits aus, was sie heute hier erwartete: extra Betstunden, kein Würzwein, kein Herumflanieren in der Stadt … Das Wasser stand ihr sozusagen bis zum Hals, und sie ergriff schnell den rettenden Strohhalm, den ihr die mitfühlende Susanna unabsichtlich reichte. Johannas kleine graublauen Augen blitzten berechnend und füllten sich plötzlich mit Tränen, und ihre kugelige Gestalt krümmte sich wie unter starken Schlägen. Erschrocken sprang Susanna auf und führte die Weinende zu einem Sessel. Ungeachtet ihrer hohen Position kniete sie sich vor ihr nieder und legte dabei schützend einen Arm um die runde Schulter. Einen Augenblick lang dachte sie an ein Gespräch mit ihrer Freundin, der Äbtissin Katharina bei den Klarissen in der Kärntnerstraße, die ihr immer wieder vorhielt, viel zu milde mit der ›Maipelt, dieser vorlauten Köchin‹ umzugehen. »Natürlich sind ihre Essiggurkerl unbestritten die besten in Wien, aber dafür solltest du dich nicht wie die Schutzmantelmadonna benehmen und alle Anfeindungen, die sie wegen ihrem losen Mundwerk ja wahrlich an sich zieht, von ihr fernhalten, so geht das nicht. Mehr Härte und Strenge, Susanna!«

Ja, vielleicht hatte Katharina recht, dachte sie, während sie beruhigend über den Rücken der Köchin strich, aber bei den Klarissen waren andere Frauen zu finden als hier in Sankt Hieronymus. Die Nonnen dort stammten ausnahmslos aus adeligen Familien, waren meist Schwestern von Herzögen und Markgrafen. Sie nahmen lieber den Schleier, bevor sie eine Ehe unter ihrem Stand eingehen mussten. Aber ungeachtet dessen, mischten sie sich weiter in Familienintrigen und unterhielten sich mit Ränkespielen der verschiedensten Art. Katharina selbst war keine Geringere als die Schwester des Habsburgerherzogs Albrecht mit dem Zopf und, wollte man den Gerüchten Glauben schenken, es wurde innerhalb der Klostermauern mehr Politik gemacht als in der nahen Hofburg.

Die Büßerinnen hingegen waren einfache Weibsbilder, aufgelesen von der Straße, wo sie sich ihr Geld als freie Töchter, als Hübschlerinnen, wie man in Wien sagte, verdient hatten. Mit dem Bürgermeister als Vormund eines Klosters konnten die aus ärmsten Verhältnissen stammenden Mädchen und Frauen bei einer ungewollten Schwangerschaft, als ledige Mütter oder im Falle einer Krankheit hier in Sankt Hieronymus Aufnahme finden. Da erfuhren die reuigen Sünderinnen erstmals einen geregelten Tagesablauf, erhielten einfache, aber gute Kost und lernten, dass sie sich nicht unentwegt selbst verkaufen mussten, um zu überleben, sondern auch von einfacher Arbeit wie Gartenarbeit, Putzen, Flicken oder Töpfern ihr Auslangen finden konnten. Trotzdem war es schwierig, das Kloster wirtschaftlich durchzubringen, auch wenn Sankt Hieronymus dank der Stiftungen einigermaßen abgesichert war, und Einkünfte aus einer Badestube ebenfalls in die Kasse der Meisterin flossen. Es war unverzichtbar, dass die Büßerinnen zusätzlich Arbeit hatten. Wenn die Spenden von den Bürgern Wiens ausblieben, wurde es eng. Und wenn – damit erhob sich Susanna und flüchtete wieder hinter ihr Schreibpult – kein Essig mehr da war. Damit war sie im Zuge ihrer Gedankenreise wieder bei Johanna angelangt, die sich inzwischen lautstark in ein geschirrtuchgroßes Taschentuch geschnäuzt hatte und sich sehr bemühte, einen mitleidserregenden Augenaufschlag zustande zu bringen. Geduldig nickte die Meisterin und wiederholte ihre Frage nach dem Befinden der Köchin. Da zitterte deren Unterlippe wieder gefährlich, doch statt weiterer Schluchzer kam nur ein Satz: »Mei, so mies is es mir nimma ergangen, seit i des vermaledeite gelbe Tüchel hab tragn miassen.«* Wieder nickte Susanna

* Johanna Maipelt meinte damit ihre Zeit als freie Tochter, die in Wien alle an der Achsel ein gelbes Tuch tragen mussten. Sie meint, dass es ihr momentan seelisch so schlecht ging wie damals als Hure.

und dachte an Johannas Dasein als eines der vielen Kinder eines Besenbinders und an das allzu raue Leben, das sie zuerst als Badedirne, dann auf der Straße und später im Frauenhaus in der Laimgrube hatte führen müssen. Kein Wunder, dachte sie, dass Hanna manchmal die Schatten der Vergangenheit einholen! Doch fest entschlossen, sich auf keinerlei Zugeständnisse und Mitleidsbekundungen einzulassen, richtete sich die Meisterin auf und sagte bestimmt: »So schlimm wird es nicht sein, Johanna! Wie alt bist du eigentlich? Mehr schon als 40 Lenze, denke ich … nun, weißt du, da gibt es im Leben von Frauen immer wieder Augenblicke, wo es einem nicht so gut geht und …«

»Ach bitte ned den Bledsinn, Susanna«, zischte Johanna wütend dazwischen, »die oide Barbel kommt ma mit demselben Sermon daher und füllt mi ständig ab mit so einem greislichen Frauenmanteltee. Des is es ned, ich weiß ja eh, dass ich alt werd, ja mei! Hilft nix dagegen außer jung sterben und wer will das scho?«

Susanna hob erstaunt die Augenbrauen und fragte: »Was ist es dann, das deine Laune so schwanken lässt, deine Wut so entfacht?«

»Na was wohl!«, brummte Johanna.

»Ja was?«

»Sorgen mach i ma halt!«

»Worüber?«

»Na worüber wohl!«

Ungeduldig trommelte die Meisterin mit den Fingern auf die Platte ihres Schreibpultes, langsam wurde es ihr zu bunt, und sie spürte, wie Wut in ihr hochkroch. »Johanna, entweder du sagst jetzt, welche Laus dir über die Leber gelaufen ist, oder du lernst mich von einer ganz anderen Seite kennen, die dir nicht so gefallen wird, da sei dir sicher!«

Da stützte Johanna ihre starken Unterarme in ihre nicht mehr vorhandene Taille, vergaß die Mitleidstour, die ihr ohnedies nicht gut zu Gesicht stand völlig, neigte sich angriffslustig nach vorne und begann zu zetern: »Na worüber werd i mir alte spinnate Gurken wohl Sorgen machen, Meisterin? Sicher nicht darum, ob mich einer von hier wegheiratet oder ob ich schee gnua für unseren Herrgott bin oder ob ich vielleicht diese saubleden deutschen Hymnen in der Kapelle ehrfürchtig trällern kann …«

»Johanna ich warne dich!«, kam es leise von Susanna. Doch die blinde Wut hatte bereits zu sehr von der Köchin Besitz ergriffen, als dass sie sich um irgendwelche Einwände kümmern konnte, und so schrie sie weiter, dass Spuckefäden über ihr Kinn rannen: »Sorgen mach ich mir um unser Kloster, um diese blöden jungen Dinger, die bei uns ankommen und die wir wieder zurückschicken müssen auf die Straße in die dreckigen Hände ihrer besoffenen Freier.«

Verblüfft fragte Susanna: »Wer sagt, dass wir Büßerinnen zurückschicken müssen?«

Nun weinte Johanna wieder, dieses Mal war es ihr ernst, und sie zeterte schluchzend weiter: »Ja freilich. So blöd bin i ned. Da is ja viel zu wenig Geld da, da drehn uns der Bürgermeister und der Herzog den Schlüssel im Schloss um. Aus und vorbei, das war's dann! Die zahlen nix mehr, die brauchen ja selber viel zu viel.«

»Johanna«, beschwichtigte die Meisterin, »das soll deine Sorge nicht sein. Dafür bin ja ich da und ich …«

»… dann können s' wieder zurückhupfen in die Gosse,

dort wo s' herkommen, und die Männer mit Wein abfüllen, bevor s' die Beine breit machen …«

»Johanna Maipelt!!!«

»Is ja woahr! Alles andere wär doch falsch und verlogen, wir wissen doch, wie's zugeht in unserer Stadt!«

»Wenn du meinst, Johanna, dass du all den Wein, der hier gekeltert wird, zu Essig brauen kannst, nur dass die Wiener ihn nicht saufen … nun, ich hätte dich für klüger gehalten. Es ist noch immer genug da!«

»Ja, draußen schon, aber bei uns im Keller ned, fix Teifel noch mal!«

»Johanna, ich dulde solche lästerliche Schimpfereien nicht im Kloster und schon gar nicht hier in meiner Kemenate. Entweder du mäßigst dich auf der Stelle, oder ich schicke dich dorthin, wo du stundenlang in aller Ruhe über deinen Jähzorn nachdenken kannst!«

Kurz blickte Johanna auf, dann atmete sie tief durch und murmelte. »I will kaan Rosenkranz ned beten …«

Susanna fixierte die Köchin mit festem Blick, faltete die Hände und meinte: »Du kannst nicht alles Unheil aus der Welt schaffen, Johanna, und um das Geld brauchst du dich nicht zu sorgen, das ist doch wirklich meine Aufgabe, und …«

»Du kannst die Münzen auch nicht selber schlagen, Susanna!«, unterbrach die Köchin und setzte schon etwas ruhiger fort, »ich hab versucht, zu sparen beim Kochen, weißt, a bisserl mehr Einbrenn und weniger Speck drin, die Knödel kleiner, die Eierspeis mit der Milch gestreckt, aber wir sind halt einmal so viele, so richtig was einsparen geht nicht.« Verzweifelt hob sie die Hände.

»Aber Johanna, wer sagt denn, dass du das überhaupt machen sollst?«

Verdattert sah die Angesprochene die Meisterin an: »Na, weil ich ja schuld bin!«

»Woran?«

»An dem Durcheinander!«

»Welches Durcheinander? Mein Gott, Johanna, jetzt red halt einmal gscheit!«

»Ich hab den Wein doch ausgeschenkt, bei der Hinrichtung von der Gretlin. Ich bin schuld, dass ich keinen Essig mehr hab, ich ganz allein. I gib zwoar dem bsoffenen Barthel die Schuld, aber des is a Mannsbild, und die sind's ja gwohnt, dass imma schuld san. Aber wir beide wissen doch, dass es anders is. Denn niemand andrer als i selbst hab ihm ja gsagt, dass er die Fässer holen und zur Donau runter führen soll!« Wieder schüttelten Schluchzer die korpulente Frau.

Wissend nickte die Meisterin: »Also wieder der Essig!«

»Ja freilich, is immer der Essig bei mir! Sonst kann i nix!«

»Schmarrn.«

»Ka Schmarrn ned. Ich zermarter mir das Hirn, was ich machen könnt, um des wettzumachen. Na glaubst, mir fallert da was ein? Ganz krank macht mi des, ganz krank! I bin doch die Essiggurkerl-Hannerl!« Müde fuhr sich Johanna mit dem Handrücken über die verweinten Augen.

»Du bist halt eine Berühmtheit«, Susanna musste sich ein Lächeln verkneifen, »da hast du sicherlich deinen guten Ruf zu wahren!«

Die Köchin reckte energisch ihr rundes Kinn und atmete erneut tief ein, sodass ihr gewaltiger Busen noch ein wenig mehr ihren grauen Habit zu sprengen schien. Sie hatte den offensichtlichen Sarkasmus in der Stimme ihrer Meisterin nicht wahrgenommen und antwortete ernsthaft: »Genau, ich bin dabei, mir meinen mühsam erworbenen Ruf zu ruinieren. Und man weiß ja, wie schnell das in diesem schwatzhaften Wien der Fall ist. Kaum hat man es geschafft und man ist oben, platsch«, damit klatschte Johanna in ihre vom Kochen geröteten Hände, »liegt ma wieder im Dreck!«

Susanna schmunzelte und drehte sich schnell um. Da hatte sie einen guten Einfall! Geschäftig kramte sie in einer kleinen Truhe und beförderte einen kleinen irdenen Topf zutage, der mit einem seidenen Tuch abgedeckt war. Sie wandte sich nun schon wieder gefasster an Johanna: »Da schau hinein, riech daran, meinetwegen koste davon und dann sag mir, was du davon hältst.« Neugierig knüpfte Johanna die gedrehte Kordel auf, streifte das Tuch beiseite und lugte in das Töpfchen. Ratlos betrachtete sie die kleinen grellroten Kugeln, roch daran und griff dann mit ihren dicken Fingern beherzt hinein. An Daumen und Zeigefinger klebte sofort dieses rote Zeug, und auf ein aufmunterndes Nicken von Susanna leckte sie den Finger ab und nahm eine Kugel in den Mund. Sofort verzog sie ihr Gesicht, und als Susanna, die nun ihr Lachen nicht mehr zurückhalten konnte, fragte, was denn los sei, murmelte die Köchin: »Meiner Seel, da pickt es einem ja de Zähn z'samm, so verdammt siaß is des Zeig!«*

»Jaja, meine liebe Johanna«, meinte Susanna lachend, »das ist die neueste Leckerei bei Hof. In Zucker eingelegtes Obst!«

»Was, des greisliche Zeig da is Zucker?« Damit deutete Johanna auf die roten Kugeln.

* Da kleben ja die Zähne zusammen, so süß, wie dieses Zeug ist!

»Nein, das ist das Obst. In diesem Fall Kirschen, der Zucker ist das Klebrige rundherum, der macht es haltbar!«, erklärte die Meisterin und bemühte sich, wie sie es sich ursprünglich vorgenommen hatte, ernst und autoritär zu sein, was bei dem verklebten und voller Abscheu verzogenen Gesicht Johannas nicht gerade leicht war.

»Jo sind's denn jetzt ganz deppat, de Großkopferten? Wie kann man denn so a pickertes Zeig essen?«*

»Na, die Äbtissin Katharina zum Beispiel. Von der habe ich es nämlich!«, meinte die Meisterin nachdrücklich.

»Oh«, entfuhr es Johanna und senkte den Kopf, der fast so knallrot anlief wie die Kirschen, »auch die hohe Frau …«

»Ja«, meinte Susanna scheinbar beiläufig, »sie lässt dich fragen, ob du ihr auch so etwas liefern könntest. Jetzt, wo du ja weniger mit dem Essig beschäftigt bist …« Susanna blickte zu Boden und bat den Herrgott inständig um Verzeihung für diese Lüge, die ja eigentlich nur eine kleine Schwindelei, genau genommen nur eine geringfügige Vorwegnahme von dem, was sie sowieso schon sehr bald Katharina anbieten würde, war.

»Ich wär gern bis zum Hals drin im Essig, aber er is aus«, entfuhr es Hanna schroff.

»Ja, das sagtest du schon mehrmals«, meinte Susanna mit bewunderungswürdiger Ruhe. Eine ganze Weile lang war es still im Raum, Susanna beobachtete ihre Köchin und meinte, das Rotieren der Gedanken in ihrem Dickschädel fast hören zu können. Aber sie hatte

* Ja sind die Hochwohlgeborenen jetzt schon ganz verrückt, dass sie so ein klebriges Zeug essen?

fest vor, nicht voreilig zu handeln und ihr Gegenüber etwas zappeln zu lassen. Mit dieser ganzen Zuckersache hatte sie sich ja ohnehin schon zu weit aus dem Fenster gelehnt. Scheinbar lustlos stocherte Johanna wieder in den Zuckerkirschen herum und murmelte mit Absicht so leise, dass es die Meisterin gerade noch hören konnte: »Aus mir Essigweibel wird zwar kaa Zuckergoscherl ned wern, aber in der Not frisst der Teifel Fliagn!«* Damit drehte sie sich geziert um die eigene Achse, was bei ihrem Körperumfang etwa so grazil wirkte, als wenn sich ein Noriker auf die Hinterbeine stellen und eine Pirouette drehen wollte, und sah stirnrunzelnd zur holzgetäfelten Decke. Mit sehr ernsthafter Stimme begann sie: »Da müsst i zuerst a paar Sachen wissen!«

»Gern«, antwortete die Meisterin ebenso ernst, »frag nur.«

»Geht des nur mit Kirschen?«

»Nein, du kannst jedes Obst nehmen: Marillen, Birnen, Zwetschken, Ribisel …«

»Wo krieg i den Zucker her?«

»Aus der Apotheke, Johanna, Zuckerrohr wird aus Venedig angeliefert und in unseren Apotheken verkauft.«

»Des is guat!«

»Warum?«

»Na, weil i des Öfteren schon in der Goldschmiedgassn und am Stock im Eisen war! Im Apothekenviertel maan i halt.«

»Warum?«

---

* Aus mir Essigfrau wird wohl kein Schleckermäulchen werden, doch in der Not frisst der Teufel ja bekanntlich Fliegen!

»Na, weil's mi halt da so zwickt und dort so reißt und i, ehrlich gsagt, die alte Barbel mit ihren Kräutertees schon bis da oben hab.« Damit fuhr sich Johanna mit der Hand bis an die Gurgel.

»Also doch!«, schmunzelte die Meisterin. »Macht dir dein Alter halt ein paar Sorgen? Ist dir einmal kalt, dann hast wieder Wallungen und du schwitzt, dann fühlst dich schlecht, ist es das, Johanna? Also das ist wirklich ganz natürlich und …«

»Na, des Alter is ned, aber i hab an ziemlich gräuslichen Fußpilz g'habt, und meine Schweißfiaß haben a scho gstunken, und vor allem die Hühneraugen, die haben mi schon recht plagt.«

Susanna zog unbewusst die Schultern nach vorne und atmete stoßweise. Mit zusammengepressten Lippen meinte sie: »Lass gut sein, Johanna!«

Lauernd taxierte die Köchin ihre Meisterin, machte wieder ihr gekünstelt nachdenkliches Gesicht und begann von Neuem: »Aber des kost ja a Vermögen, des Zuckerzeugs!«

»Der Katharina ist es das wert, sie bekommt Besuch und weiß, dass derjenige ganz verrückt ist nach dieser Leckerei.« Susanna strich teilnahmslos ihren Habit glatt und wunderte sich einmal mehr, wie leicht das Lügen fiel, wenn man erst so richtig drinnen war.

»Ich würde also nur an den Hof liefern?«, fragte Johanna vorsichtig.

»Ja, nur für den Herzog, seine Familie und seine Günstlinge.« Susanna schluckte schwer und setzte in Gedanken ein »hoffentlich!« nach.

»Und ich kann mir aussuchen, welches Obst ich nehm?«

»Deshalb sollst ja du diesen Auftrag bekommen, weil man inzwischen weiß, dass du am Markt über die besten Verbindungen verfügst. Wenn in ganz Wien die Herzkirschen wurmig sind, hast du welche ohne Einwohner, wenn die Pfirsiche alle faul sind, sind deine frisch und saftig, und sogar die krampensauren Ribisel sind bei dir zu essen, ohne dass es einem die Schuhe auszieht. Was weiß ich, wie du das machst!« Erleichtert, einmal bei der Wahrheit bleiben zu können, redete sich die Meisterin in Fahrt.

»Freunderlwirtschaft halt!«, antwortete Johanna geschmeichelt.

»Ja, wie auch immer, machst das jetzt? Kann ich der Katharina sagen, dass sie mit dir rechnen kann?«

»Na ja, da wär noch was.«

»Johanna, ich rate dir, übertreib es nicht! Meine Gutmütigkeit hat Grenzen!«, murmelte die Meisterin drohend.

Schroff winkte die Köchin ab. »Schmarrn, i übertreib nie. I muss bei dem Zuckerzeugs nur wirklich ganz sauber arbeiten, sonst fault ma des unter der Hand weg. Also, des Obst muss einwandfrei sei, die Tiegerln sauber und trocken, wenn dann der sündteure Zucker dazukommt. Da brauch i ganz einfach no a zuverlässige Hilfe, darum geht's mir!«

»Gut, das sehe ich ein«, entgegnete die Meisterin schon beschwichtigter.

»Weil mit der Marlen, also wenn die ihre Dreckpratzen gerade wieder auf irgend so einem Hosenlatz von einem Mannsbild g'habt hat und mir dann in mein Obst greift, also …«

»Johanna«, unterbrach die Meisterin, »bitte erspar mir

die Einzelheiten, ich muss mich sowieso erst von deinem Fußpilz und den Hühneraugen erholen.«

»Ja meinst, dass i meine Schweißfiaß in des Obst reinhalt?«, empörte sich Johanna.

»Nein, natürlich nicht«, kam es schwach von Susanna, »aber bitte hör jetzt auf mit deinen allzu ungenierten Ausführungen! Ich versprech dir, ich werde dir eine weitere Hilfe in die Küche schicken. Für Yrmel und dich ist das dann doch alles ein wenig viel. Zusätzlich zu den täglichen Mahlzeiten, die ihr kochen müsst! Das sehe ich wirklich ein!«

»Und die Martha, die soll ein paar frisch g'fangte Büßerinnen auf der Töpferscheibe anlernen, i brauch dann jede Menge von den klaanen Topferln. Da muss ma g'schickt sein auf der Scheibe, dass die auch wirklich was hermachen und nicht so ausschaun, als tät ma Nachttöpf für klaane Popscherl anfüllen!«

»Ja, Johanna, das verstehe ich auch.« Susanna seufzte gequält.

»Und die Wuckerl, die brauch i dann zum Malen. Es soll ja draufstehen, was drinnen is. I glaub, die bringt scho a paar Buchstaben z'samm.«

»Sicherlich!«

»Vielleicht kann die Marlen, die Nixnutzige, sich um die Fetzen kümmern, mit denen wir die Tiegerln verschließen, beim Halbseidenen kennt sie sich eh aus!«

»Ich werde es ihr ausrichten!«

»I sag dir dann, mit welchem Obst i anfang. Über die Erdbeeren trau i mi ned drüba, die haben zu viel Wasser! I werds wirklich zuerst mit den Kirschen probieren, und dann die Ribisel, Marillen, vielleicht auch die Quitten, und die Zwetschken auf jeden Fall.«

»Gut, Johanna, dann verstehen wir uns ja!«, versuchte die Meisterin, den Redeschwall der Köchin abzukürzen.

»Probieren und kosten muaß i des oba aa!«

»Selbstverständlich!« Susanna verdrehte die Augen.

»Und den Zucker, den hol i mir söba beim Apotheker, weiß Gott, was der eich da sonst andrehn will, da kann i mir dann glei wieder was gegen meine Schweißfiaß …«

»Johanna, es reicht, schau, dass du wieder in deine Küche kommst, ich kann jetzt nicht mehr!«, schrie Susanna und zeigte mit ihrem ausgestreckten Arm zur Tür. Die Köchin nickte kurz zum Abschied und drehte sich erstaunlich schnell um. Wenn sie eines in ihrem langen Leben gelernt hatte, dann war es, ihre Mitmenschen bis zur Weißglut zu reizen und dann schnell zu verschwinden, bevor diese zum Gegenschlag ausholen konnten. Bestimmt schloss sie die Tür hinter sich.

Ermattet ließ sich die Meisterin auf ihren Sitz fallen und wurde das unangenehme Gefühl nicht los, dass sie eben einer großartigen Theatervorstellung beigewohnt hatte. Außerdem, und das ärgerte sie maßlos, hatte sie in diesem Stück wieder ungefragt die Rolle der Schutzmantelmadonna gespielt, obwohl sie eigentlich den Racheengel geben wollte! Wie sollte sie *das* Katharina erklären?

Johanna lief inzwischen schnellen Schrittes in die Kapelle und kniete wieder vor dem Liebfrauenaltar nieder: »Heilige Jungfrau Maria, da hamma aba beide noch a riesiges Maasl ghabt! Anstatt dass i da wos vorjodeln muss, derf i jetzt ganz offiziell weiter in der Stadt herumflanieren und nebenbei auch wieder was Neichs kochen! Und berühmt wer ma aa. Wir sind jetzt sozusagen Hoflieferanten!«* Schnell bekreuzigte sie sich und lief eilig aus der Kapelle, hörte sie ja von draußen schon die Stimmen der Büßerinnen, die sich zum Mittagsgebet einfanden. Was würden die denn sagen, wenn sie die Essiggurkerl-Hannerl versunken und demütig im Gebet überraschten? Nein, das ging ja gar nicht. Man hatte ja schließlich einen Ruf zu wahren!

* Liebe Gottesmutter Maria, da haben wir beide aber außerordentlich Glück gehabt, dass ich dich nicht mit meiner Singstimme preisen muss, sondern dass ich weiter die Stadt unsicher machen und nebenbei was ganz Neues kochen darf!

Brünn, Verkündigung des Herrn (25. März) 1384

»Wir haben Euch vermisst, mein Herr.« Mit einem schmierigen Lächeln bedachte der kleine gedrungene Mann den ihm Gegenübersitzenden und erstarrte plötzlich, als ihn unerwartet ein zornentbrannter Blick traf.

»Noch entscheide ich, wann ich wo erscheine, Rotlöw!«, bellte der Angesprochene und erhob sich drohend von seinem reich verzierten gepolsterten Sitz. »Was ist denn herausgekommen in diesem windigen Kloster Wittingau? Wohl genau das, was ich in Auftrag gegeben habe, oder?« Drohend lehnte er sich nach vorne, verlor fast das Gleichgewicht, stolperte und konnte sich gerade noch an der Armlehne festhalten.

Martin Rotlöw hütete sich, auf dieses kleine Missgeschick einzugehen. Wusste doch jeder, dass dem Markgrafen am rechten Fuß drei Zehen fehlten, und er Schwierigkeiten hatte, sich gerade zu halten! Offiziell hatte ihn ein feuriger, ungestümer Hengst mit seinen tellergroßen Hufen getreten, aber in Hofkreisen redete man mehr oder weniger offen von einem Unfall aufgrund schwerer Trunkenheit in Verbindung mit einer der unzähligen Weibergeschichten, der schuld am Verlust der Zehen gewesen war. Selbstredend wurde auch darüber in Anwesenheit des Versehrten nie gesprochen. Der Markgraf versuchte nun seinerseits, dieses Manko mit besonders aufwendigem Schuhwerk wettzumachen, und trug ausschließlich prunkvoll gearbeitete Stiefel aus weichem Leder mit Applikationen und Schnallen. Im

Schuh wurden die fehlenden Zehen durch Tierhaare, Stoff oder weiches Stroh ersetzt, was zwar äußerlich fruchtete, aber für den sicheren Stand auf zwei festen Beinen nicht dienlich war. Fazit war, dass der Markgraf sein Gift lieber im Sitzen oder hoch zu Ross verspritzte und seinen Groll auf Menschen mit gesunden Füßen dadurch auslebte, dass er noch brutaler und gewaltbereiter agierte. Auch bei Martin Rotlöw gedachte er da keine Ausnahme zu machen, da konnte der Kaufmann noch so von Geld stinken und sich am Prager Hof unentbehrlich machen! Dementsprechend schroff spie er ihm förmlich entgegen: »Ich denke, dass sie gespurt haben, die Rosenberger!«

»Ja, haben sie!«, kam es kleinlaut.

»Du konntest also deinen Einfall in die Tat umsetzen?«, fragte der Markgraf ungeduldig und ärgerte sich, weil er dem Münzmeister alles aus der Nase ziehen musste.

»Ja, alles geregelt. Die Angelegenheit ist unterwegs.«

Der Markgraf verdrehte die Augen über so viel Geheimnistuerei und platzte heraus: »Meine Güte, Rotlöw. Sag halt, dass du einen Keil getrieben hast zwischen die Habsburger und die Luxemburger. Sag halt, dass sie verrecken sollen, dass du ihnen die Pest an den Hals wünschst!« Rotlöw erbleichte ob dieser schroffen Worte. Intrigen zu schmieden, Unfrieden zu stiften war eine Sache, die dem Münzmeister wohlbekam und die Würze seines Lebens darstellte, doch diese offensichtliche Feindseligkeit, die der Markgraf zur Schau stellte, war seine nicht. Dementsprechend verstockt blickte er unsicher zu Boden. Belustigt nahm der Markgraf das zur Kenntnis und legte in seiner Bissigkeit noch etwas nach: »Mein lieber Münzmeister, du bist doch mit deinem Ansinnen in bester

Gesellschaft, nicht nur die Rosenberger frönen der Intrige. Die Schaunberger sind ja auch ständig mit Waffen unterwegs und richten sie so gerne gegen ihre Kaiser, die von Neuhaus auch …«

»Heinrich war übrigens auch da«, unterbrach Rotlöw und erntete ein süffisantes Grinsen von seinem Gegenüber, weil dieser genau merkte, dass der Münzmeister vom Thema ablenken wollte. Doch diesen Gefallen wollte er ihm nicht tun.

»Na eben, da siehst du es. Wenn der junge aufstrebende Spross derer von Neuhaus sich an diesem kleinen … wie soll ich es sagen, ohne deine Gefühle zu verletzen … diesem kleinen Scherz, dieser Eskapade, dieser Narretei beteiligt, dann bist du doch in bester Gesellschaft.« Das Lächeln des Markgrafen hatte etwas von einer Schlange, die auf eine Ratte starrt und sich überlegt, welches Ende sie zuerst packen sollte. Plötzlich erlosch dieses Grinsen.

»Aber nun Schluss damit, dem einen Namen zu geben, ich will Fakten hören!« Damit drosch der Markgraf mit seiner großen, derben Hand auf die Lehne des Holzsessels. Martin Rotlöw zuckte nicht einmal mit der Wimper, er hatte Ärgeres erwartet, waren die Jähzornsausbrüche und Stimmungsschwankungen des Markgrafen schon legendär. Sehr gefasst begann er zu berichten: »Es scheint, als ob alle Fäden zusammenlaufen würden. Die Parlers warten nur mehr, bis die Reisenden aus Wittingau zu ihnen stoßen, dann brechen sie zusammen nach Nürnberg auf. Die …«

Schroff unterbrach ihn der Markgraf: »Was heißt Nürnberg? Nach Wien muss die Bagage doch, nach Wien! Was machen sie beim Burggrafen?«

Kleinlaut bemerkte Rotlöw: »Wir dachten …«

»Wer ist *wir*?«, polterte sein Gegenüber entzürnt.

»Die Rosenberger, die von Schaunberg, der von Neuhaus …«

»Ja, was dachtet *ihr* jetzt? Herrgott, Rotlöw, so lass dir doch nicht alles aus der Nase ziehen!«, polterte er ungehalten weiter.

Der Münzmeister straffte sich. »Aus verlässlicher Quelle wissen wir, dass der Burggraf zu Nürnberg einen Tross ausstatten lässt, der seinen Jüngsten nach Wien bringen soll.«

»Na, ich kann mir schon vorstellen, welches Vöglein euch das brühwarm vom Wiener Hof gezwitschert hat«, meinte der Markgraf schon etwas ruhiger und grinste schäbig, »ein Vögelchen, das schon fast einer Krähe ähnelt, lang, dünn, stechender Blick, immer auf der Suche nach … Knochen …?«

Rotlöw nickte.

»Ja und? Weiter?«, drängte sein Gegenüber wieder ungehalten.

»Wir, also die Rosenberger, die Schau…«

»Jaja, weiter!«

»Wir dachten jedenfalls, dass es viel leichter ist, unsere … ähm … Ware … über den Goldenen Steig nach Nürnberg zu bringen, sie dann den Karren und Packpferden derer von Nürnberg einzuverleiben und dann die Donau hinunter nach Wien zu bringen. Viel leichter, als von Prag direkt nach Wien, wo die Zöllner Verdacht schöpfen könnten, wo auch viele Strauchdiebe lauern, der Weg von Norden ist um so vieles unsicherer als der Weg zu Wasser über Regensburg, Passau, Linz, Enns …«

»Ich kenne den Weg, mein lieber Münzmeister«, knurrte der Markgraf, wiegte bedächtig seinen Kopf und meinte dann etwas versöhnlicher: »Nun, ich denke, dass der Einfall nicht so schlecht ist, und die Vorteile, in einem herzoglichen Tross zu reisen, den Umweg allemal rechtfertigen. Wann werden die Parlers mit denen von Wittingau in Nürnberg eintreffen?«

»Kommt darauf an, ob sie den schnellen oder den langsameren Weg wählen.« Rotlöw taxierte den Markgrafen lauernd.

Dieser setzte lachend fort: »Wir nehmen die schnellste Verbindung – das ist sonnenklar – die verbotene Straße durch das Gebiet derer von Leuchtenberg. Wer will uns denn daran hindern? Dieses Milchgesicht?«

Rotlöw hatte nichts anderes erwartet. Jetzt, wo Karl IV., der einen Teil der Strecke von Prag nach Wien zur verbotenen Straße erklärt hatte, weil er die Handelsreisenden oder besser gesagt deren Zollabgaben lieber auf seinem Territorium und nicht auf dem der Leuchtenberger wusste, nicht mehr unter den Lebenden weilte, tanzte man seinem Nachfolger Wenzel auf der Nase herum und brüskierte ihn ganz bewusst. Außerdem war der verbotene Weg flacher, und man ersparte sich mit Ross und Gepäck den Aufstieg bei Bärnau. Die zukünftigen Baumeister von Sankt Stephan und die kirchliche Reisedelegation aus Wittingau würden also schnell in Nürnberg eintreffen, und wie um das zu besiegeln, meinte Rotlöw: »Ich denke, dass ich Euch in etwa acht bis zehn Tagen die Ankunft der Reisenden in Nürnberg vermelden kann. Die Mitwisser zu Wien sind jedenfalls schon verständigt und erwarten ihrerseits die Übergabe. Ich denke, dass das um den Tag des Heiligen Stanislaus* sein wird, keinesfalls

* 11. April, Stanislaus von Krakau, Märtyrer

früher, der Winter war streng, die Donau führt wegen der Schneeschmelze Hochwasser, und die Fracht …«

»Du langweilst mich, Rotlöw, die Einzelheiten sind mir gleichgültig.« Nun lächelte Rotlöw und heischte um Aufmerksamkeit: »Die Übergabe unserer … ähm Ware … wird in Prag stattfinden. Ich habe es so eingefädelt, dass sie den Reisenden unter der Nase Wenzels ausgehändigt wird! Bei einer Audienz! Ohne, dass er selbst es weiß, aber jeder, der dabei war, wird es ihm zuschieben können.«

Der Markgraf nickte abwesend, gähnte und erwiderte gleichgültig: »Na eben, wie du siehst, war meine Anwesenheit gar nicht erforderlich, ihr habt das alles ganz alleine hinbekommen.« Plötzlich lächelte er wieder listig und fragte zuckersüß: »Und wie geht es meinem lieben Anverwandten, dem erlauchten Kaiser des Heiligen Römischen Reiches?«

Rotlöw sah ihn begriffsstutzig an und der Markgraf brauste auf: »Nun, bist du nun Münzmeister in Prag oder nicht? Eben. Da kann ich dich ja wohl nach Wenzel fragen, oder nicht?« Rotlöw, der mit solch einer Frage nicht gerechnet hatte, räusperte sich und begann verhalten: »Dem erlauchten Kaiser ist es halbwegs gelungen, Ruhe in Böhmen zu bewahren, nachdem er aber mit dem Ständebund in Nürnberg in arge Bedrängnis gekommen ist, weil er den Landfrieden nicht …«

»Rotlöw«, unterbrach ihn der Markgraf unwirsch, »diese Details blieben mir nicht verborgen, verschone mich damit. Ich möchte ein paar Interna erfahren.«

»Interna?«, quiekte Rotlöw.

»Ja. Wie groß ist sein Durst zurzeit auf Wein und Met, wie viele Jagdhunde hält er sich im Augenblick, wie kommt er mit Johanna, seiner *erlauchten Gattin* zurecht?«

»Nun, ich weiß nicht, also die Kaiserin fühlt sich gut, denke ich, Wenzel hat wieder einige wertvolle Bücher für seine Bibliothek angekauft …«

»Du langweilst mich schon wieder, Münzmeister!« Damit winkte der Markgraf mit der Hand, wie wenn er eine lästige Fliege verscheuchen würde, was Martin Rotlöw als Zeichen deutete, sich entfernen zu dürfen. Als der Diener dem Münzmeister die hohe Flügeltür geöffnet und nach ihm wieder geschlossen hatte, ließ sich der Markgraf schwer in den Holzstuhl fallen. Das lange Stehen hatte ihn mehr angestrengt, als er zugeben wollte, und einmal mehr verfluchte er seine körperliche Unzulänglichkeit. Er dachte nicht mehr weiter über das nach, was ihm Rotlöw berichtet hatte. Kindereien, mit denen sich die böhmischen Adeligen die Zeit vertrieben, verdienten sein Interesse nicht. Er wollte nicht so wie sie mit kleinen, feinen, gut gespitzten Pfeilen schießen, er wollte mit diesem Geplänkel nichts zu tun haben. Ihm stand der Sinn nach Größerem, einem Donnerwetter im Hause Habsburg, einer Sonnenfinsternis bei den Luxemburgern. Er brauchte einen wahrlich guten Einfall, und er wusste nicht, woher! Lange dachte er nach, bis ein kleines Lächeln über sein hartes Gesicht huschte. Jetzt wusste er, wer ihm eine solch große Intrige, einem Erdbeben gleich, entwerfen konnte! Warum war er nicht schon viel früher darauf gekommen und hatte sich stattdessen mit dem abgeschmackten Schabernack der böhmischen Emporkömmlinge beschäftigt? Er erhob sich schwerfällig von seinem hölzernen Sitz, denn es wurde Zeit, dass er höchstpersönlich die Räder, die die beiden Familien überrollen sollten, in Gang setzte.

Wien, am Palmsonntag (3. April) 1384

»Amuletteln, Glücksbringer, Andachtsbilderl …« Nur schwer konnte sich die alte, verhutzelte Frau mit ihrer krächzenden Stimme gegen die tratschende und scherzende Menge durchsetzen, die sich in kleinen und größeren Grüppchen auf den Bühl, einen sanft erhöhten Platz zwischen Magdalenenkirche und Stephansdom, zubewegte. Doch unbeirrt fuhr die Alte fort, Messingplättchen mit eingravierten Zaubersprüchen, Lederbeutel mit kleinen Knochen und Bändchen mit allerlei seltsamen Steinen herumzuzeigen und noch eindringlicher zu rufen: »Glücksbringer gegen den bösen Blick, Amuletteln für eine leichte Geburt, Andachtbilderl, die bewahren vor dem schwarzen Tod …«

»Ja mei, die alte Barbel – i glaub's ned, hat dich der Sensenmann noch immer ned erwischt.« Lachend blieb eine ebenfalls ziemlich betagte, unter ihrem aufreizenden Kleid schon sehr abgeschlaffte Frau, die eine Handvoll junger Mädchen im Schlepptau hatte, vor dem alten Weiberl stehen. Die Angesprochene verzog ihren zahnlosen Mund zu einer Grimasse, die wohl ein Lächeln sein sollte, weit auseinander, stützte ihre dünnen welken Arme in die Hüften und feixte: »Na, der hot mi no ned erwischt, der Sensenmo, der damische«, sie lachte kehlig »i bin no immer vü zu schnö für den Trottel!«* Da erscholl so ein volltönendes Lachen über den gesamten

* Nein, der Tod hat mich noch nicht erwischt, es scheint, als ob ich noch immer zu schnell für diesen ausgewachsenen Trottel bin!

Stephansplatz, dass spätestens jetzt jeder der anwesenden Wiener wusste, dass Dorthe, die Wirtin des Frauenhauses, ihre Ware höchstpersönlich zur Ansicht spazieren führte. Lachtränen in den Augen drückte sie das alte Weiberl recht fest an ihre Brust, fasste sie um ihre welke Mitte und hob sie dabei so hoch, dass deren spinnendürre Beine wie zwei Haselnussstecken in der Luft baumelten. »Ja Dorthe, bist narrisch, lass mi runter, schau, was du mit meinen Wundersachen da machst.« Belustigt stellte Dorthe Barbel wieder auf den Boden und blinzelte verschwörerisch: »Geh, du mit deine Bülderln* do und dem ganzen unnützen Zeig!«

»Brauchst es ja nicht jedem auf die Nase zu binden!«, meinte die Alte halblaut und wandte sich geschäftstüchtig gleich an den jungen Anhang der Frauenwirtin: »Ja Maderln, für eich hob i was ganz was B'sonders, da ein Halsbanderl mit dem Staub, den die Flügel des Erzengels Gabriel aufgewirbelt haben, oder vielleicht a Kranzerl vom Haar der reinen Jungfrau Maria.« Interessiert wandten sich zwei der fünf Mädchen der Alten zu, wurden aber sofort von Dorthe, die wiederum schallend lachte, am Unterarm zurückgezogen. »Marie, Lena, bei euch kommen die Schutzengerln und die Haare von einer Jungfrau sowieso scho zu spät, Mädchen, ziehts ma lieber euren Ausschnitt tiefer runter, lasst's ma eure Knöchel sehen und zeigt's das gelbe Hurentüchl her!« Damit nestelte sie resolut am auffallenden Gewand der beiden herum, bis man nicht nur den Brustansatz, sondern gleich den halben Busen sah, und wandte sich dann wieder leiser zu Barbel: »Und du, du alte Kleschn, verschon meine

* Bildchen

Madln mit dem Engelsstaub und den Jungfrauhaaren, denn sonst erzähl ich überall herum, dass der Staub von deinem Fensterbrettl stammt, nachdem der Ochsenkarren vorbeigfahrn is, und dass dein Jungfernhaar nix anders als die wenigen Schweifborsten von dem rachitischen Kutschpferd in deiner Nachbarschaft sind. Hast mich verstanden? Die Madln sind da, um den Mannsbildern hier den Mund wässrig zu machen, nicht um dir dei Klumpert abzukaufen!«

Betreten blickte die Alte zu den Mädchen, die bereits eine Gruppe junger Burschen um sich geschart hatten, und mit allen zur Verfügung stehenden Körperteilen posierten. »Musst ja nicht gleich so bös werden, Dorthe!«, murmelte sie. Da winkte die Frauenwirtin ab, drückte die alte Barbel noch einmal fest, schmatzte ein nasses Busserl auf die runzelige Wange und meinte: »Ach, scheiß drauf, Barbel, ich muss halt schaun, dass des Gschäft läuft, der Winter war lang, und heute am Palmsonntag sitzt bei den Männern der Hosenlatz stramm. Nach der Palmmess wissen die eh ned, wohin mit ihrer Kraft, da müssen wir sie a bisserl anfüttern.«

»Jojo, is eh jedes Jahr desselbe, wo viel gebetet wird, da wird auch viel gevögelt«, gab die alte Barbel eine ihrer Weisheiten von sich und ordnete ihre Wundersachen neu.

»Sag einmal, wo wir scho bei den alten Zeiten sind, wie gehts der Hannerl so bei den Büßerinnen? Bringst ihr immer noch die Kräuter?«, erkundigte sich Dorthe und gab einem allzu dreisten Mann, der bereits seine Finger unter dem Rock eines Mädchens verschwinden ließ, eine grobe Tachtel*. »Jetzt wird nur g'schaut, gessn wird

* Kopfnuss

nacher, wennst genug gebetet hast und dein Geldsäckel so voll is, wie …!« Anzüglich zeigte Dorthe auf die Stelle zwischen den Beinen. Raues Lachen von den umstehenden Gaffern war die Antwort.

Als wäre nichts gewesen, antwortete Barbel mit einer wegwerfenden Handbewegung: »Mei, die Hannerl, die braucht meine Kreitln nimmamehr, die is jetzt was Besseres gwohnt.«

»Was Besseres, die Hannerl, aber geh!«, mit einer schallenden Ohrfeige vertrieb Dorthe den nächsten Freier, der mit Ursel und Trudchen still und heimlich in die nächste Gasse verschwinden wollte.

»Ja«, setzte Barbel unbeeindruckt fort, »die braucht jetzt kaan Petersil, kaa Dillkreutl und kaan Knofel* … die panscht jetzt so a greisliches picksiaßes Zeigs für die Großkopferten vom Hof z'samm.«

»Na geh, was du ned sagst«, kam es von Dorthe, während sie resolut ihre fünf Mädchen aus einer Gruppe laut johlender Handwerksburschen herauszog.

»Oba es geht ihr eh ned guat dabei«, lamentierte Barbel weiter, »dauernd jammerts und schimpft's!«

»Des is oba nix Neiches«, bemerkte Dorthe und ließ ihr gelbes Tuch flattern.

»Des Schimpfen ned, oba dass sie dauernd im Schwarzen Bären und im Goldenen Greif herumlungert, des is neich!«

»Die Hannerl in an Wirtshaus, also da legst di nieda!«

Barbel lachte gackernd: »Geh, Dorthe, do ka Wirtshaus ned, der Goldene Greif is ans von de Quacksalbergschäftln, und der Schwarze Bär aa!«

»Quacksalber?«

---

* Knoblauch

»Na de Appotec, de Appotecari … na de mit de Pulverl und Salberl gegen alles, was zwickt und beißt … wos übrigens eh nix hüft!«, stotterte Barbel erbost.

Dorthes Augen funkelten belustigt: »Ja die haben dieselbe Kundschaft wie du, Barbel, nur des Geldsäckel von denen is voller.« Damit drückte sie die Alte noch einmal gehörig an sich, schnappte ihre gelb betuchten Mädchen und watschelte davon, schnatternd wie die Entenmutter mit fünf Küken. »Hüfts nix, schad's nix!«, rief ihr Barbel krächzend hinterher und schickte sich an, ihr Wunderzeugs wieder anzupreisen, bevor ihr der Held des heutigen Tages die Kundschaft derart ablenken würde, dass bestimmt niemand mehr ihre staubigen Amulette und ihre nach Pferd riechenden Halsbanderl haben wollte. Die Zeit für die Geschäfte der Barbel wurde knapp, wohingegen die Geduld der Wienerinnen und Wiener auf eine harte Probe gestellt wurde. Denn er würde kommen, so wie jedes Jahr zum Palmsonntag. Seine baldige Ankunft war unübersehbar. Die ganze Stadt feierte den Beginn der Karwoche, hatte sich ausstaffiert, jeder schwenkte Blumen und grüne Zweige und alle riefen »Hosianna«. Noch ein wenig Geduld, und er würde kommen. Schon schritten vom Stephansdom in feierlicher Prozession der Domprobst, die Domherren, Chorknaben und der Stadtrat einher und strebten dem großen Teppich zu, der geschmückt mit Fahnen und sorgsam ausgebreitet auf dem gesamten Bühel* lag. Auf dieser feinen Unterlage hatte man ein riesiges hölzernes Kruzifix aufgestellt, das mit einem blauen Mantel umhüllt war. Vor diesem eindrucksvollen Kreuz machte die Prozession halt und

* Hügel

formierte sich. Das bunte Volk mit seinen Palmzweigen und Blumen drängte sich dahinter. Der Domprobst Berthold von Wehingen setzte gerade an, mit seinem Palmrohr dreimal auf den blauen Mantel zu schlagen, und begann dabei die Worte aus dem Evangelium zu zitieren: »Scriptum est enim: Persutiam Pastorem et dispergentur oves gregis.« Die Chorknaben sangen: »Denn es steht geschrieben: Ich werde den Hirten schlagen, und die Herde der Schafe wird sich zerstreuen ...« Gerade, als das Volk die Worte wiederholen wollte, brach ein Jüngling aus der zweiten Reihe schreiend zusammen, raufte sich das blonde Haar und weinte: »Nicht schlagen, nicht, nein, nicht schlagen!« Hysterisch vor Angst lief er nach vorne, fasste das Palmrohr des Berthold von Wehingen und krallte sich daran fest. Verdutzt sah der Domprobst auf das schluchzende Bündel Mensch. Alle Leute rundherum schwiegen, die einen sahen betroffen drein, die anderen leckten sich erwartungsvoll die Lippen und folgten mit gespannten Mienen dem Ereignis. Das war wohl nicht das, auf das sie gewartet hatten, aber für eine Sensation so nebenbei auch recht brauchbar. Ein gebeugt gehender weißhaariger Mann rief von hinten: »Lasst mich durch, lasst mich nach vorne, Leute!« Nach einer geraumen Weile hatte er das Kreuz erreicht. Er humpelte weiter, ganz ruhig beugte er sich zu dem schreienden Menschen und fuhr ihm immer wieder über den Rücken, bis dieser sich beruhigte und nur mehr wimmerte. »Jetzt komm, Paul, komm heim«, sanft und monoton wiederholte der Alte die Worte immer wieder und stellte dabei den Jungen, aus dessen Nase der Rotz lief und dessen Augen rot umrandet und trüb waren, auf die Beine. »Komm, Paul, wir gehen heim! So ist's recht, komm nur! Es war ein Fehler, dich hierher zu schleppen, vergib mir, mein Sohn!« Er zog den dünnen Arm des Jungen um seinen Nacken, fasste ihn um die Mitte und richtete sich ganz auf. Da trafen sich seine Blicke mit denen des Domprobstes.

»Hans, mein Gott, du bist es!« Alle Farbe war aus dem Gesicht Bertholds von Wehingen gewichen, als er den humpelnden alten Mann erkannte, der seinen Sohn mehr schlecht als recht stützte. Der Domprobst beugte sich leicht nach unten, seine Unterlippe zitterte, als er flüsterte: »Aber was ist mit … deinem Sohn?« Der sonst so sichere Propst stotterte. Nur ganz kurz blickten die müden Augen des Alten zornig, bevor sie wieder in dumpfer Traurigkeit erloschen, und er zischte wütend: »Das passiert mit jenen, die sich erdreisten, ihm im Weg zu stehen! Aber was sag ich denn, das weißt du ja!« Dann hielt er nochmals kurz inne, senkte den Kopf, und als er wieder aufblickte, rann über seine linke faltige Wange eine Träne. Die Hand, die seinen wimmernden Sohn nicht stützte, legte er schwer auf den Unterarm des Domprobstes. »Gib acht auf dich und alles, was dir lieb ist, Bert!« Damit wandte er sich abrupt ab, beruhigte weiter seinen Sohn und half ihm unter Aufbietung seiner ganzen Kraft, sich aufrecht zu halten. Die Leute um die beiden herum senkten den Blick peinlich berührt zu Boden und machten lautlos eine Gasse, sodass das traurige Paar möglichst rasch den Stephansfreithof verlassen konnte. Eine Weile noch war es still, und man hörte schwach das Gemurmel des Alten und das heisere »Nicht schlagen« des Jünglings, doch dann schüttelten die Umstehenden das erschreckende Bild ab wie ein räudiger Hund seine Flöhe, erhoben wieder ihre Blumenzweige und Palmwedel. Alle sahen erwartungsvoll zum Kruzifix. Der Domkantor wandte seinen Kopf besorgt zum Propst, der den beiden noch immer fassungslos hinterher starrte und flüsterte: »Euer Eminenz, ist alles in Ordnung, oder soll ich übernehmen?«

Berthold winkte ab, und erst mit zitternder Stimme, dann zunehmend fester sprach er die abschließenden Worte »Postquam autem surrexero«. »Denn ich werde auferstehen«, sangen die Chorknaben und dann kam er endlich, von allen erwartet, mit Jauchzen und Lachen begrüßt. Die Kinder schwenkten die geweihten Palmzweige, während sie von ihren Müttern an ihren Schürzen und Hemden festgehalten wurden. Die Männer warfen ihre Kopfbedeckungen in die Luft, und alles rief: »Da kommt er, da, ich seh ihn schon.« Vom Dom her rollten vier starke Männer ein mannshohes aus Holz gezimmertes Ungetüm auf den Freithof. Es hatte einen langen Hals, zwei Ohren, stand auf vier kräftigen Beinen und war über und über mit Palmzweigen und Blumen geschmückt.

Barbel, die sich im Hintergrund gehalten und ihre Glücksbringer schon wieder eingepackt hatte, krächzte heiser: »Mei, der is scheen heier, unser Palmesel, mei, is der scheen!«* »Na ja«, meinte Dorthe, die sich mit ihren fünf Vögelchen wieder zu ihr gesellt hatte, »aufputzen hättens ihn scho mehr kenna, do schau, Barbel, da schaut ja no des ungehobelte Fichtenholz durch! Na, i denk, a bisserl mehr wär do scho guat g'wesen.«**

»Kann si ja ned jeder so aufputzen wie ihr Hübschlerinnen, gibt ja auch noch was Heiliges, was Ehrbares auf der Welt«, vernahm sie da die Stimme einer Bürgersfrau,

* Heuer ist unser Palmesel aber besonders schön!

** Meiner Meinung nach hätte dem Esel ein wenig mehr Schmuck gutgetan, da schauen ja noch die rohen Fichtenbretter heraus!

die ihre schmucklose Haube tief ins gefurchte Gesicht gezogen hatte und streitlustig den Zeigefinger in Richtung der Mädchen streckte. Dorthe nahm kurzerhand den mageren Finger, drehte ihn so um, dass die Frau vor Schmerz halb in die Knie ging, und keifte: »Auf meine Dirndln zagst du ned mit dein stinkaten Finger und aufputzt san wir allemal, du schiache Schreckschrauben, ned nur am Palmsonntag, sondern an jedem Tag. Scheiß auf die Heiligkeit, wann i so schlampad und stinkad daherrenn wie du! Ka Wunder, dass ma uns vor lauta G'schäft ned retten kenna. Bei eich schiachen Weibsen, da rennen ja die Mannsbüda gern zu uns Huren!«* Erschrocken lief die Bürgersfrau davon, drehte sich in sicherer Entfernung aber noch einmal um und schrie: »Ihr Bagage mit dem gelben Tüchel, ihr werd's es aa no billiger gebn!«

»Oba, oba, so billig sans jetzt jo a wieda ned, unsere Schnepfen«, meinte da ein gemütlich wirkender Mann und klopfte Dorthe, die noch immer Gift und Galle spuckte, aufs Hinterteil. Die Umstehenden grölten vor Vergnügen und hätten wegen der Gaudi fast auf den Palmesel vergessen, der, zwar nicht so aufgeputzt wie die Hübschlerinnen, aber doch ganz nett anzuschauen, seinen Platz in der Mitte des Freithofs gefunden hatte und von allen Kindern der Stadt aufs Genaueste beäugt wurde, bis das Volk endlich, mit den geweihten Palmbüscheln beladen, den Weg in die nahegelegenen Schenken antrat.

Berthold von Wehingen hatte sich mit der Ausrede, sich von der anstrengenden Prozession ausrasten zu

* Mit deinem dreckigen und stinkenden Finger zeigst du nicht auf meine Mädchen! Und schön zurechtgemacht sind wir natürlich jeden Tag, nicht nur heute am Palmsonntag. Im Übrigen würde ich auf die Heiligkeit pfeifen, wenn ich so schlampig daherkommen würde wie du. Kein Wunder, dass eure Männer ihren Spaß bei uns Huren suchen!

müssen, in das Hofrichteramt zurückgezogen. Im ersten Stock des Zwettlerhofs gelegen beherbergte es die Kanzlei der Domherren und, erreichbar über eine enge Stiege mit Eisengitter, auch die privaten Gemächer Bertholds. Hier, zwischen Stephansplatz und Wollzeile, genoss der hohe Herr zwar nur geringen Komfort, aber Ruhe und Stille, die er bitter notwendig hatte, wenn ihn die Verantwortung und sein Amt gar zu sehr in die Enge trieben. Gerade jetzt ließ er sich in seinen abgewetzten Sessel fallen und stützte seinen Kopf in die Hände. Er achtete nicht darauf, dass er noch das Festgewand der Palmmesse trug und seine feinen Handschuhe mit Schweiß und Tränen verschmutzte. Mühsam unterdrückte er das Zittern seiner Knie, und vor seinem geistigen Auge erstand ein Bild von drei jungen, starken Männern neben dem tatkräftigen Herzog Rudolf. Wann war das? War das etwa schon über 20 Jahre her, als sie nicht nur die wichtigsten Geldgeber des Herzogs waren, sondern auch seine engsten Vertrauten, als sie Seite an Seite gestanden waren, als Rudolf die Verfügungsgewalt über Grund und Boden an sich gerissen hatte und die Verwaltung darüber den führenden Familien überließ. Waren sie da nicht in der ersten Reihe? Mein Gott, stöhnte Berthold, wie wichtig und einflussreich war Hans von Thyrnau gewesen! Und wie armselig war er ihm heute unter die Augen getreten. Ein Schatten seiner selbst, ein Nichts im Vergleich zum vitalen, mit mehr als sieben Kindern gesegneten Familienvater und Schirmherrn über die Habsburger. Er war Bürgermeister der Stadt gewesen, er war ein geachteter Münzmeister, er ging im Herzogshof aus und ein! Und jetzt stützte er – selber zittrig – seinen offenbar geisteskranken Sohn, wischte ihm den Speichel ab und schaute aus, als würde er im Greisenalter sein, so gebeugt und gebrochen und nicht erst Ende 40, so wie er selbst. Was war passiert? Was konnte denn einen so lebensfrohen und beständigen Menschen derart aus der Bahn werfen? Berthold von Wehingen verwünschte sein Amt, das ihn so lange ferngehalten hatte. Er hätte Schlimmes verhindern können, das war ihm klar. Er hätte für seinen Freund da sein müssen, doch er hatte wegen seiner eigenen Karriere keine Zeit gehabt. Den *Hans Dampf in allen Gassen* hatte er gemimt, sich um die Besitzungen in Oberösterreich gekümmert, der juristischen Fakultät in Prag auf die Beine geholfen, nebenbei war er der Landesherr in Freising, obwohl er mit dem Herzen immer in Wien war. Aber jetzt würde er sein Amt als Kanzler Herzog Albrechts stärker wahrnehmen, sagte er sich und schlug, wie um sich selbst recht zu geben, mit der Faust auf seinen Oberschenkel. Es gab viel zu tun, es galt doch, die neue theologische Fakultät aufzubauen und sie bedeutender und wichtiger als jene in Prag oder Paris zu machen. Plötzlich kam ein kühler Wind auf und schlug den Fensterladen gegen den Rahmen. Ein Zittern durchlief seinen Körper, als er aufstand, zum Fenster ging und die Wasserspeier gegenüber betrachtete, die wie dämonische Wesen die Fassade des Doms bevölkerten. Ein Affe, ein Hund, ein Drache, sie alle schienen ihn mit ihren Fratzen verhöhnen zu wollen. »Ja, Berthold«, hörte er sie herüberrufen, »bade nur in Selbstmitleid, spiel unseretwegen auch den treu sorgenden Freund, wir wissen es besser.« Berthold von Wehingen schwankte und hielt sich mit den Handflächen die Ohren zu. Doch die innere Stimme konnte er damit nicht zum Schweigen bringen. »Du hast es doch gewusst, spiel nicht den Ahnungslosen, die ganze

Zeit hast du zugesehen, wie er sich nahm, was ihm nicht gehörte, wie er alle, die ihm im Weg waren, rücksichtslos ausschaltete.«

Jetzt hielt sich der Bischof die Augen zu, weil er nicht wollte, dass sich ein unangenehmes Bild in seine Gedankengänge drängte. Und doch musste er es betrachten, auch wenn ihm dabei die Übelkeit vom Magen bis in die Kehle stieg. Eine dunkle Ahnung nahm Besitz von ihm, und er wusste in diesem Augenblick, dass es nicht die Universität war, die ihn wieder nach Wien geführt hatte, und auch nicht das Kanzleramt für den Herzog. Er war da, um *seinen* Machenschaften ein Ende zu bereiten, ein für alle Mal, auch wenn er sich selbst dabei in höchste Gefahr bringen musste.

Prag, Tag des Quirin
[30. März] 1384

ANGEEKELT BLICKTE OBERSTHOFKÄMMERER Thimo von Kolditz auf die randvoll mit eingeweichtem Brot und Getreide gefüllten irdenen Schüsseln. Er rümpfte die Nase über den säuerlichen Dunst, der vom gewärmten Brei aufstieg, und wandte sich würgend ab, als sich die beiden Jagdhunde, rotbraune Bracken, grunzend und schlürfend über ihr Fressen hermachten, den Holzboden rundherum vollsabberten und die ausgelegten Teppiche verunreinigten. Lächelnd saß Wenzel inmitten des Saustalls, die Beine so gekreuzt, dass man ihm unter das reich bestickte Wams blicken und sein Untergewand sehen konnte, und grinste die beiden derben Jagdgehilfen an, die mitten im Raum standen und zu tun hatten, weitere Hunde an den ledernen Riemen festzuhalten. Wenzel nickte ihnen aufmunternd zu, und sie ließen daraufhin zwei stämmige Molosser, die schon die längste Zeit nach dem Futter geiferten, einfach los. Augenblicklich stürmten die mächtigen Tiere zu den kleineren Bracken, knurrten sie an, fletschten die Zähne, zwickten sie ins Bein, bis diese jaulend und winselnd ihre Näpfe freigaben und sie sich selbst auf den Brei stürzen konnten. Zwei leichtfüßige Windhunde drängten sich noch ängstlich um die Beine der Knechte und trauten sich nicht, an der Balgerei teilzunehmen, obwohl ihnen das Maul wässrig war und sie nur zu gern ein Stückchen erhascht hätten. Wenzel bog sich vor Lachen und schnippte das eine oder andere Stück Futter, das in der Hitze des Gefechtes sein edles Wams besudelt hatte, einfach mit den Fingern weg. Der Oberstburggraf Peter von Wartenberg schüttelte fast unmerklich den Kopf und sandte einen langen Blick zu Thimo von Kolditz, der sich, ein Taschentuch vor den Mund haltend, in eine Ecke zurückgezogen hatte. Dieser Empfangsraum der Prager Burg, der direkt vom Burghof über eine Treppe in den ersten Stock zu erreichen war, diente schon seit jeher Repräsentationszwecken und Audienzen, wie auch die Galerie der Bilder von den Vorgängern Karls bestätigten. Hier in diesem Gemäuer, wo von Kaiser Karl so viele weitreichende Entscheidungen getroffen wurden, wo Freundschaftsverträge, Waffenstillstände und Reformen von hohen, edlen Herren zugunsten des Volkes ausgehandelt wurden, hier am verdreckten Boden balgte sich nun sein Sohn mit einem Rudel Hunden herum. Manchmal fragte sich Peter von Wartenberg, wie weit seine Loyalität zu Prag und seinem ehemaligen Kaiser wohl vorhalten würde. Wie weit würde sein Gewissen ihn dazu drängen, doch noch auszuhalten? Was musste noch alles passieren, damit er sich verabschieden und den Machenschaften am Prager Hof endlich den Rücken kehren konnte? In Augenblicken wie diesen glaubte er sich diesem Zeitpunkt bereits sehr nahe.

Mitleidig blickte er zu Wenzels Gattin, Johanna von Bayern, die von ihrem Privatgemach, im selben Stock gelegen, hergerufen worden war und nun verschüchtert und entsetzt der Rangelei am Boden folgte. Mit ihren 28 Jahren war sie bereits die Hälfte ihres Lebens mit Wenzel verheiratet und seinen Launen ausgesetzt. Ihr verhärmtes, einst so ruhiges und schönes Gesicht sprach davon, dass sie hinter verschlossenen Türen wohl noch viel mehr zu erdulden hatte. Wollte man dem Hofklatsch Glauben schenken, war das Leben mit Wenzel, der unentwegt von einem Stimmungshoch in das nächste –tief wechselte und seine Krisen mit jeder Menge Alkohol erträglicher machte, das reinste Martyrium für Johanna. Der Oberstburggraf konnte nicht abschätzen, was der hohen Frau mehr Angst machte: das Knurren und Bellen der Hunde oder das schrille Lachen ihres Gemahls, so verschreckt sah sie mit großen dunklen Augen auf das sich am Boden kugelnde Knäuel. Endlich winkte Wenzel den beiden Jagdknechten zu, die ohne zu zaudern die kämpfenden Hunde trennten, die leer gefressenen Schüsseln aufnahmen und mit dem ganzen Rudel den Raum verlassen wollten. Im letzten Moment ließ sich Wenzel aber noch den ledernen Riemen eines Windhundes geben, zog den Hund zu sich, tätschelte ihm den schmalen Kopf und flüsterte: »Der Janus bleibt da, alle anderen in ihre Zwinger!«

Johanna seufzte hörbar, als die anderen Hunde an ihr vorbeigelaufen waren, und sofort drehte sich Wenzel zu ihr um: »Ich denke, meine Liebe, wir müssen an deiner Angst vor Hunden arbeiten. Es geht nicht an, dass du vor lauter Furcht zu atmen vergisst, wenn ich sie bei ihrem Spiel beobachte.« Lauernd bleckte er die Zähne und bellte sie an wie ein Hund. Schreckensstarr verharrte seine Gattin, zuckte dann zurück, brach in Tränen aus und wollte zur Tür hasten. Auf halbem Weg stieß sie mit dem nächsten Hereinkommenden zusammen, murmelte eine Entschuldigung und lief nach draußen.

»Mein Gott, die Weiber«, meinte Wenzel abfällig und strich sanft über das sandfarbene Fell des Tieres, das sich bereits eng an seine Schulter gedrückt hatte. Er lachte, als dieses mit dem Schweif wedelte, und wandte sich dann dem Mann zu, der gerade den Raum betreten hatte.

»Ja, Rotlöw, was führt dich her?« Der Münzmeister verneigte sich vor Wenzel, nickte den beiden Räten, die sich weiter im Hintergrund hielten, einen Gruß zu, und antwortete beflissen: »Euer Gnaden haben mich für heute herbestellt, es geht um die Verabschiedung der Delegation nach Nürnberg!« Erstaunt bemerkte Wartenberg, dass die Stirn des rotgesichtigen, sonst so ruhigen Münzmeisters vor Schweiß glänzte, obwohl es jetzt im März noch empfindlich kalt im Empfangssaal war. Auch seine Augen über den schweren Tränensäcken blickten unruhig hin und her. Aber Wartenberg konnte sich über die Gemütsverfassung Rotlöws nicht weiter wundern, denn zwei weitere Herren betraten den Raum und verneigten sich tief. Einer war von schlanker, wendiger Statur, und leicht tänzelnd machte er nach der Verbeugung zwei Schritte zurück, der andere war schon viel grober gebaut, und an seinem Gehabe und seiner lauten Stimme, mit der er sich und seinen Begleiter vorstellte, konnte man bereits den zupackenden Baumeister erahnen. »Parler«, wieder verneigte er sich, »Wenzel Parler, Euer Gnaden, und das ist mein Vetter Conrad Eysfogl.« Damit zeigte er auf den jungen Mann, der sich bescheiden hinter seinen Verwandten gestellt hatte. »Ich darf Euch die alleruntertänigsten Grüße meines Vaters Peter Parler übermitteln und Euch versichern, dass der Bau des Veitsdoms reibungslos voranschreitet.«

»Wenzel«, murmelte der noch immer am Boden Sitzende, »Wenzel, ach wie nett!« Damit hielt er sein Kinn an die Schnauze des Hundes, der ihm sofort freudig über den Mund leckte. Erstarrt klappte die Kinnlade des Baumeisters herunter, ein unterdrücktes Glucksen war von Conrad Eysfogl zu vernehmen.

Um die peinliche Stille zu überspielen, die nun folgte, trat der Obersthofkämmerer aus dem Halbdunkel und meinte ehrlich erfreut: »Unser Brückenbauer, der Herr Parler. Wie schön!« Peter Parler erhielt vor über zwei Jahrzehnten den Auftrag zum Bau der Karlsbrücke über die Moldau und setzte mit einem 16 Bogen umfassenden Meisterwerk neue technische Maßstäbe.

Freundlich kam Peter von Wartenberg ebenfalls aus seiner Ecke und begrüßte die beiden Neuankömmlinge. »Nun, wie ich hörte, sucht Ihr eine Aufgabe außerhalb des Dunstkreises Eures Herrn Vaters!«

Verlegen sah Wenzel Parler zu Boden und meinte leise: »Ja, die Luft ist manchmal dick, selbst in lichtdurchfluteten, hohen Kathedralen! Und Prag ist oft nicht groß genug für zwei Dickschädel. Ich will jetzt mein Glück etwas südlicher, in Wien, versuchen.«

Polternd lachte da der Obersthofkämmerer, war ihm die etwas ruppige Art von Peter Parler nur allzu vertraut. »Ja, jedes Genie hat seine Eigenheiten! Manche haben jedoch nur Eigenheiten, ohne Genie zu sein«, damit sandte er einen bedeutungsvollen Blick hinunter zu Wenzel, der seinen Hund am Bauch kraulte und vom ganzen Gespräch nur wenig mitbekam. Unsicher lächelnd blieb Parler mit seinem Vetter stehen und wusste nicht recht, was er tun sollte. Da ergriff Conrad Eysfogl die Initiative, beugte sich kurzerhand zum Hund und streichelte ihn. Wenzel nickte ihm freundlich zu und meinte: »Er mag Ihn. Hat Er selbst auch einen Hund?«

»Nun, ich hatte einmal einen, bei meinem Vater in Nürnberg, das ist lange her.«

»Zur Jagd? Hetzjagd oder Beizjagd?«, fragte Wenzel interessiert.

Belustigt zwinkerte Conrad mit seinen blauen Augen: »Keines von beiden, Euer Gnaden, eher die Rattenjagd! Mein Vater ist Gerber, und unser Terrier war ein Meister im Vertilgen von Ratten, die oft so groß waren wie er selbst!« Wenzel Parler knuffte seinen Vetter in die Seite und senkte beschämt den Blick. Wartenberg und Kolditz wandten sich pikiert ab. Wieder entstand eine unangenehme Stille. Plötzlich kicherte Wenzel wie ein kleiner Junge und tätschelte das Hinterteil des Hundes. »Rattenjagd, hast du das gehört, mein Janus, Rattenjagd! Davon muss Er mir mehr erzählen!«

»Ein andermal«, unterbrach da der Obersthofkämmerer und sah zum Diener an der Tür, der sich mit ein paar Gesten bemerkbar zu machen versuchte. »Ich denke, dass eben ein weiterer Gast eingetroffen ist.« Lautes Poltern kam von draußen, und ein beleibter Augustinermönch von beachtlicher Körpergröße stolperte zur Tür herein, klammerte sich an den eher schmalbrüstigen Diener, der sein Bestes gab und sich der Körperfülle entgegenstemmte, aber aufgeben musste und zur Seite fiel. Mit einem lauten Rumpeln stürzte der Mönch der Länge nach auf den Boden und stöhnte, mit dem Gesicht nach unten, vor Schmerz. Ungläubig, wie wenn sich ein exotisches Tier, ein elender Wurm, eine Erdkröte oder gar ein Basilisk ungeahnten Ausmaßes in den Empfangsraum verirrt hätte, starrten die beiden Räte und Parler zu Boden. Der Hund fing sich als Erster und kam schnuppernd zum Ohr des Gestürzten. Mit Hingebung leckte er es so lange, bis sich der Mönch in den Kniestand aufrappelte und eine Entschuldigung murmelte. Seine Wangen waren rot vor Scham wie frisch geerntete Äpfel. Schwerfällig kam er auf die Beine und zeigte verlegen auf seine Kutte. »Es ist nur, weil ich mich erst an diese Länge gewöhnen muss. Bisher war hier Schluss.« Damit hob er sein braunes Habit an und ließ zwei stachelige Waden sehen. Conrad hielt sich die Hand vor den Mund, er wusste nicht, worüber er mehr lachen sollte: über die animalische Beinbehaarung des Mönchs, die bestürzten Gesichter der Räte und des Münzmeisters oder über den Hund, der sich wohlig seufzend auf die überdimensionalen Füße des Augustiners, die in noch größeren ledernen Sandalen streckten, bettete und nun mit Eifer seine Zehen leckte wie zuvor das Ohr.

»Er scheint auch Ihn zu mögen«, beeilte sich Wenzel am Boden zu bemerken und scherte sich keinen Deut um den eigentümlichen Auftritt, den der Mönch hingelegt hatte, »wie heißt Er? Wer ist Er? Was will Er?«

»Wenzeslaus von Wittingau«, antwortete der Mönch mit wohltönender Stimme und schlug sich dabei auf seinen mächtigen Brustkorb. »Der Abt hat mich entsandt, um in Wien Theologie zu studieren!« Stolz blickte der Mönch mit seinen grauen Augen einen nach dem anderen an, und der Oberstburggraf konnte nicht umhin, ihm zuzulächeln, denn so unverbraucht, so jung, so voller Stolz und Begeisterung war sein Ausdruck. Selten sieht man eine so reine Seele in diesen Mauern, dachte er.

Wieder war ein Kichern vom Boden zu hören: »Schon wieder ein Wenzel, der nach Wien will.«

Als sich die Tür zum Empfangszimmer von Neuem öffnete, kam plötzlich Leben in den König, und behände sprang er auf seine Beine.

»Mein Freund, mein lieber Vetter Jobst!« Lächelnd breitete Wenzel seine Arme aus und ging dem um zehn Jahre älteren, in ein prächtiges Wams aus bordeauxfarbenem Samt gekleideten Mann entgegen. Er hat heute einen guten Tag, dachte der hereintretende Jobst und stieß sich von der mächtigen Eichentür ab, an dessen Rahmen er lehnte.

»Wie schön, dich bei so guter Stimmung vorzufinden, Wenzel«, sagte er laut, nahm herzlich die schmalen Hände des Herbeigeeilten in seine eigenen und drückte sie fest. Als er dieser freundschaftlichen Geste eine brüderliche Umarmung folgen lassen wollte, prallte er zurück. Alkoholdunst umgab Wenzel, und die einst so klaren Augen des jungen Mannes, die immer das Auffallendste und Einprägsamste an seinem schmalen Gesicht gewesen waren, waren rot unterlaufen. Also deswegen die gute Laune, dachte Jobst wieder bei sich und hielt Wenzel so umklammert, dass er ihm nicht allzu nahe kommen konnte. Er hatte auch die Reste vom durchgekauten Brot an dessen Kleidung bemerkt und wunderte sich nicht, als ein Hund hinter ihm herlief. Jobst schnalzte abfällig mit der Zunge und führte Wenzel kurzentschlossen zum nächstgelegenen Stuhl. Dabei war er sich sehr wohl bewusst, dass nicht nur der Hund, sondern alle Anwesenden im Raum jede seiner Bewegungen argwöhnisch beobachteten. Resolut drückte er seinen königlichen Vetter auf den Sitz, kniete seufzend nieder und raunte ihm leise zu: »Ich hab ein Geschenk für dich, Wenzel.« Selig grinste der Angesprochene und tätschelte seinen Hund: »Ein Geschenk für uns, Janus, was sagst du?«

Jobst winkte einem Diener, der ihm ein in blauen Samt eingeschlagenes Paket überreichte. Er legte es Wenzel in den Schoß, richtete sich auf und beobachtete stirnrunzelnd, wie der König in kindlicher Freude den Stoff zurückschlug und einen mit kostbaren Beschlägen verzierten Codex heraushob. »Ein Buch, mein Freund Jobst, du hast mir ein Buch mitgebracht.« Mit vor Eifer geröteten Wangen blätterte Wenzel vorsichtig die Seiten des Buches durch. »Ein Bestiarium! Wo hast du das nur aufgetrieben?«

Jeder im Raum wusste, bis auf Wenzeslaus, Conrad und Janus, dass Jobst ein ebenso fanatischer Bücherfreund war wie sein königlicher Vetter. Kunstsinnige Erziehung und Liebe zum Detail verbanden die beiden. Neu war jedoch, dass Jobst ein Buch verschenkte, denn es war allgemein bekannt, dass er sich lieber selbst beschenken ließ oder Werke auslieh, um sie dann nicht mehr zurückzugeben. Umso erstaunlicher war es, dass er sich freiwillig von diesem Tierbuch, das naturgeschichtliche Beschreibungen und Verhaltensweisen von Hunden enthielt, trennen konnte. Er musste lange gesucht haben, um einen Codex dieser Qualität aufzutreiben.

Die Verbundenheit mit seinem Vetter dürfte doch inniger sein, als wir alle zusammen vermuten, dachte Peter von Wartenberg und nickte Thimo von Kolditz wohlwollend zu. Der bestätigte seinen Blick, denn sie waren sich einig, dass König Wenzel jede nur erreichbare Sympathie dringend nötig hatte, um weiter das römische Reich befrieden zu können. Da war eine Freundschaft mit denen aus Mähren willkommen und wünschenswert.

Martin Rotlöw, der Münzmeister, der abwartend und geduldig den Aufruhr um das Buch abgewartet hatte, räusperte sich vernehmlich und zog etwas ungeschickt eine große lederne Mappe hinter seinem Rücken hervor. Mit einer Stimme, die so gar nicht zu dem korpulenten Mann passen wollte, sondern eher schrill und hoch klang, setzte er an: »Auch wir haben ein Geschenk vorbereitet …«

»Wer ist *wir*?«, fragte Peter von Wartenberg schroff.

»Nun, die Herren von Rosenberg, die von Schaunberg, von Neuhaus …«

»Ach ja«, zischte Thimo von Kolditz, »ein Geschenk für den König?«

Wenzel blickte von seinem Buch auf.

»Nein«, stotterte Rotlöw, und Wenzel widmete sich wieder ganz der Beschreibung der Jagdhunderassen, als wäre nichts gewesen, »eher ein Geschenk im Auftrag des Königs an den Herzog!« Damit schielte der Münzmeister unsicher zu Wenzel, der sich weiter mit Janus und dem Codex beschäftigte. Die Räte blickten sich etwas konsterniert an und fragten sich berechtigterweise, was König und böhmische Herren für den Herzog wohl für ein Geschenk hätten.

Rotlöw sparte sich weitere Erklärungen und machte umständlich die lederne Mappe auf. Er ließ die Anwesenden nur einen kurzen Blick auf feinstes, helles unbeschriebenes Pergament werfen und klappte diese schnell wieder zu. Die Anwesenden blickten erstaunt drein, und Conrad entfuhr ein anerkennendes Pfeifen. Feinste Kalbshäute befanden sich in der Mappe, fast zwei Ellen breit, gleichmäßig gespannt und getrocknet, vorsichtig mit Bimsstein geschliffen, Pergament von der edelsten Sorte, ein Vermögen wert, wenn man die Dicke der Mappe in Betracht zog. Hier schlug der Sohn des Gerbers durch und Conrad platzte heraus: »Das ist wunderschöne Ware, für wen ist die denn bestimmt?«

Ein kalter Blick aus den wasserblauen Augen mit den ausgeprägten Tränensäcken des Münzmeisters traf den Vorlauten. An die hohen Räte gewandt, begann er zu erklären: »Dieses Pergament ist für Herzog Albrecht gedacht, genauer gesagt«, hier räusperte er sich umständlich, »eine Aufmerksamkeit für die Herzogswerkstatt des Leopold von Wien. Die Buchmaler dort sollen sehr gut sein.« Wieder blinzelte er zu Wenzel hinüber, der aber keinerlei Anstalten machte, sich dazu zu äußern.

»Das nenn ich aber ein großzügiges Geschenk der böhmischen Herren!«, meinte der Oberstburggraf und nickte anerkennend.

»Und ein guter Einfall, allemal von dir, Vetter.« Auch Jobst lächelte erfreut. Wenzel war inzwischen in die Beschreibung der verschiedenen Hundekrankheiten vertieft und zuckte nur mit den Schultern.

Bestärkt durch die gutgemeinten Worte wandte sich Rotlöw an den Baumeister: »Wir dachten, dass Ihr dieses wertvolle Gut in Eurem Gepäck unbeschadet nach Nürnberg und weiter nach Wien nehmen könntet, Herr Parler. Soweit ich weiß, nehmt Ihr ja auch eine Menge Zeichnungen und Pläne in extra angefertigten Truhen mit. Da findet sich sicherlich noch Platz, und es ist bei Weitem sicherer, als es einem Trupp Kaufleute anzuvertrauen, die mit solchen großen Formaten nicht umgehen können, weil sie nur gewöhnt sind, Stoffballen, Pfeffersäcke oder Ölkrüge zu transportieren.« Damit zeigte er auf die beachtliche Länge der kostbaren ledernen Mappe.

Ernsthaft nickte Wenzel Parler: »Selbstverständlich. Auch wir Baumeister arbeiten mit solch großen Pergamenten. Mein Vater hat erst vor Kurzem einen Turmriss konstruiert, für den er ganze sechs Kalbshäute verbraucht hat. Also wir kennen uns gut aus im Transport von sperrigen wertvollen Gütern!«

Da mischte sich unversehens Wenzeslaus der Mönch

ein, der bis dahin nur mit vor Staunen offenem Mund dagestanden hatte. Mit seiner tiefen Stimme meinte er: »Ich selbst habe auch meine Farben und Paletten dabei, nebst einigen Papieren und Pergamenten, freilich so feine nicht«, begehrlich schaute er zur Mappe, »aber auch ich werde diese Fracht hüten wie meinen Augapfel, da können sich die Herren sicher sein!«

Ein kurzes Lächeln huschte über das Gesicht von Rotlöw, als er den Eifer des Mönchs bemerkte, und meinte: »Nun – dann können wir beruhigt sein, dass die Herzogswerkstatt unser Geschenk bald wohlbehalten in Händen halten wird.«

Er nickte befriedigt und meinte dann verbindlich: »Wann wird die Reise losgehen, ich habe gehört, schon bald?«

»Ja«, nickte Wenzel Parler, »wir sind reisefertig. Schon morgen geht es über den Goldenen Steig nach Nürnberg. Wir werden bei diesem Wetter sechs Tagesreisen unterwegs sein. Nach einer kleinen Rast geht es von Nürnberg nach Passau und dann auf der Donau weiter nach Wien, ich denke, wir werden noch vor Ostersonntag dort ankommen!«

»Über Nürnberg reist Ihr«, schaltete sich da Jobst verdutzt ein, »ist das nicht ein wenig umständlich?«

»Wir sind eingeladen worden, mit der herzoglichen Delegation des Sohnes des Burggrafen von Nürnberg nach Wien zu reisen!«, bemerkte Conrad und reckte stolz seine Brust.

»Also dann«, Jobst nickte freundlich, »wünsche ich den Herren eine gute Reise, baut den Dom in Wien nicht gar zu prächtig Herr Parler, das würde Eurem Vater hier in Prag gar nicht gefallen!«

Scherzhaft schlug Jobst dem Baumeister auf die Schulter, grüßte seinen Vetter Wenzel, der seine Nase immer tiefer in sein Buch steckte und gedanklich irgendwo bei den Alants, den schweren Jagdhunden, die auf Bären und Wildschweine angesetzt wurden, weilte.

Die beiden Räte verabschiedeten sich respektvoll von Jobst, der, ohne sich noch einmal umzudrehen, den Empfangssaal verließ. Etwas verloren standen Wenzel Parler, Conrad Eysfogl und Wenzeslaus, der Mönch, nun im Empfangssaal herum. Sie wussten nicht, ob sie nun entlassen waren oder noch hierbleiben sollten.

Da auf einmal schrie der König, der bis vor ein paar Augenblicken noch selig in seinem Buch geblättert hatte, voll Zorn: »Was bildet Ihr Euch ein, mich mit so einem Kretin hier abzuspeisen!« Mit voller Wucht trat er dem Windhund in die Flanken, sodass dieser winselnd aufjaulte. »Aus meinen Augen, du Mistköter!« Wieder trat Wenzel nach Janus, verfehlte ihn aber um Haaresbreite. Die beiden Räte schüttelten verständnislos die Köpfe und entfernten sich achselzuckend über eine Hintertür. Wenzel Parler gab Conrad ein Zeichen, ihm zu folgen, er wollte auch nur weg, zu beklemmend war der plötzliche Stimmungsumschwung des Königs. Nur Wenzeslaus, der Mönch, stand wie eine deutsche Eiche und starrte wutentbrannt auf den König. »Was maßt Ihr Euch an, solchen Frevel an Gottes Geschöpf zu vollbringen?«, fragte er donnernd. Der Baumeister, sein Vetter und Martin Rotlöw, der die Mappe umklammert hielt, verharrten in ihren Bewegungen, schnappten nach Luft und schauten abwechselnd auf König und Mönch, die sich gegenseitig musterten und mit Blicken durchbohrten.

Pfählen, vierteilen, köpfen, wofür würde sich der König nach solch einer Ungeheuerlichkeit wohl entscheiden?, dachte Rotlöw und strich sich nachdenklich über seinen Bart.

Da wallte der Zorn erneut in Wenzel hoch, er schnappte plötzlich den Hund und warf ihn mit voller Wucht Wenzeslaus entgegen. »Da hat Er ihn, diesen verdammten Bastard! Aus meinen Augen!« Der Mönch fing das jaulende Bündel gerade noch auf, presste es an seine breite Brust und begann: »Das werdet Ihr büßen, das Gericht Gottes …« Da packte ihn eine schmale Hand mit eisernem Griff und zischte ihm in seine großen Ohren: »Halts Maul und schau, dass du rauskommst, solange du noch kannst!« Damit zerrte Conrad den verdutzten Mönch zur Tür hinaus. Wenzel sackte in sich zusammen und grinste wieder, als sei der plötzliche Anfall von Jähzorn überhaupt nicht passiert. Der Baumeister wollte sich der Form halber noch verabschieden, doch Wenzel war, in seinen Sessel gelehnt, eingedöst, also folgte er den beiden verstört nach draußen. Der Münzmeister gesellte sich vor der Tür zu ihnen, er war ebenfalls geflüchtet. Rotlöw war auch der Erste, der seine Sprache wieder fand: »Ich denke, werter Mönch, dass wohl keine 100 Vaterunser ausreichen werden, um Gott zu danken, dass Ihr hier mit heilen Gliedern wieder herausgekommen seid! Was ist Euch nur eingefallen, das Wort dermaßen unverschämt an den König zu richten?« Trotzig streichelte der Hüne dem Windhund auf seinem Arm über dessen furchtsam angelegte Ohren: »Gottes Geschöpfe sind heilig und einzigartig!« Da lachte Conrad und schüttelte ungläubig den Kopf: »Und der Mut der Mönche aus Wittingau wohl auch! Oder sollte ich eher sagen, die Einfalt?«

»Ach was«, winkte Wenzeslaus ab und setzte den Hund auf den Boden, wo er sich sofort zitternd an seine Seite drückte. Martin Rotlöw überreichte ihm umständlich die große Mappe. »Ich bin nun überzeugter denn je, dass ich diese wertvolle Gabe in die richtigen Hände gebe, Wenzeslaus von Wittingau!« Geehrt und vorsichtig nahm der Mönch die Pergamente mit seinen groben Pranken entgegen und flüsterte ergriffen: »Ich werde sie mit meinem eigenen Leben beschützen, hoher Herr, so wahr mir Gott helfe!«

Wien, Gründonnerstag auf Karfreitag (7. April) 1384

»VERDAMMTER TROTTEL, ICH HABE dir gesagt, du sollst die Ware mit deinem Leben schützen, und was hast du gemacht?«

»Aber ich habe sie allesamt in diese Ochsenhaut …«

Den Kaufmann traf eine mächtige Ohrfeige, dass er gegen die grob behauenen Wände des Beinhauses taumelte.

»Eben, du hast sie *allesamt* hier hineingeworfen, wie soll ich nun erkennen, welches Teil zu wem gehört.«

»Ja, was der Deibel«, schrie der Kaufmann, »dann setzt halt so einen langen Knochen mit dem zusammen, fügt diesen Schädel dazu und ein paar von den kleineren«, wütend wühlte er in der großen zusammengenähten Haut, die wie ein Sack funktionierte, und zog einmal dieses und einmal jenes Stück heraus und hielt es dem anderen unter die Nase.

Aufgebracht schlug der den Kaufmann auf die Hand: »Keine Ahnung hast du, verdammter Trottel, wenn das so einfach wäre, eines zum anderen zu legen!«

Nicht weniger entzürnt rieb sich der kleine, doch mit Muskelpaketen ausgestattete Mann seine Wange und schrie: »Ich weiß nicht, was der hohe Herr will. Einen Haufen Knochen hab ich hierher geschafft und jetzt sehe ich«, damit zeigte er auf die zahlreichen gemauerten Nischen der Virgilkapelle, »dass hier sowieso schon überall solcher makabrer Plunder herumliegt!«

»Was heißt da Plunder! Nichts hast du verstanden!«

Wieder setzte der andere an, den Kaufmann zu schlagen, besann sich aber dann doch eines Besseren, als dieser seine monströsen Fäuste ballte und ihm drohte. Stattdessen verzog er seinen Mund zu einem hämischen Grinsen und tätschelte süffisant die Schulter des Mannes.

»Ja, Kolman de Renzo, wenn man Jahr und Tag Säcke mit Unschlitt, Schlachtvieh aus Polen und Berge voll Erbsen nach Wien karrt, dann hat man bald selbst das Gehirn einer Erbse«, zischte der Herr, der ganz in Schwarz gekleidet war, und dessen dünne Beine an eine Krähe erinnerten.

»*Cola di Rienzo* ist mein Name«, zischte der Angesprochene zwischen den Zähnen hervor, was ihm nur ein gleichgültiges Nicken seines Gegenübers einbrachte, und ganz nach südländischer Art gekränkt meinte er weiter mit weinerlicher Stimme: »Von wegen Unschlitt und Schlachtvieh, ich handle mit Tuch und Leinwand aus Flandern und Brabant, mit Frankenwein und Spezereien aus Venedig und Spanien.«

»Meinetwegen«, murmelte der Schwarzgekleidete und putzte sich abwesend mit einem kleinen Holzspan die Fingernägel.

Das brachte den Kaufmann nur noch mehr in Aufruhr, und er schrie fast: »Euren Auftrag habe ich nur übernommen, weil es der Prager Hof ausdrücklich gewünscht hat, genauso, wie ich vor dem Winter mit einem ähnlichen Mist aus Italien gekommen bin. Glauben Sie im Ernst, es macht mich glücklich, vergammelte Knochen über den Alpenpass oder den Goldenen Steig nach Nürnberg und dann hierher nach Wien zu bringen? Und das auch noch an diesen makabren Ort mitten in der Nacht!« Der Kaufmann sah sich fröstelnd um, wo Schatten und Kerzenlicht eine gespenstische Stimmung erzeugten.

Da traf ihn ein aufgesetztes Lächeln des anderen: »Glücklich wohl nicht, aber reich. Und außerdem: Das sind keine vergammelten Knochen, sondern Gebeine, von deren Existenz niemand – und wenn ich sage niemand, dann meine ich das so – Kenntnis haben soll!« Plötzlich war die vor Sarkasmus triefende Stimme eiskalt geworden: »Ich hoffe, ich habe mich klar ausgedrückt, Kolman de Renzo!«

»*Cola di Rienzo*!«, zischte der Kaufmann, war aber auf der Hut, denn die Richtung, die das Gespräch hier nahm, behagte ihm überhaupt nicht. Er fühlte sich veranlasst, ein wenig Mitleid zu schinden, denn sein scharfer Verstand sagte ihm, dass es seiner Gesundheit abträglich war, es sich ganz mir diesem Herrn zu verscherzen. »Wenn ich gewusst hätte«, begann er scheinbar verzweifelt, »dass ich mich die ganze Strecke mit diesen seltsamen Vögeln herumschlagen muss, hätte ich sowieso schlichtweg abgelehnt und wäre von Prag aus gleich hierher nach Wien gezogen.« Da wurde sein Gegenüber aufmerksam, »Welche Vögel?«

»Nun, der Münzmeister in Prag gab mir den Auftrag, drei Mitreisende im Auge zu behalten, sie gut durch die Zollstellen zu führen, in den Herbergen etwas Obacht zu geben, dass man ihnen nicht die Ware klaut, so etwas in der Art eben.« Cola di Rienzo freute sich, dass er das Thema weg von den Knochen, also den Gebeinen, hin zu etwas weniger Verfänglichem lenken konnte, und begann in schillerndsten Farben zu erzählen: Wie ihm schon im Böhmerwald aufgefallen war, dass sich die Drei gar seltsam benahmen. Der starke junge Mann, der Baumeister, war noch halbwegs normal, aber einer davon, ein Mönch, ein Hüne von einem Mann, schleppte auf einem eigens angefertigten Tragekorb eine lange Truhe bei sich und wurde von einem komischen Hund begleitet, einem ganz schmalen Tier. Der Dritte war fast so dünn wie der Hund und bewegte sich auch genauso schnell. Er faselte und erzählte die ganzen sechs Tage. Den ganzen Salzhandelsweg und die Eisenstraße musste sich Cola di Rienzo seine Geschichten anhören.

»Was hat er erzählt?«, fragte nun sein Gegenüber, offensichtlich neugierig geworden.

»Von der Universität war die Rede, vom Bau des Stephansdoms und von einem Geschenk an den Herzog! Ein Geschenk vom König höchstpersönlich!«

Jetzt hatte es der Kaufmann geschafft, die ungeteilte Aufmerksamkeit des Schwarzgekleideten zu erringen, und außer Atem vor Spannung fragte dieser gleich nach: »Ein Geschenk an den Herzog, an unseren Albrecht?«

»Ja, so habe ich das wenigstens verstanden, und sie schienen es dabei zu haben«, der Kaufmann senkte verlegen den Kopf, was sein Gegenüber zu einem schäbigen Grinsen veranlasste. »Und wann habt Ihr nachgesehen, Kolman?«

»Cola bitte …«, der Kaufmann beschloss, gleich mit der Wahrheit herauszurücken. »Im Wilden Mann, der Herberge an der Pegnitz, hat er diese Truhe zum ersten Mal aus den Augen gelassen, weil er schnell eine Distel am Wegesrand zeichnen musste …«

»Eine Distel?«

»Ja, der Mönch. Er zeichnete dauernd solche seltsamen Dinge, einen Mistkäfer, die knorrige Rinde eines Baumes und so weiter. Jedenfalls hat ihn der Hund begleitet, und ich konnte einen Blick hinein werfen.«

»Und?« Cola di Rienzo sah befriedigt, wie die Augen seines Zuhörers vor Spannung groß wurden, und ärgerte sich im selben Moment, dass er nicht mit mehr aufwarten konnte.

»Pergament war drin, viele Bögen.«

»Das ist das Geschenk?«, meinte der Zuhörer enttäuscht, »Pergament? Seid Ihr sicher?«

»Ja, ich hab die ersten zwei, drei Bögen angehoben, dann kam ja der Distelzeichner wieder zurück. Pergament vom Feinsten, da hab ich ein Auge dafür!«

Das bezweifelte der Schwarzgekleidete zwar, aber wohlmeinend fuhr er fort: »Und wie ging es weiter? Was war noch seltsam?«

»Nun, in Nürnberg haben wir uns dann am Hof des Burggrafen häuslich eingerichtet und einen Tag ausgeruht und gewartet, bis Johann reisefertig war.«

»Johann?«

»Ja, der jüngste Bruder der Herzogin. Wir sind dann in seinem Gefolge weiter nach Passau gezogen und alle zusammen auf der Donau Richtung Wien geschippert.« Nachdenklich setzte der Kaufmann nach: »Da war es dann angenehmer, denn die Drei zogen es vor, einem andern Kaufmann die Ohren vollzusingen, armer Ludwig, er muss inzwischen taub sein …«

Unwirsch winkte der Schwarzgekleidete ab, solche Geschichten interessierten ihn ja eigentlich gar nicht, nur eines fragte er noch. »Ist Johann jetzt in Wien?«

»Jaja«, berichtete der Kaufmann eifrig, »wohlbehalten ist er in der Burg angekommen. Ganz aus dem Häuschen war sie, die Schwester, die Beatrix.« Verschämt hielt er inne. »Also die Gattin des Herzogs hat sich über die Maßen gefreut!«

»Wo sind die drei anderen denn hier in der Stadt abgestiegen?«, beeilte sich der Schwarzgekleidete zu fragen, denn nach Familiengeschichten vom Hof stand ihm der Sinn schon lange nicht mehr.

Da war es am Kaufmann, dreckig zu grinsen. »Nun, ich denke, sie werden noch gar nicht angekommen sein in der Stadt!«

»Was, warum denn?«

»Sie haben sich verlaufen, ganz plötzlich. Also, nachdem ich ihnen den Weg gewiesen habe, über eine Furt, eine sehr versteckte.« Siegessicher lachte da Cola di Rienzo: »Einem Mann wie mir geht man nicht ungestraft auf die Nerven, also bin ich sie losgeworden, ganz einfach. Nachdem ich meinen Auftrag erfüllt hatte, sie nach Wien zu führen, hab ich sie laufen lassen, die beiden. Der Baumeister ist ja mit der Hofgesellschaft und dem Johann abgerauscht, ist halt was Besseres. Doch die übrigen, elenden Klatschmäuler …«

Da schäumte die Wut in seinem Gegenüber neuerlich auf: »Heißt das, du hast sie absichtlich in die Irre geführt, nachdem ihr das Schiff hier verlassen habt!«

»Nein, schon vorher«, meinte der Kaufmann verschreckt, »wir mussten schon vorher aussteigen, mit all unseren Waren und Tieren. Bei Nussdorf haben wir das Schiff verlassen. Es war zu gefährlich, durch das viele Schmelzwasser führt der Donau-Arm nahe der Stadt Hochwasser! Ist spät gekommen heuer, das wärmere Wetter, deswegen …«

»Und hier irren die beiden jetzt herum, mit dem Geschenk an den Herzog?«

»Und mit dem Hund.«

»Du verdammter Trottel«, wiederholte der Schwarzgekleidete, zahlte dem erzürnten Kaufmann aber seinen Lohn aus und scheuchte ihn aus der Krypta hinauf in die

Kapelle. Kurz hielt er inne, atmete durch und überlegte, wer die zwei vom Münzmeister Geschickten wohl waren. Er beschloss aber, diese Angelegenheit vorerst auf sich beruhen zu lassen und sich zu entspannen. Im Moment konnte er so gar nichts ausrichten, also warum sollte er sich nicht etwas wirklich Angenehmes angedeihen lassen? Seufzend vor Wonne kniete er sich nieder und öffnete die Ochsenhaut. Der Reihe nach legte er die Knochen auf den Boden und fühlte sich schon viel besser. Er befolgte dabei eine ihm eigene Ordnung, und während er Handwurzelknochen zu Handwurzelknochen, Hüfte zu Hüfte, Schulterblatt zu Schulterblatt legte und die Teile mit einer streng nach Kräutern und Harz riechenden Emulsion behandelte, beruhigte er sich völlig und ließ seinen Gedanken freien Lauf. Dabei machte ihm der eigentümliche Geruch nichts aus, und auch die Schädel, die ihn mit blicklosen dunklen Augenhöhlen anzustarren schienen, beunruhigten ihn nicht weiter. Die Toten bereiteten ihm viel weniger Sorgen als die Lebenden. Denn vielmehr ärgerte ihn dieses Geschenk und alles, was es damit auf sich haben könnte. Warum wusste er denn nichts davon und war auf Informationen eines welschen Kaufmannes angewiesen? Würde ihn sein Freund, der Münzmeister in Prag, hintergehen, würde Martin Rotlöw abtrünnig werden und eigene Wege beschreiten? Das Licht der Fackel, die diese unterirdische Kapelle Sankt Virgil erhellte, warf geheimnisvolle Schatten in die Nischen, in denen die Gebeine jener Verstorbenen ruhten, für die kein Platz mehr auf dem Stephansfreithof gewesen war. Eigentlich hat der Kaufmann ja recht, es liegen hier genug Knochen herum, dachte der Mann und sah, dass er alle beiden Skelette wieder gut zusammensortiert hatte und ihnen jetzt auch der typische Geruch nach Einbalsamierung anhaftete. Aber wie sollte man dieser einfältigen Seele nur erklären, dass das Gebeine für einen ganz besonderen Zweck waren. Und die einer Heiligen Ursula hatten nun einmal anders auszusehen als die des Heiligen Morandus. Wie sollte der arme Wicht denn erahnen, dass er nicht einfach in die Nische greifen und sich beliebig aus dem Angebot der Knochen hier bedienen konnte. Es musste doch auf so viel Rücksicht genommen werden, auf das Alter der Skelette zum Beispiel, die durften ja nicht zu frisch sein. War ein Morandus mit seinen nicht einmal 300 Jahren ein vergleichsweise junges Skelett, ein Jungspund unter den Reliquien sozusagen, so musste er bei Gervasius aufpassen, denn diese Gebeine mussten mehr als 1000 Jahre am Buckel haben, um echt zu wirken. Da war er sehr eigen, der Schwarzgekleidete. Alles andere wäre ja direkt Pfusch. Denn man konnte nicht einfach jeden ausgraben und mitnehmen. Man musste über gute Verbindungen und verlässliche Lieferanten verfügen! Doppelgänger und Stellvertreter der großen Heiligen und Märtyrer unverfänglich und nicht nachvollziehbar über Pässe und Straßen des Reiches hierher nach Wien zu schaffen, hatte vor allem mit Kenntnis, Bedacht und Geduld zu tun. Und Letztere war ihm bei diesem welschen Kaufmann um ein Haar ausgegangen! Aber noch ist ja nicht alles verloren, meinte er zu sich selbst, richtete sich behände auf und blickte glücklich auf die zusammengesetzten Skelette. Besonders das größere der beiden hatte es ihm angetan. »Du wirst ein schöner Morandus sein«, flüsterte er dem einen zu, »nicht auseinanderzuhalten vom Original, dafür werde ich sorgen, so wahr ich Hofmeister bin, Hofmeister Fichtenstein zu Wien.«

Damit versteckte er die drei Gebeine in verborgenen Nischen und beglückwünschte sich selbst zu der einmaligen Idee, Gebeine unter Gebeinen zu verstecken, denn Gleiches unter Gleichem fiel nicht auf. Sorgfältig kennzeichnete er die Stellen mit kleinen Steinen, was fast unnötig war, denn *seine* Doppelgänger hätte er ja blind unter allen anderen herausgefunden!

»Dass ihr mir bis Sonntag hier auf mich wartet!«, gluckste er und musste über seinen – wie er meinte – gelungenen Scherz herzhaft lachen. Zufrieden verließ er schnellen Schrittes die Krypta, zwängte sich durch den engen Schacht, der hinauf in die Maria Magdalenenkapelle führte, und wollte sich schon zum Ausgang Richtung Kärntnerstraße wenden, als er plötzlich innehielt. Er erblickte eine dunkle Gestalt im Gebet versunken und dachte verächtlich: Warum ausgerechnet jetzt zu so nachtschlafender Stunde und warum in Dreikönigsnamen hier neben dem Ausgang, dass ich mich nicht ungesehen an ihm vorbeischleichen kann?

Er ging leisen Schrittes und sah sich mit einem Mal dem dunklen durchdringenden Blick eines hoch aufgerichteten jungen Mannes gegenüber. Kalter Schweiß brach ihm aus allen Poren, denn er kannte ihn, besser, als ihm lieb war. Sein Gegenüber hatte ihn offensichtlich auch erkannt, denn er wandte sich ihm unverzüglich zu.

»Hofmeister Fichtenstein, zu so später Stunde im Beinhaus des heiligen Virgil, welch angenehmer Zufall, Euch hier zu treffen.« Die tiefe Stimme des Mannes, der in ein einfaches Beinkleid und ein etwas schäbiges Wams gekleidet war, troff vor Sarkasmus.

Der Hofmeister, dem die unterschwellige Drohung nicht entgangen war, schickte sich an, rasch an dem Mann vorbeizukommen, aber er war nicht schnell genug, denn er wurde unsanft am Ellenbogen gepackt und zurückgehalten. Nun – was der Hofmeister auf den Tod nicht ausstehen konnte, war Körperkontakt. Er vertrug es einfach nicht, angefasst, umarmt, getätschelt oder gar an Stellen, an die er nicht einmal denken wollte, berührt zu werden. Dementsprechend resolut versuchte er, sich loszureißen, doch vergebens, der junge Mann hielt einem Fangeisen gleich den Unterarm des Hofmeisters mit seiner kräftigen, schwieligen Hand umfasst.

»Warum so eilig, Fichtenstein? Ihr nehmt Euch doch auch sonst viel Zeit, besonders wenn es um meine Familie geht. Eure Geduld, uns zu quälen und zu erniedrigen, ist doch unerschöpflich.«

»Nehmt Eure Pfoten weg, Unseliger!« Der Hofmeister war sehr blass geworden, was einen interessanten Kontrast zu seiner schwarzen Kleidung darstellte und in der nur von vereinzelten Kerzen erhellten Kapelle ziemlich gespenstisch wirkte.

»Mein Vater hatte eine wirklich schlechte Nacht, Hofmeister, und ich damit auch. Ich versuche mich jetzt ein wenig zu entspannen, bei einer kleinen Andacht und einem Spaziergang hinunter zur Donau!«

»Macht doch, was Ihr wollt, mich schert das nicht den Teufel!« Der Hofmeister fauchte wie eine Katze, der man auf die Pfoten getreten hatte, und versuchte sich erneut zu befreien.

Da grinste der junge Mann grimmig, packte ihn noch fester mit der einen Hand und griff mit der anderen um das Genick des zutiefst Erschrockenen. »Du gehst jetzt mit mir, du verdammter Geizkragen, sonst drehe ich dir den Hals um wie einer altersschwachen Krähe. Du begleitest mich runter zur Donau und hörst dir dabei ein paar Familiengeschichten an. Das brauche ich jetzt.«

Der Hofmeister wollte lautstark protestieren, doch als er die Hand noch fester um seinen Hals spürte, verstummte er und folgte röchelnd seinem Peiniger nach draußen, wo am Horizont kaum wahrnehmbar die Morgendämmerung einen kalten Karfreitag ankündigte. Der Hofmeister staunte, und trotz seiner misslichen Lage wunderte er sich, dass er über seiner Lieblingsarbeit im Beinhaus so völlig auf die Zeit vergessen hatte. Es nieselte und war empfindlich kalt. Fichtenstein wagte nicht daran zu denken, wie ungemütlich es drunten in den Donauauen werden würde, wurde dann aber grob zur Seite gerissen und stolperte so recht und schlecht neben dem Mann her.

Wien, Karfreitag
(8. April) 1384

»Wie viel willst du für diese stinkende Salbe? Sag das noch einmal, drei Silberlinge, ach vergiss es einfach«, zeterte Frau Puchheim und zeigte dem konsternierten Diener des Apothekers ungeniert den Vogel.

»Dein Mann als Truchsess des Herzogs verdient kaum so wenig, dass du beim Apotecarius feilschen musst, oder, Eleonore?«, mischte sich da ein groß gewachsener schlanker Mann ein, den alle Anwesenden sofort als den herzoglichen Hofmarschall Hirssmann erkannten. Als die Angesprochene hocherhobenen Kopfes mit vor Zorn roten Wangen an Hirssmann vorbeirauschte und ihm ein »Du kannst mich mal, du blöder Bock!« zurief, konterte dieser grinsend: »Hättest gerne, blede Gaas!«*

Mittlerweile wussten ja schon alle in der Stadt, dass sich die beiden nicht ausstehen konnten, seit Eleonore Puchheim dem Stallburschen vom Hirssmann eine geschmiert hatte, als dessen feuriger Hengst ihr die reiche Haube vom Kopf herunter gefressen hat. Das war nicht irgendwo passiert, sondern ausgerechnet im Festzug zu Ehren der Hochzeit von Albrecht und Beatrix. Das war zwar schon über ein Jahr her, aber so eine Schande! Den ganzen Weg musste sie als Gattin des herzöglichen Truchsess barhäuptig einherschreiten. Wie eine x-beliebige Dirne war sie dahergestolpert, nur weil der Gaul vom Hirssmann, diesem aufgeblasenen modischen Gecken, nicht genug

---

* Blöde Ziege

Heu bekommen hatte und sich an den kunstvoll arrangierten Borten und Schnüren der Haube schadlos halten musste! Tagelang hatten die Wienerinnen über das mühsam mit der Brennschere gebändigte Haar der Puchheimischen gelacht, das nach der Pferdeattacke wirr nach allen Seiten abgestanden war und wie Stroh ausgesehen hatte! Auch jetzt grinsten die zahlreichen Kundinnen des Apothekers schadenfroh, bevor sie sich wieder ihren eigenen Angelegenheiten zuwandten.

»Mei Kind braucht was gegen hohes Fieber, schon zwei Tag liegt's einfach nur da«, flüsterte eine Bürgersfrau, deren Ringe unter den Augen von den besorgt durchwachten Nächten zeugten. Flink holte der Apotheker ein kleines Fläschchen vom hölzernen Regal und meinte stolz: »Da hätt i an Essigsud aus Veilchen, Salbei, Honig und Spitzwegerich, des is ganz neu und hab i selber erfunden!«

Da schrie plötzlich eine etwas beleibte Frau in Büßerinnentracht aus der zweiten Reihe mit durchdringender Stimme: »Des glaub i jetzt afach ned, von wegen *selbst erfunden*, du Haderlump, des, was du der armen Frau gegen des Fieber andrehen willst, is nix anderes als mei Mailufterl!«

Zornig baute sich der Apotheker vor ihr auf: »Was willst du Weib, von wegen Mailufterl, was soll des sein?«

»Nix anderes als des Gurgelwasser vom Kloster Sankt Hieronymus, du Kurpfuscher du! Veilchen, Salbei, Honig und Essig! Abg'schaut hast es, no a bisserl an Spitzwegerich rein, und schon verkaufst du des als neues Fiebermittel!«, schrie die Büßerin entzürnt.

»Wir sind hier in der Apotheke Zum Schwarzen Bären, und so wahr ich Perchtold Schutzberger bin, hab ich es bei Gott nicht nötig, das Gebräu von so einer hergelaufenen Nonne abzukupfern!« Rot vor Ärger wandte sich der Apotheker an seinen Diener und trieb ihn zur Eile an: »Jetzt, Martin, jetzt mach amal und bedien den nächsten Kunden.«

»I brauchat aa a Salberl«, ließ sich da ein alter Mann vernehmen, »mir reißt des Kreiz! Oh verdammtes feichtes Wetter, bledes!«* Alle Umstehenden nickten mitfühlend und verwünschten den nassen, unbeständigen April. »Ja, i geb dir da wos, des nehman ma a für die Ross!«, meinte der Apotheker Perchtold und patzte mit einem hölzernen Spatel zwei Brocken scharf riechende Salbe in einen Tiegel, »wennst des aushaltst, dann ist des Kreuz a scho guat!«

»Do hätt i glei zum Bader gehn kenna oder zur Kräuterhex, wennst nur den Schmarrn da für mi host.« Damit verschwand der Alte nach draußen. Mitleidlos zuckte Perchtold mit den Schultern und rief ihm nach: »Gehst halt oder bringst nächstes Mal a g'scheites Rezept von an Bucharzt, dann kriegst aa a richtige Arznei und ka Rossschmier!« Die Leute murmelten ungehalten, wussten doch alle, dass sich die wenigsten hier in der Stadt eine Behandlung von einem Bucharzt, also einem Mediziner, der an der Universität studiert hatte, leisten konnten. Nicht nur, dass es für ganz Wien nur ein Dutzend ausgebildete Buchärzte gab, waren sie so teuer, dass die Wiener mit ihren Wehwehchen lieber zum Bader oder bestenfalls zu einem Wundarzt pilgerten.

Da ließ sich ein älterer südländisch anmutender Herr vernehmen, der bislang im Hintergrund des Apotheker-

* Mir tut wegen des feuchten Wetters mein Rücken furchtbar weh!

gewölbes gestanden hatte: »Mein Gott, Perchtold, jetzt mach doch nicht so ein Theater um die Rezepte, weiß doch jeder, dass du Arzneien nach deinem Gutdünken ausgibst!«

»Wer sagt das?«, schnauzte der Angesprochene und reckte seinen Hals in Richtung der dunklen Ecke.

»Na, die Spatzen pfeifen es von den Dächern, dass du dich einen Dreck um die Verordnungen scherst!«, kam es wieder aus dem Dunkel, »aber mit deinen Beziehungen zum Hof kannst du dir ja alles erlauben!«

»Ja, sogor des Stehlen von fremden Rezepten, aa des kann er sich erlauben, der feine Apotheker, verkauft mei Gurgelwasser als Fiebermittel …«, zeterte die Büßerin und rang die Hände.

»Weib, halt doch dei Goschn«, schimpfte Perchtold und wandte sich wieder der Ecke zu: »Ich will jetzt wissen, wer diese Verleumdungen über mich verbreitet!«

Da trat der vornehme Herr aus dem Dunkel.

»Der Mathias Bonus, ich hätt's mir denken können«, sagte Perchtold und lächelte süffisant, »wirft deine eigene Apotheke nicht genug ab, dass du zu den anderen spionieren kommst? Hast dich wohl überfressen mit dem zweiten Haus in der Goldschmiedgasse, hä!«

Ruhig antwortete Bonus: »Von überfressen kann keine Rede sein, der Goldene Greif geht mehr als gut, überhaupt wo ich jetzt wegen dem zweiten Haus mehr Platz habe. Aber wenn ich von deinen Machenschaften hör, dann wird mir wirklich schlecht!«

»Ja i speib a glei, wenn i denk, dass der mir mei Erfindung, mei Gurgelwasser, klaut hot!«, kam es wieder von der dicken Alten.

Unwirsch winkte Perchtold ab und lehnte sich weit

über seinen Verkaufstisch: »Welche Machenschaften, Bonus, welche?«

Der Apotheker des Goldenen Greif spielte scheinbar arglos mit seiner Gürtelschnalle und fuhr über seine kostbar gefütterte Jacke. Plötzlich schnellte er mit seinem Kopf so weit vor, dass Perchtold erschrocken zurückwich. Mit leiser drohender Stimme sagte er: »Nun, Perchtold, wenn du es vor all deinen Kunden hier hören willst, meinetwegen. Aber glaub nur ja nicht, dass uns anderen Apothekern entgangen ist, wie viele Lieferungen an Myrrhe, Sandelholz, Zypresse und Muskat du erhalten hast!«

»Ja und«, meinte Perchtold scheinbar arglos, »ich bin Apotheker, ich brauch meine Simplicia, meine Arzneistoffe!«

»Verkauf mich nicht für blöd«, konterte Bonus, »in diesen Mengen brauchst du sie und dann noch literweise Essig und Weingeist dazu?«

»Jessasna, der hot an Essig und i ned!«, vernahm man wieder die Frauenstimme.

»Und Alaun und Drachenblutharz«, setzte Bonus ungerührt fort.

Perchtolds Stirn überzog bereits ein feiner, aber unübersehbarer Schweißfilm.

»Jeder halbwegs gescheite Apotheker weiß, dass du aus diesen Zutaten keinen Trank für die Lebenden braust, schon eher einen für die Toten!«

Ein Raunen ging durch die Menge, und die Kundschaft des Schwarzen Bären fühlte sich gleich noch einmal so krank.

»Was soll das, Bonus, spinnst du jetzt völlig?«, kam es unsicher von Perchtold.

»Ich nicht, aber du scheinbar, denn welcher seriöse Apotheker verdient sich so nebenbei eine goldene Nase mit dem Einbalsamieren von Leichen und dem Herrichten von Gebeinen? Denn nur für diesen Zweck braucht man diese Menge an Ingredienzen!«

Totenstill war es im Gewölbe des Schwarzen Bären geworden. Ein paar der Kunden bekreuzigten sich eilig. So eine Rederei und das noch dazu heute, am Karfreitag, das ging einem ja durch und durch!

»Ich bin hier, Perchtold, um dir Bescheid zu geben, dass bei der nächsten Visitation deiner Apotheke die Doctores der Universität ganz besonders auf dich und deine – sagen wir einmal – Aktivitäten achtgeben werden. Eigentlich wollte ich dich nur warnen!«

»Aber«, druckste Perchtold herum, »ich hab einen Auftrag vom Hof ...«

»Dann bist du noch dümmer, als ich dachte«, stellte Mathias Bonus nüchtern fest und wandte sich zum Gehen. Da legte sich auf seinen Unterarm eine kräftige, vom vielen Kochwasser und Rübenschälen schon etwas rissige Hand, und die Stimme dazu kam von der beleibten Frau: »Wenn es Euch nix ausmacht, werter Apotecarius, würde ich Euch gerne in den Goldenen Greif begleiten, denn auch ich habe einen Auftrag vom Hof!«

»Was kannst du altes lästerliches Weib, du abgetakelte alte Fensterhenne in deinem schäbigen Habit der Büßerinnen schon mit dem Hof von Albrecht zu tun haben«, meinte Perchtold und brachte damit seinen ganzen aufgestauten Zorn zum Ausdruck.

»Mit dir, du Leichenfledderer und Rezepteklauer, red i gor nix. Mit dem Schwarzen Bären bin i fertig! Mich sieht man hier am Lichtensteg nie mehr! Eigentlich wollt i ja was gegen meine Schweißfiaß haben, aber jetzt geh ich mit meinem Auftrag zur Konkurrenz!«

»Ja dann geh halt, du altes Weib, du damisches«, schimpfte und schrie der Apotheker Perchtold aufgebracht, »geh mit deine Schweißfiaß zur Konkurrenz, auf die paar Kreuzer kann i scho verzichten!«

»Von wegen a paar Kreuzer«, spie ihm die Büßerin ins Gesicht, »pfundweise Zucker brauch i für a herzögliches Fruchtmus, pfundweise sündteuren Zucker. Jetzt bist schmähstad, was? Kannst weiter deine Leichensafterl brauen, du Drecksack. Und dei vermaledeites Fiebermittel kannst da sonst wohin schiaben! Mocht der Trottel an Fiebersaft aus meinem Mailufterl!« Damit rauschte die Frau am Arm des völlig perplexen Mathias Bonus zur Tür hinaus und drängte ihn in Richtung Goldschmiedgasse. In der Apotheke zum Schwarzen Bären am Lichtensteg war es ruhig geworden. Einige der Kunden sahen sich ratlos an, andere scharrten verlegen mit den Füßen am Boden. Endlich fasste sich ein Mann mittleren Alters, seiner Kleidung nach ein Schreiberling, ein Herz und murmelte: »Alsdann, eigentlich weiß i gar ned, was ich da soll, mei Schnupfen ist scho fast weg!« Damit wandte er sich um und verließ die Apotheke schnell. Mit Sätzen wie »Mir geht's auch schon besser!«, »Ich hab was Besseres zu tun« oder »Herrschaftszeiten, so spät is es scho«, verließen so nach und nach alle den Schwarzen Bären, bis sich der Apothekergehilfe Martin und sein Chef Perchtold verdutzt nur einem einzigen Kunden gegenübersahen, dem Hofmarschall Michael Hirssmann. »Was ist das denn für ein Auftrag vom Hof?«, fragte er zuckersüß, doch ein Blick in seine blitzenden Augen sagte, dass er sich wohl kaum so schnell abwimmeln würde lassen, zu tief saß die Neugierde.

»Ach, nur ein paar Kleinigkeiten«, wich Perchtold aus, »aber was führt Euch her, Herr Hirssmann, eine Schönheitstinktur für die werte Gattin gefällig? Da hätten wir erst kürzlich was hereinbekommen …«

»Wer genau hat denn den Auftrag gegeben, ich müsst denjenigen ja kennen!«, fuhr Hirssmann unbeirrt fort.

»So genau weiß ich das gar nicht, denn derjenige schickt immer einen Boten, um die … äh … Ware abzuholen!« Damit log Perchtold nicht einmal, denn er hatte tatsächlich noch nie den Höfling zu Gesicht bekommen, wichtig war ihm einzig der pralle Geldbeutel, den er für seine Dienste bekam, gewesen.

Hirssmann, dem Ähnliches durch den Kopf ging, winkte resigniert ab, empfahl sich, nicht ohne sich noch ein Fläschchen Tinktur einpacken zu lassen, gratis selbstverständlich, denn man musste ein schlechtes Gewissen ausnutzen, wenn es einem so unverblümt über den Weg lief.

Als er einen Schritt in seinen aus feinstem Leder gearbeiteten Schnabelschuhen sorgfältig auf die Gasse setzte, um nur ja in keinen unflätigen Mist zu steigen, begannen helle Glocken wie wild zu läuten. Michael Hirssmann wunderte sich, denn heute am Karfreitag läutete üblicherweise gar keine Kirchenglocke. Erst am Ostersonntag, am Fest der Auferstehung, bimmelte es in allen Tonlagen von jedem Kirchturm. Erst dann erkannte er, dass es sich um die Alarmglocke am Roten Turm nahe dem Stadttor handelte, die schnell und immer wieder angeschlagen wurde. Seltsam, dachte der Hofmarschall und wandte sich zum Dom, wo ein paar abenteuerliche Gestalten auf ihn zuliefen. Waren das etwa Hirten, und die mit den aus Gänsedaunen gebastelten Gestellen, sollten das etwa Engel sein? Hirssmann zwinkerte. Da vernahm er einen Schrei: »Aus dem Weg, aus dem Weg, drunten bei der Donau haben's grad zwei Halbhiniche* rauszogen!«

Wie jetzt, dachte Hirssmann und wäre fast von einem als Schaf verkleideten Burschen überrannt worden. »Aus dem Weg!«, schrie dieser und spuckte Lammfellfetzen aus.

»Ja Herrgottnochamal, was wird denn da gespielt?«, schrie Hirssmann und bekam postwendend einen Stoß in die Rippen. Christus persönlich oder jener drahtige Geselle, halbnackt, nur mit einem aus einem alten Sack geschlungenen Lendenschurz und einer Dornenkrone aus Hagebuttenzweigen rammte dem Hofmarschall neuerlich sein Holzkreuz in die Seite. »Jetzt weich doch aus«, schrie der Christus, »oder siechst ned, dass ich's eilig hob!« Damit entschwand auch der vermeintliche Heiland Richtung Donau. »Also, seid's ihr jetzt alle komplett verrückt …«, murmelte Hirssmann unter Schmerzen und wischte sich über seine feuchte Stirn.

»Aber keine Angst«, kam ihm da eine junge Frau, angetan mit einem weißen Kleid und einem hellen Schleier über dem geflochtenen Haar, entgegen, reichte ihm ein Tuch und deutete Hirssmann, sich damit den Schweiß von der Stirn zu wischen. »Wer seid Ihr denn?«, fragte er verdattert.

»Ich bin die Friedl, also heute die Veronika, die mit dem«, damit zeigte sie auf den hellen Fetzen, der schon bessere Tage gesehen hatte, »Schweißtuch!«

---

* Fast schon Tote

»Und was soll das alles?«

»Na, wir kommen grad aus dem Dom!«

»Aha. Und?«

»Na heute, wissts Ihr des ned, is ja das Passionsspiel gwesn. Heute … Karfreitag … juhuu …« Die junge Frau starrte Hirssmann an, als ob er nicht ganz bei Sinnen wäre, und wedelte mit dem Fetzen vor seinen Augen herum.

»Aha«, sagte der wieder und nickte verwirrt. »Und warum rennen jetzt das Schaf und der Christus und die alle«, damit zeigte er auf bunt gekleidete bärtige Männer, die an ihnen vorbeiliefen, »jetzt die Rotenturmstraße runter?«

»Also *alle* sind des ja jetzt ned unbedingt. Es sind zwölf. Des do is nur der Urs, also der Apostel Thomas, der Konrad, also der Matthias, und unser Mesner, der hat den Judas heute gspielt, also Hut ab! So was von verschlagen und gemein! Wie der das gespielt hat, also wirklich! Na egal, jetzt wollen die die Halbersoffenen ins Bürgerspital bringen. Falls sie noch leben, wenn nicht, dann halt gleich aufn Freithof, liegt ja am Weg.« Damit entschwand auch Veronika, nicht ohne noch einmal mit ihrem Schweißtuch zu winken. »Ach ja, der Karfreitag«, murmelte Hirssmann und gedachte des Wiener Brauchs, ein Passionsspiel vom Leben und Leiden Christi im Dom aufzuführen. Dunkel erinnerte er sich an seine Jugendzeit, wo er den Hahn spielen durfte. Der, der immer krähte, wenn die Apostel Jesus Christus verleugneten. Gerne hatte er die Rolle gespielt, sehr gerne, der bunten Federn in seinem Hinterteil wegen. Aber lang ist's her! Hirssmann schüttelte resigniert den Kopf und wandte sich entschieden in die andere Richtung, seinem Haus in der Dorotheergasse entgegen. Es reichte ihm, er war nicht mehr der jugendliche Gockel von damals, der sich um gar nichts scherte, er war älter geworden, müder und – wie er sich eingestehen musste – weniger belastbar. Denn wie konnte es sonst sein, dass ihm eine ehemalige Dirne, die Gurgelwasser braut, ein Apotheker, der sich mehr um Tote als um Lebende kümmert, und ein Christus, der Halbertrunkene ins Spital bringt, dermaßen aufs Gemüt schlugen! Er war schon gar nichts mehr gewöhnt, schalt er sich selbst, als er nach Hause stapfte, gar nix mehr. Warum berührte ihn das alles so?

»Warum schlägt dich dieser Mann immer, Mutter?«, fragte das Kind. Summend strich die Frau über den lockigen Schopf, um dann zu murmeln: »Licht des Vollmondes, Licht des Neumondes. Rad des Lebens, tanze das spiralenförmige Licht, mein Kind …«

»Aber Mutter«, kam es ungeduldig »warum tut dir denn der Mann so weh, dass du weinen musst? So weh, dass du blutest?«

»Hörst du den Pulsschlag der Erde, lauschst du ihrem Gesang, mein Kind? Atme ein und atme aus, träume den Frieden, und er wird einziehen in deine Seele, träume mein Kind!«

»Darf er denn das, dieser Mann, einfach kommen und dich schlagen?«

Da wurden die Augen der Frau klarer, und traurig wandte sie sich an das Kind: »Ja, er darf es und er wird es immer wieder tun.« Da weinte das Kleine bittere Tränen und umarmte die Frau schluchzend: »Ich werde dir helfen, Mutter, ich werde dir helfen.«

Da packte die Frau den zarten Arm des Kindes und meinte nur: »Mir kann niemand helfen, merk dir das, aber du, du selbst kannst dir helfen.«

Mit nassen Augen blickte das Kind auf: »Wie?«, hauchte es.

»Hier, betrachte diesen Stein!«, flüsterte die Frau und zog einen kleinen Bergkristall aus ihrem weiten Gewand. Die Sonne brach sich in dem kleinen Stück Quarz und wandelte das schwache Licht in ein zauberhaftes Glitzern. Das Kind staunte mit offenem Mund.

Da lächelte die Frau und sagte: »Das ist der heiligste unter den Steinen, er verbreitet Licht und Klarheit. Er wird dich lehren, deine Gedanken zu klären, deine

Schmerzen zu lindern.« Die Frau nahm die kleine Hand des Kindes, legte den Bergkristall hinein und schloss die kleinen Finger darum. »Hier, nimm ihn und bewahre ihn auf, er zeigt dir den Weg, wenn du nicht weiter kannst, er schenkt dir Selbstvertrauen und ein sicheres Fundament.«

Dann begann die Frau wieder ihre Lieder zu summen und abwesend den Kopf des Kindes zu streicheln. Sie war nicht mehr erreichbar für die Worte der Menschen, lebte in einer eigenen Welt mit eigenen Gesetzen. Hier hatte sie sich ihr Versteck gebaut, wo niemand ihre gequälte Seele finden konnte, selbst er *nicht, wenn er sie mit Gewalt aus ihr herausprügeln wollte. Ihre Seele blieb unerreichbar, sie verlor sich heiter und sorglos wie weiße Wölkchen am azurblauen Sommerhimmel.*

Wien, am Ambrosiustag (9. April) 1384

»Ihr habt mehr Glück als Verstand«, meinte der alte Apotheker und würzte den Trunk mit einer Handvoll zerstoßenem Pulver. »Da, trinken! Jetzt!« Damit hielt er jedem der dreien einen irdenen Becher mit einer trüben Flüssigkeit an den Mund und ließ nicht nach, als sie diesen mit gerümpfter Nase und zitternden Lippen wieder absetzen wollten. »Nix da, austrinken in einem Schluck!« Unerbittlich sah er zu, wie sie das Gebräu hinunterwürgten. »Um ein Haar hätte euch die verrückte Bande im Heiligengeistspital oder gar gleich am Friedhof abgeladen!«

»Hast nicht ein wenig von dem Zucker, um den bitteren Trank zu versüßen?«, fragte einer der drei vor Kälte zitternden Gestalten. »Nein, Rudolf, der Zucker ist bis auf Weiteres aus, ich hab da eine gute Kundschaft, die mir jedes Gramm davon teuer abkauft. Tut mir leid, jetzt gibt es im Goldenen Greif nur mehr bittere Pillen!« Grinsend räumte Mathias Bonus die leeren Becher zur Seite und musterte die drei Gesellen, die wie eine Woge schmutzigen Donauwassers in seine Apotheke geschwemmt worden waren, genauer. Zu seiner Rechten, auf einem kleinen Holzfass, in dem die neuen Gewürzlieferungen lagerten, saß jener, der vor Kälte am meisten zitterte. Kein Wunder, dachte der Apotheker, er hat ja fast kein Fleisch auf den Rippen. Der schlanke, etwa 16 Lenze zählende Jüngling hielt seine langen, dürren Finger verschränkt und stützte sein spitzes Kinn darauf. Seine schmalen Lippen bebten und ließen den Blick auf kleine, gerade Zähne zu. Seine Haut war blass, das dunkelblonde Haar klebte in krausen Locken an seinem eher kleinen Kopf. Im Gegensatz zu seinen Ohren, die waren groß und standen auch ein wenig zu weit ab. Belustigt sah Mathias, wie er seine lange schmale Nase rümpfte, als er den letzten Schluck aus dem Becher trank. Seine Wangen hatten sich bereits ein wenig gerötet, und die Gänsehaut auf seinen dürren Unterarmen hatte sich auch schon gelegt. Als er den Blick zum Apotheker wandte, um sich noch einen Becher des Kräutersudes zu erbitten, traf diesen ein wacher, aufmerksamer Blick aus strahlend blauen Augen. Mathias Bonus musste unweigerlich lächeln, selten sah man eine derart aufgeweckte Seele durch ein Augenpaar förmlich hervorfunkeln. Conrad, so hieß der Bursche, schien sich seiner Wirkung bewusst zu sein, denn nicht überheblich, aber auf jeden Fall sehr amüsiert, wandte er sich mit einer angenehmen, wohlklingenden Stimme an den Apotheker: »Ich trinke das grausliche Zeug nur, um möglichst schnell wieder auf die Beine zu kommen«, dabei streckte er seine schlanken Schenkel übermütig, »denn das Herumsitzen liegt mir nicht, ich hab immer viel zu tun!« Bonus nickte wissend und schenkte ihm großzügig ein: »Das wird dich wärmen von innen, dein Blut in Wallung bringen und die schädlichen Säfte aus deinem Körper schwemmen.«

»Bloß nicht, mein lieber Freund und Pillendreher«, warf da Rudolf ein, der es sich in der dunklen Ecke bequem gemacht hatte, »ich weiß genau, was du im Schilde führst, Mathias Bonus!« Damit wackelte er mit seinem starken, mit schön geformtem Nagel versehenen Zeigefinger. Wie ertappt schmunzelte der Apotheker und betrachtete sein Gegenüber genauer. Rudolf, oder Rolf, wie er so gerne genannt wurde, hatte sich verändert. Seine tiefliegenden dunklen Augen strahlten zwar nach wie vor Traurigkeit aus, doch der verzweifelte Zug fehlte. Es scheint, als ob er nun besser mit seinem nicht immer leichten Leben zurechtkommt, dachte der Apotheker und betrachtete den elegant gewundenen Mund, der sich jetzt gerade zu einem breiten Lächeln verzog: »Meister Apotecarius, vergesst es!«

»Was soll ich vergessen?«, lachte Mathias zurück und betrachtete die starken Zähne und Rolfs vorstehendes Kinn.

»Euren Hippokrates!«

»Was soll mit ihm sein?«

»Vergesst nicht, Meister, ich studiere an der medizinischen Fakultät und weiß genau, dass Ihr uns drei jetzt ganz besonders genau beobachtet!« Rolfs Lächeln zauberte zwei Grübchen hervor und machte seine sonst eher sorgenvolle Miene heiter.

»Wie könnte ich denn vergessen, Rudolf, dass Ihr ein Studiosus der Medizin seid? Ihr reibt es mir altem Apotheker ja mehrmals am Tag unter die Nase!«

Da fuhr sich Rolf durch sein fast schwarzes wie Igelstacheln aufstehendes Haar und straffte seinen kräftigen Oberkörper. Etwas verlegen meinte er: »Bin ich etwa zu lästig?«

»Aber nein«, winkte der Apotheker ab, »denkt nicht so viel darüber nach, was Ihr wissen möchtet, fragt einfach, ich helfe Euch gerne!«

»Ihr habt mir schon so viel geholfen«, bemerkte Rolf mit gedämpfter Stimme, stemmte sich auf seine starken Beine und drehte sich weg. Mathias Bonus wusste auch so, ohne in sein Gesicht zu sehen, dass ihn die Traurigkeit und die Verzweiflung wieder einzuholen drohten.

Betont lustig wandte er sich zum dritten Gesellen, der halb am hölzernen Verkaufspult saß, halb lehnte. »Wollt Ihr auch noch einen Becher, oder ist Euch der Trank zu grauenvoll?« Ruhig streckte ihm der fast bis an die Decke des Verkaufsgewölbes reichende junge Mann seinen stark behaarten Unterarm hin und ließ sich geduldig einschenken. »Hilft's nix, schadet's auch nix«, brummte er mit seiner tiefen Stimme und lächelte ergeben. Etwas zitternd war seine Stimme allerdings noch, und die Gänsehaut zeigte sich auf der fahlen, mit Muttermalen übersäten Haut auf Hals und Gesicht.

»Ist dir noch immer so kalt?«, erkundigte sich Mathias besorgt.

»Nicht so kalt wie dem da!«, meinte der Mönch und zog aus einem überweiten, nach feuchtem Schaf stinkenden Ärmel seiner Kutte einen schmalen Windhund hervor. »Janus hätte es fast erwischt, aber er ruderte wie wild und schaffte es irgendwie, an der Oberfläche zu bleiben. Ein Kämpfer halt.« Damit streichelte Waclaw dem Hund mit seinen Pranken über den schmalen Rücken. »Mich bringt ja sonst nicht so leicht etwas aus der Ruhe, aber es war schon furchterregend, als die Wellen über mir zusammenschlugen!« Klappernd schlugen die übergroßen, breiten Zähne des jungen Mannes nun doch aufeinander, obwohl er versuchte, seine vollen Lippen zusammenzupressen. »Ich kann nämlich nicht schwimmen!«

Da mischte sich Conrad ein: »Was, Waclaw, du kommst aus Wittingau, wo man von einem Fischteich in den nächsten fällt, und kannst nicht schwimmen? Was treibst du denn den ganzen Sommer!«

»Na das, was ich im Winter auch mache!«

»Und das wäre?«, fragte Conrad ungeduldig und hüpfte abwechselnd von einem Bein auf das andere, um Blut in seine kalten Glieder zu pumpen.

»Na malen, was sonst!«, erklärte Waclaw gelassen und rieb langsam die Handflächen aufeinander, um sie dem frierenden Hund dann wieder wärmend auf den Rücken zu legen. Der Apotheker, der sich beim Anblick der tellergroßen Hände mit den Wurstfingern einen Kommentar punkto Malen verkniff, meinte nur: »Es ist ja alles noch einmal gut gegangen!«

»Wäre Rolf nicht zur rechten Zeit da gewesen, dann würde ich schon im Hauptstrom der Donau Richtung Ungarn dahintreiben.« Ruhig nickte Waclaw Rolf zu und machte mit seinen monströsen Armen eine wellenartige Bewegung.

»Ich wär dann auch schon Fischfutter!«, ergänzte Conrad eifrig und schlug seine dürren Beine mit den nackten Füßen, die er aus seinen nassen Galoschen gezogen hatte, übereinander.

Dich mageren Bissen würden die Fische sogar noch ausspucken, dachte Mathias, behielt aber seine Meinung für sich.

Rolf winkte ab: »Als ich euch da im Hochwasser strampeln sah, bin ich euch eben entgegen geschwommen. Ihr wart fast am Ufer, ihr hättet es auch sicherlich alleine geschafft.«

»Nein, nein«, winkte Waclaw ab, »stell dein Licht nicht unter den Scheffel. Du bist ein guter Mensch, ein echter Freund, Rolf!«

Dieser antwortete leise: »Das hätte jeder gemacht!« Damit wollte er sich wieder der dunklen Ecke zuwenden, als ihn der Apotheker rasch am Ärmel zurückzog: »Was hattest du eigentlich in aller Frühe an der Donau verloren, Rolf?«

»Sicher keine Vorlesungen, die Lectiones beginnen zwar früh, aber so früh auch wieder nicht!«, versuchte Rolf zu scherzen, was ihm aber kräftig misslang, denn seine Wangen zeigten nervöse rote Flecken, die Mathias nicht entgingen. Forsch hakte er nach: »Und warum warst du wirklich dort?«

»Ich ging spazieren!«

»Einen verfrühten Osterspaziergang?«

»Wenn du so willst, Mathias! Ich darf doch wohl spazieren gehen, wann ich will!«, kam es trotzig von Rolf.

»Eben«, meinte Waclaw ruhig, »der zweite, der da drunten war, hat ja auch gesagt, er gehe nur Luft schnappen!«

»Das musste er ja auch, nachdem Rolf ihn so fest um den Hals gefasst hat«, kicherte Conrad.

»Wen hast du um den Hals gefasst, um Gottes willen?«, fragte Mathias.

»Lass Gott da heraus, bei dieser Kreatur bist du mit dem Teufel besser bedient!« Rolf hatte sich nun endgültig in die dunkle Ecke verkrochen und zischte weiter mit böser Stimme hervor: »Misch dich da nicht ein, Mathias, das geht nur mich etwas an!«

Mit zwei Sätzen war der Apotheker bei Rolf und schüttelte den um zwei Köpfe Größeren durch wie einen leeren Wäschebeutel: »Hast du etwa *ihn* da hinuntergezerrt, du Unglücklicher?«

Kleinlaut kam es aus dem Dunkeln: »Ich hab durchgedreht, ich war übernächtigt, meinem Vater geht es so schlecht und …«

»Verdammt noch einmal«, keuchte der Apotheker, »komm aus dieser Ecke heraus, dass ich dich sehen kann, wenn ich mit dir rede, du saublöder Trottel!«

Conrad blieb der Mund offen, als der Apotheker Rolf hervorzerrte, und Waclaw atmete hörbar aus. Der Hund winselte leise.

Rolf sah eher betreten als wirklich ängstlich aus und meinte zu seiner Verteidigung. »Die beiden können es beschwören, dass ich ihm kein Haar gekrümmt hab!«

»Ich kann gar nichts beschwören, denn ich musste all das Wasser herauskotzen, das ich verschluckt habe«, meinte Waclaw gelassen und trank den Becher leer.

»Und ich weiß nicht, wen du meinst!«, Conrad rutschte unruhig auf seinem Hosenboden hin und her.

»Schöne Freunde seid ihr, wenn ihr mir bei der ersten Gelegenheit, die sich bietet, in den Rücken fallt«, beschwerte sich Rolf und zerrte an der Hand des Apothekers.

»Los jetzt«, meinte dieser nur umso zorniger, »sag mir, was du mit ihm vorhattest.«

Rolf sackte weinerlich zusammen. »Ich weiß es gar nicht mehr. Ich wollte ihn nur irgendwie quälen, ihn spüren lassen, wie es ist, wenn …«

Da lachte Mathias höhnisch auf: »Der spürt nichts mehr, Mitgefühl von dem zu erlangen, ist so, wie wenn du einen Kieselstein aus der Donau melken möchtest, um Milch zu bekommen. Vergiss es, Rolf!« Ein paar Augenblicke lang war es unheimlich ruhig im Goldenen Greif.

»Du weißt, dass das ein Fehler war!«, setzte Mathias dann nach.

»Ein Fehler, diese beiden tropfnassen Gestalten aus den Fluten zu fischen wie Ratten aus der Kloake?«, versuchte

Rolf zu scherzen, ging nach vorne und klopfte Conrad und Waclaw auf die Schulter und streichelte den Hund.

»Lenk nicht ab, Rolf«, versuchte es der Apotheker noch einmal ernsthaft, »du weißt hoffentlich, dass du damit einen schlafenden Löwen geweckt hast. Fichtenstein vergisst nichts.«

Ungeduldig schwang dieser seine Arme: »Lass gut sein, Mathias. Wird nicht wieder vorkommen!«

Kopfschüttelnd entfernte sich Mathias ein wenig und ließ die drei allein.

»Was machen wir jetzt?«, fragte Rolf und wandte sich zuerst an Conrad. »Ich werde sehen, was mein Vetter so macht. Er war ja gestern bei Hof eingeladen und soll heute trotz Brummschädel auf dem Gerüst herumturnen und seine Pläne für Sankt Stephan an Ort und Stelle darlegen.«

»Der Parler ist dein Vetter?«, kam es ungläubig aus den Tiefen des Gewölbes, wo sich der Apotheker an seinen Vorräten zu schaffen machte.

»Wenzel Parler, ja, der hier den höchsten Turm bauen soll«, antwortete Conrad und grinste.

»Und ihr werdet ihm helfen?«, kam es wieder von hinten.

»Nein, ich eigne mich nicht fürs Baugeschäft. Ich bin zum Studieren da.«

»Wieder ein Medicus?«

»Nein, Artistenfakultät«, meinte Conrad.

Rolf nickte Waclaw zu und wurde plötzlich sehr ernst. »Was machst du jetzt?«

»Ich muss mich im Collegio ducale melden«, meinte dieser ruhig, »und dann in die Herzogswerkstatt. Ich muss ihnen schließlich sagen, dass wir das Geschenk versenkt haben!«

»Welches Geschenk?«, fragte Rolf und erhielt von Conrad die weitschweifende Erklärung von einer ganzen Kiste voll mit edelstem Pergament, die ihnen aufgetragen wurde zu bewachen und sicher nach Wien zu bringen, und die jetzt ein Raub der Fluten geworden war.

»Mein Vetter wird fluchen«, meinte Conrad und zappelte nervös, »ich darf gar nicht daran denken! Aber er wird sich wieder beruhigen! Wird schon gutgehen!«

»Das war eben höhere Gewalt«, meinte Waclaw gleichgültig und zuckte mit seinen runden Schultern.

Schon wieder heiter betrachtete Conrad seinen Freund. »Wenn du willst, begleiten wir dich!«

»Nein, nein, das erledige ich schon!«, murmelte der Mönch.

»Waclaw, ich denke, dass du jede Unterstützung nehmen sollst, die du bekommst. Das wird nicht einfach sein, eine harte Prüfung steht dir da bevor. Willst du nicht darüber nachdenken?«, wandte Rolf ein.

Der Apotheker, der von hinten zugehört hatte, kam leise lächelnd nach vorne.

»Bevor ihr geht und euch trockenlegt, möchte ich euch noch eine kleine Geschichte mit auf den Weg geben«, meinte er schmunzelnd. »Es waren einmal die vier Temperamente …«

»Also doch Hippokrates! Du bist noch immer auf der Suche nach der Quintessenz, alter Fuchs!«, unterbrach Rolf den Apotheker.

»Ja natürlich, aber hört jetzt zu. Stellt euch Folgendes vor: Ein großer Stein steht einem Menschen im Weg. Der Sanguiniker, also du, Conrad, wird heiter in seiner unbeschwerten Art über den Stein hinweg hüpfen. Der Phlegmatiker Waclaw geht Konflikten und unnötig großem Aufwand aus dem Weg, er wird ruhig einen großen Bogen um den Stein herum machen. Und du, Rolf, der Melancholiker, wird beim Anblick des Steins alles infrage stellen und sich traurig auf den Stein setzen, um nachzudenken.«

»Soviel ich weiß, gibt es da noch den Choleriker, der in Zorn gerät und versucht, den Stein mit einem Kraftakt aus dem Weg zu räumen«, gab Rolf zu bedenken und lächelte.

»Nun, mein lieber Medicus in spe«, setzte Mathias Bonus leise fort, »den hast du eigenhändig und gegen seinen Willen mit hinunter zur Donau geführt. Er ist schon in Rage geraten, das kannst du annehmen, fürchterlich in Rage ist er. Wenn es nur ein Stein ist, den er mit Gewalt aus dem Weg räumt, dann kannst du dich glücklich schätzen. Ich denke aber, es wird etwas viel Grausameres sein.«

Das Lächeln auf Rolfs Lippen erstarb.

Wien, Ostersonntag (10. April) 1384

Das Lächeln der Meisterin war fast so schön wie das der Gottesmutter in der Nische rechts von ihr.

»Ihr habt gehört, was der Domprobst in der Kapelle zu uns gesagt hat?« Susanna, die Meisterin, sah mit Genugtuung, wie alle mit den grauen Hauben der Büßerinnen bedeckten Häupter nickten und verlegen zu Boden starrten. Alle, bis auf eines, aber das war ja sowieso klar. »Und ihr werdet seinen Forderungen bedingungslos Folge leisten?«, setzte sie noch schärfer nach und sah wieder alle Häupter – bis auf eines – nicken. »Ich möchte mir nicht immer von unseren Stiftern, niemand Geringeren als dem Herzog und dem Bürgermeister, anhören müssen, wie gottlos die Büßerinnen zu Sankt Hieronymus ihr Klosterleben gestalten, dass das nur klar ist!« Betreten schwiegen alle, alle bis auf eine.

»Wenn's recht is, dann schau i jetzt amal nach dem Haferbrei, wird Zeit, dass wir was Warmes in den Bauch bekommen, nach der elendig langen Beterei.« Damit drehte sich die etwas füllige Büßerin in der zweiten Reihe um und machte Anstalten, den großen Gemeinschaftsraum zu verlassen.

»Unser Bauch kann warten, Hanna, und deiner übrigens auch! Du gehst jetzt nirgendwohin!«

Also wenn die Susanna in Fahrt ist, dann aber gleich gescheit, dachte sich Johanna, zuckte nur teilnahmslos die runden Schultern und stellte sich zurück in die Reihe. Sie wusste, wann sie den Mund zu halten hatte, alt genug war sie ja, um das gelernt zu haben. Aber es gefiel ihr nicht, wie das jetzt so lief, ganz und gar nicht, und sie schnaubte unwillig.

Plötzlich knarrte die dicke Holztür in den Angeln, und ein Mönch betrat den Raum. Etliche der jüngeren Büßerinnen kicherten und schlugen sich die Hand vor den Mund. Susanna, die mit dem Rücken zur Tür stand, hatte von der Anwesenheit des Mönchs noch gar nichts bemerkt und fuhr unbeirrt fort mit ihrer Strafpredigt. »Es geht nicht an, dass das Kloster Sankt Hieronymus zu einem zweiten Frauenhaus verkommt, da gibt es in Wien wahrlich schon genug. Ihr habt euch zu einem geläuterten Lebensweg entschieden, also folgt diesem tugendhaften Pfad weiterhin. Was kichert ihr dauernd, Else und Sigrid?«, blaffte Susanna die beiden jüngeren Büßerinnen an, die jedoch nur glucksend mit rotem Kopf zu Boden starrten. »Dazu gehört auch, dass ihr euch von Männern fernhaltet«, dozierte die Meisterin weiter und übersah geflissentlich, dass sich bereits zwei weitere Büßerinnen den Mund zuhalten mussten, »wir dulden hier keine Männerbesuche!« Da war ein tiefes Räuspern von der Tür zu hören, und als sich die Meisterin umdrehte, stand sie einem hünenhaften jungen Mann gegenüber, der sich verlegen an seinem großen Kopf kratzte. Ein kurzer Blick auf den Habit reichte aber, um ein Lächeln auf ihr Gesicht zu zaubern. Eilig lief sie auf den Mönch zu, zog ihn kurzerhand in die Mitte des Raumes und eröffnete freudestrahlend: »Darf ich vorstellen: Pater Wenzeslaus aus dem Augustinerkonvent in Wittingau!« Ein Prusten war die Antwort. Unbeirrt fuhr Susanna, an den Pater gewandt, fort: »Herzlich willkommen in Wien! Ich hoffe, Ihr hattet eine gute Reise?«

Ein Räuspern folgte und dann die Antwort in der tiefen Stimme Waclaws: »Ersoffen wär ich fast!« Die erste Reihe der Büßerinnen wieherte vor Lachen. Verlegen schaute Waclaw erst zur Meisterin, die vor Verwunderung die Augenbrauen hochgezogen hatte, und dann zu Boden. Gar zu fremd fühlte er sich in dieser Umgebung, und beim vollen Namen *Wenzeslaus aus Wittingau* genannt zu werden, daran musste er sich auch erst gewöhnen. Aber am meisten verstörte ihn diese Schar unterschiedlicher Frauen in ihrem einfachen grauen Habit und der schmucklosen Haube. Sie schauten alle zu ihm, maßen ihn mit, so wie es ihm schien, recht unverfrorenen Blicken, und er hatte fast das Gefühl, nackt vor ihnen zu stehen. Das behagte ihm so gar nicht, hatte er doch so gut wie keine Erfahrung mit Frauen. Die alte Jana, die in Wittingau immer die zerrissenen Sachen stopfte, zählte ja nicht. Die klapperte schon beim Gehen, so gebrechlich war sie. Diese jungen Gestalten hier, die offensichtlich das größte Vergnügen an seinem Anblick hatten, anders war ihr unentwegtes Tuscheln und Kichern ja nicht zu erklären, machten ihm fast ein wenig Angst. Sie wirkten alles andere als gebrechlich, eher lustig und lebensfroh. Das kannte er gar nicht und fast vermisste er die Ruhe und Ausgeglichenheit der Patres im fernen Wittingau. Dass er diese Wesen – wie er heute im Collegium ducale erfahren hatte – in den Sentenzen des Heiligen Lombardus zu unterrichten hatte und sie zu einem frommen Leben führen sollte, daran wollte er jetzt so ganz und gar nicht denken. Waclaw brach der Schweiß aus allen Poren, und seine ohnehin fahle Haut wurde immer bleicher. Kein Wunder, seit gestern hatte er eine wahre Ochsentour hinter sich. Fast ertrunken in der Donau, noch gar nicht richtig trocken, machte er sich von diesem seltsamen Apotheker direkt auf den Weg zur Herzogswerkstatt des Leopold von Wien. Dieser schon über 40 Lenze zählende Pater der Augustiner Eremiten kam Waclaw auch reichlich seltsam vor. Hager und nervös wuselte er um Waclaw herum und pries in jedem Satz den Herzog, für den er eine Chronik zu schreiben hatte, und die, wie er sagte, ihm überhaupt keine Zeit ließ, sich um andere Dinge zu kümmern. Als ihm Waclaw unter Tränen gestand, dass er das kostbare Geschenk an Albrecht in den Fluten der Donau versenkt habe, starrte ihn Leopold nur verständnislos an. Er wusste gar nichts von einem Geschenk, und ihn, als ersten Chronisten des Hofes, als Vorsteher der Herzogswerkstatt, als Gelehrten an der theologischen Fakultät, musste man ja wohl unterrichtet haben. Überhaupt fühlte sich Waclaw von diesem Wiener Augustiner Eremiten behandelt wie ein unmündiges Kind. Es kam ihm so vor, als ob in Wien die rechte Hand nicht wissen wollte, was die linke tat. Diesen Eindruck hatte er auch gestern gewonnen, als er ins Collegium ducale, ins Herzogskolleg, aufgenommen wurde. In diesem Haus der jungen theologischen Fakultät, in unmittelbarer Nachbarschaft der Dominikaner, lehrten nicht weniger als zwei Theologen und ein Dutzend Artistenmagister. Dementsprechend groß war die Zahl der Studenten. Ordensangehörige wie Waclaw hatten ja schon die Grundlagen des Studiums, die Artes, in ihren Heimatkonventen absolviert und durften sich jetzt ganz auf die theologischen Inhalte konzentrieren, aber die Schar an Weltgeistlichen belagerte das Kolleg, und Waclaw, an einen ruhigen, kontemplativen Tagesablauf gewöhnt, fragte sich, wie er die sechs Jahre Ausbildung bis zu seinem Bakkalaureat in diesem Tollhaus überhaupt überstehen sollte. Und jetzt hatte man gerade ihn dazu verdonnert, diesen Weibsbildern hier die Heilige Schrift nahezubringen! Gerade ihn, der mit anderen Menschen so gar nichts am Hut hatte und viel lieber die göttliche Schöpfung mit Farbe und Pinsel auf Papier bannte! Doch daran war nicht zu rütteln, der Kanzler des Herzogs, Dompropst zu Sankt Stephan, Berthold von Wehingen persönlich, hatte ihm den Auftrag erteilt. Verunsichert schaute Waclaw auf, und die angstvollen Blicke aus seinen grünen Augen trafen sich mit wütenden Zornesblitzen aus graublauen, zu Schlitzen zusammengekniffenen Augen. Unwillkürlich machte er einen Schritt rückwärts und trat dabei auf Janus, der sich die ganze Zeit über unter seiner Kutte versteckt und sich zitternd an die Rückseite seiner Waden gedrückt gehalten hatte. Der Hund jaulte laut auf, und der Pater bückte sich schnell, um unter seine Kutte zu fassen und das Tier auf seinen starken Unterarm zu heben. Dabei hatte sich ein Zipfel des Saumes in seinen Wurstfingern verfangen und wurde ebenfalls hochgezogen. Der Blick war mit einem Mal frei auf zwei kohlkopfgroße Knie und bleiche, ziemlich stark behaarte Waden. Bis Waclaw den Grund für das hysterische Auflachen von mindestens zwei Dutzend Büßerinnen überhaupt erkannte, war Meisterin Susanna bereits mit zwei großen Schritten zu ihm geeilt und riss mit einer forschen Handbewegung die Kutte wieder über seine nackten Beine. Im anhaltenden Tumult setzte sich da eine laute Stimme, aus einem ziemlich großen Brustkorb kommend, verstärkt durch einen gewaltigen Bauch als Resonanzkasten endgültig durch:

»Ich find's zwar schon a bisserl komisch, dass uns der Dompropst akrat a ausg'wachsenes Mannsbild schickt, um zu verhindern, dass wir uns weiter mit Männern abgeben, die ja angeblich bei uns aus und ein gehen. Wie sich das vertragt, waas i gor ned. Wennst mich frogst, dann ist das scho wieda so a Postenschacherei von den Pfaffenhintern, da …«

»Aber dich fragt keiner, Hanna«, fuhr Susanna der Köchin über den Mund und setzte ein »Gott im Himmel sei Dank!«, nach.

Beleidigt biss sich Johanna auf die vollen Lippen und machte eine Handbewegung, als wolle sie nicht nur den Pater, sondern gleich einen ganzen Schwarm lästiger Fliegen verscheuchen.

»Mir isses gleich, i bin in der Küch …«, stieß sie zischend hervor.

»Wie gut, dass unser Pater auch in der Küche sein wird, um dort seine persönlichen Aussprachen abhalten zu können, Johanna!« Damit faltete die Meisterin die Hände und blickte mit funkelnden Augen in die Runde. Erschrocken blickte Waclaw abwechselnd von Susanna zur Köchin. Ungerührt fuhr die Meisterin fort: »Den Katechismusunterricht wird Pater Wenzeslaus hier im Kalefaktorium abhalten, während ihr eurer täglichen Arbeit nachgeht. Dann werdet ihr zum Gotteslob in die Kapelle kommen, und für all jene, für die noch eine persönliche Zusprache vonnöten ist, wird Hannerls Küche der Ort sein, wo ihr euch mit dem Pater vertraulich unterhalten könnt. Da ist es auch warm und gemütlich, da könnt ihr euch eure Sorgen von der Seele reden.«

Johanna Maipelt richtete sich, kaum dass die Meisterin ihre Worte vollendet hatte, wie eine brunftige Wildsau auf und zeterte: »Also wenn ihr glaubt, dass ihr in meiner Küche, wo ich mehrmals am Tag Dutzende von Mahlzeiten für euch und eure Bangerten zu richten habe, von euren Liebesgschichten und Zipperleins hören will, dann seids falsch gwickelt. Und wie stellt's ihr eich des jetzt vor, wenn ich den Auftrag vom Hof, des Zuckerzeigs, herrichten soll? Da brauch i eich mit den ungwaschenen Haaren, dem Grind hinter den Ohren und sonstwo und den dreckigen Haxn scho gor ned in der Küch! Schimmeln wird alles, jawoll, schimmeln!« Johanna spuckte weiter Gift und Galle und ließ sich von den beschwichtigenden Gesten der Meisterin nicht beirren. Erst als sich Susanna mit einem lauten Schrei »Jetzt langts aber!«, Gehör verschaffte, verstummte die Köchin. Ruhig setzte Susanna an: »Wenn das mit der Küche nicht geht, Johanna, dann musst du eben – so wie alle anderen auch – in den Arbeitsraum kommen. Ich dachte nur, es wäre dir lieber, wenn du neben den theologischen Gesprächen kochen und deine Arbeit weiter verrichten könntest, aber wir können es auch anders machen. Du hast dann nur stundenweise Dienst in der Küche, die andere Zeit werden dich Büßerinnen vertreten. Wer das sein wird, muss ich mir noch überlegen.« Hannerl schnappte nach Luft: »Andere? In meiner Küche?« Susanna schwieg.

»Dass i des no erleben muaß!« Hannerl hatte nun wahrhaftig Tränen in den Augen, doch Susanna sagte noch immer kein Wort. Nach einer Weile der peinlichen Stille, nur unterbrochen von leisen Schluchzern der Köchin, murmelte diese schließlich kaum hörbar: »Meinetwegen, sitzt dieses Mannsbild halt auch in der Küche. Hör ich ma halt aa des Geplapper der ehemaligen Schnepfen an. Is eh scho wurscht!«

»Schön, dass wir das auch besprochen haben«, meinte die Meisterin ganz unbeteiligt und bemühte sich krampfhaft, nicht auf die verheulten Augen ihrer Köchin zu starren. Es tat ihr in der Seele weh, Johanna so in die Schranken zu weisen, doch sie wusste tief in ihrem Inneren, dass es notwendig war, sonst entwickelte die Maipelt noch mehr Eigenleben als bisher. Und übrigens hatte sie den Wünschen der Äbtissin Katharina von den Clarissen und dem Domprobst zu entsprechen! Schließlich war das Fortbestehen des Büßerinnenklosters eng an die Duldung des Herzogs geknüpft, und das wiederum setzte ein frommes, tugendhaftes Leben der ehemaligen Dirnen voraus.

Doch es wäre nicht Johanna gewesen, wenn sie nicht das letzte Wort an sich gerissen hätte: »Oba ans sog i dir scho, Susanna, wenn der bemmische Pfaff da in meiner Küch lungert, dann darf der Barthel aa do sein!«

»Meinetwegen, Johanna«, gab sich die Meisterin geschlagen und dachte bei sich, dass der alte Hauerknecht sowieso schon jenseits von Gut und Böse war und sicherlich keine Gefahr für die Tugend der Büßerinnen sein würde, das würden sogar der Dompropst und Katharina verstehen. »Dafür nimmst jetzt aber den Wenzeslaus gleich mit«, setzte die Meisterin nach »und machst ihn mit dem Hausbrauch vertraut!«

Mit einem forschen Nicken Richtung Pater setzte sich Johanna sogleich in Bewegung. Waclaw trottete mit schamroten Wangen hinter ihr her, den Hund auf dem Arm. Im Hinausgehen hörte man die Köchin noch: »Der Hausbrauch is recht schnö erklärt. Du machst des, wos i da sog, und basta! Des güt aa für des Viech. Und jetzt kumm!«

Wien, Tag des Heiligen Matthias (14. Mai) 1384

Langsam zogen die Gläubigen am fast drei Mann hohen steinernen Lettner vorbei, eine geschlossene, nur durch Maßwerkfenster durchbrochene Barriere, die den Innenraum des Stephansdoms teilte. Leise hörten die Leute die Gesänge der Mitglieder des Domkapitels, sehen freilich konnten sie sie nicht. Denn vorne gen Osten war der Bereich der Geistlichkeit, und davon, strikt getrennt und viel weiter im Westen, auf der gottabgewandten, der bösen Seite, hielt das gemeine Volk seine Gottesdienste und Andachten ab. Doch das Licht in der Domkirche war überall gleich: mystisch dank der vielen Lichtstiftungen an den Altären. Denn was viele Wiener in ihrem Letzten Willen verfügten und es sich einiges Geld kosten ließen, war schlicht und einfach eine brennende Kerze für ihr Seelenheil für ewige Zeiten. Das und die Ablasszahlungen waren jene Einnahmequellen für die Propstei, die den großartigen Ausbau der Domkirche überhaupt erst möglich machten.

Das sanfte Licht erhellte nur Teile des Kirchenraumes, erkennen konnte man beim besten Willen nicht viel, doch vielstimmiges Gemurmel ließ darauf schließen, dass mehrere Handwerkszechen bei ihren Altären Tagungen abhielten. Die Kaufleute stritten beim Markusaltar, die Hausgenossen lamentierten beim Liebfrauenaltar, beim Nikolausaltar gerieten die Fleischhacker ganz unchristlich aneinander, und die Goldschmiede berieten sich flüsternd am Eligiusaltar. Ganz leise hingegen war es beim

Margarethenaltar, der den Zimmerleuten zugeordnet war. Hier standen sich zwei Gestalten schweigend gegenüber und starrten sich, umringt von einer Gruppe Handwerksburschen, hasserfüllt an. Die gestifteten Kerzen flackerten und zeichneten düstere Schatten auf das Antlitz des einen, als er mit unterdrückter Wut zu sprechen begann: »Du kannst mir nicht meine besten Zimmerleute abwerben. Ich muss den Turm aufziehen, wie soll ich genug Leute für den Gerüstbau aufbringen?« Der andere lächelte nur spöttisch.

»Oder willst du etwa den Bau sabotieren, sag es mir doch gleich, wenn du etwas gegen mich hast, Michael Cnab!«

»Wer sollte denn gegen den großen Wenzel Parler etwas ausrichten, ich vielleicht, ich kleines Licht unter den Baumeistern?«, polterte der Angesprochene mit vor Sarkasmus triefender Stimme.

»Hör mal, Michel …«

»Nur meine Freunde nennen mich so, für dich *Michael Cnab*!«

»Gut, also Michael, ich weiß nicht, was vorgefallen ist und warum du so einen gewaltigen Groll gegen mich hegst, aber ich denke, dass wir sicherlich einen Weg finden werden, um zusammenzuarbeiten …«

Zischend unterbrach da der andere: »Wenn du es genau wissen willst, Wenzel: Es gab einen Wettbewerb, eine Ausschreibung für den Ausbau des Doms. Dreimal darfst du raten, wer den gewonnen hat? Na wer, glaubst du?«

Bedrückt antwortete Wenzel Parler: »Nun, ich wusste nichts von einem Wettbewerb …«

»Natürlich nicht«, feixte der andere zornig, »ein Parler braucht sich keinem Auswahlverfahren zu unterziehen, denn seine Familie hat ja die Hand auf allen Bauhütten liegen: Freiburg, Straßburg, Köln, Regensburg – kein Auftrag, der den Parlers entgeht! Sie bauen in Münster, in Prag und jetzt auch noch in Wien!« Erbost und schwer mit seinem Zorn kämpfend ballte Michael Cnab seine Fäuste und setzte mit leiserer Stimme fort: »Keinen schert es, dass ich nach der Zusage bereits das Haus der Witwe meines Maurermeisters Konrad gleich hier in der Kärntnerstraße erworben habe, das ich jetzt wieder veräußern musste, weil ich mir neue Arbeit suchen muss. Niemanden kümmert das.«

»Aber bei mir gibt es genug Arbeit, Michel … äh … Michael. Ich brauche jede Hand!«, ereiferte sich Wenzel und zeigte auf einen Planriss in seinen Händen, wo er mit Feder und Eisengallustinte einen Teil des Südturms auf feinstes Pergament gezeichnet hatte.

Grob stieß Michael Cnab den hingehaltenen Plan von sich: »Dass du mich behandeln kannst wie einen Leibeigenen, nein danke! Und überhaupt«, jetzt lugte er doch auf die kunstvolle Repräsentationszeichnung, »musst du den halben Turm abtragen, bevor du nach diesem Plan bauen kannst!« Damit fasste er das Pergament und zeigte auf eine Linie in Höhe der Dachtraufe der Kirche. »Da, wo der massive Unterbau des Turms in die freigeschossigen schlanken Teile übergehen soll, da musst du alles niederreißen, ist dir das klar, Meister Parler?«

»Ja, das weiß ich nur zu gut und deswegen brauche ich mehr Leute!«

»Da werden die Wiener eine rechte Freude haben, wenn du ihnen einen Teil des Turms, den sie durch Stiftungen und Ablässe erst ermöglicht haben, unter der Nase wieder zu Schutt machst, da wirst du dich recht beliebt machen! Noch dazu, weil ja Rudolf, der junge tatkräftige Lieblingskaiser der Wiener, höchstpersönlich den Grundstein gelegt hat!« Michael Cnab lächelte wieder breit und zeigte seine gelben Zähne wie ein fletschender Hund.

»Anders ist der luftige Abschluss, der schlanke Turmhelm, aber nicht zu bewerkstelligen, weiß der Teufel, wer hier munter drauflos gebaut hat und sich an keinerlei Planvorgaben gerichtet hat.« Damit funkelte Wenzel Parler nun sein Gegenüber zornig an. »Oder weißt du etwa, wer für diesen Pfusch die Verantwortung trägt!«

»Sicher weiß ich es, nur sagen werde ich es dir nicht! Gewöhn dich dran, dass dir die Wiener nicht alles auf die Nase binden, weil du keiner von ihnen bist, weil du ein Zugereister bist. Und wenn ich dir einen guten Rat geben darf, sieh dich vor«, damit zeigte er auf die umstehenden Handwerker, die bisher nur mit offenen Mündern dem öffentlich ausgetragenen Streit der beiden Baumeister gelauscht hatten, »denn das ist nur die erste Partie Zimmerer, die ich dir abwerben werde. Die nächste wartet schon, und dann kommen die Maurer und die Steinmetze.«

»Aber«, meinte Parler fassungslos, »du weißt doch, dass in Zeiten wie diesen keine Leute zu bekommen sind!« Michael Cnab nickte nur. Natürlich wusste er, dass die Pest, der anhaltende Regen, die Heuschrecken und die daraus resultierende Hungersnot reiche Ernte in der Handwerkerschaft gehalten hatten und qualifizierte Leute mit Gold aufzuwiegen waren. Aber genau das war ja auch der Sinn der Übung, dachte Cnab, drehte sich auf den Fersen um und rief über die Schulter dem verdatterten Parler zu: »Wenn du wirklich wissen willst, wie man einen Turmhelm aus Stein baut, der aussieht, als wäre Petrus höchstpersönlich herabgestiegen und hätte Sonnenlicht mit Himmelsblau kunstvoll miteinander verschlungen, dann komm zu meiner Baustelle, der Kirche Maria am Gestade. Dort wirst du auch die besten Handwerker Wiens finden. Die geben sich nämlich nicht damit zufrieden, einen Turm in Schutt zu legen, um ihn dann irgendwie in ungeahnte Höhen zu ziehen, nur weil der Herzog den höchsten im ganzen Reich haben will!«

Betroffen sah sich Parler um und erkannte, dass die Zimmerleute Cnab gefolgt waren. Er rollte nachdenklich sein Pergament zusammen und wandte sich kniend der Heiligen Margarethe zu: »Vielleicht bin ich verwöhnt vom Erfolg meines Vaters, vielleicht bin ich mit Blindheit geschlagen, was die Fähigkeiten anderer betrifft, aber ich schwöre bei der Jungfrau Maria und allen Heiligen, dass ich hier in Wien nicht irgendeinen Turm bauen werde, der nur hoch ist. Nein, ich werde für diesen Dom einen Turm entwerfen, der seinesgleichen sucht und der einem Korallenriff gleich inmitten dieser Stadt steht, in diesem eigentümlichen, ewig grantelnden Wien, das ich immer weniger verstehe, je länger ich hier bin!« Fast unwillig schlug Peter Parler das Kreuzzeichen, erhob sich vom Kniestand, drehte sich um, ging forschen Schrittes los und prallte geradewegs in seinen Vetter Conrad. »Was machst du hier?«, fuhr er ihn an. Conrad, der sich erst wieder aufrappeln musste, hatte ihn der Stoß seines um Vieles schwereren Verwandten doch mit Schwung in die nächste Kirchenbank geschleudert, meinte stöhnend vor Schmerz: »Ich wollte dich hier treffen und mich vergewissern, dass es dir gut geht, wenns genehm ist!«

»Warum warst du denn so sicher, mich hier im Dom zu finden?«, fragte Wenzel patzig, freute sich aber doch über die Fürsorge seines Verwandten.

»Na sehr schwer war das nicht, wenn heute die Dankandacht zu Ehren des Heiligen Matthias stattfindet. Hast du nicht bemerkt, dass alle Bauhandwerker Wiens hier sind?«

»Oh doch, werter Vetter, das ist mir nicht entgangen!«, bemerkte Wenzel gequält und dachte an den Auftritt vorhin.

»Dann brauche ich dir ja nicht zu sagen, wie ernst es die Wiener mit ihren Schutzheiligen nehmen! Wenn du dich nicht ganz unbeliebt machen willst, dann folgst du mir in die Kreuzkapelle!«

»Gerade dorthin? Ist die denn nicht voll von Betenden, seit wir hier die Überreste des Heiligen Morandus in den noch feuchten Estrich gelegt haben?«, fragte Parler und grinste. Er dachte an den jüngeren Bruder der Herzogsgattin Beatrix, der sich bei der feierlichen Zeremonie am Ostersonntag einfach unmöglich benommen hatte. Johann, oder Janik, wie er gerufen wurde, meinte halblaut, dass die Gebeine des Heiligen ungeheure Ähnlichkeit mit den Knochen hatten, die er am selben Morgen an seine Jagdhunde verfüttert hatte. Diese Bemerkung kam bei der anwesenden Geistlichkeit nicht so gut an. Wenzel aber amüsierte sie bis heute, und er grinste weiter in sich hinein. Die Wiener schienen diesem ›Rotzbengel‹, wie sie ihn bezeichneten, verziehen zu haben und beteten seitdem in Scharen zum Heiligen der Winzer und Besessenen.

»Heute sind die Bauarbeiter auch noch drinnen, aber das macht nichts, wird halt etwas eng werden«, meinte Conrad beflissen und schob seinen Vetter vorwärts.

»Kann nicht schaden, wenn ich mich unter die Handwerker mische«, sagte dieser und dachte insgeheim, dass er vielleicht doch ein paar überreden könnte, für ihn zu arbeiten, wenn er sich gottesfürchtig zeigte und mit ihnen betete. Diese Hoffnung zerstörte sich aber sogleich, als er mit Conrad die Kreuzkapelle betrat und Michael Cnab eng gedrängt mit den Zimmerleuten stehen sah. Während der ganzen Andacht fühlte er die Blicke des anderen wie glühende Kohlen auf seiner Haut. Er wollte aber weder Aufsehen erregen noch Cnab Gelegenheit geben, sich wieder aufzuplustern, und so sah er wie gebannt zu Boden, wo in der Karwoche noch ein großes Loch geklafft hatte, aber sich seit Ostersonntag das Grab des Heiligen befand. Jeden einzelnen Zoll des mit Ziegelsteinen ausgelegten Bodens betrachtete er genau, nur um nicht aufzusehen und sich mit Michael Cnab streiten zu müssen. Auf einmal kniff Wenzel seine Augen zu und flüsterte zu Conrad: »Aber das gibt es doch nicht!« Er sah noch genauer hin, kein Zweifel, dachte er und rüttelte unsanft am Arm seines Vetters. Als der ihn unwillig ansah, zeigte er auf das Steinmetzzeichen, das – nach alter Sitte – nach vollbrachtem Werk eingeritzt wurde. Jeder Baumeister hatte sein eigenes Zeichen. Viele waren recht eigentümlich anzusehen, einige kannte er, viele wusste er nicht zuzuordnen. Conrad zuckte die Achseln und betete weiter. Wenzel rüttelte noch einmal und zischte ihm zu: »Schau genau hin, das ist nicht mein Zeichen!«

»Na und?«, bedeutete ihm Conrad, »dann hat halt ein anderer sich verewigt. Ich werde aus euren Schmierereien in den feuchten Mörtel sowieso nicht klug. Einmal schaut es aus wie eine Vier mit zwei Beinen, dann wie ein V mit wurmartigen Fortsätzen – was soll's!«

»Aber ich werde doch mein eigenes Zeichen kennen, das ich am Ostersonntag hier eingeritzt habe!« Fassungslos blickte Parler auf und sah geradewegs in die wasserblauen Augen von Michael Cnab. Im Gegensatz zu seinem Vetter Conrad war Cnab vom Fach und wusste genau, was das veränderte Zeichen zu bedeuten hatte. Jemand hatte die Grube unbemerkt geöffnet und erneut geschlossen.

Parler ahnte, dass Michael Cnab genau wusste, wer das war.

Brünn, Petrustag (15. Mai) 1384

»Was machst du so ein Theater, Johann? Ein Vögelchen ist so zart wie das andere, nimm dir nur, soviel du kannst!« Er lachte schallend und klopfte beiden jungen Mädchen nacheinander auf das Hinterteil. »Was ist denn nur, Johann, warum so zaghaft?« Wieder lachte er und sah zu der verhärmten Gestalt, die vor Ekel die Lippen fest zusammengepresst hatte und sich an die Lehne des hölzernen Stuhles klammerte.

»Ich wusste nicht, dass die Rosenberger solche Kostverächter sind. Die Männer jedenfalls sind es, die Weiber unter euch, na die auf keinen Fall …«

»Halt's Maul!«, kam es gepresst vom anderen.

»Eigentlich sollte ich dich wegen diesem Ton mir gegenüber einfach erschlagen lassen, Johann von Rosenberg, weißt du?« Gelangweilt griff er sich eines der beiden Mädchen, zerrte es auf seine Oberschenkel und fasste in ihren Ausschnitt. Angeekelt wandte sich Johann ab.

»Aber ich habe heute meinen nostalgischen Tag und denke an die lustigen Stunden, die ich bei euch in der Familie zugebracht habe … bei deiner Schwester, alle Achtung!«

Der Rosenberger konnte sich nicht zurückhalten und spuckte auf den Boden vor seine Füße. Die Konsequenzen seines respektlosen Handelns waren ihm in diesem Augenblick gleichgültig. Fast bettelte er darum, dass sein Gegenüber hart durchgreifen möge, ihn strafen, einsperren oder am besten gleich töten, denn dann hatte dieses ganze Theater ein Ende! Er war erschöpft, wollte die Verantwortung für diese Familie nicht mehr tragen. Doch – als hätte er Gedanken gelesen – lachte sein Gegenüber schallend und gab einem der Mädchen einen groben Stoß, sodass es zu Boden fiel. Dann ließ er es die Spucke mit dem Saum ihres Kleides aufwischen. »Wenn du das nächste Mal so unhöflich bist, Johann, wird sie dazu nicht den Stoff ihres Kleides, sondern ihre Zunge nehmen müssen!« Damit gab er den beiden Gespielinnen einen festen Klaps auf deren Hinterteil und schickte sie hinaus.

Dann wandte er sich mit versteinerter Miene und festem Blick an den Rosenberger. Der wusste, dass jetzt alles, was er sagte und seinem Gegenüber nicht gefiel, wirklich sein Ende bedeuten konnte. Er war auf der Hut, und die erste Frage von ihm bestätigte seine Vorsicht.

»Du hast nicht unbedingt gute Neuigkeiten für mich, Johann? Sagtest du nicht etwas in der Richtung?«

»Ja, so könnte man sagen … nun, es fällt uns schwer, es Ihnen, hoher Herr, entsprechend zu überbringen …«, stammelte Johann und verwünschte diesen schmachvollen Moment.

»Wer sind denn *wir*, ich sehe nur dich, du feiger Nichtsnutz!«

»Mein Bruder Ulrich, mein Neffe Heinrich, der von Neuhaus und natürlich der Münzmeister, der Rotlöw – also die sind *wir,* wenn Sie so wollen, hoher Herr …«

»Und wo sind *die*?«

»Verhindert.«

»Ach, interessant. Wie kommt es dann, dass Martin Rotlöw erst heute bei mir war?«

»Was?« Johann Rosenberg wurde blass. »Davon weiß ich nichts!«

»Ja, er war hier und hat mir eröffnet, dass alles zu unserer Zufriedenheit läuft. Das Geschenk hat Verwirrung gestiftet, und jetzt darf man auf die Reaktion aus Rom warten oder Avignon, oder beidem, was weiß ich …«

Die Gedanken im Kopf von Rosenberg ratterten wie ein Ochsengespann über den Goldenen Steig. Was treibt dieser Münzmeister für ein Spiel, was will er denn?, dachte er, hatte Rotlöw ihm doch erst vor wenigen Tagen eine Nachricht zukommen lassen, dass das wertvolle Geschenk im Hochwasser der Donau zu Fischfutter geworden war, und gleich auch erwähnt, dass er selbst, Rosenberg, das diesem Widerling, der ihm gegenübersaß, gefälligst mitzuteilen habe. Jetzt war er da, ließ sich demütigen und musste erfahren, dass der Münzmeister ein doppeltes Spiel spielte.

»Was denkst du in deinem blöden Schädel«, brauste sein Gegenüber auf, »die Idee ist doch hervorragend, was gibt es da zu mäkeln. Nach wie vor ist der Papst, also zurzeit *die Päpste,* absolut dagegen, die Vulgata in die deutsche Sprache zu setzen.«

»Ja schon«, setzte der Rosenberger an und wollte Zeit gewinnen, um nachzudenken.

»Was heißt da, ja schon?«, mit einer unwirschen Handbewegung zeigte er Johann an, sich gefälligst seiner Meinung anzuschließen, »hat Papst Urban es nicht ausdrücklich erwähnt, dass alle, die den Bibeltext auf Deutsch fordern, sich der Häresie, der Ketzerei schuldig machen und augenblicklich in den Kirchenbann zu setzen sind?«

»Ja schon, aber …«

»Und wäre es nicht ein Vergnügen zu sehen, dass der Auftraggeber dieser Übersetzung, unser lieber Wenzel, König des Heiligen Römischen Reiches ist? Dass er so dreist ist, es sich mit der Heiligen Kirche zu verscherzen?«

»Schon …«

»Ihr habt es doch so eingefädelt, dass der Verdacht zweifelsfrei auf den Prager Hof fällt, oder habt ihr da Mist gebaut? Es muss von Wien aus klar nachzuvollziehen sein, dass dieses sogenannte Geschenk von Wenzel kommt!«

»Jaja, das ist klar«, beeilte sich Rosenberg zu sagen, weil sich der andere zornig bereits im Sessel vorgelehnt hatte und ihm so nahe kam, dass er seinen heißen Atem spüren konnte. »Der Text ist eindeutig von den Schreibern des Prager Hofes verfasst«, sagte Johann beflissen und wollte gar nicht daran denken, was für ein Vermögen an Schmiergeld ihn das gekostet hatte, »und die Illustrationen auch, soweit sie vorhanden sind …«

»Was heißt das jetzt?«

»Nun, das mit der Malerei hat einfach zu lange gedauert, jetzt haben wir einen Teil illustrieren lassen, und den übrigen Teil sollte die Herzogswerkstatt in Wien übernehmen. Wir dachten, wenn wir sie gleich zu Leopold von Wien bringen, dann ist das öffentlich …«

Da grinste sein Gegenüber schmierig: »… und Albrecht kann sich nicht unter der Hand erkundigen, ob die Übersetzung wirklich im Auftrag des Prager Hofes verfasst wurde.«

»Ja«, ergänzte Johann eifrig »die Katze ist aus dem Sack, bevor der Herzog Wenzel zuliebe alles unter den Tisch kehren kann.«

»Hab ich schon verstanden!«, knurrte da der andere und besah sich betont gelangweilt seine Fingernägel. »Ich verstehe nur nicht, warum du dann überhaupt zu mir gekommen bist?«

Das verstehe ich jetzt eigentlich auch nicht, dachte Johann Rosenberg bei sich, besann sich aber eines Besseren und entschloss sich zu einem Wagnis: »Ich wollte mit dir über meine Schwester sprechen!«

Augenblicklich gefror der Blick seines Gegenübers zu Eis und mit leiser drohender Stimme antwortete er: »Ich wüsste nicht, was ich dir da sagen sollte.«

Da explodierte die Wut, gemischt mit Verzweiflung und Grauen in Johann von Rosenberg, und er schrie: »Ich will wissen, wo du sie festhältst. Ich will sie wieder bei uns, bei ihrer Familie wissen. Du hast sie genug gequält. Jetzt sag endlich, wo du …«

Behände sprang der andere auf, packte ihn am Kragen und drückte ihn so hart in den Sessel, dass Johann um Luft rang und verstummte.

»Eines sage ich dir, du dreckiger Rosenberger, mit deiner Schwester, dieser Schlampe, mach ich genau das, was mir gefällt, und hör sofort auf mit deinem Gefasel von wegen Familie. Wer hat sie denn gemieden, wer hat auf sie gespuckt? Ihr alle wart es, dein feiner Bruder Peter …«

»Lass Peter in Ruhe«, presste Johann hervor, kam aber nicht weit, weil er von Neuem um Luft ringen musste.

»Dein Bruder Ulrich, Heinrich, dein werter Neffe … hör auf zu flennen, Rosenberger!«

Wieder wurde Johann weiter in den Sessel gedrückt, Tränen der Verzweiflung rannen ihm die hohlen Wangen herunter.

»Und weißt du, wer sie als Erster verstoßen hat, wer ihre Hilferufe schlichtweg ignoriert hat? Ich hab mich totgelacht damals. Ihr feiner Ehemann war es, dieser windige Leuchtenberg, der nichts als schleimen und buckeln kann bei den Nürnbergern, der hat als Erster auf sie gesch…«

Mit einem festen Schlag, den er sich selbst nicht zugetraut hatte, befreite sich Johann aus dem eisernen Griff, sprang schnell auf die Beine und stellte sich so, dass ihn der andere gerade nicht erwischen konnte. Bebend sprach er: »Was hätte er denn tun sollen mit einer von dir geschändeten Frau. Was hätte er sonst machen sollen, als sie verstoßen?«

»Eben«, meinte der andere nun wieder ganz ruhig und grinste dreckig. »Eben. Und da ist sie wieder zu mir gekommen. Ganz klein war sie, ganz hörig und geduldig. Wo sonst sollte sie denn hin. Das hat sie gleich kapiert. Da ist sie viel gescheiter als du.«

»Aber du quälst sie.«

»Das geht dich nichts an.«

»Was ist mit dem Kind?«, fragte der Rosenberger und wunderte sich einmal mehr über seinen eigenen Mut.

»Was soll damit sein?«, fragte der andere lauernd.

»Was ist mit dem Kind, das du ihr angehängt hast?«, wieder weinte Johann.

»Darum kümmere ich mich nicht«, war die lapidare Antwort, und Johann blieb der Mund vor Fassungslosigkeit offen stehen.

»Und jetzt verschwinde aus meinen Augen, bevor ich mich vergesse und mir all die Frechheiten, die du dir hier geleistet hast, merke und dementsprechend handle! Verschwinde! Ich sage das jetzt nicht noch einmal, Johann von Rosenberg!«

Mit schleppenden Schritten ging Johann zur Tür, drehte sich nicht mehr um und verließ den Raum.

»Wie ein geprügelter Hund schlurft er hinaus, der Schwächling!«, murmelte der andere, erhob sich aus dem gepolsterten Sessel, stolperte und verfluchte einmal mehr seine ungeschickte Art, zu gehen.

Konzentriert ging auch er zur Tür und rief die zwei Mädchen herein, die vor der Schwelle bereits kichernd auf seine Aufforderung warteten. Angewidert sah er sie an, ließ sie aber eintreten. Es wunderte ihn immer wieder aufs Neue, wie leicht sie es ihm alle machten. Pah, nicht nur die beiden, das ganze Weibervolk. Wie strohdumm und töricht sie doch alle waren! Er brauchte ihnen nur mit ein paar vor galliger Süße triefenden Worten kommen, schon öffneten sie ihre Schenkel weit und gaben ihm alles, auch das, was er gar nicht haben wollte, ihre sogenannte Liebe, ihre unerquickliche Zuneigung, ihr ach so zartes Empfinden. Und diese beiden hier, die ihm aufreizend ihren Busen entgegenstreckten, waren noch ein gutes Stück schlimmer als alles, was ihm bisher in seine sadistischen Finger gekommen war. Denn je härter er sie nahm, desto anschmiegsamer gurrten sie, je unbarmherziger er sie züchtigte, umso seelenvoller sahen sie ihn an. Noch machte es ihm Spaß, sie mit seinen süßen Worten zu betören und dann, wenn sie sich in Sicherheit wiegten, aufs Übelste zu misshandeln. Aber tief in seinem Inneren spürte er sie bereits wieder herankriechen, die Langeweile, einer trägen, vollgefressenen Kröte gleich, schlich sie sich heran. So wie immer. Es würde nicht mehr allzu lange dauern, und das stinkende Tier, seine üblen Ausdünstungen, seine warzige feuchte Haut würde ihn umfangen und in den modrigen Schlamm ziehen. Daraus konnten selbst diese Gespielinnen ihn dann nicht mehr befreien, auch wenn sie schrien wie am Spieß, wenn er ihnen in das volle Haar griff und ihren Kopf weit zurückbog, wenn sie nach einem gut platzierten Tritt seiner Stiefel in der Ecke der Kemenate landeten, dort wo das Stroh für die Notdurft aufgeschüttet war. Für den Augenblick amüsierte ihn ihr tränenüberströmtes Gesicht wohl sehr. So sehr, dass er lauthals lachen musste, aber dann kroch sie schon wieder heran, die stinkende Kröte, die schleichende Langeweile. Es war einfach ärgerlich, er wusste schon gar nicht mehr, was er sich noch einfallen lassen sollte, immer lauerte sie im Hintergrund, in immer kürzeren Abständen suchte sie ihn heim, nahm ihm den Atem, lag wie ein Stein in seinem Magen. Immer mehr von diesen Weibern, immer schonungsloser der Umgang mit ihnen, immer gewagter und abartiger das Liebesspiel. Und doch vergebene Mühe.

Gleichmütig zog er die Weiber zu sich, umarmte sie mit gespielter Fürsorge und flüsterte ihnen all die Sachen in ihre kleinen, zarten Ohren, die sie so gern hörten. Ganz weich und anschmiegsam wurden sie von dem blöden, wirren Zeug, das er sich zusammenreimte. Ihre Augen glänzten dunkel, sie benetzten ihre Lippen. Da konnte er nicht widerstehen, er presste seinen Mund auf ihren, und als die eine lustvoll aufstöhnte, ließ er ab und schlug mit der Faust in dieses hingebungsvolle Gesicht, das ihn so völlig anwiderte. Sie schrie, und das Blut troff aus ihrem Mund. Schockiert hielt sie sich die aufgeplatzte Lippe, und er lächelte grimmig. Es ging ihm wieder besser. Doch nicht lange, das wusste er, und der Druck in seinem Inneren würde wieder da sein, ihm auflauern und ihn regelrecht zwingen, ihr wieder wehzutun und der anderen auch. Wie passend, dass ihn das nicht den Teufel scherte.

Wien, Christi Himmelfahrt
[19. Mai] 1384

»NICHT DEN TEIFL SCHERN SIE DE, ob heit a Feiertog is oda ned!«, fluchte Hannerl und drosch mit einem Holzlöffel auf den Teig ein, der sich bereits ganz ängstlich in der Schüssel zusammenzog.

»Wen manst jetzt?«, fragte der alte Hauerknecht Barthel, schnupperte an seinem Becher und verzog angewidert das Gesicht, als er den Apfelsaft darin roch.

»Na de Äbtissin«, schnaubte Hanna.

»De Susanna?«

»Oba geh, Barthel. Do hätt i bestenfalls Meisterin g'sogt. I man de Kathi von de Clarissen.«

»Aso«, schnaufte Barthel.

»Nix aso, de büd si grad heit was Bsunders für ihren Besuch ein, waast eh, den Rotzbengel, den Janik. Der is so a Siaßer, und i soi jetzt was Bsunders backen für den Buam.«

Müde lümmelte Waclaw am anderen Ende des großen, mit einer schon recht abgewetzten Holzplatte versehenen Tisch und murmelte: »Schon wieder!«

»Wos?«, fragte ihn Barthel.

»Ihr macht das schon wieder!«, murmelte Waclaw und tauchte seinen Pinsel in rostrote Farbe.

»Wos mochan mir scho wieda?«, fragte nun auch Hanna.

»Ihr redet so, als wolltet ihr unter euch sein. Wer soll euer Genuschel denn verstehen. Sagt gleich, wenn ihr

Geheimnisse habt!« Langsam tauchte Waclaw einen zweiten Pinsel in das Smaragdgrün.

Hanna schmunzelte: »Weißt, dei Böhmakeln* verstehen wir aa ned imma!« Keiner hätte es für möglich gehalten, aber die Köchin hatte langsam ihr großes Herz geöffnet und den anfangs verwirrten, schüchternen Mönch darin aufgenommen. Seitdem machte er es sich darin gemütlich und konnte sicher sein, dass ihm nichts mehr geschehen konnte. Denn wer Eingang in Hannerls Herz gefunden hatte, der musste nie mehr Hunger oder Durst leiden, der war vor Kälte und Hitze geschützt und vor Gemeinheiten und Bösartigkeiten aller im Kloster Lebenden gefeit.

Barthel grinste. Auch er mochte diesen hünenhaften Mönch aus Wittingau recht gut leiden. Nur mit seinem Namen, Wenzeslaus von Wittingau konnte er so gar nix anfangen. Eines Abends, als Waclaw ganz müde vom Unterricht in die Küche gelatscht kam und sich noch eine Stunde lang die eher mehr als weniger lustvollen Träume der Schwester Marlen anhören musste – sie nahm es mit der persönlichen Aussprache recht genau – da fasste sich der alte Hauerknecht ein Herz, klopfte dem Mönch auf die Schulter und setzte zu einer Rede an, die so lang war, dass man noch Tage danach im Kloster von nichts anderem sprach: »Du, waast wos, i hob de Schnauzn voll von dein komischen Namen. Wenzeslaus is gor nix, des erinnert mi an de klan Viecherl auf mein Kopf, wann i mi ned waschen tua. Und des is gor ned guat, denn imma, wenn i di siach, dann muaß i mi am Schädl krotzen, und wenn des de Hannerl siacht, dann hauts mi ausse. Oiso, bei mir bist ned da Wenzeslaus, ned da Wenzel, ned da Waclaw,

* Böhmisch reden

bei mir bist oafoch da Lenz. Weil an Lenz moch i ma a gern, liaba ois dass i Leis hob, basta!«*

Und der Angesprochene zuckte kurz mit der Schulter, atmete ruhig aus und sagte – gar nichts. Er zog einen kleinen Kohlestiftstummel aus seiner Kutte und malte ganz ungeniert ein lachendes Gesicht, das akkurat so aussah wie das vom Barthel: Halbglatze, keine Vorderzähne, Grübchen und hängende Augenlider, auf die gekalkte Wand in der Küche. Gleich gegenüber der Herdstatt, sodass die Hannerl beim Schneiden, Rühren und Kochen immer das heitere Konterfei des Hauerknechts vor sich hatte. Als die beiden Alten das Werk ausgiebig betrachtet hatten, nickten sie dem Mönch zu. Barthel schenkte ihm – weiß der Teufel, woher er ihn hatte – einen Becher Wein ein, und Hannerl versorgte ihn, den ewig hungrigen jungen Mann, mit einem Körbchen voll Honigkuchen. Seitdem war Waclaw, also Lenz, gefeit vor Heimweh nach seinem beschaulichen Kloster und sozusagen immun gegen alle nur erdenklichen Sorgen, denn er hatte einen Ort gefunden, wo er stets willkommen war und wo er sich geborgen fühlen konnte. Und – das war die Draufgabe – wo er ungestört malen konnte. Im Herzogskolleg sah man den jungen Augustinerpater nur mehr zu den Lectiones, den Vorlesungen, die am Vormittag stattfanden. Für die mittäglichen Streitgespräche und die Repetitiones am Nachmittag wurde Lenz vom Dom-

---

* Weißt du, mein Lieber, ich habe deinen seltsamen Namen satt. Er erinnert mich immer an die kleinen lästigen Tierchen, die sich auf meinem Kopf einnisten, wenn ich ihn nicht sauber halte. Sobald ich dich sehe, muss ich mich schon kratzen, und wenn Johanna mich dabei ertappt, verbannt sie mich aus der Küche. Ich werde dich von nun an Lenz nennen, denn eine schöne Zeit mache ich mir gerne, wohingegen ich auf die kleinen Tiere am Kopf gerne verzichten kann.

probst höchstpersönlich Dispens erteilt, vorerst jedenfalls. Denn niemand im ganzen Herzogskolleg mochte mit dem Pater aus Wittingau tauschen und ehemalige Dirnen, jetzt Büßerinnen, in Sachen Frömmigkeit unterweisen. Zum Glück konnte sich niemand vorstellen, dass es dort einen so gemütlichen Ort wie die Küche gab. Alle dachten – und damit lagen sie vermutlich richtig – dass der Arme sowieso Streitgespräche und Wiederholungen genug zu verkraften hatte, da konnte man ihm die in der Fakultät mit ruhigem Gewissen schenken.

Auch Janus hatte es gut getroffen. Der kleine, schmale Windhund war nicht nur von edler Abstammung, schnell im Laufen, sondern auch rasch von Begriff. Er verstand es in Null komma nichts, sich für Hanna, die nach wie vor ein etwas zwiespältiges Verhältnis zu Hunden hatte, unsichtbar zu machen, und sich stattdessen Yrmel, der stummen Küchenhilfe, zuzuwenden. Ein wahres Meisterstück des kleinen Hundes war es jedoch, sich mit der alten Streunerhündin Maroni zu arrangieren. Obwohl sie humpelte, fast blind war und schon sehr schlecht hörte, schien sie einen sechsten Sinn zu haben, was das Futter anlangte. Anscheinend hatte sie in ihrem Leben als Straßenköter schon so viel gehungert, dass sie Fressbares schon von Weitem witterte. Janus überließ ihr immer die erste Schüssel Futter, obwohl er flinker war, trat er brav zurück und ließ die alte zahnlose Maroni zuerst schlabbern. Barthel sah es jedes Mal mit einem Grinsen und steckte zum Ausgleich dem leichtfüßigen Janus einen Brocken Brot, einen Apfelputzen oder gar einen Knochen zu, den dieser unauffällig und in beeindruckender Schnelligkeit verschlang. »Bist a vifes Bürscherl, Janus«, sagte er dann jedes Mal, was Yrmel regelmäßig ein Lächeln entlockte. Auch sie mochte den kleinen Burschen, der bei Johanna so tat, als ob er kein Wässerchen trüben konnte, stets eng neben Maroni auf den Lumpen vor dem Ofen lag, wenn sie hinsah, und sie mit seinen großen braunen Augen hingebungsvoll anblinzelte. Aber kaum drehte sich die Köchin weg, sprang er lautlos mit seinen schlanken Pfoten auf Sessel und Bänke, schnupperte in den Schüsseln und schnappte sich blitzschnell, was sein Magen vertrug. Und das war eine ganze Menge. Jetzt aber duckte er sich brav auf den Boden und witterte dicke Luft.

»Ja Hannerl, was malträtierst denn den Tag* so?«, fragte Barthel und schüttelte sich angewidert nach einem Schluck aus dem Becher, »der is jo eh scho längst daschlogn.«

Hannerl wandte einen Blick zu Lenz und bemühte sich, so zu sprechen, dass er es auch verstand: »Ich soll für einen heranwachsenden rotzfrechen Burschen eine Mehlspeis machen und weiß ned, was.«

»Was isses denn für ein Teig?«, fragte Lenz interessiert. Barthel schnupperte: »Germ … also Hefe, ein Hefeteig isses, Lenz!«

»Krapfen, Schnecken, Mohn- und Nussrollen, Golatschen …«, brachte der Mönch hervor.

»Ja, da kommt der Behm wieder zum Vorschein bei den Golatschen«, lachte Hanna, winkte aber ab, »des kennt er alles schon, mit dem füttert ihn seine ganze mährisch-böhmische Verwandtschaft!«

Yrmel kam herbei und deutete mit einer Handbewegung an, den Teig zu flechten. Wieder winkte Hanna ab: »Nein, Yrmel, an Striezel hab ich ihm aa schon g'macht,

* Teig

wie er am Ostersonntag angekommen is, dreifach und vierfach hab i den g'flochten, mit an Ei drin, mit G'sicht und ohne ... Mir fallt heut afoch nix ein!«

Da kam einem frischen Frühlingswind gleich ein junges Mädchen in Büßerinnentracht herein, die Haube saß schief und ließ einen Blick auf kastanienbraunes Haar zu. Ihre Wangen waren von der frischen Luft gerötet, genauso wie ihre Stupsnase, die in der Mitte am Nasenrücken eine kleine Einsenkung hatte und dem Mädchen einen niedlichen Ausdruck verlieh. Ihre grünblauen Augen zwinkerten unternehmungslustig. Sie stolperte über die Türschwelle und konnte mit einem festen Griff auf den Türstock gerade noch einen Sturz verhindern. In der anderen Hand hielt sie einen Korb mit frischen Eiern, den sie direkt vor die Nase Johannas hielt: »Schau, die jungen Hennen legen zum ersten Mal. Ganz klein sind die Eier noch!« Johanna lächelte nachsichtig und deutete zur Kellerstiege. »Da, Ela, stell den Korb hinunter und pass auf, die Stiege ist rutschig, dass du mir ned ausrutschst so wie eben.« Damit zeigte sie auf den Bauch des jungen Mädchens, der sich unter der Kutte ein klein wenig wölbte. Yrmel, die noch einen Augenblick zuvor lächelnd bei Hanna gestanden war und sich den Kopf darüber zerbrach, was man aus dem Teig Ausgefallenes machen konnte, wandte sich unwirsch ab und stieß einen zischenden Laut aus, den man, kannte man sich bei Yrmels Art der Verständigung halbwegs aus, als schimpfen bezeichnen konnte. Hannerl drehte sich erstaunt zu Yrmel um, die vor lauter Wut Karotten so klein zerhackte, dass die Schnipsel nur so flogen. Waclaw, also Lenz, senkte seinen Kopf, der gefährlich rot angelaufen war, recht tief über das Stück Pergament, das er gerade mit verschiedenen ineinander verwobenen Girlanden einrahmte, noch tiefer als gewöhnlich, lugte aber immer wieder verstohlen zu Ela, die sich inzwischen niedergebeugt hatte, um die beiden schwanzwedelnden Hunde zu streicheln. Barthel nickte dem Mädchen munter zu und bedeutete ihr verstohlen, ihm den Becher wieder zu füllen. Dabei zeigte er aber auf die Stiege hinunter, weil er wusste, dass Johanna dort ihren Weinvorrat, den sie als »Kochwein« bezeichnete, aufbewahrte. Ela kam zwinkernd zu ihm, schnappte den Becher und verschwand mit den Worten »Ich räum den Korb gleich aus«, in den Keller. Das gab Hanna die Gelegenheit, zu Yrmel zu treten und ihr das große Messer, mit dem sie unbarmherzig auf die Karotten einhackte, aus der Hand zu nehmen. »Yrmel, i kenn di jetzt scho so lang, aber so biestig wie jetzt warst no gor nie.« Yrmel zuckte die Achsel, schnappte sich wieder das Messer und hantierte weiter. »Brauchst do ned eifersüchtig sein auf die kleine Ela!« Ein Schnauben war die Antwort. »Samma doch froh, dass uns die Meisterin die Ela als weitere Hilfe zuteilt hot und ned etwa die Marlen, die dauernd nur von den Mannsbildern red. Is doch a nettes Madl, de Kloane.« Yrmel drehte sich zu Hanna um, funkelte sie mit ihren braunen Augen wild an und machte mit der waagrecht ausgestreckten Handfläche über ihren Hals ein Zeichen, als würde sie gerne jemandem die Gurgel abschneiden. Hanna ahnte auch, wem, schüttelte aber verständnislos den Kopf: »So kenn i di ned, Yrmel, so ned. Hast gor ka Mitleid ned? Die Ela kommt direkt aus der Badestube beim Rossmarkt, da geht's freilich ned fein zua und schwanger is des Madl schließlich aa!« Unbeeindruckt starrte Yrmel geradeaus und wandte sich brüsk ab, als sie die glockenhelle Stimme Elas hörte:

»Die Eier hab ich zu den anderen geschlichtet, Hanna, und jetzt kümmere ich mich amal draußen um den Salat.« Damit stellte sie unbemerkt den gefüllten Becher vor Barthel und wollte hinaushuschen.

»Wart a bisserl, Ela«, meinte Johanna, »es gibt gleich was zu essen!« Ela nickte und spazierte auf Zehenspitzen zum Tisch. Dort sah sie sich um und ihr Blick blieb an Lenz hängen, der weiter emsig mit roten Wangen malte. Sie beugte sich zu ihm hinunter und quietschte verzückt auf: »Was ist denn das für ein hübscher Vogel?« Lenz, der vor Verlegenheit eine ganz heisere Stimme hatte, flüsterte: »Ein Eisvogel. Ich male einen Eisvogel.«

»Aber warum?«, fragte Ela unverblümt.

»Er … also er …«, stotterte Lenz, »ist ein Zeichen für die Freundschaft und Treue, und der Conrad, also der heißt Eysfogl …« Beschämt schwieg Lenz. Hannerl kam ihm zu Hilfe. »Der Conrad, ja, der Haderlump. Wann schaut der Bettler wieder amal vorbei?« Dankbar lächelte Lenz die Köchin an. »Wird bald wieder soweit sein. Heute muss er noch die Schlafsäle aufräumen und dann auch noch die geheimen Gemächer.« Lenz rümpfte die Nase, blickte dann erschrocken zu Ela und senkte wieder den Kopf über seine Zeichnung.

»Is aa ka scheens Leben als Bettelstudent!«, meinte Barthel und schlürfte genüsslich. Conrad, der sich wegen mangelnder finanzieller Hilfe unter der Heerschar der mittellosen Studenten, der *»pauperes«* hat immatrikulieren müssen, lebte in einem Armenhaus für Studenten. Er musste arbeiten, um seinen Lebensunterhalt verdienen zu können. Hie und da kam er vorbei, und Hannerl zweigte etwas Essen für ihn ab.

»Aber er hat was in Aussicht«, meinte Lenz fröhlich,

»vielleicht kann er Hausknecht werden in einer der Bursen, dann kriegt er ein besseres Essen und die Unterkunft ist auch komfortabler.«

»Aber Arbeit hat er dann genug, die sind ja alle Schweindln, die Studenten.« Johanna machte kein Hehl aus ihrer Meinung über die jungen Männer, die die Pfaffenstadt unsicher machten.

»Das stört ihn nicht, den Conrad, die Arbeit macht er halt. Aber Gottesdienst, Beichte, Tischgebet, Chorgebet, das, was eben üblich ist in den Bursen, das mag er gar nicht«, seufzte Lenz, »so ist er, er lasst sich nicht einsperren, sagt er, weder von seinen Verwandten, den Parlers, und schon gar nicht von den Magistern an der Universität!«

»Recht hat er, wer mag das denn schon?«, schnaubte Hannerl, und Barthel grinste. »Hoffentlich wird er a bisserl dicker! Meiner Seel, noch nie hab i so an dinnen Haring wie den Conrad gsehen«, Barthel schüttelte den Kopf und klopfte auf seinen eigenen Bauch.

Für des, dass die Susanna uns an frommeren Lebenswandel zeigen wollt, haben wir jetzt aber ziemlich viele Mannsbilder in der Klosterküche, dachte Hannerl bei sich und erkundigte sich nach dem dritten in diesem seltsamen Freundschaftsbund: »Wie geht's dem Rudolf eigentlich?«

»Ja, wie geht's dem Rolf?«, fragte nun auch Ela und erntete dafür einen eisigen Blick von Yrmel.

»Dem geht's meistens nicht so gut. Aber da kann er nichts dafür, sagt jedenfalls der Mathias. Das ist seine schwarze Galle, meint der. Ich weiß ja nicht unbedingt, was das jetzt sein soll, aber wenn der Apotheker sagt, dass den Rudolf seine schwarze Galle so nachdenklich und traurig macht, dann wird's ja wohl stimmen!« Damit mischte sich Lenz eine ganze Palette an Blautönen und betrachtete diese wohlgefällig.

»Wos für a Hias?«, fragte Barthel, und hätte Hannerl nicht eigenhändig Apfelsaft in den Becher des Hauerknechts gegossen, hätte sie schwören können, dass die glasigen Augen und die undeutliche Aussprache Barthels Vorboten eines Spitz* waren.

»Na, der Mathias Bonus, der Apotheker vom Goldenen Greif, von dem hab ich dir doch schon erzählt, Barthel«, meinte Hannerl ungeduldig, »bei dem ich immer den Zucker für die Katharina kauf! Hab ich grad Katharina g'sagt? Ja mei …« Plötzlich lief Hannerl zur Ofenbank, wo eine große, mit einem groben Tuch abgedeckte Schüssel stand, die bereits einen gefährlichen Buckel machte. »Da schau her, Ela«, meinte Hannerl lachend, »so schaust du in ein paar Monat aus«, und zeigte auf den aufgegangenen Germteig. Ela lächelte verlegen und strich über ihren Bauch. Da kam Yrmel festen Schrittes herbei und klopfte mit der ganzen Handfläche ein paar Mal auf das Tuch, bis die Luft, die sich im Teig gebildet hatte, entwich, und er in sich zusammenfiel. Das Tuch hing nun faltig über die Schüssel. Resolut nahm sie diese in die Hand und drückte sie der erschrockenen Ela so vor den Bauch, dass sie mit beiden Händen zugreifen musste, um das schwere irdene Geschirr nicht fallen zu lassen. Dann drehte sich Yrmel um, stapfte zur Tür und drosch sie mit einer solchen Wucht zu, dass man meinen konnte, Hannerl selbst hätte wieder einen ihrer legendären Wutanfälle.

»Na, des hätt's jetzt aber ned braucht«, bemerkte Bar-

* Kleiner Rausch

thel verstört und sah mitleidig zu Ela, die ganz blass um ihre kleine Nase war.

»Na wirklich ned, so a Spinnerte! Komm, gib des her!« Damit watschelte Johanna in ihren Holzpantoffeln auf das Mädchen zu und nahm ihm die Schüssel ab. Beherzt stellte sie sie auf den Tisch. »Also wirklich, so a Spinnerte, was hat die denn nur?«, murmelte sie.

Dann wandte sie sich an Ela, die immer noch wie zur Salzsäule erstarrt dastand und fragte, um sie vom eben Vorgefallenen abzulenken: »Weißt du denn, was i aus dem Teig da Ausgfallenes machen kann?« Sie zeigte auf den Inhalt der riesigen Schüssel. Ela tupfte mit ihrem Zeigefinger an ihre Nasenspitze, was sie immer tat, wenn sie nachdachte, und ging ein paar Schritte auf und ab. Da kam Yrmel mit einem Topf voll Fett herein und knallte ihn auf ihren Arbeitstisch. Wütend funkelte sie Ela an, die sich schnell auf die andere Seite der Küche flüchtete. Als sie beim großen Esstisch vorbeikam, sah sie kurz wieder zu Lenz, der verschlungene, geknotete Tücher in allen Blauschattierungen auf das Pergament malte. Kurz verharrte sie und zeigte dann auf das Blatt. »Strauben!«, meinte sie nur.

»Strauben? Was ist denn das?«, fragte Hannerl erstaunt.

»Das ist ein Gebäck, dünne Teigstreifen, miteinander verknotet und dann heiß herausgebacken!« Ela leckte sich genüsslich ihre Lippen und meinte »das hat mir meine Mutter immer gemacht.«

»Komisch, in Wien backt das keiner, nicht dass ich wüsst«, entgegnete Hanna und sah Yrmel fragend an. Die schüttelte unmerklich den Kopf und tippte sich an die Stirn.

»Ich male doch keine Strauben«, entrüstete sich Lenz

und zeigte auf seine kunstvollen Verzierungen, »das sind Minneknoten!«

»Minneknoten? Was ist das jetzt?« Hannerl verstand schon wieder nicht.

»Minneknoten sind ineinander geschlungene Bänder, die die Liebenden zusammenhalten!« Flugs wurde Lenz so puterrot, dass er Barthel schon leidtat, und Hannerl wünschte, sie hätte gar nicht gefragt. Dieses Mal rettete ihn Ela aus seiner Not und meinte gut gelaunt: »Das ist doch wunderbar, Lenz. Du malst deine Liebesknoten in Blau, und die Hannerl backt die ihren goldgelb im Schmalz!«

Damit fasste sie mit ihren kleinen, schlanken Händen geschickt in den Teig, rollte ihn mit dem Nudelholz aus, schnitt Rechtecke und die Rechtecke dann in Streifen. Diese Streifen zog sie abwechselnd über den Rand, sodass kleine Teigknoten entstanden. »So«, meinte sie und deutete zu Yrmel, die mit den Händen in den Hüften kampflustig beim Herd stand, »wenn du jetzt so nett wärst und das Schmalz heißmachst, dann werft sie hinein und doppelt so groß kommen die dann raus, die Strauben, also die Liebesknoten oder was auch immer. Aber das könnt ihr ohne mich, ich geh mich jetzt um den Salat kümmern.« Damit kam sie zu Hannerl gelaufen, gab ihr doch tatsächlich einen Kuss auf die Wange, im Vorbeigehen drückte sie Barthel ganz fest und schickte Lenz eine Kusshand, dass der gar nicht mehr wusste, wohin er schauen sollte.

Selbst von draußen hörte man ihr glucksendes Lachen. Beglückt sah ihr Hannerl nach und meinte: »Ich bin froh, dass wieder a bisserl Leben da hereinkommt. Seit die Gretlin weg is, wars so ruhig da wie im Banahaus unter dem Dom! So a liabes, lustiges Madl! Fröhlich sein und a wenig lachen hat noch niemanden g'schadt, da geht einem die Arbeit glei viel besser von der Hand! Das solltest dir merken, Yrmel!«

Die stumme schlanke Büßerin, die nun schon jahrelang ihren Dienst in der Küche versah, knallte daraufhin die gusseiserne Schmalzpfanne mit so viel Schwung auf den Feuerrost, dass beide Hunde vor Schreck jaulend aufsprangen.

Wien, Tag des Heiligen Vinzenz (24. Mai) 1384

Jaulend wie Wölfe umringten sie ihn. Speichel troff von ihrem Kinn, und die Augen waren glasig von den Krügen voll Bier. Mit Knüppeln, Zangen und Scheren ausgestattet, zogen sie den Kreis, den sie um den Bedauernswerten gezogen hatten, immer enger. Die nasse, faulig riechende Tierhaut, die sie ihm übergezogen hatten, bedeckte sogar seine Augen, sodass er nicht sehen konnte, wann ihn ein Schlag treffen würde. Und sie sparten nicht mit Hieben. Er verfluchte sie wegen ihrer Grobheit und sich selbst, weil er sich auf dieses Spiel überhaupt eingelassen hatte. »Na, du elender Gelbschnabel«, grölte einer, dessen Stimme vor Übermut bereits kippte, »was ist los? Hast ja sonst dein Maul immer offen! Warum sprichst du nicht mit uns? Oder sollen wir nachhelfen?« Ein Schwall stinkender Brühe wurde über seinen Kopf geleert, und trotz der Tierhaut konnte er riechen, dass sie nicht nur Wasser, sondern auch den Inhalt der Nachtgeschirre auf ihn geschüttet hatten. »Wirf die Hörner ab! Wirf die Hörner ab!«, schrien sie dann im Chor und steigerten sich wie in Ekstase. Er schüttelte sich daraufhin heftig und hörte ein Poltern, darauf folgte ein jubelnder Ruf aus vielen Kehlen: »Ja, ja, er hat sie abgeworfen!« Dann trafen ihn wieder Schläge und empfindliche Stiche mit den Scheren in alle möglichen Körperteile, er wurde herumgewirbelt, um die eigene Achse gedreht, und, als er die Orientierung gänzlich verloren hatte und taumelnd gegen eine Wand knallte, unter lautem Gelächter wieder auf die Beine gestellt. Langsam rührte sich der Zorn in seinem Inneren, und als er daran denken musste, dass er für dieses Spektakel sogar noch bezahlen musste, gutes Geld, das er sowieso nur unter großen Mühen verdienen konnte, geriet er vollends in Rage. Er stieß und trat, er boxte und rammte seine Ellenbogen nach allen Richtungen, was wegen seiner durch die Tierhaut verursachten Blindheit natürlich ein gänzlich unnützes Unterfangen war. Die Umstehenden jaulten nicht nur vor Heiterkeit, sie kläfften wie Hunde, miauten wie Katzen und quiekten wie Schweine, die gerade zum Schlachten geführt wurden. »Stich das Tier, schlag das Tier, dass endlich ein Mensch aus ihm werde«, schrie einer der Studenten. »Los, Conrad, los, wirf deine Stoßzähne ab!« quietschte ein anderer vor Vergnügen. Da begann er sich unter seiner Tierhaut ganz klein zusammenzukrümmen und hockte sich auf den Boden. »Was ist denn los?«, hörte er sie verblüfft fragen, »der Nürnberger wird doch nicht klein beigeben, wir haben ja noch nicht einmal richtig angefangen!« Dann hörte er sie immer näher kommen. Er verhielt sich weiter ganz ruhig. Als er ihren Atem knapp über sich hörte, winkelte er seine Ellenbogen nach außen, zog seinen Kopf ein, spannte seine Beinmuskeln und schoss wie Bier aus einem schlecht gezapften Fass senkrecht in die Luft. Getroffen und verletzt schrien seine Peiniger auf. Der infernalische Lärm durchdrang sogar die dicken Mauern der Burse, die, als ehemaliges Fleischhackerhaus des Ratsherren Paul Wagendrüssel, bei Gott recht solide und fest gebaut war. In der Türöffnung erschien wenig später Magister Bonifatius, der leitende Scholar. Mit einem Blick erkannte er, was hier getrieben wurde. Resolut meinte er: »Ich denke, ihr habt jetzt alle euren Spaß gehabt, und ich erkläre die

Deposito beanorum des Studiosus Conrad Eysfogl für beendet.« Die jungen Männer, über ein Dutzend an der Zahl, ließen murrend von der mit der Tierhaut vermummten Gestalt ab und trollten sich zur Seite. Nur einer, der scheinbar nicht genug von diesem Spektakel bekommen konnte, bei dem Neuankömmlinge in der Burse in einem Aufnahmeritus geschlagen, beschmutzt und beschimpft wurden, beschwerte sich brummend: »Er hat noch nicht einmal seine Stoßzähne abgeworfen! Wie soll er da vom Tier zum Mensch werden.«

Magister Bonifatius, der sich die Blessuren der anderen genau ansah und bei einigen Beulen und eine blutende Nase bemerkte, feixte: »Nun, ich denke, dass der Neue wohl seine eigenen Stoßzähne nicht abgeworfen, dafür aber manch andere Zähne eingeschlagen hat!« Damit zeigte er auf jene Studenten, die mit dem hochfahrenden Ellenbogen Eysfogls nicht gerechnet hatten und ihn geradewegs in den Mund bekommen hatten. Daraufhin ging der Magister zu Conrad, streifte ihm die Tierhaut, an der noch zwei eindrucksvolle Zähne eines Ebers befestigt waren, kurzerhand ab und warf sie achtlos zu Boden. »Hiermit hast du dich von einem Gelbschnabel zu einem Studiosus der Alma Mater Rudolfina gewandelt. Ich heiße dich im Namen deiner Kollegen ganz herzlich in der Rosenburse willkommen.« Nach einem eher zaghaften einzelnen Jubelruf stimmten dann doch alle Studenten mit ein und ließen Conrad hochleben, umso mehr, als er mit zerknirschtem Gesicht die zwei Groschen ›Depositionsgeld‹ aus seiner Geldkatze zog und sie dem Magister hinhielt. Der nahm schnell das Geld, klopfte dem Neuen väterlich auf die Schulter, und Conrad dachte bei sich, dass er noch nie im Leben ein einfaches Schulterklopfen so teuer zu bezahlen hatte. Dafür war er jetzt aber auch Mitglied der Rosenburse, und die entbehrungsreichen Tage in den Armenhäusern der Studenten, in den Kodreien, waren für ihn Vergangenheit. Conrad Eysfogl kam in den Genuss der zahlreichen Stiftungen von Handwerkern und Kaufleuten und konnte als mittelloser Student die Annehmlichkeiten eines gut geführten und alteingesessenen Studentenhauses nutzen. Dass er sich verpflichtet hatte, einige kleinere Arbeiten für den Magister zu übernehmen, wie Botengänge, Besorgungen oder auch einmal den Putzdienst, machte Conrad nichts aus, im Gegenteil, dadurch hoffte er, dem allzu strengen Tagesablauf in der Burse entfliehen und eigene Weg beschreiten zu können. Das war ihm sehr wichtig, und genau so etwas in der Richtung hatte er auch vor, als er dieses unappetitliche und aufreibende Aufnahmeritual hinter sich gebracht hatte. Weg wollte er, für eine Weile allein sein, seine Gedanken ordnen. Doch er staunte nicht schlecht, als ihn Magister Bonifatius zur Seite nahm und ihm zuraunte, er solle ihm folgen, niemand geringerer als Pater Leopoldus wolle ihn in der nahen Universität sprechen, und das unverzüglich. So verließ Conrad stinkend und beschmutzt an der Seite von Bonifatius die Burse, folgte kurz dem ausgetretenen Weg Unter den Predigern und gelangte schließlich ins *Collegium ducale*, ins Herzogskolleg. Magister Bonifatius, der zwar klein und etwas beleibt war, schritt kräftig aus, und Conrad, nicht gerade langsam, sondern eigentlich recht flink, hatte Mühe, ihm zu folgen. Er schob diese Anstrengung darauf, dass ihn die Verwandlung vom Gelbschnabel zum Studenten doch ärger mitgenommen hatte, als er ursprünglich vermutet hatte. Beide betraten das Haus durch den alles überragenden Torturm, das sichtbare Wahrzeichen der Universität und Heimat der in Wien ansässigen Astronomen. Als sie den ersten von zwei Innenhöfen durchquerten, setzte Bonifatius Conrad, der etwas außer Atem war, über jene Person ins Bild, den kennenlernen zu dürfen, er in Kürze die Ehre haben würde. Leopoldus de Vienna zählte fast 45 Lenze, war also bereits ein ziemlich alter Mann. Er hatte als Augustinereremit in Paris studiert und lehrte seit heuer, seit Albrecht III. eine theologische Fakultät eingerichtet hatte, in Wien. Leopold war Zweiter Lektor für das Wiener Generalstudium und außerdem Hofkaplan des Herzogs. Conrad keuchte gleich ein wenig mehr, als er erkannte, welch einflussreicher Person er gleich gegenüberstehen würde. Die Knie wurden ihm etwas weich, als sie schließlich den zweiten Innenhof durchquert hatten und das Kollegium betraten. Zu ebener Erde standen den Artisten drei Auditorien, den Theologen und Medizinern jeweils ein Hörsaal zur Verfügung. Conrad staunte, als er die hellen riesigen Räume sah, wurde aber von Bonifatius gedrängt, ihm eilig über die große Holztreppe hinauf in den ersten Stock zu folgen. Waren die Hörsäle schon groß, so übertraf sie der gewaltige Kollegsaal im ersten Stock um ein Vielfaches. Hier ließ sogar der Magister Gnade walten und verharrte eine Weile, um Conrad Gelegenheit zu geben, die Aula zu betrachten. »Eindrucksvoll, Eysfogl, was? Sehr eindrucksvoll, nicht wahr?« Er schmunzelte und sah den jungen, gerade erst vom ›Tier‹ zum Menschen verwandelten Studiosus von der Seite an. *»Magna stuba collegii* – das heißt so viel wie *großer Kollegsaal*. Wir sagen *Aula* dazu. Das ist das Herz des *Collegio ducale*. Hier finden unsere feierlichen

Versammlungen, Prüfungen und Promotionen statt. Ich hoffe sehr, dass Ihr hier noch erbauliche und erhebende Stunden verbringen mögt, Eysfogl, ich hoffe das wirklich für Euch. Das höchste Gut sind Wissen und Können, und diese Mauern hier sind wahrlich getränkt mit beidem.« Damit schwenkte er seinen Arm stolz über den ganzen großen Raum, über die kostbaren Wandmalereien, die hohen Fenster aus echtem Glas, die sich zur Straße, aber auch auf die andere Seite zum Innenhof öffneten. Conrad war ergriffen, noch nie hatte er außerhalb einer Kirche einen so hellen und eindrucksvollen Raum gesehen. Wenn du mich nur sehen könntest, Oheim, dachte er mit Wut und Schadenfreude zugleich, wenn du mich nur hier sehen könntest, Peter Parler, du aufgeblasener, engstirniger, blöder Narr. Ich werde studieren an der Alma Mater Rudolfina, als Artist, und später dann am Juristenkolleg. Und ich schwöre bei Gott, mein Wissen wird mich in solche Höhen tragen, dass die Kreuzblumen am Turm deiner elenden Kathedralen aussehen werden wie Vergissmeinnicht unter den Sonnenblumen meines Wissens. Herabschauen werde ich auf dich, aufblicken wirst du zu mir müssen.

Bonifatius, der die geballten Fäuste bemerkte und den entschlossenen Blick in den blitzblauen Augen des jungen Mannes sah, lächelte in sich hinein und sagte leise: »Es mögen dir dein Ehrgeiz und deine Begeisterung hinweghelfen über die Mühen und den Verzicht, die das Leben im Dienste der Wissenschaft mit sich bringen, Eysfogl.« Dann streckte er sich und lief mit seinen kurzen Beinen in solcher Geschwindigkeit voran, dass Conrad ihn gerade noch auf einer weiteren Holztreppe verschwinden sah und nur im Laufschritt folgten konnte.

»Jetzt kommen wir zu den Wohnräumen der Kollegiaten, Eysfogl. Und ins …« Mehr konnte Conrad nicht verstehen, der flinke Bonifatius war bereits um die nächste Ecke geeilt. Conrad sah mehrere Türen, die zu den Räumen der Artistenmagister führten und vier, die den Theologen vorbehalten waren. An der letzten Tür, die ein wenig größer und prächtiger verziert als die anderen war, hielt der Magister inne und klopfte leise. Ein Diener, der sich gleich im Zimmer neben dem Eingang aufgehalten haben musste, so schnell öffnete er die Tür, verbeugte sich und machte eine Handbewegung, die sie zum Hereingehen aufforderte.

Der Tracht nach ist es ein Schreiber, dachte Conrad und war sich gewiss, als er den Gänsekiel in der Hand des Mannes sah. Als er nach einer eindeutigen Aufforderung mitten im Zimmer stand, fand er sich in einem Skriptorium wieder. Mit Staunen sah er, wie sich ein Schreibpult an das andere reihte, und wie Männer jedes Alters, insgesamt ein halbes Dutzend, gebeugt über ihre Pergamente saßen. In der Hand hielten sie die Gänsekiele, die sie in immer wiederkehrenden Abständen in die mit Tinte gefüllten Rinderhörnchen tauchten. Es war still in diesem Raum, nur das Kratzen der Federn war zu hören. Das Eintreten Conrads wurde von den Schreibern zwar bemerkt, aber nicht beachtet. Hochkonzentriert und gedanklich ganz weit weg erledigten sie ihre Arbeit. Bonifatius, der das Staunen des neuen Studiosus bemerkte, raunte ihm zu: »Unverfälschte Texte aus allen Wissensgebieten sind das Kernstück jeder Universität, Eysfogl. Wie die schwarze fette Erde sind sie der Boden, auf dem die Früchte des Wissens reifen. Die fertiggestellten Schriftstücke werden in die Hofminiaturenschule gesandt, wo dann die Illustration den Codex zur Vollendung bringt.« Wohlgefällig nickte Bonifatius und flüsterte weiter: »Die Wiener Werkstatt ist mit der von Prag eine der besten des Abendlandes. Die Schreiber, die hier arbeiten, sind wahre Könner, Fleiß und Disziplin machen sie zu unverzichtbaren Stützen der Alma Mater!«

Conrads Blick schweifte über die Köpfe der Arbeitenden und blieb am großen Fenster hängen. Dort sah er einen schlanken Mann, den man als sehr groß bezeichnen hätte können, wenn nicht seine gebeugte Haltung und die abfallenden Schultern diesen Eindruck verhindert hätten. Leopold von Wien, im schwarzen Habit der Augustinereremiten, mit schwarzer Gugel und ledernem Cingulum* sah aus einem der Fenster, das von seinem Zimmer aus zur Straße gerichtet war, und drehte seinen Besuchern den Rücken zu. Er hatte seine Hände mit den langen, dürren Fingern ineinander verschränkt. Sein Hinterkopf war bis auf ein paar graue Haarbüschel kahl, seine Ohren groß und eng anliegend. Seine Ohrläppchen hatten eine immense Ausformung und hingen schlapp herab. Unbeweglich stand der Hofkaplan des Herzogs da und starrte hinaus, nur der Zeigefinger in den verschränkten Händen zuckte schnell hin und her. »Hochwürdiger Herr«, begann da Magister Bonifatius, »ich habe den jungen Studiosus hergebracht.« Nach weiteren Augenblicken der Stille setzte er nach: »So wie Ihr es mir befohlen habt!«

Ohne sich umzudrehen, kam die tiefe wohltönende Stimme des Paters: »Ich danke dir, Bonifatius, du darfst gehen!« Mit einer Verbeugung verließ der Magister den

---

* Gürtel

Raum, nicht ohne Conrad aufmunternd zuzunicken. Der Schreiber beim Eingang schloss leise hinter ihm die Tür. Mit einem Schlag wurde die anfangs wohltuende Stille lastend. Conrad fühlte sich unbehaglich. Obwohl er eigentlich gar nicht wusste, warum. Er begann zu schwitzen, und, was noch schlimmer war, er roch, dass seine Kommilitonen wohl etwas mehr als den Inhalt eines Nachtgeschirres über ihn geschüttet hatten – er stank wie ein geheimes Gemach, das der Klokönig* schon wochenlang nicht freigeschaufelt hatte. Als er bereits nachdachte, wie er auf ehrenhafte Weise dieses Zimmer verlassen könnte, bevor Leopold von Wien seiner überhaupt gewahr wurde, donnerte es aus einem anderen verborgenen Winkel des Raumes: »Um Gottes willen, habt ihr in der Rosenburse keine Privets, pinkelt ihr euch gegenseitig an? Pfui Deibel!« Wäre Conrad nicht zutiefst von dieser durchdringenden Stimme aus der ihm nicht einsehbaren Ecke erschrocken gewesen, wäre er am liebsten vor Verlegenheit im Boden versunken. So starrte er fassungslos den Mann an, der sich ihm argwöhnisch näherte. Er war von mittelgroßer, überschlanker Statur und ganz in Schwarz gekleidet – enge Beinkleider, eine kurze Gugel aus edlem Stoff, feinste Lederschuhe. Sein Gesicht war von ungesunder grauer Farbe. Er sieht aus wie eine Krähe, dachte Conrad und schmunzelte erleichtert nach dem großen Schrecken, seine Hakennase jedenfalls würde als Schnabel durchgehen.

»Was lächelst du so blöde?«, fuhr ihn der Schwarzgekleidete an, »es reicht, dass dein Gestank meine Nase

---

* Ein unehrenhafter Beruf im mittelalterlichen Wien. Die bedauernswerten Menschen mussten die Sickergruben ausschaufeln und saubermachen.

beleidigt, es muss nicht auch noch dein Gegrinse meine Augen kränken.«

Conrad wären darauf eine Menge Erwiderungen eingefallen, er beherrschte sich aber und senkte seinen Blick. Doch plötzlich blitzte ein Gedanke durch seinen Kopf. Er hatte den Mann doch schon einmal gesehen, wenn er sich nur erinnern könnte, wo genau! Da vernahm er wieder die ruhige Stimme vom Fenster. Er sah auf. Leopold von Wien hatte sich umgedreht und musterte ihn aus gütigen braunen Augen, deren Augenlider wie bei einem ganz traurigen Hund herabhingen. Seine Haut war olivfarben und faltig, seine hohen Wangenknochen stachen aus dem Gesicht wie Steine aus einem Bachbett. Aber der Ausdruck in diesen Augen, das Lächeln, das seinen großen, auf der einen Seite verzogenen Mund umspielte, war amüsiert. *»Deposito beanorum«*, sagte der Pater und lachte in einem angenehmen Ton. Conrad fiel in sein Lachen ein und fuhr sich verlegen über seine schmutzige Kleidung: »Nein, kein Gelbschnabel mehr, sondern ein Student! Aber sie haben es ein bisschen übertrieben.« Stolz klang in seiner Stimme, und Leopold nickte zustimmend. Als der Hofkaplan dann in das völlig unwissende Gesicht des Schwarzgekleideten sah, wurde sein Lächeln noch breiter, aber höflich erklärte er: »Nun, Hofmeister Fichtenstein. Diese Dinge entziehen sich wohl Eurer Kenntnis. Es ist eine unangenehme, und wenn ich mir diesen jungen Mann hier ansehe, wohl etwas unappetitliche Sitte, die Neuen an der Universität von einem sogenannten Gelbschnabel in einen Studenten zu verwandeln. Zu diesem Zweck wird dem Armen eine Tierhaut übergezogen, und er muss sich allerlei …«

Da unterbrach ihn Fichtenstein ungehalten: »Die

Gepflogenheiten in der Pfaffenstadt sind mir ziemlich gleichgültig, hochwürdigster Herr. Ich ersuche Euch wirklich, möglichst bald zum eigentlichen Anlass unseres Zusammentreffens zu kommen.« Conrad blieb der Mund offen stehen über diese Unhöflichkeit, konnte aber im Gesicht des Augustinerpaters außer einem kurzen Innehalten keine Anzeichen von Zorn erkennen. Wie wenn nichts gewesen wäre, verbeugte sich Leopold leicht in Richtung des Hofmeisters, der sich inzwischen angriffslustig in die Mitte des Zimmers gestellt hatte, und wandte sich dann ruhig an Conrad: »Stimmt es, dass Ihr erst vor einigen Wochen in Wien angekommen seid?«

»Ja, genau am Karsamstag war es, wir kamen per Schiff von Passau und dann …«

Genervt verdrehte Fichtenstein die Augen, und genau da fiel es Conrad wieder ein, wo er dem Hofmeister schon begegnet war. Rolf hatte diese Krähe ordentlich in der Mangel, dachte er und grinste wieder. Jetzt fiel ihm wieder alles ein. Es waren einfach zu viele Eindrücke auf einmal gewesen, als er nach Wien kam, deswegen konnte er sich nicht gleich an diesen Mann erinnern. Aber unten bei der Donau, als Lenz und er gegen die Wellen kämpften, da sahen sie, wie sich die beiden richtig stritten. Freilich, hören konnte er nicht, worum es ging, sicher war nur, dass der Schwarze ziemlich ramponiert aussah, nicht so geleckt wie heute.

»Es interessiert mich nicht, womit Ihr hergekrochen seid«, meinte Fichtenstein in scharfem Ton, »kommen wir jetzt zum Wesentlichen?«

Wieder übernahm Leopold das Wort: »Uns ist zu Ohren gekommen, dass eine Abschrift der Heiligen Schrift, der Vulgata, den Weg nach Wien gefunden hat.«

Conrad sah den Hofkaplan verständnislos an und konnte sich nicht erklären, was die beiden von ihm wollten.

Erklärend fuhr dieser fort: »Es wird weiters vermutet, dass sich diese Abschrift im Gepäck Eures Trosses befunden haben soll. Wisst Ihr etwas darüber?«

Wieder sah Conrad ratlos drein.

Da platzte Fichtenstein der Kragen und er schrie: »Jetzt tu doch nicht so scheinheilig! Ich weiß, dass ihr von Prag über Nürnberg nach Wien gereist seid. Ihr kommt doch direkt von Wenzel, ihr seid es doch, die …«

Leopold unterbrach den Hofmeister forsch: »Na na, immer langsam. Ich weiß zwar nicht, wer hinter diesem Gerücht steckt, aber ich glaube, wir sollten dem jungen Studiosus Gelegenheit geben, uns seine Sicht der Dinge darzulegen! Und das, bevor wir Beschuldigungen ausstoßen!«

Der Schwarze baute sich vor Conrad auf: »Aber ich rate dir, uns die Wahrheit zu sagen, denn eine Abschrift der Vulgata in deutscher Sprache ist eine ernste Angelegenheit, nicht nur für den, der sie in Auftrag gegeben hat, oder denjenigen, der sie hergestellt hat, sondern auch für den, der sie von einem Ort zum anderen bringt. Mitwisser, wenn du weißt, was ich meine … mitgefangen, mitgehangen!«

Leopold von Wien meinte daraufhin bestimmt: »Herr Hofmeister, ich denke nicht, dass es Sinn macht, den jungen Mann einzuschüchtern. Schließlich ist ja noch gar nicht bewiesen, dass es eine deutsche Abschrift der Heiligen Schrift gibt, und dass diese ausgerechnet in Wien ist. Aber vermutlich habt Ihr da zuverlässigere Nachrichten als ich!«

Der Hofmeister verharrte kurz, wandte sich aber dann sogleich wieder an Conrad, der blass geworden war. »Wir … wir«, stammelte er, »wir haben etwas vom Prager Hof erhalten …« Betroffen hielt er inne.

»Also doch!«, blaffte Fichtenstein.

»Nein, es war ein Kasten voll mit Pergament, feinste Ware, ich erkenne das, mein Vater ist Gerber …«

Der Hofmeister schnaubte abfällig. »Interessiert mich nicht, in welchem Dreck dein Vater wühlt.«

Leopold von Wien bedachte ihn mit einem strengen Blick.

»Aber«, stotterte Conrad weiter, »das Pergament war weiß, jungfräulich und unbeschrieben«, er legte die Hand auf sein besudeltes Hemd, »so wahr ich Conrad Eysfogl bin, werde ich doch wohl erkennen, ob ein Pergament beschrieben ist oder nicht. Man hat es uns doch gezeigt in Prag!«

»Wer?«, fragte Leopold kurz.

»Der Münzmeister. Wie hieß er doch gleich, Martin …« Conrad legte die Stirn in Falten.

»Rotlöw heißt er, du Schwachkopf«, platzte der Hofmeister heraus, und nach einem erstaunten Blick des Hofkaplans senkte er kurz den Blick.

»Was ist mit dem Pergament passiert?«, fragte Leopold, und Conrad, froh mit dem Augustinerpater und nicht mit dem Hofmeister reden zu müssen, erzählte in allen Einzelheiten, wie sie das Schiff, das sie von Passau bis Nußdorf gebracht hatte, verlassen mussten wegen des Hochwassers der Donau. Wie sie, also Waclaw und er, es bedauerten, dass sie sich vom Kaufmann Ludwig Fütterer und von Wenzel Parler trennen mussten, weil diese beiden ja bei Hof eingeladen waren. Er berichtete, wie sie dann vom Weg abgekommen und sich verlaufen hatten und schließlich bei einer gänzlich ungeeigneten Stelle in der Au die Donau durchwaten wollten. Mit Schaudern erzählte Conrad, wie sie unversehens in tiefes Gewässer geraten waren und nach der beherzten Hilfe von Rolf gerade noch ihre eigenen Leben retten konnten. Letztendlich waren sie sicher, aber bar jeden Gepäckes und klatschnass in Wien angekommen. Wenzeslaus war todunglücklich gewesen, weil er das ihm anvertraute Pergament verloren hatte, aber hatte sich dann doch entschieden, lieber den kleinen Hund zu retten, als die Holzkiste aus den Fluten zu ziehen. Leopold von Wien nickte zustimmend, der Hofmeister ging ungeduldig im Kreis und rang die Hände.

»Wer, sagst du, war dein Reisebegleiter?«, fragte der Hofkaplan nach.

»Wenzeslaus von Wittingau«, erwiderte Conrad, »er studiert an der Theologischen Fakultät und …«, kurz hielt er inne und schmunzelte leicht, »gibt den Reuerinnen zu Sankt Hieronymus Unterricht in Frömmigkeit.« Da lächelte auch Leopold fast unmerklich und meinte gleich darauf wieder ernst: »Ja, davon habe ich schon gehört. Scheint sich recht gut zu machen, der junge Mann! Das mit dem Hund überrascht mich dann auch nicht so sehr, wenn man weiß, wer …«

»Ja, wenn man weiß, wie er so ist, der Wenzeslaus«, bekräftigte Conrad.

Der Hofmeister, der ungeduldig zugehört hatte, wischte mit seinem schwarzen Ärmel über ein Schreibpult, er konnte es eben ganz und gar nicht vertragen, wenn etwas von Staub bedeckt war, besonders nicht, wenn er so wie jetzt keinen Zoll in seinen Überlegungen weiterkam. Gefährlich leise meinte er: »Da ist also eine verbotene deutsche Übersetzung der Vulgata auf dem Weg nach Wien. Kommt nie an, verschwindet ganz einfach, löst sich im Wasser auf, was weiß ich, wie.« Ärgerlich polierte er das Pult weiter. Irritiert blickte der Schreiber auf und rettete gerade noch sein Rinderhorn mit der Tinte.

»Wer sagt denn, werter Hofmeister, dass es überhaupt je eine Übersetzung gegeben hat? Wer gibt Euch die Sicherheit, dass Eure Quellen die Wahrheit sagen?«, fragte Hofkaplan Leopold interessiert.

»Glaubt mir, ehrwürdiger Vater«, Fichtenstein verbeugte sich geziert, »ich habe ganz verlässliche Zubringer, und wenn ich von einer deutschen Vulgata erfahren habe, können Sie ihren Rosenkranz darauf verwetten, dass die auch hier ist – irgendwo!« Damit sah er sich frech im Skriptorium um. Der Pater erstarrte, richtete sich auf und meinte kurz: »Ich gedenke weder meinen Rosenkranz noch irgendetwas anderes, was mir heilig ist, zu *verwetten*, Hofmeister. Unser Gespräch ist beendet. Ich habe zu tun!« Damit drehte er sich kurzerhand wieder zum Fenster. Der Schreiber, der am nächsten zur Tür arbeitete, stand sogleich auf, gab Conrad ein Zeichen, verbeugte sich beim Hofmeister und schloss leise die Tür, als beide den Raum verlassen hatten. Conrad passte das überhaupt nicht, er hätte viel lieber noch ein paar Worte mit Pater Leopoldus gewechselt oder den Schreibern ein wenig über die Schulter geblickt. Stattdessen stand er auf der Holztreppe und sah sich dem Zorn des Hofmeisters ausgesetzt, denn zornig war er, der Schwarzgekleidete, das konnte man an seinen zusammengekniffenen Lippen und den roten Flecken am Hals sehen. Ohne sich lange aufzuhalten, blaffte er Conrad an: »Aus dem Weg, du wieselgesichtiges Bürschchen. Stinkst wie ein Iltis, verschwinde!«

»Was denn jetzt, Wiesel oder Iltis?«, konterte Conrad belustigt, ließ den wütenden Hofmeister vorbei und rief ihm noch frech nach, »übrigens, schöne Grüße von Rolf, er freut sich schon, wenn er wieder das Vergnügen hat, mit Euch zusammenzutreffen!«

Wien, Pfingstsonntag (29. Mai) 1384

»Ich darf Euch untertänigst beste Grüße meines Vaters ausrichten, hochwürdigster Herr, und Euch mitteilen, dass er sich sehr auf eine Zusammenkunft mit Euch freut, so Ihr wieder einmal in Prag weilen solltet!« Lächelnd verbeugte sich Wenzel Parler und küsste den Bischofsring am Finger seines Gegenübers. Die Stephanskirche leerte sich langsam nach dem festlichen Gottesdienst, der eben vom Dompropst beendet worden war, und die Wiener strebten nach draußen, um nach dem vielen Beten einen wohlverdienten Schluck in den nahen Wirtshäusern zu tun. Das Wetter war endlich mild geworden, und so konnten viele das erste Mal im Freien zechen und tafeln.

Berthold von Wehingen, im kostbaren Ornat mit der goldgestickten Taube und den Akanthusblättern gekleidet, bedachte den stämmigen, seinem Vater in Vielem ähnlichen jungen Mann mit Wohlwollen und antwortete: »Es wird wohl noch eine Weile hin sein, bevor ich mein Prag wieder sehe, zu viel ist hier in Wien zu tun. Wiewohl ich jedoch sehr gerne mit Eurem Vater über die goldenen Zeiten unter Kaiser Karl plaudern würde.« Berthold von Wehingen hatte an der Karlsuniversität studiert, in Wien seinen Artistenmagister erlangt und war mit nicht einmal 30 Jahren als Rektor der juridischen Fakultät in die Goldene Stadt zurückgekehrt, wo er zwei Jahre lang blieb und eng mit dem Kaiser zusammenarbeitete. Da war es unumgänglich, auch mit dem Hofbaumeister Parler in Freundschaft verbunden zu sein. Doch seine Miene verfinsterte sich, als er Wenzel fragte: »Stimmt es, dass die goldenen Zeiten wirklich zu Ende gegangen sind, nur sechs Jahre nach dem Tod des Vaters soll der Sohn dem Land Ehre, Ruhm und Schönheit vorenthalten?«

Auch Wenzel wurde ernst und sagte leise: »Ja, die Mühlen mahlen jetzt anders in Prag, es scheint, dass das, was früher recht und billig war, nun gar nicht mehr genügt.«

»Ach, Parler, Ihr sprecht in Rätseln, doch ich kann es Euch nicht verdenken. Aber seid gewiss, dass alles, was Ihr mir hier sagt, nicht für fremde Ohren bestimmt sein wird. Stimmt es, dass König Wenzel die meiste Zeit betrunken ist, dass er Tobsuchtsanfälle hat und sich oft tagelang mit seinen Hunden einschließt?«

Der junge Baumeister nickte nur.

»Es ist also so schlimm, wie es mir meine Gesandten berichten?«

Wieder nickte Parler, raffte sich dann aber doch auf und berichtete vom Empfang vor der Abreise nach Wien. Er schilderte den König des Reiches als verspielten, launenhaften und dem Einfluss schlechter Berater ausgesetzten labilen Mann. Berthold senkte betroffen sein Haupt.

»Gibt es denn nicht einen, der ihm den rechten Weg zeigen, der ihn an das Vorbild seines Vaters erinnern könnte?«

»Nun, Kolditz und Wartenberg waren anwesend«, berichtete Parler weiter, »und der Vetter kam auch dazu, der … der aus Mähren!«

»Jobst?«

»Ja. Uns schien es, als würde sich der König sehr über seine Anwesenheit freuen! Aber was wissen denn wir schon. Ich, ein Baumeister, der noch grün hinter den Ohren ist, mein Vetter, ein Student, und ein Augustinermönch …«

»Nun, oft sehen Außenstehende besser, als es die Vertrauten je könnten. Aber vielleicht ist noch nicht alles verloren, Parler«, seufzte der Domprobst, schüttelte die schlechten Gedanken ab wie Regentropfen im ersten Sonnenstrahl, und setzte eine freundlichere Miene auf: »Was führt Euch zu mir, junger Baumeister? Geht Euch die Arbeit hier in Wien gut von der Hand?«

Parler druckste herum: »Ehrlich gesagt, hochwürdigster Herr, es geht nicht sehr gut. Ich kann Euch aber auch gar nicht so genau sagen, woran es fehlt.«

Aufmerksam neigte der Dompropst den Kopf: »Versucht es einfach, vielleicht kommen wir beide drauf, woran es hapert.«

Parler lächelte und meinte dann wieder ernst: »Es geschehen unvorhersehbare Dinge: Plötzlich ist das Holz für das Gerüst verschwunden, dann werfen an einem Tag gleich drei Arbeiter den Hobel hin und verschwinden und dann«, Parler fuhr sich mit der Hand über die müden Augen, »dann öffnet jemand ohne mein Wissen den Boden!«

»Wie bitte?«, fragte Berthold konsterniert, »jemand öffnet den Boden? Wo?«

»In der Kreuzkapelle, wo wir am Ostersonntag die Gebeine des Heiligen Morandus beigesetzt haben. Da wurden die Ziegel entfernt und durch andere ersetzt.«

»Was macht Euch da so sicher, Parler?«, fragte der Domprobst misstrauisch geworden.

»Werter Herr«, antwortete der Baumeister bestimmt, »ich kenne mein Steinmetzzeichen. Das, was jetzt in der Kreuzkapelle zu sehen ist, ist es nicht!«

»Was folgert Ihr daraus?«

»Jemand hat sich in aller Heimlichkeit an den Gebeinen zu schaffen gemacht!«

»Habt Ihr einen Verdacht?«

Wenzel Parler blickte mit geröteten Wangen zu Boden. Der Domprobst wartete eine Weile, als der junge Mann immer noch nicht sprach, meinte er: »Ich sagte es heute schon einmal: Alles, was Ihr zu mir sprecht, ist nicht für fremde Ohren bestimmt.«

»Michael Cnab«, kam es kaum hörbar von Parler, »er fühlt sich in einem Wettbewerb übergangen, er hasst mich wie die Pest, aber ich habe keine Beweise, es ist nur so ein Gefühl.«

»Kennt Ihr das fremde Steinmetzzeichen?«

»Nein, es gibt so viele verschiedene, jeder Maurer, jeder Steinmetz hat sein eigenes.«

»Gut, Parler, ich werde mich darum kümmern.« Berthold atmete tief durch. »Kann ich sonst noch etwas für Euch tun, in alter Verbundenheit mit Eurem Vater, im Gedenken an unsere schöne Zeit in Prag?«

»Vorerst nichts, hochwürdigster Herr«, Parler lächelte traurig, »ich denke, dass ich mir die Sporen hier erst verdienen muss. Wien ist kein einfaches Pflaster!«

»Das ist es für niemanden, glaubt mir.« Der Domprobst machte eine resignierte Geste, streckte dem jungen Mann die Hand zum Kuss und verließ rasch den Dom, ohne auf die schwere Robe zu achten, die ihn am Laufen hinderte, und ohne sich noch einmal umzublicken. Wenzel Parler zuckte die Schultern und beeilte sich ebenfalls, nach draußen zu kommen, die Luft war ihm plötzlich zu stickig geworden.

Vor dem Bischofstor verharrte der Domprobst. Er blickte zum Zwettlerhof und konnte sich doch nicht entschließen, sich in seine Wohnung zu begeben. Einerseits wollte er alleine sein, andrerseits fürchtete er die

Gedanken, die dann auf ihn einstürmen würden. Aber auch so, auf offener Straße, mitten unter den Menschen, die den Festtag feierten, überfielen ihn seine unheilvollen Ahnungen. Berthold ging ein paar Schritte den Lichtensteg entlang, tief in Gedanken versunken, bis er gewahr wurde, dass die Wiener ihn verstohlen musterten und hinter seinem Rücken tuschelten. Ja richtig, er hatte ja noch den festlichen Ornat vom Pfingstgottesdienst an! Schnell raffte er seine Tunika und rettete sich in die nahe Bäckerstraße. Wo sollte er jetzt so schnell hin? Wie von selbst führten ihn seine Beine in das Federlhaus, ein düsteres einstöckiges Haus mit einem bedrohlich großen Einfahrtstor. Kurz blickte Berthold nach oben, wo sich die Erker befanden, die dann in ein hohes, mit Schindeln gedecktes Dach übergingen. Unschlüssig sah er auf die ungepflasterte Straße und dann auf seine feinen Schuhe, die, vom Morast besudelt, nicht mehr zu gebrauchen waren. Er seufzte und schimpfte sich selbst einen engstirnigen Narren. Was hatte er denn gedacht? Dass er davonlaufen konnte? Ein trockenes Lachen entstieg seiner Kehle, und vorbeieilende Menschen liefen noch schneller, offensichtlich bemüht, mit diesem scheinbar Verrückten nichts zu tun haben zu müssen. Berthold atmete tief durch und sprach zu sich selbst wie zu einem ungezogenen Kind. »Du kannst nicht fliehen«, sagte er zu sich, »nicht vor ihm und nicht vor dem, was er anstellt.« Der Dompropst wusste es und wollte es doch nicht wahr haben. Jetzt war die Zeit, zu handeln. Er, Berthold von Wehingen, musste endlich für Ordnung sorgen. Worauf wollte er warten? Zaghaft zuerst, doch zunehmend bestimmter, klopfte er an die schwere Holztür. Er wartete, wie es ihm schien, eine Ewigkeit. Dann endlich hörte er schlurfende Schritte, und die Tür wurde einen Spaltbreit geöffnet. Ein weißhaariger unter der Last seiner Sorgen gebückter Mann maß den Domprobst kurz und öffnete dann weit die Tür. »Bert«, war alles, was er sagte, bevor er ihm die Treppe hinauf in den finsteren ersten Stock vorausging. Der Alte sah sich nicht um, um zu sehen, ob Berthold ihm folgte, das musste er ja gar nicht. Er war vorbereitet, hatte er doch längst mit seiner Ankunft gerechnet.

Mittlerweile hatte das Kind gelernt, sich unsichtbar zu machen. Es stellte seine Bedürfnisse so weit zurück, dass man kaum mehr von seiner Existenz Kenntnis nahm. Unauffällig und still lebte es inmitten des lärmenden und vor Kraft und Lebendigkeit strotzenden Haushalts. Scheinbar uninteressiert und zurückgezogen war es jedoch hellwach, hörte alles und bemerkte jeden noch so unauffälligen Blick. Es hatte Ahnungen entwickelt, witterte Bedrängnis schon von Weitem. Es verbrachte viel Zeit draußen, wo es nicht Gefahr lief, gesehen oder gar eingesperrt zu werden. Die enge Kammer mied es, zu groß war die Angst, nicht mehr herauszukommen. Auf hohe Bäume kletterte es nicht, es hatte Furcht vor dem Nichts unter seinen Füßen. Am tiefblauen See blieb es nur nahe am Ufer, es schwamm nie hinaus, denn zu groß war die Sorge, im Blau zu ertrinken. Es spielte schon lange nicht mehr mit den anderen. Es war ja eigentlich gar kein Kind mehr, so viel Grauen hatte es erwachsen werden lassen. Es galt als Feigling, als langweilig. Doch in Wirklichkeit brauchte es all seine Kraft, um wachsam zu sein und aufzupassen, um das Schlimmste zu verhindern oder hinauszuzögern. Dieser Zwang, alles zu beobachten, das kleinste Zeichen zu deuten, bestimmte sein Leben. Das Kind begann, allen etwas vorzumachen. Es lachte, obwohl ihm nach Weinen war, es lief geschäftig herum, obwohl es schon zu müde war. »Was für ein nettes, aufgewecktes Wesen«, sagten die Menschen, »wie aufmerksam und fleißig! Was für ein glückliches, unbeschwertes Kind!« So musst du es anstellen, so machst du es allen recht, dachte es. Aufpassen und lachen, nicht weinen, nicht schreien. Es war gehorsam, gefügig, brav und angepasst, doch der Mann kam immer wieder. Er schlug und misshandelte die Mutter. Inzwi-

schen war es ihm gleichgültig, ob das Kind dabei zusah oder nicht. Es weinte ohne Tränen, es schrie ohne Ton, es rutschte vor ihm auf den Knien, es bettelte, es betete. Er sah es nicht, er schlug und quälte nur. Und dann fasste das Kind einen Entschluss. »Ich werde die Last von dir nehmen, Mutter. Wenn ich dich nur beschützen kann! Von nun an werde ich an deiner Stelle die Schläge einstecken, ich werde alles tun, um dich zu schützen, einfach alles, was er verlangt. Deine Schuld soll die Meine werden. Deine Wange die Meine, die ich bereitwillig hinhalte. Ich tue das für dich, Mutter, denn ich bin stark! Stärker noch, als du dir vorstellen kannst!« Die Frau strich dem Kind über das Haar und ließ ihre Tränen auf seinen Scheitel tropfen. Das Kind hob seinen Kopf und sah der Mutter in die Augen. Da sah die Frau nur tiefste Anteilnahme und reinstes Vertrauen im Blick ihres Kindes. Jetzt wusste die Mutter, dass sie gewonnen hatte, und ein leises, hinterhältiges Lächeln breitete sich auf ihren Zügen aus.

Wien, Gottesleichnamstag (9. Juni) 1384

»Die Ankunft des Herrn ist nah!«, Lenz bemühte sich, recht huldvoll und mit deutlicher, tiefer Stimme zu sprechen, so wie es sich für diesen festlichen Anlass geziemte, »bereitet euch vor, liebe Schwestern im Herrn, denn am Hochfest des Leibes und des Blutes ist er uns allgegenwärtig, Gott der Allmächtige.« Ein amüsiertes Raunen ging durch die Kapelle, dennoch predigte er tapfer weiter: »Im Kanon der Tugenden ist der rechte Glaube an erster Stelle.«

»I glaub, jetzt langts bald amal«, flüsterte Hanna und trat von einem Bein auf das andere. Das Stehen und Beten hatten sie an den Rand ihrer Belastung und Geduld gebracht, und zu solch früher Stunde obendrein.

»Demut und Geduld«, fuhr Lenz schmetternd fort und blickte zur Köchin, »Minne und Entsagung.« Da prusteten zwei Büßerinnen in der ersten Reihe los: »Do tät i sagen, kummt der zu spät mit seinem Salm.«*

Lenz lief rot an. »Eifer zum Gottesdienst, Keuschheit und Milde«, seine Stimme, die schon etwas leiser zu werden begann, drohte, in ein Krächzen überzugehen, »außerdem Mäßigkeit, Gerechtigkeit, Gehorsam, Gottes- und Selbsterkenntnis, Wahrheit, Barmherzigkeit …« Inzwischen murmelte der Mönch nur mehr undeutlich. Die Meisterin Susanna erbarmte sich seiner wie einst

* Da kommt er mit seinen Ermahnungen zu spät

Veronika mit dem gemarterten Jesus, nur dass sie dem geplagten Pater nicht das Schweißtuch reichte, sondern an seine Seite trat.

»Ich hoffe, ihr habt unserem Bruder gut zugehört, denn für jede von euch war sicherlich eine Tugend dabei, die ziemlich im Argen liegt!«

»Ane, aber geh … olle!«*, kam es von Martha, und die umstehenden Büßerinnen krähten vor Vergnügen.

»Na, dann habt ihr viel Arbeit«, fuhr die Meisterin unbeirrt fort, »erforscht euer Gewissen!« Sie hob warnend den Zeigefinger. »Die Welt da draußen ist eure Vergangenheit, trachtet nach Umkehr! Denkt an die Tugenden!«

Lenz, der sich wieder etwas gefangen hatte, nickte heftig.

»Na, des mit der Keuschheit, i waas ned, do is bei uns ja scho Hopfen und Malz verlorn!«, bemerkte Wuckerl zerknirscht.

Geduldig antwortete die Meisterin: »Der liebe Gott schenkt jeder von euch einen Neuanfang, alle Sünden werden vergeben, wenn ihr es ehrlich bereut, das wisst ihr doch!« Viele der Frauen nickten. »Na also. Deswegen wird es heute auch Gelegenheit zur Beichte bei unserem Lenz geben!« Mit großen Augen beäugte der Mönch die Meisterin von der Seite und plötzlich stark schwitzend wischte er sich mit dem Handrücken über seine breite fahle Stirn. »Scheint, als höre er das selbst zum ersten Mal, der arme Kerl«, bemerkte Hannerl trocken. Dann wurde es still in der Kapelle zu Sankt Hieronymus, von draußen hörte man schon trotz der frühen Stunde ein paar

* Nicht nur eine Tugend, sondern alle!

Takte Musik, Glockengeläut und aufgeregte Stimmen. Ganz gedämpft und leise drang dieser weltliche Lärm durch die dicken Mauern. Die Büßerinnen, aufgereiht nach ihrem Alter, standen, alle in ihrer hellen Tracht, das Haar unter einer züchtigen schmucklosen Haube verborgen, mit gefalteten Händen da. Manch eine seufzte schwer. Susanna, die die Gedanken ihrer Schäfchen lesen konnte, meinte ganz leise: »Ich weiß, dass es an Tagen wie diesen nicht einfach ist, im Kloster Buße zu tun. Ich weiß, was ich heute von euch verlange, glaubt es mir. Ich bin zwar eure Meisterin, aber nicht blind in weltlichen Belangen.«

»Jetzt fängt bald der Festgottesdienst zu Sankt Stephan an, von allen Seiten werden sie schon herbeieilen«, sagte Marlen traurig.

»Heute würden wir auch den Herzog sehen«, flüsterte Wuckerl leise.

»Ja, wenn ihr noch Dirnen wärt, sicher«, antwortete Susanna.

»Im Festzug würden wir mitgehen können«, seufzte Martha, »bei all den anderen Leuten …«

»Ja, die Hübschlerinnen dürfen ganz hinten an der Prozession teilnehmen.«

»Die Stadt ist so schön, mit Fahnen geschmückt, die Altäre mit Blumen bekränzt …«, vernahm man da eine ganz junge Büßerin.

»Ja, und die Frühlingsluft ist lau und der Himmel so blau …« Ela streckte die Hände nach oben.

Wieder wurde es still, und alle standen da, in ihre eigenen Gedanken versunken. Da plötzlich wurde die schwere Tür der Kapelle mit einem lauten Krachen aufgerissen, und draußen, beschienen von den ersten zaghaften Sonnenstrahlen, sah man die Glatze des Hauerknechtes Barthel glänzen. Unwirsch drehte sich Susanna um. »Raus hier, ich werde ganz sicherlich kein Mannsbild in der Kapelle dulden«, dann sah sie hektisch zu Lenz, räusperte sich verlegen und meinte weiter, »mit Ausnahme unseres Paters natürlich.« Unbeeindruckt begann Barthel zu schreien. »Oba es pressiert, der Maroni geht's ziemlich mies, de hot des ganze Maul voll Schaum. Gschbiebn hot's aa scho, oba wia!«*

Ela flüsterte zu Marlen: »Wer ist die Maroni?«

»Na, der oide stinkate Köter, den die Gretlin doglossen hot!«, antwortete diese mit einer unwirschen Handbewegung.

Bevor Susanna noch irgendetwas entgegnen konnte, war Hanna schon unterwegs nach draußen. »Hanna«, schrie ihr die Meisterin empört nach, »du hast mich mindestens um Erlaubnis zu fragen, wenn du …«

»Des moch i olles nachher, Susanna, versprochen, oba bitte halt mi jetzt ned auf!«, rief die Köchin ihr über die Schulter zu, »i hob do jetzt wirklich kaan Nerv dazua!«

Damit rannte Hanna zur Tür hinaus und ließ sie mit einem lauten Krachen ins Schloss fallen.

»Nix als Extrawürscht für die Johanna, langsam stinkt mir des wirklich!«, beschwerte sich Marlen, verstummte aber, als Susanna sie mit einem strengen Blick bedachte.

Draußen lief Johanna, so schnell sie mit ihrem Übergewicht konnte, hinter dem hinkenden Barthel her, der ihr immer wieder versicherte: »I hob olles gmocht, wos i kenna hob, Hanna, oba es schaut ned guat aus!«

Nachdem beide über den Innenhof geeilt waren, riss

* Es eilt, es eilt, der Maroni geht es sehr schlecht, das ganze Maul hat sie voll Schaum und erbrochen hat sie sich auch schon recht ausgiebig.

die Köchin die Tür zur Klosterküche auf und schrie: »Wo is des Hunderl?« Dann verstummte sie. Mitten in der Küche kauerte Yrmel und rang hilflos die Hände. Ihr Habit war über und über mit einer hellroten schaumigen Masse bedeckt, und in ihrem Schoß lag der Kopf der alten Hündin Maroni. Das Tier hechelte und würgte. Ihre Läufe waren schmutzig, und vor Schwäche taumelte sie hin und her. Hanna schlug sich die Hände vor den Mund und starrte auf die Hündin.

»Warum habt's mi denn ned scho viel früher g'holt?«, meinte sie leise und wischte sich verstohlen eine Träne weg, als Maroni wieder erbrach.

»Bei der Festmesse in der Kapelln derfan mia Mannsbilder jo ned eini, zweng der Keuschheit«, meinte Barthel und sah verunsichert zu Yrmel, die beruhigend nickte.

»Ah wos, pfeif auf die Mess, wenns hier des Evangelium spült!«, winkte Hanna ab und sah sich ratlos um. Dann schien sie einen Entschluss zu fassen, schnappte ein grobes Tuch und stürmte ohne ein weiteres Wort zur Tür hinaus. Forsch durchquerte sie den Hof, lief an den Wirtschaftsgebäuden vorbei und wollte schon durch den Kräutergarten hindurch auf die Gartenpforte, die in die Singerstraße führte, zusteuern, als ihr ein junger Mann auffiel, der gelangweilt durch die Beete schlenderte und sich die Gemüsepflanzen ansah. Als er sich umdrehte und eine Erdbeere in den Mund steckte, verharrte Johanna kurz: »Rolf, was machst du denn da?« Der Angesprochene lächelte auf seine zurückhaltende Art und zuckte nur kurz die Schultern. Da musste die Köchin schmunzeln: »Ich kann's mir ja denken, dass du hier auf die Ela wartest, aber pass mir ja auf, die Meisterin schießt heute scharf. Keuschheit, Entsagung, Buße und so …« Damit wackelte sie mit ihrem kurzen, dicken Zeigefinger belustigt. Rolf winkte ab. »Ja, i pass scho auf, aber was rennst du hier herum?« Sofort erstarb das Schmunzeln auf Hannas Gesicht, und bedrückt meinte sie: »Es ist wegen der Maroni, dem Hunderl hat. Der geht's ganz schlecht.« Besorgt erkundigte sich Rolf: »Was is genau, Hanna?«

»Speiben tut's blutigen Schleim, ganz schlimm.«

»Und was machst jetzt?«

»Ich wollt zum Apotecarius, zum Bonus, weißt scho. Dass er ma was gibt …«

»Das ist jetzt ganz schlecht, Hanna, der ist heute nicht in seinem Gwölb. Auch die Apotheker sind bei der Prozession dabei, weißt, drum hab ich mich ja wegstehlen können.«

»Aber was mach i denn dann, i kann ja ned zuschaun, wie der Hund …«

»So wie du mir des schilderst, hat die irgendwas gfressn, was sie ned soll. Lass sie halt einfach in Ruh oder gib ihr a Milch. Ist ja schon a altes Viecherl.« Behutsam drehte Rolf Johanna wieder Richtung Küche, doch unwillig riss sie sich los. »Na wirklich ned. Sei ma ned bös, Rolf, oba i denk, dass i den Bonus scho fragen soll. Wo treffen sich die Quacksalber denn?«

Seufzend meinte Rolf: »Am Bühel.«

»Den beim Dom?«

»Oba geh, da stehen doch schon die von der Bürgerschule und die Schreiber.«

»Na, wo denn dann? Jetzt spuck's scho aus!«, kommandierte Hanna ungeduldig, und Rolf beeilte sich zu sagen: »Am Bühel bei den Schotten halt!«

»Meiner Seel, da kann i ja durch die ganze Stadt rennen!«, jammerte die Köchin, würdigte Rolf keines Blickes mehr und verließ das Kloster durch die Gartenpforte.

So schnell sie ihre dicken Beine nur tragen konnten, trippelte Johanna die Singerstraße hinunter, um nichts in der Welt wollte sie ausgerechnet jetzt der Meisterin Susanna begegnen! Hanna entschied sich, das versteckte Räubergassl zu nehmen, das an der Bauhütte Sankt Stephan vorbei direkt auf den Gottesacker führte. Einmal mehr verfluchte sie, dass Mathias Bonus und seine Apotheker nicht einen der vier Bühl hier zum Treffpunkt gewählt hatten, sondern ausgerechnet den bei den Schotten. Aber es half nichts. Schon hatte sie den eisernen Griff des kleinen Gehtürls in der Hand, als von der anderen Seite dagegen gedrückt wurde. Ein halbes Dutzend lärmender junger Schreiber passierte ebenfalls die Gasse, und Johanna drückte sich schnell an die kalte Mauer der Magdalenenkapelle. »Rotzfreche Buam, blede«, schimpfte sie und hastete weiter Richtung Mesnertor. Doch da war kein Durchkommen. Die große Zunft der Filzhüter, also der Hutmacher, und die der Pergamentmacher, die in Wien Puchfellner genannt wurden, hatten bereits Aufstellung genommen. Sie hatten ihre Niederlassungen unweit der Universität, hatten also einen recht kurzen Weg zum Dom. So wurde ihnen bereits jetzt die Zeit bis zum Beginn der Prozession lang und daher vertrieben sie sich die Warterei mit allerlei Faxen und Späßen. Sie fischten Unrat aus der Gosse und schnippten unappetitliche Brocken auf ihr Festgewand. Johanna wich trotz ihrer Leibesfülle den Mistkugeln geschickt aus und wunderte sich einmal mehr, wie viel Dreck der Wiener eigentlich vertragen konnte. Eine ganze Menge, wie es ihr schien. Dabei waren die Hutmacher mit ihren Kopfbedeckungen aus Leder, Wolle und Filz gar ansehnlich. Hie und da trug einer auch Goldschnüre, Perlen oder Pelzbesätze, was aber nur den Obersten der Zunft vorbehalten war, denn die Kleiderordnungen in Wien waren streng und verboten jeglichen Tand und Schmuck für die Kleidung der arbeitenden Klasse. Staunend betrachtete Johanna den Biberhut des Zunftvorstehers. Die zylinderförmige Kopfbedeckung war aus den gefilzten Wollhaaren des Bibers hergestellt und zeigte die wahre Fertigkeit des Handwerkers. Johanna blickte sich weiter um, es war einfach kein Weiterkommen. Den Graben herauf wanderten die Harnischmacher, dicht gefolgt von den Holzschustern. Letztere waren nicht zu überhören, erstens waren sie über ein Dutzend, weil in Wien wegen dem Dreck auf der Straße jeder hölzerne Überschuhe tragen musste und außerdem klapperten die Schusterjungen mit den Holzpantoffeln und machten einen Heidenlärm. Immer wieder brandeten Jubelrufe auf, als sie die Holzschuhe mit einem Bein hoch in die Luft warfen und sie im nächsten Augenblick mit dem anderen Fuß auffingen. Hanna wandte sich schon etwas verzweifelt der Goldschmiedgasse zu, doch da waren die Kleriker vom nahen Sankt Peter gerade mit dem Aufbau eines der vielen Straßenaltäre beschäftigt, an dem die Prozession dann betend vorüberziehen sollte. Nun, den Pfaffen von Sankt Peter möchte ich in meiner Büßerinnentracht nicht unterkommen, überlegte Johanna und wandte sich seufzend Richtung Hoher Markt. Werde ich halt über einen Umweg zu den Schotten kommen, beschloss sie und schickte ein Bittgebet zum Himmel. Allerdings war nicht Gottesleichnam Ziel ihrer Frömmigkeit, sondern das Leben eines Straßenköters namens Maroni. »Lass sie ned sterben, mein Gott«, murmelte sie und hastete weiter. Prompt blieb sie am Lichtensteg stecken, wo ihr eine Gruppe der Taschner das Weiterkommen unmöglich machte. Die rauen Burschen waren schon etwas angesäuselt und dementsprechend hitzig – also beschloss Johanna kurzerhand, sich zwischen dem Taschnerhaus und dem Fischhof durchzuzwängen. Doch sie hatte nicht bedacht, dass die schmale Rinne zwischen den beiden Häusern seit Kurzem als Abort verwendet wurde. Aus Schlitzen, die in der Außenmauer eingelassen waren, verrichteten die Hausbewohner ihr tägliches Geschäft und sparten sich damit die Ausgaben für den Kotkönig. Dieser zugegeben nicht gerade billige Ausräumer der Privatiers würde nichts an ihnen verdienen! Aber nicht nur, dass es erbärmlich stank, spürte Johanna, wie die trübe Brühe in ihre Überschuhe rann. »Miassen die denn überall hinschei…?«, fluchte sie und beeilte sich, hinaus auf den Hohen Markt zu kommen. Spätestens jetzt hätte die Klosterköchin einsehen müssen, dass das Unterfangen, eine Arznei für einen dahinvegetierenden Hund just am Tag des Leibes und des Blutes Christi vom anderen Ende der Stadt zu besorgen, einigermaßen sinnlos, wenn nicht schlichtweg unmöglich war. Doch ihr eigener Dickschädel trieb die Köchin weiter. Am wohl wichtigsten Platz Wiens, wo die Schranne und der Pranger standen, wo Gesetze vorgetragen, Recht gesprochen und Urteile verhängt wurden, genau dort versammelten sich die edelsten der Zünfte, die Barchentmacher, die Wildwercher, also die Kürschner, und die Wollschläger. Von den Tuchlauben und der Wipplingerstraße war es ja nur ein Katzensprung, und die hohen Zunftherren mit ihren Gattinnen ließen sich im Schremhaus und im Krechsenhaus noch einen kleinen

Imbiss kredenzen. Es war zwar höchst unchristlich, vor dem Festgottesdienst zu essen, aber da die nächsten Kirchen Sankt Ruprecht im Norden und Sankt Peter im Süden waren, erfuhr ja offiziell niemand etwas von der Völlerei. Dass die feisten Herren und dicken Damen sowieso selten etwas anderes machten als essen, sah man ja auch gleich. Doch ihre Kleidung war prächtig, und trotz der Eile, in der Johanna war, hielt sie ihre Neugier eine Zeitlang fest. Besonders die Gattin des Zunftmeisters der Barchentmacher hatte es ihr angetan. Schamloser, als es jede Hübschlerin in Wien gekonnt hätte, hatte sich das Weib in ein Kleid gepresst, wo einem beim bloßen Hinsehen schon die Schamesröte ins Gesicht stieg. Modisch eng aus bordeauxrotem Samt umfing es die dralle Figur wie eine zweite Haut. Am Dekolleté ließ eine offene Schnürung den Blick auf ein elfenbeinfarbenes feines Unterhemd frei. Die Ärmel waren kurz und an den Oberarmen anliegend und gingen dann in verschwenderischer Weite in einen kunstvoll bestickten, ausladenden kobaltblauen Ärmel über. Doch das war noch nicht das Unzüchtige an der Aufmachung der Zunftmeistersgattin. Wirklich himmelschreiend unpassend für diesen hohen Feiertag war das Unterhemd mit künstlich geformten Brüsten. Hanna blinzelte, um genauer zu sehen. Offensichtlich waren die Nähte so gearbeitet worden, dass man den Busen gleich einem Balkon hinaufdrücken konnte. Und – falls das üppige Teil herunterzufallen drohte – war gleich unter der Büste ein breiter Gürtel angefügt, der das Ganze fest in Position hielt. Kopfschüttelnd ließ sich Hanna an all den kostbar gekleideten, mit gefütterten Mänteln und pelzverbrämten Joppen angetanen Herrschaften vorbeischieben, bis sie am Schmergrübel angelangt war. Die Zunft der Schmerverkäufer war lange nicht so vermögend wie die der Barchentmacher und Kürschner. Sie schmolzen Schmalz und Unschlitt zu Talglichtern, ein unverzichtbares Gewerbe in der Stadt, denn Wachskerzen waren für viele zu teuer. Hanna hätte mit verbundenen Augen erkannt, in welcher Menschengruppe sie gelandet war. Unverkennbar lag der Geruch von verfaulten Knochen und ranzigem Fett in der Luft. Dieser Gestank hatte sich direkt eingefressen in die Hemden und Gugeln der Schmerler. Dabei war die Köchin froh, dass sie es nicht mit den Weißgerbern zu tun hatte, denn die stanken noch penetranter nach Aas und mussten ihrem Gewerbe drunten beim Wienfluss nachgehen. Vorbei am Rathaus wollte sich Hanna gerade dem Tiefen Graben zuwenden, als sie von einem stattlichen Herrn rüde angerempelt wurde: »Was tut eine Büßerin hier? Kannst wohl von deinem alten Laster nicht abschwören und suchst wieder einen Platz im Körbchen, was?« Gackerndes Gelächter war hinter ihm zu hören, und Johanna, die sehr wohl wusste, dass er mit *Körbchen* nichts anderes als das nahe Frauenhaus meinte, stieg der Zorn bis unter die Haarwurzeln. Hatte die ehemalige Dirne Johanna Maipelt sonst nichts auf der Straße gelernt, so doch, dass man mit Herren wie diesen sehr vorsichtig umgehen muss: Mehr als gut gekleidet, mit einem Rock in verschwenderischer Stofffülle, mit Schlitzen und Zaddeln verbrämt, warm gefüttert und fast bodenlang – das waren die Gefährlichsten. Jene, die am feinsten und vornehmsten taten, hatten am wenigsten Respekt und verlangten abartige und befremdende Dinge. Demgemäß verhielt sich Johanna gegen ihre Art bescheiden, senkte den Kopf demütig, obwohl sie diesem Lackaffen mit Hingabe hätte ins Gesicht spucken mögen. »Ich bin auf dem Weg zu den Schotten, um für die Meisterin Arznei zu holen!«, murmelte sie und betete zu Gott, dass er ihr die Gleichsetzung der Meisterin mit einer alten Hündin verzeihen möge. Damit drückte sie sich an den hohen Herren vorbei und konnte gerade noch einen Blick auf das Wappen werfen, wo die Salzkufe, also ein Holzfass mit Deckel, in dem Salz transportiert wurde, abgebildet war. Tief atmete sie durch. Glück gehabt, dachte sie, denn sie hatte es eben mit niemand anderem als den Salzern zu tun gehabt. Eine Gruppe von 21 wohlhabenden Herren, die von niemand Geringerem als dem Kaiser selbst das Privileg erhalten hatten, auf dem nahen Salzgries Salz zu verkaufen. Sich mit denen anzulegen, konnte böse ausgehen, das war Johanna klar. Einmal mehr dachte sie über die Unsinnigkeit ihres Unterfangens nach. Aber jetzt aufzugeben, das war so gar nicht ihre Art. Sie mochte nicht daran denken, wie viel Zeit sie dieser Ausflug schon gekostet hatte, wertvolle Zeit, und doch hastete sie weiter, überquerte den Tiefen Graben, wo der Alserbach floss und erbärmlich stank, weil die Färber hier ihr Gewerbe verrichteten, kam zu einem Feld, das nicht umsonst ›Auf'm Mist‹ hieß, weil sich hier alle Wiener dessen entledigten, was sie nicht mehr brauchen konnten. Das waren recht abscheuliche Dinge, vor allem Tierkadaver jeglicher Art. Immerhin waren es die Vorbildlichen, die tote Hunde, Katzen, Schweine und Ziegen hierher karrten, die meisten in der Stadt warfen die Tierleichen in die nächste Gosse, wo sie dann wieder als Futter für die Streunerhunde dienten. Wie unbeschreiblich erleichtert war Hanna dann, als sie bei den Gärten rund um das Kloster der Schotten, die ja eigentlich irische Mönche waren, angekommen war. ›Im Vogelsang‹ hieß die Gegend hier bezeichnenderweise, und Hanna lief schnurstracks auf den Bühel zu. Sie hinkte schon ein wenig, der Marsch war weit und anstrengend gewesen. Direkt vor der Kirche sah sie eine kleine Gruppe dunkel gekleideter Männer. Hoffnungsvoll trat sie näher. Wenn Mathias Bonus sie sah, dann kam er ihr sicherlich entgegen, hoffte sie, durch ihren großen Bedarf an Zucker waren die beiden ziemlich gut bekannt miteinander geworden. Und richtig, einer der Herren sonderte sich mit einem Handzeichen von den anderen ab und kam zu ihr gelaufen. Freudig winkte sie. Ja, dem Mathias Bonus brauchte sie nichts vormachen, der würde verstehen, dass man auch einmal eine Arznei für einen Hund benötigte! Schon im Näherkommen erkannte Johanna ihren fatalen Irrtum. Ein Mann, lang und dürr, scheinbar ohne Schultern, mit schmalem Brustkorb, einem hämischen Gesicht, wo sich der große, schmallippige Mund zu einem spöttischen Lächeln verzog, näherte sich der Klosterköchin.

»Was tust du da, Büßerin?«, rief er. »Ich suche Mathias Bonus«, antwortete Hanna tapfer. »Nun, da hast du aber Pech, der ist nicht da. Den vertrete ich heute, ich, der …«

»Ich weiß, wer Ihr seid«, unterbrach Hanna den Mann, den sie längst als Perchtold, den Apotheker vom Schwarzen Bären, erkannt hatte.

Sie nahm all ihren Mut zusammen und fragte: »Könnt Ihr mir sagen, wo ich ihn finden kann, den Herrn Bonus?«

»Ich wüsste nicht, was dich das angeht, Weib!«, meinte Perchtold giftig, drehte sich um und gesellte sich wieder zu seinesgleichen. Hanna blieb mit hängenden Schultern stehen und spürte, wie sich eine Träne ihren Weg über die linke Wange bahnte. Unwirsch wischte sie mit dem Handrücken darüber. Da rann schon die nächste herab, dann über die rechte Wange und wieder und wieder. Alles Herumwischen half nichts, Johanna gab einfach auf und schluchzte gottergeben. Da hörte sie hinter sich eine Stimme: »Frau Maipelt, ich bin's, der Knecht Martin. Wir kennen uns aus dem Schwarzen Bären.« Trotz Schluchzen bekam sie noch »Ja, Ihr mit meinem Gurgelwasser«, heraus. Der junge Bursche schmunzelte, wurde aber dann sehr ernst: »Ich wollte Euch nur sagen, dass der Mathias Bonus vorgeladen wurde beim Kanzler, deswegen ist er heute nicht da.«

»Aber der Rolf hat doch gesagt …« Hanna verstummte. Knecht Martin meinte: »Das ist jetzt aber verwunderlich. Der Rudolf müsste doch davon wissen, also gerade er, weil …«

»Knecht Martin, was tust du hier? Komm sofort her!«, unterbrach ihn eine Stimme in barschem Ton, die den Apothekergehilfen zusammenzucken ließ. »Also der Perchtold ruft … ich muss jetzt, aber kann ich Euch irgendwie helfen, Frau Maipelt?« Einen kurzen Augenblick wog die Köchin ab, ob sie dem jungen Burschen Vertrauen schenken sollte, verwarf aber den Gedanken genauso schnell, wie er gekommen war. Wenn sie sah, wie ängstlich und unruhig er immer wieder über seine Schulter blickte, dann tat er ihr leid, und sie wollte ihn nicht auch noch mit ihrem Anliegen belasten. »Ach was«, wiegelte sie ab, »es ist nur, weil ich den weiten Weg durch die Stadt auf mich genommen hab und jetzt wieder zurück in die Singerstraße muss.«

»Nehmt doch jetzt den Weg durch die Naglergasse und über den Graben, Frau Maipelt, da seht Ihr?«, Martin zeigte auf weitere Gruppen von Handwerkern, »die

Mäntler kommen grad daher, da mischen Sie sich einfach drunter. Sind nicht allzu raue Burschen wie die Flößer, die von der anderen Seite, von der Fischerstiege raufkommen. Und vielleicht schneidert Euch ja einer von denen einen schönen warmen Mantel?« Schnell trabte Martin weg, und Hanna war ganz gerührt von dieser einfachen und doch so wohltuenden Freundlichkeit des Burschen. Wie er ihr geraten hatte, mischte sie sich unter die Zunft der Mantelschneider, die von der Mantlerstraße in der Nähe des Minoritenklosters ebenfalls ihren Weg zum Dom suchten. Die Stimmung unter den meist schlanken, kleinen, aber ausnehmend gut gekleideten Männern war ausgelassen, aber nicht bedrohlich. Vorstand, Meister und Gesellen samt Anhang neckten sich gegenseitig, scherzten über die anderen Zünfte, die ihnen nun begegneten, aber bewegten sich doch zügig auf den Dom zu. Johanna, die inmitten des Pulkes dahingeschoben wurde, beruhigte sich etwas, und wäre die Sache mit Maroni nicht gewesen, hätte sie den kleinen Ausflug sogar genossen. So aber schaute sie meist zu Boden, wich, so gut es ging, dem Mist aus und bewunderte die schönen Umhänge, die die Mäntler trugen. Gefertigt aus schweren gewalkten Stoffen, waren sie mit kontrastierenden Farben fein aufgefüttert, und für die Zunftmeister durfte es auch Pelz sein, was Hanna für die laue Temperatur wohl etwas übertrieben fand. Die einfachen Gesellen trugen ihren Mantel knielang, geschlitzt, vorne geknöpft und mit einem Gürtel gehalten. Das gefiel ihr entschieden besser. Nicht weniger angenehm für Hannas Augen waren die schön geschmückten Altäre, die entlang des Weges zum Dom aufgebaut waren. Üppige Blütenpracht zierte jeden einzelnen, alles wurde aufgefahren, was der noch junge Junimonat zu bieten hatte. Hanna mochte ja eher die kleinen, unscheinbaren Blumen, ihr hatten es die Veilchen angetan, Vergissmeinnicht und Steinkraut. Doch Ringelblume, Dille, Fenchel, Weinraute und die kleinen wilden Röschen machten in dieser Menge schon was her, das musste auch Hanna zugeben.

Nach Sankt Pankraz, wo sich die Refler, also die Schuster, noch zu ihnen gesellten, nach dem Altar derer von Sankt Michael und Sankt Peter kam dann endlich der Dom in Sicht, wo man schon von Weitem den Ausrufer Löschenbrandt seines Amtes walten hörte. Er war auch heute nicht um seine Aufgabe zu beneiden, hatte er doch nicht nur die eintreffenden Zünfte, sondern auch die verschiedenen Orden und Kleriker zu formieren und in eine ordentliche Prozession zu bringen. Sollte ja ein Gsicht haben des Ganze und nicht aussehen wie ein Tatzelwurm, der sich ungesittet und plump durch die Stadt windet! Hanna taten die Füße weh, und sie fühlte Furcht in sich aufsteigen. Wie lange war sie jetzt eigentlich schon unterwegs? Was würde inzwischen mit Maroni sein? Was war ihr da nur eingefallen, einfach loszulaufen? Und nichts konnte sie zur Linderung bringen, gar nichts!

»Ja Hannerl, des gfreit mi oba, kannst das do ned lassen, gell?« Die Köchin wusste zuerst gar nicht, wer ihr da beide Arme um den Hals legte, doch als ihr ein gelbes Tüchel die Sicht nahm und sie den widerlich süßlichen Geruch nach Maiglöckchen und Altweiberschweiß einatmete, kannte sie sich aus.

»Dorthe, was machst du denn da?«, fragte sie überrascht und zog die welken, aber kräftigen Arme der anderen resolut von ihrem Hals herunter.

»Na, beten bestimmt nicht, soviel müsstest schon noch wissen!«

Hanna zuckte die Schultern und sah zu Boden. Rundherum war leises Kichern unter den Mäntlern zu hören.

»Und in so fescher Herrenbegleitung bist jo aa!«, gluckste die Frauenwirtin und schnalzte mit der Zunge.

»Aber das ist jetzt eher Zufall …«, stammelte Johanna und ärgerte sich augenblicklich über sich selbst. Sie war doch bei Gott keiner Dirne Rechenschaft schuldig!

Kaum gedacht scharwenzelten schon drei junge Dinger um die Mantelschneider herum. Johanna sah ihnen nicht wie die Anwesenden auf Hintern und Busen, sondern in ihre Augen. Eine tiefe Traurigkeit überkam sie, als sie die Blicke der jungen Mädchen auffing. Sie sollten einfach nicht hier sein müssen, dachte Johanna trotzig, das war doch ungerecht, sie sollten in der Prozession mitlaufen können, als Kinder der Handwerkerfamilien, aber nicht als Dirnen, um den geilen Männern einen Vorgeschmack auf das Programm danach zu bieten. »Weißt, Hannerl, wir dürfen mitgehen bei der Prozession!« Dorthe reckte stolz das Kinn.

»Ja, ich weiß«, murrte die Köchin, »ganz hinten.«

»Und gar ned lang, zu Johannis da kriegen wir unser Handgeld! Soll ziemlich reichlich ausfallen heuer!«, versuchte es die Frauenwirtin noch einmal.

»Weiß ich aa scho«, brummte Johanna unwirsch.

»Jessas, mit dir is aba in letzter Zeit gar ned gut Kirschen essen, was, Hannerl?« Dorthe winkte ihre Mädchen zu sich und drehte sich beleidigt um. »Aber Dorthe, bleib stehen, des war doch ned so gmeint«, rief Johanna ihrer langjährigen Freundin nach, doch diese konnte sie wegen der vielen Menschen nicht mehr hören. Resigniert wandte sich Johanna der Singerstraße zu und eilte weiter. Wie hätte sie erklären sollen, dass all der Mist und Unrat, die Falschheit und Verlogenheit, die schön aufgeputzten Altäre und die feinen Menschen sie zutiefst verstört hatten? Dass sie sich nach der Ruhe des Klosters sehnte? Sollte sie Dorthe vielleicht so etwas anvertrauen? Niemals hätte die das verstanden. Mit einem Seufzen öffnete Johanna die Gartenpforte. Die Erleichterung über ihre Heimkehr hielt nur kurz. Yrmel, die sich gerade über einen Lavendelbusch lehnte, sah zu ihr auf. Die stumme Küchenhilfe hatte wieder jenen entsetzlich kummervollen Ausdruck in ihren großen braunen Augen, den Hanna vor vielen, vielen Jahren an ihr gesehen hatte. Als kleines, verschrecktes und auf das Böseste misshandelte Mädchen war sie wie ein streunendes Kätzchen zu Hanna in die Küche gelaufen gekommen. Sie sagte kein Wort, bis heute kam ihr kein Ton über die Lippen, und Johanna konnte nur erahnen, was ihrer Yrmel Furchtbares geschehen war. Aber jetzt wieder diese Trauer in ihren Augen zu sehen, schnitt der Köchin ins Herz, und entgegen ihrer Art nahm sie die Frau in die Arme. »Brauchst ma ned sagen, was passiert ist, Yrmel, selbst wennst es könntest!« Dann sah sie ihr in die Augen: »Ich hab alles vermasselt, Yrmel, bin weggelaufen und hab dich mit dem Hunderl allein lassen. Und für nix und wieder nix!« Hanna weinte leise. Da kam Barthel von der Küche heraus und sagte: »War nix mehr zu machen, Hannerl, die Maroni is uns unter der Hand eingangen.«

»Wo is sie denn jetzt?«, schluchzte Hanna.

Barthel deutete mit einer Bewegung seines Kinns zur Gartenpforte. Als sich Johanna umdrehte, sah sie Rolf und Ela hereinhuschen. »Die beiden«, meinte Barthel leise, »ham die Maroni weggschafft, dass du dir des Viecherl nicht auch noch anschaun musst, hat unsere kleine Ela gmeint.«

Das Mädchen hatte sich inzwischen von Rolf verabschiedet, der schnell wieder hinaus auf die Straße lief, und war an Barthels Seite getreten.

Hanna war schockiert und konnte im ersten Augenblick gar nichts sagen. Bilder von Tierkadavern auf dem Mist, von Bergen von stinkendem Kot, wie sie es heute gesehen hatten, traten ihr vor Augen. Und in all dem Dreck ihre Maroni? Weggeworfen wie ein Stück Abfall? Sie konnte dieses Bild nicht abschütteln und weinte nun nicht mehr verhalten, sondern hemmungslos. Da legte Ela ihren Arm beschwichtigend um ihre Schulter und meinte tröstend: »Der Rolf und ich haben uns gedacht, dass es leichter ist für dich, wenn du den Hund so in Erinnerung behältst, wie er war, Johanna. Glaub mir, das ist besser so. Du hast die Maroni am Schluss nicht gesehen, sei einfach froh darüber, ja!«

»Danke, Mädel, das war sehr lieb von euch!«, brachte die Köchin dann mühsam hervor und wollte sehen, wie es Yrmel ging. Die hatte das Tier ja bis zuletzt betreut, die war nicht so feige weggelaufen. Doch Yrmel war still und heimlich in die Küche verschwunden. Als Hanna ihr dahin folgen wollte, hielt sie Ela behutsam am Arm fest. »Du sollst zur Meisterin kommen, Johanna!«

»Das mach ich später!«, winkte sie müde ab.

Doch Ela schüttelte bedauernd ihren hübschen Kopf: »Sobald du wieder da bist, soll ich dich zu ihr bringen, hat sie mir aufgetragen. Tut mir leid!« Beherzt packte das Mädchen wieder den Arm der Köchin, und diese nickte ergeben. Nur kurz wandte sie sich an Barthel: »Schaust du, wie's der Yrmel geht, Barthel? Bitte.«

»Hätt ich sowieso gmocht, Hannerl.« Verlegen wischte sich der Hauerknecht über sein runzeliges Gesicht und tätschelte dann unbeholfen Johannas Hand. »Und kränk di ned gor a so. Hast ja jetzt noch den Janus, is jo aa a liabs Hunderl, und der springt umadum und is pumperlgsund.«

»Passt schon, Barthel«, meinte Hanna und erkannte einmal mehr, dass Männer wirklich selten wussten, worum es eigentlich ging, aber sie meinten es halt gut. Und ein lieber Kerl war er schon, der Barthel.

So ging Hanna an der Hand von Ela zur Meisterin in deren Kemenate. Auf dem Weg dorthin fiel ihr ein, dass sie das Mädchen doch fragen könnte, warum Rolf nichts über die Einladung von Mathias Bonus zum Kanzler wusste. Doch ehe sie damit beginnen konnte, ehe sie das erste Wort formte, setzte das Festgeläut des Stephansdoms mit voller Lautstärke ein. Für Wien hatte das Gottesleichnamsfest in all seiner Pracht begonnen. Als die Glocken verstummten und ein Gespräch wieder möglich war, stand Hanna längst mit Ela in der kostbar ausgestatteten Kemenate der Meisterin Susanna. Die Köchin atmete schwer. Erinnerungen an vor fast zehn Jahre drängten sich auf, als sie just hier mit Gretlin gestanden war und die damalige Meisterin Cäcilie überreden musste, das Mädchen im Kloster zu behalten. Bei dem Geiz der alten Truthenne war das kein leichtes Unterfangen gewesen. Aber schließlich hatte sie es doch geschafft. War sie damals stärker gewesen als heute, tüchtiger, überzeugender? Sie seufzte. Ela hielt ihre Hand und blickte sie aufmunternd an. Johanna lächelte ihr kurz zu. Mit Ela, da war es viel leichter, sie war ein heiteres, unkompliziertes, zugegeben manchmal etwas tollpatschiges Mädchen, und es stand gar nicht zur Debatte, dass sie für immer im Kloster bleiben würde. Ela war viel zu hübsch, um unverheiratet zu bleiben. Auch mit dem Kind, das sie erwartete, war sie für so manchen Wiener eine gute Partie. Büßerinnen waren begehrte Ehefrauen, und die zukünftigen Ehemänner standen unter dem besonderen Schutz des Herzogs. Ein Wort der Schmähung, weil der Mann eine ehemalige Dirne geehelicht hatte, und schon gab es empfindliche Strafen für den Spötter!

Erst jetzt bemerkte Hanna, dass sie Susanna unverwandt betrachtete. Der Köchin war das furchtbar peinlich, und sie senkte den Kopf. Mochte ja sein, dass sich Susanna leutselig gab, doch ihre Verbindungen zu Hofkreisen waren erstklassig, also unterschätzen durfte man sie nicht, das wusste Hanna. »Also das wegen heut früh, wegen dem Weglaufen einfach so, Meisterin, das war ein ausgemachter Bledsinn«, stammelte Hanna.

»Ja, als gescheit kann man das wirklich nicht sehen!«, kam es zurück.

»Des hätt i mir alles sparen können, denn dem Hund hat's nix mehr genutzt, der ist elendiglich krepiert.«

Ela hielt Hannas Hand noch ein wenig fester.

»So, Johanna«, begann Susanna ruhig, »und jetzt sprechen wir einmal darüber, wie es mir dir weitergehen soll.«

»Warum? Wie weitergehen?«, fragte Johanna alarmiert.

»Du kannst mir doch nicht erzählen, dass es dir nur um den Hund geht, da ist doch noch mehr, das dich bedrückt.«

»Es ist nur so, dass die Maroni das Einzige war, was mir von der Gretlin geblieben ist. Und jetzt ist das auch noch weg. Jetzt hab i gor nix mehr!«

»Das ist alles? Wegen der Gretlin?«, fragte die Meisterin nach.

»Na schoo«, meinte Hanna gedehnt.

»Ich will dir jetzt einmal sagen, Johanna, wie ich das sehe. Du hängst viel zu viel an dem fest, was einmal war. Bei der Gretlin warst du zehn Jahre jünger, das fehlt dir. Aber älter werden wir alle, Johanna. Du musst lernen, loszulassen!«

»Loszulassen?«

»Ja und ein paar Aufgaben abzugeben. Du hast ja jetzt mit Ela eine, wie ich höre, recht tüchtige Hilfe, und der kannst du ruhigen Gewissens mehr zutrauen!« Susanna blickte gütig zu der scheu lächelnden Ela.

»Abgeben?«, fuhr Hanna wieder dazwischen.

»Und ich finde, Hanna, du hast dir eine Atempause verdient. So wie du in letzter Zeit eingespannt bist mit der Küche und dem Fruchtmus. Ein paar Tage der Beschaulichkeit täten dir gut.«

»Sie schicken mich weg, Susanna, weg aus meiner Küche?« Hannas Verzweiflung war ihr anzusehen, sie wurde ganz blass, und schnell zog Ela einen Holzhocker heran, und die Köchin ließ sich darauf plumpsen.

»Aber wo soll ich denn hin, wenn sie mich wegschicken, Meisterin. Ich kann doch nur wieder ins Frauenhaus oder gar auf die Straße.«

Da sah Susanna, was sie angerichtet hatte, und meinte schnell: »Was glaubst du denn, Johanna, ich geb doch meine beste Köchin nicht her!«

Etwas Farbe kam wieder ins Gesicht der Maipelt. Doch nicht lange, dann wurde sie wieder blass.

»Ich dachte mir«, setzte die Meisterin fort, »du gehst ein paar Tage wallfahrten. Maria Lanzendorf wäre eine

Möglichkeit, da gehen demnächst ein paar Nonnen vom Laurenzerberg hin, denen könntest du dich anschließen.«

»Eine Wallfahrt, ich?«

»Ja, sehr richtig!«

»I soll umadumhatschen und dabei beten?«

»Ja, so habe ich mir das gedacht. Es wird dir gut tun und verschiedene Dinge deines Lebens wieder ins rechte Licht rücken. Das haben lange Wanderungen so an sich.«

»Bei mir wird si außer Blasen an den Füßen, an hinichen Kreiz und an Hitzschlog ned viel ins rechte Licht rücken, Meisterin«, entgegnete Hanna, die schon wieder etwas mutiger geworden war.

»Das sehe ich anders, Johanna Maipelt. Ich habe den Antoniustag für deine Abreise festgesetzt. Da hast du noch ein paar Tage Zeit, dich zu sammeln und zu besinnen.«

Mit offenem Mund starrte Hanna Susanna an, bis sie wiederholte: »Sammeln und besinnen. Am Antoniustag.«

Mehr brachte sie nicht heraus, sie wusste, wann sie klein beizugeben hatte.

Mit Ela, die sie recht und schlecht stützte, wankte sie schweigend in die Küche zurück, einerseits, weil sie so müde war, andrerseits ging ihr zu viel auf einmal durch den Kopf. An der Schwelle verharrte sie verdutzt. Der niedrige Raum mit der großen Feuerstelle, dem groben Tisch und der an der Wand entlang laufenden Holzbank war voller Leute. Alle starrten sie an.

»Ihr habt es schon gewusst!« Hanna stellte eher fest, als sie fragte. Barthel nickte und seine Augen glänzten feucht. Yrmel drehte sich schnell zum Kochtopf um, wo die Abendsuppe vor sich hin köchelte und rührte so um, dass der Kochlöffel immer wieder laut klappernd an den gusseisernen Topf schlug. Zu ihren Füßen lag Janus, ein kleines, verwirrtes Bündel Hund, der die Welt nicht mehr verstand und seine alte Freundin vermisste. Auf den Hocker, wo Gretlin früher gesessen hatte, zwängte Lenz sein Hinterteil, und ihm gegenüber, die eine Pobacke kokett auf den kleinen Arbeitstisch gelehnt, lümmelte Marlen. Nach der roten Gesichtsfarbe von Lenz zu urteilen, hatte es Marlen mit der Aussprache über tugendhafte Gedanken wieder zu genau genommen. Der Pater sah sehr mitgenommen aus, doch als er Elas an Hannas Arm gewahr wurde, huschte ein leises Lächeln über sein Gesicht. Sie erwiderte es scheu. In der Mitte der Küche jedoch schrie ein altes dürres Weiberl und wedelte dabei mit einem Kräuterbuschen: »Johanniskraut, Wermut, Beifuß, Rainfarn …« Kurz schnaufte sie, ging ein paar Schritte auf Hanna zu und begann von Neuem zu krächzen: »Schafgarbe, Königskerze, Tausendguldenkraut!« Damit streckte sie das Gesträuch der noch immer schweigsamen Hanna direkt unter ihre breite Nase. Unwirsch schob sie die Alte samt dem Grünzeug weg: »Jetzt lass mi gehen, Barbel, auf dein Sud bin i heit gor ned mehr neigierig. Schleich di, und den Flederwisch, den nimmst da glei mit!«

Da hob das alte Kräuterweibel erst richtig an, reckte sich wie ein strammer Spargel und schrie: »Des is kaa Flederwisch, Hanna, des is a Kräuterbuschen für die Wallfahrt. Alle Pilger haben so was dabei, des beschützt und heilt. Und die Flausen treibts einem aus dem Kopf.«

»Was für Flausen meinst denn da so genau?« Hanna hatte sich von Ela losgemacht, war forschen Schrittes in die Küche getreten und stand einer Kampfhenne gleich der Barbel gegenüber.

»I hab auf der Prozession die Dorthe troffen«, keifte Barbel angriffslustig.

»Ah geh, die Dorthe.«

»Ja, und die meint, dass sie dir ins Hirn gschissen haben müssen, weils di so bled benimmst.«

Ein Gurgeln war von Lenz zu hören, und Ela zog scharf die Luft ein.

»I wüsst ned, wos di des juckt, wia i mi benimm!«, schoss Hanna zurück.

»Glaubst, du bist was Besseres jetzt, Hanna, weilst so a siaße Panscherei für den Hof braust? Oba ans kann i da sagn, Besenbinderkind bleibt Besenbinderkind, aus der Rolle kommst dei Lebtag nimma ausse!« Barbel flog der Speichel nur so um ihr welkes Kinn, sie genoss es sichtlich, Hanna ihre kärgliche Kindheit und entbehrungsreiche Jugend ins Gedächtnis zu rufen.

Aber sie war noch lange nicht fertig, obwohl Hanna bereits überlegte, die Alte einfach am Schlafittchen zu packen und hinauszuwerfen. »Und no ans, Hanna, des merk da. Denen Großkopferten bist du weit unterlegen, de san so verlogen und gemein, dass die di eingsackt haben, bevor du bis drei zählen kannst!«

»Was meinst da jetzt genau?«, fragte Hanna drohend.

»Ja schau di um! Siachst des ned?«

»Wos denn?«

»Die ganze Kuchl stinkt ja vor der Lügerei!«

»I lüg ned, Barbel, merk dir das! Und mir reichts jetzt mit dir. Du bist ja nur angfressen, weil ich dir dein Knofel, dei Petersil und dei Kuttelkraut nimmer abnehmen kann!«

Aber das Kräuterweibel hatte sich dermaßen in Rage geredet, dass es nichts mehr hörte und sah: »Vergiftet ist alles hier, versaut und vergiftet!« Damit riss Barthel nun endgültig die Geduld, was selten genug bei ihm vorkam, und er setzte die Alte kurzerhand vor die Tür, wo sie sich zeternd und schimpfend langsam entfernte. Als es wieder still war in der Küche, bückte sich Yrmel und hob den achtlos weggeworfenen Kräuterbuschen auf. Sie holte aus ihrer Kutte eine kleine, schon etwas zerdrückte Lilie und steckte sie in den Buschen. Hanna, die sehr wohl wusste, dass sie damit das Attribut des Heiligen meinte, nickte ihr zu: »Ja, Yrmel, zu Sankt Antonius geht's los!« Ela überreichte ihr im Anschluss ein kleines Päckchen, eingeschlagen in kunstvoll bemaltes Pergament. »Das machst du erst auf, wenn du gefunden hast, was du suchst, Hanna!« Bevor Johanna es in ihrem Ärmel verschwinden ließ, blickte sie kurz darauf und erkannte schön geschriebene Buchstaben. Hilfesuchend sah sie zu Lenz. Der Pater stand auf, legte ihr einen Arm auf die Schulter und sagte: »Ich hab da geschrieben: *Heiliger Antonius, du kreuzbraver Mann, führ mich dahin, wo meine Seele sein kann!* Ich hab mir gedacht, das kann nicht falsch sein, Hanna!«, meinte Lenz verlegen, straffte sich aber dann und malte ein Kreuz auf die Stirn der Köchin: »Gott beschütze dich, und komm gesund wieder. Wir warten auf dich!«

Hanna hätte sicherlich geweint an diesem langen, traurigen, schmutzigen, prächtigen Gottesleichnamstag. Jeder hätte das verstanden. Es hätte ihr auch gutgetan. Wäre da nicht Marlen gewesen, die meinte: »Und wennst da draußen herumlatschst, Hannerl, dann …! Sollen ja recht knackige Mannsbilder sein, die Pilger! Halt deine Augen offen!«

»Und du halt dein Maul!«, entgegnete Johanna zischend – und aus war's mit der Rührung.

Wien, Antoniustag
(13. Juni) 1384

»Ich muss sie doch finden, da hab ich sie doch hineingetan, Heiliger Antonius hilf!« Ganz verzweifelt kramte Johann Fichtenstein in den einzelnen Nischen, die in den Mauern der Grabkapelle zu Sankt Virgil eingelassen waren und allen Toten, für die kein Platz mehr am Gottesacker von Sankt Stephan war, die letzte Ruhe gewährten. Wahllos zog er mit der einen Hand Gebeine heraus, beleuchtete sie kurz mit der Laterne, die er in der anderen Hand hatte, und schubste sie mehr oder weniger forsch wieder hinein in den dunklen Stein. »Beim Heiligen Urban, der Heiligen Ursula, wo seid ihr nur?« Immer unruhiger wurde er und seine Bewegungen immer fahriger. Der mittelgroße stattliche Herr, der sich schon seit geraumer Zeit von der darüber liegenden Magdalenenkapelle hier herunter nach Sankt Virgil begeben hatte und nun mit immer offensichtlicherem Abscheu die Szenerie beobachtete, meinte ganz ruhig: »Johann, suchst du etwa die hier?« Damit hielt er einen staubigen Leinensack vor seine Brust. Zutiefst erschrocken fuhr der Angesprochene herum, sodass das Talglicht in der Laterne gespenstig flackerte. Mit einem Scheppern fielen zwei Unterarmknochen und ein Schädel zu Boden. »Bert, was tust *du* hier?«, brachte Fichtenstein gerade noch hervor. Schnell fasste er sich jedoch, und seine Gesichtszüge zeigten wieder jenes ölige, unverbindliche Lächeln, mit dem er als Hofmeister durchs Leben zu gehen pflegte. Doch Berthold von

Wehingen konnte er nicht täuschen, er hatte den gierigen, fast besessenen Blick genau gesehen, mit dem er den Leinensack gemustert hatte. Betroffen zog der Dompropst die Luft ein. So schlimm, dachte er, so weit war es schon mit ihm gekommen.

»Sei doch so nett und gib mir die sterblichen Überreste des Heiligen Valentin!« Fichtenstein streckte fordernd die Hand aus, »jetzt gleich, Bert!«

Wehingen packte den Sack wieder hinter seinen Rücken und sagte sehr ruhig: »Die kann ich dir nicht geben, die Gebeine des Heiligen Valentin ruhen in der Reliquienkammer zu Sankt Stephan. Dort, wo auch die anderen Schätze des Domes sind, zur Stärkung und Trost der Gläubigen. Was da drin ist«, damit rüttelte er den Sack »sind keine Reliquien, sondern …«

»Jaja«, unterbrach Fichtenstein, »verschone mich damit. Gib mir einfach den Sack!«

»So einfach wird das nicht gehen, Johann!«

»Doch, so einfach geht das, du gibst mir das, was mir gehört, und verschwindest hier! So wie du das immer getan hast, mein werter Herr Dompropst, Hofkanzler, Dekan der Universität … was bist du eigentlich noch alles, Bert? Wo überall schneidest du noch mit? Auf welchen Pfründen sitzt du noch? Also verschwinde dahin und gib mir meinen Sack Knochen!«

»Nein.«

Bedrohlich näherte sich der Hofmeister, blieb aber zwei Schritte vor Wehingen stehen. Zu groß war seine Angst vor körperlicher Nähe und vor allem vor körperlicher Überlegenheit.

Nun nahm seine Stimme einen fast weinerlichen Ton an, der den Dompropst noch mehr erschütterte als das hämische Gezänke vorhin. »Jetzt gib schon her, Bert. Unserer alten Freundschaft willen. Du weißt nicht, wie viel Aufwand das war, Gebeine zu finden, die täuschend echt denen des Heiligen Valentin sind.«

»Du gibst also zu, dass es sich um eine Täuschung handelt?«, hakte Berthold nach, »du gestehst, dass du Schindluder mit den Heiligen treibst, dass du wahllos Gebeine austauschst und Wundertätiges durch Profanes ersetzt?«

»Was interessiert sich das?«

»Ich war bei Hans.«

»Ach?«, der Spott troff dem Hofmeister direkt aus dem Mund, »unseren ehemaligen Bürgermeister und Münzmeister Hans von Thyrnau hat der ehemals treue Freund Bert besucht, wie nett!«

»Ja, ich war bei Hans, *unser beider* Freund!«

»Da gibt es keine Freundschaft mehr, Bert. Jeder von uns dreien hat seinen Weg gemacht, du gingst nach Freising, ich wurde Hofmeister, und der Hans, nun der hat irgendwie die Überfuhr verpasst, konnte sich auf die neuen Gegebenheiten nicht einstellen, als Rudolf nicht mehr war und Albrecht als Herzog folgte.«

»Wie ich erfahren habe, hast du aber gehörig nachgeholfen.«

»Wer nicht mit mir ist, ist gegen mich, außerdem kannst du mir nichts beweisen.«

»Ich brauche keinen Beweis, das Wort von Hans reicht mir vollkommen.«

»Warst ja immer schon ein leichtgläubiger Trottel, Bert!«

»Hüte deine Zunge, Hofmeister!«, entfuhr es dem Dompropst.

»Auf einmal wieder Hofmeister, ja?«, stänkerte Fichtenstein weiter.

»Ich habe mich auch mit Mathias Bonus unterhalten«, fuhr Berthold unbeirrt fort.

»Wer soll das sein?«

»Das ist jener Apotheker, den du einkerkern ließest, weil er deine – wie soll man da sagen – Handelsbeziehungen störte.«

»Davon weiß ich nichts!« Lauernd wartete Fichtenstein.

Wehingen redete weiter: »Ich weiß es aber, das genügt. Ich weiß auch von der Apothekerzunft, dass du Unmengen an Zypresse, Natron, Muskat, Sandelholz und Myrrhe aus Venedig heraufkommen lässt.«

»Das sagt gar nichts.« Frech sah Johann Fichtenstein seinen ehemaligen Freund an.

Berthold von Wehingen war am Ende seiner Geduld und schrie: »Was glaubst du denn, wie lange du noch deine Reliquienschachereien unter den Augen des Herzogs abwickeln kannst? Wie lange soll denn das noch gut gehen?«

»So lange wird es gut gehen, solange viele davon recht gut daran verdienen, Berthold«, antwortete Johann zuckersüß, »und solange ich rechte Freude an meiner kleinen Liebhaberei habe. Sieh doch mal, ich habe nun schon sechs komplette Körper von Heiligen, Köpfe von einem Dutzend Heiligen und viele Arme, Beine und Wirbelsäulen von weiteren.«

»Bist du noch zu retten, Johann«, fragte der Dompropst erschüttert, »was machst du damit?«

»Mich daran erfreuen, aber das verstehst du nicht!«, meinte Fichtenstein von oben herab und streckte wieder die Arme aus, um den Sack entgegen zu nehmen, »her mit dem Valentin!«

»Was macht dich so sicher, dass ich nicht schnurstracks zum Herzog laufe und ihm erzähle, wie du den Wienern ihre wundertätigen Heiligen ausgräbst und mit Gebeinen gewöhnlicher Sterblicher austauschst? Wie du dich dabei junger, talentierter Handwerker bedienst, sie mit einem Judaslohn zu deinen Mitwissern machst?«

»Ah, hat er weiche Knie bekommen, der Cnab!«, knurrte der Hofmeister.

»Nein, sein Gewissen hat ihn geplagt, und ich musste nur kurz antupfen, und der ganze elende Schleim ist aus ihm herausgeflossen wie Eiter aus einer Wunde.«

»Na und, wer glaubt denn schon einem zweitklassigen Baumeister!«

»Ihm allein vielleicht nicht, aber wenn sich der Apotheker und vor allem ich anschließen, dann schaut es nicht gut für dich aus. Albrecht schaut nicht an allem vorbei!«

»Das sagst gerade du? Wo du doch am meisten zu befürchten hast, wo du ein Intrigant erster Ordnung bist?« Fichtenstein kicherte albern, »glaubst du denn, ich weiß nichts von der Vulgata?«

Jetzt war Berthold von Wehingen ehrlich erstaunt: »Was meinst du jetzt wieder?«

Lauernd umkreiste ihn der Hofmeister, immer mit der Absicht, den Sack zu erhaschen, und flüsterte: »Ich habe auch meine Verbindungen nach Prag, mein Bester, nicht nur du. Und zufällig ist mir zu Ohren gekommen, dass vom Hradschin die deutsche Übersetzung des Alten Testaments in Auftrag gegeben wurde.«

»Aber das ist entgegen dem Wunsch des Heiligen

Stuhls, entgegen allem, was heilig und recht ist«, erboste sich Berthold.

Mitleidig meinte Fichtenstein: »Spar dir deine schlechte Schauspielerei, Bert! Jeder weiß doch, dass Wenzel es nur in die Schuhe geschoben bekommt, in Wahrheit steckt wer anderer dahinter. Und ich weiß, wer!«

»Na, wer ist es?«, fragte Berthold aufgeregt.

»Stell dich nicht so dumm, *du* bist es doch!«, lachte Fichtenstein.

»Was?«, schrie Berthold, »was fällt dir ein!«

»Es passt zu gut, Bert. Du würdest doch alles tun, um die Macht des Herzogs, der dir so viel Pfründe und Einfluss auf einmal zuteil hat werden lassen, zu stärken, oder? Wie würde das besser gehen, als wenn man den ungeliebten, etwas eigenbrötlerischen Anverwandten auf dem Königsthron in Prag gleich bei beiden Päpsten so richtig anschwärzt?«

Sprachlos hörte Berthold zu.

Eitel fuhr der Hofmeister fort: »Aber ich muss dir schon sagen, dieser Einfall hätte von mir sein können, die Vulgata auf Deutsch, wirklich famos. Nur dumm, dass sie bis jetzt nicht an der richtigen Stelle aufgetaucht ist! Daran musst du noch arbeiten, Bert. Bevor das Pergament nicht vor Zeugen Albrecht vorgelegt wird, geht da gar nichts, leider, leider.«

Blitzschnell drehte sich der Hofmeister in die andere Richtung, riss den Leinensack dem völlig überrumpelten Dompropst aus den Händen und flüchtete hinauf in die Kirche. Laut hörte er das Schlagen der schweren Holztür, als Fichtenstein mit dem falschen Valentin das Weite suchte. Berthold von Wehingen stand eine ganze Zeit lang unbeweglich da und fixierte nur das Talglicht, das rauchend und flackernd beunruhigende Schatten an die Wände zauberte. Aber er hatte keine Angst in der Gesellschaft der Toten, viel mehr fürchtete er in diesem Augenblick die Lebenden. Weiter stand er in Gedanken versunken da. Anstelle eines gelösten Problems hatte er nun zwei am Hals. Johann Fichtenstein stahl immer noch wertvolle Heiltümer, und wo war diese Bibelübersetzung? Gab es sie überhaupt, und wer hatte sie denn in Auftrag gegeben? Er musste sich darum kümmern, um den Hofmeister und um die Bibel. Ruhig nahm er das Talglicht, sprach ein kurzes Gebet für das Seelenheil der hier zur letzten Ruhe Gebetteten, ja, bat sie insgeheim um Verzeihung für all die forschen Worte, zu denen er sich hier in der Grabkapelle hatte hinreißen lassen, und leuchtete den Weg hinauf in die Magdalenenkirche. Graues Licht stahl sich schon durch die einfachen Spitzbogenfenster. Ein hoffentlich heiterer Frühlingstag kündigte sich an. Berthold schüttelte sich, es war doch noch empfindlich kühl, setzte die Kapuze seines Umhanges auf und ging hinaus auf den Stephansfreithof. Während er sich auszumalen versuchte, wie er mit einem warmen Würzwein das kalte Grauen aus seinen Knochen vertreiben und noch eine Runde Schlaf in seinem bequemen Bett nachholen würde, drehte er sich nach rechts und prallte auf einen Berg von einem Menschen. Laut wetterte dieser los: »Da is a Kommen und Gehen wie auf der Kärntnerstraßen am Jahrmarkt! Daweil samma auf dem Gottesacker!«

Auf seine gestammelte Entschuldigung begann der Mensch – es war eine nicht mehr so junge, dafür aber recht beleibte Frau, so viel konnte Berthold trotz des wenigen Lichtes erkennen – ihn mit einer Art Besen, der zwar angenehm nach Kräutern roch, aber doch ziemlich fest gebunden war, über den Kopf zu schlagen.

»Z'erst rennt mi so a schwarzer Rab fast um, und jetzt boxt mi der da um die Ecken! Mei, bin i froh, wenn i eich nixnutzige Gauner und Halunken a paar Tog ned siach!«

Berthold, den langsam gar nichts mehr wunderte, fragte höflichkeitshalber: »Wo geht Sie denn hin, Frau?«

Verdutzt hielt die dicke, in einen zeltähnlichen Umhang gehüllte Person inne: »Ja, seht Ihr des ned, ich geh pilgern!« Damit streckte sie ihm den Wallfahrtsbuschen so dicht vor die Füße, dass er bald darüber gestolpert wäre.

Wien, Tag des Heiligen Vitus (15. Juni) 1384

Einer Pilgerschar gleich bewegte sich die Gruppe von der Herzogsburg beim Widmertor zum Kloster der Augustinereremiten. Ein Vorfahr von Albrecht, Friedrich der Schöne, hatte die imposante Kirche und das dem Hof sehr nahestehende Kloster schon vor über einem halben Jahrhundert gegründet. Obwohl eigentlich nur einen Katzensprung entfernt und nicht der Rede wert, gruben sich auf dem kurzen Weg eindeutig Spuren der Erschöpfung ins Gesicht des Mannes, und auch die Züge der Frau hätten einen glauben lassen, dass beide mindestens von Mariazell nach Wien und nicht etwa erst von der Hofburgkapelle zum Kloster gewandert waren. Die Nächte waren kurz und die Tage anstrengend, seit Janik, genauer Johann von Nürnberg, Lieblingsbruder und jüngster Schwager des Herzogspaares, in Wien zu Besuch weilte. Mit seinen 15 Lenzen war der hoffnungsvolle Spross nicht müde zu bekommen, und Beatrix und Albrecht wussten schon gar nicht mehr, mit welcher Kurzweil sie die Tage des Jungen füllen sollten. Offizielle Bankette in der Burg, Tanzveranstaltungen im Regensburger Hof, Bälle in Bürgerhäusern, Turnierstechen am Neuen Markt, Darbietungen der Spielleute der Nikolausbruderschaft – all das hatte man dem Besuch schon geboten. Ermattet stand man tagtäglich vor einer weiteren Herausforderung. So meinte Albrecht eines Morgens, als wieder keine geeignete Zerstreuung in Sicht war, Janik aber bereits unternehmungslustig in der Tür stand und seine Stiefelabsätze rhythmisch auf den geschnitzten Türrahmen poltern ließ: »Jetzt bleibt uns nur mehr das Glücksspiel oder das Frauenhaus. Mehr fällt mir nicht mehr ein!«

Auf den entrüsteten Aufschrei seiner Gattin ging er gar nicht erst ein, er bestellte gleich seinen Kanzler und übertrug ihm die Organisation des Tagesablaufs des hohen Besuches. Berthold von Wehingen, dem Würfelspiel genauso wenig zugetan wie den Reizen der Weiblichkeit, füllte die Tage des Nürnbergers nun mit Kultur aus. Er schleppte sich und Janik zum jungen Parler, wo sie die Gerüste zum Bau des Südturmes erklommen, brav saßen beide in den Vorlesungen der Artistenfakultät, und heute hatten sie vor, mit Beatrix und Albrecht die Hofminiaturenschule des Leopold von Wien zu besuchen. Janik ging es dabei ausgesprochen gut. Er war es gewohnt, dass ihm zu Ehren allerlei Firlefanz aufgeführt wurde und nahm alles auf wie ein trockenes Tuch, das man in eine Wasserlache drückt. Seine unkomplizierte Art machte es einem nicht unbedingt schwer, ihm diese und jene Freude zu bereiten, doch seine Wissbegier und Rastlosigkeit machten einfach müde und schlapp – nicht ihn, die anderen. Böse sein, weil er allen die Kraft raubte, konnte man dem jungen Burschen aber nicht. Seine Art war liebenswert, sein Umgang mit den Höflingen respektvoll, mit den Damen des Hofes zuvorkommend und charmant, sogar seine spröde Tante Katharina, Äbtissin der Klarissen, hatte er ganz für sich einnehmen können. Sie versorgte ihn regelmäßig mit Zuckerzeug und so manch ausgefallenem Schmalzgebackenen. Weiß der Teufel, welche Quelle des schmackhaften Fruchtmuses und der verschwenderisch süßen Marmelade sie da angezapft hatte! So lernte Janik in Wien nicht nur den Dreischritt elegant zu tanzen, Turniere halsbrecherisch zu reiten, sondern auch die Unterschiede zwischen Weichselkompott, Himbeergelee und Marillenmarmelade zu schätzen.

»Heute zeig ich dir, Janik«, Berthold von Wehingen sollte ihn auf ausdrücklichen Wunsch des Jünglings duzen und beim Kosenamen nennen, »was mit ausgewählten Codices, die in der Schreibstube der Universität hergestellt wurden, weiter passiert.« Der Jüngling nickte heiter und klopfte Albrecht, der vor ihm ging, leicht auf die Schulter: »Das wird dir auch gefallen, Schwager! Ist nicht so anstrengend wie der Ritt durch die Donau-Auen gestern, und du, Schwesterherz kannst dich auch vom Tanzunterricht erholen!«

»Nett, dass du daran denkst, Janik«, kam es gepresst von Albrecht, »aber du hättest mich nicht zu erinnern brauchen, die Schmerzen in meinem Gesäß tun das sowieso bei jedem Schritt!«

»Kann auch nicht gerade behaupten, dass ich eine Erwähnung des gestrigen Pensums gebraucht hätte, Bruderherz, meine Knöchel sind immer noch geschwollen!«, jammerte Beatrix und stützte sich die letzten Meter bis zum Kloster auf den Arm ihres Gatten.

Berthold konnte sich ein stilles Lächeln nicht verkneifen, besonders, als er zu Janik hinübersah und dessen zwinkernde Augen bemerkte. Anfangs war er nicht so glücklich mit der Rolle des Alleinunterhalters für diesen Nürnberger gewesen, aber in den letzten Tagen hatte er das Positive an dieser Aufgabe zu schätzen gelernt. Nicht nur, dass der Jüngling ein angenehmer, unkomplizierter Begleiter war, er konnte unter dem Deckmantel der Gastfreundschaft ganz ungeniert seine Erkundigungen einziehen und nach dem Aufenthaltsort der deutschsprachigen

Vulgata forschen. Folgerichtig hatte er deswegen für heute den Besuch bei den Augustinern festgesetzt, denn wenn jemand Bescheid wusste über irgendwelche geheimen Schriftstücke, dann war das Leopold Stainreuter, Hofkaplan und Übersetzer des Herzogs. Als Vorsteher der besten Klosterbibliothek der Stadt und vor allem als Verfasser der ›Chronik der 95 Herrschaften‹, einem fantastischen Loblied auf die Frühzeit Österreichs, die er für Albrecht gerade in Arbeit hatte, war er wie ein himmlisches Licht, das alle anderen Schreiber um ein Vielfaches überstrahlte. Anders gesagt waren die übrigen Bücherkundigen der Stadt ein kleines Lichtlein im Vergleich zum kometenhaften Wirken Leopolds von Wien.

Wenn einer etwas weiß, dann er, sagte sich Berthold und wollte damit diesem unangenehmen Spuk, der ihm seit dem Zusammentreffen mit Johann in der Virgilkapelle schlaflose Nächte bereitete, ein Ende setzen. Da kam es ihm sehr zupass, dass das Herzogspaar heute so angeschlagen war. Die beiden würden sich im Hintergrund halten, während er die Unterhaltung in die gewünschte Richtung lenken konnte.

An der Klosterpforte wurde die kleine Gruppe bereits erwartet: Leopold Stainreuter und Leonhard von Kärnten, der sich um die eben gegründete theologische Fakultät bereits verdient gemacht hatte, hießen das Herzogspaar, den jungen Nürnberger und den Dompropst herzlich willkommen. Sogleich betrat man die weitläufige Klosterbibliothek, an die die Räumlichkeiten der Hofminiaturenschule angeschlossen waren. Erstaunlich war, dass die niedrigen, mit einer gewölbten Decke versehenen Zimmer sogar jetzt im Juni geheizt wurden. Janik, der, hitzig wie er war, gleich seinen Umhang lüftete und gerade im Begriff war, mit seinem Wams dasselbe zu tun, wurde von Beatrix gerade noch daran gehindert.

Entschuldigend meinte der große, schlanke Leopold, der in seiner dunklen Kutte vornübergebeugt daherschlurfte wie ein trauriger alter Wolf: »Es ist nur, dass unsere Schreibermönche Stund und Weile hier drinnen vor ihren Pulten sitzen. Das Letzte, was sie brauchen können, sind kalte und steife Finger!«

»Wie lange sitzen die denn hier?«, damit zeigte Janik auf die sechs Schreibpulte.

»Den ganzen Tag, Hoheit. Die Sonne ist uns im Junimonat sehr gnädig, wir müssen ihr strahlendes Licht ausnutzen für die ganz heiklen Arbeiten. Wir beginnen noch vor der Prim und enden erst nach der Vesper.«

»Was, ohne Unterbrechung?«, fassungslos starrte Janik auf die emsig arbeitenden Mönche.

Leopold, der schon wegen der Scholaren an der Universität ein gehöriges Maß an Geduld mit den Jungen entwickelt hatte, lächelte nachsichtig. »Nein, die Muße dazwischen ist fast so wichtig wie die Arbeit selbst. Einer von uns schafft 200 Worte in der Stunde und benötigt danach Ruhe. Sonst könnte er seine Disziplin nicht halten und die Kenntnis der schönen Schrift nicht in die Tat umsetzen.«

»Wie viele Schriften beherrscht ihr denn so, Leopold?« Beatrix knuffte ihren Bruder in die Seite, als er so dreist seine Frage stellte.

»Ich«, meinte Leopold von Wien bescheiden, »bin nicht der Besten einer, ich beherrsche nur ein Dutzend Schriften, es gibt viele unter uns, die ein Vielfaches mehr an Kunstfertigkeit bieten.«

»Aber du bist ja nicht als mein Schreiber in herzoglichen Diensten«, schaltete sich da Albrecht ein, »du sollst ja vor allem Übersetzungen für mich machen und an der Chronik arbeiten.«

»Stimmt, ich lege den Mönchen die Arbeit vor und skizziere die Illustrationen, die sie zu bewerkstelligen haben, siehst du das?« Damit bat Leopold Janik nahe an den Arbeitsplatz eines Mönchs, wo er genau zwischen den Schriftblöcken sehen konnte, wie eine Beschreibung eingefügt war: »Zeige hier, wie Herzog Leopold der Heilige den Schleier seiner Gattin Agnes im Holunderstrauch findet«, las Janik leise und sah dann daneben die Illustration mit der Feder vorgerissen. »Das«, erklärte Leopold geduldig weiter, »ist meine Arbeit. Ich teile ein, wo was abgebildet wird, und schreibe es dazu. Wenn das Bild gemalt ist, werden meine Anweisungen und Skizzen mit einem scharfen Messer vom Pergament geschabt. Du siehst also, alles, was von mir kommt, ist nicht für die Ewigkeit. Nur die Gedanken dahinter!«

»Womit ist das geschrieben?«, fragte Janik weiter.

»Mit einer Gänsefeder, eingetaucht in ein Rinderhorn voll Tinte. Die stellen wir selbst her, aus Schlehen.«

»Die kenne ich vom Fruchtmus!«, platzte Janik heraus.

»Ja die Früchte, aber ich meine die dornigen Zweige. Wir schneiden sie und nehmen dann die Rinde, die wir drei Tage lang ins Wasser legen. Dann kochen wir das rotbraune Wasser auf, versetzen es wieder mit Rinde und so weiter, bis wir die Suppe dann mit Wein einkochen und in der Sonne auftrocknen lassen. Abgefüllt in Pergamentsäckchen können wir sie dann je nach Bedarf wieder mit Wein verflüssigen. Das ist unsere Tinte. Wenn wir ein glühendes Stückchen Eisen hineingeben, dann wird sie rötlich, mit Kerzenruß pechschwarz, ganz so, wie wir das möchten!«

Berthold sah den Augenblick gekommen und fragte scheinbar ahnungslos: »Stellt ihr die Schriftstücke alle selbst her oder bekommt ihr von außerhalb auch Pergamente?«

»Wir bekommen die beschriebenen Seiten meist von der Universität, es gibt Magister, die ihren Studenten das Schreiben auftragen, und so bleibt uns mehr Zeit für die Illustration.«

»Und von weiter weg bekommt ihr keine Pergamente?«

»Oh doch, werter Domprobst, die Universitäten Padua und Paris senden oft Pergamente, die wir auf das Prächtigste illustrieren sollen. Unsere Miniaturenschule hat inzwischen einen guten Namen in der gelehrten Welt. Es hat sich herumgesprochen, was wir können!« Stolz schwang in der Stimme des Augustiners.

»Sind das theologische Schriften?«

»Ja, meist schon, aber wir hatten auch schon ein paar historische und naturwissenschaftliche darunter.«

»Alle auf Latein?«, drang Berthold weiter vor und erntete einen erstaunten Blick aller Anwesenden.

»Die weltlichen nicht, aber die theologischen natürlich schon«, ein krächzendes Lachen schüttelte den Pater, »sind ja alles meist Worte aus der Heiligen Schrift, also selbstverständlich auf Latein. In welcher Sprache sonst?« Die Herzogin und auch der Herzog fielen in das Lachen ein.

»Auf Deutsch vielleicht?«, fragte Berthold scheinheilig.

»Selbstverständlich!«, lachten sie alle unisono, »eine Bibel auf Deutsch, da sei Gott davor!«

Nachdem Berthold zu dem Entschluss gekommen war, dass sich niemand so gut verstellen konnte wie die drei eben und dass es daher einfach *keine* Vulgata auf Deutsch gab, zumindest nicht in Wien, also nicht hier und jetzt, entspannte er sich, und gemeinsam mit Janik ließ er sich durch die Malerklasse führen.

Leopold von Wien war ein guter Führer, er verstand es vortrefflich, die Aufmerksamkeit des Jünglings über einen längeren Zeitraum zu fesseln. Er erzählte über die einzelnen Farbschattierungen, über Purpur, Safran, Galle und die grünen Pflanzensäfte, über die Gefährlichkeit des Bleiweiß und die Kostbarkeit des Pulvergoldes. Mit Ehrfurcht und Liebe nahm er die prächtigsten Bände aus seiner Bibliothek, bettete sie, zärtlich wie die Mutter ihren Säugling in die Wiege, auf zwei Holzkeile, dass sie nicht ganz aufklappten und die Bindung Schaden nahm, blätterte eine Seite nach der anderen um und erklärte Janik den Unterschied zwischen Berggrün, Spanischgrün und Grünspan. Er erzählte über die Anordnung der Zierelemente, der kleinen Figuren am Rande und der Arabesken. Janik machte nicht nur einen ganz und gar interessierten Eindruck, sondern auch einen sehr sachkundigen. Als ihn Leopold selbst die Seiten eines Prachtbandes umblättern ließ und der Jüngling sich mehr als vorsichtig anstellte, wagte er ihn zu fragen, woher er denn so kundig im Umgang mit kostbaren Büchern sei. Die Antwort verblüffte seine Verwandten Beatrix und Albrecht genauso wie den Dompropst. Als echter Hohenzoller und ältester Sohn des Burggrafen von Nürnberg hatte er natürlich auch einige Zeit am Prager Hof bei König Wenzel verbracht. Spätestens hier wurde Berthold hellhörig, war er doch auch in Prag gewesen, allerdings noch zur Zeit des Vaters, Kaiser Karls. Auf die Frage, wie er denn mit Wenzel ausgekommen sei, in Anbetracht dessen, was man von seinen Ausschweifungen und seinen tyrannischen Neigungen hörte, verblüffte Janik die Anwesenden mit einer völlig anderen Sicht der Dinge. Er schilderte den Luxemburger nicht als zweiten Nero, als Despoten oder Paranoiker, der den eigenen Koch auf den Spieß stechen und braten lasse, wenn ihm dessen Speisen nicht gemundet hatten. Nein, Janik erzählte von Tagen in der Bibliothek Wenzels, von erbaulichen Gesprächen, die sie, gebeugt über prächtige Stundenbücher, zugebracht hatten. In einem der Bücher Leopolds erkannte Janik ein gemaltes blaues Tuch, das kunstvoll verknotet den zarten Hals einer schönen Frau zierte. »Das«, teilte er den Anwesenden mit, »ist das Lieblingsmotiv Wenzels. Er meinte, dass er sich oft so in seinem Inneren fühle. Verknotet und zerrissen, aber in der Schönheit und Liebe gefangen. Liebesknoten nennt er das.« Leopold nickte wissend und antwortete: »Wir nennen das einen Minneknoten, er ist in der Buchmalkunst das Symbol für die Allmacht der Liebe. Wir verwenden es immer, wenn wir die Treue abbilden möchten. Hier und hier zum Beispiel …« Der Hofkaplan zeigte die verschiedensten Tücher, die Tiere, Initialen und kleine Figuren kunstvoll geknotet umrankten. Sie waren verschiedenfarbig und immer anders geschlungen. Janik blieb aber dabei, dass ihm das Tuch in Blau am besten gefalle. Er war eifrig bei der Sache und einmal im Erzählen gefangen, berichtete er, als er in einem Buch über die Tierwelt einen Hund abgebildet sah, über Wenzels große Leidenschaft für die klugen Vierbeiner. Er erzählte über die ausgezeichnete Hundezucht, die der König betrieb, und schilderte die kleine, schmale Hunderasse, die so schnell war, dass alle Hunderennen in Prag von diesen Tieren gewonnen wurden. Dabei glitzerten Janiks Augen: »Ihr könnt euch nicht vorstellen, wie schnell diese Hunde dahinlaufen, so schnell wie der Wind!«

Albrecht, dem viel wohler zumute war, seit er über die zweite weit angenehmere Seite des Königs erfahren hatte, bemerkte: »Wir haben in Wien auch eine sehr gute Hundezucht, Janik, draußen in Sankt Marx ist unser Rüdenhaus, und wenn du möchtest, kann ich dir schon morgen zeigen, welche Rassen genau das sind. Das hätten wir schon viel früher machen können«, ergänzte er mit einem Seitenblick auf Beatrix, »wir haben nur nicht gedacht, dass du dich so für diese Tiere interessierst.« Ziemlich wagemutig versprach Albrecht seinem Schwager: »Wenn dir das gefällt, können wir gerne auch ein kleines Hunderennen für dich ausrichten, Janik!« Der Jüngling war hellauf begeistert, Beatrix, die wieder stundenlanges Repräsentieren auf sich zukommen sah, meinte nur: »Lass uns nur ein wenig Zeit damit, Bruderherz. Erst kommt ja noch der Johannisritt!« Damit meinte sie die in Wien aufwendig gefeierte Sommersonnenwende, die bereits in sechs Tagen stattfinden sollte.

So ging der gelungene Besuch in der Hofminiaturenschule plaudernd und in Vorfreude auf ein Jagdhunderennen zu Ende.

Als die Gruppe an der Schwelle nach draußen stand, Beatrix und Albrecht mit Janik in der Mitte einem ausgiebigen Mittagsmahl in der Burg zustrebten, hielt Leopold von Wien Berthold noch zurück. »Auf ein Wort, Herr von Wehingen.« Rasch eilte Leopold mit dem Domprobst zurück in den Kreuzgang und wandte sich der Kirche zu. Schnell schob er Berthold in die Leonhardkapelle und bedeutete ihm, sich zu setzen. Als der Domprobst in eine Kirchenbank gerutscht war, ging Leopold vor ihm auf und ab. Von seinen langsamen Bewegungen und seinem schlurfenden Gang war nichts mehr zu bemerken, der Hofkaplan machte einen nervösen Eindruck. »Was wollt Ihr mir noch sagen, Leopold«, versuchte Berthold, es dem Augustiner etwas leichter zu machen, und konnte dabei sein eigenes mulmiges Gefühl kaum verbergen.

Abrupt hielt Leopold inne, drehte sich zum Dompropst und meinte ruhig: »Es gibt sie – irgendwo hier in Wien – ich bin mir sicher – so viele Zufälle gibt es nicht.«

Obwohl er die Antwort schon wusste, fragte Berthold beklommen: »Was gibt es?«

Wie erwartet kam die Antwort eindeutig: »Die deutsche Vulgata. Ein Pergament, mit deutschem Schriftsatz, ergänzt mit Anweisungen für die Hofwerkstatt zur Illustration.«

»Was macht Euch so sicher, Hofkaplan, habt Ihr sie gesehen?«

»Nein, aber die Hinweise und Beschreibungen mehren sich.«

»Hinweise von wem?«

»Vom Hofmeister Fichtenstein, er weiß mehr.«

»Der weiß immer mehr«, wiegelte Berthold ab, »aber das sollten wir nicht so ernst nehmen!« Das Zittern in seiner Stimme strafte ihn Lügen.

»Es gibt dann noch Martin Rotlöw, den Prager Münzmeister. Er soll die Übersetzung weitergeleitet haben als Geschenk von Wenzel an Albrecht. Man stelle sich vor!«

»Auch das sollten wir genau hinterfragen. Wir haben doch eben vom jungen Nürnberger gehört, wie bunt die Intrigen rund um König Wenzel gewirkt sind und dass nicht alles wahr ist, was man sich über den König erzählt. Das könnte eine besonders infame Lüge sein.«

»Ja könnte, aber ich habe einen weiteren Hinweis, und der hat nichts mit Prager Machtspielchen zu tun, in keiner

Weise.« Leopold atmete tief ein und begann: »Ich weiß von einem verlässlichen Nürnberger Kaufmann namens Ludwig Fütterer, der auf dem Donauschiff zu Ostern nach Wien gereist ist. Mit im Tross waren drei junge Männer, wobei einer davon der junge Parler war.«

»Und?«, fragte Berthold interessiert.

Atemlos setzte Leopold fort: »Sie hatten einen großen hölzernen Kasten dabei, voll mit edelstem Pergament, wie mir Fütterer versicherte!«

»Was stand auf dem Pergament?«

»Nichts, meinte der Kaufmann, gar nichts.«

»Eben.«

»Könnte auch anders gewesen sein.«

»Wissen wir aber nicht. Wo ist dieser hölzerne Kasten jetzt?«

»Angeblich im Hochwasser der Donau versunken! Das sagt zumindest ein Weiterer der Gruppe, Conrad Eysfogl heißt er und er kommt auch aus Nürnberg. Er studiert an der Artistenfakultät hier in Wien.«

»Den sollten wir einmal befragen«, meinte Berthold nachdenklich.

»Und den anderen auch. Der heißt Wenzeslaus, studiert Theologie und kommt von den Augustinern in Wittingau. Ich habe schon Erkundigungen eingezogen dort. Ein gutherziger, tollpatschiger, ganz und gar harmloser Pater. Der Arme unterrichtet im Augenblick die Büßerinnen zu Sankt Hieronymus in Frömmigkeit.«

»Welche Strafe Gottes!«, Berthold bekreuzigte sich, kannte er die Weiber dort in der Singerstraße nur zu gut von seinen regelmäßig stattfindenden Inspektionen, die er im Auftrag der Stifter dort durchzuführen hatte. »Also ich setz da keinen Fuß hinein, wenn ich nicht unbedingt muss«, seufzte Berthold schwer und dachte an das letzte Mal, wo er beinahe nicht heil herausgekommen wäre aus Sankt Hieronymus. Eine mannstolle Nonne hatte sich ihm an den Hals geworfen, während die Kinder der Büßerinnen seine guten Schuhe in der Jauchengrube versenkt hatten. Das Essen war immer gut im Büßerinnenkloster und reichhaltig. Nur mucksen durfte man nicht, oder vielleicht gar etwas Gegenteiliges behaupten, denn die Köchin fackelte nicht lange und – zack! – hatte man gleich den nächstbesten irdenen Topf am Schädel! Nein danke, bloß nicht dahin zu den ehemaligen Fensterhennen!

Dementsprechend wand sich Berthold und meinte endlich: »Ich werde sehen, was ich tun kann, Leopold.«

»Auch ich werde mein Möglichstes zur Auffindung dieses Teufelszeugs beitragen! Gehabt Euch wohl, lieber Berthold!« Leopold nickte zum Abschied und ging schnellen Schrittes aus der Kapelle. Wenig später hörte der Dompropst die Holzpantinen des Hofkaplans im Kreuzgang davonklappern. Kurz blieb Berthold noch in Gedanken versunken sitzen und dachte erstaunt, ob denn diese Lebenslage für ihn nun bestimmend werden würde. Alleine in einer Kapelle sitzen und über nicht auffindbare Pergamente nachzudenken. War es vor zwei Tagen noch Sankt Virgil, wo er gedankenschwer verharrt war, so war es jetzt in der Kapelle des Heiligen Leonhard, wo ihn das Grübeln heimsuchte. Das muss ein Ende haben, dachte der Dompropst, fasste sich, rappelte sich auf und – verharrte erneut. Was war das für ein scharrendes Geräusch? Waren es Schritte gewesen, kam der Augustiner etwa zurück? Oder hatte er sich verhört? Berthold streckte den Kopf in das Kirchenschiff und sah, dass ein einsamer Arbeiter am Chorgerüst, das leider immer noch nicht fertiggestellt war, herumwerkelte. Beruhigt nickte er, atmete tief durch, nicht ohne sich einen übervorsichtigen Trottel zu nennen, und verließ die Kapelle, um den Heimweg in den Zwettlerhof anzutreten. Eine lange Zeit, nachdem die Kirchentür hinter Berthold von Wehingen ins Schloss gefallen war, löste sich eine Gestalt aus dem Schatten hinter dem gotischen Sakramentshäuschen. Sich schnell nach beiden Seiten umblickend, aber dann ohne erkennbare Hast, verließ die Person mit raschelnden Gewändern die Kapelle des Heiligen Leonhard. Es hatte sich ausgezahlt, minutenlang stocksteif zu verharren und nicht das geringste Geräusch zu machen, zweifellos, es war der Mühe wert gewesen.

Wien, Johannistag (Sonnwendfest 21. Juni) 1384

Es war ein ganz besonderer Sonntag gewesen. Längst schon waren die hohen Ratsherren von ihren edlen Rössern herabgestiegen und saßen wohl schon beim dritten oder vierten Krug Bier in der Schenke am Hohen Markt. Das Gefolge des Bürgermeisters hatte inzwischen auch seine rote Festkleidung mit den weißen Ärmeln abgelegt. Müde vom Herumgerenne war das Volk längst mit all den Trommeln, Pfeifen und Fahnen von dannen gezogen: Die ganz Armen in ihre erdigen Löcher oder zu den dunklen Straßenecken, wo immer wieder schmierige Gesellen mit billigem Fusel warteten, die Wohlhabenderen in die nächsten, nicht gar so feinen Bierschenken, wo ihnen der Wirt mit seiner blauen Schürze den klebrigen Tisch abwischte, ihnen große Platten voll Essen hinstellte und Krüge voll Gerstenbier oder Weizengebräu, ganz wie sie wollten und wie es ihr Geldsäckel erlaubte. Die Dirnen, die heute endlich ihr Handgeld vom Herzog erhalten und sich halb nackt zum Gaudium aller Umstehenden müde getanzt hatten, waren schon längst mit ihrer Kundschaft Richtung Frauenhaus in der Laimgrube getorkelt. Kein Sommerbeginn ohne den Johannisritt der hohen Herren, ohne die bacchantischen Tänze der Hübschlerinnen, die nur mit dem gelben Tuch bekleidet um das große Sonnwendfeuer sprangen! So wollten es die Wiener, so war das jedes Jahr. Jetzt glosten die zahlreichen Holzbündel nur mehr stinkend vor sich hin, immer wieder wehte der leichte Wind die Asche auf und brachte den einen oder anderen Zweig zum Glühen, aber ansonsten war nun, während die Mönche und Nonnen in den Klöstern ihr Nachtgebet verrichteten, Ruhe eingekehrt am Hohen Markt.

In der Klosterküche Sankt Hieronymus brannte jedoch das Feuer noch munter vor sich hin, eine Suppe köchelte im großen gusseisernen Kessel, denn morgen würden alle Büßerinnen so wie jeden Tag sehr früh aufstehen müssen, um das umfangreiche Tagwerk bewältigen zu können. Da half die Brühe aus Gemüse wie Karotten, Rüben, Kohlrabi und ein paar Bohnen auf die Beine. Yrmel saß müde am Rand des Feuers, den kleinen Janus zu ihren Füßen, und rührte im Kessel. Hie und da stocherte sie im Feuer herum. Sie war todmüde und hatte Ringe unter den Augen, die Tage ohne Johanna machten es ihr schwer. Sie hatte viel zu viel Arbeit zu erledigen, und Ela, die ihr ja zur Hand gehen sollte, redete mehr über die Arbeit, als dass sie sie einfach tat. Außerdem fehlte ihr die Köchin. Zu lange lebten und arbeiteten die zwei Frauen schon Seite an Seite, da war es nicht weiter verwunderlich, dass sich die eine ohne die andere fühlte, wie eine Milchkanne, der man den Henkel abgeschlagen hatte.

Mit glasigem Blick sah Yrmel zum Tisch, wo früher Gretlin gestickt hatte. Das schlanke blonde Mädchen fehlte ihr auch. In ihrer unaufdringlichen, manchmal etwas einfältigen Art war sie doch jahrelang eine gute Freundin für Yrmel gewesen. Wie sehr musste erst Johanna darunter leiden, dass Gretlin mit Sander nach Italien gezogen war! Deswegen verwunderten auch die fürchterlichen Launen, die die Köchin in letzter Zeit an den Tag legte, Yrmel nicht sehr. Sie wusste ja, warum. Johanna war zutiefst traurig und einsam, Gretlin war so etwas wie ihre Tochter gewesen, auf die sie aufpassen und die sie nach Strich und Faden verwöhnen hatte können. Johanna hätte es nie zugegeben, aber Gretlins Heirat und Abreise hatten ein faustgroßes Loch in ihr Herz gerissen, das sie jetzt mit allen ihr zur Verfügung stehenden Mitteln zu stopfen versuchte. Mit der Wut ging das schlecht, Wut vergrößerte nur Wunden, sie brachte nichts zum Heilen. Dass Ela den Platz Gretlins einnehmen sollte, hätte wohl jeder gedacht, auch Johanna. Aber, so dachte Yrmel, da machten sie sich alle etwas vor, das war nicht möglich. Die sanfte Gretlin, die nichts lieber tat, als Blumen und Ornamente auf Goldgrund in die feinsten Gewebe zu sticken, war nicht einfach so auszutauschen. Obwohl – hier sah Yrmel belustigt zu Lenz – der mit einem seligen Lächeln auf den Lippen über eine Seite beschriebenes Pergament strich, ganz so, als liebkoste er den zarten weißen Bauch einer schönen Frau. Er ist der kleinen Gretlin gar nicht so unähnlich, beschied Yrmel für sich, das Äußere einmal außen vor gelassen. Als hätte Lenz ihre Gedanken gelesen, streckte er seine haarigen Beine unter dem Tisch hervor, reckte die langen Arme in die Luft, dass der Ärmel seiner Kutte nach oben bis zu den Ellenbogen rutschte, rollte sich aber sogleich wieder ein, um sich seinen Farben zu widmen. Auch er ist der Leidenschaft fähig, der Begeisterung für die kleinen Wunderdinge, dachte Yrmel und sah belustigt zu, wie Lenz zwischen zwei Rottönen gustierte und sich dann mit einem lustvollen Stöhnen auf das Karmesinrot stürzte. Mit Hingebung malte er an etwas, das aussah, wie ein großes ›W‹. Da Yrmel keinen Laut von sich gab und meist ruhig ihrer Arbeit nachging, vergaßen die Menschen oft einfach ihre Anwesenheit. Eine Tatsache, die ihr mehr als recht war, denn einerseits war sie heilfroh, mit all dem Mist, den die Menschen so wichtig nahmen, nicht behelligt zu werden, und andrerseits sah sie sowieso mehr, als ihr lieb war, blickte sozusagen hinter die Dinge. Dieser ihr eigene Blick jedoch machte in letzter Zeit ziemlich viele Beschwerden, denn was sie sah, beunruhigte sie zutiefst und sie fragte sich, wie lange sie da noch würde tatenlos zusehen können. Aber sie suchte die Ablenkung – noch war es nicht so weit. Wie auf Bestellung polterte da Barthel in die Küche. Er hatte ziemlich viel getrunken, das konnte Yrmel nicht nur sehen, sondern vor allem auch riechen. Plumpsend ließ er sich auf seinen Stammplatz auf der hölzernen Bank fallen. Er wollte sie grüßen, so viel Anstand war immerhin noch da, doch sein Unterfangen ging in einen unappetitlichen Rülpser über. »Meiner Seel, des verdammte Gesöff, dieses Bier, dieses elendige!«, lallte er. Lenz, der inzwischen ein ockerfarbenes ›E‹ mit einem dunkelrosa Blütenblatt verzierte, brummte leise: »Was soll mit dem Bier sein, ist doch in Ordnung, wir brauen unser eigenes in Wittingau! Hat noch keine Beschwerden gegeben. Und ich hab auch vom Wiener Bier getrunken, einwandfrei ist …« Barthel, durch den Alkoholgenuss ein wenig zankhaft, konterte: »Mir wurscht, Lenz, was ihr da in Böhmen saufts! Mir jedenfalls is a Glaserl Wein zehnmal lieber als a ganzer Krug von diesem Gerstensaft. Der Herzog weiß scho, warum er die Bierbrauer runterdrückt. Stell da amal vor, wie des wär, wenn ma in Wien kan Wein, sondern nur mehr Bier saufen müsst. Pfui Deibel noch amal!«

»Aber warum saufst du es jetzt?«, fragte Lenz und sah kurz auf, er mischte gerade verschiedene Brauntöne.

»Erstens«, erklärte Barthel und fuhr sich über seine rot

unterlaufenen Augen, »trinkt ma in Wien zur Sonnwend halt des Bier, frag mi ned, warum. Und zweitens«, hier wurde seine Stimme zusehends zorniger, »hamma ja gor kan Wein mehr. Alles verschenkt oder zu Essig gmacht. Jetzt muass i Bier saufen!«

»Bist a armer Kerl«, meinte Lenz grinsend und malte einen Holzzuber auf das Pergament. Yrmel, die ihm über die Schulter sah, fragte sich zwar, warum, nach Eisvögeln und allerlei Tüchern mit Initialen, jetzt noch ein Badezuber gemalt werden musste, drehte sich aber wieder zu ihrem Kessel um.

Plötzlich wurde die Tür aufgerissen, und der starke Windstoß ließ sie fast aus den Angeln springen. Herein kam mit Gepolter der Hauerknecht Krispin, einer von Barthels Gehilfen, und am Arm hielt er Conrad, dem Blut aus der Nase troff. Hinterdrein lief laut schreiend Ela. »Schnell, Yrmel, schnell, ein paar Tücher, den Conrad hat's erwischt.« Barthel, plötzlich wieder nüchtern, sprang auf die Beine, riss seinen Knecht am Unterarm und herrschte ihn an: »Was hast denn mit dem Bürscherl da gmacht, bis komplett deppat?« Conrad, der sich das Ohr hielt, weil er auch da einige Blessuren erlitten hatte, hielt Barthel zurück. Yrmel hielt zusammengeknüllte Fetzen, in Essigwasser getränkt, an seine Schläfe und drückte Conrad auf den nächstbesten Hocker. Ela, die noch immer ganz aufgeregt war, rief mit einem Blick hinaus in den Hof: »Der Rolf wird gleich da sein, ich hab ihm schon gesagt, dass wir seine Hilfe brauchen.« Lenz, dem das Durcheinander sehr ungelegen kam, wollte er sich doch eigentlich in aller Ruhe dem nächsten Großbuchstaben widmen, sah kurz zu Conrad und fragte: »Was ist passiert, Eysfogl? Du schaust aus, als wärst du nicht übers, sondern ins Feuer gesprungen.« Conrad verzog nur das Gesicht und ließ einen Blick auf ein eingerissenes Ohrläppchen frei, das alle Anwesenden einen Moment lang das Atmen vergessen ließ.

Krispin, der sich endlich ganz aus dem Griff Barthels befreien konnte, antwortete stattdessen: »Rausg'fischt hab ich ihn, drunten in der Laimgrube. Ihr könnts eich ned vorstellen, was da los is! Da gehen die einen mit Knüppeln und Hauergabeln auf die anderen los!«

»Wer sind die einen, wer die anderen?«, fragte Lenz.

»Streiten sich wohl um die besten Dirnen«, versuchte es Barthel auf seine direkte Art.

»Aber geh«, meinte Krispin, »die Studenten sans, wie immer, diese rotzfrechen Scholaren.«

Conrad zuckte unmerklich zusammen. »Was?«, fragte Barthel zornig, »hör ma auf mit dem Gsindel, die haben mi letztes Mal beim Zehent so was von beschissen.«

»Damit warst sicher ned alla, Barthel. Do durften si a paar übergangen g'fühlt haben, jedenfalls prügeln die Winzer die Scholaren jetzt windelweich drunten beim Frauenhaus. Man sagt, dass scho an Toten ghabt haben!«

»Und wie kommst du da dazwischen?«, fragte Lenz den Conrad forsch. Der schüttelte nur den Kopf.

»Von mittendrin hab ich ihn rausgholt«, beteuerte Krispin, »so schnö wa der nimma aussakumma. Glück hat er ghobt, dass i eam dakennt hob! Dass i gwusst hob, wo der hinghört! So, i geh jetzt wieder, vielleicht kann i aa no a paar verdreschen von de Gsichta!«

»Pass auf, Krispin, die haben immer die besseren Karten, die unterstehen ned unserer Stadtguardia, de putzen si so schnö o, so schnö kannst du gor ned schaun und überbleibst dann du und kannst des ganze Schlamassel ausbaden!« Barthel wusste nur zu gut, dass die Pfaffenstadt ihre eigene Rechtssprechung hatte, und dass die Wiener eigentlich machtlos gegen die Gewaltübergriffe der Studenten waren. Erschwerend kam dazu, dass die jungen Männer von den Behörden beauftragt waren, den Zehent zu berechnen, also in den Weingärten bei den Winzern zu sein und auszurechnen, wie viel die Ernte einbringen würde. Davon wurde dann die Weinsteuer festgesetzt. Immer wieder kam es dadurch zu Ausschreitungen zwischen den Winzern und den Studenten. Freilich so gewaltsam wie jetzt drunten in der Laimgrube, so schlimm war es noch nie gewesen!

»Hörts es, die Gurgelabschneiderin hat gläut! Die Gurgelabschneiderin!« rief Ela, die nicht von der Türschwelle wegzubekommen war, weil sie das Eintreffen von Rolf nicht erwarten konnte. »Jetzt wird dann hoffentlich a Ruh sein mit der Sauferei, wenn die Bierglocken läut!«, meinte Barthel und gähnte herzhaft. Im Hintergrund war das Bimmeln einer einzigen Glocke vom Dom zu hören, das allen Bierschenken in der Stadt anzeigte, dass jetzt Schluss war mit Hopfen und Malz. Sie mussten schließen, wer weitersaufen wollte, musste zum Rebensaft greifen, von dem normalerweise immer genug da war.

»Schad, dass es bei uns kan Wein mehr gibt«, meinte Barthel weinerlich und stützte seinen schweren Kopf in die Hände. »Wär ich jetzt auch nicht abgeneigt, gegen ein bisserl an Wein«, meinte Lenz und hantierte vorsichtig mit einem kleinen Pergamentbeutel.

»Des sogst du, du behmischer Gerstensafttrinker, ausgerechnet?«, fragte Barthel nach.

»Aber geh, ich brauch den Wein doch für meine Farben, die werden verdünnt mit dem Rebensaft.«

»Es ist zum Verzweifeln«, murmelte Barthel, »die einen

machen an grauslichen Essig aus mein schönen Wein, die anderen mischen ihre Malerei auf …«

Ela, die noch immer an der Tür stand, klatschte in die Hände und rief freudig: »Komm rein, Rolf, Gott sei Dank bist da! Schau dir den Conrad an, den hat's ziemlich erwischt.«

Der groß gewachsene schwarzhaarige Rolf betrat gebückt die niedrige Küche, nickte Yrmel kurz zu, die sich sofort mit ihren inzwischen blutgetränkten Lappen zurückzog und Conrad seinem Freund überließ. Ela brachte neue saubere Leinenstreifen, und Rolf fischte allerlei Salben und Tiegel aus seiner ledernen Tasche. Unter mehr oder weniger lauten Protestschreien Conrads machte er sich daran, dessen Beulen, Risse und Quetschungen zu verarzten. Ela ging ihm dabei zur Hand und konnte den Blick nicht von seinen schlanken, geschickten Fingern lassen.

»So, Conrad«, meinte Rolf nach einer Weile und sah sich die Verbände prüfend an, »ich glaube, ich habe alles erwischt, aber bitte stell dich hier zu Lenz, der hat ein besseres Licht auf seinem Tischchen, damit ich nachsehen kann, ob wirklich alle Kratzer verbunden sind.« Mühsam hievte sich Conrad von seinem Hocker und ging mit Rolf zu Lenz, der bereitwillig Platz machte. Als Lenz sein Pergament zur Seite schob, erhaschten die beiden Freunde einen Blick darauf. Sie erstarrten. Conrad fand als Erster die Sprache wieder: »Lenz, was ist das?«, fragte er beklommen.

»Ein Pergament«, kam es zur Antwort.

»Das sehe ich! Aber woher hast du das, Lenz?« Er schob das rechteckige, etwa eine Elle hohe Blatt zu sich und fuhr mit dem Finger über die mit schwarzer Tinte geschriebene gotische Buchschrift. Eckig, spitz und steil aufragend war zwischen zwei mit Tinte gezogenen Begrenzungslinien ein Wort an das andere gereiht. In Kleinbuchstaben, außer den großen Anfangsmajuskeln, war der eingeplante Raum auf das Sorgfältigste ausgefüllt.

»Diese Worte, Lenz, die sind aus der Heiligen Schrift, oder?«, fragte Conrad weiter nach.

»Ja, du hältst gerade das Buch Esra in der Hand«, meinte Lenz so nebenbei, »einen Teil davon zumindest!«

»Bei allen Heiligen, Lenz, der Text ist auf *Deutsch*!«, schrie Conrad so laut, dass Lenz erschrocken sein Rinderhörnchen mit der Tinte vom Tisch fegte.

»Jetzt schau, was du angerichtet hast«, meinte er bedauernd und bückte sich, um die Sauerei wegzuwischen.

Conrad zog ihn am Ärmel in die Höhe, beugte sich zu ihm, sah ihm fest in die Augen und sagte drohend: »Woher hast du dieses Blatt, Lenz?«

»Na woher wohl. Von dort, wo die anderen auch her sind«, damit zeigte er auf einen Stapel Pergamente, den er neben sich liegen hatte. Conrad ging um das Tischchen herum und blätterte ihn durch.

»Buch Mose, Richter, Ezechiel, Nehemia … Um Gottes willen, Lenz, das ist fast die ganze Vulgata!«

Lenz zuckte mit den Schultern und meinte: »13 kleinere Propheten fehlen, und die Makkabäer habe ich auch nicht entdeckt …«

Conrad kippte fast die Stimme, als er wieder zu schreien begann: »Und du ausgemachter Trottel hast dir nichts dabei gedacht, dass der Text auf Deutsch ist, und hast keinen Ton gesagt, dass du hier schon wochenlang sitzt und eine deutsche Prachtbibel illustrierst?«

»Ihr habt nicht gefragt. Was sollte ich machen. Ich hab nur gemalt …«

»Weißt du eigentlich, dass ganz Wien auf der Suche nach dieser Bibelübersetzung ist, dass man in den Skriptorien und in der ganzen Universität das Unterste zuoberst kehrt, um diese unglücklichen Blätter zu finden.«

»Also ich finde diese Blätter nicht unglücklich, sondern eher gelungen.«

Conrad fiel dem Pater grob ins Wort: »Woher hast du sie? Jetzt red schon!«

Lenz druckste herum. Schließlich murmelte er: »Sie müssen unter dem blütenreinen Pergament gewesen sein, ganz unten in der Kiste.«

»Genau weißt du das nicht?«, blaffte Conrad und griff sich schmerzverzerrt an sein Ohr.

»Ich konnte es mir denken. Nachdem die Holzkiste im Wasser geschwommen ist, wollte ich einen Teil des teuren Pergaments retten und habe einfach in die Kiste gegriffen. Die obersten Blätter waren schon ganz nass und so habe ich tief nach unten gegriffen und alles irgendwie in meinen Umhang gestopft.«

»Hört sich gut an, Lenz, geht aber nicht so!«, meinte Conrad drohend, »die Blätter sind viel zu schwer, um sie einfach so in den Mantel zu stopfen. Also, was war wirklich los?«

Zerknirscht berichtete Lenz, wie er schon im Gasthaus am Goldenen Steig nachgesehen und das beschriebene Pergament entdeckt hatte. Wie er die Kiste dann nicht mehr aus den Augen gelassen hatte und sie nur für sich haben wollte.

»Da kam dir das Hochwasser dann ganz recht«, meinte Conrad. Lenz nickte und erzählte, wie er die Kiste versteckt hatte, während Rolf sich mit dem Hofmeister prügelte, und diese dann ein paar Tage später nach Sankt Hieronymus geschafft hatte, nur die Blätter, nicht die Kiste, die hatte er dann wirklich versenkt, denn lügen wollte er nicht. »Nur die halbe Wahrheit sagen, ja?«, schimpfte Conrad und fuhr sich verzweifelt über seine frisch angelegten Verbände.

»Versteh doch«, jammerte Lenz »ich konnte diese schön geschriebenen Blätter doch nicht ohne Illustration und Miniaturen lassen. Das tut einem ja in der Seele weh. Überhaupt, wo hier am Rand genau steht, was man zeichnen soll. Hier Simson mit dem Löwen und hier …«

Jetzt schaltete sich auch Rolf in den Streit ein. »Und wo steht, mal mir eine Badedirne halb nackt und einen Mann im Badezuber, hä?« Grob packte der sonst so sanfte Rolf Lenz an der Schulter und zog ihn hoch, dass er in Augenhöhe mit ihm war. Er hielt ihm ein weiteres Blatt vor die Augen: »Und hier der Buchstabe ›W‹ umschlungen von einem Liebesknoten und hier gleich verbunden mit einem ›E‹! Denkst du denn, ich bin ganz blöd?« Laut klatschte die Ohrfeige auf der bleichen Wange des Paters und färbte sie augenblicklich feuerrot. Conrad ging dazwischen und versuchte mit seiner schmächtigen Gestalt, die beiden zu trennen. Da kam Barthel zu Hilfe, drückte Lenz wieder auf seinen Hocker, und Ela auf der anderen Seite hielt Rolf zurück, bevor dieser zum nächsten Schlag ausholen konnte: »Glaubst du, ich sehe nicht, wie du Ela anschmachtest, du windiger Mönch du?«, schrie er unbeherrscht. »Was meinst du, wie blöd muss ich denn sein, um nicht zu kapieren, dass du mit W und E niemand anderen als Wenzeslaus und Ela meinst?«

Schrill schrie Lenz auf: »Aber das war doch ganz anders gemeint!«

»Ja wie denn«, brüllte Rolf, »wie kommst du dazu, eine Badedirne mit kastanienbraunem Haar in diese Bibel zu malen, mit einem durchsichtigen Gewand. Eine Dirne, die einem Mann im Holzbottich, der dir verdammt ähnlich sieht, den Rücken wäscht! Wie kommst du dazu, du geiler Mönch? Scharf bist du auf meine Ela, schon seit du sie zum ersten Mal gesehen hast, gib es doch zu, gib zu, dass ›W‹ Wenzeslaus bedeutet.«

»Nein«, kam es weinerlich von Lenz, »das ›W‹ trägt Ela auf ihrer Haut, gleich unter dem Hals, da trägt sie es!«

Verdutzt starrte Rolf Ela an, die nervös lachte und ihren Hals entblößte: »Aber nein, das muss ein Irrtum sein. Da schau, Rolf, da ist doch nichts!« Es war nichts außer makelloser Haut zu sehen.

Ruhig meinte Rolf zu Lenz: »Deine Fantasien gehen mit dir durch, Wenzeslaus von Wittingau.«

Conrad, dem der Ausbruch seines Freundes mehr als unangenehm war, schnappte Rolf am Arm und meinte: »Es ist spät. Wir richten hier nichts mehr aus. Entscheiden wir morgen bei klarem Kopf, was wir mit diesem Teufelszeug machen sollen. Rolf, du bleibst keinen Augenblick mit Lenz zusammen, ich weiß nicht, wohin dich dein Zorn treibt. Du kommst mit mir mit. Du, Lenz, untersteh dich, die Blätter verschwinden zu lassen! Du wartest bis morgen, dann ist mir hoffentlich schon etwas eingefallen, was wir tun können. Hast du verstanden?«

Kläglich nickte der Pater. Conrad nickte Ela zu, die ihren festen Griff um Rolfs Oberarm lockerte und wartete, bis er sich folgsam von Conrad aus der Küche führen ließ. Hinter ihnen fiel die Tür ins Schloss, und Ela setzte sich schwer aufatmend auf die Bank. Sie umfing ihren Bauch mit beiden Armen und wiegte sich hin und her. Nach einer Weile fand Barthel seine Sprache wieder und meinte: »Mädel, geh jetzt hinüber in den Schlafsaal, heute ist gnua Unsinn gredt worden. Schau, dass du auf deinen Strohsack kommst.«

Nickend machte sich Ela auf den Weg, nicht ohne im Vorbeigehen noch schnell Lenz über das Haupt zu tätscheln. Der sah zu ihr auf wie ein geprügelter Hund. Als sie draußen war, meine Lenz zu Barthel: »Meinst, sie ist mir recht bös?«

»Ach was, die is a vernünftiges Madl, aber weißt, *dich* hätt i jetzt schon für gscheiter ghalten. Was machst denn jetzt?«

Lenz seufzte: »Das Einzige, was ich kann: Malen. Wahrscheinlich nimmt mir der Conrad morgen die Blätter weg, und da werd ich heute noch so viel schaffen, wie es nur geht.« Gleich machte er sich an seine Farbpalette.

»Warum tuast denn des, Lenz?«, fragte ihn Barthel fassungslos.

Lenz schaute zwischen seinen Pinselstrichen nicht einmal auf, als hätte er nicht eine einzige Minute der kostbaren Zeit zu verschwenden. »Schau, Barthel«, murmelte er, »auf so eine Gelegenheit habe ich mein ganzes Leben lang gewartet. Das gibt es nur einmal in einem armen Dasein. Ich illustriere eine Prachtbibel. Was Größeres und Schöneres zu Ehren Gottes kann ich mir gar nicht vorstellen.«

»Aber das soll ja ein Teufelszeug sein, hat der Conrad gesagt, die ist auf Deutsch, oder so, hat er gsagt«, wandte Barthel unsicher ein.

»Mir ist's gleich, in welcher Sprache sich Gott an seine Schäfchen wendet, Barthel. Lateinisch oder Deutsch oder anders. Schau, mit mir spricht er ja auch in einer ganz anderen Sprache. Mir teilt er sich durch die Farben mit, denn da verstehe *ich* ihn am besten, und seine ganze Schöpfung zeigt er mir gleich mit dazu. So wendet er sich an jeden in seiner Sprache.«

»Dann müsst er mit mir auch in einer eigenen Sprache sprechen?«, fragte Barthel verwirrt.

»Ich glaub schon, aber in welcher, da musst du selbst draufkommen, Barthel! Schau nur die Yrmel, die versteht zwar alles, kann aber nicht sprechen. Meinst nicht, dass der liebe Gott auch für sie eine Sprache gefunden hat?« Damit sah Lenz kurz auf, lächelte Yrmel, die sich zu ihm gedreht hatte, schüchtern an, und malte weiter wie ein Besessener.

Lange Zeit war es still, Barthel schnaufte, das Nachdenken machte ihm sichtlich Mühe. Endlich stand er auf und verabschiedete sich: »So i geh jetzt, mei Kopf is voll vom Denken und ganz deppat bin i von dem bleden Bier! I muass ma di Fiaß vertreten, dass i wieder am Boden kumm. Habt's a guate Nacht.« Damit verließ er die Küche. Janus, der erst unschlüssig zwischen Lenz und Yrmel hin und her geschaut hatte, schlüpfte im letzten Augenblick flink durch die zufallende Tür und folgte dem Hauerknecht nach draußen.

Lange saß Yrmel noch vor dem Feuer und dachte nach. Hie und da sah sie zu Lenz hinüber, der sich in einen wahren Schaffensrausch hineingesteigert hatte und wohl nicht aufhören würde zu malen, bis am nächsten Morgen Conrad auftauchte, um die Pergamente abzuholen.

Da straffte sie ihren schlanken Körper, erhob sich und verließ ebenfalls die Klosterküche. Inzwischen musste es schon längst auf Mitternacht zugehen, aber Yrmel war nicht bang, sie wusste sich sicher und lautlos in der Finsternis zu bewegen. Schnellen Schrittes eilte sie durch den Garten. Sie gelangte zur verborgenen Pforte und hinaus auf die Singerstraße. Yrmel mied den kürzeren Weg über den Gottesacker von Sankt Stephan, um zur Kärntnerstraße zu kommen. Sie wusste zu gut, dass sich nachts auf dem Friedhof allerlei Gesindel herumtrieb, Glücksspieler, Dirnen mit ihren Freiern und Bettler. So ging sie den Umweg über das Himmelpfortkloster und die Mehlgrube, bevor sie sich zum Bürgerspital wandte. Von da waren es nur mehr ein paar Schritte, und die Büßerin stand vor einer weiteren Klosterpforte, der der Klarissen. Sobald die Nonne an der Pforte gewahr wurde, mit wem sie es zu tun hatte, geleitete sie Yrmel ohne weitere Fragen in das obere Stockwerk des zweigeschossigen wuchtigen Gebäudes, das sich aus nicht weniger als der Klosterkirche, zwei Klosterhöfen mit weiten Kreuzgängen und gepflegten Gärten, einem weitläufigen Keller, zahlreichen Wirtschaftsgebäuden und mehreren großen Wohnungen für die durchwegs adeligen Insassinnen zusammensetzte. Die Klarissen waren der Frauenorden in Wien mit den strengsten Ordensregeln und den vornehmsten Nonnen. Das Kloster lag nicht nur nahe am Herzogshof, es war auch aus Mitteln der Habsburger erbaut worden. Dennoch lebten die adeligen Damen in größter Abgeschiedenheit, nur der Papst erteilte die Erlaubnis zum Besuch. Außer – und da musste sogar Yrmel lächeln, als sie der Schwester Pförtnerin durch die prächtig ausgestatteten Gänge folgte – man kannte die Hintertürchen und war mit der Äbtissin verwandt.

Kurz klopfte die Nonne an eine besonders reich verzierte Tür, öffnete diese behutsam und schob Yrmel einfach hinein. Der weite Raum war mit holzgeschnitzten Möbeln behaglich ausgestattet, von der Decke leuchteten Malereien, erhellt von den zahllosen Kerzen in den Kandelabern. Um die Wände lief eine mit gotischen Ornamenten verzierte Steinbank, die, ausgestattet mit weichen Kissen, Sitzgelegenheit und Schmuck zugleich war und sich zwischen den drei Spitzbogenfenstern befand. Auf einem truhenähnlichen Kasten mit Baldachin saß eine ältere Frau, ebenfalls von zahlreichen prachtvollen Kissen umgeben, und schaute Yrmel ruhig aus sanften Augen an.

»Es überrascht mich immer wieder, werte Base, dass dich so gar nichts überrascht!«, meinte Yrmel, näherte sich der Dame und beugte vor ihr das Knie.

»Ich bin über jeden deiner Schritte unterrichtet, Sybille!« Mit einer Handbewegung deutete die Äbtissin Katharina ihrer Besucherin an, sich zu erheben und gegenüber in einem der hölzernen Sessel mit dem bequemen Polster Platz zu nehmen.

»Bist du auch über jeden *seiner* Schritte unterrichtet, Katharina?«, fragte Yrmel in scharfem Ton, setzte sich aber dennoch.

Liebenswürdig antwortete die Äbtissin: »Wen meinst du denn?«

»Das weißt du nur zu gut. Aber ihr wart ja immer schon gut im Wegschauen. Ihr seht nur das, was ihr sehen wollt, oder?« Ein ganz und gar falsches Lächeln entstellte die Züge der Büßerin.

»Wen meinst du denn mit *ihr*, Sybille?«

»Dich und meine ganze verschwägerte Sippschaft. Kannst auch Habsburger zu ihnen sagen!«

»Du müsstest jetzt aber endlich ausgeschmollt haben,

Sybille, sieh, es ist an der Zeit, dass du dich mit dem, was vorgefallen ist, arrangierst. Du wirst nicht jünger, weißt du!«

»Ich war nie jung, denn meine Jugend hat man mir geraubt, wie du weißt, einfach so hat er sie mir weggenommen, und ihr alle habt ihm dabei zugesehen!«

»Wenn du jetzt wieder davon anfängst, dass Elisabeth wie eine Schwester zu dir war, nur weil ihr beide dieselbe Amme gehabt habt, dann muss ich dir sagen, dass es völlig *normal* ist für ein Mädchen, verheiratet zu werden! Man hat sie dir nicht weggenommen, sie hat geheiratet, Sybille!«

»Das meine ich nicht, nicht den Verlust meiner Freundin – den Verlust meiner Jungfernschaft meine ich.«

»Auch das passiert irgendwann einmal und ist nicht weiter ungewöhnlich.«

»Ach ja. Siehst du, dann habe ich wohl etwas ganz falsch verstanden. Dann ist es auch *nicht weiter ungewöhnlich*, dass die engste Vertraute der Braut gleichsam als Vorgeschmack für die Hochzeitsnacht vom Bräutigam brutal vergewaltigt und misshandelt wird, ja? Ist das auch *ganz normal*?«

»Nun«, wiegelte Katharina ab und ließ die Büßerin nicht aus den Augen, »ich hab dir doch immer wieder gesagt, dass das hätte nicht passieren dürfen, aber im Rausch des Festes, da ist dann wohl das Temperament mit ihm durchgegangen …«

»Höre ich jetzt gerade richtig, nimmst du das Schwein in Schutz?«

»Nein, aber sieh, Sybille, er ist ein einflussreicher Mann, er ist vielleicht eines Tages der König des Heiligen Römischen Reiches, wer weiß …«

»Und da kann man ihm eine brutale Schändung der unbedeutenden Freundin seiner Braut ja nachsehen. Weißt du was, Katharina, ich frage mich, warum ich eigentlich zu dir gekommen bin!«

»Ich denke, dass du langsam zur Besinnung kommst und endlich dein dir zustehendes Leben haben willst, oder?«

»Nein, weit gefehlt, Base. Ich lebe bereits seit Längerem mein mir zustehendes Leben!«

»Als Küchenhilfe, also nein, Sybille von Montfort, Schwester des Hugo von Montfort, Tochter von Ursula von der Pfirt, also erlaube mir …«

»Ich erlaube dir gar nichts, liebe Base. Der Grund, warum ich hier bin, ist der, dich zu warnen. Ich habe so einige Dinge in Erfahrung gebracht.«

»Wovor willst du mich warnen und was willst du in Erfahrung gebracht haben, das ich nicht schon längst weiß?«, kam es überheblich von der Äbtissin.

Yrmel überging bewusst die Schmähung und erzählte ohne zu zögern von den Vorfällen heute in der Klosterküche. Sie ließ keine Einzelheit aus, beschrieb die anwesenden Personen, erklärte, was es mit der Bibelübersetzung auf sich hatte und mit den Miniaturen. Katharina hörte aufmerksam zu und fragte dann, als Yrmel geendet hatte: »Was denkst du wirklich, Sybille? Was soll man von all dem halten?«

»Meines Erachtens ist ein großer Plan hinter dieser Übersetzung. Sicherlich will er Wenzel anschwärzen, aber da beunruhigt mich noch etwas, ich weiß nur noch nicht genau, was!«

»Du bist dir sicher, dass *er* dahintersteckt, verrennst du dich da nicht in etwas?«

Yrmel schüttelte den Kopf. »Ich bin sicher, dass das seine Idee war, aber ich weiß noch nicht wie. Das macht mich ganz krank.«

»Sybille, ich weiß, wir haben dich enttäuscht, also meine Familie hat dich enttäuscht. Aber merke, mir liegt an dir und ich möchte dich nicht krank vor Sorge sehen. Ich finde, du solltest für diese Nacht und vielleicht sogar noch für den morgigen Tag den Schutz des Klosters der Klarissen in Anspruch nehmen.«

Yrmel schüttelte wieder den Kopf, aber nicht mehr so vehement wie zuvor.

»Schau«, sprach Katharina weiter, »deine Abwesenheit macht dir keine Schwierigkeiten. Ich schicke morgen einen Boten zu Susanna nach Sankt Hieronymus, und dann weiß sie ja, wo du zu finden bist. Gehe in die Bibliothek, lese ein bisschen, zerstreue dich, mach deinen Kopf frei. Dann fällt dir vielleicht wieder einiges ein. Komm, bitte nimm doch meine Gastfreundschaft an, Sybille.«

Es war sehr still in der Kemenate, nur das Wachs der Kerzen zischte beim Verbrennen leise.

Yrmel gingen viele Dinge durch den Kopf, die Jammerei von Barthel, das Dauerlächeln von Ela, Lenz, der immerzu malte, die Eifersucht Rolfs und Conrads blutige Nase und sein eingerissenes Ohr. Am meisten schmerzte sie die Abwesenheit von Johanna, und so wurde sie in ihrem Entschluss, gleich wieder zurück in die Singerstraße zu laufen, wankend. Sie hätte den Anblick der verlassenen Küche jetzt nicht ertragen können.

»Singt ihr Klarissen noch immer so ausgezeichnet im Chor?«, fragte sie zaghaft.

Katharina, die wusste, wann sie gewonnen hatte, lächelte sanft: »Ja, Sybille, wir singen zwar nicht beim

Nachtgottesdienst, doch schon bei der Prim in aller Herrgottsfrühe bist du in unserem Chor herzlich willkommen!«

Da lächelte auch Yrmel, obwohl sie im Innersten ein schmerzhaftes Ziehen spürte. Sie hatte bis jetzt nicht einmal geahnt, wie schmerzlich sie ihre Musik vermisste.

Inzersdorf bei Wien,
Tag der Zehntausend Märtyrer (22. Juni) 1384

»Des ziagt, meiner Seel, des Kreiz bricht ma schon o!« Hannerl blieb stehen, fasste sich in die Hüfte und stöhnte auf.

»Und die Fiaß brennen ma in de elendigen Schuach«, jammerte sie weiter.

Den zehnten Tag war sie nun schon unterwegs von zu Hause weg und dementsprechend wund in der Seele und vor allem an den Beinen und auch im Gesäß.

Abgesehen davon fühlte sich Johanna aber gestärkt und ruhig. Der Weg hatte ihr gut getan, auch wenn sie das vor Susanna und den anderen Büßerinnen nie zugeben würde. Zwei ganze Tage lang war sie unterwegs gewesen nach Maria Lanzendorf. Das war die härteste Etappe, und es war ihr ganz gleich, dass ihr die entgegenkommenden Pilger versicherten, sie hätten das Pensum in nur einem halben Tag gemacht. Für Hanna bedeutete das eine schwere Prüfung, jeder Schritt in den Süden von Wien, Richtung Laxenburg und Himberg war eine Überwindung gewesen. Das erste Mal in ihrem Leben verließ Johanna überhaupt die Stadt, weiter hinaus als bis zu den Vorstädten war sie ihr Lebtag nicht gekommen, und nun wanderte sie gar zu einem Wallfahrtsort, wo nicht nur der Evangelist Lukas gepredigt, sondern niemand Geringerer als Marc Aurel hier gekämpft haben sollte. Johanna wusste zwar nicht, wer genau das war, aber sicherlich jemand ganz Wichtiger, denn sonst hätten die Nonnen seinetwegen nicht ihr Schweigen gebrochen, um ihr das mitzuteilen. Das mit den Laurenzerinnen, die Susanna ja als Wegbegleiterinnen für sie auserkoren hatte, war auch so eine »unnedige«* Sache gewesen. Die Schwestern Elsbet und Alheit vom Orden der Dominikanerinnen waren nämlich alles andere als angetan über Johanna als Dritte im Bunde. Beide schlank und rank und mindestens um zehn Jahre jünger als die Köchin fühlten sich um ihre Gotteserfahrung auf der Pilgerschaft betrogen, weil Johanna andauernd jammerte, stöhnte und keuchte. Ihr Tempo hätte dem einer Weinbergschnecke alle Ehre gemacht, meinten die beiden, aber ihr Mundwerk lief dafür umso geschmierter, auch da waren sie sich einig. So schleppten Alheit und Elsbet Hanna ganze zwei Tage lang durch den Wienerwald, verbrachten dazwischen eine furchtbare Nacht in einem Heustadel, die sie wohlweislich aus ihrem Gedächtnis gestrichen hatten, und stöhnten erleichtert auf, als sie endlich der alten kleinen Wallfahrtskirche ansichtig wurden. Nach einer Rekreation von einem Tag, stundenlangen Gebeten und nicht enden wollenden Rosenkränzen, gingen die Nonnen daran, ihre kärgliche Habe wieder zu packen und zurück zu wandern, doch da hatten sie nicht mit dem vehementen Widerstand Johannas gerechnet. »Wos ist denn des?«, schrie die Köchin herum, »meine Blasen sind ja ned amoi no abgheilt, und ihr zwaa Teifelsweiber wollt mi schon wieder zurück schleifen. Naa, sicher ned, sicher ned!«

Hannerl war überzeugt, dass sie, obwohl dieser Wallfahrtsort der schmerzensreichen Muttergottes geweiht war, nicht in deren Fußstapfen treten müsse und sich ihrerseits jetzt auch schinden und quälen sollte. So ver-

* unnötig

brachte sie noch ein paar schöne ruhige Frühsommertage im Wienerwald. Es kam ihr sehr gelegen, dass sie der in der hiesigen Pfarre wirkenden Pfarrersköchin ein paar besonders gute Rezepte, was Essig anbelangte, im Austausch gegen ein paar zünftige Eintopfgerichte verraten konnte, und so lebten die zwei Frauen im Einklang mit Gott und der Welt. Sie verstanden sich blendend, doch nach sieben Tagen meldete sich bei Johanna dann doch die Sehnsucht nach dem eigenen Herd. Es war nett, mit der Pfarrersköchin Knödel zu drehen, aber mit der Yrmel machte es ihr mehr Freude. Außerdem quatschte die Pfarrersköchin in einem fort, und das war Hanna schon gar nicht recht, denn gewöhnlich redete nur eine in der Küche, und das war sie selbst. So kam es, dass Hannerl dann eines frühen Morgens, beladen mit einer Wegzehrung, die für eine ganze Schiffsmannschaft gereicht hätte, den Heimweg antrat. Die Pfarrersköchin wollte sie um keinen Preis alleine gehen lassen, so sicherte sie ihr einen Platz in einer Pilgerschar, die über den Laaer Berg nach Inzersdorf wanderte, um dort die Kapelle des Heiligen Nikolaus zu besuchen. Das war wohl ein kleiner Umweg, meinte sie, aber ihr war wohler, wenn sie ihre Küchenkollegin in der sicheren Obhut des halben Dutzend Flößer wusste, die von der March zu ihrem Patrozinium nach Inzersdorf pilgerten. So wanderte Johanna inmitten der raubeinigen Schiffer, teilte ihr Essen und kam sich sehr marschtüchtig vor, denn die Flößer, die es gewohnt waren, Wasser unter sich zu haben, kamen mit dem steinigen, verwurzelten Weg durch den Laaer Wald mehr schlecht als recht voran. Nach Inzersdorf trennten sich dann ihre Wege. Johanna hatte keine Angst, alleine zu reisen, und es war ja ohnedies nicht mehr sehr weit –

meinte sie. So kurz vor dem Ziel wurde die Köchin von starkem Heimweg gepackt, es flossen auch ein paar Tränen, und da war es ihr sehr recht, dass sie nicht von sechs Männern beim Flennen beobachtet wurde. Als sie die paar Häuser der Ansiedlungen Siebenhirten und Erlaa hinter sich ließ, hatte sie sich schon etwas gefasst. Nach der Überquerung des Liesingbaches machte sie sich beherzt an den mühevollen Weg hinauf auf den Wienerberg. Noch während des Anstieges tauchte am Horizont die Spitze einer Steinsäule auf, und als Johanna endlich keuchend, schwitzend und um Luft ringend bei diesem gotischen Kleinod ankam, warf sie den Pilgerstab mit Schwung von sich und zog ihre Schuhe aus. Müde setzte sie sich auf das Sims der etwa 16 Meter hohen Säule.

»Schon weit gewandert heute, gute Frau?«, kam es ein wenig spöttisch von der anderen Seite. Hannerl sprang erschrocken auf, lugte hinter sich und gewahrte einen jungen rotblonden Mann, der am Boden saß, den Rücken an die Säule gelehnt, die Beine aufgestellt. Obwohl er im Schlagschatten saß, sah Johanna Schweißperlen auf seiner Stirn, die er sich mit dem schmutzigen Ärmel abwischte. Mit der anderen Hand grub er im Straßenstaub, fischte kleine Kiesel heraus und warf sie vor sich auf den Boden. »Mariandjosef!«, entfuhr es ihr, »habt Ihr mich jetzt erschreckt!«

»Das war nicht meine Absicht«, meinte der junge Mann, machte aber keine Anstalten aufzustehen, sondern warf weiter mit kleinen Steinen um sich. Johanna hatte sich schnell wieder von ihrem Schreck erholt und ließ sich ungeniert neben dem Mann in den Staub plumpsen. »Kann man wohl sagen, dass ich heute weit gewandert bin. Sie müssen nämlich wissen, ich bin Wallfahrerin!« Stolz reckte sie ihren Busen, kramte dann in ihrem Beutel und fischte den Wasserschlauch heraus. Bevor sie ansetzte, bot sie dem Mann einen Schluck an, der sie zuerst ganz sonderbar ansah, dann grinste, sich bedankte und einen großen Schluck Wasser trank. Als sie selbst getrunken hatte, entfuhr ihr ein erleichterter Seufzer.

»Das ist freilich a guats Wasser, kommt aus dem Wienerwald, so wie i!«

»Geh, so weit war S' pilgern!«, meinte der Mann belustigt, »und jetzt pickt Sie da so wie ich an diesem Tabernakelpfeiler!«

»An dem was?«

»Am Tabernakelpfeiler*«, wiederholte der Mann geduldig, »das Wahrzeichen am Wienerberg. Wenn man vom Süden kommt so wie Sie, ist das der erste Blick, den man auf die Stadt Wien hat!«

»Ja, des stimmt!«, meinte Hannerl erstaunt, hievte sich auf und sah hinunter auf die Stadt, die in der Sonne glitzerte. »Ja mei, so scheen, wem fallt denn so was ein? So a scheener Platz für des steinerne Trumm da!« Ehrfurchtvoll ließ sie den Blick hinauf schweifen, wo die Leidensgeschichte Jesu in kleinen Feldern, geschmückt mit Fialentürmchen, Krabben und Kreuzblumen, dargestellt war.

»Na mir, mir fällt so was ein«, meinte der Mann so nebenbei und warf wieder zwei Kiesel in den Sand.

»Was ist denn des für a Bledsinn? Wie kann ma so vermessen sein und sogn, dass einem selbst so wos Scheenes einfallt«, bemerkte Hannerl entrüstet und fragte sich insgeheim, ob der wohl alle Sinne beieinander hatte.

Der Mann lachte, gab sich einen Ruck, stand auf,

* Erst Anfang des 18. Jahrhunderts wurde diese Säule mit dem Namen »Spinnerin am Kreuz« belegt.

machte vor Johanna einen sehr gelungenen Diener und streckte ihr seine Hand hin: »Darf ich mich einfach so vorstellen, gute Frau! Michael Cnab. Ich bin Steinmetz und Baumeister. Ich habe diese Bildsäule gebaut. Wirklich!«

Völlig überrumpelt nahm Johanna die staubige dargebotene Hand, drückte sie leicht und murmelte: »Johanna Maipelt, Klosterköchin in Sankt Hieronymus. Ehemalige Hübschlerin, ich hab noch gar nix gebaut, nur Mist, und das nicht zu knapp …« Da schüttelte sich der Baumeister so vor Lachen, dass er von einem Bein auf das andere hüpfte und den Kopf zurückwarf. Als er sich wieder gefangen hatte, wischte er sich die Lachtränen aus den Augen und meinte: »Das wird mir fehlen, genau das.« Dann sah er auf die Stadt zu seinen Füßen.

»Was wird Euch denn fehlen?«, fragte Johanna, die beim Anblick des lachenden Steinmetz schmunzeln musste.

»Na, Leute wie Ihr eine seid. Direkt und nie um eine Antwort verlegen. Die einfach das sind, was sie sind, aus, basta!«

»Ah verstehe!«, meinte Hannerl, obwohl sie gar nichts kapierte, »warum lungert Ihr dann hier herum, wenn Euch Leute wie ich fehlen. Da werden's keine treffen, weil, dass ich da entlanggekommen bin, ist ja wirklich Zufall!«

»Stimmt, ja. Ist mir aber gleich, denn ich werde weggehen aus Wien, es hat keinen Sinn mehr!«

Damit ließ er sich wieder in den Staub plumpsen, und Hanna tat es ihm nach. »Dann erzählt amal, warum Ihr gehen müsst, obwohl's eigentlich nicht wollen. Denn dass Ihr nicht wollt, sieht man Euch ja an.« So berichtete

Michael Cnab vom Baumeisterwettbewerb, den er zwar gewonnen, vom Auftrag, den er trotzdem nicht bekommen und vom Haus in der Kärntnerstraße, das er hatte wieder verkaufen müssen.

»Und das alles wegen dem da«, damit zeigte er hinunter auf die Stadt, »sieht Sie dieses Zickzackmuster da auf dem Dach? Diese große Kirche? Das ist der Dom. Und jetzt baut *er* an seinem Turm, nicht ich!«

»Wer ist *er*?«

»Na der junge Parler, der hat die besseren Beziehungen, reiche Baumeisterfamilie, wisst Ihr!«

»Und da ist nix zu machen, dass Ihr auch dran bauen könnt, wenn Euch gor so viel dran liegt?«

»Ich hab's probiert, auf gutem und auf schlechtem Weg, aber es geht nicht. Der gute Weg hat nix gebracht, und mit dem schlechten hab ich nicht leben können. Jetzt geh ich halt.«

Lange Zeit war es ruhig, dann zeigte Michael Cnab noch einmal auf die Stadt und zeigte Hannerl eine weitere Kirche:

»Sieht Sie die da ganz nahe an der Donau, die so schief hingebaut ist, die mit dem durchbrochenen Turmhelm?«

»Ja, die seh ich, mei des is a fescher Turm, da ist der Himmel ja reingefahren, so luftig schaut des aus!«

»Ist auch mein Werk!«, sagte Michael Cnab stolz, sprang auf die Beine und klopfte den Staub von seiner Reisekleidung.

»Also wenn Ihr mi ned anschmiert und des, was Ihr mir da zeigt habt, wirklich alles von Euch ist, dann mach i ma um Euch kaane Sorgen, Herr Cnab. Dann wird Er Seinen Weg machen.«

»Hoffen wir, dass Ihr recht habt«, meinte der Steinmetz und wandte sich endgültig von der Stadt ab, »und Euch wünsch ich auch, dass Euch nichts Schlechtes widerfährt!«

»I lass ma schon nix gfallen.«

»Das reicht oft nicht, glaubt mir!« Damit wandte er sich nach Süden und stapfte davon. Hanna blieb noch eine Weile sitzen und betrachtete Wien zu ihren Füßen, dann hievte sie sich auf ihre schmerzenden Beine und klaubte ihren Umhang, den Beutel und den Wanderstab zusammen. »Na, i lass mir nix gfallen, komme da, was wolle!«, murmelte sie und stapfte weiter, jetzt leichter, weil etwas ausgeruht und weil der Weg stetig abfallend durch Felder und Wiesen führte. Am Horizont sah sie die Vorstädte mit der Befestigungslinie und ganz weit weg den glitzernden Arm der Donau. Sie schätzte, dass sie bis zum Stadttor noch eine Stunde unterwegs sein würde, und schmeckte schon die Frische des kühlen Apfelmosts auf der Zunge, den sie im hintersten Winkel des Kellers aufbewahrt hatte. Sie passierte kleine Ortschaften, die Matzleinsdorf und Reinprechtsdorf hießen, und da plötzlich sah sie einen kleinen schmalen Hund daherflitzen, schnell wie der Blitz, und hintendrein zwei üble Burschen. Sie kniff die Augen zusammen und sah noch einmal hin. Kein Zweifel, der Hund kam zu ihr gelaufen! »Halt ihn auf, Weib, halt ihn auf!«, riefen die zwei Männer, die nachlässig und grob wie Knechte gekleidet waren. Hanna bückte sich, und Janus, niemand anderer war der pfeilschnelle Köter, sprang in ihre Arme und drückte sich zitternd an sie. Die beiden Gesellen blieben wie angewurzelt vor ihr stehen und sahen, wie ihr der Hund freudig das Kinn ableckte.

»Ist das dein Hund, Weib?«, fuhr sie der eine an.

»Wie schaut es denn aus?«, gab Hanna patzig zurück. Als der andere ihr das Tier entreißen wollte, deckte sie Janus mit der einen Hand ab, mit der anderen schwenkte sie drohend den Pilgerstab über den Köpfen der Männer: »Ich sag's euch, a Bledsinn und ihr könnt euch gegenseitig eure Beulen kühlen!«

»Ja, dann verschwind mit dem Köter da. Der hat eben unsere beste Hündin im Zwinger deckt, der Scheißkerl, die halbe Portion …«

»Dann schauts halt besser auf die läufigen Hündinnen!«, gab Hanna ärgerlich zurück und sah in der Ferne den Hundsturm mit der gleichnamigen Mühle aufragen und gleich davor einen flachen, weitläufigen Bau, aus dem vielstimmiges Hundegebell drang.

»Seids ihr die vom Rüdenhaus?«, fragte Hanna nach.

»Kannst annehmen, Weib. Der Herzog wird a Riesenfreud haben, wenn sei beste Hündin von so an Straßenköter versaut is!«

»Na, dann sagt's ihm halt einfach nix«, meinte die Köchin praktisch.

»Wird ihm nicht verborgen bleiben, wenn seine schönste Jagdhündin auf einmal Welpen wirft, die ausschaun, als wärens durch a Nudelsieb glaufen, so schmal und verhungert …« Mit hängenden Schultern trotteten die beiden schließlich Richtung Hundsturm, und als sie keine Anstalten machten, sich noch einmal umzudrehen, setzte Hannerl Janus vorsichtig zu Boden. »Na, du klaaner Falott, was machst du so weit da heraußen? Hat dich was in der Nasen gjuckt, a läufige Hündin, was? Jetzt komm, wir gehen nach Haus, du Jungfernschänder!«

Hannerl folgte der Landstraße, die nun einen Schwenk nach rechts machte, weil sie dem Wienfluss folgte, und bewunderte die zahlreichen Mühlen am Wasser. Auf der anderen Seite, wo das Ufer steiler war, erhob sich die romantische Pfarrkirche Sankt Ägydius inmitten von ausgedehnten Weingärten. Als Hanna die saftigen grünen Blätter sah und dazwischen die Blüten, die schon in kleine Beeren übergingen, dachte sie voll Zuversicht an den Tag des Heiligen Martin im November. »Da wird es wieder Wein geben im Keller und bald darauf wieder Essig, wirst schon sehen, Janus, da geht's uns wieder gut!« Zwischen den Weinrieden sah sie ein verhutzeltes Manderl herummarschieren und sie musste gar nicht recht genau schauen, um zu wissen, dass Barthel da herumstrolchte. »Des glaub i jetzt afoch ned, dass du da herumhatschst!«, schrie sie hinüber, und als der Mann stehen blieb, die Sonne mit der Hand von den Augen abschirmte, da schrie sie wieder: »Brauchst ned so bled daherschaun!« Barthel, der diesen liebevollen Zuruf unter Tausenden erkannt hätte, winkte freudig mit der Hand und kam näher. »Mei, bin i froh, Hannerl, dass du den Janus dabeihast. Der Kerl is ma afoch abpascht, weiß der Kuckuck, wo der hingrennt is!«

»Wär nett, wennst ned des Hundsviech, sondern mi amal begrüßen tätst. I wor jo scho a Weile weg, falls dir des überhaupt aufgfallen is!«

»Und wia ma des aufgfallen is, Hannerl«, meinte der Hauerknecht treuherzig und drückte Hannerl vorsichtig am Oberarm, »ganz still war's in der Küche, bis gestern halt …«

»A so?«, fragte die Köchin interessiert nach, »warum war's gestern ned so still?«

»Na weil halt alle drei da waren, weißt eh, der Rolf, der Conrad und der Lenz sowieso. Da haben's halt ein bisserl diskutiert …«, antwortete Barthel ausweichend.

»Und Johannis war aa und gsoffen habt's a alle miteinand!«, beendete Hannerl den Satz.

»Geh her ma auf mit dem Gsöff, dem elendigen Bier. Ich bin froh, dass i jetzt wieder nüchtern bin, hab ma den ganzen Dunst rausmarschiert die ganze Nacht bis in der Früh!«

»Was? Du warst seit der Nacht unterwegs?«, fragte Hannerl erstaunt.

»Ja, i hob's halt nimma ausghalten in der Küch ohne di und da wollte i da entgegen gehen.«

»Und wenn i heit ned kommen wär?«

»Dann hätt i mi halt hingsetzt und gwartet. Irgendwann wärst schon auftaucht.«

Hannerl nickte und drückte nun ihrerseits den Barthel ein wenig. »Is scho guat, Barthel, jetzt bin i ja wieder do. Kumm, jetzt schau ma, dass ma heimkommen, und den Windhund, den damischen, den nehmen ma mit, bevor er sich auf die nächste Hündin setzt. Do kumm mit, Janus, da bleibst!«

Resolut passierten die zwei Alten den aus einem Flechtwerk gebildeten Zaun, der die Vorstädte schützen sollte, und marschierten weiter Richtung Stadtmauer, die mit ihren massiven Ecktürmen all den Kirchtürmen in der Stadt um nichts nachstand. »Minoritenkirche, Schottenkirche, Karmeliter, Maria am Gestade, Sankt Dorothea, Sankt Peter, Santa Clara und der Dom, weiter weiß i jetzt ned«, meinte Hannerl und staunte.

»Na da, unser Hieronymus, Sankt Jakob auf der Hülben und das Dominikanerkloster«, setzte Barthel fort.

Schon ein wenig müder marschierten die beiden den Wienfluss weiter entlang, warfen einen Blick auf den Kolomanifriedhof, und Hannerl meinte: »Da ruht die alte Meisterin, die Cäcilie, weißt eh, die Pest hat's gholt.« Nickend stapfte Barthel weiter. Bequem überquerten sie den Fluss über eine Brücke und fanden sich vor dem Heiligengeistspital wieder. Schnellen Schrittes gingen sie um das Portal der Kirche zu allen Heiligen und passierten endlich das wuchtige Kärntnertor, den Südeingang zur Stadt mit dem daneben erbauten Kärntnerturm, dem wichtigsten Gefängnis. Endlich konnten sie das hoch aufragende steile Dach des Domes sehen und das Gerüst am Südturm, das Johanna wieder an Michael Cnab und seine verpassten Gelegenheiten denken ließ. »Weißt, Barthel, i fühl mi jetzt wieder besser, nach der Hatscherei. Irgendwie hat mich des a bisserl friedlicher gmacht.«

»Na hoffen wir, dass des lang anhalt!«, meinte Barthel mit einem zweifelnden Blick auf Hanna. »Weißt«, fuhr er fort, »i hab auch a bisserl nachdacht und da bin i draufkommen, dass man wirklich nur des machen soll, was einem Freid macht. Des kann ma und des macht einen glücklich. Schau, der Conrad, der rennt halt so viel gern herum und bringt dem einen das, dem andern das, der Rolf mit seine Salberl und der Medizinerey, der is ja auch froh, und der Lenz, na wenn der malt, da is er im siebenten Himmel. Und so hab i ma dacht, vielleicht wirst du auch wieder glücklicher, wennst dein Essig panschen darfst, vielleicht fehlt dir der so, dass d' selbst ganz sauer wirst.«

»Kannst scho recht haben, Barthel. Jeder braucht so sei Sach.« Damit dachte sie wieder an den Steinmetz bei der Wegsäule. Von der Kärntnerstraße nahmen die beiden dann das schmale Gässchen zum Rossmarkt, und

Hanna, die an den Apotheker dachte, meinte: »Weißt, der Mathias Bonus, der sagt da Quintessenz dazu.«

»Quintessenz?«

»Ja, der meint, das is des, was ganz wichtig is und was für jeden verschieden is. Deshalb sucht er ja schon so lang danach.«

»Ah so«, meinte Barthel abwesend, denn darüber wollte er sich wirklich nicht seinen Kopf zerbrechen, »komm jetzt, wir sind scho fast da.« Sie bogen in die Singerstraße ein. »Janus, komm her!«

Der kleine Hund sträubte sich und ließ sich nur mit Nachdruck durch die Gartenpforte schieben.

»Der will wieder zu den hitzigen Hündinnen beim Rüdenhaus, wett ma?«, meinte Johanna lachend und stapfte durch den Obstgarten, den Gemüse- und den Kräutergarten. Tief atmete sie durch und nahm den Duft des Frühsommers in sich auf. Lavendel, Dille, die Ringelblumen, alles stand in voller Blüte. Der Salat war schon recht ansehnlich, der Rettich schon abgeerntet, und im Erdbeerbeet blitzte es rot. »Mei, Barthel, kannst dir gar ned vorstellen, wie froh i bin, wieder da zu sein!«, seufzte Johanna und drehte sich um die eigene Achse, was schon eine ganze Zeit lang dauerte, weil ihr der Bauch ein wenig im Weg war.

Barthel grinste und folgte ihr Richtung Küche. Im Hof waren die Alltagsgeräusche des Büßerinnenklosters zu hören: Kindergeschrei, das Quietschen der Töpferscheibe, das Rascheln der Kehrbesen, Wasserplätschern im Waschtrog. Mit einem Schwung riss Johanna die Tür auf und trat über die Schwelle. Ein lautes Jaulen traf ihr Ohr, und ein eigenartiger Gestank stieg ihr in die Nase. Gerade als sie sich umdrehen und »Jessasna, Janus, jetzt halt's doch zsamm«, schreien wollte, gewahrte sie ein dunkles Bündel am Boden liegen. Der Hund war schneller, er setzte sich davor, streckte seine schmale Schnauze in die Luft und heulte wieder. Johanna sah sich das Bündel genauer an und verharrte. Sie stand einfach stocksteif da und konnte sich nicht mehr bewegen. Ihre Umgebung zerteilte sich in abgehackte Bilder. Janus, der schnupperte und wieder heulte, Barthel, der näherkam, die Hand vor's Gesicht schlug und davoneilte. Marlen, die von wer weiß woher plötzlich in der Tür stand und ihren Mund zu einer Grimasse verzog, Barbel, die ihr mit ihrer Holzkraxen eine überziehen wollte und sie dabei anschrie. Das alles sah Johanna und doch sah sie nichts so genau, wie das im Todeskampf verzerrte Gesicht von Lenz. Seine engen Pupillen in den aufgerissenen starren Augen, seine bräunlich-fahle Haut, seine übergroßen Schneidezähne, die breiten Lippen, die nach hinten gezogen waren, seine verkrampften Finger, unweit davon ein Pinsel in blaue Farbe getaucht, ein umgekipptes Rinderhörnchen voll Tinte, ein achtlos hingeworfener Becher, die verschwitzten dunkelblonden Haare, das Erbrochene rund um ihn herum und die braune Suppe, die zwischen seinen Beinen eine stinkende Lache gebildet hatte. All das sah und roch Johanna, immer und immer wieder. Sogar noch, als Krispin und Barthel ihn, den Lenz, bereits nach draußen getragen hatten, als Ela und Marlen schon die Küche geschrubbt hatten und Barbel am Herd stand und einen Beruhigungstrunk für alle braute. Sogar dann noch sah Hannerl das schmerzverzerrte Gesicht des sanften Lenz, sie hörte sein tiefes Lachen, vernahm seine Predigt und spürte seine Freundlichkeit wie den würzigen Lufthauch draußen im Kräutergarten. Plötzlich formten sich die abgehackten Bilder zu einem Ganzen, liefen schneller und immer schneller, kreiselten und strauchelten. Oder war es sie selbst, war es Hanna, die strauchelte und stolperte? Den markerschütternden Schrei, der aus ihrer Kehle drang und im ganzen Kloster widerhallte, den hörte sie nicht. Sie fragte sich nur, warum der Boden immer näherkam und warum das schwarze Loch, in das sie eintauchte, eigentlich kein Ende nahm.

Wien, Christophorustag
(24. Juli) 1384

Die Luft war schon jetzt am frühen Morgen aufgeheizt, und immer wieder sahen die Knechte des Rüdenhauses zum Himmel, wie um jedes kleine Gewitterwölkchen einfach wegzuscheuchen. Sie wollten sich nicht durch den kleinsten Regentropfen ihren Tag verderben lassen. Da waren sie auch nicht alleine, denn schon seit geraumer Zeit zogen Scharen von Menschen aus der Stadt heraus zum Hundsturm. Der Aufruf des Herzogs war eindeutig gewesen: *Zum Gaudium und Zeitvertreib seines hochwohlgeborenen Schwagers Johann von Nürnberg veranstaltet das Kaiserliche Rüdenhaus ein Jagdhunderennen*. Der Preis war ein Fass Bier und ein Spanferkel für den Hundeführer, gespendet von den Regensburger Kaufherren, allen voran Ludwig Fütterer, und ein paar Knochen für den Hund, überlassen von den Wiener Fleischhackern. Außerdem noch eine erkleckliche Summe Geld aus der Privatschatulle des Herzogs. Zugelassen war jeder Vierbeiner, der nicht seine Mitbewerber zu Hackfleisch verarbeitete. Also pilgerten die Wiener an diesem Julitag hinaus in die Vorstadt. Denn so wie einst aus dem hundsköpfigen, undeutliche Worte lallenden Riesen Probus durch die Taufe der Heilige Christophorus geworden ist, so wollte mancher Wiener aus seinem Bauern- und Fleischhackerhund durch einen satten Gewinn ein echtes Glücksschweinderl machen. Einen wirklich großen Schnitt wollten freilich die Jagdgehilfen des Herzogs tun, denn schon lange fühlten sie sich hinter den Rossknechten und den Falknern ein wenig benachteiligt. Umso mehr, als nur die wertvollen aus England herangeschafften Hunde das ganze Jahr über im Rüdenhaus verpflegt werden durften, alle anderen Jagdhunde, die der Herzog für das Niederwild oder die Wildschweinjagd einsetzte, wurden in der jagdfreien Zeit in die ›Hundelege‹ gegeben, das heißt den Weißgerbern draußen bei der Landstraße oder den Fleischhackern bei der Schlagbrücken in Kost und Logis überlassen. Und wie man die Köter dann wieder zurückbekam – nun das konnte man sich ja vorstellen, völlig verwahrlost, oft unterernährt. Da dauerte es Wochen, bis daraus wieder ein verwendbarer Jagdhund wurde. So war jetzt die Gelegenheit, die Aufmerksamkeit des Herzogs auf die Bedürfnisse der Hunde und deren Knechte zu lenken, umso mehr, als man sagen hörte, dass Johann der Nürnberger bei Wenzel in Prag aus und ein gegangen ist, und dessen Hundezucht war ja legendär!

Als den Hunden bereits die Zunge bis zu den Läufen aus dem Maul hing, wurde endlich das Startzeichen gegeben, und unter lauten Jubelrufen jagten die Vierbeiner einem Luder, also einem ziemlich arg zugerichteten Hasenkadaver, der von einem Reiter auf einem schnellen Pferd nachgeschliffen wurde, auf der staubigen Landstraße nach. Abseits der Rennbahn waren in aller Eile Tribünen gezimmert worden, und unter aufgespannten Sonnensegeln saßen die Ehrengäste: Herzog Albrecht, sein Schwager Janik und die höchsten Hofbediensteten, also der Hofmeister Fichtenstein, der Hofkaplan Leopold Stainreuter und der Hofkanzler Berthold von Wehingen. Für Hofjägermeister Mathis von Kreusbach war kein Platz unter dem Sonnensegel, er hatte für den reibungslosen Ablauf der verschiedenen Durchgänge zu sorgen. Die Damen glänzten durch Abwesenheit, einerseits wegen der doch sehr lästigen Hitze, andrerseits des grausigen Anblicks, den die Hunde boten, wenn sie den Hasenkadaver dann erwischt hatten und in Stücke rissen. Abgesehen davon zogen der Hundedreck und der Balg wahre Massen an Fliegen an. Gelaufen wurde nach Hunderassen, beginnend bei den Karrenhunden, den schweren Rassen, die für die Großwildjagd ausgebildet wurden, über die ausdauernden, die flinken Vorstehhunde bis zu den kleineren Stöber- und Laufhunden. Alles in allem war die Veranstaltung mühsam und anstrengend, und Janiks anfängliche Euphorie wich bald einer sommerlichen Trägheit. Auch die anderen Gäste schweiften oft vom Geschehen ab und nützten die Gelegenheit für vertrauliche Gespräche.

»Nun, Hofkanzler, ist die unschöne Begebenheit bei den Büßerinnen nun erledigt? Wenn ich nicht irre, fällt das Haus Hieronymus ja in Euren Zuständigkeitsbereich!«, fragte Hofmeister Fichtenstein mit strengem Blick Berthold von Wehingen, der sich aber nicht einschüchtern ließ.

»Ich wüsste nicht, was Euch das anginge, Hofmeister!«

»Es ist ja nur, weil in Wien so viel geredet wird, und man erzählt sich von mysteriösen Umständen, unter denen man einen jungen Studenten im Haus der ehemaligen Hübschlerinnen gefunden haben soll!«

»Jener junge Student war Augustinerpater, Hofmeister, und er war einzig und allein im Kloster, um den Büßerinnen das Wort Gottes nahezubringen«, mischte sich da der Hofkaplan ein.

»Ja natürlich, natürlich«, ereiferte sich Fichtenstein scheinheilig »es ist doch nur, weil man ein paar – wie soll ich sagen – belastende Pergamente bei ihm gefunden haben soll.« Mit einem Seitenblick sah er zum Herzog, in der Hoffnung, dass dieser endlich in das Gespräch einsteigen möge.

»Von belastenden Pergamenten weiß ich nichts«, meinte Berthold sehr ruhig, »ich weiß nur von einer Prachtbibel, die ins Deutsche übersetzt wurde.«

Fast verschluckte sich der Hofmeister an seiner eigenen Spucke, und krächzend meinte er: »Na eben, also wenn das nicht belastend ist! Soll ja im Auftrag von König Wenzel entstanden sein!«, feixte er weiter und machte große Augen, als sich der Herzog nun endlich doch am Gespräch beteiligte.

»Woher Ihr diese Kenntnis habt, Hofmeister, ist mir nicht bekannt. Ich weiß nur, dass ein sehr ehrgeiziger junger Pater die Bibel für das Volk übersetzte, seinen Fehler aber rechtzeitig einsah und den Schierlingsbecher wählte. Gott sei seiner Seele gnädig!«

»Aber … aber das hat doch nicht er, das gibt es doch nicht …«, stammelte der Hofmeister.

»Aber sehr wohl gibt es das, Hofmeister, dass jemand vor lauter Ehrgeiz und Leidenschaft über das Ziel hinausschießt, dass er verbotene Dinge tut aus lauter Gottesfurcht – das könnt Ihr doch sicherlich nachempfinden!«, meinte Berthold ernsthaft zum Hofmeister, auf dessen Hals sich plötzlich hektische rote Flecken zeigten.

»Aber um Euch zu beruhigen, Hofmeister«, meinte Leopold, »die Übersetzung liegt sicher in meiner Hofbibliothek, und dort darf sie auch bleiben, als Beispiel für den fehlgeleiteten menschlichen Geist!«

»Wer sagt, dass sie dort bleiben darf?«, fragte Fichtenstein entrüstet.

»Nun, der Papst«, meinte Albrecht leichthin.

»Welcher der beiden denn?«, fragte süffisant der Hofmeister und konnte sich ein schelmisches Lächeln nicht verkneifen, war es doch in Zeiten rivalisierender Päpste in Avignon und in Rom sehr viel schwieriger geworden, kirchliche Entscheidungen einzuholen.

»So wie ich die Gründlichkeit meiner Schwester Katharina, der Äbtissin, kenne, hat sie von beiden den Dispens eingeholt. Sie überlässt selten etwas dem Zufall oder irgendwelchen Intrigen, wie Ihr vielleicht wisst, Hofmeister!«

Damit drehte sich der Herzog demonstrativ zu seinem Schwager, der schon einen sehr ermatteten Eindruck machte: »Was ist Janik, gefallen dir die Hunderennen nicht?«

»Doch, ganz nett, Albrecht, aber ich vermisse die Spritzigkeit und Leichtigkeit der Hunde Wenzels!«

»Ach was!«

»Ja, der hatte so eine eigene Rasse, wie geschaffen für ein Rennen. Diese Hunde da«, damit zeigte er auf die keuchenden Laufhunde, die normalerweise nur im sanften Trab neben den hochherrschaftlichen Karossen einher trabten, »die sind zu schwer!«

Der Jägermeister Kreusbach, der einiges von den Worten mitbekommen hatte, meinte leicht beleidigt: »Also, das sind jetzt aber wirklich die schnellsten, die wir haben, Hoheit!«

»Macht ja nichts, war ja trotzdem sehr sehenswert«, meinte Janik verbindlich und machte sich auf ein Zunicken seines Schwagers bereit, wieder Richtung Stadt aufzubrechen.

Gerade als sich die Hofgesellschaft nach ihren Pferden umsah, kam ein kleiner flinker Hund gelaufen und rannte mit vorgestreckter Schnauze einer Hündin nach, die gerade am Ende der Laufbahn von einem Jagdgehilfen in den Zwinger verfrachtet werden sollte. Janik stürzte mit einem Aufschrei auf sein Pferd und galoppierte hinterdrein, Albrecht, Wehingen und der noch immer recht verstimmte Hofmeister folgten in gebührendem Abstand.

»Geh weg, du Scheißkerl«, schimpfte der Jagdknecht und beeilte sich, den Riegel des Holzverschlages nur ja schnell zuzumachen. Die Hündin, die darin eingesperrt war, winselte und streckte die Schnauze heraus zu ihrem Verehrer, der geschickt den Fußtritten des Knechtes auswich. Atemlos brachte Janik sein Pferd zum Stehen und rief: »Aufhören, was macht ihr denn da?«

»Dieser Köter versaut uns alle Hündinnen, zwei hat er schon gedeckt, immer wieder scheuchen wir ihn weg, aber jedes Mal kommt er wieder. Der is ned zum Dawischen, so schnö is der!«

»Ja sicher«, meinte Janik lachend, »das ist ja auch einer aus der Wenzelzucht!«

Albrecht, der nun auch dazu gekommen war, fragte: »Bist du dir sicher?«

»Ja freilich!«, meinte Janik und beugte sich zu dem kleinen, schmalen Hund, »schau, so schlank ist der, kurzhaarig, breiter Brustkorb, eingezogene Flanken, hohe Läufe … Ja, eindeutig kommt der vom Prager Hof!«

»Aber geh, der gehört einer fetten alten Büßerin«, lachte da der Knecht, »die wird dem auch nicht Herr, ewig lauft er weg! Der macht einfach, was er will!«

»Ein Hund aus Prag in Sankt Hieronymus«, flüsterte da Hofmeister Fichtenstein listig ins Ohr des Dompropstes. »Ich hab doch gleich gesagt, dass da irgendwas zum Himmel stinkt, Herr von Wehingen, und wenn es nur ein dampfender Hundehaufen ist! Dreck bleibt Dreck!«

Aus dem Kind war ein Mädchen, und aus dem Mädchen war leichte Beute für ihn geworden. Noch dazu, wenn man es ihm auf dem Silbertablett servierte. Mit seinen kräftigen Armen, seinen festen Fingern griff er beherzt zu und fasste ungeniert in das weiche Fleisch. Dass sie nicht muckste, gefiel ihm gar nicht. Er hätte es lieber, wenn sie schreien würde. Da machte es einfach mehr Spaß. Aber trotz aller Schläge war ihr nicht einmal ein Stöhnen zu entlocken. Nun, dann musste es eben so gehen. Als er grob in sie eindrang, trommelte sie mit ihren Fäusten an die gegenüberliegende Wand, sie biss sich so fest auf die Lippen, dass sie bluteten. Als er von ihr abließ, lag sie zusammengekrümmt wie ein Haufen Dreck am Boden. Das sagte er ihr auch. Aber auch das brachte sie nicht zum Weinen. Er befahl ihr, ihn anzusehen. Mit letzter Kraft richtete sie sich auf und sah ihn mit einem so abwesenden Blick an, dass er sie gleich wieder schlagen musste. Kaum war er gegangen, rappelte sie sich hoch und lief zu ihrer Mutter. »Ich habe die Last von dir genommen, Mutter. Ich habe dich jetzt beschützt! Die Schläge, die dir galten, habe ich eingesteckt, die Schmerzen auf mich genommen. Deine Schuld ist jetzt die Meine, deine Wange die Meine, die ich bereitwillig hingehalten habe. Ich tue das für dich, Mutter, denn ich bin stark!« Die Frau strich dem Kind über das Haar, und wieder sah sie tiefste Anteilnahme und reinstes Vertrauen im Blick ihres Kindes. »Das ist gut«, meinte sie zu ihrem Kind, »jetzt bist du genau so eine Hure wie ich, jetzt ist es gut!« Das Mädchen war stolz, obwohl es ja gar nicht wusste, was eine Hure war. Aber wenn die Mutter so glücklich war, dann musste es etwas Wundervolles sein.

Wien, Annentag
(26. Juli) 1384

»ICH SAG EUCH JA, die sind ein himmelschreiend verrücktes Volk, die Wiener, heute zum Beispiel musste ich allen Arbeitern freigeben, deren Mutter, Frau oder Tochter Anna heißen! Ist das vorzustellen? Die Weiber mit diesem Namen werden heute nämlich ausnahmslos zum Tanz ausgeführt! Und das sind nicht wenige in Wien! Alle tanzen sie, egal ob jung, alt, dick, dünn, arm, reich …« Verständnislos schüttelte Parler den Kopf. »Ob mir jetzt die Arbeit über den Kopf wächst, ist denen gleichgültig. Während die einen tanzen, rutschen die anderen betend am Boden herum, nur weil ich dort die Überreste eines Heiligen in den Estrich verlegt hab!«, schilderte der Baumeister weiter. »Und nicht einmal sicher ist es, ob die wirklich noch da drin sind, aber der Dompropst hat gemeint, auf den Glauben kommt's an und auf sonst gar nichts, der könnte Berge versetzen, und ich soll gefälligst den Mund halten. Mir soll's recht sein!«

Conrad, der in den letzten Wochen noch hagerer und blasser geworden war, und dessen Augen ihr schelmisches Glitzern eingebüßt hatten, nickte teilnahmslos. Rolf fuhr sich fahrig durch sein schwarzes Haar und schwieg ebenfalls. Beide waren heute für den mitteilsamen Parler keine guten Zuhörer, doch der ließ sich nicht beirren und fuhr fort: »Weißt du, wenn ich gewusst hätte, wie schwer ich mir in Wien tu, dann hätte ich wohl besser die Launen meines Vaters ausgehalten und hätte es mir weiterhin in Prag gemütlich gemacht!«

»Hätte, hätte, hätte!«, polterte Conrad los, sodass sein Vetter und Rolf ihn überrascht ansahen, »von *hätte* haben wir nichts, Wenzel. *Hätte* ich besser auf Lenz aufgepasst, wäre er nicht tot, *hätte* ich mich mehr um diesen Tollpatsch gekümmert, wäre er nicht elendiglich zugrunde gegangen!«

»*Hätte* ich ihn nicht wegen der Ela angefahren, dann würde er vielleicht noch heute seine unsinnigen blauen verknoteten Tüchel malen …«, meinte Rolf und schwieg schnell, weil ihm die Stimme zu brechen drohte.

»Dafür, dass er zu Tode kam, dafür kannst du nichts, er war viel zu idealistisch, zu schwärmerisch, er war …«

»Pass auf, Wenzel«, schrie Conrad plötzlich und stieß seinen Vetter unsanft zur Seite. Ein Ziegelstein, der sich vom hohen Gerüst des Südturmes gelöst hatte, krachte nur wenige Ellen entfernt auf den Steinboden. »Herrschaftszeiten, passt auf, da oben«, schrie Parler und atmete tief durch. Mit zitternder Stimme meinte er: »Ich hab denen schon so oft gsagt, dass sie die Ziegel da oben nicht so hoch stapeln sollen, wenn sie auf dem Gerüst dann hin und her laufen, da schwingen die Bretter, und der Steinhaufen kommt ins Rutschen. Freilich lösen sich dann einer oder mehrere Steine!«

Conrad und Rolf sahen hinauf, wo sich in schwindelnder Höhe die Arbeiter zu schaffen machten.

»Ist ja schon recht hoch, dein Südturm«, meinte Conrad anerkennend, »und schön schaut er aus!«

»Wenn ihr möchtet, können wir einmal hinaufklettern, der Ausblick über die Stadt ist unvergleichlich von da oben!«, meinte Parler stolz.

»Ein andermal vielleicht«, winkte Conrad ab.

»Aber ohne mich, Leute. Ich bleib da lieber beim Primglöckleintor herunten stehen, ich hab nämlich Höhenangst. Keine zehn Pferde bringen mich hinauf auf so ein Gerüst!«

»Da schneidet er Abszesse und Eiterbeulen auf, legt Blutegel an, aber vor ein paar Leitern hat er Angst«, grinste Parler.

»So schnell fallt man nicht herunter wie der Ziegelstein da eben«, setzte Conrad noch nach und versuchte, seinen Freund zu beruhigen.

»Hast wohl recht«, murmelte Rolf, aber sein mulmiges Gefühl wurde er nicht so recht los. Inzwischen waren die Drei auf die andere Seite des Domes gewechselt, den Frauenchor herunter spaziert, und Rolf, der noch in die Apotheke zu Mathias Bonus musste, verließ die Kirche ausnahmsweise durch das Adlertor, weil er es plötzlich so eilig hatte, weg zu kommen. Normalerweise war dieser Eingang ausschließlich den Wienerinnen vorbehalten.

Wenzel Parler ging noch einmal zurück, der kleine Zwischenfall mit dem Ziegelstein ließ ihm dann doch keine Ruhe, und er musste selbst hinauf auf das Gerüst, nach dem Rechten sehen.

So ging Conrad allein weiter, bis er in der Kreuzkapelle ein zu Herzen gehendes Schluchzen hörte. Richtig, da war ja dieser Betende, der den Heiligen Morandus, oder das, was auch immer von ihm übrig war, anflennt, dachte Conrad und wollte sich schon schnell Richtung Riesentor verdrücken, als er erkannte, wer da am Boden lag und weinte.

»Um Gottes willen, Barthel, was ist denn mit dir los, was liegst denn da am kalten Boden!« Conrad beugte sich zu dem Alten, zog ihn etwas in die Höhe und erkannte mit

Schrecken, wie hinfällig der Hauerknecht in den letzten Wochen geworden war. »Bist du betrunken oder warum wälzt du dich da am Boden?«, fragte Conrad weiter.

»Aber geh«, kurz nur flackerte so etwas wie freudiges Erkennen in den roten Augen Barthels auf, dann wischte er sich die Tränen weg, was wenig Sinn machte, denn er weinte schon wieder, »i bin so nüchtern wie scho seit Jahren ned, und bis Martini bleib i des sicher no!«

»Was machst denn da? Soll ich die Hannerl holen?«, fragte Conrad, weil ihm gerade nichts Besseres einfiel.

»Naa, bloß ned. Mit der is gor ned mehr zu reden in letzter Zeit. Wenn die mi do so liegen siacht, reißts ma den Kopf ab!«

»Aber was machst denn auch da?«

»Den Morandus fleh i an, dass er ma vergibt! Is ja ned umasunst der Heilige der Winzer, tragt jo ned umasunst a Rebmesser mit sich herum, der Morandus!«

Dann erzählte Barthel weiter von jener Nacht in der Küche, wo er einfach gegangen war und seinen Freund, den Lenz, im Stich gelassen hatte. Einfach weggegangen sei er in die Nacht, bis in den Morgen hinein sei er herumgestrolcht, weil er sein Hannerl gesucht habe.

»Aber da gibt's ja nix zu verzeihen …«, mutmaßte Conrad.

»Oh doch. Des alles nur, weil mir mei Schädel so gedröhnt hat wegen dem bleden Bier. A Winzer soll beim Wein bleiben und ned den Hopfensaft trinken. Des hat er mir ned verziehn, der Morandus.«

Conrad, der jetzt insgeheim doch ein wenig lächeln musste, meinte: »Da mach dir keine Sorgen, Barthel, der Heilige wird dir den Ausrutscher mit dem Bier sicherlich verzeihen.«

»Naa! Der is nachtragend, der rächt sich. Hast das ja beim Lenz gsehn, da hat er sich auch scho gerächt!«

»Aber geh!«

»Dem hat er an schlechten Wein gschickt!«

»Aber Barthel! Wie kommst denn auf so was?«

»Der Lenz hat an panschten Wein trunken!«

Conrad wurde plötzlich eiskalt, aber er war sicher, dass das nicht unbedingt an den kalten Steinplatten lag, auf denen er saß. »Wie kommst darauf, dass der Lenz Wein getrunken hat?«

»Zuerst eine Menge Bier wegen dem Johannisfest und dann den Wein! Ich hab ja den Becher gefunden! Der is umgekippt daglegen neben seiner Hand. Es war genau der Becher, den die Hannerl immer neben ihrem Kochwein stehen hat unten im Keller.«

»Bist dir sicher?«

»Ja, bin ich. Und außerdem hat der Lenz immer wieder um Wein gebettelt!«

»Was?«

»Ja, aber ned zum Saufen, sondern für seine Tinte. Der hat an Wein braucht, dass er des Tintenpulver anrühren hat können!«

Conrad schluckte. »Und wer hat ihm den Wein dann immer gebracht?«

»Wer halt im Keller zu tun ghabt hat. Die Hannerl oder die Yrmel. I ned, weil i darf ja ned da runter, meint die Hannerl, weil i ihr dann noch den letzten Tropfen aussauf! Hätt i nur, Conrad, hätt i des nur gmacht, dann tät unser Lenz no leben!« Wieder schluchzte Barthel.

»Aber geh«, meinte Conrad verwirrt, »das kann man so nicht sagen. Wer weiß, ob es der Wein war!«

»Die Barbel, die hat des gleich gsehn, scho wie man

ihn gfunden haben, den Lenz. Des is a Eisenhuat, hat's gsagt, da hat wer sei Gift verspritzt! Und die Hannerl hat's angschrien, ob's denn blind sei, dass sie ned siacht, dass de ganze Küch vergift is!«

Conrad winkte ab, mehr um sich selbst als den Hauerknecht zu beruhigen: »Du, die Barbel sagt ja viel, wenn der Tag lang ist. Schau, letzten Sonntag hat's ewige Finsternis verkündet, und dabei is ihr nur die Gugel über die Augen gerutscht. Oder weißt noch, wie's der Marlen eine baldige Niederkunft vorausgsagt hat, dabei hat die so viel Kohl gefressen, dass ihr der Bauch ganz aufgebläht war!«

Jetzt musste Barthel doch ein wenig grinsen.

»Was sagt denn die Meisterin zu der Sache mit dem Wein?«, meinte Conrad nebenbei.

»Des is jetzt recht komisch, die sogt gor nix. Der Dompropst war da und hat gmeint, dass die Sach erledigt ist und sich der Herzog um alles Weitere kümmern wird.«

Conrad nickte und wollte dem Alten auf die Beine helfen. Als er ihn fest unter den Achseln schnappte, stöhnte Barthel auf.

»Naa«, winkte der Hauerknecht ab und ließ sich wieder zu Boden fallen, »lass mi no a bisserl zum Heiligen Morandus anbeten. Da fühl i mi besser!«

»Wennst meinst«, sagte Conrad, »dass du dich bei deinem Winzerheiligen noch entschuldigen musst, dann lass dich nicht aufhalten.« Dass Morandus nicht nur für die einfachen Winzer da war, sondern vor allem der wichtigste Hausheilige der Familie Habsburg war, ließ er wohlweislich unerwähnt. Er hoffte nur, dass Morandus sich in diesem Augenblick nicht einem echten Gewissenskonflikt stellen musste, indem er Hauerknecht und Herzog erhören musste.

Wien, Susannentag
(11. August) 1384

»HANNA, ICH SAG DIR, lass gut sein. Lass ihn in Frieden ruhen.« Die Meisterin Susanna rang die Hände und war wieder einmal am Rande ihrer an und für sich recht großen Geduld angelangt.

»Der kann ja gor ned in Frieden ruhn, bei der schlechten Nachred!«

»Ich warne dich, Johanna Maipelt, lass die Finger davon!«

»Eingschert habens' ihn wie an räudigen Hund, ned amal in die gweichte Erd hat er dürfen rein, der arme Lenz!« Hannerl weinte, schrie und lief auf und ab wie ein aufgescheuchtes Hendl im Hof.

»Das ist so vorgesehen für jemanden, der sich das Leben nimmt«, meinte Susanna ruhig.

»Aber das hat er do gor ned, der Lenz do ned, aber geh!«

»Hannerl, der Dompropst war da und hat eindeutig festgestellt, dass Bruder Wenzeslaus einer Irrlehre zum Opfer gefallen ist, sein Teufelswerk erkannt hat, nicht mehr aus hat können und einen Becher vergifteten Wein getrunken hat!«

»So a Schmarrn.«

»Hannerl, bitte hör auf, da herumzustochern. Das ist viel zu gefährlich für dich und für uns alle. Denk an letztes Mal, wo du geglaubt hast, du kannst das Unrecht aufklären, und dann die Gretlin fast ertrunken wär.«

»Gerettet hab ich die Gretlin, gerettet!«

»Und wer hat dich gerettet? Wer ist zur Äbtissin gegangen und hat ein gutes Wort für dich eingelegt? Und jetzt sag mir ja nicht, dass das deine Essiggurkerl für dich erledigt haben! Das war schon ich, und leicht gefallen ist es mir bei Gott nicht!«

Johanna, die wusste, dass sie vor zwei Jahren ziemlich nahe an einer empfindlichen Strafe vorbeigeschrammt war, weil sie sich als Büßerin mit dem gelben Hurentuch in der Öffentlichkeit gezeigt hatte, hielt den hochroten Kopf gesenkt. Sie wusste, dass sie es den Fürbitten Susannas zu verdanken hatte und ihren außerordentlich guten Verbindungen zum Hof, dass alles so glimpflich ausgegangen war. Aber noch gab Hanna nicht auf. »Weißt, es ist ja nur deswegen«, energisch stützte sie ihre Arme in die Hüften, »da bin ich grad amal a guate Wochen weg, und schon liegt a Toter in meiner Küch! Des ist ja zum Genieren!«

»Ach, um die Ehre, um das Ansehen geht es dir, Johanna Maipelt«, meinte Susanna lauernd, »noch ein Grund mehr, die Sache auf sich beruhen zu lassen.«

»Gstritten sollen s' haben die Drei, in meiner Küche, bevor des dann passiert ist!« Johanna fuhr unbeirrt fort.

»Welche Drei?«, fragte die Meisterin gottergeben nach.

»Na, die drei Burschen, der Conrad, der Rolf und der Lenz …«

»Sag, was machen drei Mannsbilder in deiner Küche? Der Barthel reicht schon für alle Tage!«, entrüstete sich Susanna.

»Aber geh«, winkte Hannerl ab, »vom Lenz hast sowieso gewusst, der hat ja seine Aussprachen mit den Büßerinnen in der Küche führen müssen, der arme Hund. Den Conrad kennst auch, der macht die Botengänge von der Pfaffenstadt, und der Rolf, das ist der Mediziner …«

Plötzlich verharrte Johanna und meinte leise: »Also, warum der Rolf da in der Nacht noch kommen is, das weiß ich jetzt auch ned so genau.«

»Was murmelst du da, Johanna?«, fragte Susanna scharf. Langsam ging ihr das Getue der Köchin auf die Nerven.

»Aber gar nichts, die Drei treffen sich immer irgendwo, wollte ich sagen.« Hanna hatte wirklich nicht vor, der Meisterin ihre Bedenken mitzuteilen, die würde ihr ja doch wieder verbieten, eigene Nachforschungen anzustellen.

»Worum ging es denn in dem Streit?«, fragte Susanna weiter.

»Was weiß ich, aus der Yrmel ist nichts herauszubekommen, und der Barthel erzählt was von blauen Tüchern. Schmarrn. Der war ja selber schon blau!«

»Lassen wir es gut sein«, seufzte Susanna und wollte sich lieber gar nicht ausmalen, was in der Klosterküche zu Johannis alles passiert war, »geh jetzt bitte, Johanna. Halte dich an das, was ich dir gesagt habe, und bitte halte dein Mundwerk im Zaum. Wenn der Dompropst den Tod unseres Mönches Waclaw so sieht, dann hat das sicher seine Richtigkeit und muss uns recht sein! Und mir ist es auch lieb, dass wir aus dieser so unerfreulichen Sache so glimpflich herausgekommen sind!«

Hanna nickte kurz, drehte sich auf dem Absatz um und watschelte hinaus. Als sie die Tür der Kemenate der Meisterin von außen geschlossen hatte, atmete sie tief durch und zischte: »Auf keinen Fall soll mir das recht sein! Niemand bringt einen in der Küche der Johanna

Maipelt um die Ecken, und das vielleicht auch noch ungestraft, sicher nicht!«

Wütend stapfte sie über den Innenhof und plärrte: »Wuckerl, geh hol ma die Kirschen vom zweiten Baum! Und Martha, die Frühäpfel wären auch schon zum Klauben, und a Menge Marillen hat's vom Baum ganz hinten runterghaut!«

Als niemand antwortete, schrie sie noch einmal: »Wuckerl, Martha, Herrschaftszeiten, jetzt bewegts euch!«

Nach einer Weile kamen die beiden aus einem der Arbeitsräume, Martha mit einem Putztuch in der Hand und Wuckerl mit Nadel und Faden.

»Mei, host du heit wieder a Laune!«, meinte Martha und schnalzte missbilligend mit der Zunge.

»Ich werd ja wohl noch des Loch da stopfen können, bevor ich in den Obstgarten geh!«, meinte Wuckerl schnippisch.

»Naa, kannst ned, weil ich brauch des alles jetzt glei für mei Fruchtzeigs. I kann ned warten und i werd's auch ned, dass ihr des nur wissts!«, keifte Hanna zurück und lief Richtung Küchentrakt. »Wenn i jetzt ned augenblicklich was zum Kochen hab, dann fahr i do no aus!«

»Erst nervst alle mit deinem krampensauren Essig und jetzt mit dem picksiaßen Zeig. Aus dir soll einmal einer schlau werden, du spinnate Gurken, du damische!« Fluchend und schimpfend holte sich Martha einen großen Korb und stapfte in den Obstgarten. Wuckerl, die noch in aller Ruhe das Loch in ihrem Habit zunähte, folgte ihr nach einer Weile.

Hanna, die sich vor der Küche noch einmal aufplusterte und schüttelte und nicht im Traum daran dachte, sich an die Weisung der Meisterin zu halten, beschloss, der Yrmel jetzt einmal gehörig auf den Zahn zu fühlen, denn es konnte ja nicht sein, dass die, die sonst alles erahnte, jetzt auf einmal gar nichts mehr wusste. Einmal mehr ärgerte sich Johanna, dass sie auf dieser unnötigen Wallfahrt gewesen war und in ihrer Küche inzwischen Sodom und Gomorra ausgebrochen war. Als sie die Tür aufriss, stand sie aber Marlen und Barbel gegenüber, Yrmel machte sich im Hintergrund am Feuer zu schaffen. »Geh weida, Barbel, wos machst denn da?«, giftete Hanna das Kräuterweibel an, zu frisch war noch die Kränkung von Barbel und Dorthe. »Ich bring dir an Petersil, a Dille und a paar andere Kreiteln«, meinte die Alte.

»Hast du immer no ned verstanden, Barbel? Ich brauch kaa extra Lieferung, i hob kaan Essig zum Einlegen. Was i zum Kochen brauch, find i bei uns hinten im Garten!«

»I mein halt nur, dass du an Salbei wirst brauchen können!«, damit legte die Barbel drei riesengroße Buschen Salbeikraut auf den Tisch und verschwand.

»Du spinnst aa immer mehr!«, keifte ihr Hanna nach und wandte sich an Marlen: »Was machst denn du da? I denk, du machst kaan Küchendienst mehr? Wo ist die Ela?«

»Nach der Reih, Hanna. Immer nach der Reih. I bin da, weil ich nach dem Rechten sehn muss in der Küch, tut ja sonst niemand, gibt ja scho Mord und Totschlag da herinnen …«

»Du nimm di ja in acht, Marlen …«, fauchte Hanna.

»Wennst die Ela suchst, die is im Garten und holt die schwarzen Heidelbeeren rein. Und Küchendienst mach i dir sowieso kan mehr, kannst da dein Dreck selber machen, oder vielleicht hilf dir die Yrmel, wenns grad amal da is!«

»Was soll das jetzt heißen?«, meinte Hanna verdutzt und sah nach hinten zu Yrmel, die Marlen zornig anstarrte und den Schürhaken hin und her schwang.

Frech sah Marlen zu der stummen Küchenhilfe, um sich dann wieder scheinbar freundlich an Hanna zu wenden: »Na, die Yrmel war ja auch weg, während du pilgern warst!«

»Stimmt das?«, wandte sich Hanna an Yrmel, und plötzlich wurde ihr bewusst, dass sie Yrmel an dem Tag, als sie Lenz gefunden hatte, gar nicht gesehen hatte. Aber sie hatte das ihrer Verwirrtheit zugeschrieben. Nun war klar, warum die Büßerin ihr keine Auskunft geben konnte.

»Stimmt das? Du warst nicht hier in der Küche?«, fragte sie nochmals.

»Nicht nur nicht in der Küche, Johanna. Sie war im ganzen Kloster nicht zu finden! Unauffindbar war sie, die brave Yrmel!«, meinte Marlen triumphierend. Wieder blitzte sie Yrmel wütend an.

»Niemand weiß eigentlich, wo sie sich herumgetrieben hat!«, setzte Marlen noch eins nach.

»Also warst du gar nicht da, wies … passiert ist?«, fragte Hanna vorsichtig.

Yrmel schüttelte teilnahmslos den Kopf.

»Und du willst auch mir nicht sagen, wo du warst, Yrmel?«, fragte Hanna und erntete wieder ein Kopfschütteln.

»Du bist in letzter Zeit so eigen, Yrmel, ich muss mich wundern. Dauernd hackst du auf die anderen Büßerinnen los und jetzt verschwindest du sang- und klanglos, lässt die Küche im Stich, kümmerst dich um gar nix und findest es ned amal der Mühe wert zu sagen, wo du warst! Was is nur los?« Hannerl verstand das Mädchen, das inzwischen eine Frau geworden war und während dieser ganzen Zeit immer Seite an Seite mit ihr gearbeitet hatte, gar nicht mehr.

»Also, dass sie jetzt nicht unbedingt *sagen* wird, wo sie war, ist ja auch klar, Hanna. Die kann nicht *sprechen*, schon vergessen?«

Da brandete die Wut wie eine heiße Welle in Hannas Hirn, und laut schrie sie: »Schleich di aussi, Marlen, aus meine Augen, du bledes Luader!«

»Aber ja, nix lieber als das, Hanna. Bei dir giftigem Weibsbild hat a rechtschaffene, gottesfürchtige Reuerin sowieso nix verloren! Pass auf, dass di ned der Teifel holt, Hanna!« Damit drosch Marlen die Tür zu, zu ihrem Glück von außen, denn Hanna war schon in ihre Richtung gelaufen, um der Marlen einmal so richtig tüchtig eine reinzuhauen. In dem Augenblick, als sie mit aushollender Handbewegung dastand, schwang die Tür wieder auf, und Ela stand da, voll beladen und mit einem schon ziemlich großen Bauch. Gerade noch fasste sich Hanna und nahm ihr die Körbe nacheinander ab. Sie biss die Zähne zusammen und schluckte ihre Wut auf diese ewig vorlaute Marlen und die listige Yrmel hinunter. Ela, die von all dem nichts zu merken schien, reckte ihre Stupsnase in die Luft und verkündete stolz: »So, Hanna, ich bring dir jetzt die wirklich allerletzten Erdbeeren, da drinnen sind die Ribisel, die Martha hat mir die Frühäpfel da geben, die Wuckerl meint, dass noch jede Menge Marillen draußen sind, und in dem Korb sind die Stachelbeeren.«

»Und die schwarzen Ribisel, wo sind die?«, fragte Johanna nach und kontrollierte nacheinander den Inhalt der Körbe.

»Du, die brauchen noch a bisserl, die sind noch nicht dunkel genug!«, antwortete Ela und ließ sich auf die Bank plumpsen. Mit dem Handrücken fuhr sie sich über die schweißnasse Stirn.

Da besann sich Johanna und vergaß ihre Wut. Mitleidig sah sie die junge Frau an und legte dann die Hand auf ihren Bauch: »Is bald so weit bei dir, Ela? Schaut ma fast so aus!«

»Aber nein«, wehrte Ela ab und stand stöhnend auf, »is nur, weil es heut so heiß is. Da muss der Mond noch einmal ganz umadum, dann können ma erst drüber reden, dass des was wird!«

»Wird besser sein, du legst dich ein bisserl hin!«

»Ich weiß ned, jeder schickt mi seit Neuestem liegen! Wie du nicht da warst, hat mi der Barthel auch auf meinen Strohsack geschickt!«, lachte Ela. Johanna wurde hellhörig. »Dann warst du auch nicht in der Küche, als das mit dem Lenz … also …«

»Ich hab nicht viel mitbekommen, ich war ziemlich müde!«, wich Ela aus.

»Weißt du, warum der Rolf an dem Tag gekommen ist?«, fragte Johanna weiter. Verlegen wandte Ela den Kopf ab: »Er hatte in der Nähe zu tun, und Conrad war verletzt!«

»Was? Verletzt?«

»Na, die Hauerknechte haben sich mit den Studenten unten bei der Laimgrube geprügelt …«

»Und der Conrad …«

»Der war mittendrin, der Krispin hat ihn dann rauszogen und hergebracht. Dann hat der Rolf ihn verarztet.«

»Weil er zufällig in der Nähe war?«

»Ja, weil er zufällig in der Nähe war«, meinte Ela trotzig und biss sich auf die Unterlippe.

»Und warum haben die Drei dann hier gestritten, worum is da gangen?«

»Das weiß ich jetzt gar nicht mehr, Hannerl, da war ich ja schon so müd, und wie gesagt der Barthel, der hat dann gesagt, ich soll schlafen gehen, und …«

»Kann es sein, Ela, dass du den Rolf – aus verständlichen Gründen – schützen willst? Kann es sein, dass da mit dem Rolf mehr war, als du mir sagst?«, fragte Hanna sanft.

»Ich weiß wirklich nichts, Johanna.« Ela sah sie mit ihren blaugrünen Augen ruhig an. Johanna erwiderte ihren Blick und winkte dann resigniert ab.

»Ist gut, Ela, ich versteh dich. Der Rolf ist dein Passierschein nach draußen. Den schwärzt man ned absichtlich an. Versteh ich. Geh jetzt, hast heute gnua gearbeitet.«

Erleichtert nickte die Büßerin und verließ die Küche. Zum Unterschied von einigen anderen heute machte sie die Tür ganz leise zu. Hannerl seufzte und drehte sich zu Yrmel. Erstaunt bemerkte sie, wie diese mit starrem Blick einfach nur dastand und sie, Johanna, ungläubig ansah.

»Ja, Yrmel«, meinte Hanna, »ich denk auch, dass wir uns den Rolf ein bisserl genauer anschauen müssen, wie heißt der mit Familiennamen – Tirna, Thyrnau oder so was in der Art, hat der Conrad einmal gesagt. Da müssen wir gründlich nachfragen, Yrmel, ich spür, dass da was ned in Ordnung is! Und auf mein Gefühl, auf des kann i mi verlassen!«

Brünn, Maria Himmelfahrt (15. August) 1384

»Das ist aber wirklich gründlich schiefgegangen!«, brüllte er. »Ich hätte meinem unguten Gefühl trauen sollen, das ich von Anfang an bei dieser Sache hatte, denn darauf kann ich mich immer verlassen!« Wütend lief er auf und ab. »Im Gegensatz zu Euch. Ihr seid eine Ansammlung von Stümpern!« Niemand hätte in diesem wütenden, Gift und Galle spuckenden Mann den liebenswürdigen, um das Wohlergehen König Wenzels bemühten Vetter Jobst erkennen können. Zu unterschiedlich waren die Wesenszüge ein und desselben Menschen. War er vor zwei Tagen noch am Prager Hof unentbehrlich, hatte er doch den König überzeugt, dass er sich weiterhin stark für den Landfrieden im Reich einsetzen musste, weil sichere Straßen und Pässe das Um und Auf eines blühenden Handels waren, so ätzte er jetzt mit den böhmischen Adeligen und versuchte, wo es nur ging, die redlichen Bemühungen, inneren Frieden in die Erblande zu bringen, zu hintertreiben. Dabei war ihm jedes Mittel recht, und sein Zorn schlug über die Ufer, wenn diese Mittel nicht hielten, was sie versprachen. So wie jetzt, wo er mit ansehen musste, wie der seit Langem eingefädelte Plan, eine deutsche Bibelübersetzung dem König Wenzel in die Schuhe zu schieben, ausgerechnet von den Habsburgern vereitelt wurde.

Münzmeister Martin Rotlöw, der auch erst vor ein paar Stunden aus Prag hier in Brünn angekommen war und König Wenzel wieder einmal eine Lüge über seinen

Aufenthaltsort auftischen musste, platzte der Kragen, als er den Markgrafen sah, der sich an der Verlegenheit der Anwesenden ergötzte: »Was soll ich sagen, ich habe die Übersetzung und die Schreiber aus meiner Kasse finanziert!« Seine unmännlich hohe Stimme schien fast zu kippen, und seine wässrigen Augen traten vor Erregung aus den Höhlen. »Soll ich auch wüten und schreien, bei mir geht es nicht einfach um die Ehre, für mich ist das ein herber finanzieller Verlust, eine Einbuße sondergleichen!«

Scheinbar gelangweilt meinte Heinrich von Neuhaus: »Wird schon kein so großes Loch in die Finanzen reißen diese Bibel, Rotlöw. Nichts, was man nicht mit den Mitteln von König Wenzel wieder stopfen könnte!« Betont lässig putzte er seine langen polierten Fingernägel. Nur sein hüpfender Adamsapfel zeigte, wie nervös der junge Adelige wirklich war.

»Was weiß denn ein neunmalkluger Jüngling davon, wie es am Prager Hof zugeht?«, zischte Rotlöw, »Bevor ihm nicht genug Bier und Wein durch die Kehle geflossen sind, bevor seine blutrünstigen Hundsviecher nicht ihr Fressen hatten, ist mit Wenzel überhaupt nichts anzufangen. Aber wenn Ihr mir nicht glaubt, dann fragt Johanna, seine Gattin. Die hätte eine Menge zu erzählen.«

»Die Weiber haben immer eine Menge zu jammern«, meinte Jobst gleichgültig, und Rotlöw dachte mit Schaudern an die Ehefrauen des Markgrafen. Ein Kind war die erste, Elisabeth von Oppeln, noch gewesen, mit nur zwölf Jahren hatte man sie diesem Ungetüm zur Gattin gegeben. Zwei Jahre später war sie tot, und Jobst, nicht um einen Ersatz verlegen, heiratete die gleichaltrige Agnes von Oppeln, die eine Tante der verstorbenen Elisabeth war. Nach mehr als zehn Jahren Ehe hatte sich immer noch kein Nachkomme eingestellt. Weit war es wohl nicht her mit den Heldengeschichten des Markgrafen, dachte Rotlöw und sagte laut: »Nun, da wird Johanna wohl ähnlich viel zu berichten haben wie deine Agnes, oder? Wie geht es ihr überhaupt, siehst du sie hie und da?« Bevor Jobst auf den Münzmeister losgehen konnte, polterte Ulrich, der Rosenberger: »Behalt diese Drecksgeschichten für dich, Münzmeister. Du hast doch von vornherein ein schmutziges Spiel gespielt. Meinst du, wir hätten keine Verbindungen nach Wien, meinst du, wir, die Rosenberger«, damit zeigte er auf sich und seinen jungen Sohn Heinrich, seinen Bruder Johann ignorierte er bewusst, »wissen nicht, dass du mit dem Wiener Hofmeister Fichtenstein gemeinsame Sache machst? Dass du behauptet hast, die Pergamente wären in der Donau versenkt worden, und dann waren sie plötzlich wieder da! Verkauf uns nicht für blöd, Rotlöw.«

»Aber sie waren ja versenkt im Hochwasser!«, meinte Rotlöw unsicher. »Der Hofmeister, der hat noch eine alte Rechnung offen mit einem Thyrnau, und da hat er gesehen, wie …«

»Wie mich das alles ankotzt«, schrie der Markgraf wieder in die Runde, »ein Haufen Memmen seid ihr, einer versucht den anderen zu täuschen. Inzwischen nistet sich der Nürnberger dick und fett ein in Prag, und uns schwimmen die Felle davon!«

»Wer nistet sich ein?«

»Der älteste Sohn von Friedrich von Nürnberg, dem Burggrafen. Tut nicht so unwissend, Ihr wisst genau, dass ich Johann meine. Er war die ganze Zeit am Prager Hof, und wie man sich erzählt, gilt er als erster Vertrauter Wenzels. Die beiden verbindet die Stadt Nürnberg, sind beide dort geboren, ihre Leidenschaft für die Jagd und die Hunde. So läuft der Hase!«

»Ich dachte noch vor gar nicht langer Zeit, Ihr selbst seid der erste Vertraute des Königs, jedenfalls sagtet Ihr uns das immer. Wie ist das jetzt genau?«, fragte der junge Neuhaus süffisant.

»Ich bin sein Vetter, und wenn ich nicht aufpasse, dann schnippt er mit den Fingern, und ich darf gehen wie die arme Verwandtschaft und darf mir weiterhin Mähren mit meinem Bruder teilen! Verstanden? Johann braucht das nicht, denn er ist über seine Schwester mit den Habsburgern verschwägert. Ihm kann nichts passieren, er sitzt wie die Made im Speck! Ich muss liebdienern bei meinem Vetter Wenzel, muss mich verstellen, mich erniedrigen lassen!«

»Wir müssen Missgunst streuen, je dichter die Habsburger und die Luxemburger beisammenhocken, umso weniger bleibt für uns.«

»Welch Einsicht, Ulrich von Rosenberg«, spottete der Markgraf, »den Sinn hätte die Bibelübersetzung ja gehabt. Aber was habt Ihr daraus gemacht? Viel zu viel Zeit verstreichen lassen. Albrecht hätte man vor Zeugen überrumpeln sollen, das wäre es gewesen. Aber was war wirklich? Ihr wart Euch wochenlang nicht einmal sicher, ob die Übersetzung überhaupt in Wien angekommen ist. Von einem tölpelhaften Mönch habt Ihr Euch täuschen lassen! Und dann haben die Habsburger die Blätter noch vor Euch gefunden! Wertvolle Zeit habt Ihr vergeudet.«

»Wer denkt denn, dass die sich gleich eine Dispens beim Papst holen!«, entrüstete sich der junge Rosenberger.

»Bürschchen, du musst noch viel lernen«, konterte der Markgraf, »meinst du, Katharina ist dumm? Die riecht den Braten doch schon von Weitem. Freilich hat sie sofort die Flucht nach vorne angetreten und ist nach Rom gekrochen!«

»Man sagt, dass Ihr verwandt seid, Ihr und Katharina?«, fragte Heinrich von Neuhaus geradeheraus.

»Ja, das stimmt, was man sagt«, äffte der Markgraf den feinen Pinkel nach, »ich bin der Stiefsohn ihrer Schwester Margarethe, wenn du es ganz genau wissen willst. Und um deinem schwachen Hirn auf die Sprünge zu helfen: Ja, deshalb bin ich auch mit ihrem Bruder, dem Herzog Albrecht, in gleichem Grade verwandt.«

»Und da verlangst du von uns etwas, was du familienintern hättest regeln können?«, brachte der junge Rosenberg schnippisch hervor.

»Vorsicht, Bürschchen«, wies ihn der Markgraf zurecht, »du hast mich gefälligst respektvoller anzusprechen, und wenn du es genau wissen willst: Ja, ich verlange das von euch böhmischen Herren, gerade *weil* ich mit den Habsburgern und den Luxemburgern verwandt bin. Ich habe zu viel zu verlieren.«

»Wir auch«, murmelte Rotlöw und erntete ein arrogantes Lächeln von Jobst.

»Das bringt uns alles nicht weiter!«, bemerkte Johann von Rosenberg, der bisher noch kein Wort von sich gegeben hatte, »was sollen wir jetzt machen?«

Der Markgraf lächelte weiter zuckersüß und wandte sich an den Rosenberger: »Falsche Frage, Johann, ganz falsche Frage. Was willst *du* jetzt machen, muss es heißen.«

»Warum ich?«, fragte Johann und wurde blass.

»Weil du so genau wissen willst, was mit deiner Schwester ist, deswegen!«

Johann krümmte sich wie unter Schmerzen und stammelte: »Aber sie ist doch nicht nur meine Schwester, sie ist ja auch Ulrichs Schwester und die Tante von Heinrich!« Zitternd zeigte er auf seine Verwandtschaft, die sich völlig unbeteiligt gab.

Da lachte der Markgraf schallend und sagte laut: »Aber die scheren sich einen Dreck um die Schlampe, im Gegensatz zu dir. Also wirst du jetzt den Karren aus dem Dreck ziehen, deiner Schwester zuliebe, wertes Brüderlein!«

»Das kann ich nicht«, gab Johann von Rosenberg auf, sah noch einmal zu Ulrich und Heinrich, die ihm jedoch demonstrativ den Rücken zugewandt hatten, »ich habe es versucht, aber ich kann es wirklich nicht.«

Martin Rotlöw wand sich verlegen, er mochte solche Ausbrüche nicht leiden. Ja, jemanden mit Geld schmieren, gut, Vergünstigungen versprechen, auch gut, aber in einer seelischen Wunde noch herumstochern wie mit einem heißen Eisen im Kerzenwachs, das lag ihm dann doch nicht.

»Ich werde mich mit Hofmeister Fichtenstein in Verbindung setzen«, sagte er leichthin und seufzte.

»Hört, hört«, kam es von Neuhaus, »stimmt es also doch! Ihr seid die besten Freunde, wusste ich es doch!«

Unbeirrt fuhr der Münzmeister fort: »Er hat da noch ein paar Heiltümer von sehr zweifelhafter Herkunft, vielleicht kann man ihm da etwas unterschieben. Wenn der Heilige Stuhl jetzt auch noch auf gefälschte Reliquien aufmerksam wird, dann wird es wieder Staub aufwirbeln, überhaupt jetzt, wo zwischen Rom und Avignon die Machtkämpfe toben. Sehen wir, wie sich die Habsburger und Luxemburger dann wieder herauswursteln können …«, damit wandte er sich an den grinsenden Neuhaus, »und übrigens, der Freund des Wiener Hofmeisters in Wien zu sein, würde ich meinem ärgsten Feind nicht wünschen. Ich könnte dir da nämlich von einem gewissen Thyrnau erzählen, der war auch Münzmeister und der *war* ein Freund des Hofmeisters.«

»Das langweilt mich jetzt«, meinte der Markgraf gähnend, »lasst mich wissen, was vonstattengeht, wenn der Plan etwas ausgereifter ist!«

Rotlöw nickte und verstummte. Johann von Rosenberg saß mit gesenktem Kopf und zitternden, verschränkten Händen abseits. Ulrich und Heinrich Rosenberg würdigten ihn keines Blicks und verließen den Raum. Heinrich von Neuhaus tat es ihnen eiligst nach. Nach einer geraumen Weile räusperte sich Martin Rotlöw, nickte dem Markgrafen zu, nahm den Rosenberger am Arm und verließ mit ihm ebenfalls die Kammer, in der die Luft stickig und abgestanden geworden war.

Markgraf Jobst von Mähren blieb allein zurück und lächelte in sich hinein. Es war für ihn immer wieder ein höllisches Vergnügen, sich an der Unfähigkeit der böhmischen Herren zu weiden und zu sehen, wie sie sich gegenseitig aufstachelten. Natürlich hatte er nicht einen Augenblick an diese Intrige geglaubt. Was sollte eine deutschsprachige Vulgata denn groß ausrichten! Aber als Ablenkung kam sie ihm sehr gelegen, prestigeträchtig, bunt, schön anzusehen. Es wurde Zeit – er zog nun seine letzte, entscheidende Karte. Das lange Warten hatte sich gelohnt, letztendlich würde er nach all der falschen Lobhudelei, der Heuchelei und den künstlichen Wutanfällen das erreichen, was er wollte. Mehr Macht und mehr

Einfluss auf Kosten derer, die sich jetzt wichtig machten. Nach einer geraumen Weile ließ er einen Boten rufen und befahl ihm, auf direktem Weg nach Wien zu reiten. Er gab ihm keinerlei Schriftliches mit, nur einen mündlichen Auftrag an die Person, der er ihn zu überbringen hatte. Jobst von Mähren wollte vollkommen sichergehen, dass ihn niemand mit dieser Angelegenheit je in Verbindung bringen konnte.

Die Botschaft war recht einfach und für den schnellen, aber etwas dümmlichen Reiter gut zu merken: *Am Kreuzerhöhungstag dein Werk beginnen mag!* Der Bote nickte, der Reim am Schluss sei sehr gut, meinte er, das könne er sich sicher merken. Der Markgraf verdrehte zwar missbilligend die Augen, entlohnte ihn aber reichlich, denn auch das würde das Gedächtnis des Mannes stärken.

Wenig später ließ er einen Schreiber kommen und diktierte ein paar Zeilen, dann sandte er einen weiteren Boten nach Wien. Er war nicht ganz so schnell wie der erste, dafür aber halbwegs intelligent. Dieses Mal schickte er keine verschlüsselte mündliche Nachricht, sondern den eben verfassten Brief. Auch dieser Empfänger war in Wien gut bekannt.

Kurz dachte Jobst von Mähren an Matin Rotlöw und musste grinsen. Der Münzmeister ahnte nicht im Entferntesten, wie sehr er ihm heute gleich in beiden Fällen in die Hände gespielt hatte.

Wien, Laurenziustag (5. September) 1384

Schnuppernd hielt die Köchin die Nase zur Tür hinaus. Als sie der warme goldene Sonnenschein eines Spätsommertages so kitzelte, dass sie niesen musste, meinte sie: »Yrmel, Ela, machts die Fenster drinnen weit auf. Ich lass die Tür auch offen. Mei, so a scheener Tog! Und des grod heute!«

»Warum?«, fragte Ela und band sich eine monströse Schürze, wie Johanna selbst eine trug, gleich unterhalb des Busens, weil ihr Bauch schon so weit hervorstand.

»Sankt Laurenzen im Sonnenschein, wird der Herbst gesegnet sein!«, zitierte Johanna und klatschte in die Hände, »Des wird a vortrefflicher Wein heuer, und dann erst der Essig! Ich kann gor ned genug lachen, wenn i an Martini denk, wenn der Krispin und der Barthel die vollen Fässer in den Keller rollen!«

»Bis dahin dauerts aber schon noch!«, meinte Ela und sah kurz zu Yrmel, die sie unverwandt musterte. Unangenehm berührt, griff sich die Schwangere an den Hals und meinte dann flüsternd zu Hanna: »Du, die Yrmel ist heute wieder recht schlecht aufgelegt, die schaut so finster herüber, dass einem angst und bang wird!«

»Um der Yrmel ihre Launen kann i mi ned kümmern, heut haben wir so viel Arbeit da in der Küche. Der Katharina ist schon wieder das Fruchtmus für den Janik ausgegangen. Der Bursch muss des siaße Zeigs fressen wie a Scheunendrescher. Heit machen wir des Apfelmus, die Marillenmarmelade, die roten Ribisel möcht i einkochen, und die Stachelbeeren, aus denen machen wir Kompott.« Wie ein Wirbelwind jagte Hanna durch die Küche, und Yrmel half, alle Gerätschaften herauszuräumen, verschiedene Töpfe, die Holzlöffel zum Umrühren und die kleinen irdenen Töpfe, in denen dann das Fruchtmus abgefüllt wurde. Mit einem zweifelnden Blick in die kleine Holztruhe, wo Hanna ihr Allerheiligstes, den Zucker, aufbewahrte, sagte sie zu Ela: »Geh, Maderl, kannst ma schnö an Zucker beim Goldenen Greif holen, aber schau, dass du den Mathias Bonus erwischst, denn der wiegt mir recht guat!« Nachdem sie das Grinsen auf dem Gesicht des Mädchens sah, wackelte sie mit ihrem Zeigefinger: »Ja, ich weiß. Diesen Weg machst sehr gern, könnt ja der Rolf in der Nähe sein. Aber Ela, bleib nicht zu lang und nimm den Buckelkorb, also die Kraxen, sonst überhebst di, und des wär jetzt ned so gut in deinem Zustand!« Ela nickte, und bevor Johanna noch etwas hinzufügen konnte, war sie schon zu Tür hinaus. Aber Johanna lief ihr noch nach und meinte: »Und schau, ob dir da draußen der Janus unterkommt. Des Hundsviech is ma schon wieder abghaut!«

»Mach ich!«, hörte man die glockenhelle Stimme Elas, und dann war sie wirklich weg.

»So, Yrmel, und wir beide kochen jetzt ein!«, Johanna strich sich geschäftig ihre Schürze glatt und versteckte eine widerspenstige Strähne ihres inzwischen ganz ergrauten Haares unter der Büßerinnenhaube. »Mit dem Essig hantier i zwar lieber, aber jetzt hab i mi schon a bisserl an des Siaße gwöhnt.«

Yrmel trocknete die kleinen Töpfe sorgfältig mit einem Tuch, schürte das Feuer und wollte den mittleren Topf gerade mit den zerschnipselten Äpfeln füllen, als Hanna die Hände über dem Kopf zusammenschlug.

»Na, Yrmel, so geht des ned. Du musst für jede Obstsorte an eigenen Topf nehmen. Des is wichtig.« Verständnislos zeigte Yrmel auf die Äpfel und die Marillen und deutete an, dass sie diese sowieso nicht vermischt und zusammen eingekocht hätte.

»Nein«, erklärte Hanna lächelnd, »i mein, dass du immer *denselben Topf* für eine bestimmte Sorte Obst nehmen musst. Schau, das ist der für die Marillen, die Äpfel tust da rein, und zwar jedes Mal. Den kleinen da, den geben wir weg, den nehmen wir für die Holunderbeeren oder die schwarzen Ribisel, wenns die Ela gepflückt hat.«

Genervt blickte Yrmel die Köchin an. Aber Hanna blieb hartnäckig. »Naa, Yrmel, des is sehr wichtig. Wennst nämlich in dem Topf, wo du die Holunderbeeren gekocht hast, a paar Tag drauf das Apfelmus zubereitest, wird des nicht goldgelb, sondern schmutzig grau. Des dunkelblaue Zeugs kriagt ma ned ganz raus aus dem Topf, scho gar ned, wenn a Zucker dabei war. Und dann gibt es die Farbe an das nächste Obst weiter, und alles ist verfärbt. Verstehst mir jetzt?« Yrmel nickte, und Hanna fuhr fort: »Schau, da hab i ma auch verschiedene Holzlöffel zum Umrühren hergricht. Der lange ist für die Äpfel, den mit dem Loch in der Mitte nehm ich für die Marillen, und der ganz kurze, der schon ganz braunrot ist, der kommt für des stark färbende Zeugs, also für die roten und dunklen Früchte. Weißt, Yrmel, aus den Holzlöffeln kriegst die Farbe noch schwerer weg als aus den Töpfen, und die kocht sich dann erst recht wieder im Zucker raus, und wennst da jetzt Quitten hast und du rührst mit dem Holunderlöffel, dann schaut des wirklich greislich aus, kannst ma glauben!«

Yrmel gab sich geschlagen und befüllte jeden Topf mit der ihm zugedachten Obstsorte. Unter den Argusaugen von Johanna gab sie Zucker dazu und mischte diesen genau mit dem passenden Holzlöffel unter. Befriedigt nickte Hanna: »Siehst, Yrmel, jetzt hast des aa kapiert! Sollen ja auch die Augen was von dem Zuckerzeugs da haben! Kannst ma glauben, des schaut einfach appetitlicher aus!«

Yrmel nickte ergeben und begann über dem Feuer zu rühren. »Und immer schön gleichmäßig!«, rief Hanna noch. Die junge Büßerin seufzte nur mehr leise. Hanna setzte sich mit einem Plumps auf die Bank und begann das nächste Obst herzurichten, es zu waschen, zu entkernen und in kleine Stücke zu zerteilen. Es wäre nicht Johanna Maipelt gewesen, wenn sie bei dieser doch recht kontemplativen Tätigkeit ihr Mundwerk halten hätte können. So begann sie, alles das, was in ihrem Dickschädel herumging, laut auszusprechen.

Sie erzählte von Susanna und bezeichnete sie als eine feige Wurzen, weil sie sich vom Dompropst einschüchtern hat lassen und den Lenz als Selbstmörder in ungeweihter Erde hatte begraben lassen. Das würde sie sich auf keinen Fall bieten lassen. Wenn jemand den Lenz umgebracht hat, dann würde er dafür büßen müssen. Dafür werde sie, Johanna, schon selbst sorgen.

»Weißt du eigentlich, Yrmel, wo der Rolf wohnt?«, fragte sie lauernd und setzte dann, ohne eine Antwort abzuwarten fort, »der ist ja ein Externer, das heißt, der Conrad hat mir gsagt, der wohnt in keiner Burse, sondern zu Hause. Und jetzt kommts: Der Rudolph Thyrnau, so heißt nämlich der Rolf, der wohnt da bei der Bäckerstraßen im Tirnahof. Weißt eh, des düstere hohe Haus da. Er ist der Sohn vom Hans Thyrnau. Der wird dir jetzt ned viel sagen, dafür bist noch zu jung, aber ich weiß noch, wie berühmt der Vater war, der alte Thyrnau. Der war Münzmeister und sogar Bürgermeister von Wien. Ein angesehener Mann war der. Der hat so viel Geld ghabt, dass er eine Kapelle gestiftet hat im Dom. Stell dir des vor, a ganze Kapelle! Fest z'sammpickt ist der mit dem Hofmeister und dem Dompropst. Alle drei waren die besten Freunde vom Herzog. Naa, ned vom Albrecht, von dem vorher, vom Rudolf!« Ruhig rührte Yrmel weiter in der Marmelade, und Hannerl, die bereits die Marillen entsteint hatte, setzte unbeirrt fort. »Stell dir vor, Yrmel, der Rolf hat an Bruder, den Paul, der ist völlig wirr im Schädl, der plärrt die ganze Nacht, hat Anfälle. Du, i sog dir, die Nachbarn, die mir des dazählt haben, glauben fast, dass dem bei lebendigem Leib die Haut abziehn jede Nacht, so schreit der. Der Alte, der Hans, also der Vater vom Rolf, der is scho ganz hinfällig von der Plackerei mit dem irren Paul. Wär ihm ja ned zu verdenken!« Als Nächstes nahm Johanna die Stachelbeeren und zupfte die Stängel ab. »Die Marillen, Yrmel, machst als Nächstes, da hast sie, aber bitte denk dran und nimm den Löffel mit …«

Yrmel drehte sich um und winkte mit dem Löffel mit dem Loch, und Hannerl nickte befriedigt. »Genau, hast gut aufpasst, der is für die Marillen.« Seufzend goss Yrmel das heiße Apfelmus in die kleinen Töpfchen, spannte kleine linnerne Tüchel darüber, band sie mit Spagat fest und ging daran, die Marillen einzukochen.

»Der Mathias Bonus jedenfalls hat so Andeutungen gmacht«, plapperte Johanna weiter, »er meint, dass sich der Rolf recht um Vater und Bruder kümmern muss. I find halt, dass der Rolf scho a bisserl verschlagen ausschaut, meinst ned, Yrmel? Der red nix, deit nix. Und was der alles weiß. Der Bonus, also der Apotheker, sagt, dass sich der Rolf scho bald besser auskennt mit de Arzneien als er selbst. Er braucht es ja auch, dass er seine Leit behandeln kann.«

Johanna verharrte kurz und sah mit den Stachelbeeren in der Hand in die Luft. »Und da is ma eingfallen, Yrmel, dass der Rolf ganz vernarrt in unsere kleine Ela is, die is in sein tristen Leben ja wie der Sonnenschein. Und der Lenz, dass der dahingschmolzen is, wenns nur reinkommen is in die Küch, des wissen wir beide! Ob da nicht der Rolf eifersüchtig war und dem Lenz was in seinen Wein geben hat. Für mich passt des wirklich gut zsammen. Und wenn der Vater so dick Freund mit dem Dompropst is, dann is ja klar, dass der zur Susanna sagt, der Lenz hat sich selbst umbracht, und sie soll sich damit abfinden und a Ruh geben. Damit kann er den Sohn seines Freundes doch gut schützen …«

Mit einem lauten Knall setzte Yrmel die heiße Marmelade auf den Tisch. Als Hanna gerade zu einer Schimpftirade ansetzen wollte, wurde die Tür wieder einmal aufgerissen, und Hanna fragte sich insgeheim, wie lange es das hölzerne Türl wohl noch machen würde, wenn jeder so unsanft damit umging.

Barbel betrat die Küche und knallte einen Bund getrocknete Wildrosen auf den Tisch. »Hast den Salbei noch, den ich dir letztes Mal gebracht hab?«, fuhr sie die Köchin statt einer Begrüßung an.

Verdattert meinte Hanna: »Ja, da drüben hängt er am Schnürl.«

»Wirst ihn nämlich brauchen, wenn i dir sag, was ich in Erfahrung bracht hab!«, sagte Barbel und begann die trockenen Salbeiblätter zu zerbröseln.

»Was machst denn da?«, fragte Hanna ärgerlich.

»Wirst scho sehen, gib ma a paar Rosenblätter her!«, kommandierte die Alte. Wortlos reichte ihr Hanna die Wildrosen, ihr Gesicht verfärbte sich langsam rot vor Zorn.

Unbeeindruckt zerbröselte die Alte nun auch die Blütenblätter und mischte seelenruhig Rose und Salbei zusammen, dann zerrieb sie alles zu feinem Pulver, nestelte aus ihrem zerschlissenen Beutel ein fleckiges Taschentuch, füllte das Pulver hinein und verknotete es, sodass es zu einem kleinen Säckchen wurde. Dann blickte sie Hanna, die weiterhin zornig dastand, ruhig an und drückte ihr das Päckchen in die Hand.

»So«, meinte Barbel, »das ist jetzt gegen deinen Jähzorn, der di in dem Augenblick befallen wird, wenn i dir sag, was du wissen musst. Merk dir des für die nächste Zeit: In der Stund, wo dir der Zorn so heiß aufrennt wie a ganzes Sonnwendfeuer, in der Stund drückst dir des Packerl an die Nasen, denn der Salbei, der tröstet dich, und die Rosn, die freut di!* Und glaub mir Hannerl, du wirst beides nötig haben: Trost und Freid, glaub ana alten Vettel wie mir!«

»So an Schmarrn hob i selten g'hert!«, schimpfte Johanna, wurde aber von der Barbel resolut auf die Bank gedrückt.

»Staad bist jetzt und hörst ma zua! Wann dir scho de Yrmel ned klarmachen kann, was da abgeht, dann werd i des tuan.«

Wenn Johanna nun geglaubt hätte, sie könnte Einzelheiten über die Nacht in der Küche, in der Lenz umge-

* Denn der Salbei tröstet, die Rose erfreut.

kommen war, erfahren, so irrte sie sich, denn das alte Kräuterweibel fing ganz woanders an.

»Denkst no a bissel an die Maroni?«, fragte die Alte lauernd.

»Wos willst jetzt mit dem alten Hund? Der tuat ka Baa ned mehr weh …«, antwortete Hanna verblüfft.

»De kennt jetzt no da liegen und schnarchen und furzen, wie sie's immer gmocht hot«, sprach die Alte weiter und zeigte auf den Haufen Lumpen, auf dem Janus schlief, so er nicht – wie gerade jetzt – auf seiner Lustreise durch die Stadt war.

»War halt scho alt und hat was Schlechtes gfressen«, meinte Johanna und dachte verlegen an ihren Ausflug zu Gottesleichnam, wo sie so dumm gewesen war und gedacht hatte, sie könnte eine Arznei für einen Hund holen.

»Weit gefehlt, Hanna. Der Hund war noch beinand. Die Maroni haben's genauso jämmerlich zugrund gehen lassen wie den Gweichten da!«

»Was redest denn da?«

»Der Hund is vergift worden, Hannerl. Die is am selben Gift eingangen wie der Lenz.«

»Aber wer hätte denn an alten Hund vergiften wollen?«, fragte Johanna.

»Wer hätte denn an jungen Mönch vergiften wollen?«, fragte Barbel zurück.

Hanna dachte nach, dann meinte sie leise: »Bist da sicher, Barbel, dass des bei beiden Gift war?«

»I waas sehr guat, wie der Eisenhut wirkt, Hanna. Glaub an alten Kräuterweibel. Wurzel oder Samen, des is olles gleich giftig. Des mischt ma da drunter, wo des Bittere ned so auffallt. Dann nimmst das zu dir, und scho wenig später kribbelt dir der Mund, die Finger, de Zechen. Dann schwitzt wie deppat, dann speibst, dann pfurzt di an, und dann bleibt dir des Herz stehen. Aber bis dahin leidest wie a Hund. So wie die Maroni, wie a ormer Hund!«

»Mein Gott, der arme Lenz!«, meinte Hanna betroffen.

»A wirklich ormer Teifel, der Mönch, des kannst annehmen!«, sagte Barbel leise.

Es war sehr still in der Küche, nur das Rühren des Löffels in den Marillen machte ein leises rhythmisches Geräusch.

Plötzlich begann Hanna wie wild mit den Füßen aufzustampfen und schrie: »Sakrament! Wer in Dreikönigsnamen mischt mir denn da mit an Gift in meiner Küch herum?« Wortlos nahm Barbel das Taschentuch und drückte Hanna Salbei und Rosen auf die Nase. »I hob da des gsogt, dass da des ned gfallen wird, Hannerl! Aber jetzt werd wieder ruhig und hör mir weiter zua!«

»Ich hab gnua gehört, ich hab mir gnua gfallen lassen. Jetzt langt's mir!« Mit einem Schlag fegte die Köchin das Taschentuch von der Nase und stürmte zur Tür.

»Na wart«, schrie sie hysterisch, »den kauf i mir, was bildet sich des Mannsbild eigentlich ein, dass er mir da erst den Hund und dann den Lenz vergift? Na wart!« Wieder einmal flog die Tür mit Wucht auf und zu, so heftig, dass sich ein Holzsplitter löste.

»Hannerl, jetzt wart doch«, rief ihr Barbel hinterher, und auch Yrmel war schon auf halbem Weg nach draußen. Als beide sahen, wie Hanna einem Brauereipferd gleich durch den Hof trabte, sich nicht einmal die Mühe machte, durch die Gartenpforte zu gehen, sondern gleich vorbei an der Pförtnerin Agnes das Kloster Richtung Dom verließ, kehrten sie beide um und setzten sich ermattet auf die Bank.

»Kannst ma sagen, Yrmel, warum diese blede Urschel ned amal zuhörn kann? Afoch nur zuhörn, bis ma alles gsagt hat?« Dann sah sie die stumme Büßerin an und winkte ab. »Naa, kannst ma ned, oder willst ned, kommt aufs Gleiche raus!« Barbel seufzte und packte ihren Beutel zusammen. »Jetzt plärrt sie wie immer die ganze Stadt zusammen und macht alles nur no schlimmer. Verdächtigt allen und jeden und bringt sich selbst in Teifels Küch! So a Spinnate!« Vor dem Weggehen drehte sich die Alte noch einmal um: »Du weißt, Yrmel, was ich ihr noch hab' sagen wollen, der Johanna?«

Die Büßerin nickte betroffen und drehte die offenen Handflächen nach oben.

»Hoffen wir's Beste, Yrmel, aber i glaub ned dran. Ich spür so viele schwarze Kräfte da überall, die drucken mi so nieder da herinnen, dass ma ganz anders wird. I geh jetzt, du weißt ja, wost mi findest, wennst mi brauchst!«

Yrmel nickte wieder und drehte sich weg. Barbel schloss die Tür von außen, ganz leise dieses Mal.

Wien, Mariä Geburt
[8. September] 1384

»Hofmeister Fichtenstein, sie können Ihre alten Rechnungen begleichen, der Schutz ist aufgehoben.« Mit Wonne las der Hofmeister die Zeilen des in Brünn weilenden entfernten Verwandten des Herzogs immer wieder. Wieder einmal machte es sich bezahlt, wenn man nicht nur auf ein Pferd setzte, sondern seine Intrigen gleich auf mehrere verteilte, dachte er und schritt weit aus. Er überlegte kurz, ob er erst in der Apotheke zum Goldenen Greif nachsehen oder gleich in den Tirnahof gehen sollte. Egal, das würde er später entscheiden. Niemand provoziert und ärgert den Hofmeister ungestraft, dachte er noch mit Genugtuung, als er genau vor dem Dom, nahe beim Barleihhaus, mit einer fetten Büßerin zusammenkrachte.

»Es gibt Hunderte von Mannsbildern in der Stadt, Hunderte. Aber i versteh wirklich nicht, warum i ausgrechnet immer mit Ihnen, sie schiacher Rab, z'sammenlaufen muas. I sog des jetzt no amal, aber dann nimmamehr«, die Alte plusterte sich auf, atmete ein und schrie den Hofmeister mit einer solchen Vehemenz an, dass er unwillkürlich einen Schritt zurück machte: »Schleichens Ihna, verschwindens endlich und lassen S' mi da durch!«

»Du kommst auch noch in meine Gasse, verlass dich drauf, irgendwann hab ich dich!«, brummte der Hofmeister, machte aber Platz, denn er fand den Augenblick, wo er dieser penetranten Person eine Abreibung verpassen würde, noch nicht gekommen.

Dass das eine überaus gute Entscheidung war, erkannte Fichtenstein sofort, als die Alte just in die Apotheke zum Goldenen Greif marschierte und Mathias Bonus anschrie: »Sagen Sie mir jetzt sofort, Apotecarius, wo ich den Rolf, also den Rudolph Thyrnau, find! Mit dem Giftmischer hab i mehr als nur ein Hendl zum Rupfen, das können S' mir glauben!« Betroffen sahen die Kunden in der Apotheke abwechselnd zu der Furie und zu Mathias Bonus, der die wütende Frau um die Schulter nahm und zu beruhigen versuchte. »Na, bei allem guaten Willen, Herr Bonus, da is nix zu machen, ich muss wissen, wo der Thyrnau is! Da können Sie mich ned überreden, eine Ruh zu geben, da werd ich ned nachgeben, nein!« Hannerl schüttelte die freundliche Geste ab.

Hofmeister Fichtenstein betrat geziert das Gewölbe und meinte süffisant: »Ausnahmsweise schließe ich mich da diesem Weib an, ich würde auch zu gerne den Aufenthaltsort des Quacksalbers Thyrnau wissen! Und auch ich werde nicht eher Ruhe geben!«

»Das tut mir aber jetzt sehr leid, meine Dame, mein Herr«, Mathias Bonus verbeugte sich leicht vor beiden, »aber soviel ich weiß, ist der Mediziner Rudolph Thyrnau nicht in der Stadt. Wichtige Angelegenheiten haben ihn in die Vorstadt geführt, und er wird nicht so bald wiederkommen!«

Hatte sich Hanna getäuscht, oder sah sie eben einen Schatten zur Hintertür Richtung Hühnergassel davoneilen? Sie musste sich wohl getäuscht haben, denn der Apotheker, der ihr ja jetzt schon wochenlang den Zucker verkaufte, würde sie doch nicht anlügen, oder? Kurzerhand machte sie auf dem Absatz kehrt und meinte nur: »Dann werd ich halt gleich in den Tirnahof gehen!«

»Das finde ich jetzt einen guten Einfall, und ich werde Sie dahin begleiten«, meinte der Hofmeister mit öliger Stimme.

»Das glaub ich jetzt wieder ned«, antwortete Johanna schnippisch und rauschte an Fichtenstein vorbei.

Auf dem Weg von den Goldschmieden bis zu den Fleischbänken kämpfte Johanna mit ihrer Wut. So nach und nach fiel ihr ein, dass Rolf jedes Mal anwesend gewesen war, wenn es Schwierigkeiten gab. Als Maroni sich nur mehr übergeben und gezittert hatte, da traf sie ihn im Kräutergarten. »Und i blöde Gaas hab gedacht, er wartet auf die Ela!«, schimpfte sie mit sich und watschelte weiter, »dabei hat er den Blauen Eisenhut ins Fressen von dem Hund gmischt. Zugschaut hat er, wie es wirkt, dieses Ungetüm, und mir hat er vorgmacht, es wär a schlechtes Futter gwesen und des Alter von dem Viecherl!« Entschlossen, es den Thyrnaus jetzt zu zeigen, bog sie in die Bäckerstraße ein und drosch auf das massive Holztor ein. Als sich nichts rührte, schlug sie mit ihrer hölzernen Galosche dagegen. Da streckte die Nachbarin den Kopf aus dem Fenster und meinte: »Da müssen S' a bisserl Geduld haben, der Alte braucht so lang, bis er die Stiegen runterkommt.«

»Geduld hob ich kaane mehr!«, schrie Hannerl fuchsteufelswild und drosch weiter. Nach einer geraumen Weile wurde die Tür geöffnet, und die Büßerin stand einem Mann gegenüber, in dessen Gesichtszügen sie nur mehr mit viel Mühe den einstigen Bürgermeister und Münzmeister erkennen konnte. »Hans von Thyrnau?«, fragte sie etwas gebremst in ihrem Zorn den Mann, der sie aus rot unterlaufenen unendlich traurigen Augen ansah. »Ja, der bin ich! Mit wem habe ich die Ehre?«, fragte er höflich.

»Johanna Maipelt, Köchin in Sankt Hieronymus!« Der Alte nickte, als hätte er gar nicht zugehört, machte aber die Tür auf und ließ Hanna ins Haus. Kaum angekommen hörte sie ein Geschrei, als hätte sich jemand verletzt. »Um Gottes willen, schnell, Herr von Thyrnau, da muss etwas passiert sein!«, schrie sie und fasste den Alten eindringlich am Oberarm.

»Da ist schon was vor langer Zeit passiert, gute Frau, da kann man jetzt nicht mehr helfen, nur mehr zuhören, solange man es selbst aushält!« Johanna musste beklommen an den Bruder Rudolph denken und befürchtete das Schlimmste, als sie in eines der im oberen Stock liegenden Zimmer mit geschlossenen Fensterläden geführt wurde. Doch sie sah nur einen schlanken, blonden jungen Mann auf einer Bettstatt liegen. Er zitterte leicht und riss seine blauen Augen auf, als müsse er jeden Augenblick seines Daseins mit unsichtbaren Geistern kämpfen. »Das ist Paul, heute geht es ihm eigentlich ganz gut. Erschrecken Sie nicht, Frau, wenn er schreit, das macht er immer so!«, bemerkte der alte Mann ganz ruhig. Hanna nickte abwesend und konnte doch den Blick von diesem bedauernswerten Wesen nicht abwenden.

»Was führt Sie her, Frau?«, fragte der Alte nach einer Weile der Stille, unterbrochen von einem Stöhnen des Jünglings.

»Ich hätte mit Eurem Sohn etwas zu besprechen, Herr von Thyrnau!«, flüsterte Hanna.

»Was, mit Paul?«, überrascht deutete er auf das Bett.

»Nein, nein, mit Eurem anderen Sohn, mit Rolf, also Rudolph!«, bemerkte Hanna.

»Den hat Sie verpasst, der ist vor einer kleinen Weile in die Apotheke gegangen!«, meinte der Vater und ging hinüber, um dem jungen Mann einen Becher Wasser vor den Mund zu halten. Aus einem kleinen Fläschchen schüttelte er die letzten Tropfen einer Arznei hinein. »Uns ist der Beruhigungstrank ausgegangen, und Rudi mischt uns einen neuen«, damit stellte er das leere Fläschchen beiseite und gab dem Jüngling zu trinken. »Es ist besser für uns alle, wenn er etwas ruhiger ist!«, fügte er noch leise hinzu.

»Also doch«, fluchte Hanna und verwünschte sich selbst, dass sie dem verschwindenden Schatten nicht gleich ins Hühnergassel nachgelaufen war. Hatte sie der Mathias Bonus nun doch angelogen, auf keinen war mehr Verlass!

»Aber vielleicht kann ich helfen?«, bot der Alte an und setzte sich auf einen niedrigen Schemel an die Seite seines Sohnes. So abgegriffen und wackelig, wie das Möbelstück war, nahm Johanna an, dass er die meiste Zeit hier wachte. Ein Schaudern lief ihr den Rücken hinunter, und sie kam sich plötzlich schäbig und herzlos vor, diesem schon gebrochenen Mann auch noch zu erzählen, dass sie seinen Sohn dringend der Giftmischerei verdächtigte.

»Ach es ist nur, weil ich etwas von einer speziellen Arznei gebraucht hätte, die der Rolf so mischt«, log Johanna.

Da lächelte der Alte erstmals: »Da ist Sie heute schon die Zweite, die sich etwas abholen möchte! Aber leider, da kann ich nicht helfen. In der Medizin, da kennt sich nur der Rudi aus. Gott sei Dank, denn ich wüsste nicht, was wir ohne ihn tun würden, wir beide.« Dabei sah er wieder auf seinen zweiten Sohn, der eingeschlafen war, und tätschelte seine schmale, blasse Hand. Johanna wurde das hier zu viel, sie war hin und her gerissen zwischen ihrer Wut und dem Mitleid mit diesem alten Mann und machte Anstalten zu gehen. »Ihr braucht mich nicht hinunterzubegleiten, Herr von Thyrnau. Ich find ja den Weg selbst«, sagte sie, besann sich dann aber eines Besseren, drehte sich noch einmal um und fragte geradeheraus: »Wer hat Euch das angetan, Herr Bürgermeister? Das alles hier …« Mit einer vagen Handbewegung umfasste sie den dunklen Raum, die Bettstatt, den Jüngling und den Mann selbst. Da sah sie Hans von Thyrnau nur mitleidig an: »Gute Frau, das kommt davon, wenn man sich mit den Mächtigen anlegt. Ich gebe Ihr einen Rat mit auf den Weg. Lasse Sie die Finger von allem, was Sie sowieso nicht ändern kann, und passe Sie auf sich auf! Und … Bürgermeister bin ich schon lang nicht mehr!« Johanna nickte verstört und gewahrte, dass ihr innerhalb kürzester Zeit schon drei Menschen gesagt hatten, sie solle sich aus fremden Angelegenheiten heraushalten. Umso weniger werde ich mich um die Meinung der anderen scheren, weder um die der Susanna noch um die von dem Apotheker und um die eines alten Mannsbildes scho gar ned, dachte sie bei sich und war weiterhin fest entschlossen, wieder Ordnung in ihre Küche und in ihr Leben zu bringen, was für Johanna Maipelt erfahrungsgemäß ein und dasselbe war.

Als sie den Tirnahof wieder durch das große Tor verließ, hatte sie bereits den Entschluss gefasst, zu Conrad in die Rosenburse zu gehen. War ja nicht weit, die hintere Bäckerstraße entlang, beim Basiliskenhaus vorbei und bei den Predigern links. Vielleicht hatte Rolf sich zu seinem Freund geflüchtet? Ja, so würde sie es machen. Johanna war so in Gedanken, dass sie nicht darauf achtete, wie eine schlanke schwarz gekleidete Gestalt, die schon des Längeren vor dem Tirnahof wartete, flink hinter ihr durch das Tor schlüpfte, bevor es mit einem Poltern und Quietschen ins Schloss fiel. Behände eilte der Schwarzgekleidete die Stiegen hinauf, er musste nicht nachdenken, wo er den Hausherren fand, die Räumlichkeiten waren ihm aus früheren Tagen nur zu vertraut. Ohne anzuklopfen, trat er in die verdunkelte Kemenate und pflanzte sich vor dem alten Mann, der zusammengesunken am Schemel saß, auf. Hans von Thyrnau war über das plötzliche Auftauchen seines einstigen Freundes nicht erstaunt oder er zeigte es nicht. Er sagte nur: »Johann.« Es kam eher einer Feststellung gleich. Der Hofmeister, der sich seinen Auftritt dann doch etwas dramatischer gewünscht hätte, meinte unwirsch: »Du erkennst mich ja, hast deine Sinne doch noch beieinander.«

»Ich schon, nur Paul nicht mehr«, kam es wieder ganz ruhig von Thyrnau.

Der Hofmeister grinste und sah nur kurz zu dem schlafenden Jüngling. »Das kann vorkommen«, meinte er.

»Ja, wenn man bis nach Böhmen flüchtet, dann erst wieder aufgegriffen und in den Kärntnerturm gesperrt wird, wenn einen der Henker foltert und verurteilt und man beim Landrichter für die Gelüste aller Dahergelaufenen herhalten muss, da kann es dann schon vorkommen, dass man mit der Welt und dem eigenen Leben nicht mehr zurechtkommt. Und das alles nur, weil du nicht genug Geld beiseite schieben hast können für dein fünftes Schloss, deine dritte Burg, dein ich weiß nicht wievieltes Anwesen hast du am Herzogshof vorbei gewirtschaftet und deine eigenen Taschen gefüllt.« Nur ganz leicht war ein Zittern in der Stimme des Alten zu hören.

»Ach, Hans, die alten Geschichten«, sagte Fichtenstein selbstherrlich, »du kennst meine Ansicht. Hättest dich doch nur mit mir verbünden sollen! Aber wenn man sich, so wie du, gegen mich stellt, dann …«

»… dann lässt du es an meinen Kindern aus«, vollendete der Alte den Satz.

»Das ist am wirksamsten, immer wieder!«, meinte der Hofmeister schroff.

»Mittlerweile hast du dich ja auf die Toten spezialisiert, nachdem du den Lebenden schon genug Geld aus der Tasche gezogen hast«, setzte Thyrnau müde fort.

»Was du alles weißt, Hans! Wenn da nicht der Berthold die Hände im Spiel hat.« Herablassend schnalzte der Hofmeister mit der Zunge.

»Pass auf, so leicht kommst du diesmal nicht davon!«, mahnte Thyrnau und deckte seinen Sohn etwas fester mit der leichten Decke zu.

»Ach was, der werte Hofkanzler hat doch selbst genug Dreck am Stecken, der wird mich nicht aufhalten, meine …«

»… deine Wundersachen wie das Tischtuch des letzten Abendmahls, den Wein des Märtyrers Stephan, die Zähne des ich weiß nicht von wem und ganze Holzbalken vom Kreuz Christi zu fälschen.« Hans von Thyrnau lächelte mitleidig, »damit du dir eine reine Seele erkaufen kannst mit den Heiltümern. Aber die werden dir auch nicht helfen, kein einziges Fingerknöchelchen eines Heiligen wird dich vom Hauch der Hölle bewahren, Johann!«

»Oh, du bist recht gut informiert, aber doch sehr unwissend und, was meine Leidenschaft betrifft, auch völlig überfordert. Aber das warst du ja schon immer.«

»Was willst du eigentlich hier? Willst du mir Unterricht in Reliquienfälschung geben, willst du dich an meinem Leid weiden?«

»Die erste vernünftige Frage von dir, Hans. Nein, ich will keines von beiden. Ich will wissen, wo dein Sohn ist, weil ich noch eine Rechnung offen habe mit ihm.«

»Hier«, meinte Thyrnau und zeigte auf Paul.

»Aber doch nicht dieser schwachsinnige Trottel, von Rudolph spreche ich«, meinte Fichtenstein abschätzig und machte eine wegwerfende Handbewegung.

Hans von Thyrnau sah ihn lange an, so lange, dass es dem Hofmeister schon recht mulmig wurde in diesem abgedunkelten Zimmer. Dann meinte der ehemalige Bürgermeister: »Du hast keine Rechnung mehr offen, mit keinem von uns. Deine Rechnungen musst du dann beim Jüngsten Gericht bezahlen, mit deinem eigenen Seelenheil. Lass uns in Ruhe, Johann, geh deinen *Leidenschaften* nach und lass mich und das, was von meiner Familie noch geblieben ist, einfach in Ruhe.« Damit drehte er sich einfach weg.

Hofmeister Fichtenstein stampfte mit seinem polierten Lederschuh auf und meinte: »So einfach geht das nicht, Hans. Dein Sohn hat sich einigermaßen respektlos mir gegenüber verhalten, und ich werde mir das nicht gefallen lassen!«

»Wie du meinst. Geh jetzt«, kam es vom Alten.

»Du hörst von mir, Hans von Thyrnau, eher, als dir lieb ist!«

Damit verließ der Hofmeister den Tirnahof und lief in dieselbe Richtung wie ein wenig früher schon Johanna. Aber er wollte nicht in die Pfaffenstadt, der Hofmeister eilte in den Heiligenkreuzerhof, der Niederlassung des Stiftes der Lieben Frau zum Heiligen Kreuz im Wienerwald. Er wollte nicht die geschnitzten Holzschuhe der Mönche erstehen, für die sie berühmt waren, er wollte ihnen auch nicht die Donaufische abkaufen, die sie am Markt feilboten. Er wollte gar nichts von dem, was die Zisterzienser selbst herstellten. Er wollte zu gerne einen

Blick auf das werfen, was ihnen Herzog Leopold der Babenberger zur Klostergründung geschenkt hatte, und zwar bevor es alle anderen zu Gesicht bekamen: einen Holzspan vom Kreuz Christi. Nach dem stand ihm jetzt der Sinn, dem Hofmeister Fichtenstein.

Wien, Kreuzerhöhungstag (14. September) 1384

Sie hatten es wirklich und wahrhaftig mitgebracht. Lange waren sie unterwegs gewesen zu Fuß aus dem Wienerwald in den Heiligenkreuzerhof nahe der Pfaffenstadt. Nur ein paar Stunden hatten sie am gestrigen Tag gerastet, um sich heute gestärkt zum Dom zu begeben. Hoch hielten sie es, eingefasst in einen goldenen Strahlenkranz, unter einem seidenen Baldachin, das Doppelkreuz aus braunrotem Holz, nur eine Elle lang, eine Hand breit, zwei Zoll dick, aber so allmächtig, so segensreich und so wundertätig! In einer Prozession schritten sie einher, die Mönche aus dem Wienerwald, angetan mit der braunen Kutte der Zisterzienser, die Gesichter wettergegerbt, die Arme kräftig, die Hände voll Schwielen, ganz der Bettelorden, der Wälder rodete, Ackerland urbar machte, Flüsse regulierte, Sümpfe trocken legte. Ein ganzes Dutzend von ihnen erwarteten die Wiener heute, Heilsbringern gleich schritten sie in den Dom durch die große Anzahl der Gläubigen, die, angetan mit ihren besten Kleidern, in den Kirchenbänken verharrten, staunten und sich bekreuzigten, als es an ihnen vorübergetragen wurde: das Doppelkreuz, zusammengefügt aus dem Holz des Kreuzes Christi. Die wohl wertvollste Kreuzreliquie nördlich der Alpen war heute zu Besuch nach Wien gekommen. Mit Inbrunst beteten die Wiener zu Ehren dieses Allerheiligsten Kreuzes. Sie taten Buße, gingen zur Heiligen Kommunion und beteten das Vaterunser. Das alles und der Blick auf das Heiligste Kreuz bedeuteten an diesem

Tag nichts Geringeres als einen vollkommenen Ablass, die Vergebung all ihrer begangenen Sünden. Mit an Hysterie grenzendem Überschwang rutschten sie auf den Knien und sahen nur eines vor sich: wie sie sündenbeladen und gebeugt vor Kummer und Schmach in den Dom hineingingen und reingewaschen, strotzend vor Gesundheit und Hoffnung die Kirche wieder verlassen würden. Dem Himmlischen Jerusalem, der letzten Etappe auf diesem mühsamen Weg durch ein von Krankheit und Hunger, Schmutz und Drangsal geprägten Lebens, würden heute all jene, denen die Gnade zuteil geworden war, dem Gottesdienst der Kreuzerhöhung beiwohnen zu dürfen, ein gutes Stück näher sein.

Nur einer war besser und gesegneter als alle anderen. Einer hatte bereits gestern unter Zuhilfenahme all seines Einflusses erwirkt, einen Blick auf das Allerheiligste Kreuz werfen zu dürfen. Er hatte sich nicht damit begnügt, mit dieser Horde an ungewaschenen, ungebildeten Menschen das Kreuz anzubeten, denn er war Besseres gewöhnt und hatte sich bereits gestern seinen vollkommenen Ablass erbeten. Hofmeister Fichtenstein beäugte nur mehr mitleidig die Wiener, die die Arme in die Luft reckten, mit beiden Füßen in die Luft sprangen, nur um einen kurzen Blick auf die Prozession der Mönche zu erhaschen. Er hatte ja seinen angestammten Platz auf der Empore, er musste sich nicht mit dem Fußvolk um ein paar Zoll Platz balgen. An seiner Seite standen der Herzog und seine Gattin, in deren Mitte Johann von Nürnberg. Am Hauptaltar vor dem Lettner zelebrierte Berthold von Wehingen den Festgottesdienst und stand, angetan mit dem prächtigsten Ornat, den das Allerheiligenkapitel zur Verfügung hatte, in Erwartung der Mönche, die vorbei an den zahlreichen Altären langsam den Mittelgang entlang schritten. Abordnungen von allen Orden der Stadt waren erschienen, die Augustiner, die Prediger, die Schwarzen Franziskaner, die Minderbrüder, auch die Frauenorden wie die Klarissen, die Laurenzerinnen, die Himmelpförtnerinnen und die Büßerinnen. Die Johanniter und Antoniter waren genauso da wie die Ritter vom Heiligen Kreuz und der Deutsche Orden. In der Menge konnte der Hofmeister Wenzel Parler erkennen, daneben seinen Vetter Conrad. Gerade als sich der Hofmeister den Klängen des Chores von Sankt Stephan hingeben wollte, hörte er ein erregtes Tuscheln von Beatrix. Er sah kurz zur Herzogsgattin. Sie hatte besorgt einen Arm um ihren Bruder gelegt und sprach eindringlich über dessen gesenkten Kopf mit ihrem Gatten, dem Herzog. Der beugte sich besorgt zu seinem Schwager und zuckte mit den Schultern. Dann hörte Fichtenstein zuerst ein Krachen, dann einen Aufschrei von Beatrix, und da lag er auch schon ausgestreckt am Boden – ausgerechnet vor seinen blank geputzten Schuhen. Der Anblick war so ekelerregend, dass sich der Hofmeister von dem blassen Gesicht, aus dem der Schaum des Erbrochenen auf seine Beine rann, abwenden musste. Wie ein tollwütiger Hund liegt der Nürnberger da und kotzt mir meine Schuhe voll, dachte er erbost und sah nach unten. Mit einer rudernden Handbewegung gab er den Mitgliedern des Antoniterordens zu verstehen, dass sie gefälligst heraufkommen sollten. Dieser Heiligengeistorden betrieb das Spital vor dem Kärntnertor und hatte wohl einige Erfahrung mit Kranken. Um keinen Preis wollte der Hofmeister selbst den jungen Johann auch nur anfassen. Es dauerte eine Weile, bis endlich zwei Ordensbrüder ihren Weg durch die Menge herauf zur Empore gefunden hatten. Janik ging es inzwischen merklich schlechter. Seine Pupillen waren geweitet, er drehte sich hin und her, stammelte etwas von Kopfschmerzen und litt, der Hofmeister konnte nur konsterniert die Nase rümpfen, offensichtlich an plötzlichem Durchfall. Das Herzogspaar wurde von ihm wohlweislich nach unten geschickt. Die beiden konnte er jetzt so gar nicht brauchen mit ihrer Fürsorge, nein wirklich, das fehlte noch! Die Ordensbrüder wollten Janik auf eine Bahre legen, die mussten sie aber erst unten vom Barleihhaus heraufbringen lassen, was wieder dauerte, weil der Stephansplatz voll von Gläubigen war. In all der Zeit wand sich Janik am Boden und stöhnte dem Hofmeister die Ohren voll. Aber endlich, endlich waren die Ordensbrüder wieder mit der Trage da, versorgten den von oben bis unten beschmutzten Spross der Hohenzollern notdürftig, deckten den Fröstelnden mit einem Tuch zu, so gut es ging, und trugen ihn hinunter. Erleichtert konnte der Hofmeister seine besudelten Schuhe und sein mit Erbrochenem bespritztes Beinkleid unter dem Haupt Janiks hervorziehen und das Weite suchen. Nie wieder würde er dieses Schuhwerk benutzen, so viel stand fest!

Vorbei an den Wienern, die euphorisch um ihr Seelenheil beteten, trug man Janik aus der Kirche. Niemand schenkte ihm Aufmerksamkeit, das Allerheiligste Kreuz war wichtiger. Schnell brachte man ihn in den nahen Zwettlerhof, wo sich auf Anordnung des Herzogs bereits sein Hofarzt Antonius von Ala und der Apotheker Mathias Bonus, der gleich von den Goldschmieden herübergeeilt war, eingefunden hatten. Normalerweise konnten sich die beiden Herren nicht ausstehen, Apotheker und Wundärzte waren einander in Wien nicht grün. Doch in

Anbetracht der prekären Lage versuchten sie gemeinsam zu ergründen, was dem jungen Janik so zu schaffen machte. Beide tippten sofort auf Gift, nur wussten sie nicht genau, mit welcher Pflanze sie es zu tun hatten, und hielten somit kein Gegengift bereit. Der aus dem Trentino stammende Wundarzt fackelte nicht lange und setzte gleich ein paar Schröpfköpfe. Als das nicht die erwünschte Wirkung zeigte, wurde Janik zur Ader gelassen. Sein Zustand verschlimmerte sich jedoch immer mehr, er war nicht mehr ansprechbar und dämmerte vor sich hin. Da griff Antonius von Ala zu einer ungewöhnlichen, in Italien aber durchaus gängigen Behandlung. Er ließ kurzerhand aus zwei mannshohen Balken, die man in aller Eile vom Gerüst des Südturms herbeigeschafft hatte, eine Art Kreuz schlagen und band den armen Janik darauf, dann drehte man ihn kopfüber, ließ ihn wieder zur Ader und hoffte, dass so alle schlechten Säfte aus ihm herausrinnen mögen. Angespannt wachte man bei dem jungen Mann und wartete, ob das Gift seinen Weg aus dem Körper finden würde. Es war ja wie in der ganzen Medizin alles eine Sache der Säfte, da waren sich der Wundarzt und der Apotheker erstaunlicherweise einig. Der böse, schleimige schwarze Saft, der den Körper aus dem Gleichgewicht warf, so heftig, wie ein Komet am Jüngsten Tag die Erde, diesem Saft müsste man einen Weg aus dem Körper zeigen. Bonus, ebenfalls aus Italien, war zwar nicht ganz so überzeugt von der Behandlung, ihm kam das Binden an ein kreuzähnliches Gestell nicht nur pietätlos, sondern schlichtweg barbarisch vor, doch er konnte sich nicht durchsetzen. Das Naheverhältnis, das der Hofarzt schon alleine durch die Behandlung all der Zipperlein des Herzoges genoss, wog einfach schwerer, das hatte Mathias Bonus schnell verstanden. So wartete auch er geduldig.

Also erlebte an diesem Kreuzerhöhungstag der arme Nürnberger sein ganz persönliches, an Grauen kaum zu überbietendes Martyrium, während die Heiligenkreuzer Mönche ihre Reliquie wieder zum Missfallen des Hofmeisters gut verpackt und bereit für den Rückweg in ihr Kloster gemacht hatten. Es war nur seiner Jugend, seiner überaus vitalen Konstitution und wohl auch der Tatsache, dass die Dosis des Giftes nicht ausreichend hoch war, zu verdanken, dass er diese Zeit überhaupt überlebte. Nachdem man ihn von der Kopfüberstellung wieder in die Waagrechte brachte, atmete er nach einer geraumen Weile wieder regelmäßiger und ruhiger, der Kopfschmerz hatte sich gelegt, und Durchfall und Erbrechen hatten aufgehört. Was auch nicht weiter verwunderlich war, denn nach zwei Aderlässen war sein Körper einfach zu schwach, um sich noch zu wehren. So transportierte man den jungen Mann in die Burg, weil man ihn dort besser beobachten und versorgen konnte. Berthold von Wehingen, der gleich nach dem Ende des Festgottesdienstes an das Krankenbett seines jungen Freundes eilte, war erschüttert. »Wer tut denn diesem Jüngling so etwas an?« Nachdem Janik wieder nach und nach zu Bewusstsein gekommen war, etwas Flüssigkeit zu sich genommen und sie zur Freude aller nicht erbrochen hatte, stellte der Hofkanzler und Dompropst dann jene Frage, die im Anbetracht der Geschehnisse die wohl vernünftigste von allen bisherigen war: »Janik, was hast du gegessen? Jetzt sag mir nicht, dass du vor der Heiligen Kommunion nie etwas zu dir nimmst, denn ich weiß, dass das nicht stimmt. Also, was hast du vor dem

Kirchgang zu dir genommen?« Die Antwort war klar und für alle Umstehenden verständlich: für den Apotheker, den Wundarzt, Beatrix und auch den Hofmeister, der mit neuen Schuhen und frisch eingekleidet in der Burg erschienen war, als sicher war, dass es sich um keine ansteckende Krankheit handelte. »Ich habe von dem Heidelbeerkompott gegessen!«, kam es von dem gerade noch dem Tod Entronnenen.

Wie ein Lauffeuer breitete sich diese einfache Antwort unter den Hofbediensteten aus, und es dauerte nicht lange, bis die ganze Burg von dem Ruf widerhallte: »Giftige Heidelbeeren hat der Janik gessen!« Noch eine kurze Zeitspanne später, und die ganze Stadt dröhnte: »Abkratzt wär er bald! Das Kreuz hat ihn gerettet!« Was man dann so oder so auslegen konnte. Die Wiener jedenfalls, denen durchaus ein Gefühl der Dramatik im Blut liegt, feierten diesen durch die Kreuzreliquie sowieso schon von Übersinnlichem und Heiligem durchtränkten Tag mit stürmischem Glockenläuten aller Kirchen der Stadt – und das waren ja bekanntlich mehr als genug. Inbrünstige Dankgebete für die Errettung des hochwohlgeborenen, liebsten Bruders der von allen geschätzten Herzogin wurden angestimmt, und so manch einer trank einen extra großen Schluck auf die Gesundheit Janiks und auf seine eigene gleich noch einen größeren dazu. Die frohe Kunde über die Errettung des Nürnbergers vor dem Gifttod erreichte natürlich auch das Büßerinnenkloster zu Sankt Hieronymus. Nur Johanna und Yrmel bekamen nichts mit, denn sie werkelten im Keller herum, räumten das Gemüse weg, trugen den Sand hinaus, fegten und putzten und machten Platz für die Weinfässer, die ja schon bald wieder eingelagert werden sollten. Als sie ganz verstaubt und mit Spinnweben an der Haube, mit rußigem Gesicht und schmutzigen Händen wieder ans Tageslicht kamen, sahen sie sich dem Dompropst Wehingen, der Meisterin Susanna und keiner Geringeren als der Äbtissin Katharina gegenüber, die offenbar im Hof schon längere Zeit auf sie gewartet hatten. Zuerst sagte niemand ein Wort, das war ja auch nicht möglich, denn das ausgelassene Glockengeläut war so laut, dass man sein eigenes Wort nicht verstanden hätte, aber dann, nach dem letzten *Bim* der Glocke von Sankt Anna, begannen die Drei plötzlich gleichzeitig zu sprechen. Johanna verstand zuerst gar nichts, schnappte nur »Heidelbeeren«, »Das hätte ich jetzt nicht gedacht« und »Warum tust du so etwas«, auf. Nach und nach aber wich alle Farbe aus ihrem Gesicht, sie verschränkte die Arme vor der Brust, fröstelte, obwohl es ein warmer Tag war. Yrmel fixierte nur Katharina, die wiederum der Büßerin starr in die Augen sah. Mittlerweile hatten sich alle Büßerinnen im Hof versammelt, und eigentlich wusste niemand genau, was da vor sich ging, nur Gerüchte machten die Runde.

»I habs gleich gwusst, dass mit der Hanna was ned stimmt«, meinte da Sigrid.

»So viele Mannsbilder, wie die in der Küche ghabt hat in letzter Zeit«, mischte sich Marlen ein.

Wuckerl bemerkte: »Wer andere dauernd sekkiert, der muss amal selbst dran glauben!«

»So scheinheilig hat's immer tan, die Köchin, und jetzt schau sie dir an, recht gschieht ihr«, meldete sich Marlen wieder.

»Aber was ist da eigentlich los?«, erkundigte sich Ela.

»Die Hannerl soll den Janik vergift haben«, sagte Barthel, der sich als Einziger ganz nahe an die hohen Herrschaften gewagt und ein paar Worte aufgeschnappt hatte. »Mit dem siaßen Zeig!«

»Um Gottes Himmels willen, da werden sie sie mitnehmen«, jammerte Martha und schlug die Hände vors Gesicht.

»Wird wohl so sein«, meinte Agnes, die Pförtnerin, gottergeben, »wer mit dem Feuer spielt, kommt darin um!«

»Lauter ehemalige Dirnen und jetzt aa no a Giftmischerin in unserem Kloster, dass Gott erbarm«, weinte Else und hängte sich an Sigrid, die sie aber abschüttelte wie einen nassen Fetzen, weil es Interessantes zu sehen gab.

Johanna hatte sich inzwischen in aller Ruhe den Staub vom Habit geklopft und die Haube von den Spinnweben befreit. Gerade wischte sie sich die schmutzigen Hände in einem feuchten Tuch, das ihr Yrmel vom Brunnen geholt hatte, ab und fuhr sich damit einmal schnell über das Gesicht. Dann sah sie kurz zu den schimpfenden und tratschenden Büßerinnen, hob das Kinn an und meinte zum Dompropst: »Von mir aus können wir gehen, ich wär dann soweit.« Als die drei hohen Herrschaften mit Johanna, die den Kopf weiter recht hoch trug, über den Hof zur Pforte gingen, verstummte das Flüstern der Büßerinnen. Nur der Barthel konnte sich kaum mehr beherrschen. Er kam die letzten Tage aus der Flennerei überhaupt nicht mehr heraus! Und so weinte er als Einziger laut und klammerte sich an Yrmel. Kaum hatte sich die Klosterpforte hinter ihnen geschlossen, knickte Johanna vornüber wie ein geknickter Haselnussstecken. Ihr wurde schlecht und schwindlig vor Angst, und als sie in der Singerstraße dem wartenden Henker und seinen

Schergen übergeben wurde, da wurde ihr fast schwarz vor Augen. Aber die Männer waren das von all den Bösewichten der Stadt schon gewöhnt und griffen beherzt zu. So wurde die Köchin mehr schlecht als recht weggeschleift. Susanna, der dieses Bild dann doch zu sehr zu Herzen ging, schluchzte auf und rief ihr nach: »Johanna, ich wünschte, du hättest auf mich gehört …« Der Dompropst hingegen bückte sich schnell und bekam Janus zu fassen, bevor der Hanna nachlaufen konnte. Er strich ihm fest über den Kopf, dass der Hund die kleinen Ohren anlegte. Erstaunt fragte Berthold die Meisterin: »Wem gehört denn dieser Hund, sag bloß, der Büßerin?« Auf ein zustimmendes Nicken wandte er sich an Katharina und zeigte ihr ein Brandzeichen an der Innenseite des linken Hundeohres, das die Form eines Löwen hatte: »Ich versteh nicht, wie eine ehemalige Dirne und Büßerin zu so einem wertvollen Windhund kommt? Der ist aus der Zucht Wenzels aus Prag! Könnt Ihr mir das erklären?« Katharina verneinte, indem sie nur stumm den Kopf schüttelte.

Wien, Kosmas und Damian (27. September) 1384

Anfangs hatte sie viel Zeit zum Nachdenken gehabt. Eingehüllt in ihre Gedanken versuchte sie, die Tage zu überstehen. Irgendwie. Sie wusste nicht, was schrecklicher gewesen war. Die dunklen Nächte im feuchten Kärntnerturm, die endlosen Tage, wo sie den Schmähungen und Hänseleien ihrer Mitgefangenen und der Wiener ausgesetzt war, oder die immer wiederkehrenden Befragungen durch den Stadtrichter. Nach einer Woche konnte sie nicht mehr sagen, ob es Tag oder Nacht war, sie hatte keinen Hunger mehr, keinen Durst, Wasser und Brot, die in den Turm gereicht wurden, rührte sie nicht mehr an. Sie wollte nur tief schlafen und einfach alles vergessen. Längst hatte sie aufgehört, verstehen zu wollen, was eigentlich passiert war. Sie zermarterte sich nicht mehr so wie anfangs den Kopf, wer denn Gift in ihr Fruchtmus getan hatte. Sie war so durcheinander, so verunsichert, dass sie schon wirklich an die eigene Schuld glaubte, die sich ihr die Schergen der Stadtrichter einzureden bemühten. Und es war ihr gleichgültig geworden. Sie war die ganze Zeit nur damit beschäftigt, ihren Körper taub und unempfindlich gegen jeden Schmerz zu machen. Sie wusste zu gut, dass es die Henkersknechte nicht wie bisher bei der Prügelstrafe belassen würden, bald schon würden drastischere Mittel folgen. Instinktiv ahnte sie, dass eine ehemalige Dirne mit keinem sauberen, schnellen Urteil rechnen durfte. Für Menschen ihrer Abkunft waren ganz andere Mittel vorgesehen, um zu Tode zu kommen, grausamere und schmutzigere, davon zeugten die Bettler mit nur einer Hand, die einäugigen Spieler und zahllose geräderte oder auf den nächsten Galgen geknüpfte Missetäter. Alles Leute, die auf der untersten Sprosse der gesellschaftlichen Anerkennung dahinvegetierten. War sie an diesem Punkt angelangt, versagte ihr Denkvermögen schnell, weigerte sich ihr Kopf, einen Gedanken an den anderen zu reihen, und sie versank wieder in ihrer dumpfen Lethargie. Nur, dass es so weit kommen könnte, dass sie ihr Leben lassen müsste für etwas, was sie nicht getan hatte, ja nicht einmal verstehen konnte, das wusste Johanna Maipelt genau, so abgestumpft war sie auch wieder nicht.

Eines Tages wurde sie grob aus dem Verschlag im Turm gerissen, und das Halseisen wurde ihr umgelegt, die Schandfiedel, wie die Wiener sagten. Hanna bekam nicht so viel von dieser Schmähung mit, denn obwohl sie die Henkersknechte links und rechts recht grob packten, wollten ihre Beine nicht so recht, und sie hatte zu tun, nicht immer wieder umzuknicken und zu stolpern. Die Tage ohne richtiges Essen und ohne Bewegung forderten ihren Tribut. Irgendwie schleifte man sie die Kärntnerstraße entlang und weiter über den Rossmarkt zum Graben. Beim Peilertor versagten ihre Beine endgültig den Dienst, was die Schaulustigen mit Johlen und Pfiffen quittierten. Endlich kamen auch sie auf ihre Rechnung, endlich lag die fette alte Büßerin auf den Knien. Da kam ein junger Mann zu ihr gelaufen und hielt ihr schnell einen Becher Wasser hin, gierig konnte Hanna zwei oder drei Schluck trinken, bevor die Henkersknechte den Becher grob von ihren Lippen stießen, sodass er zu Boden fiel, und sie energisch wieder auf die Beine zerrten. Kurz nur konnte sie einen Blick auf Martin, den Apothekergehilfen, werfen. Sie dankte ihm mit einem Blick, denn die kleine Erfrischung hatte etwas geholfen, und Hanna schaffte es weiter zu den Tuchlauben. Undeutlich erkannte sie, dass sie nach rechts gezerrt wurde. Mühsam hob sie den Kopf. Und da sah sie ihn. Im goldenen Licht des hellen, klaren Herbsttages stand er bedrohlich da, umringt von einer wartenden Menge Schaulustiger, deren Nerven bis zum Zerreißen gespannt waren und die alle nur auf eine warteten: auf Johanna Maipelt. Mit einem Schlag wurde ihr klar, in welchem Albtraum sie sich befand.

Ihre Gedanken glitten wie von selbst weit zurück, ganz klein war sie gewesen, ein Kind, noch kein Mädchen auf der Straße, die jeder haben konnte. Mit den frisch gebundenen Besen war sie in die Stadt gegangen, um sie auszutragen und die paar Kreuzer zu kassieren, die die Leute dafür geben wollten. Herzog war auch ein Albrecht gewesen, aber nicht der mit dem Zopf, sondern dessen Vater, Albrecht der Lahme. Barfuß und in schmutzigen, abgerissenen Kleidern kam die kleine Johanna mit ihren Besen daher, fand sich am Hohen Markt wieder, vor dem Pranger. Barfuß und schmutzig, in einer abgerissenen Tracht der Büßerin kam heute auch die alte Johanna daher und fand sich auch am Hohen Markt wieder, auch vor dem Pranger. Das Bild war gleich, faszinierend und erschreckend, Jahrzehnte vergangen und doch real. Auf eine mannshohe hölzerne Säule, auf die schmale Trittbretter angenagelt waren, war eine Art Vogelkäfig aus massiven hölzernen Stangen gestellt worden. Die kleine Johanna fand einen ganz und gar bedauernswerten Mann, der von allen verhöhnt und angegafft, mehr tot als lebendig in diesem Verschlag dahindämmerte. Sie konnte den

Namen hören, den die wütenden Menschen hinaufriefen: »Chrezzel Stibor«. Der Küchenmeister des Herzogs war da oben, weil man ihn verdächtigte, Gift in das Essen Albrechts getan zu haben. »Johanna Maipelt«, würden die Menschen jetzt erbost rufen, »Johanna Maipelt«, denn nun stand die alte Büßerin vor der Säule mit dem Käfig. Der Käfig war leer. Aber er würde es nicht lange bleiben, Johanna wusste, für wen er frei gehalten worden war. Wie der eine Albrecht, so verfuhr auch der andere, wie der Vater, so der Sohn, eine entsetzliche Tat musste unbarmherzig geahndet werden. Gift ins Essen war Teufelswerk. Panik machte sich in Johanna breit, flammte auf wie dürres Holz unter dem Suppenkessel, heiß schwappten Wogen der Verzweiflung durch ihren geprügelten Körper, stachen wie Pfeile in ihre verwundete Seele. Sie wehrte sich mit der letzten Kraft, die sie aufbringen konnte, und bot den Wienern ein gar köstliches Schauspiel.

»Bei der Fetten werden's mehr als zwei Schergen brauchen!«, lachten die einen.

»Geh, holts a Radl vom Gerüst beim Dom, die bringen wir ja do ned da auffi, die müssen wir raufziehen!«, johlten die anderen.

Johanna schlug, biss und kratzte, warf den Kopf mit dem Halseisen hin und her, verlagerte ihr Gewicht von hinten nach vorne, wand sich und trat, bis ein gezielter Schlag ins Gesicht sie in tiefe Dunkelheit stürzte und sie in sich zusammenfiel. Mit vereinten Kräften und einer Verstärkung durch zwei weitere Knechte, die Stadtrichter Valentin Frühauf vorausschauend von der Schranne herübergeschickt hatte, wurde Johanna Maipelt wie ein nasser Sack in den Käfig gewuchtet. Dort lag sie dann sehr zum Missfallen der Gaffer für lange Zeit bewegungslos. Sie hörte nicht, wie die Trittbretter eines nach dem anderen heruntergerissen wurden und sie jetzt da oben auf der Säule im Käfig, für alle sichtbar, aber für niemanden erreichbar, wie ein gefährliches Tier ausgestellt war. Als sich langsam die Dämmerung über den Hohen Markt senkte und die untergehende Sonne immer längere Schatten auf das Schmergrübl und den Fischhof zeichnete, kam Johanna wieder zu sich. Ihr Gesicht schmerzte, alle Glieder taten weh. Im ersten Augenblick erschrak sie fürchterlich und wusste nicht, wo sie war. Weinend fiel es ihr wieder ein, sie sah zwischen den Gitterstäben durch und wich jäh zurück. Sie war so hoch oben, so ausgesetzt dem Wind, der beginnenden Kälte, und so allein. Immer noch wachten ein paar Unentwegte zu ihren Füßen, riefen Schmähworte und wollten eine weitere Vorstellung der verzweifelten Büßerin. Doch Hanna krümmte sich zusammen, schlang die Arme um ihre Knie und neigte das Kinn auf die Brust. So verharrte sie und wartete, bis es dunkel wurde und die Leute nach Hause gingen. Nur der Nachtwächter ging um den Platz, kümmerte sich um die Laternen und rief herauf zu ihr: »Hast da a beschissene Zeit ausgsuacht, Weib, kalt wird's scho wern und waast eh, Sankt Kosmas und Sankt Damian zünden die Lichter an – wirst a lange Nacht haben da droben.« Johanna staunte nicht schlecht, als ihr klar wurde, dass seit dem Glockengeläut zur Kreuzerhöhung schon ganze 13 Tage vergangen sein sollen. Wo war ihre Erinnerung daran? Sie fand sie nicht, sie wollte sie auch gar nicht suchen. Viel lieber ergab sie sich in Selbstmitleid und weinte so lange, bis sie müde war und leer. Da hörte sie unter sich ein Winseln in der Dunkelheit. »Janus«, flüsterte sie und vorsichtig lehnte sie sich an das Holzgitter, »Janus, was machst denn da?« Wieder kamen Johanna die Tränen, als sie den kleinen, schmalen Hund sah, der zu Füßen der Säule Wache hielt. Doch dieses Gefühl wich bald einer unbändigen Wut, als sie einen schwarzgekleideten Mann näherkommen sah, der den Hund blitzschnell packte und höhnisch zu ihr hinaufrief: »Na, Weib, ich sagte doch, wir sehen uns noch, ungestraft beschimpft niemand den Hofmeister. Jetzt werde ich diesen Köter da wegschaffen!«

»Nein«, schrie Hannerl verzweifelt, »lasst mir doch zumindest des Viecherl da, des tut ja nix.«

»Das hättest wohl gern, du Schandweib, du. Ich tät ihn ja gleich zum Hundsschlager tragen«, Janus heulte auf und Johanna entrang sich ein gequälter Schrei, »aber weil er so ein feines Hunderl ist, nehm ich ihn mit zum Herzogshof. Wird mir sicherlich ein paar Vergünstigungen einbringen, wenn ich mit dem Hundsviech bei dem Bürschchen antanze.« Lachend entfernte sich Fichtenstein, nicht ohne sich noch ein paar Mal nach der Büßerin hoch oben im Käfig umzudrehen und sich zu vergewissern, dass sie sich auch richtig, richtig fürchtete. Und da ging er nicht weit fehl, der Herr Hofmeister, Johanna hatte tatsächlich große Angst. Die Stunden krochen dahin, und sie fror erbärmlich. Ihre Nerven waren angespannt, und sie war unsagbar müde. Dennoch konnte sie kein Auge zumachen und dämmerte nur dahin. Als sie die Glocken Mitternacht schlagen hörte, begann sie wieder leise zu weinen. Sie mochte diese Zeit nicht. Hanna glaubte nicht an Geister, das brauchte sie gar nicht, denn die Gespenster waren in ihr, in der Erinnerung an ihre Jahre auf der Straße. Von Mitternacht bis zwei Uhr früh war es immer am gefährlichsten gewesen, die Freier noch nicht zu betrunken, um grausam ihr erkauftes Recht einzufordern, und die Nacht noch zu lang, um endlich wieder heimgehen zu dürfen. Wie ein alter, längst vergessen geglaubter Albdruck lag die Dunkelheit der Mitternacht auf Johanna. Dann traf sie die Einsicht wie ein Schlag ins Gesicht: »Warum nur bin i so unausstehlich gewesen? Warum war i mit nix zufrieden, hab an jedem herumgemäkelt, alle schamlos angeschrien? Warum bin i ned bescheidener gwesen? Immer hab i mi wichtig gmacht, in den Vordergrund gespielt, warum nur? Ich hab verlernt zuzuhören, mit dem Wenigen, was i hab, zufrieden zu sein. Ja, i bin a unmögliche, alte Frau geworden, a Plag für meine Mitmenschen.« Hannerl schluchzte, dann schlug endlich die Glocke ein Uhr. Es musste das Geläut von Maria am Gestade sein, und Hanna dachte an den Steinmetz Michael Cnab, den sie bei der steinernen Wegsäule getroffen hatte. Wie eingebildet war sie damals gewesen, hatte sie wirklich gedacht, ihr selbst könnte kein Unrecht widerfahren, sie wäre gefeit vor den Ränkespielen der Mächtigen? Wie dumm sie doch gewesen war! Alle Menschen, die sie warnen wollten, hatte sie vor den Kopf gestoßen: Susanna, Dorthe, Barbel und Barthel. Es war so kalt am Hohen Markt, dass Hanna ihre Zähne, jedenfalls die, die ihr noch geblieben waren, aufeinander schlugen. Die Glocke blieb stumm, es war noch nicht zwei Uhr, die dunkle Zeit, die Johanna fast erdrückte, noch nicht vorbei. Tief steckte sie ihren Kopf zwischen die Knie, aber sie fand einfach keinen Winkel, wo sie vor dem kalten Wind geschützt war. »Ist ja auch nicht gut möglich, wenn man in an hölzernen Käfig sitzt«, dachte Hanna und fürchtete sich vor dem nächsten Morgen. Einerseits würde die Dunkelheit, die ihr so zu schaffen machte, vorbei sein, auch würde es etwas wärmer sein, doch sie kannte die Wiener. Gleich nach Sonnenaufgang würden sie hierher laufen, die Zurschaustellung einer Büßerin würden sie sich um keinen Preis entgehen lassen. Jahre danach würden sie sich noch brüsten, ein Klumpen Dreck oder gar einen Stein hinaufgeworfen zu haben auf das *in Schande gefallene Weibsbild*. Johanna hörte ein Scharren am Boden. War Janus etwa wieder zurückgekommen? »Bist wieder ausbüxt, du Gauner«, murmelte sie und presste ihr Gesicht fest an die Gitterstäbe, aber vergebens. Sie konnte ja doch nicht erkennen, was sich direkt unter ihr abspielte. »Janus«, rief sie leise und erwartete ein Winseln. Aber wieder war leises Scharren, dann aber ein regelmäßiges Klopfen zu hören. Das kann kein Hund sein, dachte Hanna beunruhigt. »Wer ist da unten?«, rief sie und wunderte sich, wie schrill und heiser ihre Stimme klang. Wieder ein Klopfen. »Ich kann nicht hinuntersehen, gehe weiter weg oder in Gottes Namen gib an Laut von dir, dass ich mi auskenn!« Hanna packte die Angst. Sollte der Hofmeister wieder zurückgekehrt sein? Oder jemand, der sie jetzt, wo keiner zusah, quälen wollte? Gespenstische Stille breitete sich aus, nur der Wind strich durch das Gitter, und weit weg hörte man einen Fensterladen klappern. »Hallo?«, rief Johanna noch einmal fragend hinunter.

»Ich bin's, Hanna«, kam es von unten.

»Wer?«, fragte die Köchin, sie hatte diese tiefe Frauenstimme noch nie gehört.

»Ich bin's, die Yrmel«, kam es wieder von unten.

Zuerst lachte Johanna kurz auf, dann schüttelte sie ein Schluchzen: »Das ist jetzt a schlechter Scherz und grausam no dazua. Mei Yrmel spricht ned!«, schluchzte sie. Von unten hörte sie ein schmerzliches Seufzen. »Hanna, du musst mir jetzt einfach vertrauen. Ich steh direkt unter dir, gleich bei der Säule.«

»Wer immer du bist, du dreckiges Weibsstück, geh halt ein paar Schritte weg, dass i di sehen kann von oben!«

Eine Gestalt, in einen dunklen Umhang gehüllt, huschte ein paar Fuß weg, dann gleich wieder zurück.

»Es ist zu dunkel, Johanna, du kannst mich nicht erkennen, wenn ich nur wenige Fuß weggehe, dann siehst du mich schon nicht! Vertrau mir einfach! Ich bin wirklich die Yrmel!«

»Das glaub i ned«, flüsterte Johanna von oben.

»Hör zu, nimm den Umhang da, ich werf ihn in die Höhe, schau, dass du ihn fangen kannst.«

Ein Stoffbündel kam heraufgeflogen, doch Johanna war zu langsam, es zu erwischen. Die Gestalt unten probierte es noch ein paar Mal, ehe die Hand, die Johanna zwischen den Gitterstäben herausgestreckt hatte, zupackte und den warmen Wollstoff zu fassen bekam. Sie zerrte ihn zwischen den Holzstäben durch und drückte ihn an ihr Gesicht. Beim Einatmen kamen ihr die Tränen. Der Umhang roch nach Küche, nach gerösteten Zwiebeln, Rüben und frischen Äpfeln. Kein Zweifel, er roch nach Sankt Hieronymus, er roch einfach nach ihrem Zuhause – und – er roch nach Yrmel. Während sich Johanna in den Stoff hüllte, um sich ganz mit dem vertrauten Duft zu umgeben, weinte sie wieder und zwischendurch stammelte sie: »Was soll i machen, Madl? Was soll i nur tun?« Ein Seufzer der Erleichterung war nun von unten zu hören, und die dunkle Frauenstimme meinte: »Na endlich, Hanna, bist zur Vernunft gekommen, endlich lasst dir helfen, jetzt wo es fast schon zu spät ist!«

Schluchzen war von oben zu hören.

»Pass auf«, sagte Yrmel von unten, »du musst mir jetzt einfach vertrauen. Ich stelle dir ein paar Fragen, und du gibst einfach nur die Antworten ohne Wenn und Aber.« Sie machte eine Pause, hörte aber nichts von oben und entschloss sich, einfach fortzufahren.

»Hanna, hast du Heidelbeeren eingekocht?«

»Wie soll i des gmacht haben, wenn die noch gar nicht gepflückt waren?«, entrüstete sich die Köchin und setzte an, gleich wieder zu keppeln.

Aber Yrmel unterbrach sie schroff, »Johanna, ich hab gesagt, *ich* frage, *du* antwortest. Sonst kommen wir nicht weiter, und viel Zeit haben wir nicht.«

Sie seufzte wieder: »Wann hast du der Katharina die Marmeladen geliefert?«

»Wie immer, nach der Morgenmesse bin ich zu den Klarissen gegangen.«

»Über den Schweinemarkt? Weiß die Pförtnerin davon? Hat sie gesehen, was du im Korb hattest?«

»Aber nein«, meinte Johanna, »i geh immer über den Eingang von der Kärntnerstraße!«

»Du gehst durch den Keller?«, unterbrach sie Yrmel und wunderte sich, dass Hanna überhaupt von dem verborgenen Zugang zu den Klarissen wusste.

»Ja, durch den Keller direkt in den Küchentrakt, da stell i des Zeug ab und geh wieder.«

»Hat dich jemand gesehen, hast du jemanden getroffen?«

»Nein«, kam es von oben, »da ist meistens keiner, was

waas i warum. I stell immer nur meine Sachen hin und geh wieder.«

Yrmel atmete geräuschvoll aus. »Ist dir jemand nachgelaufen, könnte dir wer gefolgt sein?«

»Warum sollte das denn jemand machen, mir mit meinen Marmeladentöpfen und Kompottreindln nachlaufen, warum?«

Ungeduldig kam es von unten: »Du weißt schon noch Hanna, dass *ich* die Fragen stelle und *du* antwortest, gell?«

»Aber Schmarrn. Wenn des beim Janik wieder Gift war, dann musst du zum Rolf gehen. Ich hab das doch schon herausgefunden, dass der mit allem möglichen Zeugs herumpanscht. *Der* kann dir deine Fragen beantworten, doch nicht ich. Ich hab damit nix zu tun.«

»Aber du sitzt im Käfig und nicht der Rolf. Du wirst demnächst bei lebendigem Leib …«, schnell brach Yrmel ab, aber Johanna hatte es bereits gehört und schrie auf.

»Wie der Chrezzel, der Küchenmeister vom alten Albrecht, was? Am Gottesacker, oder?«, kam es stockend von oben.

»Ja«, hauchte Yrmel, »so haben sie das vor, am Gottesacker von Sankt Stephan, am Tag des Heiligen Hieronymus, zur Warnung für alle gottlosen Büßerinnen!«

»Aber das ist ja schon in drei Tagen«, heulte Johanna auf.

Da hörten sie die Glocken von Sankt Peter zwei Uhr schlagen. »In zwei Tagen«, sagte Yrmel leise und eine Weile war es sehr still.

»Ich hab ka Gift ned in die Marmelad geben, Yrmel – oder wer immer du da unten bist – warum sollt ich denn dem Bürscherl was Böses wollen?«

»Das weiß ich ja, Hanna, nur die anderen sehen das völlig anders. Du hast es ihnen ja auch recht leicht gemacht!«

»Warum?«

»Du rennst als Büßerin an der Gottesleichnamsprozession in der Stadt mit, bedrohst den Hofmeister, haust dem Dompropst mit dem Wallfahrtsbuschen eine über den Kopf. Du schreist im Goldenen Greif herum, drischst dem ehemaligen Bürgermeister fast die Tür ein, läufst in die Pfaffenstadt – meinst nicht, Hanna, dass sich die Leute deine Figur, deine Art, herumzuwerken und vor allem deine laute Stimme gemerkt haben?«

»Na ja ..«, kam es von oben.

»Dann kommst noch ein böhmischer Augustinerpater in deiner Küche zu Tode …«

»Aber …«, stotterte Hanna.

»Und als Draufgabe läuft dir der Hund noch nach, der niemand Geringerem als dem Römisch Deutschen König gehört!«, schnaubte Yrmel aufgebracht.

»Aber wie soll ich ehemalige Hübschlerin zu einem königlichen Hundsviech kommen?«, fragte Hanna bestürzt.

»Eben. Genau das fragen sich die Katharina und der Dompropst auch. Und der Hofmeister hat ihnen eine Antwort darauf gegeben, die dir gar nicht gefallen wird, Hanna.« Yrmel verzichtete auf Einzelheiten. Die Köchin würde nicht verstehen, wie ernst es wirklich war, denn der Hofmeister hatte steif und fest behauptet, sie stecke als Giftmischerin mit den böhmischen Herren unter einer Decke und wollte Janik als Vertrauten Wenzels ausschalten.

»Ich war das nicht, Yrmel, wirklich nicht!«, beteuerte Hanna.

»Ich weiß«, sagte Yrmel knapp.

»Weißt du, der Rolf, der …«

»Der Rolf war es auch nicht, Hanna. Das habe ich keinen Augenblick geglaubt!«

»Du meinst, du weißt, wer und …«

»Ja genau, Hanna, aber ich hab zu wenig in der Hand, um es zu beweisen. Deswegen musst du mir helfen und genau aufpassen, dass du auf meine Fragen richtig antwortest. Ich weiß, dass dir kalt ist, dass du Angst hast, aber es hilft nichts. Denk nach. Was ist passiert, als du dich aufgemacht hast, die Marmeladen zu liefern? Herrgott, irgendjemand muss doch irgendwann das Heidelbeerkompott darunter gemogelt haben!«

Johanna knetete den Umhang in ihren Händen. Sie fuhr sich damit über die Stirn, wickelte sich fester und wieder lockerer ein, während sie sich ihr Hirn zermarterte, was an diesem Tag alles geschehen war, und wer an ihre Marmeladentöpfe gelangt sein könnte. Da fühlte sie etwas kleines Hartes in der Tasche des Umhangs. Ach ja, das war ja der, den sie auch bei ihrer Wallfahrt getragen hatte, fiel es ihr wieder ein! Sie wurschtelte den Gegenstand mühsam heraus und fand das kleine Päckchen aus Pergament, das mit seltsamen Zeichen verziert war, Buchstaben. *Heiliger Antonius, du kreuzbraver Mann, führ mich dahin, wo meine Seele sein kann*, so oder so ähnlich hatte ihr Lenz den Sinn dieser Zeichen damals erklärt. Dann fiel Hanna der schöne blaue Stein aus dem zusammengefalteten Pergament direkt in den Schoß. Sie stöhnte auf, als sie die Ungeheuerlichkeit dessen erfasste, was sich in ihrem Kopf zu einem ganzen Bild formte.

»Was ist los?«, kam es beunruhigt von Yrmel, die wohl inzwischen zwei Dutzend Mal die Säule umkreist hatte, weil sie so fror und sie die Angst um die Köchin nicht still stehen ließ.

»Ich glaub, ich weiß jetzt, wen du meinst Yrmel«, kam es leise von Johanna, und trotz aller Angst und Verzweiflung hörten Yrmels feine Ohren wieder ein wenig Entschlossenheit und Festigkeit in der Stimme der Köchin. Da wusste sie, dass noch nicht alles verloren war.

Wien, Tag des Heiligen Wenzeslaus (28. September) 1384

»Was habt ihr hier verloren?« Yrmel schrie so laut, als müsse sie all die Jahre, die sie stumm in der Küche anderen beim Sprechen nur zugehört hatte, in einem Satz aufholen. Marlen fiel der Kochlöffel, mit dem sie halbherzig im Haferbrei herumgerührt hatte, herunter, und Ela, die die irdenen Schüsseln für das Frühstück aufdecken wollte, drehte sich abrupt um und sah die Büßerin mit weit aufgerissenen Augen an.

Lange hatte Yrmel nachgedacht, so lange, bis die Morgensonne sich durch den zähen Herbstnebel gekämpft hatte und sie Johanna gerade noch ungesehen verlassen konnte. Sie hatte letztendlich einen Entschluss gefasst: Sie würde wieder sprechen. Die *stumme Yrmel* würde einer anderen Platz machen, einer, die sich nicht nur mit Gesten, sondern auch mit Worten verständlich machen konnte. Lieber wäre es ihr gewesen, sich weiter unter dem Deckmantel des Schweigens verstecken zu können, aber es war schlichtweg unmöglich, Johanna die nötige Hilfe zukommen zu lassen, ohne ein Wort zu sagen. Yrmel war es ihr schuldig, der Köchin, die sich jahrelang, als es schlecht um Yrmel stand, auf ihre ruppige, aber herzensgute Art um sie gekümmert hatte. Wäre der Anlass nicht so dramatisch gewesen, hätte sich die Büßerin wohl schiefgelacht über die Mienen von Ela und Marlen, aber der Sinn stand ihr nicht nach Heiterkeit, sie musste handeln, und zwar schnell. Bevor die beiden sich von ihrem Schreck erholen konnten, galt es, zuzuschlagen.

»Na, Ela, wie geht es dir denn? Hast du mir etwas zu erzählen?«, meinte Yrmel und stellte sich so vor die Tür, dass niemand hinaus oder herein konnte.

Ein plötzlicher Schluckauf verschlug Ela die Sprache, dafür redete Marlen: »Ich weiß jetzt zwar nicht, was dir deine Stimme wieder gegeben hat, Yrmel. Heilig, wie du dich immer aufgeführt hast, wird es wohl irgendein heiliges Wunder gewesen sein … oder soll ich sagen, scheinheilig? Egal, jedenfalls die da«, damit zeigte sie auf Ela, »ist eine Badedirne vom Schilcherbad, hochschwanger von einem Kerl, der sich wahrscheinlich nicht mehr blicken lassen wird. Also was faselst du da? Was soll die dir erzählen?«

Unbeirrt fuhr Yrmel an Ela gewandt fort: »Wo hast du denn dein so wertvolles Amulett? Zeig es uns doch!« Mit zwei großen Schritten war Yrmel bei Ela, fasste ihr grob in den Ausschnitt und riss der sich heftig Wehrenden ein Lederband mit einem kunstvollen *M*, geschnitten aus einem hellblau bis grün schimmernden Stein, vom Hals.

»Habe ich doch gewusst, dass du es immer bei dir trägst!«, meinte Yrmel hasserfüllt.

»Gib das her, gib es mir, das ist mein Schutzstein! Der Türkis bewahrt mich vor meinen Stolpereien, er schenkt mir Fröhlichkeit, Lebensmut, er …«, schrie Ela.

»Er hat ihn gesehen, den Abdruck, oder? Verkehrt herum …«, sagte Yrmel lauernd und schwenkte das Amulett hin und her.

»Wer denn?«, kreischte Marlen und kam näher.

»Lenz, dieser unselige Schwärmer, hat das M verkehrt herum abgedrückt auf deinem Busen gesehen und es prompt in seine Bibel gemalt, als *W*!«, meinte Yrmel ruhig und fixierte Ela.

Diese verstummte und blickte nachdenklich vor sich hin, sodass ihre Augen tiefblau und dunkel wurden. »Dieser Narr hat sich eingebildet, dass ich seine Initiale auf meinem Herzen trage! Ich trage nur eine am Herzen, nur eine …«

Marlen, die keine Ahnung von Buchstaben hatte, schwieg, aber ihr Blick ging zwischen den beiden Frauen hin und her.

»Dafür musste er dann sein Leben lassen, oder?«

»Wenn man so viel Wein mit Blauem Eisenhut trinkt, dann ist es recht schwer, am Leben zu bleiben«, stellte Ela nüchtern fest und sah Yrmel starr ins Gesicht. »Das Blau ist gefährlich, man muss wissen, wo und wie viel man davon kostet!«

»Du hast ihn gezwungen?«

»Aber was«, meinte Ela fröhlich, »der hätte alles, was in meinen Fingern gewesen ist, in sich hineingeschüttet. Richtig aus der Hand gerissen hat er mir das Gesöff! Außerdem war das nur ein Stärkungstrunk!«

»Ela! Du hast ihn vergiftet!«, stellte Yrmel nüchtern fest, »weil er dir zu nahe getreten ist, weil er verliebt war, hast du ihn beiseite geräumt!«

»Aber was«, winkte Ela ab und machte ein Gesicht, als sähe sie ein lästiges Insekt, »ich musste das Mittel doch ausprobieren, das ich Rolf entwendet hatte. Die Dosis kannte ich nicht, so habe ich eben dreimal so viel wie für den Hund in den Becher geschüttet. Lenz wollte unbedingt davon trinken, also habe ich nachgegeben und …«

»Was heißt *für den Hund*? Hast du etwa auch Maroni …«, fragte Yrmel und biss die Zähne zusammen, weil ihr Tränen in die Augen stiegen.

»Nein, eigentlich wollte ich Janus ein wenig damit beruhigen, er war immer so zappelig …«, Ela lachte kurz, »aber diese Hündin war dermaßen gierig, dass sie sich gleich über seine Schüssel gestürzt hat!«

»Woher hatte Rolf das Gift?«, lenkte Yrmel ab, um nicht weiter an die bedauernswerte Hündin denken zu müssen.

»Aber was, Gift, Arznei! Er hatte immer ein Fläschchen dabei, denn er hat ganz wenig davon in den Schlaftrunk für Paul gemischt, es hilft gegen seine Krämpfe, hat er mir gesagt.«

»Und was war mit Janik, hattest du den Eisenhut auch für ihn gedacht, wolltest du auch seine Krämpfe lösen, mit Arznei?«, fragte Yrmel leise.

»Dann würde er nicht mehr leben, Yrmel!«, meinte Ela besserwisserisch, »nein, leider hatte ich alles für Lenz aufgebraucht, und als ich wieder welches im Tirnahof holen wollte, war nur der alte Thyrnau da. Der Rolf musste weg, weil ihm die Hannerl und der Hofmeister auf den Fersen waren. Und so habe ich mir etwas anderes einfallen lassen.«

»Ela, was hast du gemacht?«, fragte Marlen erschüttert.

»Na, in die Au bin ich gegangen und habe Einbeeren gesammelt. Jetzt im Herbst sind die Beeren ganz reif, glänzend und dunkelblau. Die hat mir damals meine Mutter gezeigt. Die und Heidelbeeren habe ich geholt. Alles schön durchgemischt«, meinte Ela fröhlich und noch immer stolz über ihren genialen Einfall.

»Hast du das Kompott eingekocht, Ela?«, fragte Yrmel scheinbar harmlos.

»Nein, das war die Hannerl«, betonte Ela und stemmte ihre Arme in die durch die Schwangerschaft breiten Hüften, »damit habe ich gar nichts zu tun.« Yrmel staunte über die Abgebrühtheit der jungen Frau.

»Die hat *alle* Beeren zusammengequetscht und hat sie dann mit dem Zucker aufgekocht. Ich kann ja nix dafür, dass da die Einbeere darunter war, sie hat das *alles* ganz alleine gemacht, und ja – jetzt sitzt sie halt oben in ihrem Käfig, da kann ich gar nichts dafür. Genauso wenig, wie ich was dafür kann, wenn der Lenz mir den Wein aus der Hand reißt und die Maroni das ganze Futter auffrisst!«

»Selbstverständlich nicht!«, spielte Yrmel das verlogene Spiel mit, »aber weißt du vielleicht noch, wann und wo Hanna das eingekocht hat und vor allem, wann sie die Marmelade ausgeliefert hat?« Yrmel bedachte Ela mit einem freundschaftlichen Klaps auf den Oberarm und setzte nach: »Es ist nur, dass der Stadtrichter das genau wissen möchte, bevor er Hanna herunterholt und sie zum …«

»… Gottesacker schafft!«, beendete Marlen, die aus dem Staunen nicht heraus kam und sich die Neuigkeiten so auf der Zunge zergehen ließ, wie es warmer Würzwein mit Honig gewöhnlich zu machen pflegte.

Wichtig meinte Ela: »Schau, das war da.« Geschäftig ging sie zum Herd und zeigte auf einen großen eisernen Topf, der offensichtlich vor Kurzem zum Einkochen von Heidelbeeren verwendet wurde, weil er noch ganz violett war. »So hat Hanna den Topf mit den gequetschten Beeren übers Feuer gehängt und dann umgerührt!« Ela stellte alles eifrig nach.

»Ach«, verstellte sich Yrmel, »womit denn? Womit hat sie denn umgerührt?«

»Na mit dem da, sieht man doch!« Triumphierend hielt Ela einen großen Holzlöffel mit einem Loch in der Mitte in die Höhe. Auch er war ganz dunkelviolett von den Heidelbeeren.

»Ja, wenn du das sagst, muss es stimmen, Ela, du warst ja dabei«, heuchelte Yrmel und setzte liebenswürdig fort, »Was war denn dann?«

»Dann hats alles abgefüllt und eingepackt, die Hanna. Ich hab dann noch gesehen, wie sie zur Äbtissin gegangen ist, zu der von den Klarissen!«

»Aber geh?«, meinte Yrmel und wartete geduldig.

Ela enttäuschte sie nicht, sie hatte sich in einen regelrechten Eifer hineingeredet und schnatterte weiter: »Ja, ich hab genau gesehen, wie sie zu den Klarissen gegangen ist mit dem Heidelbeerzeug, wirklich!«

»Bist du ihr nachgeschlichen?«

Ela lächelte wissend: »Ja, ich bin ihr leise nachgegangen über den Schweinemarkt und dann vorbei bei der Pforte, da habe ich dann gesehen, wie sie die Heidelbeeren in die Küche gestellt hat.«

»Ach geh, über den Schweinemarkt, was du nicht sagst. Wie bist du denn an der Pförtnerin vorbeigekommen?«, fragte Yrmel interessiert.

»Schnell«, war die einfache Antwort von Ela, »schnell vorbeigehuscht!«

»Hast du immer blaue Steine dabei, die du auch so hie und da verschenkst?«, wechselte Yrmel plötzlich das Thema.

»Ja, die habe ich von meiner Mutter!«, antwortete Ela arglos, »der Türkis, meint sie, ist mir zugetan. Jeder hat nämlich einen anderen Stein, der ihm guttut!«

»Von Mercela Rosenberg?«, fragte Yrmel schnell.

»Ja«, rutschte es Ela heraus und biss sich rasch auf die Lippen. Dann aber blickte sie wieder unschuldig drein.

»Ich habe auch so einen Schutzstein von Mercela Rosenberg geschenkt bekommen«, meinte Yrmel und lächelte Ela, die nicht recht wusste, wie es jetzt zu diesem Thema gekommen war, zu.

»Schau her«, sagte Yrmel noch immer recht freundlich, »das ist mein Stein!«

Damit zog sie ein aus Bernstein geschwungenes *S* mit demselben Lederriemen wie das blaugrüne *M* aus dem Ärmel ihrer Kutte und ließ es vor Elas Augen baumeln. »Bernstein schenkt Wärme, seine sonnige Ausstrahlung hilft, die Kälte in mir zu überwinden, das hat sie gesagt, deine Mutter!«

Ela schüttelte belustigt den Kopf, »Nein, nein, Yrmel, das da ist ein *S* und meine Mutter hat diese Amulette nur für ganz besondere Frauen angefertigt!«

»Ach, für welche denn?«, fragte Yrmel lauernd nach.

»Für die, die …«, verunsichert brach Ela ab.

»Ich werde dir sagen, für welche, du Tochter der Mercela Rosenberg!«, schrie Yrmel und packte das Mädchen mit beiden Händen an den Oberarmen, »für all jene, über die er hergefallen ist wie eine Bestie, die er geschändet und gezeichnet hat für den Rest ihres Lebens. Kinder hat er sich ausgesucht, kleine Mädchen, die noch nichts, noch gar nichts vom Leben wussten! Aber nachdem er sie in die Finger bekommen hatte, danach konnten sie mitreden, denn sie hatten alles aufgeholt, alle Erfahrungen von Schmerz, Erniedrigung und Schmach in einer einzigen Nacht. Und dafür, Ela oder Mercela oder Rosenbergerin oder wie immer du auch heißen magst, dafür bekamen sie von deiner Mutter ein Amulett, einem Brandzeichen, einer eisernen Spange gleich, die sich um ihr Herz und ihre Seele schließen sollte.«

»Das stimmt nicht, du lügst!«, schrie Ela und wollte sich aus Yrmels eisernem Griff lösen, was ihr nicht gelang.

»Soll ich dir ein paar Namen anderer Frauen sagen, die auch mit einem Amulett herumlaufen? Sagt dir Elisabeth von Oppeln etwas, kennst du Agnes von Oppeln?«

Yrmel hatte sich in Rage geredet, sie schüttelte Ela und schrie: »Wir waren wie Schwestern, wir drei, sind zusammen aufgewachsen, und kaum zählten wir zwölf Lenze, hat er eine von uns zur Frau genommen, mich geschändet, und Agnes, als Elisabeth gestorben war, einfach so geheiratet. Und alle durften wir es tragen, dieses Amulett deiner Mutter, erkauft mit unserem Blut, mit unserer Ehre. Was sagst du dazu, Mercela von Rosenberg, was sagst du?« Wie eine Furie schüttelte sie die junge Frau, bis diese einen lauten, durchdringenden Schrei von sich gab. Marlen, die bisher nur sprachlos an der Wand gestanden hatte und gar nichts mehr verstand, sah plötzlich zwischen die Beine Elas und begann ebenfalls zu schreien. »Yrmel, hör auf, hör doch auf. Ela kommt nieder, hör auf, sie zu schütteln, da schau am Boden!«

Yrmel ließ Ela taumelnd stehen und machte zwei Schritte zur Seite. Ihre Augen waren dunkel vor Zorn, als sie es sah. Plötzlich gab sie Ela einen groben Stoß nach hinten, sodass diese an die Wand prallte und in die Knie sank.

»Dann geh doch zu ihm und frag ihn, der uns das alles angetan hat, geh zu Jobst von Mähren, wenn du mir nicht glaubst, Mercela von Rosenberg. Aber nimm das da mit dir, diesen elenden Tand, der jedem von seinen Opferlämmern um den Hals gelegt wurde. Da, nimm das!« Und Yrmel schleuderte das Bernsteinamulett an seinem Lederband wie eine Peitsche nach Ela, die sich aufgerappelt hatte, schnell zur Tür lief und die Flucht ergriff.

Kreidebleich sah Marlen zu der Stelle, an der die junge Frau vorhin gestanden hatte. Dort, wo Yrmel Ela so schonungslos hin und her geschüttelt hatte, lag jetzt ein längliches Federkissen. Fassungslos betrachtete Marlen die zerknautschten blauen Seidenbänder, die an beiden Schmalseiten angenäht waren und die das Kissen an Elas Körper festgehalten hatten. Der Knoten hatte sich gelöst, die blauen Bänder waren gerissen.

»Du hast es gewusst, Yrmel! Sie ist keine Badedirne«, stellte Marlen mit zittriger Stimme fest. Langsam erhob sie sich und hielt das Kissen, das immer noch warm von Elas Körper war, an ihre Brust. »Und du hast von Anfang an gewusst, dass sie nicht schwanger ist! Wie nur?«

Yrmel hatte sich etwas gefangen, zuckte ruhig mit den Schultern und sah Marlen ernst an: »Leben schenken kann nur eine, die selbst lebt. Mercela ist schon lange tot, nur mehr ihre Hülle läuft herum als ein gefügiges Werkzeug alles Bösen!« Damit sah sie auf die blauen Bänder, deren Enden am Kissen hin und her baumelten.

Brünn, Michaelitag
[29. September] 1384

»Ich habe dich nicht gerufen! Du bist es nicht wert, den Boden zu küssen, auf dem ich gehe!«

»Das habe ich auch nicht vor! Mir wurde der Boden zu heiß, deswegen bin ich da!«

»Weißt du was? Geh dorthin zurück, woher du gekommen bist!«, schnaubte er abfällig und hielt sich mit einer Hand am Stuhl fest, um einen festen Stand bemüht.

»Das kann ich nicht. Dafür ist es zu spät«, traurig blickte sie zu Boden, reckte aber gleich wieder trotzig ihr Kinn vor und blitzte ihn aus grünblauen Augen an: »Du weißt auch ganz genau, warum!«

Gelangweilt blickte er auf seine aus feinstem Leder gefertigten Schnabelschuhe, reich verziert und absolut unpassend zu seinem schlichten dunklen Wams. Schleppend meinte er: »Du verlässt jetzt augenblicklich diese Kemenate, oder meine Schergen werden dich an den Haaren hier hinausschleifen, das schwöre ich dir!«

Ihrem wachsamen Blick war es nicht entgangen, dass er sich gelassener gab, als er in Wahrheit war. Seine Hände zuckten unruhig, seine Zeigefinger klopften immer wieder auf seine Daumen. Er konnte gar nicht damit aufhören. Ein leises Lächeln umspielte ihre Lippen, als sie ganz ruhig meinte: »Was du schwörst oder nicht, interessiert mich einen Dreck. Und ich gehe nirgendwohin, bis du mir meinen Lohn gegeben hast!«

Er schnaubte abermals und zwang sich zu einem missglückten Lächeln: »Welchen Lohn und wofür?«

»Für meine Dienste!«

»Ich wüsste nicht, welche.«

Unbeirrt fuhr sie fort, ihm in die Augen zu blicken: »Für diese ganz speziellen Dienste, um die du mich gebeten hast.«

Da lachte er schallend und meinte anzüglich: »Diese Dienste bekomme ich gewöhnlich umsonst und die ganz speziellen ebenfalls. Ich erinnere mich nicht daran, je um so etwas bitten zu müssen. Das machen die Weiber ganz von alleine. Du hast das ja auch gemacht, oder kannst du dich nicht mehr erinnern? Darf ich deinem Gedächtnis auf die Sprünge helfen, im Dunkeln, damals, gleich an der Hauswand, da …«

Da erwiderte sie zornig: »Verschone mich mit den Erinnerungen an deine abwegigen Liebesspiele, du Schwein! Ich meine den Auftrag, den Nürnberger Auftrag!«

Drohend ging er auf sie zu, blieb aber stehen, als er die mörderische Wut in ihren Augen blitzen sah. »Den hast du nicht erfüllt, ich wüsste nicht, wofür ich dich entlohnen sollte!«

Aufgebracht schrie sie: »Lass deine Spielchen! Du gibst jetzt meine Mutter frei, so wie es unsere Abmachung war!«

Leise antwortete er: »Das war nicht unsere Abmachung.«

»Doch!«

»Nein, ich kann deine Mutter nicht freigeben, sie ist es schon längst«, meinte er gelangweilt, sah sich aber rasch prüfend um, ob einer seiner Knechte auch wie üblich den Wachdienst bei der Tür versah. Kurz nickte er ihm zu und deutete an, sich bereit zu machen.

»Was heißt das? Hast du sie schon laufen lassen? Ohne mir etwas davon zu sagen? Wo ist sie? Wo ist sie hin? Bei meinem Oheim? Sag es mir!« Vor Aufregung ganz heiser krächzte sie und warf sich mit ihrem ganzen Gewicht gegen den Mann, sodass er das Gleichgewicht verlor und rücklings in den Sessel krachte. Der Knecht kam im Laufschritt heran, wurde aber durch ein kurzes Winken seines Herren aufgehalten.

Sein Gesicht färbte sich dunkelrot vor Zorn über den Angriff und vor Scham, dass er im Umfallen eine derartige Blöße zeigte. Unbeeindruckt fuhr die Frau fort, ihn mit Fragen zu bombardieren und mit Anschuldigungen zu überhäufen. »Wir hatten eine Abmachung. Ich erledige die Drecksarbeit in Wien, und dafür stellst du meiner Mutter frei, zu gehen, wann und wohin auch immer sie will! Warum hast du dich nicht daran gehalten? Ich habe meinen Teil erledigt!«

»Abgesehen davon, dass du deinen Teil nicht erledigt hast, denn besagte Person lebt noch, muss ich dir sagen, dass deine Mutter bereits frei ist, so frei, wie jemand nur sein kann, der sich von den Lebenden verabschiedet hat.«

»Was?«, fassungslos sah sie ihr Gegenüber an, »du hast sie getötet?«

»Nein«, erwiderte er gelassen, »das hat sie schon selbst erledigt, lange bevor du da warst …«

»Was?«

»Was bist du doch für ein blödes Weibsstück. Du hörst nur, was du hören willst, was dir deine werte Familie einflüstert, was auch immer. Aber das, mein Liebchen …«

»Nenn mich nicht Liebchen …«

»Aber das – *mein Liebchen* – ist nicht die Wahrheit. Ihr verschließt alle die Augen davor, was Mercela Rosenberg für ein Mensch war. Ihr wollt es nicht wissen, oder? Es würde der zweifelhaften Ehre der Familie nicht gerecht werden, oder?«

»*War*?«, kam es zitternd von der jungen Frau.

»Ja genau. Das tut richtig weh, hab ich recht?«, schmierig lächelnd hievte er sich aus seinem Sessel und kam bedrohlich auf sie zu.

»Und jetzt hör mir gut zu. Deine Mutter war verrückt, krank, närrisch, schwachsinnig … such es dir aus, es stimmt nämlich alles!«

»Das ist nicht wahr!«

»Oh doch. Sie *wollte* nicht zu ihrer Familie zurück, sie *konnte* es nicht. Weißt du, warum?«

Die junge Frau war starr vor Schreck.

»Sie hatte eine eigenartige Veranlagung, schon lange bevor sie deine Mutter wurde. Sie ließ nämlich jedes Mannsbild zwischen ihre Schenkel, egal ob er ihrem Rang entsprach oder nicht, da machte sie keinen Unterschied.« Er lachte anzüglich und ergötzte sich sichtlich an den schreckgeweiteten Augen der Frau.

»Aber es dauerte nicht lange und sie hatte sich angesteckt.«

»Angesteckt …«

»Ja«, setzte der Mann wütend fort, »krank wurde sie, voll von Aussatz überall. Aber bevor es offensichtlich war, dass sie an der Lustseuche* litt, hat sie unbeirrt wei-

---

* In den mittelalterlichen Quellen um 1400 wird nicht unterschieden, ob es sich um Lues oder Herpes handelt. Allgemein wird bei einer Geschlechtskrankheit, bei der Hautausschläge und Geschwüre auftreten, von der »Lustseuche« gesprochen. Der Name Syphilis oder »französische Krankheit« ist erst etwa 100 Jahre später üblich. Man kann aber davon ausgehen, dass der »harte Schanker« bereits um 1400 eine bekannte Infektionskrankheit war, die sexuell übertragen wurde.

tergehurt, diese Schlampe.« Speichel troff dem Mann vor lauter Zorn aus dem Mundwinkel, und gefährlich näherte er sich der jungen Frau. Zum ersten Mal nahm sie bewusst sein Hinken wahr und seine offensichtlichen Schwierigkeiten, ganze Sätze zu formen. Seine Augen hatte er zugekniffen, und jetzt dachte die Frau daran, das nicht seinem ständig lauernden Jähzorn zuzuschreiben, sondern der einfachen Tatsache, dass er sie nicht deutlich sehen konnte. Er griff sich an sein hochgeschlossenes Wams und entblößte am Hals beerengroße Knoten, die teilweise entzündet und eitrig waren. Als sie sich angeekelt abwandte, zog er sie grob am Oberarm heran und presste sie in den hölzernen Sessel. Mit seinen Knien lehnte er sich so schwer auf ihre Oberschenkel, dass sie nicht flüchten konnte und geradewegs auf seinen Gürtel starren musste.

»So, du verdammtes Balg einer verderbten Hure, das solltest du ja oft genug gesehen haben in den Badehäusern, wo du dich herumgetrieben hast.« Unbeeindruckt von den erstickten Schreien der Frau nestelte er an seinen Beinkleidern, zog herum und zeigte ihr schamlos und unverfroren rote entzündete Stellen an seinem besten Teil. Grausen und maßloses Entsetzen bemächtigten sich der Frau, umso mehr, als sie ihren Kopf nur wenig zu beiden Seiten drehen konnte und so gezwungen war, sich die ganze bestialisch nach Urin stinkende Vorstellung gefallen zu lassen. Da half es wenig, dass sie ihre Hände zum Schutz vor ihr Gesicht halten wollte, denn mit einem groben Schlag schlug er sie ihr wieder herunter. »Bei Tageslicht sieht das gar nicht so lustvoll aus, wie es sich damals im Dunkeln an der Hauswand angefühlt hat, *mein Liebchen*, hab ich recht?« Angewidert drehte sie sich weg und schloss die Augen. In ihren Ohren dröhnte das schaurige Lachen von einem, der nichts mehr zu verlieren hat. Mit einem Mal war Ela ganz ruhig. Auch ich habe nichts mehr zu verlieren, dachte sie, ihre Gedanken glitten zu Rolf und der melancholischen Liebe in seinen Augen. Erst der Mann, jetzt die Mutter. Beides Menschen, deren Liebe sie sich sicher war und die nun zum Trugbild geworden waren. Ela begann leise zu weinen: »Das wusste ich nicht. Mein Oheim Johann sagte mir nichts. Ich wusste das nicht.«

Noch immer zornig ließ der Mann von ihr ab, bedeckte seine Blöße, machte seinen Kragen zu. Leise sprach er weiter, und Ela war sich nicht sicher, was gefährlicher war, das Schreien von vorhin oder das bedrohliche Flüstern jetzt.

»Sie hat alle in ihre Pein mit hineingezogen, sie konnte sich am Schluss nicht mehr bewegen, sie fantasierte nur mehr. Sie brüllte, weinte und lachte zur gleichen Zeit. Sie war abstoßend, hässlich, sie …«

»Nein, nein, meine Mutter war sanft, sie schenkte mir ihren Traumstein, den Türkis, sie …« Ela reckte sich und schleuderte dem Mann entgegen: »Ihr habt sie gequält und geschlagen, immer wieder, ich habe es selbst gesehen.«

Hämisch grinsend bemerkte er: »Das wollte sie so, das war die Strafe, die sie sich selbst ausgesucht hatte, durchgedroschen und dann gevögelt zu werden. So wollte sie das. Hat sie dir das denn nie gesagt? Es war ihr Wunsch. Und noch etwas, kleine Tochter. Es war auch ihr Plan, von Anfang an, dich in die Niederungen ihrer Lust hinunter zu ziehen. Sie wollte aus dir genauso eine Hure machen, wie sie es war. Und – was soll ich sagen – es ist ihr gelungen!«

Hysterisch schrie Ela: »Aber das ist doch nicht wahr, sie hat gelitten, geweint, sie konnte nur mehr Linderung in ihren Heilsteinen finden … Ich hab das alles nur für sie gemacht, ich wollte ihr helfen, ich …«

Unbeeindruckt fuhr er fort: »Sie war unberechenbar mit ihrer fortschreitenden Krankheit, ließ alles hinter sich, verdreckte sich selbst und die anderen, sie …«

»Meine Mutter war mir immer wohlgesonnen, sie war besorgt um mich. Aber sie selbst war so schutzlos, ich habe ihr geholfen.« Weinend rang Ela die Hände.

»Pah, schutzlos und ausgeliefert! Benutzt hat sie dich, wie alle anderen auch. Sie hat dich das erdulden lassen, was sie hätte tragen müssen, sie hat dich belogen! Begreif doch endlich, sie hat dich ausgebeutet, von deiner Kraft gezehrt, sie hat sich schiefgelacht über dich, wenn sie dir vorgemacht hat, wie sehr sie leidet!««

»Nein! Das hat sie nicht!«

»Ach nein?« Er humpelte auf und ab und hielt inne. Dann drehte er sich teuflisch grinsend zu Ela und meinte in scheinbar neutralem Ton: »Wer, hat sie doch gleich gesagt, ist dein Vater?«

Ela schwieg.

»Nun, wer ist dein Vater?« Er schrie wieder wütend. »Was hat sie dir denn darüber gesagt? Oder hast du nie gefragt?«

»Ich habe einmal nach meinem Vater gefragt«, meinte Ela, plötzlich beklommen, und dachte an einen lang zurückliegenden Tag im Sommer, wo sie über die grünen Wiesen spaziert waren und die Mutter ihr Kräuter gezeigt hatte, die heilsam waren und solche, die großen Schaden anrichten konnten. Ein ganz und gar giftiges Kraut hatte sie in die Hand genommen, und Ela hörte noch heute ihre Worte: »Schau dir das Blau des Eisenhuts an, das zerstörerische Blau, das dem Tod näher ist als dem Leben. Ich wünschte, ich hätte es ihm gegeben, bevor er dich zeugte. Da hätte ich dir viel erspart.«

Auf die Frage, wer *er* denn sei, hatte sie geantwortet, dass nichts so wichtig wäre wie der Glaube an das, was man selbst erringen konnte und nicht an das, was einem ein anderer mitgegeben hatte. Ela hatte damals überhaupt nicht verstanden, was ihre Mutter meinte, hatte es aber vorgezogen, zu schweigen.

»Was hat sie dir geantwortet?« Er schrie wieder unbeherrscht.

Ela biss sich auf die Lippen und senkte den Blick. Da lachte er und schlug sich vor Vergnügen auf die Schenkel. »Nun, dann hat sie es mir überlassen, dir die Wahrheit zu sagen. Wieder einmal hat sie etwas Unangenehmes nicht selbst erledigt.«

Dann jedoch zögerte er und schüttelte sich kurz: »Wie alles andere auch, hat sie es mir hinterlassen.«

Erschrocken sah Ela auf und erkannte, dass er aufgehört hatte, so irr zu lachen und stattdessen leise schluchzte. Bei diesen plötzlichen Stimmungsschwankungen wurde ihr angst und bang. Sie wollte weglaufen, wagte aber nicht, sich zu bewegen. Gebannt hielt sie ihren Blick auf ihn gerichtet.

»Ich bin dein Vater, Ela. Ich habe dich gezeugt, als ich noch fähig war, Kinder in die Welt zu setzen.« Ela öffnete den Mund, doch kein Schrei verließ ihre Kehle. Entgeistert starrte sie ihn an.

Leidenschaftslos und müde fuhr er fort: »Damals war ich noch nicht krank, sondern jung, gesund und ehrgeizig. Ich habe ihr auf Anhieb gefallen. Männer wie mich mochte sie besonders. Sie liebte die Ausstrahlung von Macht und Stärke.« Nachdenklich nickte er und rieb sich unwirsch die Augen, dann erklärte er trocken: »Das hat sie zunichtegemacht. Ich werde einmal ein Kaiserreich führen und kann nicht einmal einen Sohn zeugen.« Da sah er zu ihr, wie sie, unfähig, ihr Grauen und Entsetzen auszudrücken, nur ihre Hände zu Fäusten ballte und dastand wie eine Steinsäule. Er lachte sie aus. Plötzlich kam Leben in den Stein, und in zwei großen Schritten stürzte sie in seine Richtung.

»Was sagst du da?«, kreischte sie und schlug mit den Fäusten auf ihn ein. »Du hast mich als deine Hure missbraucht, obwohl du wusstest, dass ich deine Tochter bin. Dein eigen Fleisch und Blut! Du hast mich nach Wien geschickt, du hast mich ins Unglück gestürzt ...«

Da grinste er schmutzig und meinte so nebenbei: »Beruhige dich, Ela von Rosenberg. Das war doch genau das, was du wolltest. Du bist wie deine Mutter! Verderbt und krank.«

»Wie kannst du das sagen? Ich habe mich dir hingegeben für meine Mutter. Ich wollte, dass du sie freigibst, dass du aufhörst, sie zu quälen, das wollte ich.«

»Ela«, meinte er geduldig, »du hast noch immer nicht verstanden. *Sie* quälte die anderen, nicht umgekehrt. *Sie* quälte mich, indem sie mich zu einem kranken Mann machte, *sie* quälte dich, indem sie dir ihre Schuld auflud und *sie*, nur *sie* hat deine gesamte Familie hintergangen und sie im Glauben gelassen, dass ich sie gefangengehalten habe. Aber das Gegenteil war der Fall: Ich war gefangen in ihrem Leid, sie war wie eine eklige, stinkende Beule an meinem Bein. Sie mischte sich in alles ein, sie erinnerte mich jeden Tag an das, was sie mir genommen hatte.«

»Aber die Heilsteine, die …«

»Ach hör doch auf mit diesem blöden steinernen Zeugs, das sie jedem aufgezwungen hat! Jedem Weib, das ich mir genommen habe – nein – das sich mir aufgedrängt hat – ja wirklich jeder hat sie so einen unnützen Tand um den Hals gehängt. Zum Schutz, sagte sie. Dass ich nicht lache«, müde bedeckte er seine Augen, »sie selbst war es doch, die die Krankheit in unser aller Leben gebracht hat. Nur sie war das.«

»Was heißt das, in unser aller Leben: in dein düsteres, hoffnungsloses Dasein vielleicht! Aber mir hat sie nichts getan, ich habe sie geliebt und verehrt. Und ich werde ein glückliches Leben führen, ganz so, wie sie es gewünscht hat.«

»Wie willst du denn glücklich werden, Ela, als Badedirne, als Hure? Wonach steht dir denn dein Sinn?«, meinte er müde.

»Warum nicht? Als Badedirne führt man ein gutes Leben, und Hure zu sein, nun es gibt Schlimmeres. Aber vielleicht kann ich ja noch ein Eheweib werden, vielleicht ist noch nicht alles verloren! Wenn ich jetzt wieder nach Wien zurückkehre …«

»Ach Ela, du bist wirklich dümmer, als ich dachte!«

Damit kam er ihr wieder gefährlich nahe, strich mit seinem Zeigefinger sanfter, als sie je von ihm erwartet hätte, über ihre Nase. Ihre Nase, die in der Mitte eingesunken war und ihrem Gesicht diesen besonders niedlichen Ausdruck verlieh. Wie wenn er ein glühendes Eisen in ihr Gesicht gestochen hätte, fuhr sie zusammen. Kurz sah er sie spöttisch an und verließ hinkend die Kemenate.

Wien, Tag des heiligen Hieronymus (30. September) 1384

»Du verlangst jetzt nicht wirklich von mir, geschätzte Base, dass ich eine verurteilte Büßerin freilasse, weil sie einen falschen Topf zum Einkochen von Heidelbeeren verwendet hat, oder?«

»Nicht sie hat den falschen Topf verwendet, die Rosenbergerin war es. Johanna hat gar keine Heidelbeeren eingekocht, Apfelmus, Marillen ja, aber keine Heidelbeeren, sonst hätte sie den kleinen Topf, der dafür vorgesehen war …«

»Sybille, du machst dich lächerlich.« Katharina stampfte wenig damenhaft mit ihrem Fuß auf.

»Und was ist mit dem Kochlöffel? Mhm, was sagst du dazu?«, unbeeindruckt fuhr Yrmel fort, »der mit dem Loch in der Mitte, der war nur für die Marillen, da war die Hanna ganz eigen! Nie und nimmer hätte sie den in die Heidelbeeren getaucht.«

»Sybille von Montfort, nie hätte ich gedacht, dass ich das sagen werde, aber du hältst jetzt auf der Stelle deinen Mund. Du benimmst dich nicht deinem Stand gemäß, und was glaubst du, wie mich deine Küchengeschichten interessieren? Gar nicht, wenn du es überhaupt wissen willst!«

»Warum bist du nur so uneinsichtig? Welchen Beweis brauchst du denn noch für die Unschuld von Johanna? Sie hat das Kompott nicht gemacht, lass sie doch frei!«

Zuerst blickte Katharina böse, dann musste sie herzlich lachen. »Das ist nicht dein Ernst. Das kann es nicht sein. Denk doch nach. Zuerst krepiert ein Mönch in der Klosterküche, dann entgeht der Schwager der Herzogin nur knapp dem Gifttod, nachdem er ein Kompott gegessen hat, das eindeutig aus Sankt Hieronymus gekommen ist! Und ich soll mich zum Gespött der Leute machen und die Büßerin begnadigen? Sybille, das glaubst du doch nicht wirklich!«

»Wenn du mich nicht überredet hättest, bei den Klarissen zu bleiben, hätte ich Lenz vielleicht noch retten können!«, zeterte Yrmel.

Katharina zuckte nur mit der Schulter, und einen Augenblick lang sah Yrmel die Genugtuung im Gesicht ihrer Base aufblitzen. Da verstand sie.

»Du hast mich absichtlich hier festgehalten, du warst in Sankt Hieronymus. Aber ja, warum war ich nur so dumm! Du hast die deutsche Bibel an dich genommen!« Der Zorn vernebelte Yrmel fast die Sinne. Doch Katharina ließ sich nicht beeindrucken. Ganz ruhig antwortete sie: »Du weißt genau, Sybille, das Wohl der Familie steht an erster Stelle. Ich habe meine Augen und Ohren überall, und du darfst mir glauben, dass ich nicht selbst ein paar Pergamente aus einer Klosterküche holen muss. Ich habe da eine Anzahl dienstbarer Geister an der Hand, die das mit Freuden für mich erledigen. Und – bevor du mir jetzt noch den Tod dieses malenden Mönches anlastest, liebe Base – der war schon tot, lag ausgestreckt da, als mein Helfer das Pergament an sich nahm.«

»Das glaubst du?«, schrie Yrmel.

»Ja, das glaube ich, ich habe keinen Grund, es nicht zu tun.« Stille senkte sich über die Kemenate im Kloster der Klarissen. Eine Stille, in der Yrmel immer verzweifelter wurde.

»Bitte hilf mir, Katharina, ich weiß nicht mehr, was ich tun soll«, gab sie klein bei, »während ich hier rede, haben sie Hanna aus dem Käfig gezerrt, zur Schranne geschleppt und ihr das Urteil vorgelesen.«

»Das kannst du annehmen«, kam es von der Äbtissin.

»Was soll ich nur tun, dass du mir hilfst?«, fragte Yrmel verzweifelt und blickte zu Boden, weil ihr schon wieder Tränen die Wangen herunter rannen. Die ganze letzte Nacht hatte sie geweint und war heute in aller Frühe zu ihrer Base gekommen, weil sie nicht mehr wusste, was sie tun sollte. Die Zeit rann ihr wie Sand zwischen den Fingern hindurch.

Interessiert und abschätzend beobachtete Katharina die in Verzweiflung und Schmerz gebeugte Gestalt. Dann ging sie beherzt zu ihr, hob mit ihrem schlanken Finger das Kinn der Frau an und sah in ihre verweinten, großen braunen Augen. Leise sagte sie: »Das Wohl der Familie steht an erster Stelle, das habe ich vorhin gesagt und dazu stehe ich auch. Du, Sybille, gehörst zu meiner Familie, auch wenn du es im Moment verleugnest. Ich hätte dich gerne wieder als eine der Unseren angesehen. Dafür bin ich auch bereit, etwas zu riskieren.«

Yrmel sah in die sanften Augen Katharinas, die in anderen Momenten so stahlhart und unerbittlich glitzern konnten. Nachdem Yrmel unmerklich nickte, nannte Katharina den Preis. Es war weit mehr, als sie zu geben bereit gewesen war, doch Yrmel wusste, dass sie nicht mehr feilschen und verhandeln konnte. Damit hatte Katharina gerechnet.

»Du hast nur mehr wenig Zeit, deine Angelegenheiten zu ordnen«, meinte die Äbtissin und drehte sich weg. Yrmel verließ im Laufschritt das Kloster.

Zur gleichen Zeit am Gottesacker von Sankt Stephan

»SCHAMST DI NED, am Feiertag von deinem Patron, am Hieronymustag, da machst dem Kloster so a Schand!« Wieder traf Johanna eine Handvoll Mist. Den ganzen Weg, den sie, noch immer mit der Schandfiedel um den Hals, von der Schranne bis zum Mesnertor, das das Areal des Friedhofes rund um den Dom markierte, zurücklegen musste, bewarfen sie die mitlaufenden Wiener mit Unrat. Ihr Habit war schon ganz verdreckt, den Umhang hatte man ihr weggenommen, als man sie aus dem Käfig heruntergeholt hatte. Johanna scherte sich nicht darum, in ihrem Kopf dröhnte noch immer der Urteilsspruch, der von Stadtrichter Valentin Frühauf mit lauter Stimme verkündet wurde. »Einmauern bei lebendigem Leib auf dem Gottesacker von Sankt Stephan.« Geahnt hatte sie es ja schon, aber zwischen einer Ahnung und den ausgesprochenen Worten waren dann doch Welten. Johanna leistete keinen Widerstand mehr, sie versuchte, einen Schritt vor den anderen zu setzen, weil sie die Knechte, sobald sie strauchelte, dermaßen grob in die Seite fassten, dass ihr die Luft wegblieb. Es dauerte ihnen alles zu lange, ließen sie Johanna wissen, sie wollten sie, das alte Weib, endlich los sein, es hinter sich bringen, Ruhe haben. So sieht das Ende also aus, dachte Hanna traurig, eine Ruh geben, sich eingraben lassen, Erde über den Kopf, aus, vorbei.

Hanna weinte nicht mehr, sie hoffte nicht mehr, sie war nur mehr müde. Es ist vorbei, dachte sie, nichts kann mir mehr Schmerzen zufügen, ich bin schon längst gestorben. Wie sehr sie sich irrte, merkte sie, als sie der Rotz und Wasser heulenden Dorthe gegenüberstand. Ihre Mädchen machten den Schergen und dem Henker, der sich dicht hinter Hanna hielt, um später schnell das Urteil vollstrecken zu können, schöne Augen. Diese kurze Zeit nutzte Dorthe, um Hanna fest zu umarmen und ihr ins Ohr zu flüstern: »Ich hab noch was gut beim Henker, Hannerl. A bisserl a Geld hab ich ihm auch noch zugesteckt. Er wird dir bei der letzten Schaufel Erde gehörig eine mit dem Spaten auf den Schädel dreschen. Dann bist glei hin und musst ned jämmerlich ersticken mit einem Maul voller Dreck!« Johanna weinte bitterlich über so viel Aufmerksamkeit und Erbarmen gerade von Dorthe, die jeden Kreuzer dreimal umdrehte und die von ihr ja in letzter Zeit nicht gerade mit Freundlichkeit überschüttet worden war. »Danke, danke«, stammelte sie ergriffen, und Dorthe weinte noch mehr und sagte unter Schluchzern: »Gern gschehn, Hannerl! Gern gschehn!« Damit trennten die Schergen die beiden alten Weiber grob, denn die Männer hatten sich ja an den bei Weitem jüngeren Hintern von Ursel und Lena Appetit geholt und wollten jetzt möglichst schnell die Arbeit hinter sich bringen und dem Feierabend entgegengehen. Kurz nur sah Johanna nach rechts zu den Goldschmieden und glaubte, Mathias Bonus vor dem Eingang gesehen zu haben, in ein Gespräch mit Barbel vertieft. Da sieht ma wieder, wie fertig i eigentlich bin, wenn i jetzt schon den Quacksalber mit der Kräutlerin zsammen seh, dachte Hanna und setzte wieder mit letzter Kraft einen Schritt vor den anderen.

Doch so sehr hatten Johanna ihre Sinne noch nicht getrogen! Es stimmte! Nachdem Yrmel schnurstracks zum Goldenen Greif gelaufen war, tauchte Barbel auf, obwohl keiner sie gerufen hatte. Jeder halbwegs Vernünftige, und Mathias Bonus war in jedem Fall einer von ihnen, nahm ihre Dienste mit Freude an. Mit der Freude freilich war es bei der Barbel nicht so weit her, als sie hörte, was sie besorgen sollte.

»Heidelbeeren, jetzt um die Zeit?«, Barbel wiegte zweifelnd den Kopf.

»Ja, gute Frau, mindestens zwei Handvoll müssten wir haben! Mit Veilchensaft würde es auch gehen, aber den bekommen wir jetzt gar nirgends her«, antwortete Bonus und hob die Hände theatralisch nach italienischer Art.

»A Holler, tuats der ned, der wachst jetzt überall«, versuchte es das Kräuterweibel, »der macht aa a guate Farb!«

»Nein, Barbel, wenn der Apotheker Heidelbeeren sagt, dann geht's nur mit denen. Komm, du weißt ja immer, wo was wachst zwischen den Weingärten!« Yrmel, deren Nerven schon zum Zerreißen gespannt waren, schaltete sich ein und tätschelte Barbel den welken Arm. »Wirst schon eine Stelle finden, wo es noch a paar späte Heidelbeeren gibt!«

»Na dort oben, im schattigen Teil vom Sauwald. Aber mei, der Weg is weit …!«

»Bitte Barbel, es ist ja für die Johanna!«, bettelte Yrmel.

»Na guat, obwohl, verdient hätt sie es ned, de alte Schastrommel, de vorlaute Kleschn, de blede.« Aber während sie schimpfte, machte sich Barbel bereits auf den Weg, und Yrmel wusste, wenn es im Umkreis der Stadt noch irgendwo Heidelbeeren gab, dann würde Barbel diese pflücken und herbringen.

Sie wandte sich wieder an Bonus, der sich inzwischen zu Rolf in die Apotheke zurückgezogen hatte und sich an einer Waage zu schaffen machte. »Und Ihr seid sicher, dass das funktionieren wird?«

»Ziemlich sicher«, meinte Rolf und wog Zucker ab. Bonus hatte inzwischen ein durchsichtiges Glasgefäß herbeigeschafft und leerte den Inhalt, der verdächtig nach feinstem Konfekt aussah, achtlos aus. »Ich dachte, je spektakulärer das Gefäß, umso heilkräftiger ist das, was drinnen ist!« Damit grinste er Rolf an, der ebenfalls schmunzelte. Yrmel staunte, hatte sie doch noch nie ein venezianisches Glasgefäß von solch funkelnder Pracht gesehen. »Wenn nur der Conrad schon da wäre«, sagte sie nervös und lief im Gewölbe auf und ab.

»Der kommt schon, wirst sehen, der kommt schon noch!«, versuchte Rolf, sie zu beruhigen. Dann fasste er sich ein Herz und fragte: »Du Yrmel, ich hab die Ela jetzt schon recht lange nicht gesehen. Mehr als drei Tage nicht. Geht es ihr gut, weißt du was?« Yrmel wurde augenblicklich übel. Sie wusste aber eines, hier und jetzt würde Rolf sicherlich nichts von Mercela Rosenberg erfahren. Sie würde weder etwas von dem entwendeten Eisenhut, der Einbeere noch vom spurlosen Verschwinden der ganz und gar nicht Schwangeren erzählen. Daher antwortete sie ausweichend: »Du, ich denke, der geht es ganz gut!«, und war sehr erleichtert, als Conrad plötzlich zur Tür hereinpolterte und triumphierend ein kleines irdenes Gefäß in die Höhe hielt. »Glaubt mir«, meinte er atemlos, »jetzt noch ein Töpfchen von Hannerls Essiggurkerl zu ergattern, ist ungefähr so, wie wenn man mitten im Winter einen Korb Kirschen haben möchte! Fast unmöglich! Aber ich hab's gschafft, mir ist grad noch eingefallen, dass der alte Magister in der Burse immer Sodbrennen bekommen hat, und da sind's ihm überblieben, die Essiggurkerl.«

»Passt, Conrad, auf dich ist Verlass«, meinte Rolf grinsend, und Yrmel, die froh war, nicht weiter über Ela berichten zu müssen, meinte: »Wird Zeit, dass die Hannerl wieder neue Essiggurkerl machen kann!« Dann erkannte sie den Unsinn ihrer Worte, denn wie sollte jemand, der gerade sein eigenes Grab vor sich sieht, an eingelegtes Gemüse denken! Schnell fügte sie hinzu: »Also, was ist mit dem Parler, gibt er uns jetzt sein Gerüst frei?« Yrmels Stimme zitterte vor Aufregung, als sie einen Blick hinaus machte. Aber sie sah nicht zum halb fertigen Südturm, sondern zu einem der fünf großen Leichenfelder am Stephansfreithof. Yrmel blickte zum Römerbühel, wo ein frisch aufgeworfener Erdhügel davon zeugte, dass gleich eine unschuldige Frau bei lebendigem Leibe in die Grube gestoßen, mit Steinen beschwert und einfach begraben werden würde. Grauen erfasste sie und sie erschrak, als sie die Hand des Apothekers auf ihrem Unterarm spürte. »Komm herein, Yrmel, schau dir das nicht an, wir werden alles tun, um sie zu retten. Vertrau uns, wir wissen, was wir tun.«

»Aber wir brauchen einen Geistlichen, einen Mann der Kirche, sonst nimmt uns das ja keiner ab, wir brauchen jemanden, der vom Gerüst aus predigt, der …«

»Wir haben schon jemanden«, sagte Bonus ruhig, »Rolf hat seinen Vater gefragt, und der wiederum hat den Dompropst darum gebeten.«

»Was? Berthold von Wehingen wird …« Yrmel verstummte erleichtert.

»Ja, da dürften noch alte Schulden zu begleichen sein, Wehingen hat gleich zugesagt zu helfen, dem alten Thyrnau zuliebe, hat er gemeint.«

»Ich hoffe, es geht alles gut!«, flüsterte Yrmel und wandte sich vom Friedhof ab. »Jedenfalls hast du alles getan, was in deiner Macht steht, Mädchen«, meinte der Apotheker und tätschelte ihr beschwichtigend die feuchten, schwitzigen Hände, »den Rest kannst du jetzt getrost dem Aberglauben, äh ich meine der Gottesfurcht der Wiener überlassen.« Damit zwinkerte er ihr zu und wandte sich wieder seinen Vorbereitungen zu.

Auf der anderen Seite des Doms, mitten im Römerbühel, der vor der Steinmetzhütte und der Bürgerschule ausgebreitet lag, machten sich auch die Schergen des Henkers an die Vorbereitungen. Sie kontrollierten, ob die Steine zum Beschweren schwer genug waren, die Frau wog ja ganz schön; ob die Schaufel für den Henker bereit stand; ob genug Erde zum Zuschütten da war. Als sie alles zu ihrer Zufriedenheit vorfanden, gaben sie Ignaz Mitterlehner ein Zeichen. Der viel beschäftigte Henker Wiens, der wie immer, wenn ein Urteilsspruch eine Menge Schaulustiger anzog, besonders elegant gekleidet war, sah mit Bedauern auf sein samtenes Wams und die schönen kobaltblauen Beinlinge, die er sich in Kürze mit feuchter brauner Erde besudeln würde. An seine Schuhe aus Ziegenleder, die er heute das erste Mal ausführte, wollte er gar nicht denken. Aber die Frauenwirtin hatte ihn gut entlohnt, und so würde er wohl ihr und dem Weib diesen kleinen Dienst erweisen können. Als er schon das Zeichen geben wollte, die Büßerin, die mit offenem Mund und aufgerissenen Augen vor der Grube stand, hineinzuwerfen, da ertönte ein Ruf vom hölzernen Gerüst des Doms. Mitterlehner war über diese Unterbrechung überhaupt nicht erfreut, denn seiner Erfahrung nach musste man den Schock der Delinquenten ausnutzen. Noch stand das alte Weib da, wie zur Salzsäule erstarrt. Aber wenn sie erst einmal kapiert hatte, was jetzt gleich mit ihr geschehen würde, würde sie sich zu wehren beginnen, und die Urteilsvollstreckung würde Schwerstarbeit werden und außerdem ganz und gar ungut aussehen. Das wollte der Henker gar nicht, gegen unappetitliche Hinrichtungen hatte er etwas, seine Berufsehre verbat ihm so etwas. Also sah er seufzend hinauf auf das Gerüst und staunte nicht schlecht, als der Dompropst und Hofkanzler persönlich winkte und ihm ein Zeichen gab, noch etwas zuzuwarten. Widerwillig fügte er sich und betrachtete mit Groll seine Schuhspitzen. Immer wieder das Gleiche, dachte er, zuerst kann es nicht schnell genug gehen, und dann brauchen die Hochwohlgeborenen noch ihren großen Auftritt.

»Heute am Tag des Heiligen Hieronymus …«, begann Wehingen seine Predigt. Sofort drehten sich die Köpfe der Umstehenden zum Gerüst, wo der Dompropst in einem roten Ornat in der Herbstsonne stand und seine Arme zum Himmel erhoben hatte, »steht eine von uns Sterblichen vor einer großen Bewährungsprobe. Hieronymus, gelehrt und schriftkundig, in Begleitung eines Löwen, den er von Schmerzen erlöst und der ihm seither wie ein Hund ergeben folgte, lehrt uns, leidenschaftlich unsere Ziele zu verfolgen, aber nie den Pfad der Tugend zu verlassen. Johanna Maipelt hat diesen Weg verlassen, hat sich verstrickt in ihren eigenen Eifer, hat Gehorsam und Demut hinter ihr gelassen und dennoch …«

Dumpf drang ihr eigener Name an ihr Ohr, aber Hanna regte sich nicht, sie hatte die Hände gefaltet und stand da, in Erwartung des Ungeheuerlichen. Sie verstand kein Wort von dem, was da oben gesprochen wurde.

»… wäre es unrecht, sie zu opfern, ohne den Willen Gottes zu erkunden. Deswegen wird heute hier am Stephansfreithof ein Gottesurteil stattfinden.« Die Menge brauchte auch eine ganze Zeit lang, um zu verstehen, dass sie nicht nur Zeuge einer Hinrichtung werden würde, sondern als Draufgabe auch noch dem Schauspiel eines Gottesurteils beiwohnen durfte. Nach ratlosen Gesichtern und eifrigem Getuschel brandete dann doch ungeheuer lauter Jubel aus, und auch die letzten Wiener hatten verstanden, dass heute ein ganz besonderer Tag war, diese Vergnügung sondergleichen würde ihnen noch Gesprächsstoff für viele weitere Tage bescheren.

Besorgt sah der Apotheker von der anderen Seite, wie Barbel mitten in der Menschenmenge feststeckte. »Sie wird da nicht durchkommen!«, meinte er beunruhigt.

»Da machen Sie sich einmal gar keine Sorgen«, antwortete Yrmel und zeigte mit den Zeigefingern auf eine zerfledderte Hasenpfote, die Barbel wie eine Armbrust vor ihren Körper hielt. »Ihr lasst mi jetzt da durch, aber schnell, oder wollts, dass i eich mit an Fluch beleg, an ganz an grauslichen. Warzen unzählige, Hühneraugen recht schmerzhaft oder Schlimmeres, was i jetzt gar ned auszusprechen wag'! Suchts es eich aus oder schleichts eich, aber glei!« Den Leuten rund um Barbel blieb das Jubelgeschrei in der Kehle stecken, und erschrocken wichen sie zur Seite. In Windeseile kam Barbel mit ihren dürren Beinen vor die Apotheke gehumpelt und reichte Mathias Bonus ein Leinensäckchen mit verräterischen blauen Flecken. »Danke, gute Frau, danke!«, sagte Bonus überschwänglich, verbeugte sich und küsste der geschmeichelten Barbel doch glatt die Hand. »Das mit der Hasenpfote werde ich mir merken«, setzte er noch lachend nach.

»Schnell Rolf, rein ins Zuckerwasser, nur schwenken,

dass sie Saft lassen, das reicht, dann in die Karaffe, komm, mach schnell, dem Wehingen gehen schon die Worte aus«, rief er nach hinten ins Gewölbe. Binnen kurzer Zeit war Rolf mit der prächtigen Karaffe, in der jetzt eine dunkle Flüssigkeit schwappte, da. Im Schlepptau hatte er Conrad, der sich an den Topf mit den Essiggurkerln klammerte wie ein Ertrinkender an ein Stück Treibholz. Als Yrmel wie selbstverständlich die Karaffe nehmen wollte, schüttelte Bonus nur den Kopf: »Mädchen, vergiss nicht, was du versprochen hast! Du zeigst dich nicht draußen, dein Platz ist hier im Gewölbe. Von hier aus kannst du zusehen, aber ohne selbst gesehen zu werden!«

»Aber irgendjemand muss doch hinauf auf das Gerüst und dem Dompropst die Karaffe bringen!«, schrie Yrmel hysterisch, »Rolf, machst du das?«

»Sicher nicht«, meinte der nur und sah hinauf zu den beiden Leitern, die es zu erklimmen galt. »Also wenn ich da hinaufgehe, dann glaubt niemand an ein Gottesurteil, jeder weiß, dass ich von dem Brimborium gar nichts halte!«, meinte Mathias Bonus. Dann aber begannen seine Augen zu glitzern, und er lächelte verschlagen. »Gib das her Rolf, ich hab schon den Richtigen gefunden, er wird das mit Freude erledigen!« Damit nahm er die Karaffe und lief hinaus auf den Stephansplatz. Conrad hingegen machte sich geduckt auf den Weg zu Hanna.

Der Dompropst staunte nicht schlecht, als er vom Gerüst schmetterte: »Und so gib mir das Elixier des heiligen Hieronymus, das Wahrheit zu Wahrheit führt! So wie er einst die ewige Wahrheit der Heiligen Schrift verfasst hat!«, sich umdrehte und in das verklärte Gesicht des Hofmeisters Fichtenstein sah. Mit Inbrunst war der Schwarzgekleidete auf das Gerüst geklettert und hatte die in der Sonne glitzernde Karaffe wie eine Trophäe von unschätzbarem Wert vor sich her getragen. Elegant reichte er mit beiden Armen das Glas dem Dompropst, der es genauso ergriffen entgegennahm. »Seht«, setzte er wieder an, »das ist das Elixier der Wahrheit! Die Büßerin wird davon trinken. Wenn ihr Mund sich blau verfärbt wie Schimmel, wie Trunkenheit, wie die Lüge – so soll sie schuldig sein und noch heute in ihr Grab steigen. Färbt sich ihr Mund jedoch rot, rot wie der Kardinalshut des Heiligen Hieronymus, rot wie das Märtyrerblut unseres Heiligen Koloman, das über den Stein im Dom geflossen ist … Färbt sich ihr Mund so rot«, die Leute rund um das Gerüst stöhnten vor Spannung und hatten ihrerseits die Münder offen, »dann soll sie weiterleben dürfen, dann soll ihre Unschuld bewiesen sein, dann hat der Heilige Hieronymus ihr das Leben wieder geschenkt!« Wieder brandeten Jubel und Applaus auf, und unter den Anfeuerungsrufen der Menge geleitete der Hofmeister den Hofkanzler die drei Leitern vom Gerüst herunter. Er war dabei eher auf das Wohl der Karaffe als auf das Bertholds von Wehingen bedacht, aber das fiel nicht weiter auf in diesem weihevollen Augenblick. Während der Predigt hatte sich Conrad fast unbemerkt an Johanna herangeschlichen und ihr zugeflüstert. »Da, Hanna, iss von deinen Essiggurkerln, schnell, so viel du kannst, fest kauen und im Mund verteilen, nicht ganz runterschlucken!« Johanna bewegte sich nicht, sie schien Conrad nicht einmal zu sehen. Wie die letzten Augenblicke auch stand sie wie in Trance vor dem offenen Grab. »Hannerl, so hör mir doch zu, iss jetzt deine Essiggurkerl. Meinetwegen trink nur den Essigsud, aber mach!« Wieder reagierte Hanna nicht. Conrad sah Hilfe suchend zur Apotheke und winkte alarmiert mit den Armen. Mathias Bonus sah es als Erster: »Da stimmt was nicht!«

»Aber nein«, meinte Rolf lachend, »klappt doch alles wunderbar, die Idee mit dem Hofmeister war glänzend, der schützt unser Gebräu mit seinem eigenen Leben!«

»Naa, bei der Hannerl stimmt wos ned«, sagte jetzt auch Barbel, die für ihr Alter ziemlich gute Augen hatte. »Die blede Urschel frisst ihre Gurkerl ned!«

»Wenn sie keine Säure in ihren Mund kriegt, dann verfärben sich die Heidelbeeren nicht rot, sondern blau. Dann war alles umsonst. Sie muss ihren Mund sauer bekommen, Herrschaftszeiten!«, schimpfte Rolf ärgerlich.

»Sie macht gar nichts, sie hört nicht einmal zu. Völlig weggetreten. Wundern würde es mich nicht«, sagte Mathias Bonus und raufte sich sein schütteres Haar. »Das haben wir nicht bedacht. Johanna Maipelt stumm und starr vor Schreck. Damit konnten wir nicht rechnen!«

»Sonst hat's ihr Maul immer offen, und wenns dann amal drauf ankommt, dann is schmähstad«, keifte Barbel, »i renn da auffi zwischen die Rebzeilen, dass ma jetzt no de Fiaß brennen, und die blede Gaas bringt ihre Goschen ned auf!«

Yrmel, die nur ihre Blicke von einem zum anderen schweifen ließ, kreischte auf einmal aufgeregt: »Der Barthel, der Barthel muss her. Der bringt sie dazu, dass sie sich wieder rührt!«

»Aber Schmarrn«, winkte die Barbel ab, »seit der nicht mehr sauft und geschworen hat, bis Martini stocknüchtern zu bleiben, flennt der den ganzen Tag und rutscht in der Kreuzkapelle vor dem Morandus auf die Knie herum. Der is gor ned zum Brauchen!«

Da raffte Yrmel ihre Kutte und den Umhang, den sie darüber trug, und lief hinaus auf den Gottesacker. »Pass auf, Mädchen, das ist gegen alles, was du versprochen hast!«, rief ihr der Apotheker nach. Yrmel hörte nicht oder wollte nicht hören. Schnell zog sie die Haube tiefer und die Kapuze darüber. Nur ihre Augen konnte man sehen. Schnell drängte sie sich vor, bis sie neben Conrad zu stehen kam. »Die hört mich gar nicht, Yrmel, die ist gar nicht bei sich. Schau, der Dompropst und der Hofmeister sind gleich da, die Leute schauen auch schon her. Ich weiß nicht, wie wir ihr die Gurkerl unbemerkt in den Mund schieben können!«

»Beschäftige mir einstweilen den Henker und die Schergen, Conrad«, sagte Yrmel eindringlich.

»Aber wie denn?«, jammerte er.

»Lass dir halt was einfallen!«, antwortete Yrmel schroff und nahm ihm die Gurkerl aus der Hand. Im Umdrehen bemerkte sie noch, wie Conrad die nächstbeste Frau anrempelte, dann auf den Schergen neben ihm zeigte, diese dann dem Knecht eine überzog, der Henker sich einmischte und der zurückschlug. Beschäftigt sind sie nun, dachte sie und wandte sich Hanna zu. Schon an ihrem Blick erkannte Yrmel, dass sie die Köchin nicht leicht erreichen konnte, sie war starr vor Schreck. Behutsam fasste Yrmel sie an beiden Schultern und flüsterte: »Ich soll dir schöne Grüße ausrichten, Johanna, von Gretlin. Stell dir vor, sie hat ein kleines Mädchen bekommen!« Yrmel sah Hanna zweifelnd an und betete, dass ihr Gott heute all ihre Lügen verzeihen würde, »weißt du, so ein kleines blondes Mädchen mit einem rosigen Mund!« Ein leichtes Flackern tauchte im Blick der Köchin auf. »Beiden geht es gut, Hanna. Sie sind zusammen!« Yrmel verzweifelte fast. Als sie schon aufgeben wollte, hauchte Johanna: »Zusammen?«

»Ja«, bestätigte Yrmel eifrig, »Gretlin und ihre Tochter!«

»Blond mit blauen Augen?«, fragte Hannerl.

»Ja, so hell wie Flachs, die Augen groß und blau, die Lippen rot.« Bei Erwähnung der Farben zuckte Yrmel zusammen, und zitternd hielt sie Hanna die Essiggurkerl entgegen.

»So etwas hatte ich auch einmal, so ein blondes Maderl, so eine kleine Tochter«, seufzte Hanna, und prompt wurde ihr von Yrmel ein Gurkerl, die nur einen Augenblick über das staunte, was sie eben gehört hatte, in den Mund gesteckt. »So, Hanna, jetzt fest kauen!« Ohne es überhaupt mitzubekommen, gefangen in ihrer eigenen Welt, zerbiss Johanna die Essiggurkerl und schluckte sie, um gleich das nächste nachgeschoben zu bekommen. »So und jetzt trinkst auch noch den Essig, Hanna!« Damit hielt ihr Yrmel den Topf an die Lippen. »Essig hab ich keinen mehr!«, murmelte die Büßerin und verschluckte sich fast, als ihr Yrmel die Flüssigkeit einfach in den Mund schüttete. »Jetzt hast keinen mehr, jetzt ist er wirklich aus«, bekräftigte Yrmel und küsste Johanna schnell. Dann gab sie Conrad, der sich zwischen den sich balgenden Henkersknechten so recht und schlecht auf den Beinen hielt, ein Zeichen und wollte schnellstens verschwinden. Sie konnte nur hoffen, dass sie niemand gesehen hatte. Wenn Katharina ihre Ohren und Augen überall hatte, wie sie ihr prophezeit hatte, dann war es schlecht um sie bestellt. Fast wäre sie in den Dompropst und den Hofmeister hineingelaufen, im letzten Augenblick wich sie aus und wandte sich in die entgegengesetzte Richtung.

Ohne lange zuzuwarten, gab Berthold von Wehingen der Köchin Johanna Maipelt aus der Karaffe zu trinken. Das war jetzt der Teil, den er sich gerne erspart hätte, denn die dicke Büßerin war ihm alles andere als geheuer. Aber für seinen Freund Thyrnau hätte er vermutlich noch viel Gefährlicheres getan. Heute, so sah es aus, war mit ihr eigentlich recht gut umzugehen, denn sie war viel ruhiger als sonst, was ja nicht weiter verwunderlich war, nach allem, was die Frau hinter sich hatte. Brav ließ sie das Elixier, was für Wehingen eine nicht zu übersehende Ähnlichkeit mit Heidelbeersaft hatte, in ihren Mund rinnen. Wie er befohlen hatte, schluckte sie die Flüssigkeit nicht. »Nun werden wir sehen, ob die arme Sünderin das Blau des Verderbens oder das Rot des Kardinalshutes in sich trägt!«, schmetterte er noch einmal über die Köpfe der Schaulustigen hinweg.

Conrad, der sich hinter Johanna begeben hatte, drosch ihr grob zwischen die Schulterblätter, Hanna machte unwillkürlich einen Schritt nach vorne und bespuckte das makellos weiße Unterhemd des Henkers, das neckisch aus dem Wams herausdrapiert war, mit Heidelbeersaft.

»Rot!«, schrie der Dompropst.

»Rot!«, seufzte der Hofmeister ergriffen.

»Rot!«, jubelten Bonus und Rolf von der Apotheke herüber.

»Rot!«, murmelte Conrad leise und sackte zu Boden.

»Rot! Rot! Rot!«, drang es aus Dutzenden von Kehlen, und wieder einmal läuteten die Glocken. Der Heilige Hieronymus hatte eine irrgeleitete Büßerin erhört und ihr den Saft des Lebens geschenkt!

Angeekelt sah Ignaz Mitterlehner an sich herunter und konnte sich nicht entscheiden, ob er es jetzt besser getroffen hatte. Seine kobaltblauen Beinkleider und seine Ziegenlederschuhe würden zwar nicht mit Erde besudelt werden, weil das Weib ja am Leben blieb und es nichts zu schaufeln gab. Dafür war sein neues Hemd von oben bis unten mit rotem Saft, vermischt mit Altweiberspucke, beschmutzt!

Inzwischen packte Conrad Hanna und schob sie gleich durch das dritte Einfahrtstor, das Stephanstor, gegenüber der Singerstraße. Er trug sie mehr, als er sie stützte, und wunderte sich, dass er überhaupt dazu in der Lage war. Johanna weinte nur leise, und als Conrad ihr immer wieder beruhigend zuredete und ihr versprach, dass jetzt wirklich alles ausgestanden war, jammerte sie ihm von einem kleinen blonden Mäderl mit blauen Augen vor, was er als Sinnestäuschung infolge der ausgestandenen Todesängste interpretierte. Als sie endlich durch die Klosterpforte torkelten, erwartete sie bereits Susanna.

»Ich habe die Glocken läuten hören!«, meinte sie nur, wischte sich die Tränen aus dem blassen Gesicht und übernahm Johanna. »Mein Gott, Hanna, wie dünn du geworden bist!«, meinte sie noch und wollte die Köchin in ihre Kemenate bringen. Doch Johanna deutete auf die Küche und sagte leise: »Nein, ich will dahin, ich will nach Hause!« So schleppten Conrad und die Meisterin Johanna durch die quietschende Küchentür und setzten sie auf ihren Hocker nahe ans Feuer. »Wo ist denn die Yrmel?«, fragte Hanna, der schon vor Müdigkeit und Erschöpfung die Augen zufielen.

Susanna sah traurig zu Conrad, der seinen Kopf senkte. Dann antwortete sie ruhig. »Das sage ich dir, wenn du dich etwas ausgeschlafen hast!« Damit packte sie die Büßerin kurzerhand in die kleine Kammer auf den Bettkasten, deckte sie zu und verließ mit Conrad die Küche.

Draußen sagte der Student zur Meisterin: »Es wird schwer für sie werden. Sie wird es nicht verstehen.«

»Damit wird sie leben müssen! Und wir anderen auch.«

Wien, Tag des Heiligen Dionysius (9. Oktober) 1384

Am Tag des Nothelfers gegen Kopfschmerz und Seelenleiden saßen Mathias Bonus, Rolf und Conrad bei einem Becher Met in der Hinterstube der Apotheke zusammen und lachten. Seit Johanna ihr kaltes Grab bis auf Weiteres erspart geblieben war, hatten sie sich schon öfter hier hinten getroffen und die Geschehnisse immer und immer wieder besprochen. Die angenehme Mischung aus Angst, Grauen und Rettung gipfelte jedes Mal in einem Anfall von Heiterkeit. Genau dann, wenn Bonus nachdenklich seine Stirn in Falten legte und meinte: »Nur zu gerne würde ich wissen, wo das Elixier des Heiligen Hieronymus abgeblieben ist!« Die schöne venezianische Karaffe war seit ihrem prominenten Einsatz nämlich spurlos verschwunden. Nun, so ganz spurlos dann auch wieder nicht. Conrad, der durch Leopold Stainreuter, den Hofkaplan und Magister des Skriptoriums, so manche Nachrichten vom Hof in Erfahrung bringen konnte, erzählte von eigenartigen Vorkommnissen. So soll der Hofmeister Fichtenstein tagelang mit zugekniffenem Mund herumgelaufen sein. Kein Wort hatte er von sich gegeben. Nur als ihm Janus, der ja inzwischen bei Albrecht aus und ein ging, wie es ihm passte, ans Bein pinkelte, hatte er vor Wut laut geschrien, und jeder der Anwesenden sah, dass seine Zähne blau verfärbt waren. Nicht die vom Hund, sondern die vom Hofmeister. Spätestens, wenn Conrad diese Geschichte auftischte, lachte Rolf, und Mathias meinte, dass der Hofmeister gut daran getan hatte, das Elixier heimlich auszuprobieren und nicht in aller Öffentlichkeit wie Johanna. Dabei war es so einfach. Die Heidelbeere war ein natürlicher Indikator, der eine Säure rot und eine Base blau anzeigte. Und einmal mehr war Mathias Bonus überzeugt, dass es für fast alles eine vernünftige Erklärung gab, ausgenommen für die Angelegenheiten der Kirche und – die Launen einer Frau. Womit sie wieder beim nächsten Thema angelangt waren. Beide, Conrad und Mathias, fragten Rolf, wie es denn seiner Ela gehe. Jedes Mal zuckte der junge Mediziner mit der Schulter, nur heute lächelte er verschmitzt und meinte bedeutungsvoll, dass er früher gehen müsse, denn er hätte überraschend in der Badestube zu tun. Da stießen die Drei auf das Unvernünftigste in der Welt an, auf das, was man nie würde wirklich begründen oder erklären können, auf die Liebe. Lachend entließen sie Rolf und wünschten ihm einen angenehmen Besuch im Bad. Es war nicht weit von der Apotheke zum Goldenen Greif bis ins Schilcherbad, nicht einmal 80 Schritte, die Rolf aber vorkamen wie acht Meilen, so sehr wünschte er sich, bei Ela zu sein. Fast zwei Wochen hatte er nichts von ihr gehört und gesehen, bis ihm Jockel, der Bader, mitteilte, dass er heute spätnachts vorbeischauen sollte, es warte eine ganz spezielle Badedirne auf ihn. Als er aufgeregt und außer Atem beim Rossmarkt ankam und an das Tor des Schilcherbades klopfte, öffnete ihm Ela, nicht in Büßerinnentracht, sondern in einem durchsichtigen, schmalen Kleid mit zwei dünnen Trägern, gegürtet mit einem blauen Band. Als er sie im Halbdunkel umarmte, wich Rolf erschrocken zurück. »Ela, du bist schlank … was?« Als er ihr Lächeln sah, verstand er, und heiße Freude stieg ihm von der Brust bis hinauf zu den Haarwurzeln. »Was ist es, ein Mädchen oder ein Junge, wie geht es dem Kind, wo ist es?«

»Eines nach dem anderen, Rolf«, gluckste sie und strich ihm sanft über den Rücken, »es ist alles in bester Ordnung! Mehr erzähle ich dir später!«

Damit gab er sich zufrieden, mehr noch, er war berauscht vor Glück und ließ sich an der Hand in die Badestube führen. Mit geschickten Fingern zog sie ihm seine Beinlinge, sein Untergewand und das Hemd aus, bis er splitternackt vor ihr stand. »Das Badehemd sparen wir heute, du bekommst eine spezielle Behandlung«, meinte Ela lachend und ließ es zu, dass er ihr durch die kastanienbraunen Locken fuhr und leicht ihre Brüste streichelte. Dann nahm sie den Laubwedel und wusch ihn sehr sorgfältig vom Kopf bis zu den Zehen, dem Bereich um seine Lenden widmete sie sich mit besonderer Sorgfalt, was Rolf zu leidenschaftlichem Stöhnen brachte. Ohne auf sein Drängen zu achten, schob ihn Ela kurzerhand in den nächsten Raum, wo durch das Übergießen heißer Steine Dampf erzeugt wurde. Flink goss Ela noch einen Schöpfer auf, und augenblicklich sah Rolf durch die Nebelschwaden nur mehr recht wenig von seinem Mädchen. Aber er spürte sie, und das war ihm im Augenblick sowieso lieber. Sie drückte ihn auf die hölzerne Bank. Zuerst nahm sie wieder den Laubwedel und schlug ihm leicht auf alle Teile seines Körpers, dann aber verwendete sie ihre sanften Hände, was Rolf weit besser gefiel. Gerade als er sich endlich nehmen wollte, was er so lange vermisst hatte, nahm Ela lachend das Holzschaff voll kalten Wassers und goss es ihm über seinen Kopf. Nachdem sie ihn dann in der angrenzenden Stube mit einem Tuch trocken gerubbelt hatte, legte sie sich mit ihm auf die Liege, die für die Badegäste zur Erholung vorgesehen war. Was Ela dann mit Rolf anstellte, war von Erholung weit entfernt. Rolf meinte, sich noch nie so unbeschwert und frei der Liebe hingegeben zu haben, er fühlte sich leicht und bar jeder Sorge. Gefangen in einer Zwischenwelt lebte er nur den Augenblick. »Es ist immer so schön mit dir, Ela, du bist so fröhlich, so rein und ehrlich!« Da musste Ela wieder lachen und meinte: »Na, rein bist du ja auch, schau nur, ganz rot ist deine Haut vom Dampfbad!«

»Erzähl mir von unserem Kind, Ela! Haben wir eine Tochter oder einen Sohn!«, fragte Rolf und kuschelte sich an sie.

»Eine Tochter. Und ach, sie ist so, wie Kinder eben sind.«

»Wie werden wir sie nennen, Ela? Stillst du sie selbst, brauchst du eine Amme?«

»Das können wir uns alles später überlegen, Rolf, heute Abend gibt es nur uns beide!« Rolf, der ihr in diesem Augenblick alles versprochen, alles geglaubt und einfach alles an ihr nur schön gefunden hätte, gab sich dieser glücklichen Stunde hin wie einer, dem unerwartet ein großes Geschenk zuteilwurde.

Später saß er im Badezuber. Ela zauberte einen Krug Bier, in Wein gekochtes Huhn und Honigkuchen auf das Brett, das sie über den Zuber gelegt hatte. Dann setzte sie sich zu Rolf in das warme Wasser. Beide alberten herum, tranken miteinander das Bier, küssten sich zwischen den einzelnen Bissen und bewegten sich mitunter so heftig im warmen Wasser, dass es literweise überschwappte. Als sie müde waren und satt, holte Rolf seine alte Welt, die von Sorge und Traurigkeit getragen war, so nach und nach wieder ein.

»Ela«, begann er leise, »ich muss heute noch in den Tirnahof zu meinem Vater. Der Schlaftrunk für Paul ist ihm ausgegangen.«

»Wo hast du ihn denn, ich hol ihn dir«, meinte Ela, und bevor Rolf sie daran hindern konnte, war sie aus dem Zuber gestiegen und holte seine Kleidung und seine lederne Tasche. Rolf sah ihr lächelnd zu, wie sie ihre Nase krauszog und so nach und nach ein Fläschchen nach dem anderen aus der Tasche holte und auf dem Brett nebeneinander aufstellte.

»Nein, das ist das Warzenmittel«, meinte er, »das in dem Tiegel ist gegen Brandwunden. Und in der Flasche da ist etwas gegen Läuse!« Er lachte, als sie mit spitzen Fingern weiter wühlte. Endlich hatte sie die richtige Arznei gefunden und stellte sie vor ihn hin. Nachdenklich meinte Rolf: »Ich musste es dieses Mal noch stärker mischen. Paul braucht eine immer höhere Dosis. Wohin wird das nur führen!« Ela zuckte nur die Schulter, griff noch einmal in die Tasche und hielt Rolf ein kleines Fläschchen hin, das er gar nicht kannte. Er nahm es ihr ab und betrachtete es genauer. Plötzlich erkannte er es wieder. »Das habe ich schon fast vergessen. Ich hab es einmal vor zwei Jahren von Mathias Bonus geschenkt bekommen.« Ela nahm das hübsche Fläschchen und las: »*Stephansminne für einen schönen Tod*«.

»Ela, du überraschst mich! Du kannst lesen?« Rolf schüttelte verwundert den Kopf.

»Ach, ich kann noch viel mehr, als du denkst«, bemerkte Ela ganz nebenbei und las weiter vom Etikett des Fläschchens: »*Nur für die, die daran glauben! Alle andern müs-*

sen so ihr Leben meistern!« Zweifelnd sah sie zu Rolf: »Was soll denn das heißen, stirbt man, wenn man davon trinkt? Ist das etwa ein Gifttrunk?«

»Aber nein, mein Liebchen«, antwortete der lachend und küsste sie auf die Nase, »das ist einfach nur Rotwein! Aber dem Heiligen Märtyrer Stephan geweiht, er soll vor Zauberei, Vergiftung, Blitzschlag schützen und vor dem Ertrinken … natürlich nur, wenn man daran glaubt. Für alle anderen ist es Rotwein.«

»Schenkst du mir das?«, fragte Ela.

»Warum denn?«

»Na, das Fläschchen ist so hübsch.«

»Ich kann dir heute sowieso nichts abschlagen, nimm es nur, Ela«, meinte er und zog sie wieder halb in den Zuber. Nachdem sie sich wieder geliebt hatten und das Wasser im Zuber noch weniger geworden war, weil so viel heraus geschwappt war, hatte es Rolf nun wirklich eilig. »Ich muss jetzt gehen Ela, mein Vater wartet!«

Schnell half sie ihm, sich abzutrocknen und sich anzuziehen und hastig stopfte Rolf seine Arzneien in die Tasche zurück. Eine nur nahm er gleich in die Hand. »Warte, den Schlaftrunk nehme ich so, da muss ich dann nicht lange suchen!« Schnell verabschiedete er sich und lief hinaus. Ela blieb allein zurück. Müde, aber gewiss, sich im Herzen Rolfs einen festen, bequemen Platz gesichert zu haben, begann sie heißes Wasser in den Zuber zu füllen. Sie löschte bis auf eine einzige alle Kerzen, sodass die Stube fast dunkel war. Dann öffnete sie das blaue Band um ihre schlanke Taille und streifte das nasse Kleid ab. Nackt legte sie sich in das wohlig warme Wasser. Mit flinken Fingern naschte sie von den Resten des Nachtmahls, ein wenig Hühnchen, ein wenig Brot. Leider war kein Bier mehr im Krug. Da sah Ela im Dämmerlicht die Umrisse des kleinen Fläschchens auf dem Brett und verspürte plötzlich Lust nach einem Schluck Rotwein. Sie öffnete den Korken und trank es leer. Eine angenehme Müdigkeit überfiel sie. Sie träumte von einem blauen See, in den sie tauchte. Schön war es und ruhig. Nichts als Blau war um sie herum, Hellblau, Dunkelblau, Nachtblau.

Draußen rund um den Dom war es nachtschwarz. Rolf hastete am Barleihhaus vorbei, wollte so schnell wie möglich über die Fleischbänke zum Tirnahof. Sein Vater war sicherlich schon krank vor Sorge. Da hörte er hinter sich Schritte. Er lief noch schneller. Auch die Schritte hinter ihm beschleunigten, und dann packte ihn eine Hand mit dünnen, aber stählernen Fingern, Vogelkrallen gleich, an der Schulter. Eine Laterne wurde hochgehoben, Rolf drehte sich um und erkannte sogleich, wer ihn jetzt aufhalten wollte.

»Wohin, Thyrnau, wohin so spät?«, kam es von der dunklen Gestalt.

Rolf meinte böse: »Das geht Euch nichts an, gar nichts!« Er wollte den festen Griff des anderen mit einer Handbewegung abschütteln, aber es ging nicht, weil er ja die Arznei für Paul in den Fingern hatte. Als er das Fläschchen wegstecken wollte, sah er einen Augenblick auf das Etikett und erstarrte. »Lasst mich los, ich muss zurück!«, schrie er aufgeregt.

»Du musst nirgendwohin, Thyrnau!« Der andere krallte sich noch fester in seine Schulter.

»Ich hab das Falsche genommen. Es ist nicht die Arznei! Himmel, ich muss es ihr sagen, lasst mich gehen!« Rolf wollte weglaufen, doch der andere hatte ein kleines schnalzendes Geräusch mit seiner Zunge gemacht, und plötzlich standen drei Knechte vor Rolf. Langsam gingen sie auf ihn zu, bedrohlich wie eine Wand. Als er das grobe Gesicht des einen erkennen konnte, sah er ihn nicken dort hinauf, wo sich das Gerüst des Südturms wie eine riesengroße Spinne am Nachthimmel abzeichnete. Der Schwarzgekleidete lachte nur, als der verzweifelte Schrei aus Rolfs Kehle drang: »Ela, nein!«

Wien, Kolomanitag
(13. Oktober) 1384

DIE LETZTEN TAGE waren nicht leicht für sie gewesen. Sie glaubte, in ein bunt schillerndes Glas, wie das in der Apotheke, hineingefallen zu sein. Alles war grell, farbig und verzerrt. »Das ist die Verwirrung, Liebste«, beschwichtigte sie Beatrix.

Viel zu viel war ihr alles. Zu viel Essen und Trinken wurde aufgetragen, zu viele kostbare Möbel standen herum, zu viele Kerzen brannten auf einmal.

»Du wirst dich daran gewöhnen, das Angenehme nimmt man nur zu gerne an!«, bemerkte Albrecht und nickte ihr beruhigend zu.

Überall nur fremde Menschen, niemand, mit dem sie ein vertrautes Wort sprechen konnte. Nur einmal hatte sie darauf bestanden, Mathias Bonus zu sehen.

»Dein altes Leben ist vorbei, lass es hinter dir!«, sagte Katharina streng.

»Ich bestimme, wann es vorbei ist! Ich lebe erst das Alte zu Ende, und dann kann ich ein Neues beginnen. Und dafür muss ich wissen, was passiert ist beim Primglöckleintor unter dem Südturm.«

Katharina kniff die Augen zusammen und überlegte, wo diese undichte Stelle bei Hof sein könnte, die Klatsch und Tratsch bis an das Ohr ihrer Base getragen hatte. Sie hatte die schnelle Auffassungsgabe und das feine Gehör ihrer Verwandten unterschätzt – und deren Beharrlichkeit. Nicht eher hatte diese Ruhe gegeben, bis der Apotheker zu einer Audienz in die Burg kommen durfte. Er hatte schlechte Neuigkeiten für sie.

»Rolf. Man hat ihn gefunden vor dem Primglöckleintor. Mit zerschmetterten Gliedern. Er muss sich vom Gerüst gestürzt haben«, sagte er tonlos und sah ihr nicht in die Augen. Aber sie konnte seinen großen Schmerz auch so spüren. Der melancholische Rolf. Der Heiler, der treusorgende Bruder.

»Was ist mit Ela? Hat sie etwas damit zu tun?«, fragte sie weiter. Wieder war die Antwort grauenhaft.

»Sie hat in derselben Nacht einen Schlaftrunk zu sich genommen, während sie im Badezuber lag. Natürlich ist sie eingeschlafen und jämmerlich ertrunken. Jockel, der Bader, hat sie frühmorgens gefunden.«

Ela im Badezuber, den hübschen Kopf unter Wasser, die kastanienbraunen Locken wie wild schlingende Wasserpflanzen um sie herum, die Lippen blau, die Haut fahl. Ela, die Fröhliche. Ela mit dem türkisenen Schutzstein, irregeleitet, dumm, bedauernswert. Erst Lenz, dann Rolf und Ela – alle tot. Welch eine Verschwendung!

Noch Tage nach dem Besuch des Apothekers ging sie herum wie eine Schlafwandlerin. Wie sollte sie je wieder Boden unter den Füßen bekommen, wenn sie nicht zu ihren vertrauten Menschen laufen, wenn sie nicht das große Leid mit ihren Freunden tragen durfte?

Wie eine Aussätzige kam sie sich vor, nirgends gehörte sie hin, schluchzend versank sie in Selbstmitleid. Da spürte sie etwas Kaltes, Feuchtes auf ihrer Wade. Verheult blickte sie auf und sah in zwei blaue Hundeaugen. Janus hatte sie erkannt, als sie selbst nicht wusste, wer sie war. Erst stieß sie ihn weg, aber umso mehr klebte er an ihr. Ruhig sah er sie an, saß einfach nur da, stundenlang. Da ging sie mit ihm hinaus in den weitläufigen Burggarten, setzte sich in die warme Herbstsonne. Bald begleitete sie nicht nur der Hund, sondern auch Janik, der junge Nürnberger. Anfangs scheu, freundete sie sich mit ihm an. Erst lachte sie verhalten dann immer offener über seine Späße.

Eines Tages meinte Katharina, es sei an der Zeit, dass sie sich den Leuten zeigte. Der Festgottesdienst zu Ehren des Landespatrons Koloman sei eine gute Gelegenheit. Zuerst war es ihr gleichgültig, doch je näher der Tag kam, umso unruhiger und rastloser wurde sie. Sie war noch nicht so weit, sagte sie, aber Katharina blieb unerbittlich.

Nun war der gefürchtete Tag angebrochen, der Morgennebel hielt sich zäh, feucht und ungemütlich, es war ja schon Oktober. Die Weinlese war sicher schon beendet, Hannas Keller voll mit Fässern. Sie meinte, den scharfen Geruch der Maische in der Nase zu haben, wenn sie nur an den Weinkeller dachte. Selbst jetzt brach ihr noch der Schweiß aus, wenn sie sich daran erinnerte, wie knapp Johanna dem Tod entgangen war.

»Was ist denn los, Eure Hände zittern ja ganz fürchterlich«, meinte die Zofe, die man ihr zur Hilfe, wie man sagte, bereitgestellt hatte. Zur Überwachung würde es wohl eher treffen, dachte sie. Seit sie lustlos herumwandelte, immerzu weinte und wieder in ihre Stummheit verfiel, ließ man sie nicht unbeobachtet. Immer hatte sie Menschen um sich, die geschwätzige kleine Zofe Anna war am hartnäckigsten. Dabei war sie noch ein halbes Kind, Tochter eines Adeligen, der man die Ehre zuteilwerden hatte lassen, die Base des Herzogs zu bedienen. Ihr sollte es recht sein, sie wollte nur diesen Tag schaffen, ohne sich den Schatten, die sie umlauerten wie hungrige Wölfe, geschlagen geben zu müssen. Gleichgültig sah sie auf den Berg kostbaren Stoff, den die Zofe eben hereintrug und ausbreitete. Resolut schnappte sich Anna das seidene Unterhemd und zog es ihrer Herrin über den Kopf. Es fühlte sich erst kalt an auf ihrem nackten Körper, aber sofort nahm es die Wärme an und schmiegte sich angenehm weich und duftig an die Haut. Am Rücken war es geschnürt, dass es schön eng anlag, und am Ausschnitt und an den Ärmeln gefältelt und reich bestickt. Wenn sie da an das grobe Pfait aus Leinen dachte, das sie die letzten Jahre getragen hatte! Anna nestelte an der Schnürung herum, und als alles faltenfrei an ihrem schlanken Körper saß, hielt sie ihr ein dunkelgrünes Kleid hin. Der Stoff war Seide und kam aus Venedig, unter der Brust war es in winzige zahllose Falten gelegt, der Rock schwang hinten weit und endete in einer kleinen Schleppe. Am schönsten waren die langen trompetenförmigen Ärmel, die aufgeschlagen wurden, um das weinrote Samtfutter des Kleides blitzen zu lassen. Sie fühlte sich fremd und eigenartig schwer, als sie in dieses Festgewand hineingestiegen war. Aber lange Zeit darüber nachzudenken, hatte sie nicht, denn Anna drückte sie bereits auf einen Sessel und begann ihr dunkelbraunes fast schwarzes Haar zu kämmen. Sie teilte es in zwei Hälften und flocht grüne und weinrote Bänder in mehreren Zöpfen hinein. Dann drehte sie diese zu zwei Schnecken auf, dass die reiche Haube, die aus grün schillerndem Brokat mit Goldstickereien bestand, fest darauf zu sitzen kam. Befriedigt seufzte Anna und besah ihr Werk. »Ihr seht ganz und gar edel aus!«, meinte die Zofe keck. Da drehte sie sich zu dem mannshohen venezianischen Spiegel und betrachtete sich. Tränen traten wieder in ihre Augen und sie murmelte: »Schon wieder ist jemand tot, zu Grabe getragen und ausgelöscht!« Anna erschrak, fasste sich aber schnell und lief hurtig nach draußen. Nach kurzer Zeit war Katharina in der Kemenate und drehte ihre Base weg von ihrem Ebenbild im Spiegel.

»Was habe ich gehört, Sybille? Wer soll gestorben sein?«, fragte sie leise.

Die braunen Augen waren tränennass, und der Mund zitterte, als sie sagte: »Yrmel ist tot. Ausgelöscht. Sieh selbst! Sieh mich an, ich bin nicht mehr ich selbst!« Sie drehte sich und zeigte sich Katharina im Festgewand mit den aufgesteckten Haaren, der kostbaren Haube.

Diese lächelte: »Jetzt bist du erst du selbst, Sybille. Die Jahre zuvor warst du tot und stumm, gewandet in ein grobes graues Habit, eingehüllt in gewöhnlichen Küchendunst. Jetzt bist du wieder am Leben, bist eine von uns!«

»Ich will das aber nicht.«

»Du hast es versprochen, schon vergessen?«

»Aber es ist so schwer …«

»Das war der Preis, Sybille, der Preis für das Leben von Johanna Maipelt. Niemand hat gesagt, dass er leicht zu erringen ist.«

»Darf ich nicht mehr zurück, nur kurz, nur um alle wiederzusehen, nur um mich zu verabschieden?«

»Davon will ich gar nichts hören!« Katharina schüttelte den Kopf und sagte schroff zu Anna: »Du bürgst mir dafür, dass sich deine Herrin fertig gewandet in die Prozession einreiht.« Zu dieser gewandt, meinte die Äbtissin: »Dein Vetter, der Herzog, wird im Burghof sein Pferd besteigen, und Beatrix wartet in der Kutsche auf dich, Sybille! Und denk an dein Versprechen!«

Als Katharina schon längst wieder unterwegs zu den Klarissen war, zog sie über das schöne Kleid noch einen mit Pelz besetzten ärmellosen Umhang.

»Welchen Schleier wollt Ihr denn nehmen?«, fragte Anna und hielt ein feines Gewebe, das nur das Gesicht einrahmte, und einen fester gewebten Stoff, der bis auf die Brust fallen würde, hin.

»Sybille von Montfort ist so bezaubernd, die braucht überhaupt keinen Schleier«, kam es da von der Tür, und sie drehte sich schnell um. Da kam ihr schon ein wenige Jahre älterer Mann entgegen, öffnete seine Arme und rief: »Schwesterherz, wie schön, dich zu sehen!«

»Was machst du denn da, Hugo?«, fragte sie streng, konnte aber ein kleines Lächeln nicht unterdrücken.

»Dich anschauen – und wenn ich deinen traurigen Blick sehe – dich etwas aufmuntern«, antwortete er und umarmte sie dabei vorsichtig, um ihr schönes Kleid und die Frisur nicht zu verderben.

»Weißt du, es ist nur … so viel ist geschehen, ich tu mir so schwer damit, all der Tand, all der Aufwand, die vielen Menschen, fremd sind sie alle …« Schon wieder sammelten sich Tränen in ihren Augen.

»Ich weiß, ich weiß, kleine Schwester, Katharina hat mir alles erzählt!«

»Sie hat dich herbeordert!«, stellte sie wütend fest.

»Na fast«, wehrte Hugo von Montfort lachend ab, »aber wir hatten sowieso vor, nach Wien zu kommen. Wir haben Albrecht eine Nachricht von seinem Bruder Leopold zu überbringen!«

»Wer ist *wir*?«, fragte sie lauernd und sah zur Tür.

Da verbeugte sich ein etwas grob gebauter Mann so tief, dass sein dichtes braunes Haar fast den Boden streifte. Ein glucksendes Lachen war zu hören, und dann richtete er sich wieder auf. Er hatte sein rechtes Auge halb geschlossen, was den Eindruck machte, als würde er unentwegt zwinkern.

»Ewald!«, rief sie freudig und kam ihm einige Schritte entgegen.

»Na also, Schwesterherz, geht doch! Jetzt lächelst du sogar ein wenig!«, sagte Hugo, wandte sich aber schnell wieder zum Gehen. »Wir sehen uns gleich im Burghof, ihr beiden, ich muss Albrecht noch treffen und ihm etwas Vertrauliches mitteilen, bevor der ganze Hofstaat uns zuhört!« Die Tür wurde geschlossen.

Es war sehr still in der Kemenate. Sie blickte Ewald an, der verlegen zu Boden sah, und deutete Anna, dass sie lieber den feinen Schleier nehmen würde. Dann schickte sie die Zofe hinaus, sie brauchte noch ihre Holzgaloschen über die feinen seidenen Schuhe, sonst würde sie nicht einmal die wenigen Schritte zur Kutsche schaffen, ohne sie zu verderben. Wieder war es still, aber nicht unangenehm, es war eine erwartungsvolle Stille. Sie sah auf und wusste, dass das nicht lange so sein würde, denn der Sänger hielt es gewöhnlich nicht ohne Worte aus. Sie hingegen schon, jahrelang, wenn es sein musste.

Leise begann er zu sprechen: »Ich habe von dem, was vorgefallen ist, von Hugo erfahren. Es tut mir leid, Sybille, was du da erdulden musstest. Es tut mir auch weh, dass du nicht mehr zurück kannst nach Hieronymus, niemand weiß so gut wie ich, dass du dich dort immer sehr wohl gefühlt hast. Die Menschen dort sind zwar recht eigenartig, haben aber ein weites Herz. So etwas wirst du bei Hof schwer finden.«

Sie nickte und wusste, dass er die Wahrheit sprach. Er war schon oft bei den Büßerinnen gewesen, er hatte sie in der Küche zusammen mit Johanna werkeln gesehen, er hatte sich für Gretlin eingesetzt und sich die Seele aus dem Leib gesungen, um sie vor dem Ertrinken zu bewahren. Sogar den Henker hatte er hinhalten können. Ja, Ewald wusste genau Bescheid über die Leere in ihrem Herzen.

»Hast du sie gesehen, hast du Johanna gesehen«, fragte sie verzweifelt, »ich würde mich so gerne von ihr verabschieden, weißt du, es ihr erklären.«

Ewald winkte ab und antwortete: »Sybille, die Vorstellungskraft der alten Büßerin hat ihre Grenzen. Sie würde nicht verstehen, dass du all die Jahre als Base des Herzogs bei ihr in der Küche warst. Das würde über ihren Verstand gehen. Wenn erst du zu ihr gehst, würde ihr das noch mehr schaden. Sie würde leiden, noch mehr, als sie es ohnehin schon tut.«

»Wenn du weißt, dass sie sich kränkt, warst du also bei ihr!« Trotzig schob sie ihr Kinn nach vorne.

»Ja«, gab er widerstrebend zu, »ich bin erst zu Susanna und dann zu Johanna in die Küche gegangen. Sie hat sich recht gefreut, mich zu sehen. Ein wenig mitgenommen sieht sie noch aus. Und«, hier lächelte Ewald verschmitzt, »viel dünner! Barthel war bei ihr, dem geht es nicht so gut, weil er von der Weinlese ganz müde ist und an seinem Gelöbnis, bis zu Martini nüchtern zu bleiben, festhält. Sind halt schon zwei recht alte Leute, Sybille …«

»Ein Grund mehr, bei ihnen zu sein und ihnen zu helfen!«, schluchzte sie leise.

»Ich kann dir deinen Schmerz nicht abnehmen, Sybille von Montfort!«, sagte Ewald leise und kam ihr so nahe, dass sie die feinen Lachfalten um seine Augen sehen konnte, »nichts würde ich lieber tun, aber es ist zu früh. Ich kann dir nur etwas raten!«

»Was denn?«, fragte sie und sehnte sich plötzlich danach, sich einfach in seine Arme fallen zu lassen.

Ewald trat einen Schritt zurück, nahm sie aber bei beiden Händen: »Für uns ist es noch zu früh, Sybille, wir würden uns mehr wehtun, als wir verkraften könnten. Aber ich werde wiederkommen, wenn es an der Zeit ist. Bis dahin: singe! Singe deinen Schmerz hinaus, die Musik ist eine große Gnade, sie bringt deine Seele wieder ins Gleichgewicht.«

Sie nickte und sah zu Boden. Sie hob nicht einmal den Kopf, als er sich verabschiedete. Selbst als die Tür ins Schloss fiel, stand sie mit gesenktem Haupt da. Erst als Anna wieder die Kemenate betrat, ihr die Holzgaloschen hinstellte und den Schleier kunstvoll über Frisur und Haube drapierte, richtete sie sich auf und begab sich in den Burghof.

Das Martyrium des Heiligen Koloman, der in Stockerau, einen Tagesritt von Wien entfernt, als Verräter aufgegriffen und nach blutiger Folter an einem Holunderstrauch gehenkt wurde, war tief im Denken der Wienerinnen und Wiener verhaftet. Umso mehr, als niemand Geringerer als Rudolf der Stifter, der Bruder von Herzog Albrecht, den Kolomanistein gleich neben dem Bischofstor im Dom einmauern hatte lassen. Jener Stein, über den das Blut des Koloman geflossen war, wurde regelmäßig von den Gläubigen berührt, und seine Wundertätigkeit bei Augenleiden hoch gepriesen. Doch jetzt, als die Hofgesellschaft, angetan mit edlen Gewändern auf noch edleren Rössern und in prachtvollen Kutschen vom Graben zum Dom zog, konnten die Wiener bei all dem Prunk kaum ihren Augen trauen. Wieder einmal wurde dem Volk all die Herrlichkeit und Schönheit des Herzogssitzes vor Augen geführt. Die Bettler, Dirnen, die Handwerker und Bürger waren nicht etwa eifersüchtig oder gar neidisch beim Anblick all des Gepränges, nein, im Gegenteil, sie waren stolz, Teil dieser Stadt zu sein, Untertanen eines Herzogs, der sich all das leisten konnte.

Mit Staunen verfolgten sie, wie die Damen des Hofes, Beatrix, Sybille und Katharina aus der Kutsche stiegen und sich zu Albrecht und Johann von Nürnberg gesellten. Dahinter nahmen die Hofbediensteten, allen voran der Hofmeister Fichtenstein, Hofmarschall Sägebrecht und zahlreiche andere Hofbedienstete Aufstellung. Im Dom wartete der Hofkanzler und Dompropst Berthold von Wehingen. Als die hohen Herrschaften durch das Riesentor das Gotteshaus betraten, kam leichter Wind auf, und die Menschen, die einen Durchgang gebildet hatten, staunten, als sich die prachtvollen Gewänder der Festgäste bauschten und die verwehten Schleier der Damen einen Blick auf deren Gesichter freigaben. In der Menge stand eine alte Büßerin zwischen einem noch älteren Hauerknecht und einem jungen Mann, der an seinem Gürtel als Student der nahen Universität zu erkennen war. Die Alte stellte sich in den Weg und verharrte vor einer hochgewachsenen schlanken Dame, kurz nur, dann machte sie kopfschüttelnd wieder ein paar Schritte zurück. Doch bevor die Damen das Innere des Domes betraten, sagte sie so laut, dass es die vornehme Frau gut hören konnte: »I mag damisch sei und umananda plärrn, aber wenn ich einmal in ein paar Augen g'schaut hab, wo a gute Seele drinnen wohnt, dann vergiss i des ned.«

Dann räusperte sich die Büßerin umständlich, um das aufsteigende Weinen hintanzuhalten, und sagte leiser zu ihren beiden Begleitern: »I würd sie unter Hunderten wiedererkennen, mei Madl. Ganz gleich, wo und wie sie jetzt is, immer wieder würd ich sie erkennen!«

Wien, Martinitag
(11. November) 1384

»JETZT LASST MICH DOCH DURCH, meiner Seel, was ist denn des für a Drängerei!« Krispin, der Hauerknecht, blieb mit seinem Handwagen, auf dem ein kleines Holzfass, geschmückt mit einer Girlande aus buntem Laub, festgezurrt war, von der Kärntnerstraße kommend am Rossmarkt einfach zwischen den zahlreichen Leuten stecken.

In der Stadt waren noch mehr Dienstboten, Knechte und Mägde unterwegs als sonst. Beladen mit einem Sack, wo sie ihre wenigen Habseligkeiten verstaut hatten, zogen sie aus einem Haus aus und hoffentlich in ein anderes ein. Das Fest des Heiligen Martin war nicht nur der Beginn der 14-tägigen Fastenzeit, sondern auch Zinstag. Viele Dienstboten wechselten heute ihren Herren und machten noch ordentlich einen drauf, bevor sie einem neuen zu dienen hatten. Auch Krispin hatte vor, sich heute ordentlich zu besaufen, doch vorher hatte er eine ganz spezielle Lieferung zu machen.

»Gehst zur Hannerl?«, fragte Dorthe, die mit ihren Mädchen um die Hausburschen und Knechte herumscharwenzelte, weil sie doch heute alle ihren Lohn bekommen hatten und sie sich ihren Anteil davon sichern wollte. »Richtest ihr an scheen Gruß aus von mir! Sie soll die Finger vom siaßen Zeig lassen, des bekommt ihr ned!« Lachend ging sie weiter.

»Da kannst dir sicher sein, dass die nimmamehr siaß

einkocht, so sauer, wie die war!«, lachte Krispin und stieß eine Magd mit dem Handwagen zur Seite.

»Das ist aber schade, jetzt seh ich die Frau Maipelt ja gar nicht mehr!«, rief Mathias Bonus vom Goldenen Greif herüber.

»Also des glaub i jetzt wieder ned, weil so wie die jammert, brauchts noch a Menge Arznei von Ihna, Herr Magister!« Krispin grinste und zeigte zwei ziemlich ausgeprägte Zahnlücken.

»Na hoffentlich!«, sagte Bonus lächelnd und wandte sich hinein in die Apotheke. »Wirst die Köchin also bald wiedersehen, Martin!« Seit der Apothekergehilfe Martin vom Schwarzen Bären zum Goldenen Greif gewechselt war, schien sich das traurige Gesicht von Mathias Bonus mit jedem Tag wieder etwas mehr aufzuhellen. Mit einer tiefen Verbeugung grüßte er die vorbeihinkende Barbel, die kicherte wie ein junges Mädchen. »Hat Sie wieder ein paar von Ihren ausgezeichneten Kräutern für mich?«, fragte er galant. Geziert nickte das Kräuterweibel und winkte mit einem riesigen Buschen Knoblauch, dessen strenger Geruch bis zu Krispin herüberzog.

Vom Zwettlerhof kommend, sah Krispin den Dompropst, noch angetan mit dem Ornat für den Festgottesdienst zu Ehren des Heiligen Martin über den Gottesacker spazieren, neben ihm den alten Thyrnau, gebeugt und verhärmt. In der Mitte hatten beide den jungen Paul untergehakt. Krispin, der noch immer den Schrei »Nicht schlagen!«, von dem Jüngling am Palmsonntag im Ohr hatte, fand, dass er heute besser aussah. Er hörte Berthold von Wehingen sagen: »Wir werden schon schauen, Paul, dass du heute zu einem Martinikipferl kommst. Warum solltest gerade du heute leer ausgehen!«

Krispin grinste, denn er war sicher, auch er würde heute diesen aus hellem Weizenmehl gebackenen goldgelben Leckerbissen von Hanna geschenkt bekommen. Hurtig eilte er die Singerstraße hinauf und sah vor sich Conrad vom Grashof her kommend einbiegen. Er schleppte schwer an zwei gerupften Gänsen. »Gehst auch zur Hannerl?«, fragte Krispin überflüssigerweise.

»Ja«, stöhnte Conrad und legte die Gänse kurzerhand zum Fass in den Handwagen. Er hatte dieses Geschenk vom Hofkaplan Leopold für die Meisterin Susanna schon weit genug geschleppt. »Da muss die Haut noch braun und knusprig sein und Äpfel sollen auch noch reingefüllt werden!«

»Wer könnte das besser als die Hannerl«, lächelte Krispin und leckte sich die Lippen.

»Und du hast gleich was zum Runterspülen dabei«, meinte Conrad und deutete auf das Fass.

»Wenns nach dem Barthel und nach mir gehen würd, dann schon, aber bei der Hannerl weißt ja ned, ob sie alles gleich wieder in die Sunn stellt und Essig draus macht!«

»Nein, das weiß man wirklich nicht!«, meinte Conrad und band sich seinen Gürtel, der vom Schleppen der Gänse verrutscht war, neu.

»Na, bist wieder in der Pfaffenstadt?«, fragte Krispin und machte sich daran, mit dem Handwagen weiter zu gehen.

»Ja, das Studienjahr hat wieder begonnen, seit Kolomani. Aber jetzt bin ich ja kein Grünschnabel mehr, jetzt kenn ich mich schon besser aus und in die Kodrei muss ich auch nimma. Der Wenzel, mein Vetter, der schießt mir a bisserl a Geld dazu, jetzt kann ich in der Rosenburse bleiben!«

Einträchtig marschierten sie nebeneinander her.

»Muss immer erst was passieren, bevor's einsichtig werden!«, murmelte Krispin, und Conrad nickte stumm.

»Na dann werden wir dich ned mehr sehn unter den Studenten, den damischen, wenn's uns wieder eine Weinsteuer aufbrummen, die sich gwaschen hat!«, lachte Krispin, »holst dir ka blutige Nase mehr!«

»Nein«, lächelte Conrad wehmütig, »da drauf hab ich gar keine Lust und außerdem will ich es mir mit dem Barthel gar nicht verscherzen, jetzt wo er vom Hauerknecht zum Weinzierl befördert worden ist!«

»Da sieht man wieder einmal, was es bringt, wenn ma ned andauernd angsoffen in der Ecken umadumlahnt. Der Barthel is den Großkopferten so aufgfalln, dass sie ihm a viel bessere Arbeit geben haben. Jetzt muss er nicht mehr selber arbeiten, sondern teilt uns die Arbeiten zu.« Krispin schüttelte bewundernd den Kopf, »aber ich vergönns ihm, weil er is halt aa scho alt. Vom Wein, von den Trauben, wanns reif sind, wanns siaß genug san, da macht dem Barthel niemand was vor, aus den Weinstöcken kann der lesen, so wie du aus deinen Büchern, Conrad!«

»Da wirst schon recht haben, Krispin«, meinte Conrad leise und spürte einen kleinen, aber schmerzhaften Stich, wie immer in letzter Zeit, wenn er Bücher las mit Illustrationen. Zu frisch war die Erinnerung an Lenz. An Rolf wagte er nicht einmal zu denken, das tat noch mehr weh, und da war noch so vieles, was er nicht verstand.

»So, da wären wir«, sagte Conrad erleichtert, dass er an anderes denken konnte, »Agnes, mach uns die Tür auf! Wir bringen den Täufling!«, rief er vielleicht ein wenig zu aufgekratzt und zeigte auf den Wein. Die alte Pförtnerin schlurfte herbei, machte einen Blick auf das Fass und die Gänse und meinte nur: »Schnell in die Küche mit den

Viechern, die Hanna hat schon ein Höllenfeuer gemacht, denn wir schleppen schon seit der Früh Brennholz!«

»Is wieder ganz die Alte, die Johanna?«, erkundigte sich Conrad.

»Mei, a bisserl blasser als sonst, a bisserl weniger Fett hat's auf den Rippen, aber plärren kann's schon wieder ganz gut!«, war die Antwort.

»Ist der Barthel drinnen?«, erkundigte sich Krispin.

»Ja, der halt si fest an sein Becher Apfelsaft!«

»Heut darf er ja wieder an Wein trinken!«

»Erst, wenn der Rebensaft getauft is! Der Dompropst kommt vorbei und macht das heuer höchstpersönlich in der Kapelle bei uns!«

»So a Aufwand …«, meinte Krispin und machte sich auf zum Küchentrakt.

Conrad folgte ihm. Schon vor der Tür hörten sie das Geschwätz von Marlen. Im Eintreten sagte Krispin statt einem Gruß: »Schau dir die Gäns' an, Marlen, wie's da nackert liegen und ihnen die Zunge aus dem Schnabel hängt. So geht's denen, die andauernd schnattern und nicht das Maul halten können!«

»Dagegen, nackert dazuliegen, wird's ned viel haben«, meinte Martha trocken und ging wieder hinaus, um die nächste Ladung Brennholz zu holen.

»Mei, a ganzes Fassl!« Barthel schlug vor Freude die Hände zusammen und machte sich bereit, das Weinfass vom Handkarren zu laden.

»Geh weg, ich mach das schon!«, sagte Conrad und stellte es stöhnend auf den Holzhocker.

Hanna, die mit hochrotem Kopf bei der Feuerstelle gestanden war, kam näher und meinte: »Das ist von der Kathi, also der Äbtissin. Ausdrücklich hat's gsagt, dass der zum Trinken is und i kaan Essig draus machen soll, wie ich das letzte Mal bei den Klarissen war.«

»Was, du traust dich noch immer dort hin? Hast ned Angst, dass die dich rausschmeißen?«, entrüstete sich Marlen.

»Warum sollten sie mich rausschmeißen?«, fragte Hanna gefährlich ruhig.

»Na, warum wohl? Wennst du denen Gift in die Marmelade mischst?«

Es war plötzlich so still in der Küche, dass das unentwegte Knacken des Holzes im Feuer sich wie aufeinanderfolgende Hammerschläge anhörte.

Jeder rüstete sich für einen Ausbruch der Johanna Maipelt, der das Entzünden des Sonnwendfeuers noch in den Schatten stellen würde. Aber der Feuerball blieb aus. Die Köchin klopfte Marlen auf die Schulter, seufzte schwer und meinte ruhig: »Bei dir hat der liebe Gott auch mit dem Hirn gspart und hat alles unter den Nabel rutschen lassen!« Mit offenen Mündern starrten sie Conrad und Barthel an. Krispin kicherte. Marlen wurde vor Zorn rot und schrie: »Wie meinst das jetzt, Hanna?«

Wieder antwortete diese ruhig: »So, wie ich es gsagt hab, meine Liebe. Und jetzt salzt ma die Gäns ein, schaust nach, ob sie gscheit ausgnommen sind, schälst die Äpfel zum Füllen und richtest sie zum Braten her.«

»Und was machst du?«, fauchte Marlen und stemmte die Unterarme angriffslustig in die Hüften.

»Ich setz mich da zum Conrad, zum Krispin und zum Barthel, schau dir zu und nehm mir einen Becher Wein!«, sagte Hanna, hielt einen irdenen Krug unter das Fass, zog seelenruhig den Pfropfen heraus und füllte den goldenen Weißwein ab.

»Aber Hannerl, der is no ned tauft!«, wandte Barthel ein.

»Der kommt doch in eure Kapelle, der Dompropst will den heute noch höchstpersönlich segnen!«, rief Conrad dazwischen.

»Dann wird er sich freuen, wenn des Fasserl nicht so schwer ist!«, vermutete Hannerl und zwinkerte Barthel zu. Der begann von einem Ohrwaschel zum anderen zu grinsen und holte für sich, Conrad und Krispin auch Becher vom Brett über dem Tisch.

»Ich will aa an Wein!«, beschwerte sich Marlen.

»Wär mir komplett neich, wenn a gwöhnliche Küchenhilfe so was Gutes zum Saufen kriegen würd«, beschied Johanna und machte einen großen Schluck.

Conrad gluckste vor Lachen, er wusste nicht, worüber er sich mehr amüsieren sollte, über Johannas Ansage oder über Marlens dummes Gesicht.

»Weißt, Conrad, wennst dem Totengraber so wie ich grad noch amal von der Schaufel ghupft bist – und glaub mir, bei mir war das wirklich so, das mit der Schaufel – dann können dich so Weibsn wie die da«, damit zeigte sie zu Marlen, die fuchsteufelswild mit den Gänsen hantierte, »überhaupt nimmamehr ärgern. Dann bist einfach nur froh, dass d' noch a bisserl am Leben bleiben darfst.« Zu Marlen gewandt sagte sie laut: »Machst du des nur ja gscheit, denn des Federviech ist für die Susanna!«

»Warum muss ich des machen?«, blaffte Marlen.

»Weil du meine alte und neue Küchenhilfe bist, schon vergessen, Marlen, auf ausdrücklichen Wunsch der Meisterin.«

»Freilich«, schimpfte die Nonne, »ich darf jetzt die ganze Arbeit machen und soll die Yrmel ersetzen.«

»Das kannst du gar ned«, flüsterte Hanna mehr zu sich als zu Marlen und wandte sich dann wieder den drei Männern zu.

»Stellts eich vor, ich war so daneben, dass ich mir einbild hab, unsere Yrmel spricht mit mir! Könnts euch des vorstellen?« Conrad und Barthel sahen stumm auf den Tisch. Krispin schwieg verlegen. Niemand wagte es, ein Wort zu sagen. Die Meisterin hatte allen, die mit Hanna zu tun hatten, eingebläut, ihr nichts von Yrmel zu erzählen und auch Ela nicht zu erwähnen. Für die Köchin wäre das noch zu viel, und so nach und nach würde Susanna ihr selbst all das erklären, was vorgefallen war.

Doch Johanna schien gar nicht mit einer Antwort zu rechnen, sie stand auf und kam mit der großen irdenen Schüssel wieder zurück an den Tisch. Nur war sie diesmal nicht voll Teig, sondern ging fast über vor lauter goldgelb gebackenen Strauben. »Ich hab mir gedacht, ich mach heuer nicht die faden Martinikipferl, sondern mach – wie würde die Ela sagen – *Liebesknoten*!«

Die Männer lächelten traurig, nahmen sich dann aber jeder ein Stück und nach ein paar Bissen gleich noch eines.

»Wie hätt er gsagt?«, damit deutete Hanna auf die Zeichnung von Lenz, die den grinsenden Barthel zeigte.

»Der Lenz hätte *Minneknoten* dazu gesagt und die Bänder in wenigstens 20 verschiedenen Blauschattierungen gemalt!«, sagte Conrad leise und legte sein angebissenes Stück Schmalzgebäck zur Seite. Verlegen fuhr er sich über die Augen. Ihm gegenüber schluchzte Barthel verhalten.

»Jetzt hör auf zu flennen, Barthel, des macht den Lenz ja auch nicht mehr lebendig!«, schimpfte Hanna, legte aber doch beschwichtigend einen Arm um die Schulter des Alten.

»Ich heul ja ned nur wegen dem Lenz, dem kreuzanständigen Kerl«, schluchzte Barthel nun laut.

»Warum denn dann?«, fragte Hanna erstaunt.

»Es is ja nur, weil i mi scho fast nimmamehr hab erinnern kennen, wie guat so a Wein schmeckt!«

Da mussten nicht nur Conrad und Johanna, sondern auch Marlen lauthals lachen. Barthel begann nun auch zu kichern, streichelte seinen Becher Wein, weinte und lachte gleichzeitig.

Bei all dem Lärm hätten die Vier fast das leise Klopfen an der Tür überhört.

»Wer klopft denn da an, das wär ja ganz was Neues! Einfach nur hereinkommen«, rief Johanna und riss die Tür auf.

Vor ihr stand Janik, also Johann, der Nürnberger.

»Na, Bürscherl, wie geht's dir denn?« Hannerl fiel dem völlig Überrumpelten einfach um den Hals und zog ihn in die Küche herein.

»Hast di wieder gefangen?«, redete sie weiter und sah sich den Jüngling genau an. »A bisserl blass bist schon noch um die Nase und dünn bist auch gworden.«

Etwas verlegen antwortete Janik: »Ich hätt eh schon wieder Hunger!« Verstohlen blickte er zu der großen Schüssel mit dem Schmalzgebäck. Hannerl lachte, hielt ihm die Schüssel hin und sagte: »Greif zu. Geh komm, ned mit einer Hand, nimm gleich die zweite!«

»Kann ich nicht«, meinte Janik mit vollem Mund und zog die andere Hand hinter seinem Rücken hervor.

Darauf saß, oder besser lümmelte ein kleiner Hundewelpe und gähnte, dass man seine rosa Zunge und die kleinen spitzen Zähnchen sehen konnte.

Barthel fing sich als Erster und sagte: »Mei, wer bist

denn du?« Dann nahm er Janik den Hund ab und setzte ihn vor sich auf den Tisch.

Janik schluckte einmal ausgiebig, dann räusperte er sich und plauderte drauf los: »Ich soll Euch von einer lieben Freundin etwas ausrichten, Johanna. Dieses Hündchen ist aus der Zucht von Janus …«

»Mei, a Sohn von unserm Falott Janus bist du, Hunderl!«, unterbrach ihn Barthel und streichelte den Welpen vor ihm auf dem Tisch über den schmalen Kopf.

»Ja, der Janus war recht fleißig draußen im Rüdenhaus!«, bemerkte Janik und sprach weiter, »leider ist der da«, damit zeigte er auf den Welpen am Tisch, »unter einen Karren gekommen und sein Bein ist verkrüppelt. Der wird nicht wie seine Geschwister fürs Hunderennen taugen …«

»Ja wo hast denn was Wehes«, dalkte Barthel mit dem Welpen herum und zog ein verwachsenes Beinchen unter dem Hintern des Tieres hervor, »ja mei, so a armes Hunderl!«

Hanna funkelte ihn wütend an: »Barthel, wennst jetzt weiter so bled redest, nehm ich dir den Wein wieder weg!« Dann wandte sie sich wieder an Janik, der inzwischen wieder zwei Liebesknoten verdrückt hatte.

Als sie ihm zunickte, fuhr er fort: »Also meine Freundin meint, dass es bei Euch in der Küche nicht so langweilig wird …«

»Könnt i ma ned denken, dass es do langweilig wird«, ätzte Marlen von der Feuerstelle und bestrich die Gänse mit Honig.

»Jetzt lasst's doch des Bürscherl amal ausreden!«, rief Hanna und setzte sich auf die Bank. Sofort kam der kleine Hund zu ihr, und als sie ihm ihren Becher hinhielt, begann er Wein zu saufen und sich die Lefzen gründlich abzulecken. Alle, bis auf Barthel, lachten.

Janik meinte: »Er ist semmelbraun wie die Mutter, hat auch die langen braunen Schlappohren von einer Bracke, die Gestalt freilich hat er vom Vater, auch den schmalen Schädel. Irgendwie passt eines nicht zum anderen, vielleicht wächst sich das alles ja noch aus. Jedenfalls meinte meine Freundin, dass er genau solche Augen hat, wie sie selbst … und dass er zu Euch, Johanna, passt. Der wird auch nicht immer weglaufen wie Janus, wegen dem Bein. Kann er dableiben? Draußen im Rüdenhaus würden's ihn weggeben.«

Erwartungsvoll sah der junge Nürnberger zu Hanna.

»Was heißt, weggeben, daschlagen tätens des Hunderl«, schnaubte Hanna und sah in die großen braunen Augen des Welpen. Da verstand sie und nickte.

»Der heißt Yrmo und er bleibt da.« Mehr musste nicht gesagt werden.

Wien, Leopolditag (15. November) 1384

Alle drei sassen gedankenverloren im leeren Skriptorium. Nur wenige Kerzen erhellten die Schreibstube, längst waren die Schreiber nach Hause gegangen. Es war keine gute Zeit für die Buchmalerei, viel zu früh wurde es dunkel.

Mathias Bonus brach das Schweigen: »Nie werde ich das vergessen können. Rolf mit zerschmetterten Gliedern vor dem Tor zum Dom.« Noch immer schüttelte es ihn vor Grauen. »Und vor ihm dieses abergläubische Zeug, dieses Fläschchen mit der Stephansminne. Richtig schön hingestellt hat man es, direkt zu seinen verdrehten Händen!«

»Hingestellt?«, entfuhr es Leopold, dem Hofkaplan.

»Natürlich, nie und nimmer wäre dieses kleine irdene Fläschchen heil geblieben, wenn es mit Rolf vom Gerüst gefallen wäre. Jemand hat es als Fingerzeig, als schlechten Scherz, als letzten Gruß hingestellt, als der Arme schon tot war!«

»Wer kann denn so etwas nur tun?«, fragte Leopold und fuhr sich mit der Hand über die Augen. Er war schon sehr müde heute, die Festmessen für Leopold den Heiligen hatten ihn sehr angestrengt. Er war nicht nur sein Namenspatron, sondern wurde auch von der Familie Habsburg besonders verehrt und ausgiebig gefeiert.

»Wir wissen doch, wer so etwas tun kann, wer sich dem abergläubigen Zeug verschrieben hat, oder?«, wandte Mathias ein.

»Meinst du, er hat ihn selbst heruntergestoßen?«, fragte Conrad beklommen, »denn da hätte er ihn erst raufbringen müssen auf das Gerüst. Rolf hatte entsetzliche Höhenangst, keine zehn Pferde hätten ihn die Leiter hinaufschleppen können ...«

»Keine Pferde, aber ein paar starke Helfershelfer vielleicht. Ich hab ihn mir angesehen, er hatte nicht nur Verletzungen, die von einem Sturz aus großer Höhe stammen!«

»Wird er für das Verbrechen büßen?«, fragte Conrad.

»Aber keinesfalls!«, meinte der Hofkaplan. »Er stellt das Geld für den Herzog. Wer zahlt, schafft an, er wird ungeschoren davonkommen.«

»So ein begabter junger Mann, so ein begnadeter Heiler, so eine Verschwendung!« Mathias Bonus schüttelte verzweifelt den Kopf.

»Und Lenz«, ereiferte sich Conrad, »nie und nimmer hat Lenz den schlechten Wein freiwillig getrunken. Da«, damit zeigte er auf die vier Pergamente, die neben den drei Männern auf einem Schreibpult ausgebreitet lagen, »daran hat er zuletzt gemalt, ich habe sie direkt unter seinem Körper hervor gezogen, ich weiß nicht, wer die anderen Pergamente entwendet hat! Es waren viele, die wir aus Prag mitgebracht haben!«

»Sie sind sicher bei mir angekommen. Es ist besser, wir wissen nicht genau, wie sie den Weg zu uns gefunden haben. Wir werden die Bibel weiter illustrieren und sie so vollständig wie möglich machen«, meinte Leopold beruhigend.

»Werdet ihr die Blätter von Lenz so lassen?«, fragte Conrad.

»Du meinst«, lächelte Leopold, »das Bademädchen, den Eisvogel und den Liebesknoten.«

Conrad nickte.

»Ja, es ist ein wenig ungewöhnlich für die Heilige Schrift, aber ich denke, wir werden das so lassen!«

Conrad senkte den Kopf und seufzte leise.

Leopold spürte, dass er dem jungen Mann eine Erklärung schuldig war, doch er war sich sehr wohl seiner hohlen Worte bewusst, als er ansetzte: »Das Böse wird immer wieder versuchen, die Oberhand zu behalten, aber das Gute wird letztendlich siegen, und schau, Conrad, aus so viel Schlechtem kann auch etwas so Schönes entstehen wie die Bibel. Wie gerne hat Wenzeslaus gemalt, mit welcher Hingabe hat er den deutschen Text illustriert!«

Mathias Bonus, der Apotheker, dachte auch an Rolf, der mit seiner ihm eigenen Hingabe das Leiden der Menschen gelindert hatte, der sich nicht um abergläubisches Zeugs scherte, sondern sich um echte Heilmittel bemühte.

Conrad dachte an seinen Vetter, der sich gerade aus den Fängen des alten Parler herauswand, seinen eigenen Stil entwickelte und Wien einen Südturm baute, den noch Generationen nach ihm als Wahrzeichen bewundern würden. »Leopold hat recht, es wird immer Freigeister geben, die sich nicht um Gebote oder Vorschriften scheren, sondern die leidenschaftlich ihren Weg gehen«, flüsterte Mathias.

Conrad nickte ergeben und blinzelte seine Tränen weg. Da sah er, wie sich ein dunkler Schatten vom Tor der nahen Herzogsburg löste. Schmalschnäuzig, dünn und flink wie ein Wiesel lief Janus durch das Widmertor, hinaus Richtung Hundsturm, seinen Hündinnen entgegen. Lächelnd zeigte Conrad auf den davoneilenden Hund.

Grinsend meinte der Augustinerpater: »Schon wieder einer, der sich nicht einen Deut darum schert, was sich gehört und was nicht. Dem ist es gleich, was sein Herrl, der Herzog, dazu meint. Schon wieder so ein Freigeist!«

Nachwort

Rankte sich im ersten Fall von Johanna Maipelt die Adlerstola des Heiligen Römischen Reiches Deutscher Nation, die bis heute zu den kostbarsten Exponaten der Wiener Schatzkammer zählt, um die Geschehnisse, *(vgl. »Das gelbe Hurentuch«, erschienen im August 2013 im Gmeiner Verlag)*, so ist es jetzt die Wenzelsbibel, auf deren Seiten sich die Erlebnisse rund um Johanna Maipelt ausgebreitet haben.

Die Bibel umfasst heute sechs Bände mit insgesamt 1214 Pergamentblättern. Insgesamt sollen 607 Kalbshäute als Schreibstoff Verwendung gefunden haben. Geschmückt mit über 600 Miniaturen enthält die Wenzelsbibel fast alle Bücher des Alten Testaments, nur 13 Propheten und das Buch der Makkabäer fehlen. Immer wieder fallen besondere Illustrationen auf: der Minneknoten oder Liebesknoten als ein Symbol für die Allmacht der Liebe und der Treue, die Initialen »E« und »W«, für Euphemia, die Gattin Wenzels, und Wenzel selbst, das Bademädchen im hemdartigen Gewand und der Eisvogel als Symbol der Treue. Die Wenzelsbibel ist die zweitälteste deutsche Bibelübersetzung vor Luther.

Auch dieses Artefakt ist, wie die Adlerstola in der Schatzkammer, bis heute in höchster Qualität erhalten geblieben und wird in der Österreichischen Nationalbibliothek in Wien aufbewahrt.

Den Recherchen zu diesem Buch liegen viele wissenschaftliche Werke zugrunde. Besonders hervorzuheben wären:

»Die Wenzelsbibel«; Greifeneder, Elke Proseminar Skriptographische Medien, Humboldt Universität Berlin, 2002/2003

»Der Dombau von St. Stephan«, die Originalpläne aus dem Mittelalter; Kronberger, Michaela
ISBN: 978-3-9930004-7-9

»Die Apotheken im heutigen ersten Wiener Gemeindebezirk«; Felix Czeike, Innsbruck, Studien-Verl., 2010 1. Reihe: Forschungen und Beiträge zur Wiener Stadtgeschichte
ISBN: 978-3-7065-4952-3

»Leben im mittelalterlichen Wien«, Ferdinand Opll, Wien Böhlau, 1998
ISBN: 3-205-98913-9

»Die Universität Wien im Mittelalter«; Beiträge und Forschungen, Paul Uiblein, Wien 1999

»Wien, Geschichte einer Stadt«, erster Band; Peter Csendes, Ferdinand Opll, Wien 2006
ISBN-13: 978-3205988922

Hannerl's Welt

Wien 1384

1 Kloster Hieronymus
2 Rosenburse
3 Zum Goldenen Greif
4 Schilcherbad
5 Tirnahof
6 Gottesacker
7 Pranger

A Stephansdom
B Augustiner
C Klarissen
D Schotten
E Minoriten
F Sankt Michael
G Sankt Peter
H Maria am Gestade

Weitere Romane finden Sie auf den folgenden Seiten und im Internet: www.gmeiner-verlag.de

C. Gref / M.Schwagmann
Die Seelenwärter
978-3-8392-1576-0

Halle 1805: Julius Weiland, der jüngere Bruder von Unterinspektor Weiland, beginnt ein Medizinstudium an der Friedrichs-Universität zu Halle. Doch an der Lehranstalt geschehen merkwürdige Dinge … Betreibt Erasmus Brackhagen, eine Koryphäe auf dem Gebiet der Nervenkrankheiten, ein geheimes Forschungslabor und experimentiert an den »Irren«, wie die Geisteskranken genannt werden? Ausgerechnet Brackhagen, der widerliche Frischvermählte von Eleonore – der Frau, die Julius um alles in der Welt liebt!

GMEINER

Wir machen's spannend

Bernhard Wucherer
Die Säulen des Zorns
978-3-8392-1579-1

»Spannender und praller kann Geschichtsunterricht nicht sein.«

Staufen in den Jahren 1649/1650. Nach Ende des Dreißigjährigen Krieges stiftet Reichsgraf Hugo zu Königsegg den ledigen Burschen eine wertvolle Fahne mitsamt Umzug und Festmahl. Neid und Missgunst breiten sich aus, jeder möchte Fähnrich werden. Schon bald findet man den ersten grausam verstümmelten Leichnam. Mit dem Tagelöhner Jockel Mühlegg ist schnell ein Schuldiger gefunden. Aber ist er wirklich der gesuchte »Gliedermörder«? Denn es treibt sich noch ein geheimnisvoller Unbekannter herum …

GMEINER
Wir machen's spannend

VIENNA PANNONIE